国家社科基金
GUOJIA SHEKE JIJIN HOUQI ZIZHU XIANGMU
后期资助项目

中国现代历史小说创作源流考论

（1917～1949年）

侯春慧　著

兰州大学出版社
LANZHOU UNIVERSITY PRESS

图书在版编目（CIP）数据

中国现代历史小说创作源流考论 ：1917～1949 年 /
侯春慧著. -- 兰州 ：兰州大学出版社，2025. 4.
ISBN 978-7-311-06730-4

Ⅰ. I207.42

中国国家版本馆 CIP 数据核字第 2024QX2243 号

责任编辑　锁晓梅
封面设计　汪如祥

书　　名	中国现代历史小说创作源流考论(1917～1949 年)
作　　者	侯春慧　著
出版发行	兰州大学出版社　（地址：兰州市天水南路 222 号　730000）
电　　话	0931-8912613(总编办公室)　0931-8617156(营销中心)
网　　址	http://press.lzu.edu.cn
电子信箱	press@lzu.edu.cn
印　　刷	甘肃浩天印刷有限公司
开　　本	710 mm×1020 mm　1/16
成品尺寸	165 mm×238 mm
印　　张	33
字　　数	586 千
版　　次	2025 年 4 月第 1 版
印　　次	2025 年 4 月第 1 次印刷
书　　号	ISBN 978-7-311-06730-4
定　　价	98.00 元

（图书若有破损、缺页、掉页，可随时与本社联系）

国家社科基金后期资助项目
出版说明

  后期资助项目是国家社科基金设立的一类重要项目，旨在鼓励广大社科研究者潜心治学，支持基础研究多出优秀成果。它是经过严格评审，从接近完成的科研成果中遴选立项的。为扩大后期资助项目的影响，更好地推动学术发展，促进成果转化，全国哲学社会科学工作办公室按照"统一设计、统一标识、统一版式、形成系列"的总体要求，组织出版国家社科基金后期资助项目成果。

全国哲学社会科学工作办公室

序　言

　　欣闻我的博士研究生侯春慧的著作《中国现代历史小说创作源流考论》即将问世，邀我作序，虽已耄耋之年且身患重病的我勉为其难接此重任，为此书作序。

　　"选题"对于博士论文写作是至关重要的。就学术研究而言，厘定一个对于研究者和研究对象而言都恰如其分的"选题"，几乎等同于完成了论文写作的一半工作，而我最初对侯春慧的博士论文选题略感忧虑。我先后指导过四个半女博士，其中一位毕业后就改行了，可以不提。其余三个半中的一位国籍属于乌克兰，经过与我反复磋商，她的博士论文选择鲁迅的历史小说集《故事新编》做研究对象，另一位韩国学者同样选择鲁迅的《故事新编》，最后写出近20万字的题为"《故事新编》与人类文化母题"的论文。两位异国学者从各自的民族文化出发，不约而同地在《故事新编》中发现蕴含着不同国家与民族之间可以相通互融的文学表现，并将此升华为人类文化的结晶——这应该是《故事新编》之不同于《呐喊》《彷徨》的独特之处，是值得研究者重视和思考的一个重要现象。至于那半个女博士，本是我2003年招收的某高校一位朝鲜族女教师，后因我南下海边一所高校就职，没能完成她的博士论文指导的全过程，但她的开题报告直至论文结稿我都有间接参与，我给她定的"韩剧"这一博士论文选题，伴随着她走过十余年的学术成长之路，后来她在博士论文基础上申报国家课题，增删、扩容、生发、升华，后又成书出版，成为比较文学领域一部蔚为大观的著作。然而侯春慧与上述几位博士不同，2008年5月她从四川大学来到我当时任教的汕头大学之前，已经自行确定了博士论文"选题"，即"中国现代历史题材小说研究"；这一选择与这些年来为人津津乐道的论文"选题"到"论证"的方法，多少有些反其道而行之。比如，论文选题应该"小题大做"，如"《故事新编》与人类文化母题"一类——她的"选题"似乎并不以此为"定则"，似乎执意与此"对着做"；与"选题"上的"小题大做"相对应，论证也是从"点"到"面"——她却似乎偏偏要由"面"到"点"；再如，与一般论文从"感性"到"理性"或二者兼备的叙述方式多少有些不同，她在论文叙述上则明显"理性"过强——这不免令人有些担忧。但一年后在几份博士论文的"外审"反馈意见中，她的论文出乎意料地得到更多的"好评"，尤其是得到这一研究领域成就卓著者苏州大学汤哲声教授所给予的较高评价。

那么，我们是否把"选题"标准以及"论述"套路绝对化了呢？——而且，在这里是否还有更值得我们深入思考的问题？

在一份材料中，侯春慧是这样说明自己的"选题缘由"的：

我母亲是独女，我小时候多由外婆外公照看。我的外公出自三代中医之家，他常看两本书，一本是带有植物图案的医书《本草纲目》，另一本则是二十四史之一的《后汉书》，我也跟着一起看插图看文字，那时候对他的讲解虽然一知半解，但也受到了潜移默化的影响。小学时期我又读了《三国演义》，因此我从小最感兴趣的是历史方面的图书，从初高中以至大学毕业，喜欢历史方面的课程。考研的时候本来想报历史专业，却遭到家人反对，原因无非是历史专业不好就业，故改报现当代文学专业。然而兴趣是无法磨灭的，所以在博士论文选题时，我一意孤行违背了导师传承鲁迅研究的愿望，自行选择并不被大家看好的中国现代历史小说研究。

不能不承认，她的这一"选题"颇有些"难为"自己，在我看来，她为自己选择了一条"吃力"而殊难获得"成功"之路。不仅如此，在博士论文基础上，她进一步以"中国现代历史小说创作源流考论"为题，申报国家社科基金后期资助项目。我作为这一项目的推荐人，当时就感到，她几乎是要在整体上"更新"（甚至可以说是"颠覆"）中国现代历史小说研究的既有成果与现状，另起炉灶，搭建一个全新的研究框架，其中的结构要件、分类方式、研究方法、概念内涵……也都发生了"翻天覆地"的变化①。

可以想见，为完成这一最终成果，实现这样一个目标，侯春慧所付出的辛劳。如她所说：

> 《中国现代历史小说创作源流考论》涉及作家作品众多，作者为网罗文献、钩沉稽古，完成资料建档和数据采集，除自购相关书籍、搜索网络资料、实地考察外，曾到中国国家图书馆、上海市图书馆、浙江省图书馆、江苏省图书馆、四川省图书馆、陕西省图书馆、天津市图书馆、山西省图书馆、河北省图书馆以及四川大学、山西师范大学等多所高校图书馆查阅资料，充分搜集、发掘"失踪"作家和"湮没"材料，共寻得180余位现代作家的历史小说，出版发行涉及150家报刊，78家出版社，出版地则以上海为主，兼有镇江、福建、贵阳、成都、南京、重庆等地。

面对这一具有开创性的最终研究成果，作者殚精竭虑的努力与付出，使我对比可见自己初入学界开始的学术研究之路，在深感自愧不如、黯然失色的同时，更为突出地感受和认识到她与我的一致性：自己当初不也是这样起步的吗？从《鲁迅与浙东文化》到《多重对话：中国新文学的发生》，自己不也是一以贯之地要"更新"（甚至可以说是"颠覆"）"中国现代文学发生学研究"的既有成果与现状吗？②对此，与我相知甚深的北华大学文学院前院长王佳泉教授，对我的著作《多重对话：中国新文学的发生》的评价说：我是用了"笨功夫"做成了一桩"漂亮活"。什么意思呢？是说全书论说引证看起来显得十分笨拙、臃肿、烦琐，作

---

① 见《中国现代历史小说创作源流考论》结语。

② "他给本书的主体部分'中篇：鲁迅与浙东文化'加上了一个副题：'五四新文化发生的浙东背景'。——这是一个'五四发生学'的课题，也正在引起学术界的关注。"见钱理群：《寻找走向"鲁迅世界"的通道——陈方竞<鲁迅与浙东文化>序》，《鲁迅与浙东文化》，吉林大学出版社1999年版，第11页。钱理群在《多重对话：中国新文学的发生》获第二届王瑶学术奖的《获奖评语》中说："本书是近年有关'中国现代文学发生学研究'的重要成果。"见《中国现代文学研究丛刊》2007年第3期。

者所付出的超负荷的巨额劳动，难免给人以"徒费精力""无用之功"的感觉，实则实现了众多研究者争相企望达到的效果与目的。这种情形，在《鲁迅与浙东文化》一书的影响与评价中也有类似的话语，钱理群在为这本书所写"序"里开篇就说："我与陈方竞相识已经十多年了。在我的印象中，他是一个'认死理'的人：信服了一个'理'（即'道'），认定了一个目标，就不顾一切地扑上去，把自己的全部生命都投掷进去"①；他的研究生王家平教授评述这本书也说，该书使他看到的是一个"难以见到如此'认死理'、如此爱钻'牛角尖'的人"②。最有说服力的，是我的《文学史上的失踪者：穆木天》一书的"自序"里的一段话，不妨拿来印证：

> 记得与钱理群老师结识后，他对我有这样一个认识，即我不属于那种才华横溢、富有灵气的"才子型"学者，靠的是"勤奋"，所以"应不求一日之功，而要积以时日，方见成效"。我给研究生上课经常讲，研究过程就是与研究对象的"磨合"过程，"磨合"是需要时间的，就我而言，这个过程常常像我"上山下乡"时铭记不忘的毛泽东那句"痛苦的磨炼"的话，是经过一段相当长的时间的阅读和思考，一旦有了出版的可能就开始了自己的漫漫"长征路"，写的过程特别艰难，这样的长期体验，使我甚至有些"偏爱"这样的写作方式，一旦进入状态，自觉或不自觉地把自己搞得行若"僧人"，"拼命地做"，似乎不这样就买不到研究对象发放的进入他内心世界的"门票"，自认书是"写"出来的，而不是"想"出来的，《鲁迅与浙东文化》是这样，《多重对话：中国新文学的发生》是这样，对《伪自由书》《准风月谈》的注释校勘是这样，其他的书和文章也是这样。这本《文学史上的失踪者：穆木天》更是这样。③

---

① 钱理群：《寻找走向"鲁迅世界"的通道——陈方竞〈鲁迅与浙东文化〉序》，载《鲁迅与浙东文化》，吉林大学出版社，长春，1999，第5页。

② 王家平：《20世纪八九十年代鲁迅研究的生态系统》，《首都师范大学学报》（社科版）2002年第4期。

③ 陈方竞：《文学史上的失踪者：穆木天·自序》，载《文学史上的失踪者：穆木天》，北京，北京大学出版社，2007，第4页。

由此可见，我与侯春慧之间是有相通之处的：我们是在共同的学术道路上以相近的学术研究方式起步，并以此方式艰难地走过来的。

但是，在学术研究上，我和侯春慧之间又有着明显不同的一面，这涉及南北学人治学风格的区别，南人与北人学术取向的差异。

我出生于上海，祖籍浙江海宁硖石，却在北方生活了50多年，说起话来，张口闭口，南腔北调；文如其人，外表上一眼可见北方人的骨架，内里却流淌并浸透了不少南方人的血脉。侯春慧则是典型的北方学者，自幼深受燕赵之地慷慨悲歌之风的熏陶、浸染，虽然在水土上可归于南方的巴蜀之地完成博士学业，却丝毫未改其北方人治学风格、学术取向上特有的本色与风骨。她的著述自然更多一些北方人的执着与厚重，较少乃至毫无南方学者的伶俐，特别是机巧与灵变。

鲁迅有"北人与南人"之论，说："北人的优点是厚重，南人的优点是机灵。但厚重之弊也愚，机灵之弊也狡"，"缺点可以改正，优点可以相师。相书上有一条说，北人南相，南人北相者贵。我看这并不是妄语。北人南相者，是厚重而又机灵，南人北相者，不消说是机灵而又能厚重……这是中国人的一种小小的自新之路"①——我所以引出鲁迅这段话，无意于要侯春慧改变自己固有的治学风格与学术取向，但固守"北人"的"执着与厚重"，拒绝乃至执意对立于"南人"的"机巧与灵变"，也并非可取之道；我想，鲁迅所说的这"小小的自新之路"，对于日后她的学术研究的进展，应该不无启示意义吧。

* * *

我之所以接受侯春慧的作序之邀，还有更重要的原因。在学术研究中，我们的作家、批评家以及学者研究，都极其看重他们的"处女作"，这与民间所说的"三岁看小，七岁看老"的谚语相印证，是有据可查、有一定道理的。我在给硕士生、博士生上课时，也喜欢套用当下学生家长们常说的"我们的孩子不能输在起跑线上"，来强调硕士论文、博士论文对于他们今后乃至一生的学术研究道路的重要，对我自己带的学生更

① 鲁迅：《花边文学·北人与南人》，载《鲁迅全集》第五卷，北京，人民文学出版社，1981，第435-436页。

是如此，不能容忍他们对此赖以任何理由的疏忽、放任、随意。一个优秀的学者所取得的学术成就，一定会在他（她）的"处女作"即硕士、博士论文中找到缘由。这就是说，硕士、博士论文所达到的高度与广度，所具有的深度，所实现的水准，在很大程度上预示了，——甚至可以说决定了他（她）日后乃至一生的学术道路与学术成就。侯春慧就是一个很好的例证。以她为例，可以看到硕士论文、博士论文对于今后学术道路、学术成就的重要性，起码要具备的两个"必要条件"，即要实现两个方面的要求——论文思考与写作过程的"余裕性"和论文学术内涵的"再生长性"。

首先是论文思考与写作过程的"余裕性"。

这里所说的"余裕"，来源于鲁迅，一方面可追溯至鲁迅对厨川白村所著《苦闷的象征》《出了象牙之塔》的译介，特别是《出了象牙之塔》阐发的"生命力的余裕"①。另一方面，"余裕"说又植根于鲁迅的文学观和文学史观：他在《中国小说的历史变迁》的第一讲《从神话到神仙诗》里说："诗歌是韵文，从劳动时发生的；小说是散文，从休息时发生的"②；"劳动虽说是发生文艺的一个源头，但也有条件：就是要不过度。劳逸均适，或者小觉劳苦，才能发生种种的诗歌，略有余暇，就讲小说。假使劳动太多，休息时少，没有消除疲劳、恢复体力的余裕，则眠食尚且不暇，更不必提什么文艺了"③；所以他一再强调"文学总是一种余裕的产物"④，"有余裕，未必能创作；而要创作，是必须有余裕的"⑤。

---

① "过着近日那样匆忙繁剧的日常生活的人们，单是在事物的表面滑过去。这就因为已没有足以宁静地来思索赏味的生命力的余裕了的缘故。虽然用了眼睛看，而没有照在心的底里看，耳朵里是听到的，但没有达到胸中。懒散，肤浅，真爱人生而加以赏味的生活，快要没有了。于是一遇到什么事，便用了现成的法则，或者谁都能想到的道理和常识之类，来判断了就完事。换了话说，就是完全将事象和自己拉远，绝不想将这收进到自己的体验的世界里去。"见厨川白村：《出了象牙之塔·观照享乐的生活·艺术生活》，《苦闷的象征 出了象牙之塔》（鲁迅译），北京，人民文学出版社，1981，第175页。

② 鲁迅：《中国小说的历史变迁》，载《鲁迅全集》第九卷，北京，人民文学出版社，1981，第302页。

③ 鲁迅：《中国小说的历史变迁》，载《鲁迅全集》第九卷，北京，人民文学出版社，1981，第303页。

④ 鲁迅：《而已集·革命时代的文学》，载《鲁迅全集》第三卷，北京，人民文学出版社，1981，第423页。

⑤ 鲁迅：《三闲集·在钟楼上》，载《鲁迅全集》第四卷，北京，人民文学出版社，1981，第35页。

1925年初鲁迅校阅《苦闷的象征》的排印样本时，说不仅作文读书要有"余裕"，就是一个人的"人生"乃至一个"民族"的"人生"也要有"余裕"，说"使人发生一种压迫和窘促之感，不特很少'读书之乐'，且觉得仿佛人生已没有'余裕'了，'不留余地'了"，"在这样'不留余地空气的围绕里，人们的精神大抵要被挤小的"——"人们到了失去余裕心，或不自觉地满抱了不留余地心时，这民族的将来恐怕就可虑。"①即"文化之兴，须有余裕"②。可见，论文思考与写作过程的"余裕性"，更是针对当下日益功利化的学术环境提出的。显而易见，时间上的充裕，心态上的轻松、宽裕，更为纯粹的非功利（名利）化的思考与写作……在我们实际存在的学术环境中愈来愈显得难能可贵。在这方面，侯春慧所述一段令她难以忘怀的经历，可能更有助于我们诠释这种思考与写作的"余裕性"：

　　　　2006年9月伊始，我在四川大学文学与新闻学院中国现当代文学专业攻读博士研究生，导师是鲁迅研究专家陈方竞教授。2008年5月12日下午2点28分汶川地震爆发，震波迅速抵达成都，我当时午休未睡，眼光扫到头顶吊灯突然晃动的那一秒，立刻意识到地震了。我的祖籍是河北石家庄，河北省在唐山、邢台大地震后异常注重地震宣传。中学时期我曾代表学校参加石家庄市举办的中学生地震知识竞赛，荣获三等奖，因此对地震的敏感度略高，但唯一误判的是：没有想到地震震级会那么高。第二秒床开始剧烈晃动，书架上叠放的书本甩落在地，我弹跳下床，提着鞋子冲出房间，其时万物共振，掀起的声浪如台风过境、虎啸龙吟，公寓四楼振幅达半米以上，楼道里空无一人，门窗咔咔作响，楼梯和扶手狂颤，随时可能泰山压顶。我边跑边喊："地震了，大家快跑啊！"第一个冲到楼下，同学们陆续跑下来，而后一起奔向附近操场避难。聚集在一起的同学中有家人在汶川，音讯全无，操场上时不时传来哭声。接下

① 鲁迅：《华盖集·忽然想到·二》，载《鲁迅全集》第三卷，北京，人民文学出版社，1981，第15-16页。

② 鲁迅：《三闲集·在钟楼上》，载《鲁迅全集》第四卷，北京，人民文学出版社，1981，第35页。

来三天阴雨连绵，余震不断，吃饭、饮水、睡觉都成问题，根本无法正常上课、学习。

我当时正读博二，处于论文写作的关键时期，面对铺天盖地的救灾实况和伤亡报道，感同身受，心内十分凄凉，完全没有心思和条件继续写作。就在这个时候，我的导师陈方竞老师打来电话，他当时担任汕头大学文学院院长，当他听我说完艰难处境后，立刻对我说：你来汕头大学，可以安心学习，写论文。一周后航线率先恢复，外地学生陆续离开成都，我也买好机票，飞向汕头。在机场上，第一次看到国家救灾启用的一架架超大飞机以及正在搬运的救灾物资，深深为一方有难、八方支援的集体精神所感动……

到达汕头大学后，陈方竞老师安排他在汕大的硕士生——我的师妹王初薇和张瑞花带我入住学生宿舍，非常感谢她们在汕头大学期间的贴心陪伴和细心照顾。随后的几个月，我跟随陈方竞老师和王富仁老师在汕头大学学习，听课，看书，交流，研讨，在自由开放的学习氛围中，拓展学术视野，建构学术框架……如此心无旁骛地专注于博士论文的思考与写作，难能可贵，更加可遇而不可求的是，我全过程、全身心地参加了汕头大学中国现当代文学的硕士论文答辩，继之，王富仁、陈方竞二位老师又带我赶往福州，参加福建师范大学文学院的博士论文答辩，现场聆听行业大家的论文指导和深度评点，让我在博士论文思考与写作方面受益匪浅，同时也为我的博士论文毕业答辩提前做了一次预演。

记得清华大学的老校长梅贻琦先生曾经说过，大学里师生之间最为理想的关系是"从游"与"同游"："学校犹水也，师生犹鱼也，其行动犹游泳也，大鱼前导，小鱼尾随，是从游也，从游既久，其濡染观摩之效，自不求而至，不为而成"[①]——我与侯春慧及其他几个在校硕士生，在汕头大学一段时间的关系就是这样，孕育了他们思考与写作的"余裕性"，——张瑞花选择《新青年》的《通信》展开研究，论文写得相当从

---

① 任羽中：《"从游"与"同游"：大学里追求的师生关系》，2021年10月24日中国社会科学网。

容，一稿通过，非同凡响；王初薇则以《鲁迅与浙东文化》为范例完成硕士论文，继之顺利考入厦门大学读博……在这里不能不说的是，在举国高校几乎无一例外不扩招、无一例外不合校的大背景下，始终坚持不扩招、不合校的汕大，确有一系列与其他高校判然有别的非功利举措，如极其重视本科教学，不突出科研项目、论文、论著在业务考评中的比重等等，学校位置又偏于广东一角，景色别具一格，新颖独特，可入全国"最美校园"之列，这些，多少给人以误入"世外桃源"的感觉……这样一种环境与氛围，无疑也有助于论文思考与写作的"余裕性"的生成。

其次是论文学术内涵的"再生长性"。

这里的"再生长性"，是说博士论文完成后的后续研究仍然具有的活力与生命力，在多大程度上能够实现研究的持续不断，使研究成果得到不断丰富、充实、深化、提高与升华。这里不得不说的是，侯春慧博士学位获得后，因为种种原因耽搁了近十年，2018年后才接续上这一课题的研究，其成果《中国现代历史小说创作源流考论》申报并入选了国家社科基金后期资助项目。

身患顽疾的我，已经无力按部就班地通过阅读侯春慧这部近40万字的新著，再对比她的博士论文，就二者之间的承续与发展关系作出具体分析，好在侯春慧申报国家社科基金后期资助项目时，写有一份《最终成果和原博士论文的联系与区别》的材料，不妨借以说明；如她所说："国家社科基金后期资助项目最终成果《中国现代历史小说创作源流考论》是在原博士论文《中国现代历史题材小说研究》基础上不断网罗、钩稽、补充材料，经过对原有内容的修正、压缩、删节、增补之后形成的新型研究专著。本成果仅保留原博士论文内容的三分之一，从原来的五章扩至现在的十九章，新增十三章（注：另外一章经原有五章拆分扩充而成），新增内容近三分之二，字数亦从近20.7万字增至39.8万余字，其理论工具、研究方法、主要观点、研究范畴、结构框架与具体内容等发生全方位变动。"作家作品研究依然是新著的主体："从原有不足100位作家扩充到182位，其中已知籍系的作家96位，未知籍系或难以考证的作家86位，共寻得可考新派历史小说390多篇，旧派历史小说110余部，另有不可考者50余篇（部），各类历史小说总计500余篇（部），其中近半数作家作品在以往现代历史小说研究中难以见到，极少进入前人论述。"

该材料对"理论工具、研究方法、主要观点、研究范畴、结构框架与具体内容"的变动与更新，分门别类地一一给以阐明，尤其是"研究观点更新"一节，提出的"概念论争是中国现代历史小说研究面临的首要问题""源流考论是中国现代历史小说辨体研究的根本途径""受狭隘文学观念的制约，并未对中国现代历史小说研究给予足够重视"等新的课题，切中研究对象要害且观点新颖独到；还有，针对"中国现代历史小说研究中区域研究匮乏"，在题为"区域文化与中国现代历史小说"的第十四章，提出"按照作家籍系将中国现代历史小说归入不同文化空间，以作家作品分布最广的吴越、荆楚、岭南、巴蜀和秦陇这五大文化区域历史小说作为研究重心，微观考察现代语境、区域文化与中国现代历史小说创作的内在联系，弥补了中国现代历史小说研究领域区域研究的不足"。仅仅是这些提纲挈领、要言不烦的介绍，就使我们对这部新著不胜向往之至。

这是一部值得重视的著作。作者侯春慧，一位平凡得再平凡不过、普通得再普通不过的高校女教师，低调、务实、本分，默默无闻，却在学术研究上做出了并不平凡，也不普通的成绩。

学术研究永无止境，是通过一代一代学人承续性的劳动而不断得到发展的。对于侯春慧所取得的成绩，我感到十分欣慰，期待着她再进一步，推出更多的研究成果。

是为序。

陈方竞
2005年2月于上海浦东康桥寓所

目　录

下编　中国现代历史小说的空间蔓延

绪论　中国现代历史小说三大论争与时空源流考论的必要性

中国历史小说由中国古代历史小说、中国近代历史小说、中国现代历史小说和中国当代历史小说四大部分构成，中国现代历史小说承上启下，直接反映中国传统文化与文学现代化的复杂关系。

中国现代历史小说萌芽于清末民初，真正产生在新文化运动前后。当时中国内忧外患、前途黯淡，救国兴邦成为时代潮流，"二三十年前的青少年差不多每一个人都可以说是国家主义者。那时的口号是'富国强兵'。稍有志趣的人，谁都想学些实际的学问来把国家强盛起来"①。为实现中华民族伟大复兴，1917年初中国文化界掀起了一场全面向西方学习的激进文化思潮，相对而言中国传统文化开始遭受冷落，同时与历史文化关系紧密的历史小说创作及其相关研究亦处境尴尬，但它们对纠正"全盘西化"的极端倾向，促使中国文化界回归理性思考，增强中国文化自信都曾起到积极作用。

经过20世纪50年代初至20世纪70年代末近三十年的文化"断裂"之后，20世纪80年代历史小说创作在中国大陆逐渐复兴，中国现代历史小说研究也随之成为一门"显学"，取得了引人瞩目的学术实绩。尽管如此，中国现代历史小说研究领域目前仍然缺乏全面性、系统性和整体性研究，尚未形成综合性研究专著，并且理论探索相对滞后，学理研究依旧薄弱，研究模式普遍固化，一些基本问题没有得到解决，因此在学理建构和方法探索上都存在拓展研究空间。基于上述问题，该领域一直存在三大论争，即内涵之争、辨体之争和时限之争，三大论争相互交织共同反映出中国现代历史小说的研究现状，揭示出该领域最为棘手的遗留问题，同时亦说明在学理研究和方法调整基础上系统建构新式研究模型的必要性。

一　中国现代历史小说的内涵之争

中国现代历史小说研究中历来存在一个根本问题，即在该研究的出发点上——概念界定与内涵确认方面始终不够明晰，难以达成共识。何

---

① 郭沫若：《创造十年》，载《郭沫若全集·文学编》第十二卷，北京，人民文学出版社，1992，第65页。

谓"中国现代历史小说"？"中国现代历史小说"的具体范畴是什么？"旧"文学家的历史演义及其他非演义体历史小说能否纳入相关研究？这些都是内涵之争的焦点问题。

一般来说，中国现代历史小说有广义概念和狭义概念之分。

广义而言，中国现代历史小说本是一个具有时间意义的文学概念，指中国作家在现代时段（1917～1949年）所作历史小说的总和，其内涵既包括受现代政治规约较大的以左翼文学家为主的"新"文学家创作的历史小说，也包括受传统文化观念影响较多的"旧"文学家创作的历史演义以及其他非演义体历史小说。广义概念强调的是中国现代历史小说的文学史意义，在这一意义上，"中国现代历史小说"重视麾下小说是否由"现代"作家创作，是否取材于"历史"，而非作家的身份立场、历史观念、文学观念和写作理念，这些虽然能够形成"中国现代历史小说"的部分显在特征，却不能决定其根本性质。

狭义而言，中国现代历史小说一般仅被指认为"新"文学家在现代时段（1917～1949年）所作历史小说的总和，其内涵"是指新文学作家在此期间创作的历史小说，既有敷衍史事的小说，也有根据中外古代神话创作的小说"①。鉴于现代语境的特殊性以及左翼文学思潮的影响，狭义概念主要基于作家的身份立场、历史观念、文学观念和写作理念等综合因素做出界定，它认为"新"文学家的历史小说获得了现代语境所赋予的特殊政治意义、艺术价值和先锋作用，因此研究价值较高，必然予以收纳，而"旧"文学家的历史小说不仅缺乏现代新质还掺杂糟粕成分，研究价值较低，故而应予拒斥。

在中国现代历史小说的狭义研究中，对"新""旧"两派历史小说的研究极不平衡。有关"新"文学家历史小说的研究早已颇成系统，可分成五类：（1）文学史专章概述。如王瑶的《中国新文学史稿》第八章《多样的小说》第六节《历史讽喻小说》最早将鲁迅、郭沫若、茅盾、施蛰存、巴金、郑振铎等六位作家的历史小说纳入文学史综合评述②；1984年田仲济、孙昌熙主编的《中国现代小说史》第七章《嵌着时代记印的历史小说中的人物形象》③，首次专章概述"三个时代"中国现代历史小说的创作概况，重点论述了鲁迅、郭沫若、巴金、郑振铎、郁达夫、施

---

① 李程骅：《传统向现代的嬗变——中国现代历史小说与中外文化》，南宁，广西教育出版社，1996，第3页。

② 王瑶：《中国新文学史稿》上册，上海，新文艺出版社，1954，第255-260页。

③ 田仲济、孙昌熙主编《中国现代小说史》，济南，山东文艺出版社，1984，第455-508页。

蛰存等作家历史小说的时代特征。（2）综合论述。1946年靳以整理出版
其学生石怀池遗作《石怀池文学论文集》，其中《论历史小说的创作》一
文以鲁迅、郭沫若、宋云彬、聂绀弩等作家的历史小说为例，较早谈论
历史小说创作中的历史观、人物、典型、方法诸问题①；1996年李程骅
出版《传统向现代的嬗变——中国现代历史小说与中外文化》②一书，从
传统/现代、中/外文学等视角对"新"文学家历史小说进行比较研究；
1998年王富仁、柳凤九在《鲁迅研究月刊》发表共五论的长篇论文《中
国现代历史小说论》③，对"新"文学家历史小说作出比较权威的综合论
述。（3）资料集编。1943年南平国民出版社出版硕真编选的《历史小
品》集，共收录十一位作家的十三篇历史小说，即张扬的《睢阳之夜》、
伏子的《大宋的士兵》、常湘中的《除夕》、柳朱的《宗泽进兵》、许豪的
《扬州之围》、陈立业的《行刑前后》、荀石的《牛群》、曾秀苍的《出
塞》、母取的《割席篇》、夏静岩的《玛瑙屏》、硕真的《范文程献策》
《文姬归汉》和《变法》；1948年重庆万有书局出版贺季润发行、宋云彬
注释的《历史小说选》，共收录六位作家的十二篇历史小说，即鲁迅的
《理水》《出关》《非攻》《起死》、郭沫若的《孔夫子吃饭》《贾长沙痛哭》
《司马迁发愤》、宋云彬的《刘太公》《国策》、郑振铎的《汤祷》、茅盾的
《大泽乡》和聂绀弩的《韩康的药店》；1984年上海社会科学院出版社出
版的《中国现代作家历史小说选》，"第一次汇编了中国现代作家历史小
说的选集"，共收录三十一位作家的四十八篇历史小说，按照创作顺序编
排篇目，"展示'五四'以来历史小说发展、演变的轨迹和概貌"④；
1998年王富仁、柳凤九参照赵家璧主编的《中国新文学大系》将"新"
文学家所作优秀历史小说辑录成十部《中国现代历史小说大系》⑤，共收
录四十八位作家的一百七十一篇短篇历史小说、四部长篇历史小说（谷
斯范的《新桃花扇》、李劼人的"大波三部曲"），该大系乃迄今为止中
国现代较为全面的一套新文学历史小说集编。（4）专题研究。关于鲁迅
《故事新编》的研究成果最多，继而引发《故事新编》研究史的学术探

① 石怀池：《论历史小说的创作》，载《石怀池文学论文集》，上海，上海耕耘出版社，1945，第
1-22页。

② 李程骅：《传统向现代的嬗变——中国现代历史小说与中外文化》，南宁，广西教育出版，
1996年。

③ 〔中〕王富仁、〔韩〕柳凤九：《中国现代历史小说论》，《鲁迅研究月刊》1998年第3-7期。

④ 上海社会科学院出版社选编《中国现代作家历史小说选》，上海，上海社会科学院出版
社，1984，第2页。

⑤ 〔中〕王富仁、〔韩〕柳凤九：《中国现代历史小说大系》，石家庄，河北人民出版社，1998年。

讨，如陈方竞的《〈故事新编〉研究历史回顾》①《对〈故事新编〉研究历史及发展的再认识》②等。（5）单项研究。针对单篇作品的研究最为常见，学术论文数量尤为惊人。

而关于"旧"文学家历史小说的研究则少之又少，基本集中在历史演义专题研究上。对蔡东藩历史演义的研究相对较多，重要文章五十余篇，如张颐武的《感受〈历史通俗演义〉》③、陈志根的《蔡东藩〈中国历代通俗演义〉版本源流述论》④、蔡福源的《奇举有方　丹心无限——蔡东藩和他的〈中国历史通俗演义〉》⑤。许啸天的历史演义也引起一些学者关注，如裘士雄的《关于近代作家许啸天》⑥、刘法绥的《谈谈谷崎及许啸天》⑦等。而有关黄士恒、王皓沅、费只园、陶寒翠、许慕羲、程瞻庐、张恂九、苏海若、李伯通等作家的历史演义研究却寥若晨星。历史演义尚且如此，非演义体历史小说更是鲜有问津。

因此，"中国现代历史小说"究竟是延承早先特殊语境与政治规约下形成的既定概念和文学内涵继续研究，还是按照文学规律、源流演变重新划分文体形态，同时收纳"旧文学家"的历史演义及其他非演义体历史小说开展综合研究，必然会成为概念之争中不可逾越的焦点问题。

二　中国现代历史小说的辨体之争

中国现代历史小说的辨体之争，既是历史小说研究领域长期存在的"真实性""虚构性"论争的延续，又是受现代特殊语境影响所形成的概念论争与内涵问题的延伸。"历史文学"一词，从语法上看，"历史"乃形容词、修饰词，"文学"则是名词、主词，显然"历史文学"本质上是文学，因此历史文学中"史"与"文"、"史"与"诗"、"史"与"戏"的比例应酌情而定，不必拘泥于"史"。但由于史传传统的长期影响，中国历史文学家早已形成一种惯性思维模式——"重史"思维模式，他们习惯于将历史著述规则强加于历史文学创作之上，将历史研究理论硬套

---

① 陈方竞：《〈故事新编〉研究历史回顾》，《鲁迅研究月刊》1999年第5期。
② 陈方竞：《对〈故事新编〉研究历史及发展的再认识》，《荆州师范学院学报（社会科学版）》2001年第1期。
③ 张颐武：《感受〈历史通俗演义〉》，《上海采风》2008年第3期。
④ 陈志根：《蔡东藩〈中国历代通俗演义〉版本源流述论》，《史林》2005年第3期。
⑤ 蔡福源：《奇举有方　丹心无限——蔡东藩和他的〈中国历史通俗演义〉》，《江淮文史》2000年第2期。
⑥ 裘士雄：《关于近代作家许啸天》，《绍兴文理学院学报》2005年第2期。
⑦ 刘法绥：《谈谈谷崎及许啸天》，《读书》2000年第8期。

入历史文学研究之中，最终导致整个历史小说研究领域不可避免地出现以下问题：那些向正史取材，"博考文献，言必有据"①，以真实性原则创作的小说自然受到历史小说研究的认可，而那些涉及神话、传说、传奇、稗史、逸史、杂史、轶事同时荒诞性、虚构性较强的小说，基本被排斥在历史小说研究之外。以鲁迅《故事新编》为例，因其中八篇小说既有神话、传说、历史的演义，又介入了不少现代生活细节，致使它的文体归宿饱受争议，研究者向来意见相左：一部分学者对它的"历史小说"性质予以肯定并纳入中国现代历史小说研究，如王富仁、柳凤九等。另一部分学者则对它的"历史小说"性质不断质疑，认为不宜纳入中国现代历史小说研究，如日本学者伊藤虎丸曾经反问："《故事新编》由八篇'历史小说'（？）组成。"②竹内好亦曾评论："与其称它是历史小说，毋宁称它为理想小说似乎更恰当一些。"③中国学者徐涛则在《〈故事新编〉是历史小说吗？》一文中通过设问认为不能将《故事新编》笼统地称作"历史小说"④。

中国现代最早注意历史小说文体形态复杂性的是鲁迅先生。1921年鲁迅首次译介芥川龙之介的《鼻子》《罗生门》和菊池宽的《三浦右卫门的最后》等历史小说，1922年始又陆续作《故事新编》八则。通过译介与创作，鲁迅曾尝试辨别历史小说文体，他在评价《罗生门》时说："这一篇历史的小说（并不是历史小说），也算他的佳作，取古代的事实，注进新的生命去，便与现代人生出干系来。"⑤上述评论中，鲁迅在原有"历史小说"概念基础上又引申出"历史的小说"⑥这一概念，试图将历史文学中通过"博考文献，言必有据"写成的一类小说与"只取一点因由，随意点染"⑦写成的另一类小说区分开来。这种"辨体"精神后来在鲁迅学术著作《中国小说史略》中得到了具体而完美的诠释。不过仅凭"历史小说"与"历史的小说"两个概念并不足以论证二者之间不同的源流变化和文体差异，更不能说明它们的具体成因与形态特征，况且学术交流中一般也不存在"历史的小说"这种拗口式表述，因此"历史的小

---

① 鲁迅：《故事新编·序言》，载《鲁迅全集》第二卷，北京，人民文学出版社，1981，第342页。

② 〔日〕伊藤虎丸：《鲁迅、创造社与日本——中国近现代比较文学初探》，孙猛、徐江、李冬木译，北京，北京大学出版社，1995，第125页。

③ 同上书，第137页。

④ 徐涛：《〈故事新编〉是历史小说吗？》，《中国现代文学研究丛刊》1990年第3期。

⑤ 鲁迅：《〈罗生门〉译者附记》，载《鲁迅全集》第十卷，北京，人民文学出版社，1981，第227页。

⑥ 同上。

⑦ 鲁迅：《故事新编·序言》，载《鲁迅全集》第二卷，北京，人民文学出版社，1981，第342页。

说"这一概念的引入，一方面固然能够启示后继研究者关注历史小说文体形态的复杂性，另一方面又会误导一些研究者重新陷入"历史的小说"究竟是不是"历史小说"的循环追问之中。

稍晚，曹聚仁受鲁迅"历史小说"与"历史的小说"两个概念影响，同时"受日本芥川龙之介的启示"①，进一步对中国现代历史小说文体形态做出区分。他明确意识到小说创作中神话、传说、历史等因素的介入比例不同所产生的文体差异，经过认真分析将那些依据历史典籍尤其是正史，通过史实考证、逻辑推理写成的小说称为"正格的历史小说"②，而将那些取材于神话、传说、稗史、逸闻等荒诞性、虚构性较强的小说称为"托古寄怀的历史小品"③或"非正格的历史小说"。"正格的历史小说""非正格的历史小说"这两个概念的引入，避开了以往研究中"真实""虚构"的是非之争，开辟了历史小说"正格"与"非正格"、"正宗"与"非正宗"的研究方向，为后人研究这两类小说的脉络发展、文体形态和叙事特征提供了一条基本线索。

早期研究中一些学者还曾提出"历史题材小说"概念，试图调和以上两类文体，从而跳出"真实""虚构"的论争怪圈。如林非的《论〈故事新编〉与中国现代文学中的历史题材小说》④、尹康庄的《鲁迅的历史题材小说创作观》⑤、吴秀明的《历史题材小说的转型》⑥、钱本康的《历史题材小说断想》⑦等。尹康庄进一步将"中国历史题材小说""分为历史小说和历史传奇小说两个系列"：

> 历史小说，是在博考有关历史资料的基础上，以如实演述历史事件的始末和历史人物的行踪为主，以虚构的事件和人物为辅的作品。历史传奇小说则不同。它或仅取历史因由点染铺写，或取材于神话、传说、琐闻、轶事损益扩充，是以虚构的事件为主，史实为次的作品。⑧

---

① 曹聚仁：《史事与历史小说》，载《中国文学概要　小说新语》，北京，生活·读书·新知三联书店，2007，第208页。

② 同上。

③ 同上。

④ 林非：《论〈故事新编〉与中国现代文学中的历史题材小说》，《文学评论》1984年第2期。

⑤ 尹康庄：《鲁迅的历史题材小说创作观》，《广州大学学报（社会科学版）》1993年第2期。

⑥ 吴秀明：《历史题材小说的转型》，《小说评论》2001年第4期。

⑦ 钱本康：《历史题材小说断想》，《小说评论》1991年第6期。

⑧ 尹康庄：《论五四至建国前的历史题材小说》，《烟台师范学院学报（社会科学版）》1993年第1期。

事实上如果从时空源头追溯，历史小说文体形态远远不止两类，先不谈区域文化空间的复杂影响，仅从发展时序上即可分出神话历史小说、正史小说、稗史小说、"再生"历史小说等多种文体类型。

三　中国现代历史小说的时限之争

这一论争所指涉的是中国现代历史小说中"历史"的"时间界限"问题，即"历史"的上下限问题。

中国现代历史小说中的"历史"上限何在？它是否指与上古神话混杂的古史？"古史小说"与"神话小说"的关系如何？茅盾曾言："神话是一种流行于上古时代的民间故事，所叙述的是超乎人类能力以上的神们的行事，虽然荒唐无稽，可是古代人民互相传述，都确信以为是真的"①，直至文字出现后人们将原始初民口耳相传的事件记载下来，才出现了历史的最初形态——"古史"之雏形。神话是历史的最初源头，并非完全凭空捏造，它只是在远古时代由于生产力水平低下，人们对自然认识能力极其有限的情况下形成的超乎事实之上的想象性认知。古史阶段，神话与历史完全融合在一起，神话中蕴藏着人类最初的自然史、人类史、农业史、战争史、灾害史等，在这一意义上，"神话叙述是一种原生态的历史叙述"②，神话是历史的钩沉，历史则是神话的俯瞰，神话即古史，古史也是神话，二者不可分割。因此，从来没有绝对纯粹的"神话小说"，只存在神话与古史兼有的"神话历史小说"，虽然一些研究者仍对"神话即古史"的判断表示怀疑，但在实际操作层面上他们却始终将神话历史小说看作一种最原始、最古老的历史小说形态。

相对于中国现代历史小说中"历史"的上限问题，其下限问题更为棘手。解答这一问题的关键在于辨明"历史小说"与"时事小说"的时间界限。历史与时事是一组相对概念，历史彻底转型较为艰难，涵盖整个社会政治、经济、军事、文化的集体转型。一般来说，"中国现代历史小说"指1917至1949年间中国现代作家向古典历史（古代历史和近代历史）取材所作小说的总和，而"所谓时事小说，就是指反映当代历史事件的小说。作者是作品所叙的事件的同代人，也就是说作者与作品所写事件的年代距离一般不超过一代人，即三十年左右"③。中国现代历史小说研究领域有几种小说常与"时事小说"混淆不清，如许指严等人的

①　茅盾：《中国神话研究》，天津，百花文艺出版社，1981，第63页。

②　陈新：《西方历史叙述学》，北京，社会科学文献出版社，2005，第8页。

③　齐裕焜主编《中国古代小说演变史》，兰州，敦煌文艺出版社，1990，第194页。

"笔记小说"，岳乐山的"尘世奇谈"，李劼人的"大河小说"与德龄的"清宫回忆录"。

（一）许指严等人的"笔记小说"

民国初期出现了一批以笔记形式记述近代历史和民初重大时事的小说，如许指严的《南巡秘记》《新华秘史》《复辟半月记》《民国十年纪事本末》，扬尘因的《新华春梦记》，袁克文的《洹上私乘》《新华私乘》《辛丙秘苑》《戊戌定变记》，扪虱谈虎客的《近世中国秘史》，包天笑的《钏影楼回忆录》，李伯元的《南亭笔记》，江庸的《趋庭笔记》，王伯恭的《蜷庐随笔》，黄濬的《花随人圣庵摭忆》，柴小梵的《梵天庐丛录》，董濯缨的《新新外史》等，其中值得注意的当数许指严与袁克文的作品。许指严（1875～1925年），原名许国英，字志毅，又字子年，别号不才子、弹花洞主、砚耕庐主等，江苏武进人，曾任职南洋公学、金陵高等师范、商务印务馆和民国财政部。许氏拥护辛亥革命，坚决反对袁世凯复辟，其笔记小说实为专门针对"洪宪帝制"等一系列重大事件的揭秘史和讽刺史，社会影响力较大。袁世凯次子袁克文被迫亲自出马作上述小说替父辩护，处处子为亲讳，试图纠正"讹传"以正视听，然而袁世凯复辟悖逆社会潮流乃既定事实，在举国讨伐之下袁克文的所谓"拨乱反正"不过螳臂当车，徒劳而已。

（二）岳乐山的《尘世奇谈》

岳乐山（1878～1943年），祖籍浙江余杭，后迁至北京。其父受光绪重用出任塔城将军，为清末新疆四大将军之一。岳乐山随父入仕，清末曾在新疆、北京、松江、江苏等地任职，民国时期亦曾在北京、河南、广东、山东、唐山等地任职，他阅历良多，见博识广，擅长诗文，常有"以文记史"之雄心。岳乐山的《尘世奇谈》是中国现代一部旷世巨著，全书八百回，堪称当时第一长篇小说，老舍曾称其为"民国第一奇书"。在这部书中，作者按照时间顺序将有生之年所见所闻之社会大事尽录在内："书中时间跨越了光绪初年到民国初年的三四十年；地域包括了自北京到华北、西北、华东直至南海的大半个中国；所涉人物，上自帝、后、将、相，中至封疆大吏、各级官员、书吏杂役，下到山野村夫、市井小民、兵丁流寇，有名有姓者多达一千二三百人；所涉内容，既有甲午战争、戊戌变法、庚子国难、辛亥革命、南北议和等重大历史事件，也有山川景色、矿藏物产、名胜古迹等自然风光，对这一时期的政治、经济、军事、外交、思想、文化以及民俗、民情等等，均有生动出色的记述。"①虽然书中多数人物和故事情节涉嫌虚构，但其史料价值仍不可小觑。

岳乐山终其一生都在续写《尘世奇谈》，似乎永远写不完，大有生命不息、笔耕不止之冲天气概，以至于这部奇书在他逝世前都未能出版。1943年岳乐山逝世后，该书又历六十余载沉寂期，后经山东文艺出版社与北方文艺出版社联合整理、校对，终在2003年12月出版面世。

（三）李劼人的"大河小说"

李劼人（1891～1962年），祖籍湖北黄陂，生于四川成都，作家、翻译家、实业家、社会活动家。1935年7月李劼人用二十多天写成长篇小说《死水微澜》（1936年7月上海中华书局初版），1935年8月至1936年初又写成长篇小说《暴风雨前》（1936年12月上海中华书局初版），1936年1月至7月再写成长篇小说《大波》上、中、下三卷（1937年1月至7月初版），至此其"大河小说"基本完成。李劼人在《死水微澜·前记》中曾说过，"大河小说""把几十年所生活过，所体验过，在我看来意义非常重大，当得起历史转捩点的这一段社会现象，用几部有连续性的长篇小说，一段落一段落地把它反映出来"②。1961年他又在《大波》第三部后记中写道："我写《大波》，因为一半是真人，真人局限性大，的确不大好写。为了要写得透彻，写得全面，有时必须要创造几个人来。"所谓"生活过""体验过"，意味着小说中事件多为作者亲历亲闻，"大河小说"的写作背景涉及甲午战争、戊戌变法、义和拳变、八国联军、辛亥革命、保路运动等历史事件，所写人物"一半是真人"，基本在作者生命期限与个人经历中存在过，这与许指严等人的"笔记小说"和岳乐山的《尘世奇谈》大体类似。

李劼人"大河小说"从1894年甲午战争写到1911年辛亥革命，纵贯十七年，从时间跨度看其中所涉历史仍属古典历史范畴，而许啸天1929年所作的《民国春秋演义》，20世纪30年代蔷薇园主的《五四历史演义》和张碧梧的《国民军北伐演义》则与新闻、时事配合，宣传目的和现实性质愈加突出。

（四）德龄的"清宫回忆录"

德龄（1886～1944年），即裕德龄，汉军正白旗人，旅美作家。德龄"华父洋母"③，其父裕庚为清朝贵族、驻法公使，德龄精通八国外

---

① 岳乐山：《尘世奇谈·出版说明》，济南，山东文艺出版社，2003，第2页。

② 李劼人：《谈创作经验》，载《李劼人选集》第五卷，成都，四川人民出版社，1980，第544页。

③ 喻血轮：《德龄公主家世》，载眉睫整理《绮情楼杂记》，北京，中国长安出版社，2011，第6页。

语，曾任慈禧御前女官兼翻译，受封郡主，故称德龄公主或德龄郡主。1911年德龄所著《清宫二年记》（又名《我在慈禧身边的两年》）乃其首部作品，后有《御香缥缈录》（原名《老佛爷时代的西太后》，又名《慈禧后私生活实录》，1934至1935年上海《申报》副刊《春秋》）、《光绪秘史》（1937年上海商务印书馆）、《瀛台泣血记》（又名《光绪帝毕生血泪史》，1945年成都百新书店）、《御苑兰馨记》（1948年上海百新书店）、《清宫夜谈录》（1949年上海百新书店）以及更晚出版的《慈禧恋爱纪实》《童年回忆录》等。

德龄"清宫回忆录"系列小说原以英文写成，后被逐渐译述为中文，作者通过记述随侍慈禧期间的亲身见闻，披露清末政要如慈禧、同治、光绪、宣统、荣禄、隆裕、端王、袁世凯、康有为以及太监李莲英、安德海等宫中红人的世所不知的生活内幕。这些小说发行伊始即引起强烈反响，如《清宫二年记》自1911年发行至1946年仍"盛销不衰"[①]，鲁迅曾半讽半赞地承认德龄"用《御香缥缈录》把清朝的宫廷讲得津津有味"[②]。若从成书年代与作者经历来看，德龄"清宫回忆录"可谓名副其实的清末"宫闱秘史"，若从史学角度与叙述方式来看，它们又不失为研究晚清政治文化生活的一种参考工具，内中虽夹杂作者的主观判断以及迎合读者的媚俗言辞，但事实记录乃其根本内容与价值所在，当然若再从阅读接受视角来看，它们亦算是一种通俗易懂的消遣性小说。

综上所述，许指严、岳乐山、李劼人、德龄小说中真实存在的人事基本与作者同属一个时代，因此他们的四种小说似乎更应该被看作时事小说而非历史小说，然而如果进一步斟酌这些小说的故事时间，则又可以发现：德龄的"清宫回忆录"所记内容主要为慈禧相关生活，其故事时间的下限基本在1908年；李劼人"大河小说"的故事时间为1894～1911年，历时十七八年；岳乐山《尘世奇谈》所涉内容为光绪初年至民国初年的相关事件，历时三四十年；许指严等人的"笔记小说"主要记载"洪宪帝制"相关事件，多为1915年之前。可见，上述四种小说的故事时间基本都在"近代历史"范围内，属"古典历史"范畴，越界内容微乎其微。因此，如果将神话历史小说看作最早的一种历史小说文体形态，那么以上四种小说则属于最晚的一类历史小说文体形态。鉴于以上

---

① 〔美〕阿德·柏克斯：《我与德龄公主》，载德龄：《慈禧恋爱纪实》，李葆真译，北京，作家出版社，1989，第3页。

② 鲁迅：《且介亭杂文末编·"这也是生活"……》，载《鲁迅全集》第六卷，北京，人民文学出版社，1981，第603页。

事实，我们不妨将这些小说作为一种佐证纳入中国现代历史小说拓展研究中，从而保障该研究有头有尾，有始有终，更加全面、系统、完整。当然中国现代历史小说研究中的"辨异释疑"是不可避免的，在研究过程中应特别注明以上四类小说的独异特性，避免使该研究趋向泛化。

此外，"中国现代历史小说"与"革命历史小说"的关系问题也值得注意。"革命历史小说"是一个特殊的小说概念，其中"所指称的'历史'具有'既定'的性质，是'在既定的意识形态的规限内，讲述既定的历史题材，以达成既定的意识形态目的'"，它特指讲述"中共发动、领导的'革命'的起源，和这一'革命'经历曲折过程之后最终走向胜利的故事"①。"革命历史小说"兼有"意识形态"倾向与"拟科学"特征，它与"中国现代历史小说"的"历史"范畴截然不同，和左翼历史小说亦存在明显差异，不可混为一谈。

四　源流考论：建构时空立体化研究模型

本书认为中国现代历史小说研究领域的固有争议至今尚未妥善解决，主要在于历来研究者往往侧重某一类或某几类历史小说内部问题的宏观探讨而未能从根本上综合考察其时空源头，因此也无法从学理上系统论证复杂的源流变化、脉络发展、文体形态与叙事特征等一系列微观问题，最终导致整个研究过程陷于不同源流和脉络、不同文体的混淆之中，难以释疑一些似是而非的历史小说现象，从而一直停留在"重史"与"重文"、"真实"与"虚构"等现象争论层面，因此中国现代历史小说的时空源流考论迫在眉睫。

"文学是随着时间空间而变迁的。如果否认这一点，文学史便无从讲起。——其实不但文学史；如果否认了时间性空间性，一切历史都无从讲起"②。中国现代历史小说时空源流考论的关键环节是建构时空立体化研究模型：

一方面，按照纵向时间发展顺序进行关联研究。中国涉及小说时间源流问题的研究专著，如鲁迅的《中国小说史略》（1923年北京新潮社）、胡寄尘的《中国小说的起源及其演变》（1934年南京正中书局）、郭箴一的《中国小说史》（1939年长沙商务印书馆）、范烟桥的《中国小说史》（1939年苏州秋叶社）、蒋祖怡的《小说纂要》（1949年南京正中书局）、石昌渝的《中国小说源流论》（2015年三联书店）和杨义的《中

---

①　洪子诚：《中国当代文学史》，北京，北京大学出版社，2010，第94页。

②　刘大白：《与胡寄尘先生论文学书》，《文艺茶话》1934年第2卷第9期，第31页。

国古代小说史论》（见《杨义文存》第六卷，1998年北京人民出版社）等皆宏观论及神话传说、史传文学、诸子散文等与中国古代小说的关系，当然中国现代历史小说亦受这些因素的影响。由于中国神话和古史纠缠不清，历史又直接介入成为历史小说的材料仓库，从而使得中国神话、历史与历史小说关系异常紧密，它们对历史小说的影响远超诸子散文。因此从历时性角度来看，中国现代历史小说仍然需要从神话和历史这两大源头追根溯源，同时又必须从微观上探讨神话与历史小说、历史与历史小说之间的深层联系以及它们对中国现代历史小说的脉络流变、文体形态和叙事特征所产生的实际影响。

另一方面，按照横向空间分布状况进行拓展研究。截至目前，尚未出现涉及历史小说空间问题研究的专著。从共时性角度出发，按照作家籍系可将中国现代历史小说作家作品归入相应的区域文化空间，重点考察作家作品分布最广的吴越、荆楚、岭南、巴蜀和秦陇等五大区域中，现实语境、区域文化对现代作家文史观的影响以及对中国现代历史小说的文体形态、历史选择、叙事手段、艺术方法、小说风格等微观问题的作用和意义。

可见，中国现代历史小说的构成机制极其复杂，涉及众多变量成分和系统因素。本书首次建立以"时空"研究为主、多种研究方法为辅的"立体化"研究模型，从时空两个维度对中国现代历史小说追根溯源，目的在于摒弃传统观念与政治规约，弥补学理阐述之不足，厘清上述争议，为进一步解决实际问题清除理论障碍。

上编

中国现代历史小说的基本问题

中国现代历史小说
创作源流考论
1917~1949年

　　中国现代历史小说作为中国小说，尤其是中国历史小说的一个现代类型，既受到神话、历史、文学的三重影响，拥有一般小说的共性特征，又因现代语境的客观制约呈现出独特的个性特征。本编分为概念界定、神话源头、史传传统、阐释层面和创作向度五大部分，一方面贯通古典历史小说与现代历史小说的共性内容，另一方面又兼顾现代语境对主体创作的特殊影响（如实际创作过程中主体在历史选择、叙述方式、创作模式、写作目的等方面存在的或大或小的时代差异），从而为后续研究奠定理论基础。

第一章 中国现代历史小说的
概念界定

如《绪论》所述，中国现代历史小说研究领域一直存在三大论争——概念之争、辨体之争和时限之争，其中概念论争是该研究面临的首要问题。作为中国历史小说研究的断代史，欲辨明中国现代历史小说研究中存在的概念问题，自然当从"历史小说"这一共同概念开始。

第一节 中西视野与历史小说的概念变迁

中国历史小说自古已有，最早可追溯到春秋时期的"史传文学"，真正形成于元末明初（14世纪）《三国演义》出现之后，"自三国演义行世后，历史小说层出不穷"[1]。在中国古代文学评论中逐渐形成了史传、演义、讲史、历史演义等概念，但并无"历史小说"之概念。欧洲历史小说的源头可追溯到12世纪的"历史书写"（Historical Writing）[2]，真正形成于19世纪英国司各特历史小说出现之后[3]，远远晚于中国历史小说的产生。欧洲"历史小说"（Historical Novel）概念则出现在19世纪中期，20世纪初游学日本和欧美的中国学者将这一概念译介到中国。

1900至1949年间政治革命、民族战争、救亡图存等成为中国社会的最大事件，学界并不重视西方历史小说理论的翻译，因此中国"历史小说"内涵受史传、演义、讲史和历史演义影响较大，而受西方"历史小说"影响相对较小。

一 从史传、演义、讲史到历史演义

（一）史传、演义与讲史

一般而言，"传"最初指的是对"经"的解释，尤其是对"六经"的

---

[1] 吴趼人：《两晋演义序》，《月月小说》1906年第1卷第1期。

[2] Monika Otter, *Inventions: Fiction and Referentiality in Twelfth-Century English Historical Writing* (Chapel Hill: University of North Carolina Press, 1996).

[3] George Lukács, *The Historical Novel*, trans. Hannah Mitchell, Stanley Mitchell (Lincoln: University of Nebraska Press, 1983).

解释。孔子所辑中国早期文化典籍"六经"①对当时的历史状况皆有反映，故章学诚有"六经皆史"②之论，但真正被后世当作史籍对待的只有《春秋》一部。因此以春秋末期左丘明（约公元前502年至约公元前422年）所著《左氏春秋》为首的"史传文学"成为中国历史文学的雏形，"史传传统"亦成为中国文学的固有传统。

"演义"，又作"衍绎"，从字面来讲，"演"乃"演绎""阐释"，"义"乃"奥义""深义""主旨""大旨"。"演义之萌芽，盖远起于战国"③，而"演义"作为合词，最早出现在范晔《后汉书》中，《后汉书》一百十三卷《逸民列传·周党传》载："伏见太原周党、东海王良、山阳王成等，蒙受厚恩，使者三聘，乃肯就车。及陛见帝廷，党不以礼屈，伏而不谒，偃蹇骄悍，同时俱逝。党等文不能演义，武不能死君，钓采华名，庶几三公之位。"④该文记录的是博士范升弹劾周党的奏表，范升认为周党等三人见到皇帝"伏而不谒，偃蹇骄悍"，恃才傲上，故指责其"才"非真才实学，"文不能演义"，"钓采华名"，名不副实，不过沽名钓誉之徒。周党之才有史籍可寻，因此范晔认为范升所奏乃"毁"誉之言。"演义"一词出现之后，它的概念范畴经历了一个由狭义至广义再到狭义的演变过程。

范升所言"文不能演义"中的"演义"，乃是狭义的演义界定，它指出演义最初之界定范围，专指对经书尤其是"六经"之义的演绎与阐释。较早的"六经"演义是《艺文类聚》卷九十九"祥瑞部下·验虞"条所引《春秋演义图》曰"汤地七十，内怀圣明，白虎戏朝"，"春秋演义"即演《春秋》之"义"，还有《宋史·艺文志》经解类著录"刘元刚《三经演义》一十一卷《孝经》《论》《孟》"⑤，《宋史》卷四百零七《杨简传》载钱时所著《周易释传》《尚书演义》《春秋大旨》等以及《明史》卷九十六著录梁寅《诗演义》八卷等。

随后，"演义"概念逐渐超越仅仅针对经书的阐释范围，开始走向广义化。首先在中国第一本诗歌总集《诗经》的演绎与阐释文本《诗演义》基础上产生了一批诗歌注解与品鉴之作，如《新唐书》卷五十九著所录

---

① "六经"即《易》《诗》《书》《礼》《乐》《春秋》，因《乐》亡佚，仅余"五经"。"五经"有"传"的是《易经》《尚书》和《春秋》，《易经》三传为《周易》《连山》《归藏》，《春秋》三传为《左传》《公羊传》《谷梁传》，《尚书》则有《尚书大传》。

② 〔清〕章学诚：《文史通义校注》卷一，叶瑛注，北京，中华书局，1983，第1页。

③ 章炳麟：《洪秀全演义·序》，载《章太炎政论选集》上册，北京，中华书局，1977，第306页。

④ 〔南朝·宋〕范晔：《后汉书·逸民列传·周党传》卷八十三，北京，中华书局，1973，第2762页。

⑤ 〔北宋〕欧阳修、宋祁：《新唐书·宋史·艺文志》，北京，中华书局，1975，第1541页。

"《苏鹗演义》十卷"之诗注,"龙钟,不翘举之貌","乾没,尤陆沉之义"等,再如元进士张伯成的《杜律演义》(又名《七言律诗演义》)与程道生的《遁甲演义》等,这些诗歌注解与品鉴之作主要对诗中之词与难解之处做片段注释,大多缺乏连贯性,它们后来被纳入"演义"范畴。此外,在《春秋》"演义"基础上亦出现了演绎并阐释其他史籍的作品,它们也被纳入"演义"范畴。

可见,从"经"类演义到"诗"类演义再到"历史"演义的延展过程,同时也是"演义"概念由狭义到广义的扩张过程。不过,无论是"经"类演义、"诗"类演义还是"史"类演义,都是对古代文化典籍的阐释,因此即使"史"类演义或史传文学,亦与后世小说性质的"历史演义"存在极大区别。

宋元时代随着话本①的盛行,"演义"含义亦发生变化,由演述经典逐渐拥有了演说、说话的意义。"考这演字,乃是演说之演。义字,乃是学校中讲义之义","'义'即是'旨',即是核心,是目的,是统率全书的精神支柱,而'演'则是明'义'、表'义'的手段,是明'义'、表'义'的途径"②。"因为这种小说,起初不是写在纸上给人家看的,是口里说出来给人家听(的)。说的人便是说书先生"③。历史演义就是在"史"类演义不断发展的过程中结合稗史轶闻、民间传说、宋元说话等逐渐形成的一种比较完美的古代小说创作模式,它在中国古代几乎已经与诗歌、散文具有同等地位。《辞海》释曰:"演义,谓敷陈义理而加以引申。……由讲史话本发展而来。系根据史传敷衍成文,并经过作者的艺术加工。"④尤其《三国演义》出现之后,历史演义愈发璀璨夺目,一枝独秀,其他小说门类相形失色,以至于普通人只知历史演义,不知其他"演义",使"演义"几乎成为"历史"演义的代名词。在这一意义上,"演义"又出现了从广义走向狭义的缩水现象。

(二)历史演义及其基本模式

历史演义是在宋元话本基础上形成的一种比较完美的小说创作模式。在中国古代,民间历史知识主要不是通过史书获得的,而是通过口传文学如传说、传奇、平话、讲史、唱本、小说、戏曲、评弹等获得。早在

---

① "说话"始于魏晋,兴于宋元,话本是"说话"人讲故事用的文学底本,宋元话本亦是中国古代白话小说的开端。

② 欧阳健:《历史小说史》,杭州,浙江古籍出版社,2003,第88页。

③ 胡寄尘:《演义之解释》,《民众文学》1923年第2卷第2期。

④ 《辞海》编辑委员会编《辞海》中册,上海,上海辞书出版社,1979,第2260页。

宋朝时期，北宋京都汴梁、南宋京都临安便因富庶繁华吸引着各种性质的说唱艺人，他们或精于历史掌故，或精于宗教秘闻，或精于英雄传奇，再配以高超的说唱技艺，使得口传文学在茶馆、酒肆、勾栏中日渐滋长，成为盛极一时的通俗娱乐项目。耐得翁在《都城纪胜》一书《瓦舍众伎》一条中将南宋"说话"分为四家："一者小说，谓之银字儿，如烟粉、灵怪、传奇。说公案，皆是搏刀赶棒及发迹变泰之事。说铁骑儿，谓士马金鼓之事。说经，谓演说佛书；说参请，谓宾主参禅悟道等事。讲史书，讲说前代书史文传、兴废争战之事。"[①]其中"'说经''说参请'及'铁骑儿'一类的东西，今已不复存。今所存者胥为小说及讲史的话本，而以小说为尤多"[②]。"宋人说话之影响于后来者，最大莫如讲史"。讲史话本是中国古代最早的长篇小说，但它只是当时说话人的脚本大纲，各方面皆不成熟。"至于宋之平话，元明之演义，自来盛行民间，其书故当甚夥，而史志皆不录"[③]。元明之际，讲史兴起，至清末，讲史话本逐渐演变成比较完美的文学形式——历史演义，出现了《三国志通俗演义》《封神演义》《隋唐两朝志传》《东西两晋志传》《水浒传》等著名历史演义。由此可见，宋人所谓讲史平话、讲史话本，即明清文人家所谓的"历史演义"，或民间所谓的"讲史小说"。只不过前者的目的是供人"说着弹唱着"，而后者却"只在供人阅诵，不必真说真唱也"[④]。1907年黄人在《小说小话》中编纂了第一份"讲史"类小说目录，包括九十一种"讲史"小说，《小说小话》实开小说目录学先河，在"讲史"目录学方面亦有开山之功。

在文学发展过程中，历史演义逐渐形成相对固定的创作模式。从形式上看基本具备以下特征：

长篇体式：基本采用长篇小说体式，以断代编年方式按照时间顺序讲述故事。

分卷立目：有的分卷立回，有的设章立回，有的只立回不分卷不设章等，从而形成章回体式；"章回体小说是在宋元讲史等话本基础上发展而成的。它的特色是分章叙事，分回标目，每回的故事相对独立。段落

① 〔南宋〕耐得翁：《都城纪胜》，北京，中国商业出版社，1982，第11页。
② 郑振铎：《郑振铎说俗文学》，上海，上海古籍出版社，2000，第62页。
③ 鲁迅：《中国小说史略》，北京，东方出版社，2003，第5页。
④ 俞平伯：《谈中国小说》，载吴福辉编《二十世纪中国小说理论资料》第三卷，北京，北京大学出版社，1997，第27页。

整体，便又前后勾连，首尾相接，将全书构成统一的整体"①。

对句篇目：平话篇目标题字数不等，而演义篇目则日趋整齐，终成对句。

开卷、散场诗：首回有开卷诗，末回有散场诗，这与戏曲中的上场诗与下场诗相似。

说书方式：采用说书口吻讲述故事。每一回皆以"话说""书接上回""上回书说到"等套语承上启下，并且在每一回的精彩之处或注意之处，配合醒木，则又会出现"看官诸君""列位看官"等提示话语或"诗曰""词曰"等提示性词语，此外在每一回结尾之处皆有"欲知后事如何，且听下回分解"等常见说书方式结束或采用"下场诗"结尾。

二　从"历史小说"到"中国现代历史小说"

相对历史演义而言，"历史小说"是一个近代概念，最初来自欧洲，大约形成于19世纪50年代末。18世纪末英国第一次工业革命正如火如荼，自然学科与人文学科迅猛发展，率先走向学科专业化、精细化，19世纪初随着历史学的独立和史学研究的兴盛，历史小说创作日益受到重视。瓦尔特·司各特爵士自1814年起陆续发表《威弗利》、《清教徒》(1816年)、《罗布·罗伊》(1817年)、《米德洛西恩的监狱》(1818年)《艾凡赫》(1819年)和《昆丁·达沃德》(1823年)等近三十部历史小说，在欧洲文学界获得空前影响力。1859年英国《本特利氏杂志》(*Bentley's Miscellany*)刊载《历史的与说教的：历史小说》("Of Novels，Historical and Didactic：the Historical Novel")一文，1887年《麦克米兰杂志》(*Macmillan's Magazine*)又刊载《历史小说》("The Historical Novel")一文，这两篇文章在介绍当时的小说创作时开始使用"历史小说"概念。1937年法国理论家乔治·卢卡奇写成一部较早系统研究欧洲历史小说的专著《历史小说》②，将司各特历史小说看作欧洲历史小说的真正开端，这与此前俄国评论家别林斯基将司各特称为"欧洲历史小说之父"如出一辙。

1898年10月梁启超逃亡日本，他在日本译作中接触到英国历史小说后率先将"历史小说"概念引入国内，随后引发国内理论界的讨论。

---

① 袁行霈主编《中国文学史》，北京，高等教育出版社，1998年。

② George Lukács, *The Historical Novel*, trans. Hannah Mitchell, Stanley Mitchell (Lincoln：University of Nebraska Press，1983).

（一）1902～1916 年："历史小说"概念的引入

1899 年 8 月 26 日梁启超在自己创办、主编的《清议报》第二十五册上开辟"饮冰室自由书"专栏，撰写发表杂文，其中第三篇《传播文明三利器》一文在介绍日本当时的翻译与著述时已对小说文体产生初步认知，他认为日本当时的翻译"其原书多英国近代历史小说家之作"，而著述方面则"政治小说""渐起"①。1902 年 2 月梁启超在日本横滨主编《新民丛报》，8 月 18 日他在该刊十四号上发表署名"新小说报社"的文章——《中国惟一之文学报〈新小说〉》，通过倡导新小说达成"新民""新国"之目的。这篇相当于《新小说》发刊词的文章首次确切引入"历史小说"概念并做出界定：

> 历史小说者，专以历史上事实为材料，而用演义体叙述之，盖读正史则易生厌，读演义则易生感。征诸陈寿之《三国志》与坊间通行之《三国演义》，其比较釐（厘）然矣。故本社同志，宁注精力于演义，以恢奇俶诡之笔，代庄严典重之文。②

《新小说》发刊词这一界定确认历史演义是历史小说，并将"恢奇俶诡"的历史小说与"庄严典重"的历史区分开来，标志着历史小说文体独立地位的获得。在中国古代文化中历史（特别是正史）与历史文学的关系渗透着阶级社会的等级差别，二者地位极不平等，历史凌驾于文学之上，文学沦为历史的附庸，历史文学尤其是历史小说则成为历史的第一婢女。自《新小说》发刊词后，"人们已经不再把历史小说仅仅当作演义正史的一种辅助性的工具，而开始把它作为一种独立的小说体裁"③。当然这一界定认为"历史小说"专指"以历史上事实为材料，而用演义体叙述之"历史演义，显然在文体认知方面失之偏颇，尚未认识到历史小说文体的复杂性。此外，这一界定对历史小说"恢奇俶诡"特征的认可基本体现在形式上，内容方面的容忍度则极其有限，它只是在可行范围内对历史演义过分拘泥史实的书写惯例做出少许修正。

1902 年 11 月 4 日梁启超再作《论小说与群治之关系》一文，将小说

---

① 梁启超：《饮冰室自由书·传播文明三利器》，载《梁启超全集》第二卷，北京，北京出版社，1999，第 359 页。

② 梁启超：《中国唯一之文学报〈新小说〉》，《新民丛报》十四号，1902 年 8 月 18 日。

③ 〔中〕王富仁、〔韩〕柳凤九：《中国现代历史小说论》第一论，《鲁迅研究月刊》1998 年第 3 期。

作为社会变革、新民强国的首要工具而竭力抬高其地位：

> 欲新一国之民，不可不先新一国之小说。故欲新道德必新小说，
> 欲新宗教必新小说，欲新政治必新小说，欲新风俗必新小说，欲新
> 学艺必新小说，乃至欲新人心，欲新人格，必新小说。何以故？小
> 说有不可思议之力支配人道故。①

作为"戊戌变法"的政治领袖，梁启超极度重视小说的政治宣传作用，他认为"彼美、英、德、法、奥、意、日本各国政界之日进，则政治小说为功最高焉"②。而历史小说亦被视为一种宣传渠道，一剂救世良方，相对于历史阐释、社会教化、伦理教育、休闲消遣等功能，梁启超更加看重历史小说的政治启蒙功能。而吴趼人则坚持强调历史小说的历史阐释和教化功能，1903年他在《月月小说·序》中声称："吾发大誓愿，将遍撰译历史小说，以为教科之助"③，"使今日读小说者，明日读正史如见故人；昨日读正史不得入者，今日读小说而如身亲其境"④。可见，吴趼人的历史文学观仍然依附于传统史家，其历史小说是兼有解释正史与教育大众双重作用的"通俗教科书"，目的是让读者通过小说形式学习社会伦理、道德观念和历史知识。1908年周作人对上述观点质疑，重申历史小说的文学性质，认为"历史小说乃小说取材于历史，非历史而披小说之衣也"⑤。

总体而言，"尽管清末民初出版了数量颇为可观的历史小说，可在历史小说的创作和理论上，新小说家实际上并没有多少突破"⑥。

（二）**1917～1923年**：历史小说文体批评的发生

随着历史小说作为一种独立文体开始得到公认，中国理论界对历史小说的评点逐渐增多。

1917年9月，胡适自美归国任教于北京大学，次年5月他从"学习西方"和"文学革命"的角度最先针对历史小说做法进行辩证评点，认

---

① 梁启超：《论小说与群治之关系》，载《饮冰室合集·文集》第四册，北京，中华书局，2015，第864页。

② 同上。

③ 吴趼人：《〈月月小说〉序》，《月月小说》1903年9月15日创刊号。

④ 吴趼人：《历史小说总序》，《月月小说》1903年9月15日创刊号。

⑤ 周作人：《论文章之意义暨其使命因及中国近时文论之失》，载陈子善、张铁荣编《周作人集外文》上册，海口，海南国际新闻出版中心，1995，第56页。

⑥ 陈平原：《二十世纪中国小说史》第一卷，北京，北京大学出版社，1989，第302-303页。

为"凡做'历史小说',不可全用历史上的事实,却又不可违背历史上的事实。全用历史的史实,便成了'演义'体,如《三国演义》和《东周列国志》,没有真正'小说'的价值。('三国'所以稍有小说价值者,全靠其能于历史事实之外,加入许多小说材料耳。)若违背了历史的事实,如《说岳传》使岳飞的儿子挂帅印打平金国,虽可使一班愚人快意,却又不成历史的小说了。最好是能于历史事实之外,造成一些'似历史又非历史'的事实,写到结果又不违背历史的事实"①。首先,胡适评点涉及历史事实与文学虚构的比例问题,他对比中国传统历史演义与君朔所译法国大仲马的历史小说《侠隐记》,认为只要"结果不违背历史事实",其他方面绝不可全用历史史实,一定要虚构一些人物,把"历史的"人物和"非历史的"人物穿插夹混,"创造"一些"似是而非"、以假乱真的"历史",增加文学的想象力和趣味性,才能"产生出活文学"②,体现出历史小说的"小说"价值。其次,胡适评点涉及历史小说文体的多样性问题。胡适对"演义体"过于拘泥史实颇有微词,同时注意到《宣和遗事》的"杂记体"性质,考证出"《宣和遗事》中记杨志卖刀杀人,晁盖等八人路劫生辰纲,宋江杀阎婆惜诸段,便是施耐庵《水浒传》的稿本"③,意即上述情节出自《水浒传》的虚构部分,乃是文学作品的"再生"内容。

历史小说作法多样,文体形态亦有不同。1921年鲁迅在译介芥川龙之介的《罗生门》时开始注意到历史小说文体形态和具体做法之间的联系,他发现《罗生门》"只取一点因由,随意点染"④的写作方式不同于"博考文献,言必有据"的传统"历史小说",于是将前者称为"历史的小说"⑤,以示区分。稍晚,曹聚仁受鲁迅"辨体"意识的影响与芥川龙之介的启示,进一步将依据历史典籍尤其是正史,通过史实考证、逻辑推理写成的小说称为"正格的历史小说"⑥,而将取材于神话、传说、稗史、逸闻等荒诞性、虚构性较强的小说称为"托古寄怀的历史小品"⑦

---

① 胡适:《论短篇小说》,《新青年》1918年第4卷第5号。

② 胡适:《建设的文学革命论》,《新青年》1918年第4卷第4号。

③ 胡适:《论短篇小说》,《新青年》1918年第4卷第5号。

④ 鲁迅:《故事新编·序言》,载《鲁迅全集》第二卷,北京,人民文学出版社,1981,第342页。

⑤ 鲁迅:《〈罗生门〉译者附记》,载《鲁迅全集》第十卷,北京,人民文学出版社,1981,第227页。

⑥ 曹聚仁:《史事与历史小说》,载《中国文学概要　小说新语》,北京,生活·读书·新知三联书店,2007,第208页。

⑦ 同上。

或"非正格的历史小说"。

　　（三）1924～1936年：历史小说理论的系统化与多元化

　　早在1918年4月周作人在北京大学文科研究所小说组作讲演时就曾直言：中国小说、翻译毫无成绩，是"中国人不肯模仿不会模仿"的缘故，"目下切要办法，也便是提倡翻译及研究外国著作"[①]。1920年以来，中国报刊开设文坛大事、文坛消息、文坛杂话、文学通信、说海一勺等栏目，以登载消息、快讯、广告、照片等方式简介19世纪波兰历史小说家显克微支，欧洲新晋历史小说家安达西、赛克绿、卡迈克尔（E. M. Carmichael）、艾琳（Eileen）、玛洁尔瑞·巴文（Marjorie Bowen）和罗达·鲍威尔（Rhoda Power）的最新历史小说，以及德国当时的历史小说热和日本、俄国的历史小说理论。

表1-1　1924～1936年的历史小说理论译介

栏　目	篇　目	刊物与时间
《说海一勺》	顾凤孙《德国之历史小说丛书》	《半月》1924年第4卷第2期
[T][②]	"Mr. Andrew Melrose has in the press a Scottish historical novel" by E. M. Carmichael	*The North-China Daily News*，1925年4月4日
[T]	"Strachey inspired by cinema wrote first historical novel for films"	*The Shanghai Times*，1926年1月29日
[T]	"Miss Eileen and Miss Rhoda Power have written two books of stories from history"	*The North-China Daily News*，1926年4月17日
[T]	"The Frederick A. Stokes Company and the Forum magazine are offering a prize of $7500.00 and royalties for the best American historical novel"	*The China Press*，1926年5月16日
[T]	"History pops up romantically from the most unexpected places in New York" by Gilbert Swan	*The China Press*，1926年7月28日
[T]	"With the death of Stanley Weyman passes one of the best historical novelists of his generation"	*The Shanghai Sunday Times*，1928年4月15日
	"History in novels"	*The Shanghai Times*，1928年6月9日

---

① 周作人：《日本近三十年小说之发达》，《新青年》1918年第5卷第1号。

② 特别报道或特别消息。

栏　目	篇　目	刊物与时间
[T]	"Miss Marjorie Bowen has just finished the manuscript of her new historical novel *The Golden Roof*"	*The North-China Daily News*，1928年8月22日
《现代文坛杂话》	赵景深《安达西续出历史小说》	《小说月报》1929年第20卷第3期
《最近的世界文坛》	汪倜然《德国历史小说家》	《前锋月刊》1930年第1卷第3期
	〔日〕菊池宽作、〔中〕洪秋雨译《历史小说论》	《文艺创作讲座》1931年第1期
《文坛消息》	杨昌溪《德国的历史小说热》	《青年界》1931年第1卷第2期
	《高尔基论俄国青年作品:历史小说的真实范型》	《星期文艺》1931年第22期
	〔日〕上田进、〔中〕洛文(鲁迅)译《苏联文学理论与文学批评的现状》	《文化月报》1932年第1卷第1期
《文坛消息》	曼因《关于集会者:历史小说讨论会、马克莱那作家大会》	《当代文学》1934年第1卷第4期
《文坛消息》	《赛克绿的历史小说》	《时事类编》1935年第3卷第17期
[T]	"*The Harvest of Years* by Howard Gordon-Page（Thornton Butterworth，London）is a historical novel having the French Revolution as its background"	*The North-China Daily News*，1935年7月9日
	"Four historical novels"	*The Shanghai Times*，1935年7月17日
《文学通信》	张香山《目前的日本历史小说(附照片)》	《作家(上海)》1936年第1卷第4期
《银屑》	《波兰著名文学家显克微支所作著名历史小说》	《世界画报(北京)》1936年第556期

从表1-1可见，在1924～1936年的历史小说理论译介中值得注意的是日本小说家菊池宽的《历史小说论》和苏联《高尔基论俄国青年作品：历史小说的真实范型》，它们真正触及历史小说系统性理论批评层面，分别影响到郁达夫的历史小说理论和其他左翼作家的历史小说创作，对中国现代"历史小说"的内涵建构影响较大。1926年4月16日郁达夫发表《历史小说论》，他在菊池宽《历史小说论》[①]的基本理论框架内置入自己的创作观点，对历史小说现状、概念、题材、历史小说与历史的关系、历史小说作法、意义等进行全面分析，从而形成了中国较早的历史小说专论，使历史小说理论从偶感短评走向系统论述。郁达夫指出："现在所说的历史小说，是指由我们一般所承认的历史中取出题材来，以历史上著名的事件和人物为骨子，而配以历史的背景的一类小说而言。"[②]他非常注重"空想"在历史小说创作中的运用，认为作历史小说时只要将空想限制在"不至（于）使读者感到幻灭的范围以内，就是在不十分的违反历史常识的范围以内"[③]，即可仅以著名历史事件和历史人物为骨架或背景，在"他人的生活记录"中间自由填充小说家"自己的生活经验"，"以我们个人的人格全部，融合于古人，将古人的生活、感情、思想，活泼泼地再来经验一遍"[④]。这是一种典型借古人古事写现代个体生活体验的历史小说作法，自此历史小说创作开始打破拘泥史实的写作惯例。

受欧洲历史小说与郁达夫《历史小说论》的影响，1926～1936年民国理论界出现了一个历史小说热评潮。其中短评数量占绝对优势，如积瑞的《"历史小说"之我见》（《南洋周刊》1926年第8卷第9期），张平的《批评与介绍：评几篇历史小说》（《现代文学评论》1931年第1卷第3期），陈铁光的《历史小说新论》（《海滨文艺》1932年创刊号），曹聚仁的《从"发掘"说到历史小说》（《新语林》1934年第1～2期），天狼的《写历史小说之难》（《新垒》1934年第4卷第2期），江流的《谈写历史小说》（《中学生》1934年第50期），坑余的《谈历史小说》（《苏州明报新屋落成纪念国庆专刊》1935年特刊），李之子的《历史小说扯谈》（《创进》1937年新2号第2期），黎锦明的《历史小说论》（《青年界》1937年第11卷第5期），唐人的《历史小说和历史剧在民族主义文学的地位》（《黄钟》1935年第6卷第2期），《文艺界：郁达夫

---

① 〔日〕菊池宽：《历史小说论》，洪秋雨译，《文艺创作讲座》1931年第1期。

② 郁达夫：《历史小说论》，《创造月刊》1926年第1卷第2期。

③ 同上。

④ 同上。

写长篇历史小说》（作者不详，《时事旬报》1935年第19期），以上短评从不同角度对历史小说概念、作法提出基本见解，这些见解仍然停留在历史与文学、真实与虚构的论争层面。此外还有少量长评，如李洁非的《历史小说与民族精神》（《图书展望》1936年第4期），关注历史小说的社会意义、政治作用和民族精神。

这一时期随着马克思主义在中国的传播，左翼历史小说理论批评开始萌芽。早在"五四"前后，陈独秀、李大钊、瞿秋白等就已经开始向中国介绍马克思主义，但他们专注哲学思想和政治革命，"没有用艺术的形式表现他们对中国社会历史的认识"①。1928年之后响应无产阶级革命文学运动，孟超、茅盾等将马克思主义唯物史观、阶级斗争学说与阶级分析法运用到文学创作中，写出《陈涉吴广》《戍卒之变》《豹子头林冲》《大泽乡》等历史小说，1931年《星期文艺》第22期则介绍了《高尔基论俄国青年作品：历史小说的真实范型》，1932年《文化月报》刊载鲁迅所译的《苏联文学理论与文学批评的现状》，这些都是左翼历史小说理论肇始的征象。

（四）**1937～1949年：历史小说理论的萧条期**

1937年7月日本全面侵华，中国理论界对历史小说的评点和欧洲历史小说作家作品的介绍陷入沉寂，1940年以后则明显加强了苏联、美国历史小说理论的译介，侧面反映出美苏在文论领域的影响力。

表1-2　1937～1949年的历史小说理论译介

栏　目	篇　目	刊物与时间
〔T〕	Walter D. Edmonds' latest historical novel	*The North-China Daily News*，1940年7月7日
	A. 柯恩著、章泯译《苏联的历史小说》	《时代文学》1941年第1卷第4期
	许星甫《十九世纪英国历史小说家司各德(特)》(附图)	《新东方杂志》1941年第3卷第4期
	裴尔曹夫作、金人译《论A. 托尔斯泰的历史小说》	《奔流文艺丛刊》1941年第6期

---

① 〔中〕王富仁、〔韩〕柳凤九：《中国现代历史小说论》第一论，《鲁迅研究月刊》1998年第3期。

栏 目	篇 目	刊物与时间
	史蒂华《1941年世界文坛大事纪》(本年度最畅销小说:英国作家胡华尔波的历史小说"光明的亭")	《国民杂志(北京)》1942年第2卷第7期
	孙晋三《社会历史小说与"福萨德家传"》	《文讯》1947年新7第3期
	米莱(Millett, F.B.)、炎木《论美国现代的历史小说(下)》	《狂飙月刊》1948年第2卷第2期
[T]	"*General Crack*, to be produced for Warner Bros, by Henry Blanke from George Roddy's historical novel about a 17th Century Bavarian soldier of fortune"	*The North-China Daily News*, 1948年2月23日

　　1940～1948年中国理论界再次涌现出一批历史小说短评,如煜燦的《历史与历史小说》(《杂志》1940年第9卷第3期),《学艺知识:历史小说》(作者不详,《华文每日》1943年第10卷第5期),宋云彬《从历史小说谈到"历史小品选"》(《文学创作》1943年第2卷第5期),左洛的《谈历史小说》(《华文每日》1943年第10卷第7期),亚岚的《文学修业集谈之一:我怎样写历史小说》(《中国文学》1944年第1卷第8期),商鸿达的《历史与历史小说》(《广播周报》1948年第84期)等,上述短评尚未跳出此前认知范畴。而1941年A.柯恩著、章泯译的《苏联的历史小说》与裴尔曹夫作、金人译的《论A.托尔斯泰的历史小说》两篇历史小说长评则开始注意到"唯物史观"和"人民的精神"在苏联文学中的应用,苏联当时的"生活和思想都是为史的唯物论所支配的"[①],"在A.托尔斯泰的小说中的最有力量的东西"是描写"人民的精神"[②]。1943年郭沫若在《历史·史剧·现实》[③]等文中辩证思考"历史事实的真实"与"历史精神的真实",侧面补充了历史小说理论。

---

① A.柯恩:《苏联的历史小说》,章泯译,《时代文学》1941年第1卷第4期。
② 裴尔曹夫:《论A.托尔斯泰的历史小说》,金人译,《奔流文艺丛刊》1941年第6期。
③ 郭沫若:《历史·史剧·现实》,载《郭沫若全集》文学编第十九卷,北京,人民文学出版社,1992,第296页。

（五）1950～1979年：姚雪垠的历史小说理论

二十世纪五六十年代，戏剧受到左翼文学界的特别关注，历史题材讨论主要体现在历史剧讨论中。20世纪60年代后期姚雪垠将马克思主义唯物史观与历史研究的求真精神相结合，在长篇历史小说《李自成》的创作实践中逐渐形成了一套相对系统的左翼历史小说理论，1972年他在给茅盾的信中对"历史小说"作出新的界定："历史小说是历史科学和小说艺术的统一"，并且详述了历史小说的具体写作步骤："首先要对历史深入研究和理解，然后才有艺术的构思"，"先研究历史，做到处处心中有数，然后去组织小说细节，烘托人物，表现主题思想。这是历史真实与艺术虚构的关系，也就是既要深入历史，也要跳出历史"[①]。姚雪垠在注重历史小说文学性、艺术性的基础上强调历史小说的科学性，从而将历史小说的创作标准提升到了一个新高度。他在作长篇历史小说《李自成》时不仅将史籍中的相关记载研究透彻，还十分留意史籍记载中存在的问题，如不实之处、遮蔽之处、偏见之处、遗漏之处等，然后遍查文献，逐一补充、辨明、纠正。

（六）1980年至今："中国现代历史小说"概念的提出与理论批评的困境

20世纪80年代，中国理论界大量译介西方文论，中国文论相对"失语"，传统历史小说批评亦陷入沉寂。"欧洲思想家们——从瓦莱里到海德格尔到萨特、列维-施特劳斯和米歇尔·福柯——都严肃质疑某一特定'历史'意识的价值，强调历史重建的虚构性"[②]，不同程度地肯定了历史编纂中的虚构成分和历史文学中的虚构意义，而中国文学批评话语对历史虚构仍表现出异常谨慎的姿态，如《文史哲百科辞典》《辞海》《中国大百科全书》关于"历史小说"的类似解释："历史小说，小说的一种。以历史人物和事件为题材，在此基础上，进行必要的集中概括和适当的想象、虚构，再现一定历史时期的社会风貌。"[③]

1990年以来，王富仁、李程骅等学者在"历史小说"的概念基础上引申出"中国现代历史小说"概念，专"指新文学作家在此期间创作的

---

① 姚雪垠：《给茅盾同志》，载《关于长篇历史小说〈李自成〉》，上海，上海文艺出版社，1979，第54-55页。

② 〔美〕海登·怀特：《后现代历史叙事学》，北京，中国社会科学出版社，2003，第369页。

③ 《中国百科大辞典》编委会编《中国百科大辞典》，北京，华夏出版社，1990，第527页。

历史小说"①, 试图区分新文学家的历史小说与旧文学家的历史演义, 而在取材"中"或"外"、"史事"或"神话"、"真实"或"虚构"方面采取折中态度。马振方则"对历史小说的内涵""作出进一步的表述: 它是以真实历史人事为骨干题材的拟实小说"②。童庆炳认为作历史小说务必讲究"合情合理","所谓'合理',就是说历史事件和历史人物的发展有它的内在的必然的逻辑性, 它的形成和产生都受历史和条件的影响, 创作者最重要的艺术加工就是要摸透历史事件和历史人物的这种内在的、必然的逻辑运动规律, 一旦透了, 就不能随意地打断这种内在的、必然的运动逻辑, 而要始终紧跟这种逻辑。所谓'合情', 就是指历史人物的情感活动也是有内在的运动的轨迹的, 他或她欢笑还是痛苦, 是喜还是悲, 是愤怒还是喜悦, 是希望还是失望等, 都不是随意的, 也是有它自身的规定的"③。

21世纪, 随着新兴历史书写方式的崛起, 斯蒂芬·格林布拉特的"新历史主义"、海登·怀特的"后现代历史叙事"、林达·哈琴的"历史编纂类元小说"等新兴历史小说理论在中国当代历史小说批评中得到广泛应用, 当代一些历史小说家不再纠结如何保证历史叙事"客观""真实", 而是非常介意借助何种"形式"将"过去"表现得"独特""精彩", 他们将创作重心转向历史碎片、间断和破裂之处, 关注历史人物特别是边缘群体的心理、性情、行为, 甚至深入讨论作者、叙述者、读者的实际感受以及历史现场、话语情境和叙述行为。但在中国现代历史小说批评中新兴历史小说理论的应用却遭遇尴尬, 其根本原因在于中国现代历史小说所走的是一条相对独特的发展道路:"历史小说"概念虽译自欧洲, 可中国现代历史小说创作实践始终根植在中国历史文化之中, 中国研究者们可以引进西方历史小说理论解释某些历史小说创作现象, 但不可能运用这些理论解释中国现代历史小说中的"历史"问题, 因此在中国现代历史小说研究领域对西方历史小说理论尤其是新兴历史小说理论的应用一直保持谨慎态度。

---

① 李程骅:《传统向现代的嬗变——中国现代历史小说与中外文化》, 南宁, 广西教育出版社, 1996, 第3页。

② 马振方:《历史小说论》, 载《在历史与虚构之间》, 北京, 北京大学出版社, 2006, 第4页。

③ 童庆炳:《在历史与人文之间徘徊》, 北京, 北京师范大学出版社, 2007, 第377-378页。

第二节　中国现代历史小说的当代界定

通过梳理"历史小说"的概念变迁可以看出当前研究中仍存在两个关键问题：第一，"历史小说"概念界定和内涵确认难以达成共识，历史真实性与文学虚构性论争仍是确定"历史小说"性质的焦点问题；第二，当前研究中"中国现代历史小说"仅指现代语境下新文学家的历史小说，它和同类概念"中国古代历史小说""中国近代历史小说""中国当代历史小说"相比，内涵严重狭化。

本书的研究对象为"中国现代历史小说"，因此基于以上两大问题从学理角度重新界定"中国现代历史小说"，进一步明确其概念范畴，乃本研究的首要任务。

一　广义概念与狭义概念存在的问题

"中国现代历史小说"概念问世以来，在众家言说中存在两大典型论争：广义概念与狭义概念之争。如《绪论》所述，"中国现代历史小说"的广义概念指中国作家在1917～1949年间所作历史小说的总和，其内涵既包括受现代政治规约较大的以左翼文学家为主的"新"文学家创作的历史小说，又包括受传统文化观念影响较多的"旧"文学家创作的历史演义及其他非演义体历史小说。"中国现代历史小说"的狭义概念一般仅指"新"文学家在同一时段所作历史小说的总和，其内涵"是指新文学作家在此期间创作的历史小说，既有敷衍史事的小说，也有根据中外古代神话创作的小说"①。

宏观而言，广义概念强调中国现代历史小说的时间意义与文学史意义，以及现代历史小说与古典历史小说的共性特征，狭义概念则注重中国现代历史小说的社会性、现代性、阶级性，以及"现代"历史小说与"古典"历史小说之间的差异性，它排斥1917～1949年间所作历史演义或其他"旧"派历史小说，拒绝将"现代"历史小说与"通俗"历史小说合流。

相对来说，"中国现代历史小说"的广义概念略显笼统，它虽强调时间意义，却并未指明中国现代历史小说中"历史"的上下限问题。而狭义的概念称谓与具体内涵之间不仅存在矛盾，相关研究中的非理性倾向

---

① 李程骅：《传统向现代的嬗变——中国现代历史小说与中外文化》，南宁，广西教育出版社，1996，第3页。

也十分严重。

第一，文学的概念称谓与文学的内涵不一致。

在文学研究中，文学的概念称谓或命名一般需要与文学的内涵保持一致。如中国文学可分为中国古代文学、中国近代文学、中国现代文学与中国当代文学四大部分，这四大部分是一脉相承的文学范畴，其中每一部分的文学内涵指向相应时代所有作家作品的总和，它们之间的相关研究是按照时间顺序以断代史方式展开的平行研究，因此若将中国古代文学称为"中国文学"，将中国古代文学史称为"中国文学史"①则会出现以小概大、以偏概全、以部分代整体的僭越现象，从而导致文学称谓与文学内涵不符的结果。同理，在中国历史小说中，中国古代历史小说、中国近代历史小说、中国现代历史小说和中国当代历史小说这四大概念亦是平行平等的文学概念，其中每一部分的文学内涵同样指向相应时代所有小说家历史小说的总和，它们之间的相关研究亦应是按照时间顺序以断代史方式展开的平行研究。因此从文学研究的时间性来看，"中国现代历史小说"这一概念必然指向1917～1949年间中国作家所作历史小说的总和，而非仅仅指向同一时段"新"文学家所作历史小说的总和。

1917年文学革命之后白话文学兴起，新文化新思想大量渗入文学领域，中国文学开始步入现代时期。现代，首先是一个时间概念，现代文学是在"现代"这一时间概念下形成的一个多元复合的文学园地。事实上生活在现代语境下的作家，即使被冠以"旧"派头衔，其作品都绝不可能毫无现代新质。1916年10月胡适写成《文学改良刍议》一文，以当时风靡中国的"进化论"为依据建构"历史的文学观念"论，最早开始强调以"文学语言"为主的文学形式与时代变迁的关系。1934年刘大白在《与胡寄尘先生论文学书》一文中进一步指出文学内容与时代变迁的关系，"文学底（的）外形，是跟着时代而变迁的，这是很显明的事，不消多说；就是文学底（的）内容，也是跟着时代而变迁的"②。"现在一般人所谓中国底（的）旧文学，哪一种不是跟着社会底变迁而逐渐变迁而来？你以为现在的所谓旧，还是周秦时代的旧吗？还是汉魏六朝唐宋元明清的旧吗？只消从中国文学史上一看，就可知道经过了无数的变迁了"③。由于当时特殊的历史背景，中国文学的"现代新质"在较长一段时间内被惯性简化成"文学内容"与"时代革命"的关系问题，基本将

① 袁行霈主编《中国文学史》，北京，高等教育出版社，2005。

② 刘大白：《与胡寄尘先生论文学书》，《文艺茶话》1934年第2卷第9期。

③ 同上。

"文学内容"限定在是否参加、支持、赞成、同情无产阶级革命方面，这一倾向同样制约着"中国现代历史小说"研究领域的具体言说。

总之，狭义概念确立了中国现代历史小说的一种研究方向——以左翼作家作品为主的"新文学"研究方向，但它将"中国现代新文学家的历史小说"与"中国现代历史小说"两个概念基本等同或混为一谈，明显违背了文学称谓与文学内涵的一致性原则，使"中国现代历史小说"的文学概念与文学内涵严重不符，犹如瘦人巨袍、小儿峨冠，失之协调。

第二，非学理性研究与学理性研究失衡。

1950～1970年代的中国文学研究基本处于非学理研究状态，这种现象一直延续到20世纪80年代中期。非学理性研究主要表现在：在具体的研究过程中研究者不是从学理层面分析和论证各种文学现象发生之缘由、流变之过程、模式之异同、文体之特征、存在之意义，而是基于作家世界观、阶级立场，从意识形态、思想认知、宗派观念、个人喜憎以及其他功利性角度出发，否认文学繁荣基于"百花齐放"的创作事实，以一种或几种文学现象为尊，采用对立式思维排斥、打压其他文学作家、文学观念、文学作品的极端文学现象。学理性研究则正好相反：在具体研究过程中研究者从学理层面分析和论证各种文学现象发生之缘由、流变之过程、模式之异同、文体之特征、存在之意义，承认文学繁荣基于"百花齐放"的创作事实，而不是从意识形态、宗派观念、个人喜憎以及其他功利性角度出发，以一种或几种文学现象为尊，采用对立式思维打压其他文学现象。

因此，基于学理性的文学研究是相对全面的文学研究，而基于非学理性的文学研究虽适应时代需求，但整体属于比较片面的文学研究。20世纪80年代"重写文学史"口号提出之后，随着中国现代文学史的重写，中国现代文学研究逐渐向学理性回归，只是不同研究领域的回归程度不尽相同，在当下中国现代历史小说研究领域非学理性研究仍占不小比重，学理研究的回归程度略显迟缓。

二 中国现代历史小说的重新界定

基于以上问题，本书按照文学称谓与文学内涵的一致性原则，继续使用"中国现代历史小说"这一概念，同时结合当下历史小说研究的实际情况，根据学理性研究的全面性原则以及"重写文学史"的著史精神，对中国现代历史小说的概念、内涵重新加以确定。

在本书中，"中国现代历史小说"的基本内涵主要涉及五个方面：

第一，它指1917～1949年间中国现代作家创作的所有历史小说。

第二，中国现代历史小说家的活动区域限制在中国大陆范围之内。

第三，中国现代历史小说中所涉及的"历史"为古典历史。从时间角度看，古典历史包括古代历史和近代历史；从类别角度看，则兼容正史和稗史。

第四，中国现代历史小说，因历史的介入而具有特殊性质，但其根本属性仍是文学作品。文学虚构的尺度是决定历史小说文体形态的重要因素，而非决定某类小说是否成为历史小说的关键因素，因此只要历史事件、历史人物或日常生活具有"信史"背景，采用"博考文献"或"只取一点因由，随意点染"两种方式写成的兼有"历史真实"与"文学虚构"的小说，皆可纳入研究。

第五，中国现代历史小说不仅包括"新文学家"创作的历史小说，同时包括"旧文学家"创作的历史演义以及其他非演义体历史小说。"新文学家"用现代观念书写历史小说，表现历史人物、历史事件，这是文学"现代性"的一种具体体现，但"现代性"不能取代作为时间属性的"现代"概念。

综上所述，"中国现代历史小说"指的是中国现代大陆作家在1917～1949年间采用"古典历史"所作历史小说的总和，它不仅包括"新文学家"创作的历史小说，同时也包括"旧文学家"创作的历史演义及其他非演义体历史小说。

第二章　神话源头与
中国现代历史小说

"'神话'一词，中国古代原是没有的。这个词语大约是从西欧被翻译到日本，然后又从日本移植到中国来的。中国最早使用'神话'一词，现在能够查到的，是清光绪二十九年（1903年）发表在《新民丛报》上的蒋观云的《神话、历史养成的人物》一文"①。此后，鲁迅、周作人、茅盾等也开始向国内介绍神话观念。

叶舒宪先生在《神话学文库·总序》中也曾指出："神话是文学和文化的源头，也是人类群体的梦。"②神话作为文化综合体，人类最初的历史、文学、宗教、哲学、艺术、道德、科学都蕴含其中。神话既有想象性、虚幻性、超自然的一面，又有真实性、历史性、现实性的一面。在发生学意义上，神话对历史、文学的产生具有决定作用，对文学创作包括历史文学创作影响重大，它是历史文学创作源流考论过程中不可回避的研究课题。

从时间源流上来看，欲考究中国现代历史小说不同文体的流变过程，辨明不同文体之间的特征差异，必须从神话源头开始向下探寻。本章将从发生学角度分析神话与历史、神话与文学的复杂关系，重点阐明神话源头对历史文学，尤其对中国现代历史小说的发生、流变、文体、模式等产生的影响与作用。

第一节　神话、历史与历史小说的关系

一　"神话即古史"：神话与历史的天然纠葛

谈及神话与历史的关系问题，中国研究者有两种态度："一种把神话与历史合在一起，以致历史很不正确；一种因为神话扰乱历史真相，便加以排斥。前者不足责，后者若从历史着眼是对的，但不能完全排斥，

---

① 袁珂：《中国神话史》，重庆，重庆出版社，2007，第5页。
② 叶舒宪：《神话学文库·总序》，载《结构主义神话学》，西安，陕西师范大学出版社，2014，第1页。

应另换一方面，专门研究。"①

一派对神话与历史的关系持肯定态度。这一派主要从历史的起源、神话与古史的融合、神话对历史的意义等方面肯定神话与历史之间的联系，甚至"把神话与历史合在一起"看待。"据最近的神话研究的结论，各民族的神话是各民族在上古时代（或原始时代）的生活和思想的产物。神话所述者，是'神们的行事'，但是这些'神们'不是凭空跳出来的，而是原始人民的生活状况和心理状况之必然的产物"②。神话中蕴含着原初时代人类起源、抗争、发展的历史事迹与真实内容，这些构成人类历史的最初形态——"古史"之雏形。古史阶段，神话与历史完全融合在一起，神话即古史，古史亦神话，二者不可分割。高长虹曾在文章中反问道："原初本没有历史，英雄又是从那（哪）里出来的呢？"当然是神话造就了原初的英雄。"我看历史，如看神话。我想将来会有这样一个时代到来的，那时的人们看历史，都如看神话"③。在这一意义上，"神话叙述是一种原生态的历史叙述"④，神话是历史的钩沉，历史则是神话的俯瞰。因此这一派认可将神话传说类小说（如鲁迅《故事新编》）纳入历史小说的研究。

另一派对神话与历史的关系持否定态度。这一派主要继承史学家的"正史"观念，撇开神话是历史的最初源头不谈，重点强调神话虚幻性与历史求真性的对立状态，他们不仅反对神话历史化，而且反对将神话传说类小说当作历史小说看待，认为这样做"会触犯一些历史学家和使一些文学理论家感到不安，这些人对文学的概念预先确定历史和虚构或者事实和幻想是完全对立的"⑤，尤其在唯物主义与唯心主义水火不容的年代，否定神话、历史之间联系的言论存在广泛的社会基础。

这两派从不同视角认识神话、历史与文学的关系，都有一定的借鉴价值。不过，基于中国神话和神话研究的历史化倾向，本书相对赞成第一派"神话即古史"的理论观点。

---

① 梁启超：《中国历史研究法补编·第四章　文化专门史及其做法》，载《梁启超全集》第八卷，北京，北京出版社，1999，第4859页。

② 茅盾：《中国神话研究初探》，载《茅盾文艺评论集》下册，北京，文化艺术出版社，1981，第242页。

③ 高长虹：《历史即神话》，载《高长虹文集》中册，北京，中国社会科学出版社，1989，第195页。

④ 陈新：《西方历史叙述学》，北京，社会科学文献出版社，2005，第8页。

⑤ 〔美〕海登·怀特：《作为文学虚构的历史本文》，载张京媛主编《新历史主义与文学批评》，北京，北京大学出版社，1993，第161页。

（一）中国神话的历史化

中国神话特别是古代神话的保存方式与散失原因都和神话的历史化分割不开。

中国古代神话，除了《山海经》以短小方式做少量收录外，其余多零星见于古史之中，因此古史编撰者同时亦是神话收集者。在漫长的历史过程中，中国神话大多随古书、古史亡佚而散失，未能形成如古希腊《伊利亚特》《奥德赛》般完整的长篇文字记载。

鲁迅曾指出中国神话散失的三大原因：

> 中国神话之所以仅存零星者，说者谓有二故：一者华土之民，先居黄河流域，颇乏天惠，其生也勤，故重实际而黜玄想，不更能集古传以成大文。二者孔子出，以修身齐家治国平天下等实用为数，不欲言鬼神，太古荒唐之说，俱为儒者所不道，故其后不特无所光大，而又有散亡。
>
> 然详案之，其故殆尤在神鬼之不别。天神地祇人鬼，古者虽若有辨，而人鬼亦得为神祇。人神淆杂，则原始信仰无由蜕尽；原始信仰存则类于传说之言日出而不已，而旧有者于是僵死，新出者亦更无光焰也。①

远古先民"重实际而黜玄想，不更能集古传以成大文"，乃中国神话散失的根本原因；儒家"子不语怪、力、乱、神"的圣训，致使神话难以得到记录，"言而不文，行之不远"，这是中国神话散失的重要原因；"人鬼亦得为神祇"，历史上的人物不断被神化，而神话人物又通过历史被严重人格化，以至人神混淆，使神话失去了本来面目，这是中国神话散失的主要原因。"如天地开辟之说，在中国所留遗者，已设想较高，而初民之本色不可见，即其例也"②。再如门神，据《山海经》记载：

> 沧海之中，有度朔之山，上有大桃木，……上有二神人，一曰神荼，一曰郁垒，主阅领万鬼，害恶之鬼，执以苇索而以食虎。于是黄帝乃作礼，以时驱之，立大桃人，门户画神荼、郁垒与虎，悬

---

① 鲁迅：《中国小说史略》，载《鲁迅全集》第九卷，北京，人民文学出版社，1981，第23页。

② 同上书，第17页。

苇索，以御凶魅。①

至元人所辑《三教源流搜神大全》里门神则演变成了唐朝秦叔保、胡敬德二将军，神话为历史所置换，未历史化的旧神被历史化的新神所取替，导致人鬼上位、神话变形。

可见，中国古代神话主要以"历史化"而非"元神话"的方式得到零星保存，维持本来面目未经历史化的"元神话"与"历史化"的神话同时保留下来的罕见。鲁迅先生说过，古人"乱改古书而古书亡"，同理，后世乱改神话而神话亡，因而后世流传下来的神话，基本已经失去了原有面貌，神话演变成了历史。

（二）中国神话研究的历史化

探究中国神话与历史的关系问题，还须分析中国现代神话学与历史学的关系。

中国古代神话学依附于经学、史学，没有形成独立品格，未形成独立学科。1840年之后中国国门被坚船利炮轰开，各阶层有识之士对古老中国的病灶进行全方位分析以"引起疗救的注意"，最终学习西方、输入新知成为共识。魏源、林则徐等从军事技术落后的事实出发，主张"师夷长技以制夷"，康有为、梁启超等则从政治制度着手，试图以西方政治模式改良中国君主专制制度，严复、林纾、周桂笙、徐念慈、苏曼殊、马君武、伍光建等则从翻译入手介绍西方文化，倡导启蒙主义。随着西方神话的译介，中国神话亦开始受到关注。1892年俄国圣彼得堡大学教授G.M.格奥尔吉耶夫斯基出版《中国人的神话观与神话》一书，首次使用"中国神话"与"中国人的神话观"两个概念，被研究者称为"世界上第一部研究中国神话的专著"，实际上它是俄国人的跨文化研究著作，而非中国人的神话学专著。直到1903年，留日学生蒋观云在《新民丛报》上发表论文《神话：历史养成之人物》，才标志着中国现代神话学的发端。

自1918年始，"除北大外，清华（朱自清）、女师大（周作人）、中央大学（程憬）、齐鲁和山大（丁山）等校，都开过民间文学或神话学的课程"②。20世纪20年代初，王国维、夏曾佑、梁启超、章太炎、胡适、顾颉刚、鲁迅、周作人、茅盾等都相当重视中国民间神话传说，并将神

---

① 《山海经》，《百子全书》本，杭州，浙江人民出版社，1984年扫叶山房据1919年石印本影印。

② 刘锡诚：《20世纪中国民间学术史》，郑州，河南大学出版社，2006，第12页。

话学引入文学和史学领域。其中一些学者曾从事西方神话学译介，受到欧洲和日本人类学派的影响，提出过许多建设性的神话理论观点，为中国神话学的建立做了一定理论储备，但他们都是业余客串的"神话票友"，未能提出一套比较系统的理论设想，无法建立完备独立的理论体系。因此这一时期的神话研究并非专业研究，基本是依附于史学研究的附加研究，如胡适的《历史研究法》、顾颉刚的《古史辨》、卫聚贤的《古史研究》等。

20世纪20年代末，中国神话研究专著开始出现。1927年上海开明书店出版黄石的《神话研究》，上海世界书局相继出版谢六逸的《神话学ABC》（1928年），汪倜然的《希腊神话ABC》（1928年），茅盾的《中国神话研究ABC》（1929年）、《神话杂论》（1929年）和《北欧神话ABC》（1930年），中国神话研究逐渐走向专业化。1933年上海商务印书馆出版林惠祥的《神话论》，1934年上海生活书店出版黄芝岗的《中国的水神》，1935年上海务印书馆出版李则刚的《始祖的诞生与图腾》，1937年上海北新书局出版马伯乐的《书经中的神话》，1942年北京大学文学院孙作云作《中国古代神话研究》，这些研究标志着中国神话学的初步建立，"不仅奠定了中国神话学的理论基础，使中国神话学作为一门独立的学科而被学术界所承认，而且使在人类学派影响下出现于中国学坛的这部分学者成为中国神话学领域里的一个颇有成绩的、主要的神话研究群体"[1]。

总之，从源流关系来看神话和历史具有天然纠葛，从学科建设角度来看中国神话学形成独立学科的时间较晚，并且历史学和神话学一直存有相当程度的混杂现象，无法完全割裂，彻底理清。鉴于这种暧昧关系，现代多数研究者干脆将历史化的早期神话作为古史看待，认为"在上古时期，神话和历史实在同出一源"[2]，"民间的神话传说常常保存了一些极有价值的史料"[3]，而上古神话就是"最初的一些民族的文明史"[4]。因此，现代小说家们普遍将兼有神话因素与历史事件的小说归入历史小说研究，亦算合情合理。

① 马昌仪：《中国神话学发展的一个轮廓》，《民间文学论坛》1992年第6期。

② 袁珂：《山海经全译·前言》，贵阳，贵州人民出版社，1991，第10页。

③ 茅盾：《中国神话研究初探》，载《茅盾评论文集》下册，北京，人民出版社，1978，第97页。

④ 〔英〕特伦斯·霍克斯：《结构主义与符号学》，瞿铁鹏译，上海，上海译文出版社，1987，第2-3页。

二 "小说之起源"：神话与古史"是最根本的寄生地"

神话不仅是历史的最初源头，亦是一个民族文学的最初源头。鲁迅在《中国小说史略》中强调："神话不特为宗教之萌芽，美术所由起，且实为文章之渊源。"①人们在不同时空创作的文学作品都不同程度地受到神话的影响，神话的诗性特征在文学创作中得到了充分发挥，其本来意义的传承反而有所消减。古代文学典籍中多有神话记载，如《诗经》《楚辞》《老子》《庄子》《列子》《抱朴子》《山海经》《汲冢琐语》《淮南子》《搜神记》《幽明录》《神异经》《列异传》《述异记》《夷坚志》等都保留着大量神话故事。

"小说是如何起源的呢？据《汉书》《艺文志》上说：'小说家者流，盖出于稗官。'稗官采集小说的有无，是另一问题；即使真有，也不过是小说书之起源，不是小说之起源。至于现在一班研究文学史者，却多认小说起源于神话"②。神话与古史不可分割，因此有人亦认为小说起源于古史："中国的古史著作是后世小说最初也是最根本的寄生地，小说的原始胚基，就附着在古史著作身上。"③后世小说理论中也相应地产生了两个研究方向：

第一，将从神话中取材、改编、演绎成的新型小说称为"神话小说"，而志怪小说、传奇小说、神魔小说、仙道小说、狐鬼小说等则是神话小说的衍生形态。

第二，将联结古史的神话小说及其衍生小说看作历史小说之一种——神话历史小说，如《封神演义》在"武王伐纣"史实基础上结合《武王伐纣平话》并加入大量神仙狐鬼故事，"似志在演史，而侈谈神怪"④，《三国演义》有孔明夜祭北斗祈禳续命情节，《杨家将演义》亦有呼延赞梦神教武情节等。

中国小说青睐神话题材的创作趋向在现代历史小说中得到了广泛传承。1917～1949年间，鲁迅作《补天》《铸剑》《奔月》和《理水》，钟毓龙撰《上古神话演义》，谭正璧的《奔月之后》《女国的毁灭》《华山畿》、宋云彬的《禅让的一幕》、李俊民的《心与力》、秦牧的《火种》等

① 鲁迅：《中国小说史略》，载《鲁迅全集》第九卷，北京，人民文学出版社，1981，第17页。

② 鲁迅：《中国小说的历史的变迁》，载《鲁迅全集》第九卷，北京，人民文学出版社，1981，第302页。

③ 董乃斌：《中国古典小说的文体独立》，北京，中国社会科学出版社，1994，第101页。

④ 鲁迅：《中国小说史略》，上海，上海古籍出版社，1998，第117页。

中国神话历史小说。此外还有郑振铎的《取火者的逮捕》《亚凯诺的诱惑》《埃娥》《神的灭亡》、茅盾的《神的灭亡》《耶稣之死》《参孙的复仇》、谭正璧的《摩登伽女》、曹聚仁的《比特丽斯会见记》、聂绀弩的《第一把火》等域外神话历史小说。

第二节　中国现代历史小说对神话传统文化价值的继承

中国现代历史小说主要承袭了神话的四大传统文化价值，即历史意义、民族精神、道德功能和审美品质。

一　神话的历史意义

中国神话中蕴含着中华民族早期的自然史、人类史、农业史、文字史、水利史和战争史，这些内容本身属于古史范畴。如开辟神话"盘古开天"①，乃宇宙起源神话之一，描绘了自然环境形成初期的混沌状态与自然化生万物的神奇景象，而"炼石补天"神话既是"大洪水神话中的一部分"②，又体现出上古之民对自然器物如石器、玉器的使用与崇拜，反映着人类最初的制器史，"女娲造人"③神话乃人类发生神话之一，是远古先民对人类起源的一种自我追问和自我解答；鲁迅的《补天》运用弗洛伊德精神分析学说解释女娲在"抟黄土而造人"过程中的精神面貌和心理状态，反映出劳动创造在从猿转变成人的过程中所起到的决定性作用。"后羿射日"和"嫦娥奔月"反映的则是尧帝时期的自然灾害，"尧之时，十日并出，焦禾稼，杀草木，而民无所食。猰貐，凿齿，九婴，大风，封豨，脩蛇，皆为民害"④。长期旱灾、凶禽猛兽严重威胁人类生命，人们畏惧死亡，渴望长生不老，于是"羿请不死之药于西王母，姮娥窃以奔月"⑤，"不死之药"反映出道家的炼丹史。鲁迅《奔月》直接将后羿、嫦娥转化成一对世俗夫妇，从凡人视角描写嫦娥对物资匮乏

---

① 参见徐整的《三五历纪》《五运历年纪》、任昉的《述异记》、鲁迅的《古小说钩沉》所辑《玄中记》等文献。

② 茅盾：《中国神话研究初探》，载《茅盾评论文集》下册，北京，人民文学出版社，1978，第277页。

③ 参见《山海经·大荒西经》《史记·补三皇本纪》《淮南子·览冥训》等文献。

④ 〔西汉〕刘安《淮南子·本经训》，载《百子全书》第六卷，杭州，浙江人民出版社，1984年据扫叶山房1919年石印本影印。

⑤ 〔西汉〕刘安《淮南子·览冥训》，载《百子全书》第六卷，杭州，浙江人民出版社，1984年据扫叶山房1919年石印本影印。

的社会生活的厌弃，对枯燥无味的日常生活的不满，对衰老和死亡的恐惧，从而透过远古神话的历史意义直击现实人生的复杂问题。中国洪水神话"鲧禹治水"①，反映的不仅是人类早期的自然灾害史，同时又是人们修葺河道治理洪水的早期水利史；鲁迅的《理水》则刻画出一个"埋头苦干""民族脊梁"式的古帝王大禹形象，他是躬行治理水患、为民谋福的表率，而非后世高高在上、作威作福的独夫。

中国农业神话反映了中国农业社会的起始，农神神农②、后稷③对传统农作物如谷米、蔬菜的推广起到关键作用，而"神农尝百草"又反映着中国传统中医学的发生史；仓颉神话反映的则是中国文字独特的发生发展史与文化传承史；中国图腾神话讲述了远古先民的动物崇拜以及不同族群的起源；中国战争神话如黄帝、蚩尤涿鹿之战④，黄帝、炎帝阪泉之战⑤，共工、颛顼之战⑥等，反映的则是华夏各部落以及华夏、诸夷各族群之间在兼并融合过程中形成的早期战争史。钟毓龙《上古神话演义》不仅注意到上述神话中隐藏的古代历史，还描述了中国早期的官职制度和婚姻制度，如颛顼时期的官职制度，女娲制定婚嫁媒妁之礼、废除苟合之乱等。

总之，神话是历史的最初源头，蕴含着人类社会早期的发生发展史，因此追溯人类历史起源，必须从神话入手。

二　神话的民族精神

神话不仅反映一个国家早期的历史，"神话又是民族性的反映，各国的神话都在一定程度上反映出了各国民族的特性"⑦。神话传说中蕴含着一个民族独有的文化底蕴，如原初意识、心理积淀、集体情绪、价值观念、内在信仰、思维方式和行为模式，它们共同作用形成中华民族的精神支柱。中国神话中的民族精神主要有实干精神、抗争精神和民本精神，实干精神和抗争精神常常交织在一起，其落脚点都是以民为本。

---

① 参见《尚书·禹贡》《诗经·小雅·信南山》《山海经·海内经》《庄子·天下篇》《墨子·兼爱》《荀子·成相》《韩非子·五蠹》《吕氏春秋·乐成》《史记·夏本纪》《孟子·滕文公》等文献。

② 参见《周易·系辞下》《国语·晋语》《路史·国名》等文献。

③ 参见《诗经·大雅·生民》《国语·周语》《史记·周本纪》等文献。

④ 参见《山海经·大荒北经》、《山海经·大荒南经》、《太平御览》卷十五、《云笈七签》卷一百《轩辕本纪》、《路史·后纪三》等文献。

⑤ 参见《列子·黄帝》《山海经·海外西经》《史记·五帝本纪》等文献。

⑥ 参见《列子·汤问》《山海经·海内经》《管子·揆度》《淮南子·天文训》等文献。

⑦ 袁珂:《中国古代神话》,北京,华夏出版社,2013,第14-15页。

中国神话首重实干精神。原初天地不分、一片混沌,盘古开天辟地,经历大洪水时前有女娲"杀黑龙以济冀州,积芦灰以止淫水",后有大禹治水、精卫填海,再有燧人氏钻木取火,伏羲造舟船,神农尝百草,愚公移山修路,这种"遇山开山、遇水架桥""兵来将挡、水来土掩"的实干精神,不仅养成了国人解决问题的思维方式,还养成了勤劳踏实的优良传统,奠定了中华民族长远发展的稳固根基。其次重视抗争精神。中国神话的抗争精神重在与天抗争、与恶抗争,同时讲究与人为善、谦和包容,如夸父追日、后羿射日、钻木取火、大禹治水、精卫填海等。1934年在北方"四省出脱",南方六省水患,内忧外患、国难当头之际,鲁迅写下历史小说《理水》,赞扬大禹"埋头苦干",倡导实干、反对空谈,当时"文化山"上一群精致利己主义者认为治水无望,散发消极言论,嘲笑大禹治水,禹顶住多方压力,无视嘲讽与排挤,带领民众疏导水患,开创"九州攸同""华夏一统"的政治格局。秦牧则写下历史小说《火种》,细致描述燧人氏钻木取火的艰难实践过程,赞扬他坚持不懈的创造精神以及为人类掌控火种、战胜自然做出的伟大贡献。

中国神话中的实干精神与抗争精神有助于改善自然环境,发展农、桑、渔、牧,使人们安居乐业,因此又体现出源远流长的民本精神。中国现代作家撷取相关神话敷衍成历史小说,对民本精神追根溯源,如鲁迅《理水》中塑造民族脊梁——为民造福的大禹形象,他不顾流言坚持寻找正确治水方法,"有人说我的爸爸变了黄熊,也有人说他变了三足鳖,也有人说我在求名,图利。说就是了。我要说的是我查了山泽的情形,征了百姓的意见,已经看透实情,打定主意,无论如何,非'导'不可!"宋云彬《禅让的一幕》赞颂尧、舜禅让,古帝王不谋一己之私,"以人为本,任人唯贤"的政治智慧,有利于天下大治、民心安定,尧、舜禅让本质上是一种基于"仁德"的原始民主传统,因此中国文化中的民主传统远远早于西方。谭正璧《奔月之后》中曾救苍生于水火的羿在嫦娥偷药、独自飞升后愤激之下弯弓射月,其妹姮劝道:"她去了或许会回来,光明毁掉了是再创造不出的。"羿最终为了"世界上的一切生物和人类"折断弓箭,放弃毁灭一切的极端念头,体现出朴素的人类意识、深厚的民族精神以及不能因私害公的集体主义观念和社会责任感。

总之,晚清民国时期是中国彻底衰落的历史时期,鲁迅、宋云彬、谭正璧等作家以历史小说的方式召唤中国神话中的民族精神指引国人,在严峻的现实面前任何抱怨、嘲讽、憎恨都无济于事,唯有依靠实干、抗争和民本精神重整旗鼓,我们才会找到解决问题之道。

三　神话的道德功能

人类是群居生物，个体难以离群索居，各类人群之间形成复杂的社会关系，而道德是维护社会关系的行为规则，个体必须遵循基本的道德规范，才能维护正常的社会秩序。道德不是一成不变的，它会随着社会发展不断调整，但仁爱、友善、公平、公正、正直、正义、谦和、知礼、勇敢、诚实、乐观等永远是道德的中枢价值观念，具有恒定的文化意义，能够对历史变迁过程中产生的价值背离起到强力纠偏与修正作用。当某一社会发展阶段的价值标准偏离道德的中枢观念时，人们便会追根溯源，从人类文化发生发展史中撷取有利于维护人群关系的文化观念进行矫正。

中国神话基本有确定的道德内涵，如"女娲补天""钻木取火""神农尝百草""大禹治水""尧舜禅让"等集中体现仁爱、贤德、奉献、牺牲等道德的中枢价值。中国现代历史小说中大多数神话历史小说直接继承上述神话的道德功能，如鲁迅的《补天》《理水》、秦牧的《火种》、宋云彬的《禅让的一幕》等，但也有部分作品试图对"熟悉的神话或故事另作合理的解释"[1]，通过讲述自私、背叛、弑杀等不道德故事，以反其道而行之的方式维护神话的道德功能，如李俊民的《心与力》中舜从"劳力者"变成"劳心者"后，开始迷失本真，产生了"劳心者治人"的阶级意识和权谋之心，鲁迅《奔月》中愤怒谴责逢蒙弑师的悖逆行径，嫦娥贪图安逸的不良品性与偷药背叛的不忠行为，谭正璧的《奔月之后》则不仅嘲讽嫦娥的背叛行为，还惩罚嫦娥在没有人、水、食物的荒芜月宫中独自忍受孤独、恐惧、绝望，陷入日日懊悔又"欲死不能"的自缚困境。

中国现代作家所作的域外神话历史小说，不仅避讳西方神话中乱伦、弑父、娶母、杀子等情节，还赋予相关神话以中国道德观念和价值取向。在西方神话中，神族至高无上、神力无边，尤其在崇信神的欧洲古代社会，神族即使残暴邪恶、无道无德，人们"不敢"也"不能"写出将神"推倒的情形"，神族可能历劫而亡，但不可能被人推翻，如北欧神话中以众神之王奥丁为代表的神族将在劫难日（Ragnarok，又译"诸神的黄昏"）无可避免地同宇宙一起灭亡。而在中国现代历史小说中却出现了人类与被压迫者推翻恶神统治的故事情节，比较典型的是郑振铎、茅盾20世纪30年代不约而同所写的"神的灭亡"系列域外神话历史小说。如郑振铎四篇小说，《取火者的逮捕》中柏洛米修士（即普罗米修斯）不满

---

[1]　谭正璧：《长恨歌·自序》，载〔中〕王富仁、〔韩〕柳凤九主编《中国现代历史小说大系》第二卷，石家庄，河北人民出版社，1998，第2页。

宙斯等恶神对人类的残暴统治，毅然盗取天上火种帮助人类，极富"仁爱""侠义"心肠和人道主义精神，《亚凯诺的诱惑》中柏洛米修士被宙斯钉在海边岩石之上，饱受风吹日晒雨淋鹰啄折磨，但他坚决拒绝宙斯使者亚凯诺诱降，其宁可牺牲绝不屈服的反抗精神，颇有"富贵不能淫，贫贱不能移，威武不能屈"的英雄气概。《埃娥》中河神之女埃娥遭受宙斯和赫拉的污辱、摧残，即将投海自尽时经柏洛米修士劝阻、鼓励而生出反抗力量，柏洛米修士的言行显示出尊重女性的良好品格和支持女性解放的民主思想。《神的灭亡》中人类开始觉醒并且经受住恶神的各种诱惑，前仆后继终于将神族推翻。"我原来曾说：'神之族整个的（地）沉落在无底的最黑暗的深渊里去，连柏洛米修士也在内。'现在看来，取火者柏洛米修士，人类的好朋友，是不应该和'神'之族一同被消灭的。因之，在《神的灭亡》一篇里便删去了'连柏洛米修士也在内'一语，以及其他有关的辞（词）句"[1]。郑振铎对《神的灭亡》的修改，符合中国文化中善恶有报的价值观念。1933年茅盾写下同名作《神的灭亡》，描写北欧神话中众神之王奥定（即奥丁）的残暴统治，暴君奥定和他的"徒子徒孙""羽翼爪牙""高高在上，荒淫享乐"，"贪诈，淫邪，榨取，掠夺"，全然不觉"下界的叛逆的怒潮却也天天声势扩大"[2]，人类与其他被压迫者最终共同推翻了恶神统治，可见茅盾改变了奥定神族历劫而亡的天命结局，同样符合中国"现世报"的价值观念。

中国现代历史小说中的神话历史小说或直接继承神话的道德功能，或以隐喻、曲笔手法批判社会不良现象，纠正民众心态和认知，"这样的一些作品并不是要从历史的角度去表现复古的必要性，而是利用古老的神话与当代现实之间的关系来表明一些永恒的道德价值和观念（比如说正义）的存在。当历史的变迁致使一个社会背离这些价值观，从而导致悲剧发生时，人们只能复归这些价值（可能通过抵抗或反抗的方式）"[3]。中国现代社会因过度学习西方文化，对本国传统文化矫枉过正，从而产生了许多负面影响，如拜金主义、自由主义、利己主义横行，因此重新挖掘我国神话、历史中的民族精神、价值观念、道德准则，再次启蒙思想、重开民智，必将对建设健全中国现代文化，提升民族文化自信起到积极作用。

① 郑振铎：《取火者的逮捕·新序》，上海，上海文艺出版社，1934，第2页。
② 茅盾：《茅盾短篇小说集·序》，北京，人民文学出版社，1980，第2页。
③ 〔法〕伊夫·瓦岱：《文学与现代性》，田庆生译，北京，北京大学出版社，2001，第77页。

四 神话的审美品质

对于文学创作而言，神话素材最具吸引力的乃是其想象之神奇、故事之浪漫、形象之瑰丽、情节之离奇，这是神话美学价值的具体体现。鲁迅非常关注神话中所展现出来的古人奇绝的想象力，他以"神思"解释神话起源："夫神话之作，本于古民，睹天物之奇觚，则逞神思而施以人化，想出古异，诚诡可观"①，其小说《补天》亦注入了神奇的想象："粉红的天空中，曲曲折折的（地）漂（飘）着许多条石绿色的浮云，星便在那后面忽明忽灭的（地）眨眼。天边的血红的云彩里有一个光芒四射的太阳，如流动的金球包在荒古的熔岩中；那一边，却是一个生铁一般的冷而且白的月亮"。谭正璧《奔月之后》是鲁迅《奔月》之续篇，想象神奇、情节新颖，而在审美上与"嫦娥奔月"形成巨大反差，"嫦娥奔月"中有嫦娥曼妙的倩影、飘逸的身姿，广寒宫里有壮美的吴刚、参天的桂树和洁白的玉兔，而《奔月之后》中的月表则是莽莽荒原，是冷彻、酷热、荒凉、黑暗的，嫦娥孤独一人、形影相吊，她不像是"嫦娥奔月"的浪漫传说中所讲的那样，飞升到了神仙之所，而是被放逐到了苦寒之地。

现代社会自然科学发展迅猛，经济总量高速增长，物质丰富多样，人类生活十分便利，但当人们过度崇拜科学精神试图对所有现象进行"科学解释"的时候，这种理性又容易走向极端，形成机械理性。机械理性会损伤人们的浪漫想象与诗意品质，从而导致人文精神的沦丧。自然科学能够改善人类的生存条件，人文科学却能维护人类精神的健康发展，二者缺一不可。神话作为文化的最初源头，关联诸多人文学科，其神秘性、诗性、感性也必将对社会现实性、功利性、机械理性起到纠偏作用，因此更应该引起人们的重视。

总之，人类不仅是物质的存在，还是精神的存在，只要人类存在，必然要谈人性，讲人文，因此神话仍大有可为，必将在今后的精神文明建设中起到重要作用。

第三节 中国现代神话观念对
历史小说创作的影响

中国神话观念的发展经历了四个阶段，原初神话观念、封建神话观

---

① 鲁迅:《破恶声论》,载王世家、止庵编《鲁迅著译编年全集》第一卷,北京,人民出版社,2009,第306页。

念、近代神话观念和现代神话观念。

原初神话观念，主要表达原初先民面对自然不可抗力时所产生的惊恐、害怕、畏惧等心理感受或精神情绪，以及由此衍生出的崇拜、虔诚、恭顺等内在态度。人们对神的精神崇拜直接促进了宗教的产生，各派宗教势力为加强人心控制或扩大影响力，其教义在神话基础上逐渐增加了巫术、方术、迷信的成分。

封建神话观念，非常重视神话的神圣功能，历代帝王为加强皇权皆擅长利用神话，想方设法将自身形象与神灵崇拜结合，制造出"天子"称谓，杜撰出不同凡响的"感生"身世或神异事件，甚至不惜变形、扭曲神话形象，改变神话本来意义，通过神权、宗教、迷信等手段达到为己正名或巩固统治的目的。

近代神话观念，是在解构原初神话观念和封建神话观念的基础上兴起的。19世纪中后期，随着科学的兴盛，人们开始用科学方法解释各种自然现象和人类现象，1859年英国生物学家达尔文出版《物种起源》一书解释生物进化的规律，1871年，他又出版《人类起源与性选择》一书专门解释人类由古猿进化的问题，在西方世界引起轰动，尼采因此断言"上帝死了"。1898年中国近代启蒙思想家严复所译英国博物学家、进化论学者赫胥黎的《天演论》由天津侯官嗜奇精舍石印发行，1905年商务印书馆正式出版，时值甲午战后国家危亡之际，严复将生物进化、物竞天择的观点与优胜劣汰、国家兴亡的现实相结合，故而起到振聋发聩的作用，中国知识界开始思考、解构原初神话观念和封建神话观念，但由于社会条件限制当时的解构仅触及皮毛，因此近代神话观念处于半原始、半封建、半科学的混合状态。

现代神话观念，20世纪初随着进化论的流行与唯物主义的传入，中国知识界首先对神话进行"祛魅"——科学解释神话起源和"神"之原型，解构原初神话观念、封建神话观念和近代神话观念中的神权、宗教、迷信，其解构程度远比西方彻底。中国现代历史小说受现代神话观念影响，同时呈现出一些崭新特征。

一 "人"的发现："人"造神话与神的"人化"

鲁迅在《中国小说史略》中认为神话的产生最初源于原始先民敬畏自然之力和神秘现象，然后逐渐在观念中将其异化为"神"的存在，进而形成了关于神或超自然现象的解释与描述：

昔者初民，见天地万物，变异不常，其诸观象，又出于人力所能以上，则自造众说以解释之：凡所解释，今谓之神话。①

他在《中国小说的历史的变迁》中又进一步解释道：

因为原始民族，穴居野处，见天地万物，变化不常——如风、雨，地震等——有非人力所可琢磨抵抗，很为惊怪，以为必有个主宰万物者在，因之拟名为神；并想象神的生活，动作，如中国有盘古氏开天辟地之说，这便成功了"神话"。②

茅盾亦认为：

我们所谓神话，乃指：一种流行于上古民间的故事，所叙述者，是超乎人类能力以上的神们的行事，虽然荒唐无稽，但是古代人民互相传述，却信以为真。③

可见，神话并非天然存在的，而是原始初民集体意识的产物，是他们对自然现象和社会现象感性、表象的认知和解释世界的手段。

神话乃人所创造，因此神话本质上是人类大历史尤其是文化史的一部分。如果以人类产生为界，中国神话可分为两部分：一部分是人产生之前的纯神世界，即鸿蒙初开天地混沌时期的神话世界，如开天辟地、女娲补天等是纯粹神话；另一部分则是人产生之后的人神世界，即人神混杂的神话世界，如女娲造人、后羿射日、嫦娥奔月、三皇五帝、刑天舞干戚、蚩尤共工之战等非纯粹神话，它们反映出早期的"人史"——古史，如人类起源、早期灾难史、战争史等，人神世界的古史内容虽有变形，但足以说明神话与古史的天然联系。"神"之原型亦有自然"人化"与人的"神化"两种，如混沌神、盘古、女娲、雷神、王母等自生有自，与天同在，是抽象自然力的具象化、人化，而三皇五帝、蚩尤共工、尧舜禅让、娥皇女英等则是人的"神化"。

中国神话的重心是"人"，不是"神"，这一点和西方神话差异巨大。

---

① 鲁迅：《中国小说史略》，载《鲁迅全集》第九卷，北京，人民文学出版社，1981，第17页。

② 鲁迅：《中国小说的历史的变迁》，载《鲁迅全集》第九卷，北京，人民文学出版社，1981，第302页。

③ 茅盾：《中国神话研究》，天津，百花文艺出版社，1981，第63页。

西方神话主要讲众神之战，宣扬神对世间万物的绝对统治，神族与生俱来高于人类，人无法成为神，不会战胜神，更不可能取代神的地位，宗教产生之后"上帝"逐渐取代了诸神在人间的统治地位，时至今日西方社会仍然相信上帝主宰一切；而中国神话既讲众神之战，又讲人神之战，中国神比西方神完美，必须公平公正、开劫度人，否则不仅会受神族惩戒还会被人推翻，此外人通过贡献社会或自我修行亦能飞升成神或仙。总之中国神话侧重人的历史而非神的历史，西方神话则正好相反，中国现代神话观念坚持以人为本，赞扬人的"抗争"精神，强调"人定胜天"，符合鲁迅"中国人重实际，西方人重玄想"的早期论断。

中国现代历史小说一方面对神话进行"祛魅"，揭示神的人格、普通人性与七情六欲，如鲁迅《奔月》首先进行"去神化"尝试，将后羿、嫦娥写成一对世俗夫妻，过着柴米油盐、枯燥无味的日常生活，英雄无用武之地的后羿变得庸碌无能，嫦娥因不满现状愈发自私唠叨，最终偷药飞升，弃后羿而去。茅盾的域外神话历史小说《耶稣之死》和《参孙的复仇》继续"去神化"尝试，前者将耶稣塑造成类似中国孔子的西方圣贤，后者将参孙写成一位闪耀人性光辉的大力士；另一方面则以"人"为本，从人类起源开始思考、阐释人的历史，如鲁迅的神话历史小说《补天》，虽曰"补天"，实际上重在女娲造人、华夏起源部分，从人的产生、人的存在、人的本性等方面寻找中国社会全面衰退的原因，重新发现社会发展的原始动力；早在1901年就学矿路学堂期间，鲁迅已读过严复译述的《天演论》，1907年他在日本写成《人之历史》（原题《人间之历史》）一文，同年12月发表在《河南（东京）》月刊第1号，后收入《鲁迅全集》，成为其中第一部文集《坟》的首篇文章，这篇论文系统介绍了"进化论"以及达尔文、赫胥黎、海克尔等著名学者，并且谈到中国女娲造人说和西方摩西《创世纪》七日造人说，因此《人之历史》成为鲁迅写作《补天》的前因。秦牧《火种》、鲁迅《理水》侧重书写人类早期发明史（燧人氏取火）、灾难史（大禹治水）和水利史，从人类改造自然的过程中发现真正的民族脊梁和民族灵魂，郑振铎的《汤祷》、宋云彬《禅让的一幕》、李俊民的《心与力》则从人性和心理角度揭示政治史上统治者的权谋之术，此外郑振铎的域外"神话"历史小说《取火者的逮捕》中普罗米修斯坚决站在人类一边，不仅为人类盗取火种还帮助人类推翻神的统治，从而成为人类心目中的英雄。

总之，进化论与唯物史观共同强化了中国现代神话观念对"人"的重视，鲁迅的《人之历史》、周作人的《人的文学》等文论激发了现代文学对"人"的发现,而在中国现代历史小说中则呈现出以"人"为本的神话叙述趋向。

二 "人定胜天":中国现代历史小说的核心价值观念

中国现代历史小说不仅书写人们改造自然的历史,而且倍加重视被压迫者对神的反抗,体现出"人定胜天"的核心价值观念。中国神被赋予完美人格,神力无边、品格崇高、无邪无性,如盘古、女娲等不仅拥有创世之功,还化生万物富有牺牲精神,而西方神野蛮残暴,乱伦、弑父、娶母、杀子、荒淫,发动战争,压迫凡人,为所欲为,因此反抗神的统治首选反抗西方神之统治。郑振铎、聂绀弩的普罗米修斯"盗火"系列小说就是典型案例,它们不仅书写被压迫者反抗神的残暴统治,还在对域外神话进行跨文化阐释的同时赋予其中国文化内涵、阶级斗争的革命意识和女性解放的现实呼吁与诉求。

普罗米修斯盗火神话经过复杂变迁,较早讲述该神话的是赫西俄德(Hesiod)的《神谱》(*Theogony*),其情节编排非常简单,主要有"普罗米修斯出于仁慈以及与宙斯的旧隙偷火给人类","普罗米修斯被宙斯惩罚","宙斯宽恕普罗米修斯二神和解"三大故事情节,事后宙斯仍是普天的主宰,普罗米修斯始终处于被压制地位,因此《神谱》里的普罗米修斯只是一个曾经叛逆最终重返"正途"的失败英雄形象。其后是古希腊悲剧家埃斯库罗斯的普罗米修斯三部曲(即 *Prometheus the Fire-Bearer*,*Prometheus Bound*,*Prometheus Unbound*),其中普罗米修斯不仅是一名盗火英雄还是一位预言先知,他预言宙斯在一次缔婚之后生一子,此子必将取代宙斯成为天之主宰。普罗米修斯最终说出秘密,防止宙斯和女神忒弥斯(Themis)恋爱,消除了宙斯的危机,宙斯与普罗米修斯达成和解。赫西俄德和埃斯库罗斯所处时代是神权时代,作为最高主宰的神是不可反抗、不能战胜的,因此他们以神必胜的惯性思维方式将这种意识形态"用作历史解释的假定规律的综合原则来解释故事中发生的一切"①,确信普罗米修斯即使反抗终会失败。欧洲文艺复兴时代,雪莱作《解放了的普罗米修斯》(*Prometheus Unbound*),这一时期人文主义高涨,反抗精神突出,这种文化语境形成了不同于赫西俄德、埃斯库罗斯时代的意识形态并改变了其论证方式,因此《解放了的普罗米修斯》中的反叛者普罗米修斯与暴主宙斯之间再没有重归于好的可能,他

---

① 〔美〕海登·怀特:《后现代历史叙事学》,陈永国、张万娟译,北京,中国社会科学出版社,2003,第381页。

以抗争精神实现了自我解放（Unbound）。总之，在西方文化中，普洛米修斯是希腊神话中的英雄，既带有狂傲不羁的个人英雄主义色彩，又是耶稣式受难者与人类救世主的化身。

郑振铎和聂绀弩则通过跨文化阐释赋予普罗米修斯盗火神话以中国文化内涵。郑振铎小说集《取火者的逮捕》以雪莱的反抗精神为基调，将普罗米修斯从一个殉教者塑造成了革命斗士。情节上"有一部分，是离开了那古老的传说而骋着自己的想象奔驰的，但大部分却都不是没有根据的捏造"①。尤其是《神的灭亡》中，"最后的那些关于人与神的战争的描写，却是全无故实的"②。郑振铎"骋着自己的想象的奔驰"而进行的情节编排部分，与西方神话、戏剧编排大异其趣：首先，普罗米修斯与宙斯没有和解的可能；其次，他的解放不以个人为矢的，而以人类为目标；第三，不仅不和解，而且坚决帮助人类将神推翻。郑振铎对古希腊神话的跨文化阐释渗入了中国文化的内核，他以"正义"和"运命"来解释宙斯等暴虐神族灭亡的必然性，如"为'正义'而牺牲，而受难，岂复求人之知！"（《亚凯诺的诱惑》）。郑振铎对普罗米修斯神话的改造，还符合中国当时的主流意识形态。所谓"意识形态"，"指的是在现在的社会实践世界中采取某种立场并按照这个立场行事（要么改造世界，要么维持它的现状）所需要的一套规定"③。作者站在中国政治革命立场上，以解放全人类的思想为统率，赋予普罗米修斯革命者的气质，构建了人类用革命暴力将恶神推翻的情节，宣称"被压迫者们将会大联合起来的！前途是远大，光明，快乐"（《埃娥》），成为中国政治革命的寓言。

聂绀弩《第一把火》的创作"受了作为这篇作品的蓝本的《取火者的逮捕》（郑振铎）的影响"④，这篇小说副题为"为鲁迅先生五年祭作"，聂绀弩以"取火者"比喻、纪念鲁迅，可见受鲁迅影响之深。鲁迅20世纪30年代初曾在《"硬译"与"文学的阶级性"》《〈文艺政策〉后记》等文中多次提及普罗米修斯窃火事迹并且赞扬他的牺牲精神："人往往以神话中的普罗米修斯（Prometheus）比革命者，以为窃火给人，

---

① 郑振铎：《取火者的逮捕·序》，载《郑振铎文集》第一卷，北京，人民文学出版社，1959，第189页。
② 郑振铎：《取火者的逮捕·新序》，载《郑振铎文集》第一卷，北京，人民文学出版社，1959，第204页。
③ 〔美〕海登·怀特：《后现代历史叙事学》，陈永国、张万娟译，北京，中国社会科学出版社，2003，第393页。
④ 聂绀弩：《〈天亮了〉再版序》，载《聂绀弩全集》第九卷，武汉，武汉出版社，2004，第51页。

虽遭天帝之虐待不悔，其博大坚忍正相同。"①《第一把火》中普罗米修斯被塑造成一位革命知识分子形象，盗火前后他经历了"支持宙斯—质疑神族—反抗宙斯"的痛苦心路历程，正如中国革命知识分子在辛亥革命后所经历的"热烈支持革命—质疑反思—再革命"的整个过程，此外在普罗米修斯身上又可窥见鲁迅的影子，折射出现代部分知识分子的精神苦旅。

郑振铎《埃娥》中还加入了女性解放的时代主题，在古希腊神话中河神伊那科斯之女埃娥（Io）牧羊时被宙斯窥见，他觊觎埃娥的美貌，诱惑她成为自己的情人。神后赫拉善妒，将埃娥变成小母牛，她遭受了铁链锁颈、牛虻追咬等百般折磨，直到宙斯与赫拉达成妥协，埃娥才被恢复人形。郑振铎的《埃娥》并未将埃娥写成宙斯的情人，而是将她塑造成一个饱受宙斯淫辱和赫拉凌虐的无辜女子，她满身伤痕逃到河边，在绝望时遇见被缚的普罗米修斯，普罗米修斯告诉她："你不要灰心。神之族是终于要没落的，代之而兴的是伟大和平的人类。你的仇将得到报复，不仅是你，凡一切受难受害者的仇，皆将得到报复。"埃娥终于觉醒，从心底发出怒吼："她要报复！为她自己，也为了一切受难的女性！"

综上所述，神话是文化的源头，亦是文学的根。中国神话承载着自身独特的历史意义、民族精神、道德功能和审美品质。由于唯物史观的介入，中国现代神话观念呈现出迥异于西方的价值观念——在"以人为本"基础上形成了"人定胜天"的核心价值观念。中国现代历史小说中的本土"神话"历史小说继承了中国神话的传统文化价值和"人定胜天"的核心价值，属于真正的文化寻根历史小说，而域外"神话"历史小说中的西方神话则在跨文化阐释过程中被赋予科学精神（无神）和阶级意识（反神），成为战斗性极强的跨文化阐释小说。

---

① 鲁迅：《"硬译"与"文学的阶级性"》，载《鲁迅全集》第四卷，北京，人民文学出版社，1973，第221页。

第三章 史传传统与中国现代历史小说

神话与文学的关系复杂,历史与文学的关系亦如此,而历史与历史文学的关系尤其错综复杂。历史文学与其他文学样式最大的不同之处乃是"历史"的介入,"历史"成为历史文学最大的材料仓库,这种直接渊源关系使得二者关系异常紧密。因此考察历史与历史文学的关系,同样是中国现代历史小说研究的基本任务。

第一节 史传传统:中国文学的固有传统

"史传传统"是中国文学的固有传统之一,它对中国文学尤其是历史文学影响深远。"史传传统"何谓?"史传传统"的性质如何?若欲阐明这些问题,必须全面分析历史与历史文本、历史典籍与历史形态、文学叙述与历史范畴、史传与史传传统等相关概念之间的关系。

一 历史与历史文本

"历史"何谓?一般观念中,历史指"过去事实的记载。也指已过去的事实"[①]。人们总是习惯于把"过去"作为历史的时间标志,将历史简单地等同于过去,或过去的文献纪录,或经历史学家确认的关于过去的可靠材料,但"历史并不是'一件事接着另一件事',并不是任意的古物陈列,甚至也不只是发生在过去的事"[②]。冯友兰较早指出历史具有二重性,"一个是指过去发生的事情的总和,既包括人的历史也包括物的历史,这是本来的、客观的历史,一个是指文本化的历史,是本来的历史的摹本,一个影子,因为是人写的,所以有信史即历史的真伪的问题"[③]。美国历史学家海登·怀特则承继新历史主义历史观,认为历史

---

① 《现代汉语大词典》编委会编《现代汉语大词典》上册,上海,汉语大词典出版社,2000,第199页。

② 〔美〕伊丽莎白·福克斯·杰诺韦塞:《文学批评和新历史主义的政治》,载张京媛主编《新历史主义与文学批评》,北京,北京大学出版社,1993,第56页。

③ 冯友兰:《中国哲学史新编》第一卷,北京,人民出版社,1982,第2页。

"既指研究客体，又指对这个客体的叙述"①。显然两位学者对历史的复杂性有相似见解，他们都意识到了历史存在的两种形态：历史客体与历史文本。历史客体是指"过去"所存在的客观实在，即原生态的历史。"任何'过去'就定义来说都由事件、过程和结构等构成，都被认为是不可再现的了"②，"过去"已不可再现，历史现场无法完整还原，所以不存在绝对意义上的历史客体，我们能够接触到的"历史客体"只是相对的，是叙述状态的历史存在，"历史客体就是对曾经存在过的人与事物所作的'表述'。表述的实体是保留下来的记录和文件。"③因此，历史本身是一种客观实在，现存的历史主要以文本方式存在，"过去"总是存在于文本之中，"我们所了解的过去全仰仗于记录（这些记录对于什么人、什么事情重要都有一种隐含的解释），仰仗于一代又一代的人们写下并诠释这些记录的方式"④。历史客体为历史文本所替代，"历史是所有一切存在中独一以当下不再为条件的存在，真身隐而不显，替身赫然出场"⑤，这正是历史存在的吊诡之处。

"'文本'（text）狭义上指的就是由作者书写下来被人们阅读的文章、著作等由文字符号构成的理解单位；广义上，由于它是由人书写而被人们理解的对象，因此，当人们注意到书写文本即固化行为、注意到读者在阅读时的理解活动与现实生活中理解活动的共性时，往往将人们的一切行为视为文本"⑥。"历史知识不来自表面的历史客体，却来自对本文的阅读"⑦。可见，历史的文本性使历史变成了一套充满意义的系统化文字叙述。

文本是历史存在的主要方式，但不是唯一方式。历史得以保留的方式有许多种，除文字记录外还可通过历史实在（历史遗留物或遗迹）的再现或回忆、口传等方式保留，不过历史遗迹只有通过考古研究并借助

---

① 〔美〕海登·怀特：《后现代历史叙事学》，陈永国、张万娟译，北京，中国社会科学出版社，2003，第165页。
② 同上书，第168页。
③ 〔英〕辛德斯、赫斯特：《前资本主义生产模式》，载张京媛主编《新历史主义与文学批评》，北京，北京大学出版社，1993，第41页。
④ 〔美〕伊丽莎白·福克斯·杰诺韦塞：《文学批评和新历史主义的政治》，载张京媛主编《新历史主义与文学批评》，北京，北京大学出版社，1993，第56页。
⑤ 周建漳：《历史及其理解和解释》，北京，社会科学文献出版社，2005，第52页。
⑥ 陈新：《西方历史叙述学》，北京，社会科学文献出版社，2005，第3页。
⑦ 〔英〕辛德斯、赫斯特：《前资本主义生产模式》，载张京媛主编《新历史主义与文学批评》，北京，北京大学出版社，1993，第42页。

文本才能获得意义，回忆或口传如果不能形诸文本终将行之不远。"比较起来，书写具有的持久性特征优于转瞬即逝的谈话，它凭借这种优势，确保文本根据它自己的特性来定义"①。不过历史一旦用文字形式记载下来，便会受承载容量与语言表达的限制出现阙失、删除、掩盖、断片等现象，同时由于其中包含着记录者个人的历史观念、价值取向和主观判断，从而影响记录本身的客观性、真实性。因此，就历史文本而言，绝对完整、客观、真实的历史纪录是不存在的。

二　历史典籍与历史形态

梁启超曾说："中国（中华）民族，可算是最看重历史的民族；中国文化，亦可是最看重历史的文化。"②中国古代政治家倚重历史，历朝历代皆开设官方史馆，制定相关制度，分门别类记述历史，中国史实记载之完备，历史典籍之繁杂，世所罕见。在纪晓岚主编的《四库全书》"经、史、子、集"四部之中，经部地位最高，并且经中有史，如《易经》《尚书》，而《春秋》本即鲁史，史部居二，但籍册最是庞杂繁多，子部和集部也不乏史的影子。正因如此，中国最早形成了专门研究历史的"史学"，曹聚仁认为："中国于各种学问中，惟（唯）史学为最发达，史学在世界各国中，惟（唯）中国最为发达。"③他进一步解释中国史学发达的原因和史学的内容："中华民族自始至终偏于意志的伦理的，对于宇宙根本问题，并不去探求；也不想念到前生来生的魂灵的事。正惟对于现实的兴趣太浓一点，不知不觉养成怀古的心理，因此'史学'这一项异常发达"④，"中国'史学'当然和其他各国的'史学'一样，要包括'史'的内容和'史学'的内容二部分"⑤。其中"史的内容"指历史纪录，而"史学的内容"则指历史研究。

唐代史学家刘知几曾将历史典籍分为十类，"爰及近古，斯道渐烦，史民流别，殊途并骛，权而为论，其流有十焉：一曰偏纪，二曰小录，三曰逸事，四曰琐言，五曰郡书，六曰家史，七曰别传，八曰杂记，九

---

① 陈新：《西方历史叙述学》，北京，社会科学文献出版社，2005，第157页。
② 梁启超：《中国历史研究法》，载《饮冰室合集·专集》第十六册，北京，中华书局，2015，第8492页。
③ 同上书，第8499页。
④ 曹聚仁：《中国史学ABC》，上海，世界书局，1930，第1-2页。
⑤ 曹聚仁：《中国史学ABC·例言》，上海，世界书局，1930年。

曰地理书，十曰都邑簿。"①在此基础上，最终又形成了"目录学"意义
上之"史"部。

表3-1 "史"部目录②

荀勖 《新簿》	阮孝绪 《七录》	《隋书· 经籍志》	刘知几 《史通》	《旧唐书· 经籍志》	《新唐书· 艺文志》
丙部	纪传录	史部	古正史（编年）	乙部为史 其类十有三	乙部史录 其类十三
史记	国史部	正史	今正史（纪传）	正史类	正史类
旧事	注历部	古史	伪史	编年史类	编年类
皇览部	旧事部	旧事	小录	伪史类	伪史类
杂事	职官部	职官	逸事	杂史类	杂史类
	仪典部	仪注	琐记	起居注类	起居注类
	法制部	刑法	杂记	故事类	故事类
	伪史部	霸史	别传	职官类	职官类
	杂传部	杂传	郡书	杂传类 仪注类	杂传类
	鬼神部	地理	地理书	刑法类	仪注类
	土地部	谱系	都邑簿	目录类	刑法
	谱状部	簿录	家史	谱牒类	目录类
	录部	杂史 起居注	地理类	地理类	谱牒类 地理类

总之，中国历史类别复杂多样，从历史编纂体例上看，包括编年体、
纪传体、国别体等；从历史功用上看，又可分为皇览部、职官部、注历
部、仪典部、法制部、都邑簿、土地部、谱状部、地理类等；从正稗角
度区分，还可分为正史、伪史、逸事、别传、杂记、琐记、故事等；从
其他角度划分，则能分出古史、旧事、家史等。

三 文学叙述与历史范畴

中国历史形态多种多样，在史学领域与文学领域，能够进入史学家

---

① 〔唐〕刘知几：《史通·杂述》，载《中国历代小说论著选》，黄霖、韩同文选注，南昌，江西人
　民出版社，1985，第33页。
② 此表据李纪祥的《时间·历史·叙事》，兰州，兰州大学出版社，2004，第112页。

与文学家研究视野的"历史"范畴和历史形态不尽相同，这主要是由史学研究的专业性与文学阅读的大众化导致的。

史学领域，《新簿》所列"史记"，《七录》所列"国史部"，《隋书》《史通》《旧唐书》《新唐书》等所列"正史"类别，以及间杂神话传说的"古史""杂史""家史""伪史""逸事"等"稗史"类别，还有不以人事记录为主的职官、地理、土地、刑法、都邑、户籍等历史类别皆能进入研究视野。

文学领域则大不相同，在历史文学创作中一般能够进入文学叙述的"历史"或能够进入不同时代作家视野的"历史"主要以"正史"类别为主导，以"稗史"类别为辅翼，这两大历史类别侧重人事记录，因极强的故事性、想象性常被文学叙述优先择用，而职官、仪典、刑法、都邑、户籍、土地、地理等历史类别则因缺乏话语阐释空间和文学想象空间而极少为文学家采纳，因此能够进入文学叙述的"历史"范畴与史学研究领域的"历史"范畴相比明显狭化。

总之，历史文学中的"历史"，并非古往来所有历史或"泛历史"，能够进入文学叙述的"历史"范围严重狭化，并且"正史""稗史"在文学取材上本无高下之别，它们能不能进入文学叙述，关键要看自身是否具有可选择性或被赋予特殊意义。

四　史传与史传传统

"史传"一词含义比较复杂，有原义与变义之别，同理，"史传传统"一词的意义也经历了一个发展变化过程，有广义与狭义之分。

（一）"史传"：原义与变义

一般来说，"传"最初指的是对"经"的解释，尤其是对"六经"的解释。"什么叫作经，本来只是官书的名目"①。"讲到经字的本旨，原是经纬的意思。那织绸缎布匹，有了横的纬线，全靠有直的经线去维持他（它）。所以经字也成了是主干是纲领的意思"②。"'经，常道也'。凡是平常日用不可或缺的大道理，都可以称作经"，"凡是最经要的议论，都可以称作经"③。早在两千多年前，孔子最早开始系统整理中国远古文化，最终辑为六部文化典籍——《易》《诗》《书》《礼》《乐》《春秋》，

---

① 章太炎：《论经的大意》，载张勇编《章太炎学术文化随笔》，北京，中国青年出版社，1999，第17页。

② 许啸天：《经传释词·新序》，上海，群学社，1929，第1页。

③ 同上书，第2页。

后称"六经"。秦末,《乐经》亡佚于战火,仅余"五经";至汉代,"五经"立于学官,设五经博士,专事"五经"研究;到了唐代,《易经》《诗经》《尚书》,三"礼"(《周礼》《仪礼》《礼记》)、《春秋》三传(《左传》《公羊传》《谷梁传》),并称"九经",后增列《论语》《尔雅》《孝经》,是谓"十二经";宋明时期,又增列《孟子》,是谓"十三经"。这些经书尤其是先秦"五经"由于成书年代久远,用语古奥凝练,字少旨远,后人在缺少背景材料的情况下极难读懂原经,因此中国历朝历代皆有精通元典的文化大家或教授学者专事研究,"他们各人凭自己的心得、见地"①,并配以当时通俗易懂的语言文字对原文逐行解释,这些解释性著作即为"传"。当然"传"只是一种释"经"的文体,除了"传"还有故、训、注、疏、章句、记等。"传"对"经"的逐行解释如同精确翻译,因此对"经"之原文的阐释、生发与扩展极其有限。

"五经"有"传"的是《易经》《尚书》和《春秋》。《易经》《尚书》各有三传,《易经》三传为《周易》《连山》《归藏》,《春秋》三传为《左传》《公羊传》《穀梁传》,《尚书》则有《尚书大传》。严格来说,"传"作为"经"最初的通俗解释版本,自然与"经"不同,因此人们原本也将"经""传"区别对待,但随着时代和语言的变迁,人们不仅对"经"的理解日趋艰难,对当年解释"经"的"传"所用通俗语言也产生隔膜,以至后人在面对古奥难懂的"经"文时越来越需要"传"的配合,为方便查阅原文及其解释,一些大家开始将"经传合体",由此慢慢视传如经或传与经同,在"经"失传之后常以"传"代之,进而又产生了解释"传"的注释版本。

"十三经"等儒家经典对当时的历史状况皆有反映,"六经"尤著,如中国最早的历史文献《尚书》,以记言为主反映上古社会生活状况,《礼》主要记载古代礼乐制度,《诗》则反映商周之际至春秋中叶五百多年的历史,故章学诚有"六经皆史"②之论。不过,"六经"中真正被当作史籍的只有《春秋》一部。《春秋》既是儒家经书,又是第一部编年体史书,所以《春秋》及其三传之"经传合体"亦为"史传合体",自此"史""传"同时成为历史文学的材料仓库。因此从根本上来说,"史传"本身乃是"史""传"的演化,其原义分别指历史元典与历史解释,"史传合体"则指历史元典与历史解释合而为一,但是后世史学领域与文学领域对"史传"的理解逐渐与最初原义产生分歧。

---

① 许啸天:《经传释词·新序》,上海,群学社,1929,第15页。

② 〔清〕章学诚:《〈文史通义〉校注》卷一,叶瑛注,北京,中华书局,1983,第1页。

史学领域，"史传"仍是历史元典及其解释的合称，只是限定相对严格。历史元典与其他史籍后世多有释本存在，但"传"有其产生的特定环境与特指意义，并非所有历史元典和其他史籍的解释都能称为"传"。如《春秋》三传（《左传》《公羊传》《穀梁传》）产生的时间仅次于《春秋》经，它们比其他史籍的解释年代久远，因此名义上虽仍以"传"称之，但实际上一直被当作史书对待，基本达到了史传不分的地步，这是后世其他史籍的解释所不能比拟的。

文学领域特别是历史文学领域，"史传"意义则有所不同。尤其在白话通行并且经历过文化"断裂"的中国当下社会，普通人已经与文言产生严重隔膜，即使专业人士亦难精通历史元典，因此多数人的历史知识或历史素材乃是通过阅读历史元典的解释——"传"而得来，也就是说，在历史文学创作的过程中，相对于研究历史元典而言，一些作家更加侧重参考历史元典的解释——"传"，因此在文学领域"史传"一词的含义渐渐与原义产生偏离，由"史""传"并重转而偏重"传"，"史传"一词大多情况下变成"史之传"的简称，从而导致重"传"轻"经"现象的出现。文学领域"史传"意义的变化，不仅强调了"传"是历史文学的别种材料仓库，同时反映了"传"与历史文学的最初渊源关系。总之，"史传文学"是历史文学的最初形态或文学雏形，因此在追溯文学渊源尤其是历史文学渊源时对"传"的考察就成为必不可少的研究环节。

（二）"史传传统"：广义与狭义

"史传"具有原义与变义之分，"史传传统"则有广义和狭义之别。

广义而言，中国文学的"史传传统"指中国文学历来具有向"史"（历史典籍）和"传"（史传文学）同时寻找素材进行创作的文学传统。广义"史传传统"中的"史"既指正史又指稗史，这一方面说明正史和稗史在文学创作中的地位本无高下之别，另一方面也说明广义"史传传统"为正史传统和稗史传统的合称。中国文学家常常青睐历史题材，主要原因有二：第一，历史是中国文学最庞大最直接的材料仓库。"史"部材料仓库庞大，历史素材取之不尽、用之不竭，作家可以轻而易举地从中找到符合创作意图的历史人物与历史事件，透过历史观照现实；第二，作家可以借助历史话语提高文学话语的权威性与影响力，从而提高文学地位。因此，"中国历史作家的层出不穷、连续不断，实在是任何民族所比不上的"[①]。按照广义"史传传统"的影响，中国作家的历史文学可以

---

① 〔德〕黑格尔：《历史哲学》，王造时译，上海，上海书店，1999，第161页。

分为"史""传"兼重、以"史"为主、以"传"为主等不同类型。

狭义而言,中国文学的"史传传统"指中国文学受历史意识与"传"之功能的双重影响,其文学地位、文学观念、文学原则、创作方法、表达方式都受到"史""传"书写的制约。中国古典文学时代,所谓"史传传统"一般指的是狭义的"史传传统",强调历史的中心地位以及它对文学创作的决定性作用。

可见,"史传传统"本身是一个复杂的概念,它说明中国历史与中国文学之间存在着千丝万缕的关联,经久不息的互动。

第二节　正史传统:史传传统的本质传统

通过明确文学叙述中的"历史"范畴以及历史文学创作的实际情况可以看出:在古典、现代和当代历史文学中正史、稗史皆普遍介入文学叙述。因此如果不考虑政治需要或人为因素,仅就能够进入文学叙述的"历史"范畴而言,中国文学的史传传统本身实际上拥有"官稗并采"的特征。不过历史是人类之历史,文学是人类之文学,它们总是随着人类的发展而发展,因而"史传传统"也必然经历一个发展演变过程,在不同时期呈现出不同的现实性质。

一　从"稗史传统"到"正史传统"

据《汉书·艺文志》载:"小说家流,盖出于稗官,街谈巷语,道听途说者之所造也。"[①]班固认为小说家源自稗官,稗史与小说具有深厚渊源关系。稗官采集、收录和记载民间历史、野史逸闻、民俗民情、琐碎事件或街谈巷语,辑录成篇并书于简册,旨在为当政者提供参考,如《汉书·艺文志》中所提到的《伊尹说》《鬻子说》《青史子》《师旷》《宋子》《黄帝说》《虞初周说》《务成子》等十五种小说[②],由于年代久远,简册难以保存,这些早期稗官小说基本已经亡佚。可见,稗官最初收录稗史的目的并非为文学创作,但是从发生学意义上讲,中国文学自诞生之日起便与稗史结有不解之缘,显示出文稗不分的特征,因此从源流关系来看,中国文学传统最初实际上是一种"稗史传统"。

两汉以来,随着司马迁《史记》、班固《汉书》的出现,纪传体成为官修史书的主要编撰体例。魏征认为,早在《隋书·经籍志》首次使用

---

① 〔东汉〕班固:《汉书·艺文志》,颜师古注,北京,中华书局,2011,第1745页。

② 同上书,第1744-1745页。

"正史"一词之前，史书编撰中的潜在"正史"观念已经形成。西晋时期陈寿撰《三国志》后，"自是世有著述，皆拟班、马，以为正史，作者尤广。一代之史，至数十家。唯《史记》《汉书》师法相承，并有解释"①。随着"正史"体例的出现与"正史"观念的形成，中国文学的"稗史传统"慢慢被颠覆，"正史传统"后来居上并取而代之，逐渐成为"史传传统"的本质传统。

到目前为止，中国史学界公认的"正史"共二十六部。清代乾隆帝曾钦定"二十四史"：最早出现的《史记》《汉书》《后汉书》和《三国志》，为"前四史"；至宋代，"前四史"与《晋书》《宋书》《南齐书》《梁书》《陈书》《魏书》《北齐书》《周书》《隋书》九部史书合称"十三史"，加上《南史》《北史》《新唐书》《新五代史》，是谓"十七史"；至明代，"十七史"又合并《宋史》《辽史》《金史》和《元史》，称为"二十一史"；后乾隆帝钦定《明史》，又下诏增列《旧唐书》入正史，并称"二十三史"，继之再修入薛居正所著《旧五代史》，合称"二十四史"；1921年，北洋政府总统徐世昌增列柯劭忞《新元史》入正史，将正史扩为"二十五史"，加之赵尔巽所撰之《清史稿》即为"二十六史"。"正史"以官修为主，常以"权威""真实"自居，自正史出现之后，官修正史为巩固自身话语权威，开始抵制民修稗史。在古代，相对于历史著述而言文学一直处于边缘地位，历史著述所遵循的正统规则始终制约文学创作，因此"正史传统"最终成为中国文学尤其是历史文学的本质传统。

二 "正史传统"的形成原因

"正史传统"的形成原因比较复杂，主要受儒家文化的正统论、史官文化的真实论、政治选择的功利性之影响。

儒家文化地位的确立经历了一个漫长而复杂的起伏过程。春秋战国时期儒家文化初露锋芒，秦始皇"焚书坑儒"后历经坎坷，直到西汉董仲舒"罢黜百家，尊崇儒术"才真正确定统治地位，最终在封建社会各文化领域确立了一系列"正统"观念。"史官文化的主要凝合体是儒家"②，随着稗官制度的废除和科举制的设立，各级官吏包括史官多为儒家文人担任，文学创作亦主要由儒家文人兼任，因此史官文化必然受到儒家正统思想的影响，从而形成一种儒家典型的正统观念——"正史观"，进而直接影响历史著述与文学创作。

---

① 〔唐〕魏征等：《隋书·经籍志二》卷三十三，北京，中华书局，1973，第957页。
② 范文澜：《中国通史简编》第一册，上海，商务印书馆，2010，第26页。

中国史学发达的一个重要原因，就是史官制度的设置。"史官之作，肇自黄帝，备于周室，名目既多，职务咸异"①。此后历朝历代皆设置史官，修撰史书，共同促成发达的历史文化。在中国文学研究尤其是古典小说研究中，一些学者早就注意到了"史官文化"对文学创作的影响。鲁迅在《中国小说史略》中说过："自来论断艺文，本亦史官之职也。"②史官文化中的实录精神、纪传叙事、春秋笔法等不仅影响小说的创作原则、结构编排、表达方式，还对文学理论和文学评价产生深远影响。中国古代史官不仅拥有历史著述、历史评价、历史研究的权力，还拥有文学批评的特权，这与西方的文艺批评大不相同。史官从史学角度评论文学，必然会将史官的历史意识、思想观念、历史著述的原则方法带入文学批评中，这就难免存有"史家成见"，在历史文学批评中，"真实"与"虚构"的关系一直难以调和即明证。

"正史传统"的形成还与封建统治阶层对正统地位的维护，对主流意识形态的推广密切相关。历来统治者为了巩固统治皆进行文化控制，而历史文化是民族性格或国民性格形成的主导因素之一，因此成为统治者统一思想极其重要的工具，他们利用所掌控的历史话语权力，按照有利于统治的方式书写正史，同时严格控制其他历史著述和历史文学的书写内容与思想观念。

首先，何种历史人物、历史事件能够进入史书，必须经过人为选择。正史修纂具有制度保障，如史官制度、档案制度、修纂制度、监修制度等，修史内容经过严格选择，基本与儒家观念保持一致，如唐时国史内容主要有："祥瑞，天文，灾异，藩国朝贡，藩夷入寇及来降，变改音律及新造曲调，州县废置及孝义旌表，法令变改，断狱新议，有年及饥，并水旱、虫霜、风雹及地震、流水泛滥，诸色封建，京诸司长官及刺史、都督、都护、行军大总管、副总管除授，刺史、县令善政异迹，硕学异能、高人逸士、义夫节妇，京诸司长官薨卒，刺史、都督、都护及行军副大总管以下薨，公主、百官定谥，诸王来朝，已上事，并依本条所由，有即勘报史馆，修入国史。如史官访知事由，堪入史者，虽不与前件色同，亦任直牒案；承牒之处，即依状勘，并限一月内报。"③

其次，关于作伪和美化。"我发现了历史上的作伪，而愤恨于历史家

---

① 〔清〕浦起龙：《〈史通〉通释·杂述》，上海，上海古籍出版社，1978，第273页。

② 鲁迅：《中国小说史略》，上海，上海古籍出版社，1998，第1页。

③ 〔宋〕王溥：《唐会要》第六十三卷中册，北京，中华书局，1998，第1089-1090页。

不曾为我们留下一部真的史书"①。陈白尘这句话有点言过其实,不过确实反映了史书当中存在的一些问题。早在先秦时代,史书作伪现象就已存在,最初作伪者的目的是推行自己的思想、主张,所以假托圣贤之名来增加言说的权威性,只是此风一开其后作伪方式日益多样,作伪目的愈加功利,以至许多历史撰述中的伪造"史实"达到了真假难辨的地步,正如顾颉刚《古史辨自序》所言:"有许多伪史是用伪书作基础的,如《帝王世纪》《通鉴外纪》《路史》《绎史》所录;有许多伪书是用伪史作基础的,如《伪古文〈尚书〉》《古三坟书》《今本竹书纪年》等。"②此外,作伪和美化往往是分不开的,在历代史官所修本朝史书中的美化现象非常突出,一些史官不仅为尊者讳,甚至不惜造假美化权贵言行。

最后,关于删除和掩盖。"夫孙盛实录,取嫉权门;王韶直书,见仇贵族。人之情也,能无畏乎"③,"单看雍正、乾隆两朝的对于中国人著作的手段,就足够令人惊心动魄。全毁、抽毁、剜去之类也且不说,最阴险的是删改了古书的内容"④。因此,在修史过程中一些史官畏于权贵势力,为保全自身不得不删除对权贵不利的内容,掩盖有碍于政治统治的负面事件。

第三节　历史叙事:历史小说的主导书写模式

自正史传统形成后"史传传统"开始出现明显的偏执性质,如重正史、轻稗史,重真实、轻虚构,重教化、轻审美等,这对历史小说的文史观念、写作原则、叙事模式、表达方法、具体评价等产生了巨大影响,历史叙事亦成为历史小说的主导书写模式。

一　何谓历史叙事?

历史客体不可再现,历史文本成为历史存在的主要方式。历史文本的形成与"历史叙事"不可分割。陈平原在《中国小说叙事模式的转变》一书中曾简单提及历史与叙事问题:"中国古代没有留下篇幅巨大叙事曲

---

① 陈白尘:《历史与现实——史剧《〈石达开〉》代序》,载卜仲康编《陈白尘专集》,南京,江苏人民出版社,1983,第218页。

② 顾颉刚:《古史辨·自序》,石家庄,河北教育出版社,1999,第58页。

③ 〔唐〕刘知几:《史通·自叙》,载黄霖、韩同文选注《中国历代小说论著选》,南昌,江西人民出版社,1985,第49页。

④ 鲁迅:《病后杂谈之余——关于"舒愤懑"》,载《鲁迅著译编年全集》第十七卷,北京,人民出版社,2009,第277页。

折的史诗，在很多时间内，叙事技巧几乎成了史书的专利。"①分析历史叙事这一术语，首先要从叙事入手。"简而言之，叙事就是'讲故事'"②。它不仅指涉故事本身，还指叙述行为。"叙述是一种言说方式，同语言本身一样普遍，而叙事则是一种言语再现方式，表面上对于人类意识（来说）非常自然"③，"但是，说到底，叙事就是作者通过讲故事的方式把人生经验的本质和意义传示给他人"④。叙事是人类表达思想意识及存在意义的基本话语模式，"谁讲？""讲什么？""如何讲？"构成"叙事"的三要素。

"历史叙事"（Historical Narrative），即讲历史故事。"人类在最古最古的时候，已经有爱听故事的嗜好，这个嗜好，绵延到现在。在闲暇的时候，围绕着纵谈以前的经历，一切战斗，一切恐怖，一切可歌可泣的掌故，这个便是历史的起源；再由口传而笔之于文字，遂成为史篇了"⑤。历史文本的书写过程即历史学家将历史客体通过语言形诸文本的叙述过程，在这一过程中历史学家常常主观地将叙事强加于历史事件之上，通过预设、编排、选择、议论等，将历史事件作为完整的故事情节进行叙述，并在特定文化环境下赋予历史事件特定的文化意义，从而使客观历史通过"形式的内容"沦落为有头有尾的故事。

当然历史作为客观实在，从来都不是故事，"无论是关于个人生活的事件，还是关于一个机构、一个国家或整个民族的历史事件，都不能明显地构成一个完整的故事。我们不会'生活'在故事中，尽管我们事后以故事的形式来讲述我们生活的意义，并以此类推到国家和整个文化"⑥。"无人按故事生活"，然而历史叙事却总是在讲述历史故事。历史叙事也不是历史纪录的唯一话语模式，历史纪录的话语模式还包括百科全书、沉思录、剖析、摘要、场景、条例、统计图表或系列剧等非叙事或反叙事方式。在历史类别中，职官、地理、土地、刑法、都邑、户籍等大量运用非叙事记载方式，而在"以人系事"为主的正史、伪史、逸事、别传、杂史中历史叙事则成为绝对主导话语模式，并且因"史传传

① 陈平原：《中国小说叙事模式的转变》，北京，北京大学出版社，2003，第210页。
② 〔美〕浦安迪：《中国叙事学》，北京，北京大学出版社，1996，第4页。
③ 〔美〕海登·怀特：《形式的内容：叙事话语与历史再现》，董立河译，北京，北京出版社，2005，第33页。
④ 〔美〕浦安迪：《中国叙事学》，北京，北京大学出版社，1996，第5-6页。
⑤ 曹聚仁：《中国史学ABC》，上海，世界书局，1930，第2页。
⑥ 〔美〕海登·怀特：《作为文学虚构的历史本文》，载张京媛主编《新历史主义与文学批评》，北京，北京大学出版社，1993，第169页。

统"的影响，历史叙事亦成为历史小说的主导书写方式。

总之，"叙事的冲动是很自然的，而对于就事件如何真正发生的任何叙述而言，叙事的形式都是不可避免的"①，"叙事也是一种历史学家和创作（造）性作家——尤其是小说家和史诗创作者——公用的写作形式，它说明了历史著作在历史上被公众广泛阅读的主要吸引力所在。像其他形式的讲故事一样，历史叙事能够通过制造悬念和煽动情感来愉悦读者"②。也就是说，"叙事是'历史'和'非历史'文化所共有的话语模式，它在神话和虚构话语中的主导作用使人们怀疑它作为讲述'真实'的说话方式的可靠性"③，尽管历史学家认为自己是"发现"而不是"发明""过去发生的事"，"可能不愿将其著作视为从'事实'到'虚构'的转译；但这的确是他们的著作的一个作用"④，正如克罗齐所说："没有叙事，就没有历史。"

二　历史叙事与中国现代历史小说

历史叙事，可分为传统历史叙事与现代历史叙事两大类。中国传统历史叙事对现代历史小说的影响主要体现在"正宗"历史小说对"实录"精神、纪传体例、春秋笔法的选择性继承上，从而呈现出与古典历史小说相似的共性特征；中国现代历史叙事对现代历史小说的影响则主要体现在历史叙事观念、原则和方法的理论变革所引发的反叛性实践上，从而呈现出与古典历史小说不同的个性特征。

（一）传统历史叙事对中国现代历史小说的影响

1. "实录"精神。中国史家崇尚纪实、实证、求真，认为历史著述的首要原则是"实录"，"历史书所写的是人物和事件，都必须以史实为根据，而不允许作艺术的夸张和艺术虚构"⑤。他们试图客观记录中国文明演进过程并且在这一过程中建立起一整套价值体系。不过虽然历来坚守"实录"精神不惜身死的史家不乏其人，但大多数"史臣得爱憎由己，高下在心，进不惮于公宪，退无愧于私室，欲求实录，不亦难

---

① 〔美〕海登·怀特：《形式的内容：叙事话语与历史再现》，董立河译，北京，北京出版社，2005，第1页。

② 〔英〕约翰·托什：《史学导论：现代历史学的目标、方法和新方向》，北京，北京大学出版社，2007，第26页。

③ 〔美〕海登·怀特：《后现代历史叙事学》，陈永国、张万娟译，北京，中国社会科学出版社，2003，第167-168页。

④ 同上书，第182页。

⑤ 吴秀明：《短篇历史小说选·前言》，长沙，湖南人民出版社，1983，第1页。

乎！"①因此，在历史形诸文本的过程中总是伴随着史家的主观意志和主观选择，史家"一方面保持新闻实录式的客观姿态，另一方面又以批评家或者评判人的姿态出现。《左传》的史臣曰，《史记》的太史公曰，到后来各断代史的史臣曰，均是明证。这种'叙中夹评'的传统，打破了中国史文用文件和对话法造成的纯客观的假象"②。可见，"实录"只是一种著史精神，叙述态历史与原生态历史之间存在天然差距，"信史"永远只是相对客观、真实。即使如此，历史家的历史意识、实录原则对文学家特别是所谓"正宗"历史小说的创作方法、原则仍然起着强势制约作用。

2. 纪传体例。"从18世纪末开始到今天，西方的文学理论家经常把'史诗'看作叙事文学的开山鼻祖"③。而中国叙事文学并非如此，"中国叙事文学可以追溯到《尚书》，至少可以说大盛于《左传》"④，"史家追叙真人实事，每须遥体人情，悬想事势，设身局中，潜心腔内，忖之度之，以揣以摩，庶几入情合理。盖与小说、院本之臆造人物、虚构境地，不尽同而可相通；记言特其一端。……《左传》记言而实乃拟言、代言，谓是后世小说、院本中对话、宾白之椎轮草创，未遽过也"⑤。中国叙事文学肇始于"史传"，其叙事模式则真正形成于《史记》开始滥觞的纪传体例。《史记》开创了中国历史著述中"以人系事"的历史叙事模式，其故事完整、情节曲折、人物鲜明、结构严谨、叙述细腻、语言生动，中国文学借鉴传统历史叙事模式，擅长以人物为中心组织复杂历史事件，注重人物塑造、情节编排和故事叙述，这自然也成为中国历史小说的基本叙事模式。"中国的叙事作品虽然在后来的小说中淋漓尽致地发挥了它的形式技巧和叙事谋略，但始终是以历史叙事的形式作为它的骨干的，在一个相当长的时间中存在着历史叙事与小说叙事一实一虚，亦高亦下，相互影响，双轨并进的景观"⑥。当然，历史叙事应该基本符合历史语境、历史大事件和历史大趋势，它在人物描写、情节编排和故事叙述方面一般比小说叙事的虚构力度小得多。

①　〔唐〕刘知几：《史通·曲笔》，上海，上海古籍出版社，2008，第144页。
②　〔美〕浦安迪：《中国叙事学》，北京，北京大学出版社，1996，第16页。
③　同上书，第9页。
④　同上书，第11页。
⑤　钱钟书：《管锥编》第一卷，北京，中华书局，1986，第166页。
⑥　杨义：《中国叙事学》，北京，人民出版社，1997，第15页。

3.春秋笔法。"《春秋》，鲁史也，孔子修之，至一字予者，褒之，否之，贬之。然一字之中，以见当时君臣父子之道，垂鉴后世，俾识某之善，某之恶，欲以劝惩警惕，不致有前车之覆"①。左丘明最先对"春秋笔法"做出精准概括："《春秋》之称，微而显，志而晦，婉而成章，尽而不污，惩恶而劝善，非圣人，谁能修之?"②中国知识分子受儒家文化影响深远，常心怀家国天下，具有强烈的社会责任感，中国文学亦青睐"春秋笔法"，写人之时善恶必分、妍媸必辨、美丑必露，叙事之中纪事实、探物理、含褒贬、显臧否、婉而成章、曲意讽之，或述评结合、微言大义，以达到文以载道、惩恶劝善的写作目的。

（二）现代历史叙事对中国现代历史小说的影响

1.历史叙事观念：圣人亦人、稗史亦史。作为文学素材的"正史"，"里面的历史事实，不完全是历史事实，已经加入了历史学家的主观成分的过滤，他褒扬他认为好的，贬抑他认为坏的，鼓吹他想鼓吹的，遗漏他想遗漏的，甚至其中也有细节和情节的虚构等"③。由于叙述主体的介入，正史文本的客观描述中充满赘笔与隐略、遮蔽与删除、歌颂与诋毁等主观选择，存在"阙如"与"失真"之处。

中国现代历史小说针对正史上述问题出现两种叙事倾向：一是直接反叛正史的书写方式。如郭沫若历史小说揭露"圣贤""帝王"普通人性的"去圣贤化"倾向，刘圣旦历史小说专门针对历史未载或言之不详的小人物、小事件的"小历史书写"，周大荒《反三国演义》的极端"反史"倾向等。二是倡导"稗史亦史"理念，提高稗史地位。"稗史，亦史也"④，通过挖掘稗史中隐藏的历史真相与事实意义，既能发挥稗史"以稗补正"完善正史解释的"史补"功能，又可以将原来被"扭曲"的内容和评价"再扭曲过来"，为一些历史人物和历史事件"翻案"，如郑振铎等人的"教授小说"，孟超等人的古代农民起义小说等。

2.历史叙事原则：虚实结合、失事求似。尽管绝对历史真实并不存在，中国古代历史文学仍然严重受到官修正史"真实性"原则的制约，只允许存在最低限度的想象与虚构，如《三国演义》"七实三虚"的虚实

① 〔明〕庸愚子（蒋大器）:《三国志通俗演义序》，载黄霖、韩同文选注《中国历史小说论著选》，南昌，江西人民出版社，1985，第104页。

② 杨伯峻:《春秋左传注》，北京，中华书局，1981，第870页。

③ 童庆炳:《在历史与人文之间徘徊》，北京，北京师范大学出版社，2007，第377页。

④ 〔清〕观鉴我斋:《儿女英雄传序》，载丁锡根编《中国历代小说序跋集》，北京，人民文学出版社，1996，第1589页。

比例尚为人诟病，像《封神演义》这种"七虚三实"以及其他"九虚一实"的小说所受非议可想而知，文学争论中曾一度将对它们的质疑提升到究竟属不属于历史小说的高度。"史求真，求真必粗，细不能真；文求美，求美必细，粗不能美"①，古代历史小说过分拘泥史实的写作态度与"述而不作"的写作方式极大程度上压缩了历史小说的想象空间、灵活性能和诗性趣味，削弱了它的审美品格，使其退居"正史之余"的位置或者沦为通俗版"历史教科书"。针对这种情况，郭沫若明确提出"失事求似"的历史文学创作原则，讲究宏观真实而非细节真实，注重精神真实而非事实真实，从而在理论上打破了史学原则的禁锢。

3.历史叙事方法：现代方法的介入。陈平原认为："中国小说叙事模式的转变，基本是以梁启超、林纾、吴趼人为代表的与以鲁迅、郁达夫、叶圣陶为代表的两代作家共同完成的。"②1899年梁启超在《夏威夷游记》一文中提出"小说界革命"口号，1902年11月又在日本创刊《新小说》，正式实践"小说界革命"主张，中国小说受西方小说理论影响开始发生叙事转变，现代历史小说也相应产生一系列明显的叙事变化：中国传统历史叙事注重宏大叙事或大人物的生平经历，现代历史小说则加强了对人物日常生活或者小人物、小事件的微观叙述，如许啸天历史演义的横断面式写法；中国传统历史叙事注重外在事件的宏观叙事，现代历史小说则加强了思想、观念、精神、心理、情绪等内在叙述，如浙派心理分析历史小说；中国传统历史叙事基本采用全知视角，现代历史小说则开始尝试其他视角，如刘圣旦《突围》以古代农民口吻、第一人称视角讲述历史故事，这是比较罕见的限知叙事方式。

4.历史叙事功能：个体价值和文化反思。古代史家非常重视圣人垂范和历史教化的实际功用，"洎正人硕贤，守道不挠，立言行己，真贯白日，得以爱慕遵楷"③。如《史记》以述往思来、文以载道、鉴古通今等著述理想为正统，重点记载帝王将相、伟人圣贤、英雄榜样、道德楷模之事迹，通过写人纪事确立"忠孝节义"等日常行为准则，为大众提供自我修正方向。中国史书以此为范，难以彰显史家个性，甚至直接导致古代历史文学个性精神的缺乏与个体价值的缺失。中国现代社会倡导个性解放，现代历史小说在传统纪事、明理、劝惩、教化、娱乐功能之外，

① 钱振纲：《清末民国小说史论》，石家庄，河北人民出版社，2008，第7页。
② 陈平原：《中国小说叙事模式的转变》，北京，北京大学出版社，2003，第6页。
③ 〔唐〕李翱：《卓异记·序》，载黄霖、韩同文选注《中国历史小说论著选》，南昌，江西人民出版社，1985，第55页。

非常重视个性写作与个体价值，如郭沫若、郁达夫的自叙传历史小说，施蛰存的心理分析历史小说，沈祖棻的女性历史小说，此外还增加了文化反思（如鲁迅的《故事新编》）和社会革命（如左翼历史小说）功能。

　　总之，中国现代历史叙事促成了现代历史小说创作的反叛，这种反叛主要体现在"非正宗"历史小说方面。

第四章　中国现代历史小说的
　　　　阐释层面

　　中国现代历史小说创作，既有一般历史小说创作的共性条件，同时又必须具备"现代语境"下历史小说创作需要的一些特殊条件。共性条件主要体现在历史小说所涉"古典历史"的阐释空间、时间性和人类性上，而特殊条件则主要体现在现代创作主体所处的地域环境、政治环境、经济环境以及自身特有的思想水平、历史积淀、文学观念、创作动机等方面。

　　历史客体作为"过去"的存在不能客观再现，"过去"生成的历史文本与历史典籍又具有不可逆性，无法替代，文本中的历史能够在不同时代被不断采撷、阐释、引论，而历史的文本化、模板化则限制了人们的认知，使文学家向历史取材创作历史文学时不能像生产其他文学作品一样直接通过预设、布局、编排进行"元创造"，因此历史文学生产的关键环节是解决主体、历史和话语三个层面存在的问题。创作主体必须从形诸文本的历史之中找到阐释空间，然后采用适当的叙事话语和合理的阐释模式对选定的"历史"进行再阐释。

第一节　主体层面：历史想象的"现实诉求"

　　历史文学主要以历史作为材料基础，历史的文本性与历史文本的书写方式为历史阐释提供了延展空间，而历史人类性与现实实用性的统一又为历史阐释提供了时间上的可能性。当然历史具有阐释可能性，并不等于所有历史都能进入某一特定时代的文学叙述或文学阐释。那么为什么某一时代的作家当时会选择这一时段的历史而非其他时段的历史，会选择这一历史事件而非其他历史事件，会选择这一历史人物而非其他历史人物？在不同时代的历史文学中，作家对历史的选择究竟受哪些因素制约？这是关系到何种历史能够进入历史文学叙述，尤其是何种历史能够进入现代文学叙述的关键问题。

　　一般而言，文学的题材选择决定于以"此在"创作主体为核心的现实综合因素。何种题材能进入作家的创作视野与作家的历史观、现实观、文学观以及创作方式都有密切关系。"当一个事件发生之后，其向未来的可能性——在时间向度上——是无穷的，有无穷的可能正在发生，至少也是一支……在无穷可能性之中，只有一支能因'现在'的选择、参与而结合'出现'在'现在'，这意味着'现在'的'存在者'之'当下决断性'能决定/选择与哪一支由过去流向现在的线索结合；换言之：'现在'的我们也参与了'历史'，也选择了'历史'。"①历史文学家作为"'现在'的'存在者'"，在特定时间做出"当下决断"，选择某些具有现代阐释可能性的"本事的历史"，这些历史因作家"'现在'的选择、参与而结合'出现'在'现在'"，从而产生新的文学文本。因此历史文学实践的关键因素是创作主体——作家，历史题材的选择、历史文学的创作、历史想象的实现、历史阐释模式的生成、历史叙事话语的运用都是创作主体"现实诉求"的结果，受其现实条件的制约。

（一）"历史"甄选符合主体意图

历史文学创作主体选择某一历史事件或历史人物作为写作对象，它们与现实题材的相似之处在于必须能够准确表达现实意图。"历史小说作家更具有文学的自觉。这自觉，便缘于他的忧患意识。他不会无缘无故地选取一段历史，一个人物，对现实生活的思考形成了他的历史观"②。

1939年1月唐弢作《关于历史题材》一文，认为抗战时期"'对于历史题材的运用实在是一条不容忽视的路途'，题材虽然有新旧，但在作用上，对于现实的针砭，却是完全一致的"③，"凡所撷取的题材，必需和眼前的现实有共同感的事象，这样才使人们易于'联想'，从'联想'里得到实际的教训"④，从而借用历史与现实的相似性达到契合作者抗战意图的目的。为使历史材料的选择符合创作意图，创作主体必须站在当时现实与文化的角度观照历史，不仅发现那些对现在而言尚未过时的历史内容，保留具有人类共性的历史精神，还要体现鲜明的历史意识与一定的现代意识，寻求一种古今贯通的永恒意义，永恒元素可以超越时空，即使在现代仍能引发"此在"创作主体的共鸣。

（二）"历史"选择限于主体积淀

历史小说创作始于创作主体对历史文本的阅读，历史知识的积淀或历史研究，这是历史文学创作的前提和基础。历史文学不可仅凭作家的

---

① 李纪祥：《时间·历史·叙事》，兰州，兰州大学出版社，2004，第42页。

② 熊召政：《让历史复活》，《领导文萃》2004年第1期。

③ 唐弢：《关于历史题材》，载《唐弢杂文集》，北京，生活·读书·新知三联书店，1984，第372页。

④ 同上书，第373页。

想象来完成，历史题材的选择是受限于作家历史积淀之内的，如果作家没有这些知识积淀，那么历史文学则如空中楼阁、海市蜃楼，终难建就。因此以文学方式叙述历史需要丰厚的历史知识，历史文学的创作主体一般是具有古典文学修养的知识分子，如鲁迅、郭沫若、茅盾、郑振铎、郁达夫、曹聚仁、陈子展、李拓之、苏雪林、蔡东藩、许啸天等都是文化大家或历史学者，无论选择正写（解释）、逆写（翻案）或填空（失事求似），都基于他们对历史和现实的双向思考和深刻理解。

（三）现实因素触发创作动机

历史小说作者具备一定历史积淀之后还必须受到现实因素的催生，不能凭空进入创作。当现实因素触动作家的思想情感，激发了其创作欲望与创作动机，而历史的现实实用性又契合了其内心深处的历史积淀，从而触动情感表达需求时作家方能运用相关历史反映现实。可见主体的创作欲望与创作动机是文学创作的关键因素，否则即使历史积淀丰厚也不能产生文学作品。

催生主体创作欲望与创作动机的"现实"复杂多样，如抗战历史小说主要受爱国精神和民族情感的激发，批判性质的历史小说主要受政治因素和个体境遇的影响，如廖沫沙的《咸阳游》对"国民党顽固派发动反共高潮"进行回击，"写的虽是两千多年之前孟尝君在秦国的历史故事，实际是记录了我们党和报社一九四三年那一段在重庆同特务作斗争的情景"[①]，而郭沫若《豕蹄》中的小说则多是被现实中的一些"年轻的朋友"，"坐催""火迫"出来的，"如《孔夫子》与《贾长沙》二篇便是。假如没有他们的催生，我相信就连这些'速写'都是会流产的"[②]。

可见，即使有再深厚的历史知识积淀，如果没有现实因素的刺激和催生，也无法激发创作主体的创作欲望，"历史"便无法介入文学实践，那么再多历史积淀也不能使作家致力于创作，甚至号称多产的作家也会"石女化"[③]，生产不出历史文学作品。

总之，历史文学创作首先是创作主体的选择，历史文学的形成过程实质上既是创作主体将自己的哲学、思想、观念、价值、情感、审美、个性、判断等借助文学介入历史和现实的过程，又是创作主体对结构、语言、方法等进行形式创造的过程。

---

① 廖沫沙：《鹿马传·后记》，载《廖沫沙全集》第四卷，广州，花城出版社，1997，第459页。

② 郭沫若：《从典型说起——〈豕蹄〉的序文》，载《郭沫若论创作》，上海，上海文艺出版社，1983，第543页。

③ 同上。

第二节 历史层面:"四元组合"阐释范式

中国历史著述系统完备,既包括以人事记录为主,故事性、想象性、阐释性极强的正史和稗史,还包括缺乏话语阐释空间和文学想象空间的职官、仪典、刑法、都邑、户籍、土地、地理等历史类别。西方历史类别则相对简单,美国历史学家海登·怀特在亨普利"覆盖律"、柯林武德"合理性"等解释模式的基础上,将历史著述分为五个层面:(1)编年史;(2)故事;(3)情节编排模式;(4)论证模式;(5)意识形态含义的模式,并据此确立了宏观综合性的"叙述解释模式"。其中"'编年史'和'故事'指历史叙述中的'原始因素'"①,属内容层面,它因与历史指涉物对应并受其限制,不能随意虚构、展开,因而意义的生成是客观自然的,而"情节编排模式""论证模式"和"意识形态含义模式"则是三种历史阐释方式,属表达层面,历史话语通过这三种方式进行历史再现和自我解释。"情节编排模式""通过识别所讲故事的种类为故事提供'意义'就是所说的通过'情节编排'进行解释"②;"形式论证""通过援引被用作历史解释的假定规律的综合原则解释故事中发生的一切"③;"意识形态""指的是为在现在的社会实践世界中采取某种立场并按照这个立场行事(要么改造世界,要么维持它的现状)所需要的一套规定"④;并且每一种阐释方式又分为四种范式,"情节编排模式"含有"喜剧""悲剧""罗曼司(浪漫传奇)"和"反讽"四种形式,"形式论证模式"含有"形式论""有机论""机械论"和"语境论"四种形式,"意识形态含义模式"则含有"无政府主义""保守主义""激进主义"和"自由主义"四种形式。

表4-1 历史阐释"四元组合"范式

情节编排模式	论证模式	意识形态含义模式
浪漫的	形式论的	无政府主义的
悲剧的	机械论的	激进主义的
喜剧的	有机论的	保守主义的
讽刺的	语境论的	自由主义的

---

① 〔美〕海登·怀特:《后现代历史叙事学》,北京,中国社会科学出版社,2003,第373页。

② 同上书,第376页。

③ 同上书,第381页。

④ 同上书,第393页。

相对于内容层面，表达层面在特定文化环境中运用虚构方式赋予历史事件以特定的解释意义，解释意义的生成是人为的和文化的，并且表达层面在不同时代选择不同意识形态、不同情节建构或不同形式论证，产生的意义也不同。因而，历史叙事中意义的生成更依赖于表达层面基于特定文化环境的虚构解释而非内容层面相对客观的事实陈述。

中国现代历史小说创作中的历史阐释基本符合"表4-1"的"四元组合"范式，但因中国当时衰弱混乱几近沦亡的残酷现实，其历史阐释又呈现出一些独特的时代特点。

第一，"情节编排"中"悲剧的"和"讽刺的"两种模式乃常用模式，而"浪漫的"和"喜剧的"两种模式则极为罕见。

亡国、病亡、情殇是中国现代历史小说的三大悲剧模式。"亡国悲剧"中"宋末明季"系列历史小说尤其引人注目，如沙雁的"（北）宋末三部曲"（《帅府歌声》《西迁之后》和《驿舍》），沈祖棻等作家的"（南）宋末衰亡史"（沈祖棻的《崖山的风浪》、吴复原的《暴风雨的崖山》、秦牧的《死海》、吴调公的《突围》、罗洪的《薄暮》和《笼着烟雾的临安》），廖沫沙等作家的"明末衰亡史"（善祥的《史可法》、郑振铎的《风涛》、廖沫沙的《南都之变》《碧血青麟》《江城的怒吼》、罗洪的《斗争》、孟超的《瞿式耜之死》、苏雪林的《黄石斋在金陵狱》《偷头》《蝉蜕》《回光》《秀峰夜话》《丁魁楚》和《王秃子》）；"病亡悲剧"则有郭沫若的《Lobenicht的塔》（康德衰老）、冯至的《仲尼之将丧》《伯牛有疾》、废名《石勒的杀人》（帝王杀人）、曹聚仁的《祢正平之死》和《焚草之变》（隋炀帝之死）；"情感悲剧"代表作乃是谭正璧采用"主角死亡"模式写成的历史言情小说，如《华山畿》《长恨歌》《金凤钿》《坠楼记》《落叶哀蝉》和《流水落花》等。二十世纪三四十年代国民政府统治时期常被文坛比作"宋末明季"，"宋末明季"系列"亡国"历史小说又兼具讽喻意义和警示作用，如廖沫沙1949年出版的《鹿马传》集中的七篇历史小说《离殷》《厉王监谤记》《咸阳游》《鹿马传》《陈胜起义》《曹操剖柑》和《凤兮，凤兮！》等堪称讽刺小说的典范之作。

"浪漫的"和"喜剧的"两种模式在中国现代历史小说中罕见，但1928～1934年间出现了一批以"艳史""秘史"命名的"伪浪漫"历史小说，如徐哲身的《汉宫二十八朝演义》（又名《汉代宫廷艳史》），李伯通的《西太后秘史演义》，李逸侯、赵梦云的《宋宫十八朝演义》（又名《宋代十八朝艳史演义》），许指严的《三十二朝皇宫艳史》，陶寒翠的《民国艳史演义》，费只园的《清朝三百年艳史演义》（又名《清代十三朝演义》或《清代三百年艳史》），陈莲痕的《乾隆休妻》《顺治出家》《清宫艳史》《同治嫖院》，苏海若的《五千年皇宫秘史》、许啸天的《潘金莲爱的反动》、虞麓醉髯的《赛金花传》、巴雷的《石秀与潘巧云》，以及未有"艳史"之名却有"艳史"之实的《五千年皇宫秘史》（苏海若）、《四大美人演义》（甘时雨）等，这些小说为了商业利益，不惜逢迎社会不良风气，从题目到内容充满狭邪、淫窥之气，不仅不"浪漫"，反而走向"堕落"。

第二，中国现代历史小说在赋予历史"意识形态含义"的过程中，并不存在真正"无政府主义的"阐释模式。清末民初"救亡图存"成为时代最强音，中国有识之士引入改良主义、自由主义、民权主义、民族主义、无政府主义、空想社会主义等各种社会思潮，提出不同解决方案。19世纪末"无政府主义"从欧洲传入中国后曾产生过广泛社会影响，其流行深刻反映了知识阶层的一种集体情绪——面对主权沦丧、政治腐败、社会动荡而对国家政府产生的失望感与幻灭感，但"无政府主义"并不是一种真正有效的救国方案，在经过短暂社会实践后必然迅速走向失败，1927年无政府主义在中国的影响逐渐消弭。二十世纪三四十年代中国现代历史小说中出现的"宋末明季"系列小说与左翼历史小说，虽然都有借历史隐喻现实，揭露国民政府腐败，反侵略、反压迫的内容，可与"无政府主义"理念无关，作家们严厉批判甚至号召民众推翻腐败政府，并不是要"破除国界""不要政府"[1]，而是要打造更理想的国家和政府。

第三节　话语层面:象征意义的生成

一　历史文本的话语系统

历史客体与历史实在不可再现，必须借助语言形诸文本得以保留，文本成为历史存在的主要方式，语言成为再现历史客体的工具，因此从语言学角度来看，历史文本是与文学文本一样的"纯粹语言制品"[2]。话语是语言的较大单位，所以文本话语形式就是语言形式。语言本身充满悖论，再现客体的同时又受到自身表达的限制，不可能原原本本地再现

---

[1] 葛懋春、蒋俊、李兴艺:《无政府主义思想资料选》下册,北京,北京大学出版社,1984,第688页。

[2] 〔美〕海登·怀特:《后现代历史叙事学》,陈永国、张万娟译,北京,中国社会科学出版社,2003,第185页。

历史现场，因此历史文本虽然使不复存在的客观实在得以保留，但这种保留是相对客观的、不完备的，甚至是枝蔓、片段或零碎的，存在许多"失事""空白"之处，所以在历史编纂过程中，"历史学家必须'阐释'他的材料，以假定的或纯理论的东西填补信息中的空白"，"这是因为历史纪录既太多又太少的缘故。一方面，记录中总是有很多事实，在以叙事再现历史进程的某一特定时刻，历史学家不可能把全部事实都包括进来。于是，历史学家必须'阐释'数据，把无关于叙事目的的一些事实排除出去。另一方面，在努力重建历史上特定时期'发生的事件'时，历史学家必然要在叙事中包括对某一事件或系列事件的叙述，而要合理地解释这些事件何以发生，又缺少予以支持的事实"①，"以假定的或纯理论的东西填补信息中的空白"本身就是虚构行为。可见，历史文本的弊端一方面固然是一种缺憾，另一方面它又为后人提供了无限想象空间和多元阐释的可能性，后世历史叙述和文学叙述总是想方设法地填补这些空白，以冀获得更多接近事实的真相。

中国历史纪录比西方完备、系统、复杂，既有注重历史事实以人事记录为主的"正史"，又有故事性、虚构性非常强的"稗史"（如与神话混杂的"古史"以及"杂史""伪史""家史""逸事"等），还有地理、土地、刑法、都邑、户籍等历史类别。能够进入文学叙述成为文学素材的历史，不是所有用文字记载的"历史"，主要指史学中以"正史"等人事记录为主要内容的历史类型，兼及"古史""杂史""伪史""家史""逸事"等"稗史"类型，而历史学研究中所涉及的职官、地理、土地、刑法、都邑、户籍等类别则极少被采用。不同类型的历史纪录所用语言亦不相同，职官、地理、土地、刑法、都邑、户籍等类别主要采用"科学性语言"记载，而"正史""稗史"等则主要使用"比喻性语言"记载。相对于科学性语言对历史存在的确定记录，比喻性语言对历史存在的表述记载比较生动，但词不达意、言不尽意、言过其实以及歧义、模糊之处较多，容易使人产生误解，引发争议。

当然，即使以人事记录为主的历史文本，在不同话语层面"科学性语言"与"比喻性语言"的使用也有区别。海登·怀特认为历史事件在历史叙事中并不是单纯存在的，它与神话、寓言、民间故事、科学知识、宗教、文学、艺术等形成一个关系网，其中既有历史事实所要求的真实性，又包含文化赋予历史事件特定意义的虚构性。基于这一认知，他将

---

① 〔美〕海登·怀特：《后现代历史叙事学》，陈永国、张万娟译，北京，中国社会科学出版社，2003，第63页。

丹麦语言学家路易·叶尔姆斯列夫的话语双重二元模式引入历史叙事研究，建构起一套多层面的话语系统。

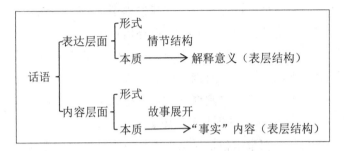

图4-1　历史文本的话语系统

如图4-1所示，怀特在肯定叶尔姆斯列夫所建构的话语的"表达"和"内容"这两个层面以及"表达"和"内容"的"形式"及"本质"层面相区分的前提下，进一步区分了"特定系列的历史事件的'故事'在话语'内容的形式'层面上展开"所形成的"事实"内容，与"情节结构""在'表达本质'层面上动作"所形成的"解释意义"之间的关系。内容层面是"真实的"话语层面，这一层以标志历史事实的历史事件为基础，因为主要使用"科学性语言"所讲述的历史故事与历史事件相对应而被认为是真实的；表达层面则是"虚构的"话语层面，这一层以虚构叙事为基础，主要使用"比喻性语言"将历史事件组织成完整的故事，生成历史事件的解释意义或比喻意义，多个历史事件的解释意义或比喻意义经过不同排列组合则又会生成不同的象征性意义系统。

总体而言，历史文学创作基于内容层面的历史真实，同时运用历史叙事方式扩大表达层面的虚构价值，再融入作家的主观体验和现实评价，最后通过所生成的比喻性意义系统象征现实中的复杂状况。1917～1949年间文学政治化的现实语境对历史文学实践的制约较大，"文学是难免干预政事的，但是从谏之君、不讳之朝是千载难逢的，而文字之狱却屡见不鲜，所以为了言者无罪，闻者又足戒，在专制时代，以文论政，只好采取谲谏去暗喻，去影射"[1]。卫宏《毛诗序》曰："主文而谲谏，言之者无罪，闻之者足以戒。"[2]一些作家为避开政治锋芒与社会误解常采用历史曲笔进行文学创作，"这种创作现象，从一种宽泛的意义上，可以称

---

① 于忠善：《历代文人论文学》，北京，文化艺术出版社，1985，第5-6页。
② 〔东汉〕卫宏：《毛诗序》，载《十三经》上册，吴树平等校，北京，北京燕山出版社，1991，第217页。

之为象征性的，或"影射性"的叙述"①。因此中国现代历史小说基本都是象征性叙述，它们以隐喻、暗讽、曲笔等间接方式委婉表达政治观点，配合历史阐释、情节编排和情感渗透，描摹、警示、干预现实生活，一方面可以通过打擦边球的方式使文学作品在政治斗争中获得合法性，另一方面亦可利用历史与现实的共通性达到关注现实的目的。

二 现实与历史的同构异形

从哲学维度来看，历史本是个时间概念，"历史性源出于时间性"②，海德格尔认为"历史本质上是精神的历史；这一历史在'时间中'演进，所以'历史的实现落入时间之中'"③。在传统时间观念中，人们总是以"此在"的人为界，对时间做过去、现在和未来三段式划分，这种划分具有文化意义。然而过去已经逝去，将来未曾发生，人总是"此在"的人，"此在"的人具有"向死性"（海德格尔语），所能把握的只有现在，因此人们虽然把历史的"重心放在过去"④，但更注意从现实实用性出发，强调过去与现在的关系：历史是曾经发生的现实，现实是即将成为的历史，反之，历史是现实的退隐，现实则是历史的延续，历史总是存在于过去和现在之间，这就是历史的"两间性"⑤。王富仁在《中国现代历史小说论》一文中曾经说过：

> 历史是发展的，但对于一个民族，乃至对于人类的整个历史，并不是在所有的层面上都有发展和变化的；在这没有发展变化的层面上，历史就是现实，现实就是历史；对现实的解剖就是对历史的解剖，对历史的解剖同样也是对现实的解剖。
>
> …………
>
> 二者的不同是表现形式上的，是具体的行为方式和生活方式，具体的语言表达形式和人际关系的交际形式，具体的人文环境和物

---

① 洪子诚:《中国当代文学史》,北京,北京大学出版社,2021,第129页。
② 〔德〕海德格尔:《时间与存在》,陈嘉映、王庆节译,北京,生活·读书·新知三联书店,1999,第427页。
③ 同上书,第436页。
④ 〔美〕海登·怀特:《后现代历史叙事学》,陈永国、张万娟译,北京,中国社会科学出版社,2003,第21页。
⑤ 周建漳:《历史及其理解和解释》,北京,社会科学文献出版社,2005,第50页。

质生活环境。[1]

从文化层面来看，历史首先是人的历史，没有人类的存在，就没有历史的存在。无论西方的"创世纪"，还是中国的"开天辟地""女娲造人"，都是历史叙述的起点。历史中存有人类共同的精神文化资源与相似的人性人情现象，尤其在发展缓慢或出现停滞的文化层面上，过去与现在异质同构，现实与历史同构异形，这是历史文学能够通过"比喻性语言"实现"象征性叙述"的深层原因。

综上所述，历史主要是以文本方式而存在的，历史的文本性使历史存在阐释与虚构的空间，而历史的"两间性"又使得现实与历史之间存在同构异形的特殊联系，同时也在历史人类性与现实实用性之间搭建起公共桥梁。历史的人类性、连贯性与现实实用性成为贯通古今的前提，为人们在不同时期赋予历史特定的时代意义提供了空间可能性，而创作主体是历史阐释的关键条件，包括主体意图、历史积淀、现实动机等在内的主体条件是"历史"得以进入文学创作的关键因素，缺一不可。

---

[1] 〔中〕王富仁、〔韩〕柳凤九:《中国现代历史小说论》第二论,《鲁迅研究月刊》1988年第4期。

第五章　中国现代历史小说的
观照向度

　　历史文学创作主体的文学历史观复杂多样，从历时时间看不同时代作家的文学历史观不断变迁，从共时空间看同一时代不同作家的文学历史观亦千差万别，但就整体而言，他们的文学历史观异中有同，因为纯粹"为古而古"的历史文学并不存在，历史文学的历史想象必然指向一定现实诉求，这种现实诉求或为委婉表达作者的思想观念和自我情绪，或以曲笔影射外在世界、群体和他者，因此不同时代的作家作历史小说时必然立足当下（现实）、回溯过去（历史），既要观照历史又要观照现实，通过对历史和现实的双重观照，将历史的时间性、人类性与实用性熔为一炉，从而实现历史和现实的双向对话。

　　2004年童庆炳曾经提出"历史题材创作三向度"——历史的向度、艺术的向度和时代的向度①，其实历史文学家的观照向度极其复杂，远不止"三向度"。历史与现实的共通性是不同时代历史文学存在的基础，在历史想象的现实诉求得以实现的过程中，历史文学家必须相应地经历一个对历史和现实进行双向观照的复杂过程，而现代语境下由于观照视角的多样性又形成了多重观照向度，中国现代历史小说中最常见的有以古观今、以今观古、镕古铸今与小历史的书写等，四重观照向度之间是并列关系，其中前三种观照向度在双向观照之中侧重纵向观照和宏观审视，而后一种观照向度则在双向观照之中加强了横向观照和微观审视，这些观照向度乃是作家文学历史观的集中体现。

第一节　以古观今

　　"以古观今"，或"观古而知今"，这一观照向度沿袭传统历史观念，强调古代历史经验、教训对现代社会的实用性，从而达到古为今用的现实目的。按照中国现代历史小说家的创作态度和写作目的，"以古观今"又可分为"以古鉴今""以古喻今""以古讽今"和"人身影射"四种情况。

---

① 童庆炳：《历史题材创作三向度》，《文学评论》2004年第3期。

一 以古鉴今：依照历史，理应如是

"以古鉴今"，或"借古鉴今"，强调"鉴"字。它有两种含义：其一，注重吸取古人失误或失败的经验。"鉴"本指镜子，"以古为镜，可以知兴替"①，意指参考古事可以照见今之得失，所谓"前车之覆，后车之鉴"、"殷鉴不远"等成语，《资治通鉴》等史鉴典籍，皆在提醒后世借鉴历史教训，防止重蹈覆辙。从时间性上讲，被界定为"过去"的历史具有"一度性"②，不同时间发生的历史事件绝不相同但可能相似，因此过去的知识积淀或历史经验能够为现实或将来提供借鉴。其二，借鉴历史经验，为今所用。历史中蕴藏的对国家民族有利的恒定因素和富有人类性的古今普适精神，如"民本"思想，"望合厌分"的集体心理，忠孝仁义的处世原则，家国一体的价值观念，团结御侮的民族情感等，后世应注意发掘行之有效的历史经验，增强民族凝聚力和社会稳定性。相对而言，人们谈到"以古鉴今"往往偏重"史鉴"作用而忽视后一种含义，这一点应该引起注意。中国当代社会的健康发展，不仅需要借鉴历史经验，更需要发掘优秀历史文化，加强精神文明建设。抗战时期的中国现代历史小说基本含有"以古鉴今"的现实目的，历史小说家在发挥史鉴作用的同时，有意识地挖掘其中的恒定因素，为提高民族凝聚力、团结抗战做出积极贡献。

二 以古喻今：类比历史，今何相似

"以古喻今"，或"借古喻今"，强调"喻"字，注重发掘历史与现实的相似性，以历史隐喻现实，旨在警醒世人。可见，历史的实用性并不仅指传统的"史鉴"作用，还指"将陌生变熟悉"的隐喻作用，"历史是现实的参照系。我们总是将现实置于一个根据历史归纳而得来的概念模式内，这样，现实才能获得理解，人们才能从由于环境的不确定性而产生的恐惧中逃逸出来"③。正如王德威所说："历史与叙事小说互为关联紧密的话语形式，原因不仅在于二者在叙事模式上互相映照，也在于对人类经验的探究上彼此大量重叠，不论所谓人类经验是幻想与实证的，或是虚构与理念性的。"④

---

① 〔后晋〕刘昫等：《旧唐书·魏征》，北京，中华书局，1975，第2561页。
② 周建漳：《历史及其理解和解释》，北京，社会科学文献出版社，2005，第50页。
③ 陈新：《西方历史叙述学》，北京，社会科学文献出版社，2005，第13—14页。
④ 王德威：《想象中国的方法：历史·小说·叙事》，天津，百花文艺出版社，2016，第295页。

民国时期军阀混战，后日本侵华，内外交困，整个社会显露出乱世衰亡之相。"试记五代，南宋，明末的事情的，和现今的一比较，就不惊心动魄于何相似之，仿佛时间的流逝，独与我中国无关。现在的中华民国也还是五代，是宋末，是明季"①。"历史上灭亡得最惨的是宋明两代，宋明之亡是亡于外患，而外患之烈则由于当权的统治者至死不悟的坚持内争"②。中国现代历史小说家从中深切感受到一种"古今相通的东西"——亡国灭种的危机感，为达"以古喻今"之目的，他们"刺戟于当前的民族危机总容易写到宋末明季"③，从而形成一个"宋末明季"历史小说热潮。如郑振铎的《桂公塘》、秦牧的《死海》、吴调公的《突围》、沈祖棻《崖山的风浪》、罗洪的《薄暮》《笼着烟雾的临安》，分别通过陆秀夫、文天祥等历史人物描写宋末衰亡过程；而郑振铎的《风涛》、廖沫沙的《南都之变》《碧血青麟》《江城的怒吼》、罗洪的《斗争》、孟超的《瞿式耜之死》和苏雪林的《黄石斋在金陵狱》《蝉蜕》则以明代人物传递亡国哀音。

三 以古讽今：对照历史，今何讽刺

"以古讽今"，或"借古讽今"，强调"讽"字，往往讥以讽之，讽以刺之，重点通过历史与现实的比附、类比来批判现实。民国时期军阀林立，侵略者为达成以华制华目的，往往分而治之。"九一八"事变后，1932年3月日本首先在东北扶植第一个汉奸卖国政权——伪满洲国，溥仪任"执政"，年号"大同"，以长春为"首都"，改用新五色"国旗"。1937年末王克敏、王揖堂等在北平中南海居仁堂成立"中华民国临时政府"，1938年梁鸿志在南京成立所谓"中华民国维新政府"，1940年春汪伪国民政府在南京成立。"抗战以来，平昔标榜清高，自命超然的文士，多有沦陷则附敌，安居则献'符命'者"④，如周作人、张资平的附逆曾在当时文化界引起强烈反响。针对汉奸猖獗现象，社会各界开展反奸运动。1937年9月6日郑振铎"在《救亡日报》'消灭汉奸特辑'上发表短论《扫除汉奸》"，次年5月14日再写《惜周作人》一文，认为当时"中

---

① 鲁迅：《华盖集·忽然想到（一至四）》，载《鲁迅全集》第三卷，北京，人民文学出版社，1981，第17页。

② 廖沫沙：《"点将录"式的战斗》，载《廖沫沙全集》第一卷，广州，广州花城出版社，1997，第249页。

③ 田汉：《〈岳飞〉代序》，载《田汉论创作》，上海，上海文艺出版社，1982，第182页。

④ 欧小牧：《七夕·序》，载〔中〕王富仁、〔韩〕柳凤九主编《中国现代历史小说大系》第四卷，石家庄，河北人民出版社，1998，第524页。

国文艺界最大的损失是周作人的附逆"①。郭沫若直斥张资平为"没有骨气的民族逆子,艺术反贼"②,郁达夫在"听到了故人而竟做了奸逆的丑事"后极为震怒,认为"文化而出这一种人,实在是中国人千古洗不掉的羞耻事,以春秋的笔法来下评语,他们该比被收买的土匪和政客,都应罪加一等,时穷节乃见,古人所说的非至岁寒,不能见松柏之坚贞,自是确语"③。基于这种情况,20世纪30年代至40年代文学界出现了一个"忠奸伦理"历史小说热潮,如郑振铎的《毁灭》《王秀才的使命——"庚辛之际"之一》、曹聚仁的《叶名琛》、沈祖棻的《崖山的风浪》、孟超的《查伊璜与吴六奇》、刘圣旦的《北邙山》、廖沫沙的《东窗之下》《南都之变》《碧血青麟》、苏雪林的《丁魁楚》、欧小牧的《投阁》、秦牧的《死海》、吴调公的《突围》、罗洪的《薄暮》《笼着烟雾的临安》《斗争》、李拓之的《招魂》、孟超的《怀沙》《渡江》《苏武与李陵》《瞿式耜之死》、姚姒的《李陵》等。总之,国家危亡时刻,以文学颂忠反奸,对纠正社会伦理,统一战线共同御敌,起到积极作用。

四 人身影射:穿凿附会,人身攻击

"人身影射","这种做法往往是针对现实中的某个人、某件事、某个情境,很容易变成为个人崇拜或个人攻击,所透露的只是作家个人一己的私见,一般是没有意义,甚至是负意义的"④,尤其在图解现实政治之时,既歪曲历史又歪曲现实,因此这一方式历来为有识之士所不取。不过对于一些极端历史事件与历史人物,如逆势、悖论、卖国、大奸、大恶等,也算一种可取之道。如廖沫沙"《离殷》是一九四七年在香港写的,写作的中心目的是影射国民党反动统治内部的分崩离析"⑤,"我用纣来影射蒋介石反动统治,殷商的王公大臣(包括西伯昌)的纷纷动摇来影射国民党统治集团内部的瓦解分崩"⑥;再如郁达夫的《采石矶》,这篇小说从历史人物的选择到历史事件的叙述,含沙射影、指桑骂槐,实质上是郁达夫与胡适在现实论战之外进行的另一场文字论战。这种方

---

① 郑振铎:《惜周作人》,载《蛰居散记》第十九篇,《周报》1946年1月12日第19期。

② 郭沫若:《中国战时的文学与艺术》,载《郭沫若全集·文学编》第十九卷,北京,人民文学出版社,1992,第175页。

③ 郁达夫:《"文人"》,《星洲日报(新加坡)·晨星》1940年4月19日。

④ 童庆炳:《在历史与人文之间徘徊》,北京,北京师范大学出版社,2007,第373页。

⑤ 廖沫沙:《关于历史故事的写作情况》,载《廖沫沙全集》第五卷,广州,广州花城出版社,1997,第108页。

⑥ 同上书,第109页。

式个体针对性极强，虽然能逞一时之快，但也会显露自身的促狭之气，有失雅量，因此在采用这一向度时，应竭力避免将历史文学变成人身攻击或政治戕害的工具。

此外，"以今观古"还有一种特殊情况——以古制今①，即按照古代的成规来处理当今的事务。目前尚未在中国现代历史小说创作中发现这种情况。

第二节 以今观古

"以今观古"，重点在"今"，简言之即作家站在现代立场解释历史人事。在中国现代历史小说创作中具体表现为作家不满足于对历史事件的钩沉，试图以现代思想、经验、观点、想法、价值、原则等反观古人古事，用现代人的立场和思维重新评判历史人物、历史事件、历史观念以探寻多种历史可能性，从而达到"古为今用"的现实目的。按照中国现代历史小说家的创作态度和写作目的，"以今观古"又可分为"以今揆古"和"以今律古"两种情况。

一　以今揆古

以今揆古，重在"揆"字，指今人根据自己的主观经验揣度、臆测古人的思想、观点、想法和行为等。这一观照向度基于人性论和心理学，认为古今人性相通、心理相似，"以今揆古"亦无不可，如钱钟书所言："以今揆古，揣庄子之用心，虽不中当亦不远。"②

郭沫若作历史剧时曾提出一种典型的"以今观古"方法——"据今推古"，即"先欲制今而后借鉴于古"，"借着古人来说自己的话"③，他的早期历史剧《卓文君》《王昭君》和《聂嫈》均采用这一方法，以风靡"五四"的女性解放精神塑造三位女性形象，而其历史小说《孔夫子吃饭》《孟夫子出妻》则从现代人性角度解构孔孟，以达到去圣贤化之目的；鲁迅《奔月》则以现代普通夫妻的日常生活解读后羿、嫦娥的日常生活，琐碎无聊的压抑生活、不知餍足的自私性格，成为嫦娥偷吃仙药、独自飞升的前因；茅盾的《豹子头林冲》和张天翼的《梦》则直接运用

① 〔西汉〕刘向等：《战国策·赵策二》，上海，上海古籍出版社，1985，第663页。

② 钱钟书：《管锥编·周易正义》，北京，中华书局，1979，第14页。

③ 参见郭沫若：《我怎样写〈棠棣之花〉》(《沫若文集》第三卷)，《从典型说起》(《沫若文集》第十一卷)，《创造十年》(《沫若文集》第七卷)，1957.

心理分析方法剖析林冲和卢俊义被逼上梁山的心路历程。

二　以今律古

以今律古，指今人以现在的标准、规矩要求、指导、干涉古人古事。在中国现代历史小说中，用"以今律古"方式写成的小说只有周大荒的一部《反三国演义》。1919 年周大荒成为河州镇守使裴建准的幕僚，1924 年其军旅生涯已有五年，他胸有大志，军事眼光和谋略过人，对当时战局的判断往往比较精准。周氏痴迷《三国演义》，崇拜诸葛亮，同情蜀汉，因此结合军旅实践与军事谋略，写成《反三国演义》。周大荒在这部小说中对原有人物、情节、事件做出一些天才改编和新颖解释，但在后半部分他为抒一己之胸臆竟然起死诸葛亮、庞统、徐庶、关羽、马超等蜀国英雄，让他们大展抱负，终以刘蜀伐罪之师荡平曹魏、孙吴等不义军阀，实现天下一统。《反三国演义》不惜违背历史重大事实改变蜀汉结局，显然违背了历史小说立足信史的基本原则，它实际上是作者理想主义与偏执想法的产物。

可见，按照"以今观古"观照向度生成的小说文本意义极易与历史本来意义产生偏差或冲突，其内在原因主要在于小说文本生成时，当下现实强有力地参与了历史叙述。这种参与是作者的主观行为导致的，作者有意使当下现实介入小说文本的意义构成当中，也可以说创作主体主动以现实目的指导历史叙述，这时原有历史便在作家的文学叙述中发生了变化，形成一个新的意义系统——小说文本的意义系统，它既独立于历史本来意义之外，又与历史本来意义产生一定联系。

总之，"以今观古"，用现代视角解读历史可以直接达到"古为今用"的现实目的，但这一做法如果走向极端则会使历史文学脱离历史原有逻辑，完全不顾历史语境、历史真实与历史局限，从而使历史彻底趋向现代化，将"以今观古"演变为"以今度古"或"因今乱古"，将历史文学变成作家情绪情感的宣泄工具。

第三节　熔古铸今

在历史研究与历史文学中，人们对历史和现实的双向观照并不平衡，总会有所偏差，出现"以古论今""以今论古"或"以古非今""以今非古"的现象，擅自抨击古人的生活、制度、律法、观念、风俗等。魏源曾说："执古以绳今，是为诬今；执今以律古，是为诬古。"①顾炎武亦说："援古而议今，焉得不圆凿而方枘乎？"（《与友人》）以古论今，正如方形榫头无法楔入圆形卯眼，不能得出正确结论。因此，在一些中国现代作家的历史小说中又衍生出了一个相对均衡的创作向度——"镕古铸今"。

熔古铸今，表面看来确有古今杂陈，现实与历史杂糅之意，但事实又不仅如此，其深层意义在于"外之既不后于世界之思潮，内之仍弗失固有之血脉，取今复古，别立新宗"②。取今，撷取世界新文化新思潮，取人之长、补己之短；复古，并非恢复旧文化旧习俗，"复"乃覆按、考证、验证之意，指去其糟粕、择其精华，昌明国粹，传承中华优秀传统文化，"继古开今之事，尚大有可为者，在也"③。可见，"熔古铸今"渗透着振兴中华的雄心壮志，意味着中华文化的全方位重建与再造，需要社会各界爱国志士共同协作才能完成。中国知识分子受儒家文化的影响，历来具有强烈的家国情怀、历史使命感和社会责任感，擅长从政治、经济、文化高度俯瞰天下。清末民初在中国社会全面落后的紧迫状态下，一大批有识之士在政治革命之外，开始学习西方文化，如林则徐、魏源、龚自珍、王韬、吴汝纶、郑观应、黄遵宪、严复、辜鸿铭、蔡元培等，五四前后，在策略层面上，他们本着长痛不如短痛、不破不立的原则，采用异常激进的姿态否定传统文化，主张"全盘西化"，如陈独秀、鲁迅、胡适、陈序经等，但"西方的思想学说，是在西方的社会基础上产生出来，是为了解决西方的社会矛盾被创造出来的，它们都有可能成为我们的借鉴，但中国社会发展的特殊性，使它们都不可能直接解释中国的历史"④，更不可能深度解释中国的文化，因此在实际操作层面上他们又不断整理、辨别、继承中国传统优秀文化，采用一明一暗两种方式吸取古今中外优秀文化，如梁启超、章太炎的国学研究，鲁迅的文化、文学、小说史研究，胡适、俞平伯、郑振铎等"整理国故"，梅光迪、胡先骕等"学衡"人士"昌明国粹"，郭沫若的甲骨文与古史研究等，他们试图通过重塑中华文化的辉煌，实现救国图强的伟大抱负。

---

① 〔清〕魏源：《默觚下·治篇五》，沈阳，辽宁人民出版社，2000，第55页。

② 鲁迅：《文化偏至论》，载《鲁迅著译编年全集》第一卷，北京，人民出版社，2009，第295页。

③ 鲁迅：《书信集·致郑振铎》，载《鲁迅书信集》下册，北京，人民文学出版社，1976，第723页。

④ 〔中〕王富仁、〔韩〕柳凤九：《中国现代历史小说论》第一卷，《鲁迅研究月刊》1998年第3期。

"究天人之际，通古今之变"，中华民族强烈的历史意识形成了国人向历史追溯、寻找现实答案的思维方式。我们从哪里来？我们向何处去？我们遇到问题应该采用什么方法解决？从西方移植而来的思想、文化如何为我所用？这些只有结合我们自己的历史、经验、思维，才能做出正确的判断。"盖人心者，不能无一物以鼓荡之。鼓荡之有力者，恃乎文学，而历史与神话，其重要之首端矣。"①中国现代历史文学中亦渗透着"熔古铸今"重建中华文化的集体意识，在历史小说领域，现代作家从不同角度钩沉神话传说、历史文化，结合现代处境和个人体验对人类、国家、民族、思想、文化、价值、观念进行多元思考。一些历史小说专注挖掘神话传说、历史文化中的"中国脊梁"和民族精神，如鲁迅的《理水》和秦牧的《火种》赞颂大禹、燧人氏等"埋头苦干的人"，倡导不畏艰难的实干精神以及立足实践的科学精神；徐盈的《禹》中大禹不仅踏实能干，还有为父雪耻的复仇精神，王平陵的《岳飞》、郑振铎的《桂公塘》、徐君梅的《黑旗将军刘永福》则称许岳飞、文天祥、刘永福等"拼命硬干的人"，明知不可为而为之的爱国精神和牺牲精神；宋云彬的《禅让的一幕》讲述尧、舜禅让前的幕后故事，揭示尧帝秉承"天下为公"理念，不分"亲疏贵贱""任人唯贤"的"无我"精神，展现出中国久远的民本传统与宽广的政治格局；孟超的《陈涉吴广》《戍卒之变》、茅盾的《大泽乡》、宋云彬的《夥涉为王》、廖沫沙的《陈胜起义》等"大泽乡"系列历史小说则正视群众力量，歌颂他们反剥削、反压迫的反抗精神。

　　总之，"熔古铸今"向度立足当下现实，在中国衰弱至极时仍展望未来，坚持不懈地为振兴中华做准备，不仅追根溯源从中国传统文化中寻找近代落后的原因，还从神话、历史、军事、科学、学术、文学、翻译、美术等多方面寻找中国文化重建的因素，不仅具有现实实用性，而且具有前瞻性和现代性，反映出"中国脊梁"们心系家国、高屋建瓴的国家想象与文学实践。

第四节　小历史书写

　　历史有大历史与小历史之分，"传统历史讲述的历史就是一部典型的'大历史'。《二十四史》所载的几乎都是帝王将相一类的不凡人物。他们

---

　　① 蒋观云：《神话历史养成之人物》，载马昌仪编《中国神话学文论选萃》上册，北京，中国广播电视出版社，1994，第19页。

你方唱罢我登场，各领风骚若干年，成为叱咤风云的历史主角，其一举手、一投足都对历史的过程产生程度不等的重要影响"①。"与'大历史'中活动的那些王侯将相们不同，'小历史'的叙述对象大多是名不见经传的普通人或是大人物们的陪衬。他们或许有些本事，在某一领域学有所长，或许在个性上与众不同，在时代的大潮中沉沉浮浮身不由己。但作为个体，他们从来不张扬自我，也无意于影响和左右历史发展的进程。他们没有翻天覆地的渴望，没有踌躇满志的英雄气，而是随波逐流，安于庸常的生活"②。如果说前三种向度是现代作家对"大历史"的观照，那么对"小历史"的书写则自成一道风景。中国现代历史小说中的"小历史书写"主要体现在三个方面：

首先，消解"神圣"历史叙事。自鸦片战争到1949年中国战乱不断，长期战乱制造出最血腥的人间惨剧，"乱世出英雄""时势造英雄"与"一将功成万骨枯"互成悖论，引发国人深度思考，中国现代文学中的英雄叙述亦随之出现两大倾向：一方面现实主义文学中弥漫着英雄情结和抗战热情，如张恨水的《满城风雨》《东北四连长》《水浒新传》《虎贲岁月》等，另一方面历史文学中的亡国忧虑与"去英雄化"倾向明显，如郭沫若的《秦始皇将死》、宋云彬的《夥涉为王》等历史小说通过揭露秦始皇、陈胜的"凡人"心态，解构帝王神话，颠覆原有历史叙事。

其次，注重碎片化历史叙事。一些作家的历史小说不再强调依史而作，不再习惯性地表现历史的既然性、必然性，而特别关注历史的边缘性、偶然性，对历史断面、片段、碎片进行勾勒，对缺漏、删除、亡佚、失事处进行填充、还原，对扭曲、偏见之处进行反正，最后形成新的一类历史文本消解"历史真实"，来挑战历史学家的话语权威。一些作家的历史小说如施蛰存的《鸠摩罗什》《石秀》《将军的头》、张天翼的《梦》、苏雪林的《回光》、李拓之的《埋香》等非常注重虚构想象，采用精神分析、意识流、荒诞戏剧等现代手法创作历史小说，使宏大历史叙述逐渐趋向微观、细化、琐碎，这是一种典型的小历史写作模式。

第三，平民历史叙事的崛起。这一倾向的出现与现代"民本位"理论密切相关。"民本位"是一种与古代"君本位"相对的现代理论，它与"君本位"观念下总结出的"民为重，君为轻"口号以及"水能载舟，亦能覆舟"经验不同，"人民本位。为最大多数人谋最大幸福。它的反面是一切变相的帝王本位，牺牲大多数人的幸福以谋少数人的尊荣。前者是

① 吴秀明、吴遐主编《文与历史》，杭州，浙江大学出版社，2006，第48页。
② 同上书，第96页。

扶植主义，后者是训练奴隶"①。周作人等较早提倡"人的文学""平民文学"等一系列有关"民本位"的文学理论。这些理论促进了中国现代历史小说中平民历史叙事的崛起：一方面加强了对农民题材特别是古代农民起义历史的叙述，如刘圣旦的历史小说集《发掘》，专写中国历史上名不见经传的小规模农民斗争，另一方面加强了对普通人日常生活的描写，如端木蕻良的《步飞烟》写步飞烟烦琐的人生事迹、情感经历以及被打死的悲惨结局。

总之，历史文学为"现实"而作，其创作向度呈现多元倾向。必须注意的是，以上观照向度并非独立存在的，一篇成功的历史小说常常结合几种观照向度交替运用。

---

① 郭沫若:《答教育三问》,载《沫若文集》第十三卷,北京,人民文学出版社,1957,第153页。

中编

中国现代历史小说的时间演变

中国现代历史小说
创作源流考论
1917～1949年

中编

　　神话源头、史传传统对历史小说的影响非常明显，通过追根溯源基本可以判断出它们在历史小说文体流变过程中起到的实际作用。不过由于中国现代作家在中国文论、中国文学的基础上不断融合西方文论、西方文学以及其他异质因素，持续尝试新形式进行历史小说创作，所以相对古典历史小说而言，中国现代历史小说的文体形态变得异常复杂。因此在理清中国现代历史小说的时间源流、流变脉络的同时还必须辨明体式，对不同文体形态的历史小说进行细分，从而避免出现文体混淆，剪不断、理还乱的现象。

　　中编在按照纵向发展顺序整理档案资料的基础上，对中国现代历史小说进行时间源流考论，追溯神话源头、史传传统对中国现代历史小说的脉络分化、文体演变所产生的实际影响，同时将中国现代历史小说分为两大文体六大门类：正格历史小说三类——即教授小说、左翼历史小说和正史演义，非正格历史小说三类四种——即"神话"历史小说（本土"神话"历史小说和域外"神话"历史小说）、稗史演义和"再生"历史小说。

第六章　中国现代历史小说创作大观

　　清末民初尤其是1905～1916年间中国传统历史小说一度兴盛，基本可分为两大类——章回体长篇历史演义与短篇文言历史小说。章回体长篇历史演义有我佛山人（吴趼人）的《痛史》（《新小说》1905年连载）、《两晋演义》（《月月小说》1907年连载），痛哭生的《仇史》（《醒狮》1905年连载），《死中求活》（作者不详，《云南》1906年第2期），观我斋主人上官红的《婴（罂）粟花》（又名《鹦粟花》或《通商原委演义》1907年自印本），谢亭亭的《尚父商战记》（《竞立社小说月报》1907年连载），秀夫等人的《冰霜剑》（《时事新报画报》1912年连载），无名氏原作、嵇逸如补写的《剩水残山录》（《小说丛报》1915年连载），林纾"自著小说"[①]《劫外昙花》（《中华小说界》1915年连载）等。短篇文言历史小说则有毋我的《秦良玉别传》（《娱闲录：四川公报增刊》1914年第7期）、《薛涛传》（《娱闲录：四川公报增刊》1914年第4期），乐天生的《新三国》（《余兴》1914年第4期），率公的《无名之英雄》（《礼拜六》1914年第6期），春严的《假帝案》（《中华小说界》1914年第12期），啸霞的《汉孝昭上官皇后外传》（《小说丛报》1915年的周年增刊），小蝶的《琼英别传》（《女子世界》1915年第2期），孝宗的《补恨》（《余兴》1915年第5期），汉章的《吴宫秘牒》（《香艳杂志》1915年第7期），定夷的《孤岛英雄传》（《小说丛报》1915年第7期），庸民的《合河吉岗义旅记》（《中华小说界》1915年第2卷第6期），轶名原作、枕亚补写的《〈三国志〉补》（《小说丛报》1915年第12期），病某的《七出祁山》（《余兴》1916年第16期），仪鄌的《雯娘传》（《小说丛报》1915年第8期），亚鸟的《春申烈妇》（《小说丛报》1915年第8期），绮缘的《侠妓殉国记》（《小说丛报》1915年的周年增刊），南史的《荒冢天书》（《空中语》1915年第1-2期）等。

　　1917年初文学革命兴起，白话文呼声日盛，而短篇文言历史小说余波尚存，如姚鹓雏所作《焚芝记》（《小说大观》1917年第11期）、《峨嵋（眉）老人》（《小说大观》1917年第12期），宋家杰的《清初三二臣

---

① 林纾:《劫外昙花·序》,《中华小说界》1928年第2卷第1期。

逸事》(《约翰声》1926年第37卷第4期)等,随着白话文的普及,真正的短篇文言历史小说逐渐消亡,中国现代历史小说开始兴起。

1917～1949年间的历史小说创作突出表现在两个方面:一方面倾向于西方现代历史观念的白话历史小说开始流行,另一方面偏重中国传统文化观念的历史演义再次勃兴。

第一节 第一个十年的中国现代历史小说

1917年初至1927年末的中国现代历史小说,即中国现代第一个十年的历史小说,又称20世纪20年代历史小说,指这一时期中国作家以历史题材为写作对象的小说总和,同时涵盖"新"文学家所作历史小说与"旧"文学家所作历史演义以及其他非演义体历史小说。

中国现代文学的第一个十年,既是古典历史小说向现代历史小说转型的过渡时期,又是中国现代历史小说发轫与奠基的初始阶段,这一时期的历史小说在文学史上占有特殊地位。

表6-1 20世纪20年代历史小说创作一览

20世纪20年代"新"派历史小说				
作 家	篇 目	写作时间	发表刊物	备 注
鲁迅	《补天》(原名"不周山")	1922年11月	《晨报》1922年12月四周年纪念增刊	历史小说集《故事新编》,1936年1月上海文化生活出版社初版
	《铸剑》(原名"眉间尺")	1926年10月	《莽原》1927年4～5月第2卷第8、9期	
	《奔月》	1926年12月	《莽原》1927年1月第2卷第2期	
郁达夫	《采石矶》	1922年11～12月	《创造季刊》1923年2月第2卷第2期	
郭沫若	《漆园吏游梁》(原名"鹓雏",又称"庄周去宋")	1923年7月7日	《创造周刊》1923年第9号	小说戏剧集《塔》,1926年1月上海商务印书馆出版
	《柱下史入关》(原名"函谷关",又称"老聃入关")	1923年8月19日	《创造周刊》1923年第15号	

作　家	篇　目	写作时间	发表刊物	备　注
	《马克斯进文庙》（又名《马氏进文庙》）	1923年11月7日脱稿	《洪水》半月刊1925年	小说杂文集《水平线下》，1925年8月5日上海创造社；《沫若自选集》，1933年4月上海乐华图书公司出版
	《Lobenicht的塔》	1924年8月26日脱稿	《晨报副刊》1925年1月31日～2月3日连载	
冯　至	《仲尼之将丧》	1925年7月	《沉钟》周刊1925年第2期	
巴　金	《断头台上》	不详	《民钟》1927年第2卷第1～7期连载	
废　名	《石勒的杀人》	1927年3月	《语丝》1927年第125期	

20世纪20年代"旧"派历史小说

一　历史演义

作　家	篇　目	写作时间	出版时间	备　注
蔡东藩	《慈禧太后演义》（又名"慈禧演义"或"西太后演义"）	1916年	1916年3月上海会文堂新记书局	
	《中国历代通俗演义》（11部）	1916～1926年	1916～1926年上海会文堂书局	
陈墨峰	《海上魂》（又名"文天祥传奇"）	不详	当时未出版1985年2月湖南人民出版社初版	
	《海外扶余》（又名"郑成功传奇"）	不详	当时未出版1985年2月湖南人民出版社初版	

作 家	篇 目	写作时间	出版时间	备 注
黄士恒	《秦汉演义》	1916年	1917年上海商务馆	
	《前汉演义》（又名"西汉演义"）	1917年	1918年上海商务馆	
	《后汉演义》	不详	不详	
江荫香	《桃花扇演义》	不详	1919年上海广文书局初版	
周大荒	《反三国志演义》	1924年	1924年《民德报》连载，1929年9月上海卿云图书公司初版	
许啸天	《清宫十三朝演义》	不详	1926年上海新华书局	
	《明宫十六朝演义》（又名"明朝宫廷秘史"）	不详	1927年3月上海新华书局出	
	《唐宫二十朝演义》（又名"唐代宫廷演义"或"唐宫秘史"）	不详	1927年上海新华书局	

二 "旧"派其他历史小说

作 家	篇 目	写作时间	出版时间	备 注
喻血轮	《林黛玉日记》（又名"黛玉日记"或"林黛玉笔记"）	不详	1918年上海广文书局初版	
陆士谔	《女皇秘史》	不详	1926年10月时还书局初版	

一 20世纪20年代"新"派历史小说

20世纪20年代，一些现代文学大家如鲁迅、郁达夫、郭沫若、冯至、巴金、废名等相继涉足历史小说创作，其中成就最大的当数鲁迅和郭沫若。

茅盾曾言："用（以）历史事实为题材的文学作品，自五四以来，已有了新的发展。鲁迅先生是这一方面的伟大的开拓者和成功者。"①这一

---

① 茅盾：《玄武门之变·序》，上海，开明书店，1937，第3页。

时期鲁迅创作三篇短篇历史小说——《补天》《铸剑》和《奔月》，从创作时间与文化意义来看，《补天》乃中国现代历史小说的奠基之作，它标志着中国现代历史小说的真正诞生；从题材选择来看，这三篇历史小说都出自中国古代神话传说，鲁迅试图从神话源头上对中国文化追根溯源，对国家民族的历史与现状进行反思，这种文化反思直击中国社会当时政治、经济、军事全面落后的实际状况。总之，鲁迅早期历史小说文化积淀之深厚、历史反思之深邃，至今仍具有人类学意义。

郭沫若这一时期在历史小说与历史剧方面皆有建树。1923～1924年间他共作四个短篇历史小说——《函谷关》《漆园吏游梁》《马克斯（思）进文庙》和《Lobenicht 的塔》。前两篇分别以老子、庄子为主要人物，侧重战国时期的历史叙述与诸子文化的现代反思。1925年发表的《马克斯（思）进文庙》是一篇特殊的历史小说，它采用中西对峙、古今杂糅、荒诞戏剧的手法，将马克思、孔子置于同一时空，以中外两大哲学思想辩论为主线写成。这篇小说最初收入1925年8月上海创造社出版的小说杂文集《水平线下》，1933年4月更名为"马氏进文庙"后，收入上海乐华图书公司出版的《沫若自选集》。《马克斯（思）进文庙》在取材方面兼有域外因素，而《Lobenicht 的塔》则完全撷取域外历史人物写成，这两篇小说晚于鲁迅的《斯巴达之魂》，它们将自鲁迅手中开始的中国现代域外历史小说这一特殊历史小说类型发展壮大。相对而言，郭沫若这一时期的历史剧建树更大，如历史话剧《西厢》（1921年）、《苏武与李陵》（1921年）、《广寒宫》（1922年）、《孤竹君之二子》（1922年）、《卓文君》（1923年）、《王昭君》（1923年）和《聂嫈》（1925年），后三者1926年4月结集为《三个叛逆的女性》由上海光华书局初版；此外，还有历史诗剧《棠棣之花》（1920年）、《女神之再生》（1921年）等。

这一时期郁达夫、冯至、巴金、废名等"新"文学家各有一篇历史小说出炉。

郁达夫1922年11月开始作第一篇历史小说《采石矶》，12月写毕。这篇小说与鲁迅《补天》几乎同时进行，只是完成时间稍晚。《采石矶》中郁达夫以清代文人黄仲则的故事自喻，成为中国现代文学史上最早以"自叙传"手法写成的自我寄托历史小说。

冯至1925年7月写出自己的第一个短篇历史小说《仲尼之将丧》，最初发表于《沉钟》周刊第2期，后被鲁迅收入《中国新文学大系·小说二集》，它是《中国新文学大系》收录的仅有的两篇中国现代历史小说之一（另一篇是郭沫若的《函谷关》）。1921年冯至考入北京大学德文系，

1922年春与林如稷、陈翔鹤、陈炜谟、王怡庵、李开先、马静沅、陈竹影等川籍青年学生创立浅草社（1925年改弦易张为沉钟社），开始发表诗歌、散文，并以"抒情诗"蜚声文坛，如《绿衣人》《我是一条小河》《风夜》《问》等诗歌感情细腻、委婉真挚、韵律优美、语言整饬，鲁迅先生赞誉冯至为"中国最为杰出的抒情诗人"。冯至早期诗风亦影响到同期历史小说，1925年他所作历史小说《仲尼之将丧》，风致"幽婉"，秉承了早年的抒情气质，开创了中国现代历史抒情小说之先河。

巴金1927年写成他的第一个短篇历史小说《断头台上》，这是一篇以俄罗斯革命者英勇事迹为主要内容的小说，该小说与巴金年轻时期对无政府主义革命思想和革命者的狂热迷恋与极度崇拜密切相关，它接续鲁迅的《斯巴达之魂》，郭沫若的《马克斯（思）进文庙》《Lobenicht的塔》，进一步拓宽了中国现代文学史上域外历史小说的创作领域。

废名作为京派开山鼻祖，其湖北黄梅地域小说数量丰富，但历史小说却罕见，仅有《石勒的杀人》一篇。这篇小说完成于1927年3月，写五胡十六国时代后赵王"石勒排墙杀王衍"的故事，堪称这一时期"乱世"历史小说之翘楚。

二 20世纪20年代"旧"派历史小说

20世纪20年代曾受新文学阵营排斥的"旧"文学阵营产生了一位历史小说大家——蔡东藩，他1916年出版长篇历史小说《慈禧太后演义》，同时开始创作《中国历代通俗演义》，意在"将历代的史书，源源本本（原原本本）写成比较完全（整）的历史演义小说"，到1926年9月蔡氏先后出版清、元、明、民国、宋、唐、五代、南北朝、两晋、前汉、后汉①共十一部历史演义，洋洋洒洒几百万言，蔚为大观。这些历史演义出版后曾风靡一时，销量达十数万册。②由于时间精力所限，蔡东藩最终未能完成将历代史书全部演义成小说的宏愿，但这十一部历史演义已足以使蔡东藩成为中国现代首屈一指的历史演义大家。

继蔡东藩之后出现的历史演义大家是许啸天，他在1926~1927年间相继出版清、明、唐、隋、汉和民国六部历史演义，皆销量可观，自"去年（按：指1927年）著成明、清两代的宫闱演义（均新华书局出版），已经流传在社会上，得一般读者极热烈的欢迎。在出版后六个月中，经十余次的重版，销数达五六万；自名人雅士，以至商贾装船，莫

---

① 此处朝代按照蔡东藩的创作时间的先后排序。
② 陈志根：《蔡东藩〈中国历代通俗演义〉版本源流述论》，《史林》2005年第3期。

不人手一篇，惊叹赞诵，奔走骇告，突破自来出版界的纪录"①。

陈墨峰，生平不详，民国初期以历史人物传记方式写成章回小说《海上魂》（又名《文天祥传奇》）和《海外扶余》（又名《郑成功传奇》），前者自文天祥江西起兵勤王始，经北上和谈、逃往扬州、海上被捕，到柴市殉国止，后者则从郑成功祖辈起，写郑芝龙降清，郑成功起兵抗清、收复台湾、割据台湾，直到病逝止。这两部小说各十六回，皆十二万余字，民国时期未曾出版，手抄孤本现存上海师范大学图书馆，1985年2月经湖南人民出版社校订初版。

这一时期"旧"派作家的历史演义还有黄士恒所著《秦汉演义》《前汉演义》和《后汉演义》，周大荒所著《反三国演义》，江荫香所著《桃花扇演义》等，而非演义体历史小说则有喻血轮的《红楼梦日记》和陆士谔的《女皇秘史》。特别值得一提的是黄士恒的《秦汉演义》，1917年12月21日曾受民国教育部嘉奖。

三　20世纪20年代历史小说的基本特征

20世纪20年代的历史小说既有古典历史小说向现代历史小说转化的过渡特征，又呈现出发轫与奠基阶段独有的共性特征。

第一，20世纪20年代历史小说创作与现实小说创作相比明显失衡。

1935～1936年间由上海良友图书公司出版的《中国新文学大系》（1917～1927年），是中国现代第一部文学总集，具有重要文献价值和学科史意义。《大系》共十卷，小说部分有三集，茅盾编选的《小说一集》主要收录文学研究会作家作品29家58篇，鲁迅编选的《小说二集》主要收录《新青年》、新潮社、浅草—沉钟社、莽原社、未名社等社团作家作品三十三家六十二篇，郑伯奇编选的《小说三集》主要收录创造社作家作品十九家三十七篇，总计一百五十七篇。其中现实小说一百五十五篇，占总数的98.7%以上，历史小说仅二篇——冯至的《孔子之将丧》和郭沫若的《函谷关》，不足总数的1.3%。可见，《大系》所录现实小说与历史小说比例严重失调，现实小说的发展盛况令历史小说望尘莫及。1926年茅盾在评述1921年4至6月间的小说创作时也曾统计各类题材，"描写男女恋爱的小说占了98%"，基本都是现实题材小说，其他题材则仅占2%，无怪乎"有人说，中国近来小说，范围太狭。道恋爱只及于中学的男女学生，讲家庭不过是普通琐屑的事，谈人道只有黄包车夫给人打等

---

① 包天笑：《唐宫二十朝演义·总评》，载《唐宫二十朝演义》下册，长春，吉林文史出版社，1985，第1008页。

等"①。茅盾的统计数据反证出20世纪20年代历史小说数量极少，几乎可以忽略不计。同年郁达夫在《历史小说论》一文中也感叹道：

> 中国自新文学运动起来之后，七八年间创作已经产生了不少了。而这许多创作中间，尤以小说为最多。自传式的小说，忏悔小说，心理小说，传奇小说，现实生活的小说，大抵都有人做过，而历史小说，在新小说里，在我的浅陋的认识范围以内，却是寥寥无几。
>
> …………
>
> 目下的中国，作历史小说的人，竟会这样的少，实在是一种不可解的现象。我很希望今后的青年作家，能向这一方面去努力，向现在沉闷的中国创作界里，输入一点新鲜的空气来。②

这种失衡现象受制于1917～1927年间的特殊国情与文化环境，是中国现代文学中现代化（欧化）、民族化两种创作倾向发展不平衡的一种反映。这一时期推翻传统、建立新我成为时代的重大命题，五四时期"提倡新文化，反对旧文化"乃至"全盘西化"的激进文化策略，使思想文化领域呈现出鲜明的褒新抑旧倾向，人们自然选择了新旧二元对立的思维模式，一边提倡、崇尚西方文化，一边批判、重估传统文化，这种二元对立思维模式直接导致承载传统思想观念的历史文化与历史文学遭受严重压抑和极端排斥。由于当时中国传统文化中确实积压着太多束缚人性的历史沉渣，亟待融入新知，取长补短，因此20世纪20年代历史小说创作不受青睐也情有可原。

第二，20年代"新""旧"两派历史小说在小说样式与题材选择上形成互补之势。

这一时期"新"派历史小说皆为短篇，以微观叙事书写一个神话、传说或历史人物，而"旧"派历史演义皆为长篇，以宏大叙事演述秦、汉、唐、五代、两晋、南北朝、宋、元、明、清、民国历史；20年代"新"派历史小说非常重视神话传说与先秦诸子题材，如鲁迅的《补天》《铸剑》《奔月》分别选用女娲补天、造人神话，干将、莫邪铸剑传说和后羿射日、嫦娥奔月神话，郭沫若的《马克斯（思）进文庙》与冯至的《仲尼之将丧》从不同角度探讨孔子思想，郭沫若的《柱下史入关》《漆园吏游梁》则分别书写老、庄故事，而"旧"派历史演义极少涉及先秦

---

① 沈雁冰：《文学与人生》，《四川开江县县立中学校校友会会刊》1926年创刊号。

② 郁达夫：《历史小说论》，《创造月刊》1926年第1卷2期。

题材。

中国历史上出现过两次文化大融合时期，一次是春秋战国时期，中国区域内各诸侯国各民族之间进行文化大融合，另一次则"五四"新文化运动前后，中国文化与世界其他文化尤其是西方文化之间产生激烈碰撞与交流。神话乃文化的最初源头，诸子百家是春秋战国时代文化繁荣的象征，因此这一时期"新"派历史小说关注先秦神话和诸子题材，本质上是中国文人从文化源头上反思中国社会现状，不断辨析、甄别东西方文化之优劣，力图去粗取精、取长补短，重新进行文化建构的一种必然选择。

第三，20年代历史小说已经显示出多元发展趋向。

这一时期的历史小说数量不多，居现代文学三个十年之末，却分化出了以鲁迅历史小说为代表的神话题材历史小说，以郭沫若历史小说为代表的诸子文人历史小说，以郁达夫历史小说为代表的自叙式历史小说，以冯至历史小说为代表的抒情型历史小说，以废名历史小说为代表的心理分析历史小说，以蔡东藩、许啸天和黄士恒小说为代表的历史演义，以喻血轮"红楼"小说为代表的日记体小说等多种历史小说文体形态。

第四，20年代历史小说虽不受青睐，但起点极高。

这一时期出现了鲁迅、郭沫若、蔡东藩、许啸天、黄士恒、郁达夫、冯至等历史小说大家，他们从各自不同的文学观、历史观出发阐释历史事实，发掘历史意义，在多重向度观照现实的同时深度反思传统文化，不仅打破了历史小说史补、史余的叙事陈规，还为历史小说的发展成熟奠定了坚实的基础。

总之，1917～1927年是中国古典历史小说向中国现代历史小说转型的特殊时期，这种转型并非一朝一夕可以完成，它在创作上经历了一个由少变多、由尝试走向成熟的曲折发展过程。

第二节　第二个十年的中国现代历史小说

1928年初至1937年6月的中国现代历史小说，即中国现代第二个十年的历史小说，又称20世纪30年代历史小说，指这一时期中国作家以历史题材为写作对象的小说总和，同样涵盖"新"文学家所作历史小说与"旧"文学家所作历史演义以及其他非演义体历史小说。

中国现代文学的第二个十年，在现代文学三十年中起承上启下的独特作用，也是中国现代历史小说的发展成熟阶段，这一阶段的历史小说创作基本达到了"量增质升"的统一。

表6-2 20世纪30年代历史小说创作一览

20世纪30年代"新"派历史小说

作 家	篇 目	写作时间	发表刊物	备 注
冯乃超	《傀儡美人》	不详	《创造月刊》1928年第1卷第11期	
许钦文	《牛头山》	1928年6月	《北新》半月刊1928年第 期	
穆罗茶	《五岛大王》	1928~1929年	《狮吼》1928年复刊第12期《开明》1929年第2卷第2期	
王独清	《子畏于匡》	1929年1月	《创造月刊》1929年第2卷第6期（终刊号）	
孟 超	《陈涉吴广》	1929年3月15日	《引擎》1929年创刊号	
	《查伊璜与吴六奇》	1929年5月15日	《文艺生活（桂林）》1941年第1卷第2期	
冯 至	《伯牛有疾》	1929年7月	不详	
巴 金	《马拉的死》	1934年	不详	小说集《沉默》，1934年10月上海生活书店
	《丹东的悲哀》	1934年	不详	
	《罗伯斯庇尔的秘密》	1934年	不详	
施蛰存	《鸠摩罗什》	1929年9月15日	《新文艺》1929年第1卷第1期	小说集《将军底（的）头》，1932年10月出版
	《将军底（的）头》	1930年10月10日	《小说月报》1930年第21卷第10期	
	《石秀》（又名《石秀之恋》）	1931年2月10日	《小说月报（上海）》1931年第22卷第2期	
	《阿褴公主》（原名"孔雀胆"）	1931年5月	《小说月报》1931年	
	《李师师》	1931年11月	不详	小说集《李师师》，1932年11月出版
	《黄心大师》	1937年3月11日	《文学杂志（上海）》1937年第1卷第2期	

作　家	篇　目	写作时间	发表刊物	备　注	
茅　盾	《豹子头林冲》	不详	《小说月报》1930年第21卷第8期	署名：M. D.	《宿莽集》，1931年5月10日上海大江书铺初版
	《石碣》	不详	《小说月报》1930年9月第21卷第9号	署名：蒲牢	
	《大泽乡》	1930年10月6日上海	《小说月报》1930年10月	署名：M. D.	
	《神的灭亡》	1933年2月	《东方杂志》1933年第34卷第4号	小说集《春蚕》，1933年5月上海开明书店初版	
凌叔华	《倪云林》	1931年3月	《文艺月刊》1931年第2卷第3期		
陈小帆	《苏秦》	不详	《微音月刊》1931年第1卷第8期		
位　式	《李陵》	不详	《新陕西月刊》1931年第1卷第7期		
陈铁光	《赴濮阳之夜》	不详	《读书月刊》1931年第2卷第1期		
	《垓下之战》	不详	《海滨文艺》1932年创刊号		
	《勾践》	不详	《星火（上海）》1935年第2卷第2期		
郁达夫	《碧浪湖的秋夜》	1932年10月		小说散文集《忏余集》，1933年上海天马书店	
张天翼	《梦》	1932年	《现代》月刊1933年1月1日		
何其芳	《王子猷》	1932年11月10日	《文艺月刊》1933年第3卷第7期		
董铁保	《续枕中记》	不详	《大中月刊》1933年第4期		

续表6-2

作 家	篇 目	写作时间	发表刊物	备 注
沙 梅	《李陵的悲哀》	不详	《华北日报》1934年10月4日；《民间周报》1934年第83期	
蔡 仪	《先知》	1931年1月	《东方杂志》1931年	
	《绿翅之死》	不详	《沉钟》半月刊1933年	
	《旅人芭蕉》	不详	《沉钟》半月刊1933年	
郑振铎	《汤祷——古史新辨之一》	1932年12月12日	《东方杂志》1933年1月1日第30卷第1期	
	《桂公塘》	1934年2月28日	《文学》1934年4月1日第2卷第4期"创刊专号"	
	《黄公俊之最后》	1934年6月3日写毕	《文学》1934年7月1日第3卷第1期	
	《毁灭》	1934年9月29日写毕	《文学》1934年11月1日第3卷第5期	
	《取火者的逮捕》	1933年8月3日	《文学》1933年9月1日第1卷第3期	
	《亚凯诺的诱惑》	1933年10月10日	《文学》1933年12月1日第1卷第6期	
	《埃娥》	1933年12月4日	《文学》1934年1月1日第2卷第1期	
	《神的灭亡》	1934年3月5日	《文学（季刊）》1934年4月1日第1卷第2期	
	《王秀才的使命——"庚辛之际"之一》	1936年8月16日作	《光明》半月刊1936年9月15日第1卷第6期	

作家	篇目	写作时间	发表刊物	备注
曹聚仁	《亚父》	1931年8月20日	《文艺月刊》1932年第3卷第1期	
	《祢正平之死》	不详	《人间世》1934年第2期	杂集《笔端》,1935年1月上海天马书店
	《孔老夫子》	1934年	不详	
	《小红——〈红楼梦〉今读之一》	不详	《太白》1934年第1卷第2期	
	《叶名琛》	1935年1月4日	《新小说》1935年创刊号	杂集《文笔散策》,1936年上海商务印书馆
	《刘桢平视》	1935年2月15日	《新小说》1935年第1卷第2期	
	《焚草之变》	不详	《新小说》1935年第1卷第4期	
	《比特丽丝会见记》	1935年	不详	
	《三国志·甄皇后》	不详	《芒种》1935年创刊号、第2、4期	
	《一队夷齐下首阳》	不详	《中外评论(南京)》1937年第5卷第2期	
刘强	《如是我闻之怀安莱匪》	不详	《协大学生》1933年第9期	
刘圣旦	《新堰》	1933年3月26日	不详	历史小说集《发掘》,1935年上海天马书店
	《北邙山》	1934年1月14日	不详	
	《突围》	1934年4月18日	不详	
	《诗狱》	1934年	不详	
	《白杨堡》	1934年	不详	

作 家	篇 目	写作时间	发表刊物	备 注
	《西厢记》	1933年		1933年7月出版
	《禅让的一幕》	不详	《新少年》1936年第1卷第3期	
	《大男》	不详	《新少年》1936年第1卷第4期	
	《焚券》	不详	《新少年》1936年第1卷第2期	
	《变法》	不详	《新少年》1936年第1卷第8期	
	《荆轲》（又名"击筑悲歌"）	不详	《新少年》1936年第1卷第1期	
	《夥涉为王》	不详	《新少年》1936年第2卷第6期	
	《霸上》	不详	《新少年》1936年第1卷第6期	
宋云彬	《刘太公》	不详	《新少年》1936年第1卷第5期	历史小说集《玄武门之变》,1937年4月上海开明书店
	《朝仪》	不详	《新少年》1936年第1卷第9期	
	《侮辱》	不详	不详	
	《巫蛊之祸》	不详	《新少年》1936年第2卷第5期	
	《禅让的又一幕》	不详	《新少年》1936年第1卷第11期	
	《两同学》	不详	《新少年》1936年第2卷第3期	
	《隋炀帝之死》	不详	《新少年》1936年第1卷第12期	
	《玄武门之变》	不详	《新少年》1936年第2卷第2期	
	《国策》	不详	《新少年》1936年第2卷第12期	

作　家	篇　目	写作时间	发表刊物	备　注
鲁迅	《非攻》	1934年8月	不详	历史小说集《故事新编》，1936年1月上海文化生活出版社
	《理水》	1935年11月	不详	
	《采薇》	1935年12月	不详	
	《出关》	1935年12月	《海燕》1936年1月第1期	
	《起死》	1935年12月	不详	
朱雯	《鉏麑》	1935年6月1日	不详	
	《黄衫客》	不详	《人间世》1936年第2期	
沈祖棻	《辩才禅师》	不详	《文艺月刊》1935年第7卷第2期	
	《茂陵的雨夜》	不详	《文艺月刊》1936年第8卷第1期	
	《崖山的风浪》	不详	《文艺月刊》1936年第8卷第3期	
	《马嵬驿》	不详	《文艺月刊》1936年第8卷第6期	
	《苏丞相的悲哀》	不详	《文艺月刊》1937年第10卷第2期	
庄启东	《或人》	不详	《漫画漫话》1935年第1卷第1期	
严敦易	《马嵬》	不详	《文学》1935年第5卷第1期	
	《东郭》	不详	《文学》1935年第5卷第2期	
	《邯郸》	不详	《文学》1936年第7卷第6期	

作　家	篇　目	写作时间	发表刊物	备　注
郭沫若	《孔夫子吃饭》	1935年6月3日草此	《杂文（东京）》1935年7月15日第2期	历史小说集《豕蹄》，1936年10月上海不二书店
	《孟夫子出妻》	1935年8月6日	《杂文（东京）》1935年9月20日第3期	
	《秦始皇将死》	1935年9月24日完成	《杂文（东京）》1935年12月15日第4期	
	《楚霸王自杀》	1936年2月28日	《杂文（东京）》1936年6月15日第5、6期合刊	
	《司马迁发愤》	1936年4月26日	《文学界（上海）》1936年6月5日创刊号	
	《贾长沙痛哭》	1936年5月3日	《东流（东京）》1936年7月10日第3卷第1期	
	《齐勇士比武》（又名《中国的勇士》）	1936年3月4日	《文学丛报（上海）》1936年4月15日诞生号	
王平陵	《阿房宫的夜宴》	不详	《东方杂志》1936年第33卷第13期	
瑶　君	《苏武与李陵的最后》	不详	《未央》1936年第34期	
刘碧菲	《退敌》	不详	《西北风》1936年第10期	
郑侃嬂	《周遇吉夫妇》	不详	《广播周报》1936年第111期	
陈迩冬	《南华拟梦》	1936年夏	不详	小说集《九纹龙》，1947年11月南京独立出版社出版
	《枕中续记》	1936年冬	不详	
周木斋	《墨翟出走了》	1936年	不详	《历史小品集》，1936年7月上海艺峰丛书社出版
	《郑成功孔庙焚儒巾》	1936年	不详	
非　厂	《"子见南子"以后》（《孔子新传》的一个断片）	1935年7月	《质文》1935年第4期	

作　家	篇　目	写作时间	发表刊物	备　注
唐　弢	《晓风杨柳》	1936年5月2日	《申报周刊(增刊)》1936年第1卷第19期	
李俊民	《鼠的审判》	1936年7月	《平民日报(济南)》副刊《未央周刊》1936年第33～43期	署名:守章
	《心与力》	1936年除夕	《写作与阅读》杂志1937年第1卷第3期	署名:李守章
徐懋庸	《献策》	不详	《今代文艺》1936年第1卷第2期	
	《申公豹:"荒唐故事"之一》	不详	《生活知识》1936年第2卷第3期	
李劼人	《死水微澜》	1935年7月	不详	1936年7月上海中华书局初版1954年略作修改,1955年作家出版社出版新版
	《暴风雨前》	1935年8月～1936年4月	不详	1936年12月上海中华书局初版1955年修改,1956年作家出版社出版新版
	《大波》(上、中、下)	1936年1～7月	不详	1937年1月至7月初版;1957年重写第一部,1958年作家出版社出版新版;1959年重写第二部,1960年作家出版社出版新版;1960年10月改写第三部,1961年12月完成

作 家	篇 目	写作时间	发表刊物	备 注
萧蔓若	《吃不消又一章》	1936年7月	《现代英语》1946年第5卷第5期	
吴复原	《会稽之夜》	不详	《文艺月刊》1936年第9卷第4期	
	《战伴》	不详	《国际与中国》1937年第1卷第10期	
	《暴风雨的厓山》	不详	《青年月刊》1937年第4卷第2期	
善 祥	《史可法》	不详	《新生活月刊》1937年第4期	
	《马援事略》	不详	《新生活月刊》1937年第4期	
	《李牧事略》	不详	《新生活月刊》1937年第4期	
张爱玲	《霸王别姬》	不详	《国光（上海1936）》1937年第9期	
陈子展	《禽语》	不详	《论语》1935年第78期	
	《子见南子》	1936年	不详	《历史小品集》，1936年7月上海艺峰丛书社初版
	《楚狂与孔子》	1935年10月28日	不详	
	《孔子三世出妻》	不详	不详	
陆费徨	《陈胜王》	不详	不详	

20世纪30年代"旧"派历史小说

一 历史演义

作 家	篇 目	写作时间	出版时间/出版者	备 注
李宝忠	《永昌演义》	1926～1930年	1926年夏初稿；1984年5月重庆新华出版社正式出版	1930年冬12月第6次缮竣；1932年冬李健侯作序

作　家	篇　目	写作时间	出版时间/出版者	备　注
徐哲身	《汉宫二十八朝演义》（又名"汉代宫廷艳史"）	不详	1928 年 2 月上海五权书社出版	
李逸侯赵梦云	《宋宫十八朝演义》（又名"宋代十八朝艳史演义"）	不详	1928 年 2 月上海五权书社出版	
许指严	《三十二朝皇宫艳史》	不详	1928 年 6 月上海新光书局	
许慕羲	《宋宫十八朝演义》（又名"宋代宫闱史"、"话说宋朝三百年"）	不详	1928 年 10 月上海新华书局出版	
陶寒翠	《民国艳史演义》	不详	1928 年 11 月上海时还书局出版	
李伯通	《清朝全史演义》	不详	1928 年上海广益书局出版	
许啸天	《元宫十四朝演义》	不详	1928 年	
	《宋宫十八朝演义》	不详	1928 年	
	《隋宫两朝演义》	不详	不详	
	《汉宫二十朝演义》	不详	不详	
	《民国春秋演义》（又名"民国春秋"）	不详	不详	
费只园	《清朝三百年艳史演义》（又名"清代十三朝演义"或"清代三百年艳史"）	不详	1929 年 1 月上海校经山房成记书局出版	

作　家	篇　目	写作时间	出版时间/出版者	备　注
许慕羲	《元宫十四朝演义》（又名"元代宫廷演义""元史演义"或"话说元朝三百年"）	不详	1930年6月上海新华书局出版	
李伯通	《西太后秘史演义》	不详	1930年9月国史小说出版社出版	
	《唐宫历史演义》	1932年	1941年上海广益书局	
张恂九	《最近百年上海历史演义》（又名"神秘的上海"）	不详	1931年8月上海南星书店出版	
张恂子	《隋宫两朝演义》（又名"话说隋朝三十七年"）	1930年	1933年上海民强书局出版	
	《太平天国革命史演义》	1930年	1933年上海民强书局出版	
许慕羲	《清宫历史演义》	不详	1931年11月上海广益书局出版	
	《宋宫历史演义》（又名"宋宫十八朝演义""宋史演义"）	不详	1933年上海大达图书供应社出版	
文公直	《碧血丹心于公传》	1933年	不详	
	《碧血丹心平藩传》	1933年	不详	
	《秦良玉演义》（又名"女杰秦侯传"）	不详	1934年8月上海马启新书局出版	
甘时雨	《四大美人演义》	不详	1934年10月上海新民书局出版	
姚舜生	《中国历史妇女演义》	1932～1933年	1935年1月上海女子书店出版	

作 家	篇 目	写作时间	出版时间/出版者	备 注
朱彭城	《吴三桂演义》	不详	1935 年 6 月出版	
钟毓龙	《上古神话演义》	不详	1935 年 7 月上海中华书局出版	

二 "旧"派其他历史小说

作 家	篇 目	写作时间	出版时间	备 注
陈莲痕	《乾隆休妻》	不详	1928 年 11 月上海神州书局	
许慕羲	《崇祯惨史》	不详	1930 年 10 月上海广益书局出版	
张恂子	《红羊豪侠传》	不详	1930 年 2 月上海民强书局出版	
胡寄尘	《真西游记》	不详	1931 年《佛学半月刊》连载 1932 年 7 月上海佛学书局出版	
苏海若	《五千年皇宫秘史》	不详	1932 年 6 月上海三星书局出版	
程瞻庐	《唐祝文周四杰传》	不详	1932 年上海大众书局	
许啸天	《潘金莲爱的反动》	不详	1932 年 11 月上海美美书屋	长篇小说
李定夷	《杨贵妃秘史》	不详	1933 年 2 月上海新中华书馆出版	
徐哲身	《清代三杰曾左彭》	不详	1933 年 3 月上海大众书局出版	
程善之	《残水浒》	不详	1933 年镇江《新江苏日报》刊行	
德 龄	《御香缥缈录》（又名"老佛爷时代的西太后"或"慈禧后私生活实录"）	不详	1934～1935 年上海《申报》副刊	
	《光绪秘史》	不详	1937 年上海商务印书馆	
何可人	《唐祝文周全传》	不详	1935 年 12 月上海良友合作社出版	

作　家	篇　目	写作时间	出版时间/出版者	备　注
沈　圻	《长坂坡》	不详	1935年9月上海商务印书馆出版	短篇小说
	《过五关》	不详		
	《三顾草庐》	不详		
胡寄尘	《三迁》	不详		
程章垂	《快活林》	不详		
	《拔杨杀虎》	不详		
	《燕青救主》	不详		
	《避雪失子》	不详		
陈莲痕（玉峰）	《顺治出家》	不详	1933年上海神州书局	中篇小说
	《清宫艳史》	不详	不详	
	《同治嫖院》	不详	不详	
虞麓醉髯	《赛金花传》	1934年	不详	长篇小说
巴　雷	《石秀与潘巧云》	不详	上海大方书局	
林汉达	《东周列国故事新编》	不详	不详	短篇小说集

一　20世纪30年代“新”派历史小说

20世纪30年代，第一个十年已作历史小说的一些“新”文学作家如鲁迅、郭沫若、巴金、郁达夫、冯至等仍在此领域笔耕不辍。

20世纪20年代鲁迅曾作《补天》《铸剑》《奔月》，事隔七年有余，1934年8月至1935年12月又写出五篇历史小说——《非攻》《理水》《采薇》《出关》和《起死》，他20年代的历史小说关注神话传说，30年代则倾向于诸子题材，这是对不同时期的中国传统文化进行思考的结果。1936年这八篇小说结成历史小说集《故事新编》，1936年1月由上海文化生活出版社初版。据说鲁迅嗜做对联，结集《故事新编》时他为呼应其他六篇小说的两字标题，力求对仗工整，曾刻意将20世纪20年代发表的《不周山》和《眉间尺》分别改名为两字标题《补天》和《铸剑》，这一点颇有完美主义倾向或疑似强迫症之嫌。茅盾认为鲁迅历史小说"借古事的躯壳来激发现代人之所应憎与应爱",一般人"未能学而几及的",因而称它们是中国现代历史小说的"开拓者"和"成功者"[①]。

郭沫若在20年代基础上再接再厉,1935~1936年再作七个短篇历史小说,它们曾被收入多种作品集。[②]

巴金继《断头台上》(1927年)之后,1934年又连续写成"法国大革命三部曲"——《马拉的死》《丹东的悲哀》和《罗伯斯庇尔的秘密》,1934年10月收入上海生活书店出版的小说集《沉默》,此前从未单独公开发表,它们不仅与巴金的法国留学经历直接相关,还与其青年时期对无政府主义思想和法国革命者的狂热迷恋和极度崇拜密切相关,"法国大革命三部曲"进一步壮大了域外历史小说的阵营。

郁达夫、冯至于20世纪20、30年代各有一篇历史小说面世。郁达夫一生著述颇丰,是创造社小说成就最大的作家,但其历史小说只有两篇,"郁达夫在创作了《采石矶》之后,就没有继续创作历史小说,直至30年代,他才写了他的第二篇历史小说《碧浪湖的秋夜》"[③]。冯至继1925年所作《仲尼之将丧》后,1929年在哈尔滨第一中学教国文兼北大德文系助教时又作第二篇短篇历史小说《伯牛有疾》,继续探讨疾病、死亡等命题。

此外,20年代未曾写过历史小说的一些"新"文学作家在30年代异军突起、成就斐然,如孟超、茅盾、郑振铎、施蛰存、宋云彬、曹聚仁、沈祖棻、刘圣旦等,堪称后起之秀。从历史小说数量来看,30年代短篇历史小说成就最大的作家当属宋云彬(十六篇),其次是曹聚仁(十篇),再次是郑振铎(九篇),然后是施蛰存(六篇)、沈祖棻(五篇)、刘圣旦(五篇)、茅盾(四篇)和陈子展(四篇)。

左翼作家孟超30年代只有两个短篇历史小说——《陈涉吴广》和《查伊璜与吴六奇》,论数量显然不如宋云彬、曹聚仁、郑振铎和施蛰存,但其历史小说的文学史意义非常独特。1929年3月15日孟超写成短篇历史小说《陈涉吴广》,这是中国现代第一篇叙述古代农民起义的历史小说,它标志着中国左翼历史小说的真正开端,孟超自然也成为中国现代

---

① 茅盾:《玄武门之变·序》,上海,开明书店,1937,第3页。

② 参见本书第十八章《巴蜀区域中国现代历史小说》第二节《自叙、考据的联动:郭沫若历史小说的创作模式》。

③ 〔中〕王富仁、〔韩〕柳凤九:《中国现代历史小说的发展脉络》,载《中国现代历史小说大系》第一卷,石家庄,河北人民出版社,1998,第2页。

左翼历史小说的开创者。周木斋、李俊民、陈迩冬、朱雯等作家在30年代也各有两篇历史小说问世，即周木斋的《墨翟出走了》《郑成功孔庙焚儒巾》，陈迩冬的《南华拟梦》《枕中续记》，朱雯的《鉏麑》《黄衫客》，李俊民的《鼠的审判》《心与力》。

宋云彬30年代作《禅让的一幕》《大男》等短篇历史小说十六篇，1937年结为短篇历史小说集《玄武门之变》，同年4月由上海开明书店初版，列入"开明青年丛书"。"我是一个爱好文艺的人，又是一个有点历史癖"，"在注释方面，我是费了相当心力的"，旨在"把字句的来历，作者微旨，一一表露出来"[①]。《玄武门之变》集另收郑振铎、茅盾所作《序》各一篇，《注释》十六篇。1942年宋云彬还编选当时优秀历史小说，出版《历史小品选》，同时效法《玄武门之变》集为其中历史小说各作《注释》一篇，文学价值与学术价值结合成为宋云彬历史小说最大的独特之处。

郑振铎30年代作《汤祷》《王秀才的使命——"庚辛之际"之一》等九篇短篇历史小说，其中《取火者的逮捕》《亚凯诺的诱惑》《埃娥》《神的灭亡》这四篇取材于古希腊神话，后结为域外神话历史小说集《取火者的逮捕》，1934年9月由生活书店出版，列为"创作文库"之一，而《桂公塘》《黄公俊之最后》《毁灭》这三篇则结为短篇历史小说集《桂公塘》，1937年6月由上海商务印书馆初版。

曹聚仁30年代作有《亚父》《三国志·甄皇后》《一队夷齐下首阳》等十篇短篇历史小说。《亚父》为其首篇小说，曹聚仁将它与《孔老夫子》《祢正平之死》《叶名琛》《刘桢平视》《焚草之变》称为"正格历史小说"或正宗历史小说，而将《小红》《比特丽丝会见记》称为"托古寄怀的历史小品"，同时他还将历史剧《并州文人》《孔林鸣鼓记》称为"讽刺小品"。曹聚仁擅长在辨明体式的基础上按照不同特征对历史小说进行文体细分，他属于中国现代较早明确对历史小说进行文体分类的历史小说家。

施蛰存30年代主要作六篇历史小说，1932年10月将《鸠摩罗什》《将军底（的）头》《石秀》（又称《石秀之恋》）和《阿褴公主》（原名《孔雀胆》）收入小说集《将军底（的）头》，11月将《李师师》《黄心大师》收入小说集《李师师》。这一时期施蛰存发挥自己的独特文学天赋，将心理分析方法发扬光大并广泛运用于历史小说创作，逐渐超越20

---

① 宋云彬：《历史小说选·序》，桂林，立体出版社，1942，第5页。

年代的王独清、废名与30年代的茅盾、张天翼，成为中国现代心理分析历史小说领域成就最大的作家。

沈祖棻30年代以"绛燕"署名发表五篇历史小说——《辩才禅师》《茂陵的雨夜》《崖山的风浪》《马嵬驿》和《苏丞相的悲哀》。沈祖棻出身书香门第，乃苏州才女、著名词人、大学教授，擅长以女性视角和女性意识观照历史人物和历史事件，并以女性的宽仁悲悯展开历史想象，以细腻的文思笔触深入人物精神，解剖人物心理，体验人物生命，用现代观念反顾历史，因此其历史小说的知性、感性结合相对完美，在当时文坛上独树一帜。

刘圣旦30年代同样作五篇历史小说——《新堰》《北邙山》《突围》《诗狱》和《白杨堡》，后结为历史小说集《发掘》，这是他的第一部历史小说集。因为作者要"发掘""埋葬在历史里的故事"①，故将该集命名为"发掘"。刘圣旦是30年代主要以古代小规模农民起义作为历史小说素材的作家，也是唯一一个将"河工"形象写入作品的作家，堪称中国现代历史小说创作领域小历史书写的真正实践者。

茅盾早期倡导"为人生"的文学，先后写有《幻灭》《虹》《子夜》等著名长篇现实小说，他早在1926年之前还曾整理"国故"，注解《楚辞》《淮南子》《庄子》等古籍，并与人合著《中国文学变迁史》，学术功底深厚。"在一九三〇年再搞这一套"时，"埋头于故纸堆中，研究秦国自商鞅以后的经济发展，战国时代的一些重要的思想潮流，乃至典章文物等等"②，这为他1930年开始创作历史小说奠定了基础。茅盾30年代所作历史小说分为两类：一类是中国农民起义历史小说，如1930年写的《豹子头林冲》《石碣》和《大泽乡》，这些小说运用阶级分析方法透过历史反映现实，影射性、针对性非常明显，折射出20年代末至30年代初中国共产党领导的轰轰烈烈的农民革命运动，是继孟超的《陈涉吴广》之后左翼历史小说的又一批力作；另一类是北欧神话历史小说，如《神的灭亡》，这是茅盾当年神话研究尤其是学术专著《神话研究ABC》的直接产物，它与茅盾稍后所作的《耶稣之死》《参孙的复仇》，曹聚仁的《比特丽丝会见记》，郑振铎的《取火者的逮捕》《亚凯诺的诱惑》《埃娥》《神的灭亡》等共同开创了中国现代文学史上域外神话历史小说的先河，

---

① 刘圣旦：《发掘》，载〔中〕王富仁、〔韩〕柳凤九主编《中国现代历史小说大系》第四卷，石家庄，河北人民出版社，1999，第365页。

② 茅盾：《茅盾文集（七）·后记》，载孙中田、查国华编《茅盾研究资料》中册，北京，中国社会科学出版社，1981，第70页。

这些小说借他山之石以攻玉，具有更加隐晦、委婉的讽喻功能。

吴复原、善祥、蔡仪、陈铁光和严敦易等30年代皆作有至少三个短篇历史小说。吴复原在《国际与中国》杂志上发表一组短篇历史小说——《会稽之夜》《战伴》和《暴风雨的厓山》，善祥则在《新生活月刊》的《新生园地》专栏发表一组短篇历史小说——《史可法》《马援事略》和《李牧事略》，他们各自选择心目中的"民族英雄"以彰其事，分别借勾践卧薪尝胆、祖逖击楫、陆秀夫跳海与史可法抗清、马援破西羌平交趾、李牧抗击匈奴等历史旧事，隐喻民国之处境，表达抗日之决心。陈铁光所作《赴濮阳之夜》《垓下之战》和《勾践》同样侧重描写刚烈人士，旨在弘扬民族精神，而蔡仪的《旅人芭蕉》《先知》《绿翘之死》和严敦易的《马嵬》《东郭》《邯郸》则比较关注历史人物与历史事件的传奇色彩。

这一时期写有一篇历史小说的作家除了郁达夫、冯至，还有许钦文、王独清、冯乃超、何其芳、张爱玲、凌叔华、张天翼、唐弢、徐懋庸、王平陵等二十多位著名人士。

此外，30年代"新"文学家的历史小说虽然仍以短篇小说为主，但也出现了为数不多的长篇小说。如李劼人的"大波"三部曲——《死水微澜》《暴风雨前》和《大波》，"大波"三部曲数量不多，但每一部都是长篇小说，因此无论从重量、分量还是出版时间来看，它们无愧为这一时期"新"文学家历史小说的收官之作。

二 20世纪30年代"旧"派历史小说

30年代"旧"派作家的历史演义数量明显增多，"旧"派其他历史小说亦比较兴盛。

30年代出现的两部"古代农民起义"历史演义引人瞩目。第一部为陕西籍作家李宝忠的《永昌演义》，这是清末至30年代第一部大规模描写李自成起义的历史演义。李宝忠自20年代初开始作《永昌演义》，1926年夏完成初稿后又用4年半时间修缮6次，1930年12月第6次缮竣方止，1932年冬李健侯为之作序。由于历史的原因，《永昌演义》1949年10月之前并未出版。第二部为张恂子的《太平天国革命史演义》，又名《红羊豪侠传》，这是一部以洪秀全领导的太平天国农民起义为素材的历史演义。

30年代许啸天的历史演义创作进入高峰期，他陆续写有《元宫十四朝演义》《宋宫十八朝演义》《隋宫两朝演义》《汉宫二十朝演义》和《民国春秋演义》）；许慕羲这一时期至少作有三部历史演义——《宋宫十八朝演义》《元宫十四朝演义》和《清宫历史演义》，其中《宋宫十八朝演义》1933年再版时更名为《宋宫历史演义》。

1928～1934年间"艳史"演义盛行，如徐哲身的《汉宫二十八朝演义》（又名《汉代宫廷艳史》），李逸侯、赵梦云的《宋宫十八朝演义》（又名《宋代十八朝艳史演义》），许指严的《三十二朝皇宫艳史》，陶寒翠的《民国艳史演义》，费只园的《清朝三百年艳史演义》（又名《清代十三朝演义》或《清代三百年艳史》）等。此外尚有未以"艳史"命名但内容与之相似的作品，如苏海若的《五千年皇宫秘史》、甘时雨的《四大美人演义》等。这些作品擅长使用"艳史""秘史"做噱头，从题目到内容充满狭邪、淫窥之气，为商业利益不惜逢迎社会不良风气，连历史演义大家许慕羲也难脱窠臼，其《宋宫十八朝演义》再版时曾将书名一改再改，其中一个版本名为《宋宫历史演义》，而另一个版本则改为《宋代宫闱史》，通过媚俗、恶俗博人眼球。李伯通亦有类似行径，他30年代所作三部历史演义中有两部清代题材，一是《清朝全史演义》，二是《西太后秘史演义》，而另一部则为《唐宫历史演义》。

不过，文公直的《秦良玉演义》（一名《女杰秦侯传》）与上述"艳史"演义大相径庭。这部历史演义以女性历史人物为主角，却能抛弃传统观念与性别歧见客观评价女性历史人物，对秦良玉的言行充满褒扬与尊重。相对而言，姚舜生的《中国历史妇女演义》价值最高，这部历史演义将中国历代知名女性辑录成册后详细阐述其事迹，同时进行小说虚构，将女性人物形象塑造得格外鲜明生动，对她们的生平事迹描述得引人入胜，因此它不仅具有文学价值，还具有一定史学价值。此外，张恂九的《最近百年上海历史演义》（又名"神秘的上海"）、钟毓龙的《上古神话演义》、朱彭城《吴三桂演义》等也各具特色。

30年代"旧"派作家的其他非演义体历史小说，按照文学体式可分为长篇、中篇和短篇三类历史小说。在长篇历史小说中，许慕羲的《崇祯惨史》、胡寄尘的《真西游记》、徐哲身的《清代三杰曾左彭》等主要采用平话体例，平话乃演义的早期形式，二者渊源关系深厚，外在形式基本相似，内容方面都以说书人的口吻讲述历史故事；陈莲痕的《乾隆休妻》《顺治出家》《清宫艳史》《同治嫖院》、苏海若的《五千年皇宫秘史》、许啸天的《潘金莲爱的反动》、虞麓醉耋的《赛金花传》、巴雷的《石秀与潘巧云》等长篇小说虽然也采用平话体例，但内容上相对偏颇，显露出猎艳猎奇的趋势，实质上与"艳史""秘史"同出一辙。30年代

"旧"派长篇历史小说比较关注文人题材，曾同时出现两部有关"初唐四杰"的长篇小说——程瞻庐的《唐祝文周四杰传》与何可人的《唐祝文周全传》。此外，30年代"旧"派作家还作有两大系列短篇历史小说：一是沈圻1935年所撰"三国"系列短篇小说，如《长坂坡》《过五关》《三顾草庐》等，二是程章垂1935年所撰"水浒"系列短篇小说，如《快活林》《拔杨杀虎》《燕青救主》《避雪失子》等，隶属民众基本丛书。相对于长篇和短篇历史小说，这一时期的中篇历史小说数量最少，只有李定夷的《杨贵妃秘史》等寥寥几篇，屈指可数。

三　20世纪30年代历史小说的基本特征

20世纪30年代历史小说在中国现代历史小说发展史上占有重要地位，体现出成熟期的共性特征。

第一，20世纪30年代历史小说逐渐呈现繁荣局面。

1934年曹聚仁在《从"发掘"说到历史小说》一文中声称："近百年来，历史学的凋残，（孙中山先生去世已将十年，连一本可读的传记都没有，可见中国并没有传记作家）和历史小说的消沉，实在是可异的反常现状，这也是民族衰老的一种症候"①，"前几年，茅盾曾经取历史题材写过《大泽乡》《石碣》《豹子头林冲》几个短篇小说，其后也没见有人继起做这个工作。圣旦的《发掘》，可说是有系统有意义的尝试，跫然足音，当然可喜的"②。可见20世纪30年代初期（1928～1930年）中国现代历史小说创作仍然处于消沉状态。1930年之后，从茅盾、刘圣旦等作家的历史小说开始，中国现代历史小说创作逐渐繁荣，"新""旧"文学家的历史小说创作都增长迅猛，总体数量远超20年代。历史是传统文化的重要载体，历史小说的繁荣侧面反映出清末民初中国文化界"全盘西化"的狂热思潮有所消减，学者们的文化研究与作家们的文学创作开始向中国传统文化回归。

第二，30年代历史小说出现明显的审美分化现象。

"本期的作家是普遍地注重——美的原则了，但是他们对'美'的追求，或讲究'力的美'，或潜心于'诗的美'"③。20世纪30年代历史小说家们一方面开始提炼历史题材中"力的美"，另一方面又非常重视历史题材中"诗的美"，也就是说，这一时期历史小说的审美分化不仅体现在

---

① 曹聚仁:《从"发掘"说到历史小说》上册,《新语林》1934年第1期。

② 同上。

③ 杨义:《中国现代小说史》第二卷,北京,人民文学出版社,1988,第21页。

文体形态的多样性方面，还出现了"政治化"与"艺术化"的分野。

20世纪30年代历史小说重视"力的美"的写作倾向，是伴随着1928年无产阶级革命文学的兴起而产生的。这一时期孟超、茅盾、郑振铎、宋云彬等作家擅长从国家、政治、民族、阶级、斗争等角度挖掘"力的美"进行历史小说创作，其中以古代农民起义为素材的左翼历史小说是注重"力的美"的典范之作。

相对而言，30年代历史小说重视"诗的美"的写作倾向，则是伴随着中国现代文学的成熟与完善而产生的。鲁迅、施蛰存、李拓之、沈祖棻等作家擅长从思想、哲学、人性、精神、心理、情感等角度挖掘"诗的美"进行历史小说创作，如鲁迅的文化型历史小说，施蛰存的心理型历史小说，郭沫若、郁达夫的自叙式历史小说，谭正璧和沈祖棻的历史言情小说等都是历史小说注重"诗的美"的成功案例。

同时，30年代历史小说还存在一种崇尚"俗的美"的写作倾向，这是伴随中国现代文学大众化、市场化、商业化、娱乐化的日益增强而产生的，从而造就了许慕羲、李宝忠等历史演义大家。

总之，30年代历史小说的审美分化现象是与当时的中国国情相应而生的。1928年1月至1937年7月，中国既面临局部战争、民族危机的空前压力，又处于夜郎自大、盲目乐观的大国幻梦之中，国民群体亦因之分化，既有悲愤救国之情，又有安守现状之意。从根本上来说，这一时期历史小说创作上的审美分化便是对当时复杂社会现状的侧面反映。

第三，30年代历史小说具有鲜明的"盛世情结"。

30年代历史小说的取材范围迅速扩大，几乎涉及上至先秦下至明清的所有重大历史事件、历史人物，并且形成了一股"盛世写作"潮流，其中"盛世情结"成为核心内容。

所谓"盛世情结"指国人思慕历史盛世（一般指春秋战国和秦汉唐时期），渴望国家强盛、文化繁荣、和平统一、民族复兴的集体心态。春秋战国时期正处于中华民族大融合阶段，诸子"百家争鸣"，思想学术自由，开创了中国历史上最初的文化黄金时代，奠定了中国传统文化的基石。梁启超称赞这一时期"实为东洋思想之渊海。视西方之希腊，有过之无不及。政治上之思想，社会上之思想，艺术上之思想，皆有亭毒六合包罗万象之观"①。春秋战国时期亦是世界文化形成的"轴心时期"，"人类一直靠轴心期所产生、思考和创造的一切而生存，每一次新的飞跃

---

① 梁启超：《论中国人种之将来》，载《梁启超全集》第一卷，北京，北京出版社，1999，第261页。

都回顾这一时期，并被它重燃火焰。自那以后情况就是这样，轴心期潜力的苏醒和对轴心期潜力的回忆，或曰复兴，总是提供了精神动力"①。春秋战国以降，从"秦汉一统"至"光武中兴"，从"贞观之治""开元盛世"至"康乾盛世"，那种天下一统、地域辽阔、物质丰富、文化辉煌、威仪凛凛、八方来贺的"天朝大国"至尊形象，成为1840年鸦片战争之后中国人永远的精神支柱。1917～1949年，在国势衰微的严峻形势下，中国现代"新""旧"两派作家大量选择"盛世"历史创作小说，"发思古之幽情，往往为了现在"②，这一文学现象突出反映了国人的集体愿望——对民族复兴的渴盼。

第四，30年代历史小说中还出现了"厌恶乱世"的写作趋向。

中国历史上的"乱世"时期，一般指三国、五胡十六国、南北朝、五代十国以及宋、辽、夏、金等大国小国并存纷争时期。20年代"乱世"历史小说有蔡东藩的《五代史演义》《南北史演义》和废名写五胡十六国之赵国的《石勒的杀人》，30年代的"乱世"历史小说却只有"新"派作家所作寥寥数篇，其中"三国"题材四篇（曹聚仁的《弥正平之死》《刘桢平视》《三国志·甄皇后》和许钦文的《牛头山》），"南唐"题材一篇（刘圣旦的《北邙山》）。"厌乱世"写作现象是对"盛世情结"的反向呼应，这一趋向的出现有其深刻的历史与现实原因。

首先是史籍纷杂与学术研究的滞后。中国历史上乱世时期朝代更迭，政权林立，时局不稳，语言、文字、风俗、法令、制度复杂多元，加上统治阶层无暇顾及历史编纂，因此乱世时期修撰的历史典籍数量稀少，历朝历代对乱世历史的学术研究亦明显滞后。民国时期对五胡十六国、南北朝历史的相关研究主要集中在二十世纪三四十年代，如陈寅恪的《隋唐制度渊源略论稿》（1939年）与若干魏晋南北朝史论文，吕思勉的《两晋南北朝史》（1948年开明书店），以及其他史家的一些论文如冯家升的《慕容氏建国始末》（《禹贡》1935年第3卷第11期），李旭的《西晋时代华族与外族之关系》（《师大月刊》1934年第16期）、《五胡时代华夷同化的三个阶段》（《食货》1935年第2卷第10期），蒙思明的《曹操的社会改革》（《社会科学季刊》1943年第1期），张志岳的《曹丕与曹植争储考实》（《东方杂志》1946年第42卷第17期）等。民国时期对

---

① 〔德〕卡尔·雅斯贝斯：《历史的起源与目标》，魏楚雄、俞新天译，北京，华夏出版社，1989，第14页。

② 鲁迅：《花边文学·"又是莎士比亚"》，载《鲁迅全集》第五卷，北京，人民文学出版社，1981，第571页。

五代十国史的相关研究涉及诸多方面，然多呈散论状态。"自20世纪初西方的史学理论、方法传入中国以来，中国的史学研究进入了一个新时期。但是，五代十国史的研究一向是中国古代史研究中的薄弱环节，通常都认为是隋唐史的延续，五代史通常也依附于隋唐史，专门研究五代十国史的论著较少"①。据白寿彝《五代史研究概况》统计，20年代五代史论著仅有丁谦的《〈新五代史·四夷附录〉地理考证》（1915年）与王国维的《五代监考本》（1923年）两种，这是民国时期最早的五代史论著，30年代又出现了十几篇五代史论文，如陶希圣的《五代的都市与商业》，戴振辉的《五代钱币制度》《五代农村的残破与恢复》，40年代相关论文论著更少，姚兆胜的《纷乱的五代十国》是这一时期唯一介绍五代十国历史的专著。乱世历史研究滞后，除少数专门研究者以外，一般作家作乱世历史小说既难搜集资料研究考证，又难引发读者兴趣；如果从印刷出版角度考虑，报纸杂志刊载此类小说势必影响销售量和商业利润，因此乱世历史小说不受青睐也就可以理解了。

其次是"望合厌分"的现实心理。中国现代是一个大动荡、大变革的历史时期，外强侵凌、内乱频仍，民众生活艰苦。1911年辛亥革命，1917年张勋复辟，1917～1918年南北军阀混战，1920年直皖战争、粤桂战争，其后滇、黔、川、湘等西南军阀混战，1922年直奉战争，1924年第二次直奉战争，1927年北伐战争，1930年蒋冯阎中原大战，1931年后的十四年抗日战争与三年解放战争，共同构制出一幅旷日持久的现代巨型战争画卷。1940年《战国策》半月刊在昆明创刊，这一刊名体现出一种时代立场，它直接反映出当时局势之混乱。"乱世无义战"，长期战争与社会乱象形成国人的集体记忆，同时造成了集体的心理创伤，因此国人渴望统一、疲劳厌战的情绪日益强烈，这也是文学叙述中排斥乱世的根本原因。

总之，20世纪30年代历史小说创作走向繁荣，这种繁荣背后隐藏着国人思盛世、厌乱世，反侵略、反内战的共同民族情绪。当然这种繁荣并不意味着30年代以历史文化为主的中国传统文化开始受到文坛青睐，正如夏衍作《赛金花》时所言，当时并不认为历史是表达现实的好材料，之所以选择历史题材，其一为回避现实、曲笔喻之，其二试图借历史发掘中华民族精神，事实上这一时期历史小说的总体数量远低于现实题材小说。

---

① 白寿彝主编《中国通史》第七卷，上海，上海人民出版社，1999，第97页。

第三节 第三个十年的中国现代历史小说

1937年7月至1949年9月的中国现代历史小说,即中国现代第三个十年的历史小说,又称20世纪40年代历史小说,指这一时期中国作家以历史题材为写作对象的小说总和,它同样涵盖"新"文学家所作历史小说与"旧"文学家所作历史演义以及其他非演义体历史小说。

中国现代文学第三个十年,是中国社会风云突变的十年,这一时期的历史小说深受全面抗战与国内战争的长期影响,但旷日持久的战争并未阻断其创作进程,反而出现了一个爆发与繁荣的局面。

表6-3 20世纪40年代历史小说创作一览

20世纪40年代"新"派历史小说				
作　家	篇　目	写作时间	发表刊物	备　注
击　楫	《渡江》	1938年4月5日	《学生半月刊》1938年第2卷第2期	
萧蔓若	《"大隧"之歌》	1938年	不详	
芙　子	《郭令公》	不详	《中学时代》1939年第1卷第1期	
李承皋	《孤城喋血》	不详	《战时中学生》1939年第1卷第7~8期	
王　沉	《牛群》	不详	《新青年》1939年第3卷第1期	
	《苏秦》	不详	《血流》1939年第1卷第6期	
	《凯旋》	不详	《战时中学生》1939年第1卷第1期	
	《易水之歌》	不详	《战时中学生》1939年第1卷第2期	
郑伯奇	《辛亥之秋》	不详	《中苏文化》1939年第4卷第3期	

作 家	篇 目	写作时间	发表刊物	备 注
文起衰	《梅花坟》	不详	《老百姓》1939年浙江金华第50期	
杨 刚	《公孙鞅》	不详	不详	1939年上海《少年读物》编辑社
姚 姒	《李陵》	不详	《改进》1939年第2卷第1期	
裘 重	《岳飞之死：南宋史话》	不详	《大陆》1940年第1卷第3期	
伊 人	《李师师的殉国》	不详	《长风》1940年第1卷第6期	
卢嘉木	《投向祖国的怀抱》	不详	《战时中学生》1940年第2卷第12期	
徐震中	《寒衣姻缘》	不详	《中学生活》1940年第3卷第1期	
	《扬州大惨案》	不详	《中学生活》1940年第3卷第5期	
阿勒依萨	《李陵的悲哀》	不详	《国民杂志》1941年第5期	
雨 辰	《颜杲卿》	不详	《文苑》1941年第1卷第2期	
巴 人	《薛宝钗访问记》	不详	《新天津画报》1941年第1卷第22期	
	《贾代儒访问记》	不详	《新天津画报》1941年第1卷第24期	
佚 名	《李师师》	不详	《职业与修养》1941年第4卷第1期	
徐开墨	《师生之间》	不详	《小说月报》1941年第8期	

作　家	篇　目	写作时间	发表刊物	备　注
沙　雁	《帅府歌声》	不详	《学生之友》1941年第2卷第2期	
	《西迁之后》	不详	《小说月报》1941年第7期	
	《驿舍》	不详	《中国劳动》1942年第2卷第1期	
	《五更曲》	不详	《大路半月刊》1943年第9卷第4期	
加　因	《偷火者的故事》	不详	不详	1942年1月桂林文化供应社出版
徐　盈	《禹》	不详	《抗战文艺》1942年第8卷第1～2期	
茅　盾	耶稣之死	不详	《文学创作》1942年第1卷第1期	
	参孙的复仇	不详	《创作月刊》1942年第2卷第1期	
唐　逸	《李师师之死》	不详	《建进》1942年第2卷第3～4期	
冯　至	《伍子胥》	1942年冬至1943年春	《明日文艺(桂林)》1943年第2期;《文学集林(福建南平)》1944年第1辑;《世界文艺季刊》1945年第1卷第2期	1946年9月上海文化生活出版社出版
郑振铎	《风涛》	1939年6月5日	不详	《大时代文艺丛书》(六)之《十人集》首篇,1939年7月上海世界书局出版 署名:郭源新

作　家	篇　目	写作时间	发表刊物	备　注
	《秦政焚书坑儒》	不详		
	《刘邦打陈豨》	不详		
	《捐谷得官》	不详		
	《囤积居奇》	不详		
	《钱币与粮食》	不详		
	《萧何买田宅》	不详		
	《陈平论刘邦》	不详		
	《庄周辞聘》	不详		
	《公皙哀不仕》	不详		
	《鲁仲连义不帝秦》	不详		
	《奇货可居》	不详	《民主》周刊1946年5、6月第29～33期连载,5月出版第29期,6月出版第30、31、32、33期	《民族文话》,1946年北京出版社出版
	《张耳陈余》	不详		
	《叔孙通谀秦二世》	不详		
	《叔孙通订朝仪》	不详		
	《张释之执法》	不详		
	《周仁的缄默》	不详		
	《公孙弘善做官》	不详		
	《主公偃倒行逆施》	不详		
	《公仪休不受鱼》	不详		
	《李离自杀》	不详		
	《汲黯论张汤》	不详		
	《辕固生论汤武》	不详		
	《董仲舒论灾异》	不详		
	《张汤的阴谋》	不详		
司马讦	《武松石秀夜谈》	不详	《前锋》副刊1943年第70期	

作　家	篇　目	写作时间	发表刊物	备　注
孟　超	《邸夷的悲剧》	不详	不详	短篇小说集《骷髅集》,1942年桂林文献出版社出版
	《垓下》	不详	不详	
	《渡江》	不详	不详	
	《瞿式耜之死》	不详	《抗战时代》1941年第4卷第2期	
	《戍卒之变》	不详	《文艺生活(桂林)》1942年第1卷第6期	
	《泥马》	不详	《半月文萃》1942年第1卷第5～6期	
	《少年游》	1945年3月1日重理旧作	《文讯》1946年新6卷第3期	短篇小说集《少年游》
	《苏武与李陵》	不详	《文学创作》1943年第1卷第5期	
	《怀沙》	不详	40年代	短篇小说集《怀沙》
	《吕不韦著书》	不详	《故事杂志》1947年第3期	
吴调公	《突围》	不详	《中美周刊》1941年第27～29期	署名:丁谛
	《锦瑟》	不详	《杂志》1942年第10卷第1期	
吕伯攸	《左慈变戏法》	不详	《万象》1940年号外	
	《孟母六迁》	不详	《万象》1942年第1卷第11期	
	《义姑姊片言退齐兵》	不详	《万象》1942年第2卷第3期	
	《举碗齐眉》	不详	《万象》1942年第2卷第5期	
	《当垆艳》	1942年12月1日	《万象》1942年第2卷第6期	
	《狮子吼》	不详	《万象》1942年第2卷第10期	
	《女参军》	不详	《万象》1942年第2卷第12期	

作　家	篇　目	写作时间	发表刊物	备　注	
	《棘门之变》	不详	《大上海》1943年第1期		
	《历史的怪杰——徐光启》	不详	《大上海》1943年第6期		
	《破镜》	不详	《万岁》1943年第6期		
	《同窗之恋》	1943年11月5日	《小说月报》1943年第38期	署名:白悠	
廖沫沙	《东窗之下》	不详	《大众生活》1941年7月19日新10号	署名:易庸	短篇历史小说集《鹿马传》,1949年生活·读书·新知三联书店出版
	《南都之变》	不详	《大众生活》1941年8月9日新13号		
	《碧血青麟》	不详	《大众生活》1941年8月30日新16号		
	《江城的怒吼》	不详	《大众生活》1941年9月20日新19号		
	《信陵君之归》	不详	《大众生活》1941年10月25日新24号		
	《厉王监谤记》	1941年香港	《青年知识(香港)》1947年4月16日新21期		
	《咸阳游》	1943年11月3日重庆	重庆《新华日报·副刊》1943年11月5日		
	《凤兮,凤兮!》(原名"接舆之歌——孔夫子的故事")	1944年2月重庆	《自学(桂林)》1944年第2卷第1~2期		
	《鹿马传》	1947年10月香港	《青年知识(香港)》1947年4月16日新19期		
	《离殷》	1947年12月香港	《野草丛刊》1948年第7期		
	《陈胜起义》(原名"陈涉起义")	1948年3月	不详		
	《曹操剖柑》	1948年3月香港	《野草丛刊》1948年第9期		

作　家	篇　目	写作时间	发表刊物	备　注
聂绀弩	《韩康的药店》	1941年2月末日桂林	《野草》1941年第2卷第1、2期合刊	
	《第一把火：为纪念鲁迅先生逝世五周年作》	不详	《文化杂志（桂林）》1941年第1卷第3期	
	《毛遂》	1945年9月18日重庆	《文萃》1945年第4期	
	《鬼谷子》	1946年3月8日重庆	《海滨杂志副刊》1948年第1期	
	《季氏将伐颛臾》	1946年7月20日	《野草》1946年复刊号	
	《一个残废人和他的梦——演庄子〈德充符〉义赠所亚》	1947年3月2日重庆	不详	
陈迩冬	《关于唐景崧的断片》	不详	《抗战时代》1940年第2卷第4期	短篇小说集《九纹龙》，1947年11月南京独立出版社出版
	《当垆外史》	1943年1月	《抗战时代》1943年第3卷第4期	
	《浔阳小景》	1943年10月	《文艺杂志（桂林）》1944年第3卷第3期	
包文棣	《搧坟与劈棺》	上海孤岛时期	不详	署名：司马倩
	《跳龙门的插曲》	不详	《万象》1943年第3卷第1期	

作　家	篇　目	写作时间	发表刊物	备　注
张　扬	《睢阳之夜》	不详	不详	硕真编选:《历史小品》集,1943年南平国民出版社出版
伏　子	《大宋的士兵》	不详	不详	
常湘中	《除夕》	不详	不详	
柳　朱	《宗泽进兵》	不详	不详	
许　豪	《扬州之围》	不详	不详	
陈立业	《行刑前后》	不详	不详	
苟　石	《牛群》	不详	不详	
曾秀苍	《出塞》	不详	不详	
母　取	《割席篇》	不详	不详	
夏静岩	《玛瑙屏》	不详	不详	
硕　真	《范文程献策》	不详	不详	
	《文姬归汉》	不详	不详	
	《变法》	不详	不详	
曼　倩	《宋徽宗与李师师》	不详	《万岁》1943年第6期	
白　华	《苏秦》	不详	《大众(上海1942)》1943年第6期	
端木蕻良	《步飞烟——故事新编之一》	1943年11月10日	《人世间(桂林)》1943年第1卷第3期	
唐　须	《化熊》	不详	《北极》1943年第1卷第1期	
	《苏秦》	不详	《平铎月刊》1943年第4卷第1期	
	《陶朱》	不详	《北极》1944年第3卷第5～6期	
公子囚	《射猎》	不详	《新青年》1944年第9卷第2期	
王　风	《卞和献璧》	不详	《扫荡》1944年第1期	
施　瑛	《苏城喋血》	不详	《文艺》1943年第2期	
	《帝俄东进记》	不详	《茶话》1947年第15期	

作　家	篇　目	写作时间	发表刊物	备　注
欧小牧	《当垆》	1943年5月13日	不详	短篇小说集《七夕》
	《捉月》	1943年6月27日午夜	《诗与散文（昆明）》1946年第3卷第5期	
	《投阁》	1943年7月27日夜	不详	
	《七夕》	1945年2月13日夜	不详	
	《新儒林外史》	1946年12月10日	不详	
秦　牧	《伯乐与马》	不详	《艺文志》1945年第2期	
	《火种》	不详	不详	
	《囚秦记》（又名《韩非与李斯》）	不详	不详	
	《拿破仑的石像》	1942年	不详	
	《诗圣的晚餐》	1943年	不详	
	《死海》	1943年	不详	
	《罗马的奴隶》	不详	《野草》1946年新2期	
	《美人和名马》	不详	《书报精华副刊》1947年第10期	
	《帷车里的新娘》	1947年	不详	中短篇小说集《珍茜儿姑娘》，1950年1月香港南方书店出版
	《人肉店》	1948年	不详	《秦牧全集》第十卷《集外集》，2007年7月广东教育出版社出版
	《壁画》	1949年	不详	
	《洪秀全》	1949年	不详	1949年7月生活·读书·新知上海联合发行所出版

作　家	篇　目	写作时间	发表刊物	备　注
罗　洪	《笼着烟雾的临安》	不详	《十日谈（永安）》1944年第2辑第7期	
	《牺牲》	不详	《文潮月刊》1946年第2卷第1期；《松声》1947年创刊号	
	《薄暮》	1946年	不详	
	《斗争》	不详	《文选（上海）》1946年创刊号	
苏雪林	《偷头》	不详	《文艺月刊》1941年第11卷第4期	短篇历史小说集《蝉蜕集》，1945年7月重庆商务印书馆出版
	《蝉蜕》	不详	《文艺先锋》1942年创刊号	
	《黄石斋在金陵狱》	不详	《文艺先锋》1943年第2卷第5～6期	
	《回光》	1943年3月16日	《文学创作》1943年第2卷第2期	
	《秀峰夜话》	不详	《文艺先锋》1943年第2卷第2期	
	《丁魁楚》	1943年	不详	
	《王秃子》	1943年	不详	
骆宾基	《乡亲——康天刚》	1943年5月10日	《文学报》1943年第1卷第1期	
沉　沉	《苏秦求官记》	不详	《醚光》1943年第1卷第3期	
谭正璧	《三都赋》	不详	《万象》1943年第2卷第8期	短篇小说集《三都赋》，1944年1月上海杂志社出版

作 家	篇 目	写作时间	发表刊物	备 注
	《百花亭》（戏剧故事之一）	不详	《小说月报》1941年第14期	
	《采桑娘》	不详	《太平洋周报》1942年第1卷第40期	署名：仲文
	《华山畿》	不详	《小说月报）》1942年第27期	
	《金凤钿》	不详	《太平洋周报》1942年第1卷第31期	署名：仲文
	《奔月之后》	不详	《杂志》1943年第11卷第4期	
	《女国的毁灭》	不详	《杂志》1943年第11卷第6期	
	《沪渎垒》	不详	《大上海》1943年第3期	
	《舍身堂——一个民间传说》	不详	《小说月报》1943年第37期	历史小说集《长恨歌》，1944年1月上海杂志社出版
	《楚矩(炬)》	不详	《大众》1943年第7期	
	《坠楼》（又名"坠楼记"）	不详	《小说月报》1943年第29期	
	《滕王阁》	不详	《万岁》1943年第6期	
	《长恨歌》	不详	《小说月报》1943年第30期	
	《落叶哀蝉》	不详	《杂志》1944年第12卷第5期	署名：佩冰
	《清溪小姑曲》	不详	《大众》1944年第16期	署名：谭筠
	《流水落花》	不详	《乾坤》1944年第1卷第1期	署名：白荻

续表6-3

作　家	篇　目	写作时间	发表刊物	备　注
	《琵琶弦》	不详	《春秋》1943年第1卷第1期	历史小说集《琵琶弦》,1945年上海中国书报社出版
	《还乡记》	不详	《文友》1945年第4卷第8期	
	《摩登伽女》	不详	《春秋》1945年第2卷第7期	署名:白荻
	《孟津渡》（原名“迎王师”）	不详	《永安月刊》1946年第80期	
	《杨妃怨》	不详	《文艺春秋(上海1941)》1941年第2期	
	《李师师的绮梦》	不详	《万象》1943年第2卷第11期	
	《春光好》	不详	《国报周刊》1943年第2期	
	《桃花源》	不详	《大众(上海1942)》1944年第17期	
	《妫夫人》	不详	《新闻月报》1945年第1卷第3期	
	《安定人心》	不详	《海涛》1946年第3期	署名:赵璧
仲　玉	《黄袍与柱斧》	不详	《申报月刊》1945年第3卷第3期	
张天翼	《贾宝玉的出家》	不详	不详	1945年永安东南出版社出版
剑　痕	《垓下》	不详	《大众(莆田)》1945年第2卷第7期	
魏金枝	《苏秦之死》	1934年7月25日	《文坛月报》1946年第1卷第1期	
曹二家	《子见南子》	不详	《漫画漫话》1946年第1期	
朱啸秋	《孟尝君游咸阳》	不详	《正气月刊》1946年第1卷第3期	
沈耀东	《勾践》(上)	不详	《日月谭》1946年第21期	

续表 6-3

作 家	篇 目	写作时间	发表刊物	备 注
	《勾践》（下）	不详	《日月谭》1946年第22期	
林 慧	《周美成与李师师》	不详	《茶话》1947年第10期	
胡秀眉	《御者王良》	不详	《茶话》1947年第15期	
李拓之	《绿翘》	不详	《中国文学（重庆）》1945年第1卷第5期	
	《白玉楼》	不详	《京沪周刊》1947年第1卷第49～50期	
	《焚书》	1945年9月	不详	
	《变法》	1945年12月	不详	
	《埋香》	1946年6月	《文艺复兴》1946年第2卷第5期	
	《听水》	1946年10月	不详	
	《文身》	1946年11月	不详	短篇历史小说集《焚书》，1948年9月上海南极出版社出版
	《惜死》	1947年2月上海	不详	
	《阳狂》	1947年3月	不详	
	《招魂》	1947年4月	不详	
	《投暮》	1947年12月	《文艺复兴》1947年第3卷第5期	
	《束足》	1948年	不详	
	《溺色》	1948年	不详	
	《摧哀》	1948年	不详	
布 衣	《河激之辞》	不详	《胜流》1946年第4卷第9期	
罗 村	《路遇》	不详	《文讯》1946年第6卷第2期	
靳 以	《禁军教头王进》	不详	《文艺春秋》1946年第3卷第3期	
慕 白	《苏秦》	不详	《广播周报》1947年复刊第23期	刊登在《广播周报》的《历史故事新编》栏目

作 家	篇 目	写作时间	发表刊物	备 注
王平陵	《新亭泪》	不详	《中外春秋》1944年第3卷第1期	
	《月下追韩信》	不详	《巨型》1947年第2期	
	《李闯王》	不详	《曙光》1947年新1第4期	
	《深宫长恨》	不详	《中流（上海）》1948年第1卷第1～2期	
	《明末的周奎》	不详	《现实与理想》1948年第2卷第1期	
	《长孙无忌》	不详	《春秋》1948年第5卷第2期	
王统照	《射心人》	不详	不详	
	《狗矢浴》	1948年末	《文艺春秋》1949年第8卷第1期	署名：著微
刘盛亚	《安禄山》	不详	《文艺春秋》1947年第5卷第4期	
	《流氓皇帝赵匡胤》	不详	《人物杂志》（1946～1949）三年选集	
	《水浒外传》	不详	《新重庆》1947年第1卷第2～4期	
蒋星煜	《嵇康之死》	1947年	不详	
陆冲岚	《放逐》	不详	《文艺春秋》1947年第4卷第3期	范泉主编
钟离北	《玛丽·司徒亚特之死》	不详	《文艺春秋》1947年第4卷第3期	
谷斯范	《新桃花扇》（原名"桃花扇底送南朝"）	1947年4月	不详	1948年新纪元出版社出版
林汉标	《马嵬驿》	不详	《南国月刊》1949年第1期	
何庆综	《李陵怨》	不详	《南国月刊》1949年第1期	

20世纪40年代"旧"派历史小说

一 历史演义

作　家	篇　目	写作时间	出版时间	备　注
王亚樵	《征东英雄》	不详	1938年《小主人》杂志连载	
	《平辽记》	不详	1939～1940年《小主人》杂志连载	
	《诸葛亮》	不详	1939年《小主人》杂志连载	
	《岳飞》	不详	1939年《小主人》杂志连载	
土　匀	《欧洲大战演义》	不详	1940年5月上海新人出版社初版	
徐哲身	《唐宫历史演义》	不详	不详	
范烟桥	《花蕊夫人》	不详	《万象》1941年第1卷第3期	
顾明道	《她们的归宿》	不详	《万岁》1943年第6期	
齐东野人	《隋炀帝艳史》	不详	1946年中央书局出版	
白玉山	《汉流演义》	不详	1948年1月民兴社初版	
王皓沅	《清宫十三朝》（又名"清宫秘史"）	不详	1948年9月文业书局出版	
春茧生	《隋宫两朝秘史》	不详	1949年1月出大中华书局出版	
蔷薇园主	《五四历史演义》	不详	不详	

二 "旧"派其他历史小说

作　家	篇　目	写作时间	出版时间	备　注
姜鸿飞	《水浒中传》	不详	1938年9月上海中国图书杂志公司出版	长篇小说
王峋孤	《香妃》	不详	1940年7月上海大方书局出版	
张恨水	《水浒新传》（四册六十八回）	不详	1940年2月11日～1941年12月27日上海《新闻报》连载；1943年7月重庆建中出版社出版	
黄　枫	《葛嫩娘》	不详	1941年2月上海大方书局再版	
徐君梅	《黑旗将军刘永福》	不详	1941年3月福建省政府教育厅出版	短篇小说
苏子涵	《易水之滨》	不详	1942年10月航空委员会政治部出版	短篇小说集
秋　翁	《秋翁说集》	不详	1942年10月上海中央书店	
祝实明	《明季哀音录》	不详	1942年7月贵阳文通书局出版	
嘉　鱼	《戏续水浒新传》（二十二回）	不详	1943年重庆建中出版社出版	长篇小说
刘盛亚	《水浒外传》	不详	1947年10月上海怀正文化社出版	
岳乐山	《尘世奇谈》（八百回）	不详	1917～1949年间，未出版	
德　龄	《瀛台泣血记》（又名《光绪帝毕生血泪史》）	不详	1945年成都百新书店出版	
	《御苑兰馨记》	不详	1948年上海百新书店出版	
	《清宫夜谈录》	不详	1949年上海百新书店出版	
王梦鸥	《文天祥》	不详	1946年3月南京胜利出版公司出版	

作 家	篇 目	写作时间	出版时间	备 注
张恨水	《朱洪武出世》	不详	1947年10月上海民众书店出版	中篇小说
林逸君	《李师师别传》	不详	1948年5月上海金粟书屋出版	
陆 墟	《水浒二妇人》	不详	1945年12月上海光明出版公司出版	长篇小说
	《潘巧云》	不详	1948年5月上海明天出版公司出版	
灵岩樵子	《郭子仪征西》	不详	1948年11月上海广益书局出版	
	《唐明皇游月宫》	不详	1948年2月上海广益书局出版	
王少庵	《唐伯虎故事》	不详	1948年12月国光书店出版	
萧 潇	《唐伯虎与秋香》	不详	1948年大方书局	
陈澄之	《日暮乡关何处是——慈禧西幸记之二》	不详	1948年10月上海百新书店出版	
朱 桢	《闯王外传》（续集）	不详	1949年1月上海元昌印书馆出版	
巴 雷	《石秀与潘巧云》	不详	上海大方书局,出版年月不详	
林汉达	《东周列国故事新编》	不详	不详	短篇小说集

一 20世纪40年代"新"派历史小说

从表6-3可见,20世纪40年代"新"文学家的历史小说仍以短篇历史小说为主,偶尔兼有几部长篇、中篇历史小说,总体产量远超前两个十年。

鲁迅、郭沫若、郁达夫和冯至在二十世纪二三十年代皆有历史小说问世。40年代,鲁迅已逝,郭沫若、郁达夫旁顾,坚持历史小说创作的唯余冯至。1942年冬至1943年春，冯至随北大师生从北京迁往昆明，在这段流亡路上他写下中篇历史小说《伍子胥》，在这篇小说中冯至借伍子胥流亡时的遭遇、心绪影射自身境遇，将战乱时期流亡昆明的经历和心情描写得淋漓尽致。1946年9月上海文化生活出版社初版《伍子胥》时其篇幅较原稿有所拓展。总之，1917～1949年间冯至共作三篇历史小说：《仲尼之将丧》（1925年）、《伯牛有疾》（1929年）和《伍子胥》（1943年），其中《伍子胥》分量最重，它是40年代为数不多的中篇历史小说代表之作。

在短篇历史小说领域，20世纪20年代即成就斐然的一些历史小说家如郑振铎、孟超、茅盾等仍笔耕不辍。郑振铎这一时期的历史小说大放异彩，1939年完成《风涛》之后他又以"古事新谈"的方式依据秦汉历史写成短篇历史小说二十四则，1946年5～6月间刊载在自己主编的《民主》周刊上，同年编入《民族文话》第三编《古事新谈》。1953年5月郑振铎在研究屈原和《楚辞》之余写成最后一篇历史小说——《汨罗江》，这一短篇历史小说曾被某刊退稿，郑振铎甚是不悦，直到1957年9月始刊于《收获》双月刊第2期。

20世纪40年代孟超的历史小说创作达到高峰，相继出版三部短篇小说集——《骷髅集》《少年游》和《怀沙集》，三部集子皆以历史小说为主兼有少量现实小说。《骷髅集》收录七篇历史小说——《陈涉吴广》《查伊璜与吴六奇》《邸夷的悲剧》《垓下》《渡江》《戍卒之变》和《瞿式耜之死》，其中前两篇作于30年代，后五篇作于40年代；《少年游》集收录《少年游》《苏武与李陵》两篇历史小说，《怀沙集》则收录《怀沙》《吕不韦著书》两篇历史小说。

茅盾继30年代《神的灭亡》之后，40年代又写出北欧神话历史小说《耶稣之死》和《参孙的复仇》，收入1945年12月上海作家书屋初版的小说集《耶稣之死》。

此外，二三十年代未曾作历史小说的作家廖沫沙、苏雪林、谭正璧、李拓之、吕伯攸、欧小牧、聂绀弩、秦牧、杨刚等在第三个十年异军突起，成为这一时期短篇历史小说创作的主力军。据上表篇目可以看出，40年代作短篇历史小说最多的作家是郑振铎（二十五篇），其次是谭正璧（二十二篇），再次是秦牧（十二篇）、廖沫沙（十二篇）、李拓之（十二篇），第四是吕伯攸（十一篇），第五是苏雪林（七篇），然后是孟超（六篇）、聂绀弩（六篇）、王平陵（六篇），欧小牧（五篇），罗洪（四篇），王沉（四篇），沙雁（三篇）等。

谭正璧20世纪40年代相继出版三部短篇作品集——《三都赋》《长恨歌》和《琵琶弦》，他与孟超可谓这一时期出版历史小说集最多的作家。《三都赋》乃历史小说、历史剧合集，收录同名历史小说《三都赋》一篇，《长恨歌》收录历史小说十五篇，《琵琶弦》则收录历史小说四篇，另有其他历史小说六篇。整体来看，谭正璧的历史小说皆以言情为主，为中国现代历史言情小说大家。

秦牧曾被文艺评论界誉为当代"散文三大家"之一，1942～1949年间他作有短篇历史小说十一篇，其中中国"本土"历史小说八篇——《火种》《伯乐与马》《囚秦记》《诗圣的晚餐》《死海》《美人和名马》《帷车里的新娘》和《人肉店》，域外历史小说三篇——《拿破仑的石像》《罗马的奴隶》和《壁画》，以及一部中篇历史传记小说——《洪秀全》。

廖沫沙、李拓之为邓拓好友，40年代二人各作短篇历史小说十二篇。廖沫沙历史小说写于1941～1948年，1949年他将《离殷》《厉王监谤记》《咸阳游》《鹿马传》《陈胜起义》《曹操剖柑》和《凤兮，凤兮！》共七篇结为短篇历史小说集《鹿马传》，1950年以"怀湘"笔名交付生活·读书·新知三联书店出版，共印五千册。李拓之历史小说写于1945～1948年，1948年9月悉数收入历史小说集《焚书》，由上海南极出版社初版，隶属南极文丛。1961年中共北京市委书记处书记邓拓、北京市副市长吴晗、北京市委统战部部长廖沫沙联手在北京市委理论刊物《前线》上开辟《三家村札记》杂文专栏。"文革"期间，三人被批为"三家村反党集团"，邓拓、吴晗冤死，廖沫沙成为"三家村事件"的幸存者。20世纪80年代以后廖沫沙文学研究开始增多，而李拓之似乎成为被学术界遗忘的现代作家，2000年之后李拓之文学研究也非常少见。

吕伯攸亦是一位被中国现当代文学批评界忽视的作家、儿童文学家和画家，他"祖籍安徽歙县，长于杭州"①的一个教育之家，民国时期一直担任中华书局编辑。1940～1943年间吕伯攸共作11个短篇历史小说，其中1940年所写的《左慈变戏法》是其第一篇历史小说。吕伯攸的历史小说分为两类：一类是真历史小说，如《左慈变戏法》《义姑姊片言退齐兵》《举碗齐眉》《棘门之变》《历史的怪杰——徐光启》和《破镜》，它们与一般历史小说无异；另一类则是伪历史小说，如《同窗之恋》《狮子吼》《孟母六迁》《当垆艳》和《女参军》，它们的故事背景皆为民国时期，只是借古人之名、古人之事从不同角度书写现代

---

① 吕伯攸：《伯攸自述》，《小说世界》1927年9月9日第16卷第11期。

生活，如《同窗之恋》借梁山伯、祝英台之名写现代男女恋情，同时涉及当时流行的美育德育问题，而《狮子吼》则借柳氏、陈季常之名写现代夫妻生活，大量描写现代事物——酒店、套间、长筒丝袜、连衣裙、烫发等。

聂绀弩、王平陵40年代所作历史小说数量相仿。聂绀弩因杂文知名，文风颇肖鲁迅，他的历史小说创作集中在1941～1947年间，而研究者多关注其杂文，对他的历史小说关注尚少。王平陵原为上海暨南大学教授、著名报人，曾主编《时事新报》副刊《学灯》，后投身新闻界主编《中央日报》副刊《大道》和《清白》《文艺月刊》《扫荡报》，1938年3月奉国民党中央宣传部之命召集中华全国文艺界抗敌协会。王平陵的历史小说创作略晚，《新亭泪》写于1944年，《李闯王》《深宫长恨》《明末的周奎》等则作于1947～1948年，皆有慨叹时事之意。欧小牧40年代作历史小说五篇，其人其作几乎完全被文艺批评界忽视。

40年代女作家的历史小说逐渐增多，杨刚、苏雪林、罗洪都开始写历史小说，其中苏雪林作品最多。杨刚1939年作中篇历史小说《公孙鞅》，1941年出版短篇现实小说集《桓秀外传》，分《姜蕹》（代序）、《桓秀外传》、《黄霉村的故事》三部分。苏雪林1941～1943年作七个短篇历史小说，1945年7月结为南明历史小说集《蝉蜕集》，交由重庆商务印书馆出版，隶属现代文艺丛书。罗洪1944年作历史小说《笼着烟雾的临安》，而《牺牲》《薄暮》和《斗争》则写于抗战胜利后。这些历史小说与沈祖棻历史小说相比，抗战意识非常强烈，而女性意识则相对薄弱。

王沉、沙雁各有四篇历史小说。王沉小说皆"春秋战国"系列小说，而沙雁小说皆"宋末明季"系列小说，如"（北）宋末三部曲"《帅府歌声》《西迁之后》和《驿舍》以及写明季江阴惨况的《五更曲》，揭示亡国哀音。唐须、刘盛亚、硕真各有三篇历史小说，吴调公、徐震中、陈迩冬、施瑛、包文棣和王统照则各有两篇历史小说，其中施瑛的《苏城喋血》和《帝俄东进记》为域外历史小说。

40年代仅发现创作有一篇短篇历史小说的有萧蔓若、郑伯奇、陆冲岚、蒋星煜等五十余位作家，其中蒋星煜乃历史小说大家，一生发表历史小说七十余篇，唯《嵇康之死》写于1947年，其他历史小说皆作于中华人民共和国成立之后。

值得一提的还有40年代"新"文学家的中长篇历史小说，中篇历史小说如杨刚的《公孙鞅》（1939年）、冯至的《伍子胥》（1943年）、秦牧的《洪秀全》（1948年），张天翼的长篇历史小说《贾宝玉的出家》（1945年）、谷斯范的长篇历史小说《新桃花扇》（1948年，原名《桃花扇底送南朝》）等。

二 20世纪40年代"旧"派历史小说

相对于20世纪30年代，20世纪40年代"旧"派历史演义数量大减，非演义体历史小说数量则有所增加。这一时期直接以"演义"命名的有士匀的《欧洲大战演义》、徐哲身的《唐宫历史演义》、白玉山的《汉流演义》、蔷薇园主的《五四历史演义》等，不提演义之名而用"演义"之体的则有王亚樵的《征东英雄》《平辽记》《诸葛亮》和《岳飞》，王峋孤的《香妃》，张恨水的《水浒新传》，嘉鱼的《戏续水浒新传》，齐东野人的《隋炀帝艳史》，王皓沅的《清宫十三朝》，春茧生的《隋宫两朝秘史》等，其中王亚樵历史演义与现实结合紧密，成就相对较大。1938～1939年间王亚樵在同一刊物《小主人》杂志上连续发表四部章回体长篇历史小说——《征东英雄》《平辽记》《诸葛亮》和《岳飞》，分别以薛仁贵征东、杨家将平辽、诸葛亮兴汉、岳飞抗金作为主要故事情节，抒发家国情怀，鼓舞民众斗志，可谓"精忠报国"系列小说。这些小说署名"王亚樵"，但该"王亚樵"乃作者假名，真名不详，他与民国时期的风云人物王亚樵非同一人：王亚樵（1889～1936），字九光，祖籍安徽合肥，自小聪敏好学，崇拜文天祥、岳飞等历史人物，有报国之心、豪侠之气、古烈之风。辛亥革命后他响应孙中山号召参加民主革命，主持暗杀行动，横跨黑白两道，威震沪上，时封民国"暗杀大王"，堪称一代枭雄。1921年王亚樵在上海接管安徽旅沪同乡会后召集皖籍工人十万余众组建"斧头帮"，1921～1935年间组织一系列针对国民党军政要员和日伪汉奸特务的暗杀行动，如1931年6月14日庐山刺蒋（指蒋介石，未成），同年7月23日上海刺宋（指宋子文，未成），1932年4月29日暗杀日本派遣军司令白川义则，1935年11月1日南京刺汪（指汪精卫，未成），同年12月25日暗杀国民党外交次长唐有壬等，1936年10月20日王亚樵最终也被戴笠派人暗杀于广西梧州。总之，1936年王亚樵已殁，而以上四部小说都发表于1938～1939年间，这显然是作者出于对王亚樵的个人崇拜，假借其名有意为之。

40年代"旧"派其他非演义体历史小说中的长篇历史小说数量最多，如黄枫的《葛嫩娘》、陆墟的《水浒二妇人》、王梦鸥的《文天祥》、灵岩樵子的《郭子仪征西》、王少庵的《唐伯虎故事》、陆墟的

《潘巧云》、萧潇的《唐伯虎与秋香》、灵岩樵子的《唐明皇游月宫》、陈澄之的《日暮乡关何处是》、朱桢的《闯王外传》、巴雷的《石秀与潘巧云》等。"旧"派中短篇历史小说的数量次于长篇小说，1942年出现的几部短篇历史小说集也比较引人注目，如苏子涵的《易水之滨》、秋翁（即平襟亚）的《秋翁说集》和祝实明的《明季哀音录》；中篇历史小说则有张恨水的《朱洪武出世》、林逸君的《李师师别传》等，但数量极少。

可见，随着社会的变迁与白话的普及，中国现代"旧"派历史小说从形式到内容都在发生巨大变化，特别是"历史演义"，逐渐脱离章回立目、文白间杂的传统模式，在经历20年代"复兴"和30年代"振衰"之后，最终在40年代呈现"余响"和"式微"之势。

三　20世纪40年代历史小说的基本特征

相对于20世纪20、30年代历史小说，40年代历史小说呈现出四大基本特征：

第一，40年代是历史小说创作的爆发期，总体数量居现代文学三个十年之首。当然，40年代历史小说的爆发仍非历史题材受到文坛青睐之故，这一现象出现的根本原因是现实环境的特殊性与历史记忆的相似性之间产生共鸣，从而使得历史题材的共情作用与讽喻作用受到空前重视，因此才在机缘巧合之下促生出历史小说集中爆发这样一个特殊文学现象。

第二，40年代历史小说延续30年代"厌乱世、思盛世"的写作趋向。这一时期"乱世"历史小说数量依然最少，其中廖沫沙的《曹操剖柑》、李拓之的《阳狂》和蒋星煜的《嵇康》涉及三国题材，谭正璧的《琵琶弦》（南北朝时期北齐故事）、《流水落花》（十国之南唐故事），欧小牧的《七夕》（十国之南唐故事）涉及五代十国题材；而"盛世"历史小说取材主要集中在秦、汉、唐三代，数量可观，但相比30年代此类历史小说数量则呈下降趋势。"厌乱世、思盛世"的写作趋向反映出国人在残酷战争和亡国危机的双重压力下"天朝上国"迷梦幻灭后"再寻美梦"的执念。

第三，40年代历史小说还出现了"叹衰亡"的写作趋向。40年代写"宋末明季"亡国哀音的历史小说大幅上升，如沙雁的"（北）宋末三部曲"（《帅府歌声》《西迁之后》和《驿舍》），而秦牧的《死海》、吴调公的《突围》、王梦鸥的《文天祥》和罗洪的《薄暮》《笼着烟雾的临安》则写"南宋末年衰亡史"，写"明末衰亡史"的更多，如郑振铎的《风涛》，廖沫沙的《南都之变》《碧血青麟》《江城的怒吼》，罗洪的《斗争》，孟超的《瞿式耜之死》，朱桢的《闯王外传》，王平陵的《李闯王》《明末的周奎》以及苏雪林七篇南明历史小说——《黄石斋在金陵狱》《偷头》《蝉蜕》《回光》《秀峰夜话》《丁魁楚》和《王秃子》。如果按照写作目的划分，"宋末明季"历史小说又可分为"现实讽喻"和"颂忠反奸"两类，前者旨在隐喻现实，讽刺时政，批评时弊，后者则颂扬抗日志士，指斥汉奸活动，又称"抗战历史小说"，乃"抗战小说"之一种。

第四，40年代女性题材历史小说增多。40年代女作家书写女性历史人物的小说罕见，而男作家此类小说则明显增多。其中有赞美女性才德的，如吕伯攸的《孟母六迁》《义姑姊片言退齐兵》《女参军》，陈迩冬的《当炉外史》，欧小牧的《当垆》，硕真的《文姬归汉》，秦牧的《美人和名马》，黄枫的《葛嫩娘》，谭正璧的《采桑娘》《摩登伽女》等；有关注女性婚恋悲剧的，如端木蕻良的《步飞烟》，秦牧的《帷车里的新娘》，李拓之的《绿翘》，顾明道的《她们的归宿》，谭正璧的《奔月之后》《金凤钿》《女国的毁灭》《坠楼》《清溪小姑曲》，描写帝妃悲剧命运的历史小说亦属此类，如谭正璧的《杨妃怨》《妫夫人》，范烟桥《花蕊夫人》，王峋孤的《香妃》等；有写"水浒"女性人物的，如李拓之的《文身》，陆墟的《潘巧云》《水浒二妇人》，谭正璧的《李师师的绮梦》，唐逸的《李师师之死》和林逸君的《李师师别传》等。男作家的女性题材历史小说重视女性的道德才情，关心女性的悲剧命运，同时体现他们的"思美人"情结——在乱世之中寻求心理安慰的文人传统。

可见，20世纪40年代是一个多重变奏的历史时代，这一时期历史小说的现实诉求异常复杂，既有对乱世衰亡的警示，又有对锄奸抗战的决心，但更多的是对国贫民弱的忧虑，对民族复兴的渴望。

综而观之，通过对三个十年历史小说创作的梳理，还可以看出中国现代历史小说在编辑出版上的一些基本特征。新派历史小说在全国各大城市近150家报刊上发表，自行结集或编选的历史小说集则由26家出版社出版发行，旧派历史小说所涉出版社有52家，其中除了国史小说出版社、镇江《新江苏日报》、福建省政府教育厅、贵阳文通书局、成都百新书店、南京胜利出版公司、航空委员会政治部（成都）和重庆建中出版社，其他出版地皆群聚上海，详见表6-4。

表6-4　1917～1949年历史小说主要发行报刊与出版社

数目	新　派	数目	旧　派
一篇一百零八家	《现代(月刊)》《洪水(半月刊)》《晨报》《民钟》《语丝》《北新》《狮吼》《开明》《引擎》《东流(东京)》《未央》《海燕》《质文》《论语》《国光(上海1936)》《星火(上海)》《大众(莆田)》《光明(半月刊)》《改进》《大陆》《长风》《建进》《松声》《镀光》《乾坤》《胜流》《海涛》《文友》《文萃》《文苑》《文艺》《文选(上海)》《血流》《扫荡》《自学(桂林)》《巨型》《曙光》《中流(上海)》《太白》《芒种》《新文艺》《文学界(上海)》《西北风》《老百姓》《艺文志》《十日谈(永安)》《文学报》《新重庆》《创造季刊》《晨报副刊》《文学杂志(上海)》《微音月刊》《读书月刊》《协大学生》《海滨文艺》《大中月刊》《民间周报》《申报周刊(增刊)》《今代文艺》《生活知识》《现代英语》《青年月刊》《广播周报》《中学时代》《中苏文化》《明日文艺(桂林)》《半月文萃》《文学集林(福建南平)》《文坛月报》《文学丛报(上海)》《文艺月刊》《文艺杂志(桂林)》《文学创作》《抗战文艺》《故事杂志》《中美周刊》《新华日报(重庆)》《平铎月刊》《前锋副刊》《文潮月刊》《文化杂志(桂林)》《国报周刊》《永安月刊》《新闻月报》《正气月刊》《申报月刊》《人物杂志》《广播周报》《中外春秋》《国民杂志》《学生之友》《中国劳动》《创作月刊》《中国文学(重庆)》《京沪周刊》《中外评论(南京)》《新陕西月刊》《国际与中国》《写作与阅读(杂志)》《大路半月刊》《职业与修养》《现实与理想》《学生半月刊》《诗与散文(昆明)》《海滨杂志副刊》《世界文艺季刊》《书报精华副刊》《未央周刊》	一部四十家	上海卿云图书公司、上海新光书局、上海校经山房成记书局、上海南星书店、上海大达图书供应社、上海马启新书局、上海新民书局、上海女子书店、上海中华书局、上海三星书局、上海美美书屋、上海新中华书馆、上海大众书局、上海良友合作社、上海大方书局、上海大众书局、上海佛学书局、上海《申报》副刊、上海新人出版社、上海中央书店、上海民众书店、上海金粟书屋、上海光明出版公司、上海明天出版公司、上海元昌印书馆、上海中央书局、上海国光书店、贵阳文通书局、成都百新书店、南京胜利出版公司、民兴社、文业书局、大中华书局、国史小说出版社、上海中国图书杂志公司、上海怀正文化社、上海《新闻报》、上海《佛学半月刊》、天津《民德报》、镇江《新江苏日报》航空委员会政治部(成都)、福建省政府教育厅
二篇十六家	《莽原》《文讯》《北极》《新青年》《日月谭》《创造周刊》《文艺生活(桂林)》《创造月刊》《中学生活》《文学创作》《青年知识(香港)》《抗战时代》《南国月刊》《太平洋周报》《新天津画报》《文艺复兴》	二部六家	上海时还书局、上海广文书局、上海五权书社、上海神州书局、上海广益书局、重庆建中出版社

续表6-4

数目	新　派	数目	旧　派
三篇九家	《沉钟》《茶话》《春秋》《人间世》《大上海》《漫画漫话》《文艺先锋》《新小说》(曹聚仁三篇)《新生活月刊》(善祥三篇)	三部二家	上海民强书局、上海百新书店
四篇六家	《万岁》《杂志》《东方杂志》《大众(上海1942)》《战时中学生》《杂文(东京)》(郭沫若四篇)	四部四家	上海大方书局、上海商务馆、上海广益书局《小主人》杂志
五篇三家	《文艺春秋(上海)》《大众生活》(廖沫沙五篇)《野草(桂林)》《野草丛刊》(承继关系，前者三篇，后者二篇)	五部一家	上海新华书局
九至二十四篇六家	《文艺月刊》九篇(沈祖棻五篇)《文学》季刊九篇(郑振铎六篇，严敦易三篇)《万象》十一篇(吕伯攸七篇)《小说月报》十四篇(茅盾三篇，施蛰存三篇)《新少年》(宋云彬十五篇)《民主》周刊(郑振铎二十四则)	十二部一家	上海会文堂书局(蔡东藩12部)
二十六家	一部：上海创造社、上海不二书店、上海乐华图书公司、上海大江书铺、上海生活书店、上海艺峰书社、上海世界书局、桂林文化供应社、上海少年读物编辑社、北京出版社、桂林文献出版社、香港生活·读书·新知三联书店、南平国民出版社、香港南方书店、广东教育出版社、上海中国书报社、永安东南出版社、上海南极出版社、新纪元出版社 二部：上海文化生活出版社、南京独立出版社、上海商务印书馆、上海开明书店、上海杂志社 三部：上海天马书店、上海中华书局		

1902年梁启超在日本横滨创办《新小说》期刊，在征稿广告中他将"历史小说"列为第三项内容，自此现代报刊约稿时一般均接受历史小说，刊印发表时则常在版头标注《历史小说》字样，但现代报刊并未开

设《历史小说》专栏。一些曾经发表大量历史小说的报刊如《杂文（东京）》（四篇）、《大众生活》（五篇）、《文艺月刊》（九篇）、《文学季刊》（九篇）、《万象》（十一篇）、《小说月报》（十四篇）、《新少年》（十五篇）和《民主》周刊（二十四则）等主要采用两种方式刊载历史小说：其一，以征稿方式连续刊载特约作者的历史小说，如1935年左联东京分盟创办《杂文（东京）》杂志，编者在筹备第二期时曾向郭沫若约稿，该刊共发表郭沫若的《孔夫子吃饭》等四篇历史小说，而王平陵、左恭和缪崇群等主编的《文艺月刊》本是国民党"民族主义文艺运动"时期创办的刊物，该刊曾发表金陵大学才女沈祖棻的五篇历史小说；其二，以自编自发方式连续刊载本刊编辑或同人的历史小说，如20世纪40年代廖沫沙在香港担任《华商报》晚刊编辑部主任兼《大众生活》"周末笔谈"专栏主笔，他曾在《大众生活》上发表五篇历史小说，郑振铎则主编《文学》季刊并在该刊发表六篇历史小说，茅盾主编《小说月报》时曾在该刊发表三篇历史小说，宋云彬曾任开明书店编辑，他在开明同人叶圣陶、丰子恺、顾均正、宋易等主办的《新少年》（后改名《开明少年》）上发表十六篇历史小说，此外郑振铎还曾在《民主周刊》（北平版）发表二十四则历史故事，该刊由清华同人主编，郑振铎的同事潘光旦、闻一多先后任社长。旧派历史小说中除了周大荒的《反三国演义》1924年在《民德报》连载，胡寄尘的《真西游记》1931年在《佛学半月刊》连载，王亚樵的《征东英雄》《平辽记》《诸葛亮》《岳飞》1938～1939年在《小主人》杂志连载，张恨水的《水浒新传》1940～1941在上海《新闻报》连载之外，其他小说则由相关出版社直接发行单行本。

第七章　正格历史小说与
非正格历史小说

　　正如本书《绪论》所言，中国现代最早注意到历史小说文体形态复杂性的是鲁迅先生，他为了将取材于历史通过"博考文献，言必有据"创作而成的一类小说与"只取一点因由，随意点染"①创作而成的另一类小说区分开来，在"历史小说"这一基本概念的基础上又引进了"历史的小说"这一概念。曹聚仁感佩于鲁迅《中国小说史略》的"辨体"精神，受"历史小说"与"历史的小说"这两个概念的影响进一步提出"正格的历史小说"与"非正格的历史小说"两个概念，这两个概念的提出避开了历史小说"真实"与"虚构"的是非之争，开辟了历史小说"正格"与"非正格"、"正宗"与"非正宗"的研究方向，为后人研究这两类小说的发展源流、文体形态、模式差异等提供了一条基本线索。

第一节　教授小说、左翼历史小说与正史演义

　　"在世界所有民族的文化中神话都是一个民族文化发展的总源头。在这个总源头上，后来发展起来的各种文化门类都是浑然一体地存在着的。它是一个民族最初的历史，也是一个民族最初的文学；是一个民族最初的哲学，也是一个民族最初的科学"②。在最初的文化源头上，神话、历史与文学是统一的、不可分割的，历史的理性与文学的感性，历史的真实性原则与文学的虚构性统一于神话这一文化综合体内。神话、历史与历史文学的关系，正如欧阳健所说它们是从"同源同体"到"同源异体"③。随着人类社会的发展，神话这一文化综合体开始向多个方向复杂分化：一支向后代历史学的方向分蘖，这一分支主要承袭神话的纪实因素和理性内容，注重历史事实与历史真实，其存在方式是语言文本，其叙述口吻如浦安迪所说乃"历史学家"的口吻；另一支则向文学的方向滋生繁衍，这一分支主要承袭神话的虚构特性、抒情因素、感性色彩与

---

　　①　鲁迅：《故事新编·序言》，《鲁迅全集》第二卷，北京，人民文学出版社，1981，第342页。

　　②　〔中〕王富仁、〔韩〕柳凤九：《中国现代历史小说论》第一论，《鲁迅研究月刊》1998年第3期。

　　③　欧阳健：《历史小说史》，杭州，浙江古籍出版社，2003，第3页。

浪漫品质，注重虚构叙事与文学价值，其保存方式仍然是语言文本，而叙述口吻则变为"文学家"的口吻。历史文学是历史与文学的杂交品种，自然受到二者的双重影响，因此它既继承文学的虚构特质、抒情因素、感性色彩与浪漫品质，又受到历史事实、历史真实与理性因素的制约，其叙述口吻也相应地既有"历史学家"的口吻又有"文学家"的口吻。当然，在不同历史文学形态中，这些因素的介入并不均衡。

神话虽为文学的最初源头，但在历史文学这一特殊文学门类中，历史实际上成为其最主要的"材料仓库"与最直接的创作渊源，这种不可逆的渊源关系或母体关系，导致历史与历史文学存在天然等级差异，并且中国历史文学历来受史官文化影响，在取材、创作、评价等方面都受到史官文化的制约，因此在"五四"新文化运动之前历史与文学的地位极不平等，历史凌驾于文学之上，文学沦为历史的附庸，小说地位尤其低下，不同形态的历史小说，地位也大不相同。不过总体来看历史小说的地位远高于其他小说门类，因为历史小说最初并非为小说而作，它的最初功能乃是解释历史，相对受到史家的青睐。

童庆炳在朱光潜"物甲物乙说"基础上曾进一步细化历史的存在形态，将其分为三类："历史1""历史2"和"历史3"。"历史1"是"本真的历史原貌"，"历史2"指"历史学家记载的史书"，"历史3"则指"历史题材作品"[①]。他还认为，"真正的历史题材的文学创作实际上是从'历史2'——史书开始，加工成文学作品"[②]。"历史1""历史2"和"历史3"这三个概念既有关联又相去较远，对普通人而言，除了偶尔可以看到某些历史文物和历史遗址外，"历史1"或原生态的历史基本已不可见，人们所能了解到的历史主要来自"历史2"，也就是将历史事实形诸文字而产生的历史文本或历史典籍。当然，绝对记载历史事实、历史真实的史书是不存在的，史书所述内容真实与否，基本来自史家的后天认定。"历史3"本指取材于历史所作的"历史题材作品"，其中受史论家、文论家普遍认可的"真正的历史题材的文学创作"或"正宗"历史文学，指主要依据正史以及其他受史家肯定的史籍创作而成的文学作品。同理，所谓正宗历史小说或正格历史小说则指主要依据正史以及其他受到史家肯定的史籍创作而成的历史小说，乃历史小说向极端"务实"方向发展的结果。

---

① 童庆炳：《在历史与人文之间徘徊》，北京，北京师范大学出版社，2007，第375-381页。
② 同上书，第377页。

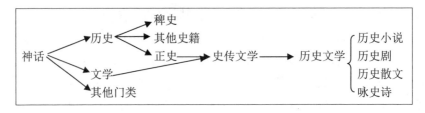

图7-1 "正格历史小说"的基本发展脉络

可见，正宗历史文学主要是正史与文学的杂交品种，它们由史传文学直接演化而来。因此，正史乃是正宗历史文学最大的材料仓库，而史传文学则是正宗历史文学的最初形态。"正格历史小说"或"正宗历史小说"最早以解释正史之功能而受到史家首肯，是地位最高的历史小说类型。当然，"正格历史小说"在创作过程中也难免受到神话渊源与文学审美中想象、虚构、感性、浪漫等因素的干扰，但它过于强调历史"事实真实"之规约，使神话中的虚构因素得到极大压制甚或成为点缀，故而该类作品虽名为小说，读之却略近于史。当然这既是此类小说的局限性，也是其独特性之所在。从元末明初罗贯中的《三国演义》，至现代李宝忠的《永昌演义》，再到当代姚雪垠的《李自成》便属于正宗历史小说一类。总之，"正格历史小说"直接沿袭"正史"文学传统，基本尊崇历史典籍尤其是正史并以此为直接渊源进行创作，是偏重历史事实的类纪实性历史小说文体类型。

按照具体做法，中国现代历史小说中的"正格的历史小说"可分为三类：（1）"新"派作家的"教授小说"①；（2）"新"派作家的左翼历史小说②；（3）"旧"派作家的"正史演义"③。

第二节　稗史演义、"神话"历史小说与
 "再生"历史小说

在中国现代历史小说创作中，还存在一些与"正格历史小说"的演变脉络、文体形态、类别特征差异较大的小说品种，即"非正格历史小说"。"正格历史小说"直接以历史典籍尤其是正史为依据进行创作，推崇求真原则，几近于以文著史的地步，而"非正格历史小说"却并不以求真性史籍（尤其是正史）为直接依据，它主要以神话、稗史、传说、

---

① 参见本书第八章《中国现代新派"教授小说"》。

② 参见本书第九章《中国现代左翼历史小说》。

③ 参见本书第十章《中国现代旧派"正史演义"》。

传奇、历史文学作品等为材料仓库，注重小说的虚构性。

通过探究"非正格历史小说"的生成过程，可以看到它主要演化出三种小说类型，本书拟称之为"稗史小说""神话历史小说"和"再生历史小说"。"非正格历史小说"的流变脉络与文体类型相对复杂，生成过程较为波折，然其发生也必须从神话源头谈起。

一　稗史演义

稗史演义，顾名思义，指主要取材于稗史或野史，即民修历史、杂史、杂传等，兼采仿史、拟史、似史等创作而成的历史演义①，是"稗史小说"之一种。"稗史小说"宋代司马光亦称之为"杂史小说"，认为"实录正史未必皆可据，杂史小说未必皆无凭，在高鉴择之"②。而宋代张邦基、清代学者章学诚则称之为"稗官小说"③，张邦基认为"稗官小说虽曰无关治乱，然所书者必劝善惩恶之事，亦不为无补于世也"④。

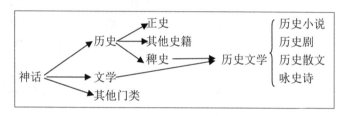

图7-2　"稗史小说"的基本发展脉络

正史体例形成之后，稗史受到史官文化之驱逐，因而"稗史小说"也常常受到历史小说中"正史小说"的排斥与否定。

二　"神话"历史小说

"神话"历史小说，指主要取材于神话，兼有传说、传奇同时采纳少许历史因素创作而成的小说。鉴于此类小说中神话与历史纠缠不清的暧昧关系，本书直接称之为"神话"历史小说⑤。这一类小说是历史文学向极端"务虚"方向发展的结果，是通俗文学与历史文学合流最终产生的一种独特的历史小说类型，它的具体生成过程比"稗史小说"的生成过

---

① 参见本书第十一章《中国现代旧派"稗史演义"》。
② 〔宋〕司马光：《传家集·答范梦得》，载文渊阁《四库全书》第一千零九十四册，上海，上海古籍出版社，2003，第581页。
③ 〔清〕章学诚：《文史通义·外篇一》，上海，上海古籍出版社，1956，第202页。
④ 〔宋〕张邦基：《墨庄漫录·过庭录·可书》，北京，中华书局，2004，第281页。
⑤ 参见本书第十二章《中国现代"神话"历史小说》。

程复杂许多。

如果沿着以历史事实为主的纪实性文体向上追溯，"中国的叙事文学可以追溯到《尚书》，至少可以说大盛于《左传》，但是如果我们把研究的重心放在虚构性叙事文体（亦即英文中的fiction）之上，则今天看得到的中国最古的小说，大概是六朝志怪，然后经变文与唐人传奇，发展到宋元之际开始分岔，其中一支沿着文言小说的路线发展，另一支则演化成为白话小说"[①]。可见，在神话分化的多个方向中，除了图7-1所示"正格历史小说"向极端"务实"方向发展外，还有一个分支——通俗小说，向极端"务虚"方向流变。

> 神话→传说→志怪→变文与传奇→通俗小说

图7-3 "通俗小说"的基本发展脉络

按照以上线索发展而来的这一小说支流主要承袭了神话所赋予的想象、感性与虚构因素，其承袭方式源自口传，其叙述口吻多为说书人口吻。这一小说流脉以务虚为主，与历史真实关联不大，属于纯文学门类，它实际上与后世之通俗小说一脉相承，因而图7-3也可看作后世通俗文学的基本源流变化示意图。

通过对比可以看出，在图7-1、图7-2和图7-3所示三支不同文学流脉中，图7-1、图7-2所示两支文学流脉分别代表中国文学中纪实与虚构两大文学方向，不过二者之间并非毫无关系或完全对立，它们都源于口耳相传的神话，各自保留有使用口传方式的文学形态，其主要接受群体为普通大众。如图7-1所示正格历史小说流脉中存在使用口传方式的早期历史小说样式——平话、讲史、历史演义等，图7-2所示非正格历史小说与民间街谈巷议、道听途说存在关联，而图7-3所示通俗文学的最初创作目的则主要是说唱。从长久来看，文学的传承方式主要依靠文本，但古人文化水平相对较低，印刷文化与视觉文化并不发达，口传方式便会成为一种主导传播方式，及至近现代，文学的口头叙述方式与文本叙述方式仍然并驾齐驱。正因如此，虽然历史文学与通俗文学的发展脉络、基本特征不同，但二者之间却存在合流的可能性。值得注意的是，在中国现代文学史重写过程中一般也将历史文学纳入通俗文学门类进行研究，这种归类侧面体现出历史文学、通俗文学最终合流的必然性，而"神话"历史小说则是在历史文学、通俗文学合流过程中产生的一种独特的历史小说类型。

---

① 〔美〕蒲安迪：《中国叙事学》，北京，北京大学出版社，1996，第11页。

图7-4 "神话"历史小说的基本发展脉络

可见，图7-4所示神话历史小说，其实是由图7-1、图7-2和图7-3三个文学源流中截合一产生变异后形成的小说流脉，其渊源与风格自成一派。按照图7-4与图7-1所示的历史小说流脉追根溯源虽然都可归结于神话，但是如果沿根系分流向下探索，仍会发现它们存在本质区别。按照图7-1这一流脉所形成的历史小说，神话虽是它的最初源头，但以文本为载体的历史典籍却在事实上成为最主要的创作渊源，直接制约着它的发展，并且在其创作过程中稗史和虚构因素介入较少，甚至完全受到拒斥，而图7-4这一流脉所形成的历史小说，神话既是其最初源头又是主要材料仓库，它在实际创作中或许含有少量"正史""信史"，但主要成分是"恍忽（惚）无征""本非依托之史"或稗史，纪实因素大幅缩减。图7-4所示"神话"历史小说与图7-2所示"稗史小说"的最大区别在于前者有大量神话、志怪、传奇等因素的介入，而它们的相似之处在于对历史因素的择取基本一致，主要来自稗史。图7-4所示"神话"历史小说与图7-3所示通俗小说的最大不同则是前者始终存在"历史因素"的介入，如被神化的历史人物后羿、姜子牙、周武王、湘妃、洛神、钩弋夫人等，除此之外它们对神话、志怪、传奇等因素的汲取基本一致，如鲁迅《故事新编》中的"历史"，"不是古今历史家用事实记述下来的'历史'。仅就事实，鲁迅用的只是历史家记录下的事实的一鳞半爪，即使这一鳞半爪，也未必是历史家所认可的确凿的历史资料。但就其历史的立体性和完整性，又是历史家的'历史'所无法达到的"[①]。因此，图7-4所示历史小说发展脉络中的历史因素含量虽少但并非无足轻重，它们不只是因为文章需要而仅仅作为微量元素穿插其中，而是此类小说之所以被称为"神话历史小说"而非"神话小说"的必要条件。不过就实际状况而言，因这一流脉所采纳的主要是神话、传说、志怪和传奇，从而导致按照这一流脉形成的神话历史小说的"务虚"倾向空前强化。

必须强调的是，从历史小说的发展时序上来看，"神话"历史小说是最古老的历史小说类型，它产生的时间远早于"正格历史小说"，但是由

---

① 〔中〕王富仁、〔韩〕柳凤九：《中国现代历史小说论》第二论，《鲁迅研究月刊》1998年第4期。

于"正史"观念的强势介入，一些史学家和文学家对这种小说极力排斥，故而本书也不得不按照"正宗"在前、"非正宗"在后的惯性思维，将它放置在"正格历史小说"的两大类别"正史演义"与"教授小说"之后展开论述。

中国现代作家主要向中国神话、传说、历史中取材进行小说创作，这一类"创作小说"可称为中国本土"神话"历史小说①；此外，中国现代作家还从域外神话、传说、历史中取材进行小说创作，本书将这一类"创作小说"称为域外"神话"历史小说②。

图7-5 域外"神话"历史小说的基本发展脉络

域外"神话"历史小说是"神话"历史小说的一种特殊类型，同时又是"神话"历史小说的一个子类型，这种创作较为偏僻冷门，数量极少，在以往理论研究中受到忽视。

三 "再生"历史小说

"再生"历史小说，指主要取材于历史小说、历史剧、历史散文、咏史诗等历史文学作品（"历史三"）而形成的再生小说③。

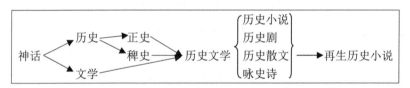

图7-6 "再生"历史小说的基本发展脉络

按照童庆炳历史存在形态三分法——"历史1""历史2"和"历史3"的划分，可以看出：图7-1所示"正格历史小说"取材于"历史2"或"史书"，图7-6所示"再生"历史小说则取材于"历史3"或"历史文学作品"，如周氏兄弟合译的《现代日本小说集》中芥川龙之介的《鼻子》《罗生门》便取材自12世纪日本平安朝末期源隆国所编之短篇民间传说故事集《今昔物语》（旧称《宇治大纳言物语》），"物语"即"故

---

① 参见本书第十二章《中国现代"神话历史小说"》第一节《"本土"神话历史小说》。

② 参见本书第十二章《中国现代"神话历史小说"》第二节《"域外"神话历史小说》。

③ 参见本书第十三章《中国现代"再生历史小说"》。

事"，《今昔物语》共有故事一千余则，分为"佛法、世俗、恶行、杂事"等部，乃是"继承《古事记》《日本书记》的编纂理念，同时又接受以《源氏物语》为代表的使用假名文字创作的虚构物语的影响"①，"基本以史实为基础，赋予物语的结构，人物形象和场景描写的文学性，达到历史性与文学性的相结合"②，兼及神话传说的"历史物语"③。"历史物语"并非历史著作或历史典籍，它是一种文学形态的历史题材作品，与童庆炳所说的"历史3"极为类似。因此，取材于"历史物语"或历史小说所作的小说，本质上是一种"再生"历史小说，它与直接取材于史家认可的"史书"所作的小说自然不能归为同一文体。

中国现代历史小说中向"历史3"取材生成的"再生"历史小说中"水浒""红楼""桃花扇"三大系列最为典型，其中"水浒""再生"历史小说数量最多，而"红楼""再生"历史小说争议最大。毕竟《水浒传》《桃花扇》与北宋、明清历史相关，而《红楼梦》则没有朝代，没有历史人物的真实姓名，没有直接对应的历史事件，而是采用隐晦、暗喻手法，通过还原历史场景、日常生活状态直接反映细节真实，如职官、器物、服饰、饮食、吟诗、题匾、过寿、省亲、赛诗等，故事情节容易虚构，生活细节却难虚构，如果不是听过、见过、用过、做过，仅靠想象绝不可能做到事无巨细、无中生有。脂砚斋评点《红楼梦》时数次赞叹："形容一事，一事毕真，《石头》是第一能手矣。"④"皆系人意想不到目所未见之文，若云拟编虚想出来，焉能如此？"⑤"试思若非亲历其境者，如何摹写得如此？"⑥因此《红楼梦》不同于一般历史小说，而是历史小说的一个特例、另类，它在于细节真实而非人物、事件真实，除文学价值外，还有史实考证价值和器物考古价值，这在历史小说中绝无仅有、无出其右。

总之，在以上三类四种"非正格历史小说"中，相对于"神话"历史小说和"再生"历史小说而言，稗史小说在写作依据上与"历史"距离最为接近，但是如果变更参照系，相对于严格的、正格的历史小说来说，那么这种接近则仍然只是一种相对的、远距离的接近。"非正格历史

① 叶渭渠、唐月梅：《日本文学史》古代卷下册，北京，北京昆仑出版社，2004，第566页。

② 同上书，第567页。

③ 同上。

④ 〔清〕曹雪芹：《脂砚斋重评石头记》庚辰本一，北京，人民文学出版社，2009，第404页。

⑤ 同上书，第371页。

⑥ 〔清〕曹雪芹：《脂砚斋重评石头记》庚辰本四，北京，人民文学出版社，2009，第1853页。

小说"的两种叙述方式——历史叙事和虚构叙事的比例永远处于变动不拘中，当历史叙事比例极小而虚构叙事比例极大时就会形成"主要依据假定性"的历史故事，其中或多或少含有超越历史本真所能承受的内容，至于哪些人物事件纯粹出于虚构，一般阅读者根本无法查证，难以辨别真伪。因此"非正格历史小说"一旦走向游戏化，那么一些虚构事件就极容易被以讹传讹，最终歪曲历史真相，出现"三人成虎"的谬误。这也是为何历代史学家与正统文论家总是充满顾虑与警惕，将这些小说视为"非正格""非正宗"，甚至"不合格"的主要原因。

第八章　中国现代新派"教授小说"

　　"教授小说"①是一个现代概念，1935年12月26日鲁迅最早在《故事新编·序言》中正式提出，指当时新文学家所作的一批兼有学术性质的历史小说。曹聚仁和鲁迅"在上海那段时期，往来的（得）相当亲密"②，"鲁迅正在写《出关》《理水》那一串文章，我也写了《叶名琛》《比特丽斯会见记》《孔林鸣鼓记》"③。曹聚仁还给"教授"做过初步界定："什么是教授？在资格审查项目下，首先要算到留学欧美各国，在大学研究院获得博士、硕士学位，或者是工程师学位的。其次才是国内大学毕业获得学位的；又其次，才是专门研究有著作的。"④因此"教授小说"作者一般具有教授、学者、编辑等类似身份特征或学识丰厚、学养深邃、见识不俗。在具体作法上，"教授小说"一方面以史家之笔行小说之事，博考文献、言必有据，注重故事发展的科学性、规律性，极富"求真"精神，另一方面又擅长以历史曲笔表达个体内在体验，如思想、观念、情感、情绪等，极合中国文人含蓄言情的文章路数。总之，"教授小说""是很难组织之作"⑤，这不仅指此类小说的结构、语言等外在形式，更重要的是"历史事件和历史人物的发展"应符合"内在的、必然的逻辑运动规律"，"历史人物的情感活动"，"他或她欢笑还是痛苦，是喜还是悲，是愤怒还是喜悦，是希望还是失望"都要符合"内在的运动轨迹"⑥，这就是童庆炳所说的"合情合理"。中国现代作家中，郑振铎、曹聚仁、郭沫若、苏雪林、刘圣旦等皆擅长"教授小说"创作实践，但其相关理论零碎难成系统，相比之下，曹聚仁该类小说的创作实践和理论研究结合紧密、颇成系统，并且促生出典型的"教授小说"作法。

---

① 鲁迅:《故事新编·序言》,载《鲁迅全集》第二卷,北京,人民文学出版社,1981,第342页。

② 曹聚仁:《我与鲁迅》,载《我与我的世界》上册,太原,北岳文艺出版社,2000,第425页。

③ 曹聚仁:《〈芒种〉与〈太白〉的时代》,载《我与我的世界》下册,太原,北岳文艺出版社,2000,第500页。

④ 曹聚仁:《我做了教授》,载《我与我的世界》上册,太原,北岳文艺出版社,2000,第221页。

⑤ 鲁迅:《故事新编·序言》,载《鲁迅全集》第二卷,北京,人民文学出版社,1981,第342页。

⑥ 以上观点参见童庆炳《在历史与人文之间徘徊》,北京,北京师范大学出版社,2007,第377-378页。

第一节　曹聚仁的正格历史小说

1931年8月曹聚仁在上海创办《涛声》周刊，1935年3月他又与徐懋庸共同创办《芒种》半月刊，同时兼任《太白》半月刊编委，围绕这三份刊物其文学创作在二十世纪三四十年代达到高峰。这一时期曹聚仁"染笔的题材有三："一是鲁迅所惯写的杂文，以批评现实剖解时事为主"；二是"历史小品，有着借古喻今的讽时意味"，涵盖史学短论、历史散文和短篇历史小说；"三是报告文字，见之于报章的特写"[①]。从表8-1可见，曹聚仁历史小说皆作于20世纪30年代，体式咸属短篇。

表8-1　曹聚仁历史小说篇目与发表、收录情况

篇　目	体式	写作时间	发表刊物	收录文集
《亚父》	短篇	1931年8月20日	《文艺月刊》1932年第3卷第1期	
《祢正平之死》	短篇	1934年	《人间世》1934年第2期	《笔端》，1935年1月上海天马书店《文笔散策》，1936年8月上海商务印书馆
《孔老夫子》	短篇	1934年	不详	《笔端》，1935年1月上海天马书店
《小红——〈红楼梦〉今读之一》	短篇	1934年	《太白》1934年第1卷第2期	《笔端》，1935年1月上海天马书店
《叶名琛》	短篇	1935年1月4日	《新小说》1935年创刊号	
《刘桢平视》	短篇	1935年2月15日	《新小说》1935年第1卷第2期	《文笔散策》，1936年8月上海商务印书馆
《焚草之变》	短篇	1935年	《新小说》1935年第1卷第4期	
《比特丽丝会见记》	短篇	1935年	不详	
《三国志·甄皇后》	短篇	1935年	1935年《芒种》创刊号、第2期、第4期	
《一队夷齐下首阳》	短篇	1937年	1937年《中外评论(南京1936)》第5卷第2期	

---

① 曹聚仁：《〈芒种〉与〈太白〉的时代》，载《我与我的世界》下册，太原，北岳文艺出版社，2000，第500页。

按照所依典籍与具体作法的差异，曹聚仁历史小说可分为"正格历史小说"和"非正格历史小说"两大文体形态。

一 史学研究法与"正格历史小说"作法

"正格历史小说"[①]，即"正宗历史小说"，曹聚仁最初称之为"纯粹历史小说"[②]，其创作动机、素材来源、具体作法与史学研究直接相关，崇尚"科学考证""辨伪求真"，学术理性浓郁，如《亚父》《祢正平之死》《孔老夫子》《叶名琛》《刘桢平视》《焚草之变》和《一队夷齐下首阳》等。1934年曹聚仁在《从"发掘"说到历史小说》一文中曾谈到历史学和历史小说之现况，"历史和历史小说，要算中国学术史上两件最发达最有成绩的两件事。近百年来，历史学的凋残，（孙中山先生去世已将十年，连一本可读的传记都没有，可见中国并没有传记作家。）和历史小说的消沉，实在是可异的反常现状，这也是民族衰老的一种症（征）候。"[③]因此他在史学研究的同时十分注重历史小说创作，以图弥补文坛缺憾，加深文化思辨。

（一）从"适然史观"到"科学考证"

曹聚仁崇尚史学，认为"中国史学，自古即为一切学问的源泉"[④]，"从二十年代到四十年代那三十年中，我一直在教书，一直在研究历史"，"也有做史学家的抱负"[⑤]。曹聚仁的史学研究首先受到清末"浙东史学"的影响，"辨伪、校勘、考证诸工作，清代学者皆尽心力以为之，其所收获，吾人应全部承袭而保留焉"[⑥]。"先哲对于古书之训释，清儒较为可信，汉宋诸儒虽卷帙繁富，其可信者则甚稀少"[⑦]。早在少年时代曹聚仁就倾心于清代王船山、章实斋、焦循、戴东原等的史论义法，"我研究历史，沿袭了王船山的《读通鉴论》的史法，不好奇立异，做翻案文章，但求一个真实"。[⑧]1915年夏他考入杭州省立第一师范，师从单不庵研究国学，学习正统考证学。"单师不庵读书之博，见闻之广，记忆力之强，

---

① 曹聚仁：《史事与历史小说》，载《中国文学概要 小说新语》，北京，生活·读书·新知三联书店，2007，第208页。

② 曹聚仁：《历史小品脞谈》，载《申报·自由谈》，1935年2月21日。

③ 曹聚仁：《从"发掘"说到历史小说》上册，载《新语林》1934年第1期。

④ 曹聚仁：《中国史学ABC》，上海，世界书局，1930，第2页。

⑤ 曹聚仁：《在上海生根》，载《我与我的世界》上册，太原，北岳文艺出版社，2000，第210页。

⑥ 曹聚仁：《国故学大纲》，上海，梁溪图书馆，1925，第139页。

⑦ 同上书，第97页。

⑧ 曹聚仁：《我的读书经验》，《文化建设》1935年第1卷第7期。

足够使我们佩服；他所指示正统派的考证方法和精神，也帮助我解决了不少疑难"。"五四"以后曹聚仁逐渐对单不庵"言必有据""文不己出""校勘训诂""粤若稽古"的考证方法产生"幻灭"和"怀疑"。"五四运动所带来的社会思潮，使人们厌倦于琐碎的考证。胡适的《中国哲学史大纲》带来实证主义的方法，人生问题，社会问题的讨论，带来广大的研究对象，文学哲学社会……的名著翻译，带来新鲜的学术空气，人人炽燃着知识欲，人人向往于西洋文明。在整理国故方面，梁启超的《中国历史研究法》，顾颉刚的《古史》讨论，把从前康有为手中带浪漫气分（氛）的《今文学》，变成切切实实的新考证学"①。曹聚仁对胡适国学研究的考证功力评价极高，"从胡适所研究的成就来看，整理国故和小说考证真是划时代的"②。1922年章太炎应上海江苏省教育会和上海国学会邀约在上海西门职业教育社大礼堂按周讲演国学，曹聚仁以《民国日报》记者身份前去听讲并笔录讲稿，由于国学功底深厚，嗜好考证，使得他对章太炎的国学讲演理解准确，笔录明晰，曹聚仁的记录稿深受邵力子称许，于是将该稿在自己主编的《民国日报》副刊《觉悟》上连载，章氏阅后大为惊异。同年曹聚仁所录章太炎讲演笔记以《国学概论》为题由上海泰东书局出版，"这部讲演，先后刊行了三十二版，还有两种日文译本"③。1923年曹聚仁以书为缘正式成为章门弟子，此后他在学术研究上逐渐倾向于章太炎在19世纪末开端至20世纪30年代形成的以梁启超、胡适、顾颉刚等人为中心的"新考证派"。总之，曹聚仁早年数易其师，先后模仿王船山、单不庵、章太炎、胡适等人的史学研究，导致史观不断变换不定，一直无法形成自己独特的研究方法和研究体系，1925年他曾自嘲这种变换不定的史学观念为"适然史观"，"一九三五年的秋季里，他好几次提起了自己所发明的'适然史观'的名词，和几句解说，（据说是十年前发明的，不过没人知道），这显然不成其理论的，他所说的'适然'或'偶然'或'概然'，实在就是'盲目的必然'，不过他不知道'盲目的必然'，（只要他一读先驱者的理论就会豁然），因此颇受了一些批评"④。

　　曹聚仁正式成为章门弟子后，相继着手写成《国故学大纲》（1925

　　① 曹聚仁:《我的读书经验》,《文化建设》1935年第1卷第7期。
　　② 曹聚仁:《胡适与鲁迅》,载云维刊编《曹聚仁散文选集》,天津,百花文艺出版社,2004,第24页。
　　③ 曹聚仁:《国学与〈国学概论〉》,载《我与我的世界》上册,太原,北岳文艺出版社,2000,第219页。
　　④ 今虚:《记曹聚仁》,《西北风》1936年第3期。

年上海梁溪图书馆)、《中国史学ABC》(1930年上海世界书局)和《国故零简》(1936年上海龙虎书店)三部国学论著,随着这三部论著的面世,曹聚仁的理性思辨能力明显增强,他在首肯清代学者王船山、戴东原、章实斋、段玉裁,民国学者单不庵、章太炎、梁启超、胡适、顾颉刚等考证方法的基础上终于形成了自己的一整套所谓科学考证方法:"吾侪所运用之考证方法,当为纯科学的,当较清代学者所用之方法更为精进……盖现在之科学方法,非以'拿证据来'为完事。一切证据,须十分准确,十分详尽,然后整理之使纳于一系统,以统计学或其他数学方法处理之,于是乃可得一断案。"①具体而言,就是在学习世界文学,研究中西哲学、社会科学、自然科学、世界文学的基础上"治国故学","治国故学,以辨伪为先"②,主张贯通中西文化,联合各科知识,打破闭关、孤立、琐碎的治学态度,系统整理有关研究对象的一切证据,不仅辨明真伪而且明确因果关系。曹聚仁的"科学考证"方法形成后,世人不再嘲讽其"适然史观","以后他自己和别人再也没提它了"③。

(二)"正格历史小说"作法

1935~1936年曹聚仁进行历史研究的同时,在复旦大学和持志大学(上海外国语学院的前身)专门讲授《应用文》《文章作法》《中国文化史》和《美术文选》,因此在所谓"科学考证法"与独家"文章做法"基础上逐渐形成了自己的一套"正格历史小说"做法。

第一,冶炼素材:遍览古籍、摘录史料、精选主题。曹聚仁常以史学家自居,"我一向对人宣称:'我是史人,不是文人'"④,他的史学研究深刻影响文学创作,其论文、散文、小说、话剧处处关联史学、考证史籍,历史小说尤甚。1934年曹聚仁在《从"发掘"说到历史小说》一文中谈到寻找历史素材的难处.

> 历史小说是不容易做的,此中参(掺)不得一个'懒'字,更参(掺)不得一个'粗'字,下笔以先,要和历史学者一样做搜葺(集)材料整理材料的工夫,也许写三五千短篇小说,要翻破十百卷史书,抄录三五万史料,此与八斗天才的不凡作家颇不相宜。⑤

---

① 曹聚仁:《国故学大纲》,上海,梁溪图书馆,1925,第120页。

② 同上书,第30页。

③ 今虚:《记曹聚仁》,《西北风》1936年第3期。

④ 曹聚仁:《我学习历史的经验》,《新学识》1937第1卷第4期。

⑤ 曹聚仁:《从"发掘"说到历史小说》,《新语林》1934年第1期。

1937年他又在《关于古书种种》一文中提及积累素材的方式：

> 在读古书的时候，要运用一种新的工具，即打散一切古书，用卡片摘取自己所需要的材料，以新的眼光来整理来探求。①

《焚草之变》是曹聚仁正格历史小说的典范之作，这篇小说与鲁迅颇有渊源。日本学者增田涉在学习中国小说史时曾致信鲁迅询问唐代颜师古所撰《大业拾遗记》一书中的成语"焚草之变"做何解释，11月10日鲁迅又就此事致信曹聚仁托其查询史籍答疑解惑，"《大业拾遗记》云，'宇文化及将谋乱，因请放官奴，分直上下，诏许之，是有焚草之变。'炀帝遇弑事何以称'焚草之变'？是否有错字？手头无书，一点法子也没有。先生如有《隋书》之类，希一查见示为感"②。曹聚仁接信后立刻着手查证《资治通鉴》《隋书》等相关史籍并摘录出"焚草之变"相关史实片段：

> 常读《资治通鉴》至隋炀帝南游扬州那一段，记：
>
> 一、隋炀帝至江都，荒淫益甚。宫中为百余房，各盛供张，实以美人，日令一房为主人，帝与萧后及幸姬历就宴饮，酒卮不离口。
>
> 二、帝自晓占候卜相，好为吴语。常夜置酒，仰视天文，谓萧后曰："外间大有人图侬，然侬不失为长城公，卿不失为沈后，且共乐饮耳。"因引卮沉醉。
>
> 三、又尝引镜自照，顾谓萧后曰："好头谁当斫之。"后惊问故，帝笑曰："贵贱苦乐，更迭为之，亦复何伤？"
>
> 四、帝闻乱，易服逃于西阁；有美人出，指之。校尉令狐行达拔刀直进，扶帝下阁，引帝还至寝殿。虞通、德戡拔白刃侍立。帝爱子赵王杲，年十二，在帝侧号恸不已；虞通斩之，血溅御服。贼欲弑帝，帝曰："天子死自有法，何得加以锋刃，取鸩酒来。"文举等不许，使令狐行达顿帝令坐，帝自解练巾授行达，缢杀之。③

---

① 曹聚仁：《关于古书种种》，载《自修大学》1937年第1卷第4期。
② 鲁迅：《书信·331110致曹聚仁》，载《鲁迅书信集》上册，北京，人民文学出版社，1976，第436页。
③ 曹聚仁：《史事与历史小说》，载《中国文学概要小说新语》，北京，生活·读书·新知三联书店，2007，第213页。

曹聚仁最后在《隋书·宇文化及传》中查到隋炀帝被弑时的详细情形：城外有变，炀帝闻声，问左右。左右曰："草坊被烧，外人救火，故喧嚣耳。"炀帝为左右隔绝后被杀，是谓"焚草之变"。曹聚仁专门收录《宇文化及传》一篇，连同《隋书》一并寄给鲁迅。

第二，考订史料：客观审断、追溯差异、推敲因果。1934年曹聚仁在《从"发掘"说到历史小说》一文中强调，"每件史料，早已注放写作史料者的主观色彩，一不小心，我们便被原作者所瞒过；写作之前，要经过一番客观的审断工夫"①。又在《史事与历史小说》一文中细说道：

> 虽不能和一般治史的人一样，把全副精力时间都放在整理史料上，但基本的考订工夫是不可少的。就史论史，所谓史事的本身是一件事，作史者笔底所写的史事，又是一件事，史事本身不可复演不会重来，我们只能依凭旧史人的史文来推想史事的本身。于此先要考察三件事，先考察史家在怎样情形之下观察这件史事的，次考察史家在怎样情形之下写这史篇的，又来考察，这史篇写成之后，在怎样情形之下流传下来的。我们要十二分耐心追溯上去，使所把握的史事，与史事的本相相差不十分远。②

曹聚仁嗜书如命，研读成癖，尝阅《儒林外史》一百余次，《红楼梦》七十余次，《史记》十多遍。这种研读癖非常适合学术研究和史学考证，曹聚仁还将它引入了历史小说创作中，着笔前他反复细读史料，将如何组织史料，如何论证故事的合理性看作首件大事，并且在推敲、考订所录史料片段之间的因果联系时常常写成史学短论或历史散文，以为正格历史小说的前期支撑材料。如作《孔老夫子》前曹聚仁曾将1925年林语堂、钱玄同和刘半农等人争论孔子问题的相关书信编入《书信甲选》（1930年上海群众图书公司），并写出《仲尼无父》《挖掘孔林私议》《孔子诞辰杂感》《对孔子的异议》《从读经说到读左传》《我的一个小回忆》等文章参与讨论；1930年1月曹聚仁恩师单不庵逝世，1931年他写成《生背痈的人》一文，1932年又写成小说《亚父》，以纪念与单不庵的师生谊、父子情。因鲁迅托请突然，曹聚仁写《焚草之变》前未写过相关史学短论或历史散文，但他不仅考证历史材料之间的因果联系，还根据

---

① 曹聚仁：《从"发掘"说到历史小说》，《新语林》1934年第1期。

② 曹聚仁：《史事与历史小说》，载《中国文学概要　小说新语》，北京，生活·读书·新知三联书店，2007，第210-211页。

《隋书》所载仔细揣摩隋炀帝被弑时的诸多细节，深刻感受其心理活动与情感变化，务求事实真实与逻辑推理皆"合情合理"。现摘录如下：

> 在手边，我正在搜集隋炀帝江都被难的史料。
>
> 首先引起我们注意的是这位末路君王的浪漫气分（氛），他爱说苏州话，他深知贵贱苦乐之无常，他准备最后的下场办法，以罂贮毒药自随，这都是他的有人味之处，我们觉得他（是）一个可以相亲近可以相了解的人，正如陈叔宝、李后主、宋徽宗是我们这一群里的人，只可惜他们'不作词人作帝皇'罢了。隋炀帝之下场太悲惨了，当赵王杲的血溅在他的御服上，我想他的心是碎了的。我现在和福劳贝尔一样，周旋那个末路帝王的遭遇，体味他心头上的痛楚，这样来写成《焚草之变》那个历史小品。
>
> 我的写历史小品的方式，大致是如此的。①

曹聚仁作《祢正平之死》前对祢正平真正死因的逻辑分析也非常经典。现摘录如下：

> 祢衡在《后汉书》有传，说他恃才傲上，一不容于曹操，二不容于刘表，三不容于黄祖。历来咏鹦鹉洲的诗，很多责怪曹操和黄祖，说他们不能容纳傲世的大才。我细看全传，觉得祢正平之死，虽由于触犯了曹、黄，最主要的还是死于曹操、黄祖的左右之手，应得以这一点为中心来描写的。祢传末段，说："祖主簿素嫉衡，即时杀焉。"而上文："操怒送与刘表，临发，众人为之祖道，咸以不起折之。""表尝与诸文人共草章奏，并极其才思，时衡出，还见之，开省未周，因毁以抵地，表怃然为骇。衡乃从求笔札，须臾立成，辞义可观，表大悦，益重之。"字里行间，隐隐说出那些左右人物怀恨嫉妒，帮主子逐客的情势在。我的那篇小说，便是这么组织起来的。②

第三，寻求本相：反对歪曲史事、牵强附会、向壁虚构。1935年2月21日曹聚仁曾在《历史小品脞谈》简单提及其文学历史观。现摘录如下：

---

① 曹聚仁：《怎样写历史小品》，载《文笔散策》，上海，商务印书馆，1936，第63页。
② 曹聚仁：《史事与历史小说》，载《中国文学概要　小说新语》，北京，生活·读书·新知三联书店，2007，第210页。

五四以来，传记文学衰歇下去，以历史故事为题材的章回小说也衰歇下去了。受欧美文艺影响的新小说，在技巧上意识都和章回小说截然不相同；也曾有人取历史的人物穿上新的外套，如郭沫若的《三个叛逆的女性》，王独清的《杨贵妃》，只能说是文艺狂潮中的小波澜，不为一般人所注意。茅盾于民国十六年以后，也曾写过《大泽乡》《石碣》那几个短篇历史小说，影响并不大；直到现在，只有刘圣旦的《发掘》是纯粹历史小说集。①

曹聚仁认为"历史小说必须依据历史的事实，就其中有着敷衍、夸张的成分却不可歪曲史事"②。他不赞成"取历史的人物穿上新的外套"，或用现代人的思想、观念、意识刻画人物性格，诠释人物行为，认为必须将人物置于历史现场之下，还原其本来生活场景。其观点如下：

> 人总是人，绝不是神；人的意识形态总为他的生活环境所决定。我们写历史小品，和那些托古改制的人正取相反的方式：我们采取历史上的人物，把他放在原来的圈子里去，看他怎样过活？怎样组织他自己的思想？和哪些人往来？在哪些事件上处于怎样的地位？——钩沉稽玄，还他本来的真实，客观地描写起来，绝不加以否定的解释，也不涂上现代的色泽，这是我们写作的基础。③

曹聚仁历史小说注重考据求真，坚决反对牵强"附会"与"向壁虚构"，反对为称一己心愿"把历史中的人物雕塑起来，涂染任何色彩，穿戴任何衣帽，用任何姿势在街头上摇摆"。④他最初将这种通过考据写成的历史小说称为"纯粹历史小说"⑤，后来又进　步称为"正格历史小说"⑥，而将那些用现代思想、观念、意识所作或经不起考证的历史小说定性为"不纯粹""非正格""非正宗"，至多算是"托古寄情的历史小品"。

---

① 曹聚仁：《历史小品脞谈》，载《申报·自由谈》1935年2月21日。
② 曹聚仁：《史事与历史小说》，载《中国文学概要　小说新语》，北京，生活·读书·新知三联书店，2007，第206—207页。
③ 同上书，第63页。
④ 曹聚仁：《怎样写历史小品》，载《文笔散策》，上海，商务印书馆，1936，第62页。
⑤ 曹聚仁：《历史小品脞谈》，载《申报·自由谈》，1935年2月21日。
⑥ 曹聚仁：《史事与历史小说》，载《中国文学概要　小说新语》，北京，生活·读书·新知三联书店，2007，第208页。

总之，曹聚仁"正格历史小说"的创作模式属于"厚积薄发式"，最终成篇需要经过几道程序，务使事实与逻辑皆"合情合理"后才肯得出结论，作成小说。这种小说作法的"严谨"程度令人侧目，确实"是很难组织之作"①，堪称"教授小说"之楷模。

二 "非正格历史小说"作法

"非正格历史小说"，即"托古寄怀的历史小品"②或"非正宗历史小说"。如《小红》《比特丽丝会见记》和《三国志·甄皇后》，分别出自文学名著《红楼梦》《神曲》和《洛神赋》（兼历史典籍《三国志》），其创作动机、素材选择、具体作法基本符合曹聚仁的《巧》理论③，旨在托古寄怀、情感隐喻而非考证求真，学术理性略淡。

1937年8月曹聚仁在上海北新书局出版论著《文思》，书名效法陆机《文赋》和刘勰《文心雕龙》，这既是一部散文集，亦是其文论的最初总结。《巧》乃《文思》的首篇文章，又是这部论集的文眼，该文引经据典论证"巧"在文章作法中的重要作用。第一，强调选材的"巧合"，追求文学素材与自我内心的高度契合，"我们与一切外物相遇，不可着意，着意则滞"，"求之不可得，不求可自得"④；第二，注重"巧思"，即构思布局的巧妙、情节设计的精巧，这主要"诉之于各人经验"⑤；第三，崇尚"巧言"，即表情达意的语言技巧，最好能够达到"可以意会不可以言传"的效果；最后，结尾还谈到文章取"巧"的方法——勤能补拙，"熟则生巧"⑥。

（一）《小红》：《巧》理论的文学阐释

1934年初曹聚仁特意作小说《小红》，这是《巧》理论的直接阐释文本。小红，大名红玉，乃《红楼梦》中宝玉房里的下等丫头。曹聚仁少年时期结缘《红楼梦》，但当初只作为言情小说阅读，1915年在浙江一师师从俞平伯学习国学时才逐渐认识到《红楼梦》的独特魅力，"我看《红楼梦》，不如俞平伯师那么多，只读了七十多遍"⑦，1922年又"得

---

① 鲁迅：《故事新编·序言》，载《鲁迅全集》第二卷，北京，人民文学出版社，1981，第342页。

② 曹聚仁：《史事与历史小说》，功《中国文学概要 小说新语》，北京，生活·读书·新知三联书店，2007，第208页。

③ 曹聚仁：《巧》，载《文思》，上海，北新书局，1937，第1—7页。

④ 曹聚仁：《巧》，载《文思》，北京，生活·读书·新知三联书店，2002，第2页。

⑤ 同上书，第4页。

⑥ 同上书，第4页。

⑦ 曹聚仁：《我的读书经验》，《文化建设》1935年第1卷第7期。

章太炎师的指引"趋近胡适所引领的新考证学，胡适《红楼梦考证》
（1921年）与俞平伯《红楼梦辨》（1923年）的双重影响真正激发出他对
《红楼梦》的浓厚兴趣，后相继写下《初试云雨情》《缘法》《荒唐》《有
趣的例子》《后四金刚》《白屋诗人刘大白》《〈世说新语〉中人物》《文
艺的题材》等文章借用《红楼梦》内容论理说情，同时写有《红楼梦人
物论》《小说中的人物故事》等相关评论。《红楼梦》人物众多，曹聚仁
唯独青睐小人物"小红"，主因在于"小红"的心灵、言行、举止、机遇
之巧恰好契合其《巧》理论的阐释意图。

小红主要出现在《红楼梦》第二十四、二十五、二十六和二十七回，
第二十八、二十九回则各提到一句"二奶奶打发人叫了红玉去了"，以及
"凤姐的丫头小红"，而曹聚仁的《小红》只涉及《红楼梦》第二十四、
二十六和二十七回。

表8-2 两种"红玉"文本对照表

	曹雪芹《红楼梦》	曹聚仁《小红》
第二十四回 醉金刚轻财尚义侠 痴女儿遗帕惹相思	1.贾芸在宝玉外书房初见红玉 2.贾芸偶拾红玉遗帕 3.宝玉吃茶无人回应,红玉趁机为宝玉倒茶 4.秋纹、碧痕回房讥骂红玉 5.插介红玉身世 6.红玉闷归,梦贾芸还帕	3.宝玉吃茶无人回应,红玉趁机为宝玉倒茶 4.秋纹、碧痕回房讥骂红玉
第二十六回 蜂腰桥设言传心事 潇湘馆春困发幽情	1.红玉、贾芸守护宝玉 2.红玉、佳蕙闲话(晴雯、绮霞打压红玉) 3.红玉对贾芸动心 4.红玉、贾芸蜂烟桥相遇 5.贾云骗坠儿传罗帕给红玉	2.红玉、佳蕙闲话(晴雯、绮霞打压红玉)
第二十七回 滴翠亭杨妃戏彩蝶 埋香冢飞燕泣残红	1.宝钗扑蝶偶闻红玉、坠儿说罗帕一事 2.红玉为凤姐办差 3.红玉归寻凤姐 4.晴雯讽刺红玉 5.红玉向凤姐交差 6.凤姐赏识红玉 7.李纨对凤姐说红玉身世	2.红玉为凤姐办差 4.晴雯讽刺红玉 5.红玉向凤姐交差 6.凤姐赏识红玉

曹聚仁的《小红》截然不提这三回的主要情节——红玉、贾芸的"绛芸情缘",而是以第二十四回"小红为宝玉倒茶"与第二十七回"小红为凤姐办差"两事为主,兼及第二十六回中"红玉、佳蕙闲话"关于晴雯、绮霞打压红玉一事。曹聚仁的《小红》对这三件事做出三点改动,其他基本照搬原文:第一,开首加入"贾宝玉面前的丫头,袭人是第一等红人,晴雯、麝月次之,秋纹、碧痕又次之"①一句,直接点明宝玉屋内丫头等级森严,小红因等级低常遭打压和讥骂;第二,将第二十四回最后一段中"这红玉虽然是个不谙事的丫头,却因他有三分容貌,心内着实妄想痴心的(地)往上攀高,每每的要在宝玉面前现弄现弄"一句简化为"有一个不谙事体的小红,自恃有九分容貌,心内便想向上攀高,每每要在宝玉面前现弄现弄"②,并将该句前移至《小红》第一段,直接点明小红的性格;第三,在"小红为宝玉倒茶"和"小红为凤姐办差"两大情节之间加入过渡语"小红触了这一鼻子灰,只好私自长吁短叹,说消极的话"③和"可是,小红的幸运毕竟来了"④,这两句过渡语将剪辑后的故事完美黏合起来,转折自然,文意连贯,通过小红善于抓住机会的心机之巧,突出曹雪芹对《红楼梦》人物言行的设置之巧。总之,曹聚仁《小红》举隅两例突出小红善于抓住机会的心灵之巧,纵然被晴雯等人讥为喜欢卖弄、向上攀高、投机取巧,可反过来也正说明小红机智灵活、思维敏捷、应变力强,确实是个不可多得的人才。

(二)《比特丽丝会见记》:《巧》理论的文学实践

1.偶遇史册、巧得素材

曹聚仁1935年写的《比特丽丝会见记》则强调"巧得"素材与"巧喻"处境。曹聚仁的思想文化体系除了受到父亲曹梦岐和恩师单不庵、章太炎等"浙东学人"的影响外,还受到房龙、屠格涅夫、罗素、莫洛亚、鹤见祐辅等"欧西学人"的影响,其中印象最深的当数荷兰裔美籍历史学家亨德里克·威廉·房龙(Hendrik Willem van Loon)。1925年曹聚仁在上海暨南大学教授国文,一天下午因京沪车误点在校门口的南星书店闲逛时偶然遇到一本上海商务印书馆当年刚刚出版的房龙1921年著、沈性仁女士翻译的中文版通俗简史《人类的故事》。据曹聚仁回忆:

① 曹聚仁:《小红》,载《笔端》,上海,天马书店,1935,第23页。

② 同上。

③ 同上书,第24页。

④ 同上书,第25页。

那天下午，我发痴似的，把这部史话读下去，车来了，在车上读，把晚饭吞下去，就靠在床上读，一直读到天明，走马看花地总算看完了。这四五十年中，总是看了又看，除了《儒林外史》《红楼梦》，没有其他的书这么吸引我了。我还立志要写一部《东方的人类故事》。岁月迫人，看来是写不成了；但房龙对我的影响，真的比王船山、章实斋还深远呢！①

房龙《人类的故事》让曹聚仁第一次了解到欧洲文艺复兴以及意大利著名诗人但丁的巨作《神曲》，也成为其《比特丽斯会见记》的创作源起。《人类的故事》第三十九章《文艺复兴》中有这样的记载：

但丁在亡命的许多年中，想起他从前在家乡做领袖的时候，想起他只为一见那可爱的毗亚德利斯（这人终为他人之妻，而在吉贝林派失败了的十二年前死了）在阿尔诺河旁踯躅的日子，觉得关于当时他的为人与行动应该有所辩白。②

曹聚仁根据上述记载中的三个相关片段——"但丁想要辩白（倾诉）"，"但丁常在阿尔诺河边踯躅"和"但丁渴望再见毗亚德利斯（比特丽斯）"，再结合其个体心灵感悟生发而成其唯一一个短篇域外小说《比特丽斯会见记》。曹聚仁曾言他写《比特丽斯会见记》的初衷是"托古寄怀"，因此相对于《红楼梦》的精研细读，他对《神曲》可谓不求甚解。《神曲》中维吉尔受比特丽斯灵魂之托带但丁穿越地狱和炼狱，在净界山顶的地上乐园比特丽斯出现带但丁继续游历天堂，最终见到上帝。1972年香港出版的曹聚仁回忆录《我和我的世界》中《房龙的故事》一篇却将以上情节误写成"那善良的爱人比特丽斯伴着他周游了地狱"③，这种失误至少说明他在1972年之前从未认真读过《神曲》原文。

2.托古言情、巧喻处境

曹聚仁的《比特丽斯会见记》经过三处改编巧妙地将其"托古寄怀"的写作初衷表达得淋漓尽致。

首先，曹聚仁通过意大利文学名著《神曲》将中国语境置换成域外

---

① 曹聚仁：《房龙的故事》，载《我和我的世界》下册，太原，北岳文艺出版社，2000，第615-616页。

② 〔美〕房龙：《人类的故事》，沈性仁译，郑州，中州古籍出版社，2017，第187页。

③ 曹聚仁：《房龙的故事》，载《我和我的世界》下册，太原，北岳文艺出版社，2000，第616页。

语境，拉开现实距离后再将自己代入"但丁"一角，借但丁之口委婉讲述自己的生活经历、政治倾向与文坛恩仇。

五四之后国内外局势日益复杂，中国文坛开始出现明显分化，文学论争频繁。1933年鲁迅应上海天马书店之邀出版的《鲁迅自选集》，他在《自序》中谈到当年新文学阵营分化时曾发过一段感慨，"后来《新青年》的团体散掉了，有的高升，有的退隐，有的前进，我又经历了一回同一战阵中的伙伴不久还是会这么变化，并且落得一个所谓'小说家'（作家？）的头衔，依然在沙漠上走来走去"①。20世纪30年代曹聚仁因政治倾向、学术观念和文人相轻等问题与鲁迅、胡适、林语堂、聂绀弩、丰子恺等恩怨不断，他曾在《鲁迅与我》一文中引用鲁迅上述文字以及《彷徨》题诗"寂寞新文苑，平安旧战场；两间余一卒，荷戟独彷徨"②，描述当时敌友难辨的"彷徨"心境。这也是当他读到房龙《人类的故事》中一些简单哲学观念时能够立刻产生震动和共鸣的根本原因。原文如下：

> 人的生命有极少的东西是完全好的，或完全坏的。极少的东西是完全白的，或完全黑的。诚实的历史家的义务就是将每个历史事实所有的好与坏的两方面作一个真实的记载。这一层固然是不容易做到，因为我们各人都有自己的好恶。但是我们应该努力做去，应该竭力的（地）求公道，切不可使我们的判断太受我们的偏见的影响。③

曹聚仁的《比特丽斯会见记》中亦有类似文字：

> 从前我相信有黑和白，是和非这样分明白的两面的；我把环绕在我们圈子上的人，分做朋友和仇敌两个不同的群，把我所听到的所看见的话，分做（作）应该赞成或反对的两种不同的判断。我现在知道没有那么简单，在利害的算盘上，朋友和仇敌，赞成或反对，瞬息万变，简直分不清的。没有一种现实值得我来留恋，我最后的留恋是"爱"。④

同时曹聚仁又借《比特丽斯会见记》表明自己的爱国态度，1935年

---

① 鲁迅：《鲁迅自选集·自序》，上海，天马书店，1933，第3页。
② 曹聚仁：《鲁迅与我》，载《我和我的世界》上册，太原，北岳文艺出版社，2000，第419页。
③ 曹聚仁：《房龙的故事》，载《我和我的世界》下册，太原，北岳文艺出版社，2000，第618页。
④ 曹聚仁：《比特丽斯会见记》，载《文笔散策》，上海，商务印书馆，1936，第3-4页。

日本侵华战争不断升级，中国社会抗日情绪高昂，相比文坛恩仇，曹聚仁此时更加担心"集团与集团之间的'摩擦'"，"'摩擦'是民族生命力的消耗"[①]，"我和但丁一样，厌倦了封建割据性的斗争，我希望产生一个强有力的领袖，统一了中国，把践踏宰割我们的日本军阀赶出去，我愿献出我的生命。我们的口号是'抗日先于一切'，这是我对比特丽斯的独白"[②]。"经过了'争辩''解释'，遂乃'互谅'"，"北平《晨报》发表关于文化界应当合作的社论"，"合作空气更为深厚"，曹聚仁写下《文化界的息争运动》一文，大力赞赏这一"可喜事件"[③]。

其次，曹聚仁将《神曲》中比特丽斯与但丁的相见地点从地上乐园改为阿尔诺河畔，将比特丽斯引领但丁游历天堂改为陪但丁散步阿尔诺河边，进而通过但丁、比特丽斯的爱情隐晦地表达自己的复杂情感与现实困境。曹聚仁与发妻王春翠本是自由恋爱，少年夫妻，后因曹聚仁狂热追寻婚外"爱情"，二人情感破裂。1923年曹聚仁在上海民国女中任教时曾和女学生孙芙影发生十年婚外情，1935年在上海务本女中教书时又与女学生邓珂云发生婚外情（1938年二人结婚），曹聚仁写《比特丽斯会见记》时正和邓珂云热恋，因此这篇小说隐晦表达的重点自然是他的婚外情困境。不过他曾否认这种说法："我替上海《申报·自由谈》写专栏那几年中，写过一篇为友人们所传诵的《比特丽斯会见记》。比特丽斯（Beatrice），诗人但丁的爱人，《神曲》中引导诗人上天堂的仙女。友人们以为我自比但丁，把比特丽斯来比况我所爱的'珂云'。其实我并非以但丁自况，而是说了我处了但丁的矛盾境况。"[④]可他很快又承认《比特丽斯会见记》"是一首情诗"[⑤]，1937年出版文论集《文思》时他特意将《爱情的表现》定为首篇，说明当时确实"没有一种现实值得我来留恋，我最后的留恋是'爱'"。后来曹聚仁还曾数度在《初试云雨情》《辣斐德路》《性与道德》《续谈性与道德》等文中尝试将婚外情合理化，"性，既不是道德的，也不是不道德的，是非道德的"[⑥]。文中说法徘徊在否认与承认，事实与申辩之间，充满悖论和诡辩倾向，折射出他的矛盾心境。因此，《比特丽斯会见记》烙印的不仅是一个文学大师的伦理问

---

① 曹聚仁：《"摩擦"恶（噩）梦的初觉》，《自修大学》1937年第1卷第10期。

② 曹聚仁：《读书三昧》，载《我和我的世界》下册，太原，北岳文艺出版社，2000，第654页。

③ 曹聚仁：《文化界的息争运动》，《自修大学》1937年第1卷第12期。

④ 曹聚仁：《读书三昧》，载《我和我的世界》下册，太原，北岳文艺出版社，2000，第654页。

⑤ 曹聚仁：《史事与历史小说》，载《中国文学概要　小说新语》，北京，生活·读书·新知三联书店，2007，第209页。

⑥ 曹聚仁：《初试云雨情》，载《我和我的世界》上册，太原，北岳文艺出版社，2000，第22页。

题，也进一步反映着人性的复杂性。

最后，该小说采用戏剧手法，具有独白特征。《比特丽斯会见记》的主角虽有两人，但比特丽斯乃是美丽温柔、关怀体贴的红颜知己，基本属于认真倾听的一方，而"我"则经历过各种坎坷遭遇，重逢至爱后化作千言万语，成为委屈倾诉的一方。

（三）《三国志·甄皇后》：传记文学的最初尝试

1935年《芒种》创刊号、第2期、第4期用三期刊载胡考绘画、曹聚仁配文的"连环历史图画"——《三国志·甄皇后》，这套绘图版人物传记是曹聚仁传记书写的肇始，同时又是其唯一一种"托古寄怀"的历史演义。曹聚仁自称深受当代三大传记文学家及其作品的影响，即英国史特拉齐的《维多利亚女王传》，德国卢德威克的《拿破仑》和《人之子》（《耶稣传》），法国莫罗亚的《雪莱传》《拜伦传》《狄士累利传》和《伏尔泰传》。[①]《三国志·甄皇后》作为曹聚仁传记文学的最初尝试，其拟纪传体写法虽然难脱传统窠臼，但却为他今后写成《蒋经国论》《鲁迅评传》和《蒋百里评传》以及自传——《文坛三忆》《文坛五十年》《我与我的世界》等开拓了新路。事实上曹聚仁并不喜欢讲史小说、历史演义，他认为二者虽然"细微处曲曲描写，事事能引人入胜"，但"取材多错误，批判多迂腐，结构多散漫"[②]，不能真实反映社会人生。真正促使他写成这篇半传记半演义作品的主要原因有二：第一，曹聚仁钟情古代"曹姓"大家、名作。他曾考辑族谱，自证与曹操、曹植、曹雪芹、柳敬亭（原名曹永昌）等诸曹"并不同宗"[③]，但嗜读《红楼梦》，喜好《洛神赋》，自署别号"陈思"，"俨然以'陈思王曹子建'自比"[④]，明显透露出一种既属同姓、与有荣焉的自豪心态；第二，借唐代李善《昭明文选》所注《洛神赋》中曹植、甄宓轶闻，托古寄怀，曲意言情，这种"暗戳戳""弯弯绕"的曲笔书写，颇合传统文人的隐晦路数，尽显民国名士的委婉风致。

综上所述，曹聚仁两类历史小说均有理论支撑与实践配合，形成了一套独特、系统的小说作法，从而使他成为20世纪30年代"教授小说"的典范作家。

---

① 曹聚仁：《代序：谈传记文学》，载《我与我的世界》上册，太原，北岳文艺出版社，2000，第4页。

② 曹聚仁：《从"发掘"说到历史小说》，《新语林》1934年第1期。

③ 曹聚仁：《金华佬》，载《曹聚仁文集》，北京，中国广播电视出版社，1995，第260页。

④ 《文坛杂俎·曹聚仁自比曹子建》，《每周评论》1934年第129期。

第二节　郑振铎的辨伪考据小说

　　郑振铎先祖原居河南郑州，后随王审知入闽，肇基长乐福湖（今北湖村），清光绪二十一年（1895年）因郑振铎祖父游宦浙江永嘉郡（今之温州）任海防税务官，举家随之迁居永嘉，郑振铎便生于此地。1917年他从温州中学考入北京铁路管理传习所英文高等专科，1921年毕业后到上海火车站南站实习半年，后进入上海商业印书馆工作，后曾任教于燕京大学、清华大学、暨南大学等著名学府，著有《中国俗文学史》《插图本中国文学史》《文学大纲》《俄国文学史略》等学术专著，在中俄文学史方面成就卓著；他还曾主编《小说月报》《文学周刊》《文学季刊》《公理日报》以及《新社会》旬刊、《太白》半月刊、《水星》月刊等众多刊物，在编辑出版、文献学、考古学、翻译学、文艺批评等领域做出开拓性研究。郑振铎不仅是中国现代著名学者、教授，著名编辑出版家，亦是藏书大家，他毕生藏书17224部，共94441册，涉及历代诗文别集、总集、词曲、小说、弹词、宝卷、版画和政经史料等，其中明清版居多，手写本次之，宋元版最少，仅陶集、杜诗、佛经等数种。1958年10月郑振铎飞机失事，因公殉职，其妻高君箴遵夫遗愿将其藏书悉数无偿捐献给国家，编成《西谛书目》五卷出版，现由中国国家图书馆收藏。此外，郑振铎还是中国现代著名小说家，结有三部短篇小说集，即现代小说集《家庭的故事》、域外神话小说集《取火者的逮捕》和历史小说集《桂公塘》。作为学者型作家，郑振铎的学术成就举世瞩目，因而其文学成就极易为学术成就遮蔽。

　　郑振铎的短篇历史小说《汤祷》（1932）、短篇历史小说集《桂公塘》（1934）和《古事新谈》"二十四则"（1946）堪称"教授小说"的代表之作，其中《汤祷》和《桂公塘》主要采用逻辑考证、心理分析等方法进行创作，《古事新谈》"二十四则"则主要采用述评法写成，它们共同开创了"疑古考据""辨伪求真"的历史小说创作模式。

　　《汤祷》完成于1932年12月12日，乃是郑振铎所撰《古史新辨》之一《汤祷篇》的第一节。《古史新辨》是针对顾颉刚《古史辨》所作的具有史学价值的学术论文。20世纪30年代的"中国的新史学界，疑古、考古、释古①三派鼎足而立。考古派受发现的史料所局限，释古派受反动统

---

①　当时著名的疑古派历史学家有胡适、顾颉刚《古史辨》等，考古派历史学家有陈寅恪、陈垣等，释古派历史学家则有王国维等。

治的压制，都未能开展；只有疑古派，以怀疑求真相，在高等学校讲坛上和出版企业中都非常流行。但他（郑振铎）觉得疑古派继承崔述、康有为的学统，只是中国式的旧的为学方法的总结，而不是新的学派的开创"。因此"他想凭借他的希腊神话学的修养，应用民俗学、人类学的方法，为中国古史学另辟一门户，使中国古史学更接近于真理的路！"①。1933年郑振铎在《东方杂志》发表《汤祷篇》，认为古史之中往往存在许多"蛮性的遗留"的痕迹，即使在文明社会里，原初痕迹与原始生活的古老精灵也会侵入现代人的生活之中，而顾颉刚所著《古史辨》"乃是最后一部的表现中国式的怀疑精神与求真理的热忱的书，它是结束，不是开创，他把郑（樵）崔（述）等人的路线，给了一个总结束"。因而古史研究"老在旧书堆里翻筋斗，是绝对跳不出如来佛的手掌心以外的"，需要开辟门户，"走上另一条更近真理的路"，将那些为了统治需要强加在古史之上的虚假的、伪善的、愚民的部分撕扯开来，揭露事实真相，让"今人明了古代社会的真实的情形"②。

《汤祷》作为《古史新辨》的第一节，原来并不是"为小说"而作的历史小说，它得以成文的首要目的在于揭示出隐藏在古老传说中的"蛮性的遗留"，为史学发展开辟新路，但《汤祷》完成之后，能够独立成篇，形成有头有尾的故事，故而可以小说观之。郑振铎在写作《汤祷》之前，曾对其本事进行全面辑录："汤祷的故事，最早见于《荀子》《尸子》《吕氏春秋》《淮南子》及《说苑》"③，"皇甫谧的《帝王本纪》，则袭用《淮南》《吕览》之说"④。

《荀子》记载如下：

> 汤旱而祷曰：政不节与？使民疾与？何以不雨至斯极也！宫室荣与？妇谒盛与？何以不雨至斯极也！苞苴行与？谗夫兴与？何以不雨至斯极也！

《尸子》则曰：

> 汤之救旱也，乘素车白马，著布衣，婴白茅，以身为牲，祷于

---

① 周予同：《汤祷篇·序》，载《郑振铎文集》第四卷，北京，人民文学出版社，1985，第467页。
② 郑振铎：《汤祷篇》，《东方杂志》1933年第30卷第1期。
③ 郑振铎：《郑振铎文集》第四卷，北京，人民文学出版社，1985，第474页。
④ 同上书，第476页。

桑林之野。当此时也，弦歌鼓舞者禁之。

《吕氏春秋》又载：

> 昔者，汤克夏而正天下，天大旱，五年不收，汤乃以身祷于桑林曰："余一人有罪无及万夫，万夫有罪在余一人，无以一人之不敏，使上帝鬼神伤民之命。"于是剪其发，磨其手，以身为牺牲，用祈福于上帝。民乃甚悦，雨乃大至。[①]

《淮南子》复载：

> 汤之时，七年旱，以身祷于桑林之际，而四海之云凑，千里之雨至。

《说苑》则取《荀子》之言，曰：

> 汤之时，大旱七年，洛坼川竭，煎沙烂石，于是使人持三足鼎祝山川，教之祝曰：政不节邪？使民疾邪？苞苴行邪？谗夫昌邪？宫室崇邪？女谒盛邪？何不雨至极也？言未已，而天大雨。

以上古籍对"商汤祷雨"这一事件的记载详略有异，但其主旨都在于赞颂商汤"民饥已饥，民溺已溺"，顺应民心，身先士卒，与民共苦的圣贤精神。《汤祷》之后，"他本来计划再写尧舜禅让的故事，题为《揖让》篇，但可惜没有写成"[②]。

郑振铎的历史小说集《桂公塘》有三篇历史小说——《桂公塘》（1934年）、《黄公俊之最后》（1934年）和《毁灭》（1934年）。《桂公塘》作于1934年2月28日，以"郭源新"之名发表于4月1日《文学》月刊第2卷第4期，被当代评论家誉为"中国现代文学史上第一个中篇历史小说"[③]。这篇小说写南宋灭亡前夕左丞相文天祥冒死北上和谈却被蒙古军

---

① 〔秦〕吕不韦：《吕氏春秋·季秋纪·顺民篇》，载《百子全书》第五卷，杭州，浙江人民出版社，1984年扫叶山房据1919年石印本影印本。

② 宋云彬：《历史小品选·序》，桂林，立体出版社，1942，第1页。

③ 林文光选编《鬼谷子——中国现代名家历史小说选萃·目录》，成都，四川文艺出版社，2007。

扣押，他拒不投降，立誓"生为大宋人，死为大宋鬼"，后在十二义士陪同下，倍经恐惧、焦虑之后设计逃遁脱险，终于在桂公塘脱险，但回到真州城下却又遭受宋军的拒绝、怀疑与猜忌，万不得已被迫逃往扬州的经过；这篇小说还刻画了贾似道、吕文焕等投降派的汉奸嘴脸，与当时国内局势相呼应。郑振铎在文末附记中说："读文天祥《指南录》，不知泪之何从，竟打湿了那本破书。因缀饰成此篇，敬献给为国人所摈弃的抗敌战士们！"《桂公塘》发表之后，一开始人们并不知道"郭源新"是谁，但正如苏雪林所言因为此作"天才学历两皆充实的缘故，已引得一般读者刮目相看，一篇刊出，群相传观"，"后来秘密揭穿"，当文学界知晓"郭源新"即郑振铎后，反响更为强烈，评价可谓毁誉参半，这在历史小说批评中并不多见。《黄公俊之最后》写曾国藩乡邻黄公俊参加太平天国运动，最后失败，他志向受挫，然而气节不减，宁可就戮不愿苟活的故事。黄公俊和文天祥一样，都是郑振铎钦佩的历史人物。如果说《桂公塘》和《黄公俊之最后》主要集中于爱国者高大形象的塑造，那么《毁灭》则主要集中在对奸臣丑恶嘴脸的刻画上。《毁灭》这篇小说主要写南明小朝廷权臣马士英、阮大铖在国难当头之际，贪污擅权，排斥异己，直接导致史可法复国计划不能实行，他们还利用奸计引发内讧，挑起火并，南京城破之际他们自己也遭受池鱼之殃，豪华居所与不义之财皆被民众烧毁，落得毁国灭家的可悲下场。可见，《毁灭》不仅通过马士英、阮大铖这两个民族败类形象借古讽今，还在叙述事实、心理分析的基础上加入了嘲讽意味。

王任叔认为，"文学作品，以历史为题材，从前不是没有。……但自去年来，郭源新先生在《文学》上发表了几篇历史小说（如《桂公塘》《黄公俊之最后》《毁灭》等）以来，其间有个显然的变化。即是前者以个人主义的立场，借古人的尸体，来还自己的灵魂，作为表现自己底（的）思想与性格底（的）一面的。后者却从社会学的某一个观点，截取历史事件底某一现象，从而反映现实社会的一面的"[①]。郑振铎的历史小说正是如此，擅长截取某一历史事件或历史现象，深入反映当时现实，其清末历史小说《王秀才的使命——"庚辛之际"之一》，比《桂公塘》三篇反映现实更加深刻。《王秀才的使命——"庚辛之际"之一》附记说明："系依据牛津大学生一图书馆所藏鸦片战争的汉文文件之一而写的。这文件的时间是庚子年，即英国兵舰陷舟山，侵宁波的时候；这文件的

---

① 　王任叔:《中国现代小说发展的动向底蠡测》,《创作》1935年9月15日第1卷第3期。

作者是一位通敌的秀才；他献书于英国舰长，自愿效劳；措辞之卑鄙，读之令人心胆俱战。姑更易其姓名，并隐其地名，写成如上的一章。"①可见，《王秀才的使命》已不仅仅是揭露通敌秀才谄媚卖国的卑鄙品质，还从侧面反映出当时汉奸的猖獗行径已经达到了"不以为耻，反以为荣"的惊人程度。1945年12月郑振铎曾写下《汉奸是怎样造成的》②一文，深入思考国难当头之际一些中国人所表现出的根深蒂固的"奴性"以及汉奸产生的根本原因——官僚主义思想。

郑振铎是一位较真的学者，"他只要对一门学问感兴趣，便开始阅读原著，大量收集资料，从目录版本的路线钻进去、推开去，兴之所至，便下笔写文，每每万言不休。有些个别朋友或嘲笑他有书癖，他也笑而不辩"③。"我们整理国故的新精神便是'无征不信'，以科学的方法来研究前人未开发的园地"④。俞遥曾盛赞《桂公塘》的情节设置时说道："作者却能运用他自由的笔，在峰回山转疑无路之中，突然柳暗花明又一村。情节一幕紧张一幕，读者的心，完全被作者摄住了。"⑤郑振铎的历史小说虽然所涉史料皆有据可依，态度可嘉，并且在情节设置上引人入胜，但他在创作历史小说时主要采用学术研究方式，有时未免过于拘泥史事，读之容易使人枯燥乏味。1934年宋之的在《中华日报·动向》与《春光》月刊上分别发表《新作家与老作家》《〈桂公塘〉和〈天下太平〉》两篇文章对《桂公塘》大肆批评，认为它"题材老，见解老，笔法老，不但老，而且有点滥。其所以然者，因为郭君根本就没有以新的历史眼光去认识和处理他所选取的题材的缘故"⑥，甚至上升到人身攻击，直斥其"靠着招牌，而本质上是死去了的人"必须加以"清除"⑦。"《文学》中文，往往得酷评，盖有些人以为此是'老作家'集团所办，故必加以打击"⑧。尽管这种批评比较激进，但宋之的口中的"老作家"集团相对保守的"依史而作"的历史小说创作方法确实是很明显的。1934年5月16日夜鲁迅在给郑振铎的回信中曾委婉批评《桂公塘》这一

---

① 郑振铎：《〈王秀才的使命——"庚辛之际"之一〉·附记》，《光明》半月刊1936年8月15日第1卷第6期。

② 郑振铎：《汉奸是怎样造成的》，《周报》1945年12月15日第15期。

③ 周予同：《汤祷篇·序》，载《郑振铎文集》第四卷，北京，人民文学出版社，1985，第465页。

④ 郑振铎：《新文学之建设与国故之新研究》，《小说月报》1923年第14卷1期。

⑤ 俞遥：《〈文学〉的'创作专号'》，《中华日报·动向》1934年4月23日。

⑥ 艾淦(宋之的)：《新作家与老作家》，《中华日报·动向》1934年4月24日。

⑦ 艾淦(宋之的)：《〈桂公塘〉和〈天下太平〉》，《新垒》月刊1934年5月15日第3卷第5期。

⑧ 鲁迅：《致郑振铎》，载《鲁迅书信集》下册，北京，人民文学出版社，1976，第545页。

"教授小说"，"太为《指南录》所拘束，未能活泼耳"①。

值得关注的是郑振铎的《古事新谈》"二十四则"，即《秦政焚书坑儒》《刘邦打陈豨》《捐谷得官》《囤积居奇》《钱币与粮食》《萧何买田宅》《陈平论刘邦》《庄周辞聘》《公皙哀不仕》《鲁仲连义不帝秦》《奇货可居》《张耳陈余》《叔孙通谀秦二世》《叔孙通订朝仪》《张释之执法》《周仁的缄默》《公孙弘善做官》《主父偃倒行逆施》《公仪休不受鱼》《李离自杀》《汲黯论张汤》《辕固生论汤武》《董仲舒论灾异》和《张汤的阴谋》。这些历史故事在历史选择、篇幅文体、行文结构、创作方法等方面具有共同之处。

首先，《古事新谈》"二十四则"秦汉故事全部取材于《史记》，其中绝大部分故事演绎了历史上的阴暗面，以古喻今，影射二十世纪三四十年代的中国社会问题尤其是官场问题，如关于思想专制的《秦政焚书坑儒》，关于官场险恶的《萧何买田宅》《张汤的阴险》《周仁的缄默》《公孙弘善做官》《主父偃倒行逆施》《李离自杀》等，关于贪污腐败、卖官鬻爵的《捐谷得官》，关于官商勾结的《囤积居奇》等。《古事新谈》"二十四则"写成不久，郑振铎又撰一文——《论根绝贪污现象》，竭力批判当时四川某地之贪腐事件，②作为"文研会"发起人之一，郑振铎对当时官场黑暗、贪腐横行的丑陋现象深恶痛绝，认为只有清除社会阴晦、黑暗面，才能真正建立一个《新社会》③，可见其历史小说"为人生"的创作目的与"以古观今"的写作向度非常明显。其次，《古事新谈》"二十四则"中的每一则故事只选取一个事件，涉及一两个人物，一般由一至三段构成，篇幅短小精悍、干脆利落，绝不冗杂拖沓。再者，《古事新谈》"二十四则"中每一则故事皆采用"述评式"即"叙述+评论"的方式写作，基本只述不作，并且在文末断行后仅用一句评点结尾，画龙点睛、一针见血，意在揭露历史事件背后的真相。

此外，郑振铎曾先后辑录《周民族的史话》《武王伐纣》《殷之"顽民"》《奄徐与淮夷》《穆王西征记》《犬戎的兴起》《齐桓晋文之事》《王子带之乱》《秦穆公的霸业》《弦高救郑》《楚民族的霸业》《子产的内政与外交》《柳下惠之介》《晏子相齐》和《大教育家孔子》等十五篇历史故事和历史传说，并将它们统称为《民族文话》。

---

① 鲁迅：《致郑振铎》，载《鲁迅书信集》下册，北京，人民文学出版社，1976，第545页。

② 郑振铎：《论根绝贪污现象》，《民主（上海）》1946年第34期。

③ 1919年11月1日由郑振铎、瞿秋白、耿济之等青年学子一同创办进步旬刊《新社会》，1920年5月该刊因社会主义倾向被查封。

可见，郑振铎的历史小说是典型的"教授小说"，其中每一篇作品在内容选择、方法采用方面都经过深思熟虑，"对于历史小说，则以为博考文献，言必有据者，纵使有人讥为'教授小说'，其实是很难组织之作……"①对于"教授小说""很难组织"的这种严谨态度，鲁迅先生显然是赞许的。

第三节　苏雪林的南明历史小说

苏雪林一生执教海峡两岸高等学府，曾与袁昌英、凌叔华并称"珞珈三杰"，早年因散文成名，另作有小说、戏剧、诗歌、评论等，学术方面专事中国古典文学研究，尤其擅长屈赋研究，曾集中国现当代著名教授、学者、作家、诗人和画家于一身。目前学界对苏雪林唯一一部历史小说集《蝉蜕集》的关注仍然较少，该集是苏雪林"教授小说"的集大成者。1935年鲁迅先生在《故事新编·序言》中评价郑振铎历史小说时最早提出"教授小说"一词，而大陆学人对苏雪林印象最深的当数其"倒鲁事业"，因此若称其历史小说为"教授小说"她或许不屑，但客观而言，《蝉蜕集》中的历史小说确实深合教授小说之道。

苏雪林的《蝉蜕集》与其历史传记和屈赋研究具有深厚渊源关系，它既是历史传记《南明忠烈传》的直接产物与文学延展，又是屈赋研究在文化性格与精神内涵上的深层体现。

一　从《南明忠烈传》到《蝉蜕集》

抗日战争爆发后，王平陵等人出面组织成立"中华全国文艺界抗敌协会"，暂时将当时纷乱的文坛统一起来，苏雪林名列"文协"发起人之一，她大力支持宣传抗战，同时替国民政府代言。1938年春，日军逼近武汉，苏雪林四月随其任教的武汉大学西迁蜀地乐山，后与长姐侄子女以及袁昌英、韦昌序等一同租住于陕西街四十九号一座二层小楼——"让庐"之中。1939年8月19日乐山大轰炸开始后，苏雪林等人整日以躲警报、钻山洞、保性命为要务，其余百事皆废，惊恐忧惧之余，面对日寇的暴行自然怒火填膺、愤懑难平，她后来在《乐山惨炸身历记》和《炼狱》两篇散文中记述了这场"空前的浩劫"②。"我们战时生活的痛苦有两层：一层属于实际，一层属于精神"，"但这些痛苦还易于忍受，只

① 鲁迅：《故事新编·序言》，载《鲁迅全集》第二卷，北京，人民文学出版社，1981，第342页。
② 苏雪林：《乐山惨炸身历记》，载《屠龙集》，重庆，商务印书馆，1941，第82页。

须（需）有希望在，便真到了我们所想象的痛苦最高峰，也心甘情愿。然而传来的战况，却很叫人灰心，敌人的锋一天一天由四肢逼近心脏"①。"心防"是国防的重要组成部分，为加强"心防"，在"黑暗之中"寻找"光明"和"希望"，苏雪林在乐山时期共做三件大事：第一，1940年作散文集《屠龙集》。所谓"屠龙"，首先要鼓舞国人屠杀日本侵略者这条"猖狂的毒龙"，其次要激励自己摆脱"生活的烦闷"这条毒龙。"半年以来，常常写文章，说笑话，不惟矜平躁释，百虑皆空，失去的信心也完全恢复转来，我坚决地相信，中华民族绝对不会灭亡，侵略者的失败，也是命运注定的"②。"自抗战以来，我每年元旦日记无非希望战争于本年内结束"③，该年成为一个伟大的"屠龙年"。第二，1940年底至1941年5月作历史传记《南明忠烈传》，"战争除兵器与战术外，还有更为重要的士气"④，这本历史传记借南明抗清志士的忠烈之举，鼓励抗战士气。第三，摘取《南明忠烈传》中印象深刻的人物、故事写成历史小说集《蝉蜕集》。

（一）历史传记《南明忠烈传》

1940年春蒋介石下达"革命教育以史地教育为中心"的指示，"记得西洋某学者曾言：'要想叫国民爱国，必须使他们感觉国家之可爱'，而历史地理观念实为爱国之源泉"⑤。四月民国教育部专门设立史地教育委员会，⑥秋冬之季民国教育部聘请五十余专家计划重新编纂中国通史，苏雪林认为，"历史以真实为第一义"，二十四史的编纂方法与所录内容皆存在问题，"同样的殉国烈士，有的流芳，有的湮没。同样卖国奸邪，有的挨骂，有的不挨骂。同样一个文学家，善于自己标榜的，或有门生故吏捧场的，声名较大。寂寞自甘的声名较小，更使人不平的有许多真正的志士仁人，当时被人钉上十字架，身后还留下千古骂名。假如他的事迹完整保存，也许将来还有昭雪之一日，否则只好衔冤终古。一部二十四史多少人占了便宜，多少人吃了亏。多少人得的是不虞之誉，多少人得的是意外之谤"⑦。因此在抗战背景下修史"极有意义极合时代需要的目标"⑧。

---

① 苏雪林：《自序》，载《屠龙集》，重庆，商务印书馆，1941，第3页。

② 同上书，第4页。

③ 苏雪林：《元旦日记》，《南风（1945年）》1945年第1卷第1期。

④ 苏雪林：《阿修罗与永久和平》，《东方杂志》1944年第40卷第12期。

⑤ 苏雪林：《中国通史与抗战史的编著》，《教与学》1940年第5卷第11期。

⑥ 江应澄：《教育部史地教育工作委员会工作近况》，《教与学》1940年第5卷第11期。

⑦ 苏雪林：《老年》，载《屠龙集》，重庆，商务印书馆，1941，第37页。

⑧ 苏雪林：《中国通史与抗战史的编著》，《教与学》1940年第5卷第11期。

1940年底，苏雪林奉国民党中央宣传部命令以及宣传部部长王世杰之委托，开始查阅《明史》《南明史》等史籍，撰写《南明忠烈传》，这是一部历史传记文学集本。早在"九一八"之后，苏雪林就想写一部中华民族英雄传，在这部传记中"自春秋战国至于近代，凡抗拒异族，保卫国家民族之独立自由者，或扩张民族势力，增进国家荣誉者，或高蹈远引，肥遁终身，不与异族政府合作者，或著书立说，鼓吹民族大义者，均在介绍之例"[1]。无奈写作计划宏大，而抗战时期资料不足，只能舍大求小，以史料凑手者先，仅撰成《南明忠烈传》。《南明忠烈传》给了苏雪林一个畅抒胸臆的机会，她查阅明史，沉浸其中，笔耕不辍，洋洋洒洒二十五万余字，半年即成。《南明忠烈传》分上下编，每编十章，共二十章。苏雪林原本取黄宗羲所言"忠臣志士之志愿，与海水同其浅深"之意，将此书命名为《沧海同深录》，然"本书承印者为求其比较显豁起见，改为南明忠烈传"[2]。如此，前有明人话本《皇明英烈传》（又名《皇明开运英武传》），记明初开国武烈，以彰其功，后有苏雪林的《南明忠烈传》，记明季忠臣义士，以表其行，实为圆满。1941年5月《南明忠烈传》由重庆国民图书出版社出版，中国文化服务社发行后，被国民政府作为重要的爱国基础教育材料全国宣传推广。苏雪林《南明忠烈传》的创作宗旨主要有三：

首先，表彰忠烈，宣传抗战。

《南明忠烈传》共歌颂我国十七世纪抗清复明的仁人志士四百余人，1940年苏雪林在《中国通史与抗战史的编著》一文中曾经说过：

> 明末抗清复明的义士，奋斗四十年，其中当亦不少悲壮激昂的史迹，而因异族统治阶级箝（钳）制偏于严酷之故，至今都湮没无闻了。我们要把这一次艰苦卓绝惊天地泣鬼神的史实，保存起来，加强民族的信心，鼓舞民族的意志，使中华民族这位老英雄，完全恢复他的青春，早日踏上闪着万丈金光的复兴大道。[3]

后来苏雪林又在自传中说：

> 时抗战正入艰苦阶段，所有公务人员学校教师待遇微薄，而物

---

① 苏雪林：《南明忠烈传》，重庆，国民图书出版社，1941，第4—5页。

② 同上书，第5页。

③ 苏雪林：《中国通史与抗战史的编著》，《教与学》1940年第5卷第11期。

价高涨，法币贬值几不能生活，莫不志气消沉不能振作。本书介绍南明几百个志士仁人处极端困厄之境，仍茹苦含辛，万死无悔，挽鲁阳之颓波，捧虞渊之落日，足以激励军民的坚贞，发扬其志气，全国团结一气，用以抵抗暴倭，自问对抗战不失为一种贡献。①

可见，当时国民党中央宣传部确实试图借此著作弘扬民族精神、忠烈气节，为抗战志士鼓气。

其次，倡导民族文学，恢复文化自信。

1941年《南明忠烈传》出版之前，苏雪林曾在序言中大发感慨：

> 百年以来，中国以落伍的农业社会，与西洋新兴的工业主义国家相交接，动辄失败，于是由轻外转为媚外，由自尊变为自卑，觉得人家都好，自己一切都要不得。再者，那些蓄意灭亡我们的野心国家，于数十年前，即极力掘发中国各种劣点，加以渲染与放大，向其本国及世界拼命宣传，使全世界的人都觉得中国这民族已失去了独立生存的资格，只配做别人的奴隶牛马。而我国二三文妖，也有意或无意地替他们作传声筒，假借自我批判的美名，行其毁谤本国之实，甚至有人创出惊心动魄的历史轮回之说，说明中国（华）民族之劣败由于先天，叫我们望绝心灰，不再想去奋斗。

又言道：

> 中华民族果然是劣败的么？中国文化果然是毫无价值的么（吗）？我的答案是极斩（直）截极清楚的一个否字。
>   ……
> 一个民族要想永远立足于大地，除了种种物质条件以外，还有种种精神条件。精神条件最重要者为民族自卫意志，而民族自信心与自尊心之消长，又足征自卫意志之弱与强。②

第三，倡导"文武合一""手脑并用"的教育理念。

苏雪林认为："数千年来，圣贤豪杰，哲士学人，人格和心血搏结的结晶，贯穿于历史体系之中，赋我民族以生存与行动之活力，这就是文

---

① 苏雪林：《苏雪林自传》，南京，江苏文艺出版社，1996，第96页。
② 苏雪林：《南明忠烈传》，重庆，国民图书出版社，1941，第1页。

化的力量。只有收受中国文化，把握中国文化的人，才能发挥他人格上无上的光辉，才能事业上惊人的成绩，才能给历史以有声有色的一页，才能昭示后人以可钦可敬的典型。要做到这样人非熟读中国史书不可，非精研中国学术不可。他们就是过去所谓士大夫，也即是读书人或文人。我读中国历史，发现了一条公例：自北宋与异族周旋以来，仁义死节者多为文人，要钱而又怕死者多为武人，至明而上例愈为显著。"[1]文人如史可法、左懋第、吴易、夏完淳、金声、钱肃乐、张肯堂、刘中藻、王翊、张煌言、何腾蛟、堵允锡、瞿式耜等捐躯碎首，百折不回，碧血斑斑，丹心耿耿，学者如刘宗周、黄道周、顾炎武、黄宗羲、王夫之，武人如孔有德、吴三桂、左梦庚、刘泽清、方安国、郑芝龙、郝摇旗、黄先璧等。"可惜自汉以后，文武分途，武人固然除了饮食男女，声色货利之外，不知其他，文人也成了手无缚鸡之力的废物，而明季士大夫更是问钱粮不知，问兵革不知"[2]。因此，若能"文武合一""手脑并用"，"中国（华）民族即不说起无敌于天下，捍卫宗邦，抵抗外侮，是绰绰有余的"[3]。

（二）历史小说集《蝉蜕集》

《南明忠烈传》成书之后，苏雪林又发现了它的其他价值，"本书所介绍的几百个抗清复明的志士仁人，大半可作诗歌，小说，戏剧的材料，笔者愿意将此书公开于海内著作家之前，替新文学开一条新路。至于笔者自己，则将利用这书来故事，沦（激）发自己创作的泉源，是更不待言的"[4]。她本来预定《南明忠烈传》中印象深刻的人物事件与生活片段"不下十六七处"，作为短篇历史小说的题材，但因抗战时期史料难寻，最终只写成七篇，不足半数。1941年苏雪林应《文艺月刊》约稿在乐山"让庐"之中写出第一篇短篇历史小说《偷头》，后因人事匆忙，无暇续写。1942年又应《文化先锋》约稿作第二篇短篇历史小说《蝉蜕》，此后再闲置一年，直到1943年春写出第三篇历史小说《秀峰夜话》后才趁热打铁相继完成《回光》《黄石斋在金陵狱》《丁魁楚》和《王秃子》。1945年7月苏雪林将这七篇历史小说结为南明短篇历史小说集《蝉蜕集》，交付重庆商务印书馆出版，隶属"现代文艺丛书"，这是苏雪林唯一一本历史小说集，其中篇目依次为：《黄石斋在金陵狱》《偷头》《蝉

---

① 苏雪林：《南明忠烈传》，重庆，国民图书出版社，1941，第2页。

② 同上书，第3页。

③ 同上书，第4页。

④ 苏雪林：《蝉蜕集题记》，载《蝉蜕集》，重庆，商务印书馆，1945，第1页。

蜕》《回光》《秀峰夜话》《丁魁楚》和《王秃子》。

表8-3　苏雪林《蝉蜕集》篇目与发表情况

篇　目	发表刊物	篇　目	发表刊物
《黄石斋在金陵狱》	《文艺先锋》1943年第2卷第5~6期	《秀峰夜话》	《文艺先锋》1943第2卷第2期
《偷头》	《文艺月刊》1941年第11卷第4期	《丁魁楚》	不详
《蝉蜕》	《文化先锋》1942年创刊号	《王秃子》	不详
《回光》	《文学创作》1943年第2卷第2期		

1967年台湾文星书店再版《蝉蜕集》，改名曰《秀峰夜话》。五四成名才女如冰心、庐隐、冯沅君、苏雪林、凌叔华、陈衡哲等皆创作不菲，但就历史文学而言，苏雪林则是作品最多成就最大的一位。凌叔华曾在1931年作过一篇历史小说《倪云林》，发表在1931年3月《文艺月刊》第2卷第3期上，而其他几位则均无涉猎。苏雪林的历史小说集《蝉蜕集》为其文学生涯涂上了浓墨重彩的一笔，这部集子与小说散文集《绿天》，自传体长篇小说《棘心》，散文集《屠龙集》，散文评论集《蠹鱼生活》《青鸟集》，戏剧集《鸠罗那的眼睛》，回忆录《文坛话旧》《我的生活》《我与鲁迅》等，共同构成了中国现代文学园地的一方奇葩。

二　屈赋研究与《蝉蜕集》

1927年苏雪林在上海结识袁昌英，后袁昌英代《现代评论》向苏雪林约稿，苏雪林因此写成《屈原与河神祭典关系》一文（后改名为《九歌中人神恋爱的关系》），从此开启成为她毕生事业的屈赋研究，屈赋研究对其《蝉蜕集》的文化性格和精神内涵影响巨大。

第一，《蝉蜕集》的文化性格与屈原的个体性格基本相符。

苏雪林崇拜屈原，常以屈原自比，其《蝉蜕集》之"蝉蜕"二字亦出自《史记·屈原贾生列传》。司马迁论及屈原品行时曾言："自疏濯淖污泥之中，蝉蜕于浊秽，以浮游尘埃之外，不获世之滋垢，皭然泥而不滓者也。推此志也，虽与日月争光可也。"[①]"蝉"，古喻"高洁"之意，

---

① 〔西汉〕司马迁：《史记·屈原贾生列传》，《史记》第四卷，上海，上海古籍出版社，2011，第1901页。

"蝉蜕于浊秽"，犹莲花出淤泥而不染也，这既是《史记》赋予"蝉"的文化性格，又是屈原个体性格的意象表现。

《蝉蜕集》第一篇历史小说《黄石斋在金陵狱》写明末大臣兼学者黄石斋（即黄道周）率兵援救徽州，后因叛徒出卖兵败被俘，他拒绝洪承畴诱降，誓与明朝共存亡，最终英勇就义。这篇小说突出黄石斋身陷囹圄始终保持"生死事小，失节事大"的忠烈气节与高洁品行，深合《史记》赋予"蝉"的文化性格与屈原的个体性格。此外，《黄石斋在金陵狱》的意旨亦与骆宾王《在狱咏蝉》一诗相似。骆宾王因上疏论事，获罪下狱，作《在狱咏蝉》，寓情于物，寄托遥深，诗曰："西陆蝉声唱，南冠客思深。那堪玄鬓影，来对白头吟。露重飞难进，风多响易沉。无人信高洁，谁为表予心？"屈原被逐寄情而作《离骚》，司马迁受刑发愤终成《史记》，骆宾王"在狱"吟诗咏蝉，黄石斋"在狱"著书释经，苏雪林避难乐山而作《蝉蜕集》，皆显学者性情，这是中国文人面对严酷环境时独特的宣泄方式。

第二，《蝉蜕集》具有屈原一般的强烈的爱国精神。

《蝉蜕集》的爱国精神体现在正反两个方面，一方面"表彰忠烈"，弘扬"光明面"，另一方面"揭发奸邪"，抨击"黑暗面"[①]。1940年秋，"时抗战正入艰苦阶段，所有公务人员学校教师待遇微薄，而物价高涨，法币贬值几不能生活，莫不志气消沉不能振作"，乐山物价飞涨，苏雪林租住的"让庐"房东趁机涨租让她难以忍受，"最近一年，生活程度上涨愈剧，使我们整天在柴米油盐的漩涡里打滚，滚的（得）头昏脑胀，无法捉笔，我更加痛恨，诅咒奸商没天良，只顾自己发国难财，不管同胞死活"[②]。后来她在一座小山丘上租到三间平房搬出"让庐"，课余修屋、砌灶、挖田、种菜、养鸡、作画，清贫度日。苏雪林经历动荡流离之苦，物价暴涨之害，这些促使"她在历史小说中对黑暗的现实，发了一些颇为慷慨激昂的牢骚和批判，既控诉了侵略者的暴行，也'提供了一个物价无限上涨之危险，与一个贪官污吏为害国家的实例'，使她的一些小说带有一定的现实主义的批判力量"[③]。如《秀峰夜话》提供了"一个物价无限制上涨之危险"的实例，写明末广西巡抚瞿式耜与司马张为清兵所俘后同监饮酒赋诗、评判时政，揭露官吏贪污成风，商人穷奢极欲，民不聊生的现实境况。而《丁魁楚》则是"一个贪污官吏为害国家的实

① 苏雪林：《蝉蜕集题记》，载《蝉蜕集》，重庆，商务印书馆，1945，第3页。

② 苏雪林：《抗战末期生活小记》，载《棘心》，北京，燕山出版社，1998，第358页。

③ 杨义：《中国现代小说史》第一卷，北京，人民文学出版社，2001，第293页。

例"，明末两广总督丁魁楚深谙为官之道，在官场上平步青云却毫无报国之心，诌上欺下、以权谋私、搜刮民财，清兵入粤后又卖国投降沦为汉奸，最终因财生祸而被杀。苏雪林视丁魁楚为"南明历史悲剧的制作人"之一，这篇小说始终贯穿着她对贪官污吏、卖国汉奸的痛恨。"我们现在的抗战，系争取最后胜利，准备将来再造国家，复兴民族"，"但抗战期内，种种可恶可悲的现象与过去时代相类似者却也未免太多了"①，"我只希望抗战前途从此一步步趋向光明，过去种种可悲可恶的现象，从此永远消灭"②。

第三，《蝉蜕集》旨在宣传抗战。

屈原乃楚国著名抗秦派，苏雪林亦为坚定抗日派，二人抗战之心相通。苏雪林自幼活泼好动，不喜胭脂女红，偏好爬树、捕鱼、捉鸟，崇尚忠臣、英雄、豪侠，是一位颇具男儿气概的女子。"我在上海时，把我的嫁奁三千元，加上十余年省吃俭用的教书薪俸所积买两根金条，捐献政府作为抗战经费的小助。这两根金条重五十一两数钱，原存银行，作为将来的养老费，至是献出"③。《蝉蜕集》采用古为今用、以古喻今的写作向度，直指"现实人生"，极力宣传抗战。"我们莫忘记现在中国处的是什么时代，整个国土笼罩在火光里，浸渍在血海里；整个民族在敌人刀锋枪刺之下苟延残喘。我们有生之年莫想再过从前的太平岁月了。我们应当将小己的家的观念束之高阁，而同心合意来抢救同胞大众的家要紧。这时代我们正用得着霍去病将军那句壮语：'匈奴不灭，何以为家'！"④只是《王秃子》与其他几篇"性质并不一律"，"明代倭患几与国运相始终，其间也有很多可传的故事，我本想广搜此类材料，写短篇小说若干种，另纂一集。但仅成《王秃子》一篇，又以材料及时间精力无以为继而罢。现在只好在《蝉蜕集》中，作为一篇附录而已"⑤。

三　徘徊在民族主义与党派利益之间

苏雪林《蝉蜕集》作为历史传记《南明忠烈传》的衍生品，二者主旨基本统一，在倡导爱国精神，弘扬民族气节，提升民族自信，增强国民凝聚力方面对团结抗战都起到过一定的促进作用。可是由于时代限

---

① 苏雪林：《蝉蜕集题记》，载《蝉蜕集》，重庆，商务印书馆，1945，第3页。
② 同上。
③ 苏雪林：《苏雪林自传》，南京，江苏文艺出版社，1996，第91页。
④ 苏雪林：《家》，载《屠龙集》，重庆，商务印书馆，1941，第54页。
⑤ 苏雪林：《蝉蜕集题记》，载《蝉蜕集》，重庆，商务印书馆，1945，第1-2页。

制与立场问题,《蝉蜕集》又陷入了狭隘民族主义与党派主义的泥淖之中。

第一,以"儒家正统"观念评判历史人物。

苏雪林非常赞赏《黄石斋在金陵狱》中的黄道周,黄道周认为明朝一些官吏虽然腐败无能,但"皇明正统"不可变更,因此他既痛恨"异族"清寇又痛恨"闯贼"李自成,将他们视作明朝覆灭的罪魁祸首,明亡后黄道周仍以"大明孤臣"自居,"维系皇明的社稷",不惜以死殉节。而苏雪林在面对国府官员腐败与社会不公时也曾表示不满,但在抉择关头她又毅然成为国民党的坚决捍卫者。黄道周既反清又反"闯贼",既憎恶官场腐败又维护"皇明"正统的政治立场与苏雪林既抵抗日寇又反对"共匪",既斥骂汉奸又维护"党国"的政治态度不谋而合,可以说黄道周是苏雪林"托古代言"的最佳人选。因此,苏雪林之爱"国",本质上是以民国"正统"代言人自居,极力维护其"党国"利益,"她或许并不希望人们做日寇的奴隶,却确确实实希望人们做蒋家王朝的奴隶了"①。

第二,以"儒家正统"观念评判清朝政权。

中国历史上曾经存在"华夷之辨",但在漫长的民族融合过程中华夷之别已经逐渐淡化。1905年孙中山领导成立中国同盟会,提出"驱逐鞑虏,恢复中华,创立民国,平均地权"的革命纲领,这一纲领在激发革命斗志的同时也激化了排满情绪,有碍于中国统一背景下的满汉团结。苏雪林历史小说集《蝉蜕集》同样存在这种倾向,首先它将中国历史上的内部矛盾与日本侵华、外部矛盾相类比,如将清军入关比作日寇入侵,将南明遗民抗清比作国人抗日,因此在讨伐日寇的同时对清朝政权口诛笔伐;其次,它坚持儒家正统观念,将满族取代汉族统治视作僭越行为,充斥反清复明思想,"既具有特定历史时期的带狭隘种族主义色彩(反清复明)的爱国主义倾向,又混杂着明末的遗民气味、儒家的伦理观念和封建士大夫的愚忠思想。它引导人们反抗'异族'(其实清朝统治者乃是我国少数民族的贵族势力)侵略的同时,引导人们效忠于某个特定的封建王朝,引导人们维护绵延二千年的儒家道统"②。这显然是苏雪林正统思想和政治立场的具体体现,从而导致《蝉蜕集》陷入一种悖论:一方面宣扬忠义节烈彰显民族气节,另一方面又陷入狭隘民族主义的漩涡。

第三,讲究"依史而作"的"正统"作法。

苏雪林历史小说的创作目的非常明确,基本按照抗战需要选取历史

① 杨义:《中国现代小说史》第一卷,北京,人民文学出版社,2001,第295页。
② 同上书,第292-293页。

素材，然后详查相关史料使每一篇皆有出处。

表8-4　苏雪林《蝉蜕集》主要参考史料

篇　　目	参考史籍	篇　　目	参考史籍
《黄石斋在金陵狱》	《黄石斋先生全集》 《明史本传》 查继佐：《罪惟录》 邵廷采：《东南记事》 《徐霞客游记附录》 赵吉士：《寄园寄所寄》	《偷头》	全祖望：《明故都督江公墓碑铭钱忠介公画像记》 《义武将军戴少峰画像记》 《明故兵部侍郎兼都察院右金御史王公墓碑》 《族翁苇翁先生墓志》 邵廷采：《东南记事》 计六奇：《明季南略》
《蝉蜕》	全祖望：《明故都督院右副都御史东王公神道阙铭》 邵廷采：《东南记事》	《回光》	《张茂滋余生录》 全祖望：《明太傅吏部尚书文渊阁大学士公华亭张公神道碑铭跋张茂滋余生录》 《僧无凡传》
《秀峰夜话》	《瞿忠宣公全集》 《明史本传》 查继佐：《罪惟录》 计六奇：《明季南略》	《丁魁楚》	《瞿式家书》 《明季南略引粤事记》 《王夫之永历实录》 《广州府志粤海关志》
《王秃子》	《寄园寄所寄》 《明史》 《明史纪事本末》		

　　苏雪林历史小说讲究正统作法，却又反对事事考证。她认为"历史小说最易犯的病症是'时代的错误'"①，实际上"历史小说也和历史一般，其任务不在将过去史实加以复现，而在从过去事迹反映现在及将来，所谓'彰往察来'，使人知所鉴戒"。因此，"创作与考证，截然两事，若必以考证用之以创作，则难免要断送创作的生命"②。苏雪林将历史小说比作"旧瓶装新酒"，意在借用旧文体表现新想法，试图在不违背正统作法的前提下采用自己擅长的表现手法尽情表达自己的思想观念。她自称

---

① 苏雪林：《蝉蜕集题记》，载《蝉蜕集》，重庆，商务印书馆，1945，第2页。
② 同上书，第3页。

"采用旧小说文体时，也曾加以熔铸之功，并非呆板地采用几个旧套，几句旧调"①，这种"熔铸之功"突出体现在历史人物的行为动机与心理描写、历史语境的契合上。1934年苏雪林在评论郁达夫小说时已经注意到心理小说，"现代西洋小说有所谓心理小说（Psychological Novel），其写人物除外表的刻画外，兼重心理的解剖（Psychological Analysis）。即不作心理小说，人物行为的'动机'（Motive）和行为的进展，变化，也非有心理学上的根据不可"②。《蝉蜕集》中小说或多或少都涉及心理描写，如《黄石斋在金陵狱》在描写黄石斋的内在心境时也反照出苏雪林当时的心理状态，"数月前写了一篇南明历史小说，题曰《黄石斋在金陵狱》，描写石斋的'著作热'，与'山水热'和他'殉国决心'的冲突。在'著作热'，这一点上，我是以自己精神状况为蓝本的。无非借石斋之酒杯，浇自己的块垒。最后石斋想通了，便毅然尽节，我的地位及所处环境与石斋不同，一是没法死，所以生命力咬啮心灵的痛苦，也一时消除不得。但后来好像也想通了，因之也不大痛苦了。"③《回光》则写清军攻破舟山时明朝鲁王大臣张肯堂率全家自杀殉难，为保张氏宗祀香火延续张肯堂自杀前遗命其孙张茂滋逃离，张茂滋在逃亡过程中遭清兵俘虏饱尝牢狱之苦，一度朝不保夕，九死一生。苏雪林运用柏格森学说将张茂滋的"百日逃亡"经历凝缩于其弥留之际的瞬间闪念中，通过噩梦般的瞬间闪念控诉征服者改朝换代时虐待遗民、屠戮百姓的残酷暴行。苏雪林随武大逃亡乐山后的最初几年"敌机日夜来袭，扰得我们万事皆废"，"烦恼不堪"，④她以亲身经历写成《炼狱》《乐山惨炸身历记》等纪实散文，直接描写日军轰炸期间乐山人日夜惊恐忧惧的煎熬状态以及她对战争的憎恶与痛恨，因此《回光》中张茂滋的精神状态完全是苏雪林当时情感情绪与心理阴影的集中体现。

总之，《蝉蜕集》是苏雪林历史传记与屈赋研究交融汇流、水到渠成的产物，同时也受到其历史观念、文学观念和现实处境的多重影响，它与其他文学一起展示出"抗战文学"的创作实绩。

---

① 苏雪林:《蝉蜕集题记》,载《蝉蜕集》,重庆,商务印书馆,1945,第2页。
② 苏雪林:《郁达夫论》,《文艺月刊》1934年第6卷第3期。
③ 苏雪林:《抗战末期生活小记》,载《棘心》,北京,燕山出版社,1998,第358-359页。
④ 同上。

第九章　中国现代左翼历史小说

　　中国现代左翼历史小说是左翼文学的一部分，1928年初随着无产阶级革命运动的推进，太阳社联合创造社倡导无产阶级"革命文学"，中国左翼文学开始勃兴，左翼历史小说亦随之发生。

　　左翼历史小说并非简单指涉左翼作家的历史小说，在研究过程中应充分考虑左翼作家和历史小说本身的复杂性。一般而言，所谓"左翼历史小说"应符合两个条件：其一，历史小说作者当时为左翼作家。左翼作家身份不是固定不变的，鲁迅曾经历过一个从非左翼作家向左翼作家转变的过程，郁达夫、王独清原为左联首批成员，前者因文学志向退出左联，后者则因党派立场等问题被左联开除，因此有必要强调历史小说作者创作时的身份问题。其二，历史小说内容反映左翼理论主张或意识形态。左翼作家身份复杂，历史小说内容多样，文体辨识便成为一大难题，左翼作家的历史小说如不能反映左翼理论主张或意识形态，亦不能称为左翼历史小说。

　　自1928年1月"革命文学"倡导至1949年10月中华人民共和国成立，左翼历史小说经历了三个发展阶段，形成了以"帝王将相"和"农民斗争"为主的两大系列历史小说。这些历史小说运用马克思主义唯物史观、阶级理论分析古典历史和社会现象，一方面揭示帝王将相的一般人性与日常状况，还原政治权力背后的历史事实和客观真相，对其"神圣化"现象进行"祛魅"，另一方面描写古代农民和贫民的悲惨生活，肯定农民反抗社会不公和阶级压迫的正义行动，正面塑造农民领袖形象，对其"污名化"现象进行"正名"。总之，左翼历史小说既有批判精神、疑古精神，又有科学精神，它们中的绝大多数属于正格历史小说。

第一节　左翼历史小说的三大高峰

一　无产阶级革命文学时期
（1928年1月至1930年2月）

　　1927年秋太阳社在上海成立，主要发起人蒋光慈、钱杏邨（阿英）、孟超等都是中国共产党党员。1928年初太阳社联合创造社，依托《太阳月刊》和《文化批判》等刊物开始倡导无产阶级革命文学运动，积极反映工农生活与革命斗争，标志着中国左翼文学运动的诞生。"自从《新青年》提倡白话文学以来，中国的文坛恐怕还没有像这样紧张过，不管是艺术至上主义也好，人道主义也好，既成的作家也好，一齐都参加到'革命文学'的论战"①。这一时期创造社的冯乃超、王独清，太阳社的孟超分别作《傀儡美人》《子畏于匡》和《陈涉吴广》等左翼历史小说。

孟超、冯乃超曾先后加入中国共产党，孟超生于山东诸城一个书香门第，1926年从上海大学中文系毕业后留武汉全国总工会工作，1927年秋在上海与蒋光慈、钱杏邨（阿英）等组织太阳社，创办《太阳月刊》，开办春野书店。1928年1月创造社联合太阳社倡导"革命文学"运动，孟超正式投身无产阶级革命运动。在太阳社主要发起人中，蒋光慈以诗歌闻名，钱杏邨擅长历史剧，孟超唯独钟情历史小说。1929年3月15日孟超写成短篇历史小说《陈涉吴广》，同年发表在中国共产党机关刊物之一《引擎》杂志创刊号上。这篇小说第一次正面描写大泽乡起义与农民领袖陈胜吴广，它不仅是"革命文学"运动的实绩，亦是阶级矛盾空前激化的产物。王富仁认为："孟超的《陈涉吴广》是中国现代历史上第一篇以中国古代农民起义为题材的历史小说"②，它标志着中国左翼历史小说的真正开端，乃左翼历史小说的开山之作，孟超自然也成为中国现代左翼历史小说的开创者，具有重要的文学史意义。

二　左联文学时期
（1930年初至1936年春）

1930年3月2日中国左翼作家联盟在上海成立，这是中国共产党领导下的无产阶级文学联盟。左联呼吁"我们的艺术是反封建阶级的，反资产阶级的，又反对'失掉社会地位'的小资产阶级的倾向，我们不能不援助而且从事无产阶级艺术的产生"，同时推进"文学大众化"运动。1930年3月创造社、太阳社成员加入中国左翼作家联盟，从社团联盟、理论主张和政治倾向上来看，创造社、太阳社和左联之间具有明显承接性和延续性，历史小说创作亦如此。这一时期主要历史小说家鲁迅、茅

---

① 何大白（郑伯奇）：《文坛的五月》1928年6月第2卷第1期。

② 〔中〕王富仁、〔韩〕柳凤九：《中国现代历史小说的发展脉络》，载《中国现代历史小说大系》第一卷，石家庄，河北人民出版社，1998，第4页。

盾、郁达夫、孟超、张天翼、王任叔、聂绀弩乃左联首批成员，而茅盾、孟超、王任叔、聂绀弩、宋云彬亦是中国共产党党员，刘圣旦为江苏常州人，生卒年与身世不详，他与左联关系亲近，鲁迅藏书中特存刘圣旦历史小说集《发掘》一套①，左翼倾向明显。

这一时期能够明确体现左翼理论主张和意识形态的左翼历史小说是茅盾《豹子头林冲》（1930年）、《石碣》（1930年）、《大泽乡》（1930年），张天翼的《梦》（1932年），刘圣旦的《新堰》（1934年）、《北邙山》（1934年）、《突围》（1934年）、《诗狱》（1934年）、《白杨堡》（1934年），魏金枝的《苏秦之死》（1934年）。宋云彬1936年初所作16篇历史小说《禅让的一幕》、《大男》、《焚券》、《变法》、《荆轲》（又名"击筑悲歌"）、《夥涉为王》、《霸上》、《刘太公》、《朝仪》、《侮辱》、《巫蛊之祸》、《禅让的又一幕》、《两同学》、《隋炀帝之死》、《玄武门之变》、《国策》，发表在《新少年》1～2卷上。

1935年底至1936年春，为建立抗日统一战线，经过数月协商，左联正式解散。在是否解散左联问题上，鲁迅与周扬、夏衍等人意见相左，不欢而散。1934年8月至1935年12月，鲁迅在生命最后一年多时间里写下《非攻》（1934.8）、《理水》（1935.11）、《采薇》（1935.12）、《出关》（1935.12）和《起死》（1935.12）等五篇历史小说，1936年收入历史小说集《故事新编》，主要从思想文化角度审视墨家、老庄学说以及大禹、伯夷、叔齐的执着精神，代表着左联解散期间鲁迅在文学创作上的一种转变。1935年6月至1936年7月正在日本避难的郭沫若写下《孔夫子吃饭》（1935年）、《孟夫子出妻》（1935年）、《秦始皇将死》（1935年）、《楚霸王自杀》（1936年）、《司马迁发愤》（1936年）、《贾长沙痛哭》（1936年）等五篇历史小说，发表在东京《杂文》上，1936年收入历史小说集《豕蹄》，这些"个人道德表现型历史小说"书写作者当时的生命体验，反映日常生活的无聊与壮志难酬的压抑，它们与郁达夫的《碧浪湖的秋夜》、何其芳的《王子猷》皆为借古自况之作。"郭沫若早期作品与鲁迅相去甚远，那么《豕蹄》和同年问世的《故事新编》便有所靠拢"②，从写作背景、叙述话语与主题内涵来看，左联解散前后鲁迅、郭沫若的历史小说分别从文化批判和人性批判角度弥补其政治批判立场，在一定程度上疏离左翼话语和意识形态，显示出历史小说多元化的趋势。

① 鲁迅:《致杨霁云》,《鲁迅书信集》上册,北京,人民文学出版社,1976,第638页。
② 杨义:《中国现代小说史》第一册,北京,人民文学出版社,1986,第590页。

三　延安文学时期

（1942年5月至1948年3月）

　　延安文学是随着延安红色革命中心的确立而崛起的。延安文学的上限存在争议，但1942年5月毛泽东的《在延安文艺座谈会上的讲话》开启了以延安文学为中心的中国左翼文学的新纪元，延安文学创作逐渐进入繁荣时期，这一时期左翼历史小说创作亦或多或少与之发生内在联系。1946年以后随着无产阶级革命的逐步胜利和解放区域的不断扩大，延安红色文化逐渐成为中国现代文化的主流形态，以延安文学为中心的左翼文学亦逐渐成为中国现代文学的主流形态，左翼历史小说的发展明显加快。这一时期的左翼历史小说家主要有孟超、廖沫沙、杨刚、宋云彬、徐懋庸、骆宾基、谭正璧等。宋云彬1924年加入中国共产党，曾任黄埔军校政治部编纂股长，抗战期间在桂林参与创办文化供应社，编辑《野草》杂志；杨刚1928年在燕京大学加入中国共产党，是著名"红色才女"；廖沫沙1930年加入中国共产党，1934年加入左联；徐懋庸1933年参加左联，历任常委、宣传部部长和书记等职，1938年奔赴延安加入中国共产党，后任抗日军政大学政教科长，晋鲁冀鲁豫边区文联主任、冀察热辽联大校长等；骆宾基1938年加入中国共产党，东北作家群成员；谭正璧为农工党员，1927年北伐军兴他在同乡世交好友中共青浦县委书记夏采曦领导下与黄渡镇进步青年吴步文、盛俊才和盛慕莱兄弟创立"淞社"并担任主席，1942年任中华人民共和国艺术学院院长，该院当时为中共皖江区城市工作委员会地下据点。

　　这一时期能够明确体现左翼理论主张和意识形态的左翼历史小说有杨刚《公孙鞅》（1939年），孟超1942年在桂林文献出版社出版的短篇小说集《骷髅集》中的五篇历史小说——《邸夷的悲剧》、《垓下》、《渡江》、《瞿式耜之死》（1941年）、《戍卒之变》（1942年）、《苏武与李陵》（1943年）、《少年游》（1945年）、《怀沙》、《吕不韦著书》（1947年）；廖沫沙1941年写的《东窗之下》《南都之变》《碧血青麟》《江城的怒吼》《信陵君之归》《厉王监谤记》以及《咸阳游》（1943年）、《凤兮，凤兮！》（1944年，原名《接舆之歌——孔夫子的故事》）、《鹿马传》（1947年）、《离殷》（1947年）、《陈胜起义》（1948年，原名《陈涉起义》）、《曹操剖柑》（1948年），谭正璧的《沪渎垒》，端木蕻良《步飞烟——故事新编之一》（1943年）等。

第二节　左翼历史小说的主体形态

在左翼历史小说的发展过程中逐渐形成了"帝王将相"与"农民斗争"两大系列历史小说，历代帝王将相都会镇压农民起义，而农民起义后又会出现新一代帝王将相，如陈胜、刘邦、朱元璋、李自成、洪秀全等，因此两大系列历史小说既有对立，又有交织，共同构成左翼历史小说的两大主体形态。

一　"祛魅"：推翻"帝王将相"的家谱

梁启超在《中国史界革命案》一文中直言："二十四史非史也，二十四姓之家谱而已。""其著书本意，专以供帝王之读；故凡帝王应有之史的知识无不备，非彼所需，则从摈阙。此诚绝好之'皇帝教科书'，而亦士大夫之怀才竭忠以事其上者所宜必读也！"①帝王将相，是封建社会政治权力的掌控者和执行者，是以《二十四史》为代表的"正史"或"大历史"的主角，他们为稳固统治又借助政治权力掌握历史话语权力，常常亲自参与或驭使御用文人以"隐恶扬善"笔法撰史、修史，"对于一时君相之功业及罪恶皆从略"②，而后藏之内廷、颁行天下、大兴科举，普及史文，加强思想控制，当传统历史沦为帝王将相的"家谱"，必然出现群众历史的普遍缺失。1933年6月鲁迅在《致曹聚仁》的信中曾断言："中国学问，待从（重）新整理者甚多，即如历史，就该另编一部。"③只有推翻帝王将相的"家谱"，才能重写一部群众历史。

李大钊曾说："我们要晓得一切过去的历史，都是靠我们本身具有的人力创造出来的。将来的历史，亦是如此。"④唯物史观认为"人民群众"是历史的创造者，是推动社会发展的根本动力。重写群众历史，在叶至善看来就是"透过现象看本质"，"用唯物主义观点来解释纷纷扰扰的历史事件"，揭示"历史发展的必然规律"⑤。左翼历史小说中的"帝王将相"系列历史小说，并非续写帝王将相"家谱"，而是推翻帝王将相"家

---

① 梁启超：《中国历史研究法·第一章　史之意义及其范围》，载《梁启超全集》第七卷，北京，北京出版社，1999，第4088页。
② 梁启超：《中学国史教本改造案并目录》，载《梁启超全集》第七卷，北京，北京出版社，1999，第3971页。
③ 鲁迅：《致曹靖华》，载《鲁迅书信集》上册，北京，人民文学出版社，1976，第379页。
④ 李大钊：《史观》，载《李大钊全集》第三卷，北京，人民出版社，2006，第220—221页。
⑤ 叶至善：《玄武门之变·重印后记》，杭州，浙江人民出版社，1982，第143页。

谱"的重要文学力量。作为"反封建""反唯心主义"的一部分，左翼文学家首先以历史小说方式对帝王将相的"神圣化"现象进行"祛魅"，书写帝王将相的一般人性，郑振铎《汤祷》和茅盾《石碣》重新解释了"商汤祈雨"与"梁山石碣"的秘密，宋云彬的《大男》则通过庄生利用星象异动——"荧惑守心"①，蛊惑楚王大赦天下之事，揭示历史上一些阴谋家利用天文、星象、巫术和迷信将阴暗手段渗入政治斗争，加剧斗争的残酷性，严重者会造成宫廷政变、祸国殃民，其《巫蛊之祸》主题亦是如此。此外，宋云彬在《够涉为王》注释中直接拆穿陈胜、吴广制造"鱼腹藏书""狐狸夜嚎""祠堂鬼火"的"诡计"，以及借用天兆、异象、鬼神树立威信、谋划起义的幕后过程，这属于历史"祛魅"的一种补充和延展。

英国历史学家阿克顿曾说："历史并不是由道德上无辜的一双双手所编织的一张网。在所有使人类腐化堕落和道德败坏的因素中，权力是出现频率最多和最活跃的因素。"②针对传统"隐恶扬善"的历史书写，左翼文学家以历史小说方式揭露帝王将相的权谋、伪善，批判其荒淫无道、贪污腐败、欺压平民、争权夺利、谋私卖国等罪恶行径。魏金枝的《苏秦之死》中苏秦为掌控燕国，先与燕国太后私通，拆散齐楚联盟，后挑拨燕国贵族反对权臣之子，引发燕国之乱，终被刺杀于市，许钦文的《牛头山》中姜维为把持朝政，采用杨仪之计杀害魏延；孟超的《邸夷的悲剧》和《怀沙》采用类比手法，前者写吴王昏庸赐死伍子胥，伍子胥愤而自尽，后者写楚王昏聩罢黜屈原，屈原忧愤自沉，而其《查伊璜与吴六奇》和《苏武与李陵》则采用对比手法，通过查伊璜、苏武的不屈精神突出吴六奇、李陵的丑恶嘴脸；廖沫沙的《东窗之下》中秦桧谋害岳飞，《南都之变》《碧血青麟》中马士英、阮大铖构陷左良玉、史可法，而《厉王监谤记》《咸阳游》《鹿马传》和《离殷》则借厉王止谤、秦王监视孟尝君、赵高指鹿为马、商纣囚禁姬昌等历史故事，批判封建独裁统治。宋云彬的《隋炀帝之死》则揭露隋炀帝怠政、游乐、嗜杀、淫邪、无情等变态行为背后隐藏着"虐待狂"和"被虐待狂"（受虐狂）"两种异常的心理状态"③，这一解释在20世纪30年代尤显独特。

---

① 荧惑守心：一种天文现象，指火星在星体内发生"留"的现象。在古代占星学中"荧惑守心"被视为皇帝或皇族将遭遇灾难的不祥天象。

② 〔英〕阿克顿：《自由与权力——阿克顿勋爵论说文集》，侯健、范亚峰译，上海，商务印书馆，2001，第342页。

③ 宋云彬：《玄武门之变》，杭州，浙江人民出版社，1982，第122页。

总之，历史不只可读，而且可写，重修历史意味着对历史话语权力的反争夺，历史文学亦非历史的附庸，而是话语权力争夺与反争夺的重要形式，是"力量的场所，是意见纷争与利益变更的地方，是正统力量与反对势力相冲撞的场合"①。历史文学领域对历史话语权力的争夺与反争夺非常复杂，"主流派的历史主义者必须进行三方面的压制：首先压制他自己对创造他认为仅仅是在客观地反映的那个历史的积极参与；其次是压制在决定把什么作为历史呈现给我们时他所研究的文学那充满功利的复杂性；三是压制占支配地位的社会集团同下面各集团之间的政治冲突，这种冲突似乎可以说是组成了文学真正的形式与内容。一句话，他用独白掩盖了争端"②。对历史话语权力的争夺反过来又会刺激历史文学创作，这是"帝王将相"系列历史小说成为左翼历史小说主要文体形态的一大原因。

二 "正名"：为古代"农民斗争"翻案

随着中国共产党领导的无产阶级革命运动的发展，逐渐出现了为当时正在进行的农民革命运动寻找历史依据的现实需求，左翼历史小说中的"农民斗争"系列历史小说适应这一发展趋势和现实需求，产生了为古代农民起义和农民领袖正名的迫切愿望，"通过对中国古代农民起义的描写，曲折地反映中国共产党领导的政治革命斗争的正义性，鼓励在国民党专制统治下的人民群众奋起反抗，争取自己的自由和解放，是这类历史小说的基本主题"③。

自孟超的《陈涉吴广》始，1928～1949年中国文坛上涌现出一系列写古代农民起义的历史小说，按照具体事件划分，可分为四种：

1. "大泽乡"系列。如孟超的《陈涉吴广》《戍卒之变》、茅盾的《大泽乡》、宋云彬的《夥涉为王》、廖沫沙的《陈胜起义》等。

2. "水浒"系列。如茅盾的《豹子头林冲》《石碣》、靳以的《禁军教头王进》、聂绀弩的《韩康的药店》、张天翼的《梦》等。

3. "太平天国"系列。如秦牧的《洪秀全》、郑振铎的《黄公俊之最后》等。

① 〔美〕弗兰克·林特利查：《福柯的遗产：一种新历史主义？》，载张京媛主编《新历史主义与文学批评》，北京，北京大学出版社，1993，第148页。

② 同上。

③ 〔中〕王富仁、〔韩〕柳凤九：《中国现代历史小说论》第一论，《鲁迅研究月刊》1998年第3期。

4.小规模起义事件。如刘圣旦的《新堰》《白杨堡》《突围》、谭正璧的《沪渎垒》、陆冲岚的《放逐》等。

毛泽东一向重视吸取古代农民起义的经验教训，他认为"从秦朝的陈胜、吴广、项羽、刘邦起，中经汉朝的新市、平林、赤眉、铜马和黄巾，隋朝的李密、窦建德，唐朝的王仙芝、黄巢，宋朝的宋江、方腊，元朝的朱元璋，明朝的李自成，直至清朝的太平天国，总计大小数百次的农民起义，都是农民的反抗运动，都是农民的革命战争"[①]，"中国历史上的农民起义和农民战争的规模之大，是世界历史上所仅见的。在中国封建社会里，只有这种农民的阶级斗争、农民的起义和农民的战争，才是历史发展的真正动力"[②]。"大泽乡""水浒"和"太平天国"系列分别以秦末农民起义、北宋农民起义、太平天国运动等全国性大规模起义事件为素材，揭露古代农民遭受的阶级压迫，歌颂他们走投无路时的反抗精神。1929年3月15日孟超作《陈涉吴广》，重点描写陈胜从"焦躁"、"忧郁"、恐惧、犹豫到坚定反叛的心理过程，突出左右是死、不得不反的被动斗争状态，1942年初孟超重理旧作，将《陈涉吴广》修改后以《戍卒之变》之名再次发表，修改版细腻描写"秋雨""山洪""屋塌""桥断""禾淹"，加强了环境氛围的烘托作用与陈胜、吴广作为农民领袖的坚定意志，"在重写中，我了解了'奴隶们才真正是亡秦的'，他的新的意义，就是不仅适用于农民的抗争，更适用于民族解放的局面，而且这中间是统一的"[③]。此外，修改版反复强调陈胜、吴广等九百戍卒"楚民族的亡国贱民"的身份，在阶级压迫、阶级斗争之上增加民族压迫、民族斗争的内容，加强农民起义的合理性，但应注意避免狭隘民族主义倾向。只有少量"农民斗争"历史小说以地域性小规模农民"暴动"为题材，如刘圣旦写隋末京杭大运河扬州至余杭段的河工之乱的《新堰》，河工"暴动"仅持续一天时间即遭镇压，写明末陕西李自成起义中一股"流寇"分支的《白杨堡》，写清代嘉庆年间川楚白莲教起义中一个小分支起义民众身处险境的《突围》等，这些小说中没有青史留名的大人物，起义事件短暂，人物结局凄凉，仿佛历史长河中无法泛起波澜的小浪花，极难引人注意。

此外，左翼历史小说中的"农民斗争"系列历史小说还揭露农民领

---

① 毛泽东：《中国革命和中国共产党》，载《毛泽东选集》第二册，北京，人民出版社，1991，第625页。

② 同上。

③ 孟超：《髑髅集·自序》，《野草》1942年第4卷第1-2期合刊。

袖在取得阶段性胜利或成为新一代帝王将相后，随着身份、心态的转变又陷入贪污腐化、争权夺利、玩弄权谋的恶性循环，如秦牧的《洪秀全》、宋云彬的《夥涉为王》《刘太公》、郑振铎的《石碣》等。

总之，左翼历史小说中的"农民斗争"系列历史小说直接体现左翼文学理念与意识形态，是"中国共产党领导的政治革命紧密联系在一起的，是马克思主义学说在中国知识分子中广泛传播的结果"①。这类小说在不同程度上正面塑造农民起义领袖，歌颂农民的反抗精神，肯定劳苦大众的社会地位和阶级斗争的必要性，并且将革命暴力看作获得平等权利的途径之一，既体现出当时左翼的政治诉求，又反映了底层民众彻底寻求权利平等的时代诉求，同时也是对"正史"的一种反驳和纠正。

第三节　左翼历史小说的创作方法

左翼历史小说主要采用四种创作方法——苦难叙事法、阶级分析法、历史翻案法与心理分析法，其中苦难叙事法运用得最为普遍。

一　苦难叙事法

左翼历史小说采用苦难叙事法直接讲述封建统治下古代农民贫民、爱国将领、变法人士等受苦受难的人生经历，潜藏着隐喻现实、宣传反抗的强烈愿望，这种创作方法不仅是一种表现形式，而且包含天灾、苛政、重病、压迫、逃亡、冤狱等情节模式。苦难叙事法还常常与阶级分析法和心理分析法纠缠在一起，重点书写上述三类历史人物所遭受的自然灾难、阶级苦难和精神苦难。

"农民斗争"系列历史小说一般采用多重苦难叠加模式，竭力渲染农民的苦难和愤怒，农民受难愈深重，反抗愈激烈。如茅盾的《大泽乡》采用"天灾+苛政+压迫"三重叠加模式，在暴雨、苦役的基础上，拉大"两军官"和陈胜、吴广的阶级地位，加重阶级压迫；刘圣旦的《突围》则采用"疾病+苛税+高利贷+冤狱"四重叠加模式，勤劳的老陈一家原有"二十多亩田，全是肥厚的，出水很便当"，"四周宽敞的屋子，全堆满了粮食"，"还养一匹黄牛，和许许多多的黄羊"，由于清廷苛税，商人高利贷，陈二嫂重病，"仅仅两三年光景，（注：土地）便去掉一大半，

---

① 〔中〕王富仁、〔韩〕柳凤九:《中国现代历史小说论》第一论,《鲁迅研究月刊》1998年第3期。

连现在脚底下耕种的,也有点保不稳!"①官府为加码盘剥"栽赃诬良",抓捕不肯出钱的农民,最终官逼民反。

"帝王将相"系列历史小说在揭露批判统治罪恶行径的同时也描写爱国将相、变法志士和民族英雄,但他们一般都曾遭遇冤陷,或囚或黜或死,结局悲惨,因此左翼文学家常采用"冤狱"模式,抨击昏君权奸,弘扬爱国精神和民族情怀。如杨刚《公孙鞅》中公孙鞅抱负远大、爱民如子,为助秦公变法,不惜得罪权贵,遭受车裂酷刑,宋云彬《变法》中商鞅将太子傅公孙虔处以"黥刑",以公孙虔为首的贵族们盼望秦孝公死后对商鞅施以报复。孟超的《邸夷的悲剧》和《怀沙》,前者写伍子胥遭伯嚭诬陷,吴王赐剑,愤而自尽,后者写屈原遭黜、怀沙自沉,而廖沫沙的《东窗之下》"写南宋的秦桧诬陷岳飞的冤狱,'以古喻今'说明'皖南事变'中的新四军是同岳飞一样,蒙受了千古冤屈"②,其《南都之变》《碧血青麟》则分别写马士英、阮大铖构陷左良玉、史可法事,郑振铎《风涛》中明末李应升弹劾魏忠贤阉党,遭矫诏冤杀。郑振铎的《桂公塘》、吴调公的《突围》则着重"逃亡"模式,详细描写文天祥、杜浒等从镇江突围向扬州逃亡过程中九死一生的现实苦难与精神压力。

总之,左翼历史小说的苦难书写,直指现实人生、复杂人性,是左翼文学人道主义精神的一种集中体现。

二 阶级分析法

茅盾的《大泽乡》以阶级分析法为主对历史人物进行阶级区分,结合苦难叙事法建构起一种客观型左翼历史小说创作模式。茅盾20年代的《蚀》三部曲基调"悲观、苦闷、失望",30年代为改变小说的悲观基调他开始写古代"农民斗争"历史小说,"大约是一九三〇年夏,由于深深厌恶自己的初期作品(即1928~1929)的内容和形式,而又苦于没有新的题材(这是生活经验不够之故),于是我有了一个企图:写一篇历史小说,写中国历史上第一次农民起义。当时的计划相当庞大,不但要写陈胜、吴广,也要写刘邦、项羽,而以刘邦窃取了农民起义的果实,建立汉帝国为结束"③。并且"正面抨击现实的伤口受制太多,也想绕开去试

---

① 刘圣旦:《突围》,载《中国现代历史小说选》,上海,上海社会科学院出版社,1984,第239页。

② 廖沫沙:《鹿马传·后记》,载《廖沫沙全集》第四卷,广州,花城出版社,1997,第458页。

③ 茅盾:《茅盾文集(七)·后记》,载孙中田、查国华编《茅盾研究资料》中册,北京,中国社会科学出版社,1981,第70页。

试以古喻今的路"①，刚巧有一刊物索稿，1930年10月6日茅盾将已经写出的有关陈胜、吴广的小说内容，拣一部分改为短篇小说后寄出稿件，这就是《大泽乡》。

《大泽乡》取材自《史记·陈涉世家》，茅盾运用阶级分析法改变了主要人物的阶级成分：首先，"把陈、吴及其九百人确认为被征服的失掉了土地并降为奴隶的六国农民，两个军官是升到统治地位的秦的富农阶级"②，严格的阶级划分激化阶级对立与矛盾冲突，而富农阶级（两军官）加强对贫民阶级（陈胜、吴广等）的阶级压迫又加重了苦难叙事；其次，将《陈涉世家》中所载"误期""两尉""将尉醉""并杀两尉"等简单情节生发成醉酒、商议、巡营、詈骂、弹压等复杂情节，既写出两个下级军官的怨恨、不平、骄横与虚弱，又写出官逼民反的详细过程，"闾左贫民""血液中的阶级性突然发酵了"③，"被压迫的贫农要翻身"④，整篇小说"充满着暴风雨的气息，反抗的热情"⑤，这些描写突出农民原始反抗的合理性与农民起义的正义性，"说明贫民在死地上的觉悟，和富农阶级没落的黑影，惨淡的而又是悲壮的"。柳亚子在其《新文坛杂咏》中咏茅盾的一首诗赞《大泽乡》："篝火狐鸣陈胜王，偶然点缀不寻常。流传人口《虹》和《蚀》，我意还输《大泽乡》。"⑥廖沫沙的《陈胜起义》亦将"闾左贫民"陈胜、吴广降级为"雇农""长年工"。

茅盾在《大泽乡》之后写成的《豹子头林冲》同样采用阶级分析法，大量浸入阶级意识和反抗意识，先将林冲写成一个"农家子"，"具有农民的忍耐安分的性格"，"也有农民所有的原始的反抗性"⑦，从而加深他和高衙内、陆虞候、王伦的阶级矛盾。这篇小说称赞农民的实际革命要求和革命行动，对国民党当局的现实统治思想构成严重挑战，1934年2月国民党当局以"颇多鼓吹阶级斗争为由"⑧，将《豹子头林冲》和《大

---

① 茅盾：《回忆录·十二》，《新文学史料》1981年第3期。
② 茅盾：《茅盾文集（七）·后记》，载孙中田、查国华编《茅盾研究资料》中册，北京，中国社会科学出版社，1981，第70-71页。
③ 茅盾：《大泽乡》，载〔中〕王富仁、〔韩〕柳凤九主编《中国现代历史小说大系》第一卷，石家庄，河北人民出版社，1998，第240页。
④ 同上书，第243页。
⑤ 张平：《评几篇历史小说》，《现代文学评论》1931年6月10日第1卷第3期。
⑥ 柳亚子：《柳亚子诗选》，广州，广东人民出版社，1981，第222页。
⑦ 茅盾：《豹子头林冲》，载〔中〕王富仁、〔韩〕柳凤九主编《中国现代历史小说大系》第一卷，石家庄，河北人民出版社，1998，第246页。
⑧ 茅盾：《一九三四的文化"围剿"和反"围剿"》，《新文学史料》1982年第4期。

泽乡》一并列为禁书。1937年4月宋云彬出版历史小说集《玄武门之变》，茅盾曾为之作序，其中《夥涉为王》一篇亦采用阶级分析法，将"闾左贫民"进一步降级为"农奴"，继续加大阶级差距和阶级压迫，突出陈胜、吴广起义的必然性。

三 历史翻案法

郑振铎说："中国的历史一向是蒙着一层厚幕或戴着一具假面具的。所谓的文学侍从之臣，秉承着'今上皇帝'的意旨，任意的（地）删改着文献，颠倒了是非。不要说关于老百姓的事他们是往往抹杀真相，就是关于他们王家贵族，以及士绅阶级的事也往往有粪墙上乱涂白粉，只求表面好看。"[1]故"新的历史故事，我以为至少不是重述，而是'揭发'和解释"。"历史翻案"即"对于某一事件（或某一人物）不同意传统的或旧日的史官的曲解，而提出自己的新的见解"[2]，"将历史上所有重要的古人古事都还它一个本来面目"[3]。

鲁迅曾言："中国旧说，本以为人有三魂六魄，……国魂也该如此。而这三魂之中，似乎一是'官魂'，一是'匪魂'，还有一个是什么呢？也许是'民魂'罢，我不很能够决（确）定。"[4]三魂之中，"官魂"与"匪魂"是直接相对的。出于对群众力量及下层反抗的恐惧与防范心理，官修正史一方面将美誉之辞尽归"成者之王"，歌颂帝王将相粉饰汉奸走狗，维护道貌岸然的"官魂"，另一方面，使毁恶之辞尽归"败者之寇"，尤其以农民为主的群众运动常被正史叙述为暴动、暴乱、叛乱、造反等，而将参与这些运动的农民称为贼寇、流寇、匪寇、强盗、暴民、贱民等。因而正史不仅是一部歌功颂德的家谱，也是一部成王败寇的谤书。马克思主义唯物史观的出现，本身就是对原有历史观念的一种翻案，左翼历史小说中"帝王将相"系列历史小说的创作主旨乃是推翻帝王将相的家谱，以文学方式重新书写群众历史，这又是一种翻案。杨刚的《公孙鞅》、廖沫沙的《东窗之下》、郑振铎的《风涛》分别为公孙鞅、岳飞、李应升等为一些古代将相平反冤案，则又是另外一种翻案。左翼历史小说中的"农民斗争"系列历史小说为农民起义和农民领袖正名，亦是一

---

① 郑振铎：《玄武门之变·序一》，杭州，浙江人民出版社，1982，第1页。

② 石怀池：《石怀池文学论文集》，上海，耕耘出版社，1946，第3页。

③ 茅盾：《玄武门之变·序二》，杭州，浙江人民出版社，1982，第4页。

④ 鲁迅：《华盖集续编·学界的三魂》，载《鲁迅全集》第三卷，北京，人民文学出版社，1987，第206页。

种翻案，随着现代文史观念的转变与左翼革命的兴起，农民起义逐渐摆脱了暴动、暴乱、叛乱、造反等历史叙述话语的抑制，起义农民也从流寇、贼寇、土匪、强盗、暴徒、贱民等贬义词中解放出来，一跃为起义军、义军甚至革命者的代名词。

左翼历史小说还为历史女性人物翻案，如冯乃超的《傀儡美人》乃是为被史书称作"红颜祸水"的褒姒翻案的历史小说，冯乃超将褒姒的出身设置成犬戎酋长之女，犬戎向西周乞和并将褒姒献给周幽王为妃，"异邦的文字，她一点看不懂"，"形式不同的生活""夺去了她的欢乐"和"自由"，她变得冷若冰霜，如同傀儡木偶，周幽王为博美人一笑"烽火戏诸侯"，君臣共演了一场愚蠢透顶、荒唐误国的傀儡戏，让不知内情的褒姒哑然失笑。因此，褒姒不是傀儡，不是祸水，真正的傀儡和祸水是周幽王君臣。端木蕻良的《步飞烟》出自唐代皇甫枚的《飞烟传》，河南府功曹参军武公业买回歌妓步飞烟做妾，"他们的同居不过是被买和雇佣的关系"，后步飞烟和邻家书生赵象相恋，遭武公业捉奸并被活活打死。端木蕻良摒弃原作中的神鬼成分，将武公业塑造成一个"凶残""粗鲁而嫉忌"的莽夫，而将步非烟描绘成一位为追求爱情而宁死不屈的女性人物，明显带有女性解放的色彩。

四 心理分析法

一部分左翼历史小说在顺应革命现实需要，从阶级立场出发肯定古代农民起义的正义性与起义者的反抗精神的同时，还采用"以今观古"的观照向度，以现代立场、现代思维、视角、经验和心理反观历史事件，重新阐释历史。如张天翼的《梦》以心理分析法为主结合阶级分析法和苦难叙事法，通过卢俊义之梦揭露他入伙梁山之后进退两难的矛盾心情，建构起一种主观型左翼历史小说创作模式；宋云彬的《夥涉为王》、茅盾的《豹子头林冲》等则偏好剖析古代农民起义领袖特定时刻的心理状态，而极少涉及重大事件及其发展过程，《夥涉为王》中陈胜起义、陈郡称王后，昔日农奴同伴突然来访，一年长农奴因口无遮拦被陈胜斩首，该事件深刻反映出陈胜从"农奴"到"陈王"的身份转变过程中其思想、心理、行为、语言上发生的巨大变化。左翼历史小说通过揭示古代农民领袖的内在心理真实透视农民世代因袭的"劣根性"[1]，起义的仓促性、功利性和狭隘性，同时也体现出文学发展的独立性与多元性。

---

[1] 中国现代心理型农民起义历史小说主要由浙派作家创作，参见第十五章《吴越区域中国现代历史小说》。

总之，左翼历史小说是中国现代历史小说的一个独特类型，它不仅受到域外文化尤其是德国哲学的影响，还受到中国传统文化特别是历史文化的影响，同时亦受到近现代史观转变和中国无产阶级革命的影响；在左翼历史小说两大类别——"帝王将相"系列历史小说和"农民斗争"系列，形成了一些固定的创作模式和套路，当时就有论者指出了其中的问题，认为有的小说家"先在脑子里编好一个历史斗争的主观的公式来套在一切历史事件的头上，把历史的曲折复杂的斗争，简单化为单纯的公式的斗争的概念"[①]。但由于当时中国社会的特殊状况，早期左翼历史小说的公式化、概念化并不影响其主流价值，左翼历史小说家着重、发扬更富有"积极性""战斗性的任务"，本身就体现了"我们的可贵的传统"[②]——民族危亡关头的家国责任和文学担当。

---

① 石怀池:《论历史小说的创作》,载《石怀池文学论文集》,上海,耕耘出版社,1946,第3页。
② 同上。

第十章　中国现代旧派"正史演义"

　　1917～1949年间的历史演义在继承传统的基础上，出现了一些开拓性文学现象。基于对现代作家的历史观念、所依之史、所演之义、演述方式等相关因素的综合考量，其历史演义又可分为"正史演义"和"稗史演义"两大类。当然，"正史演义"中或多或少掺杂稗史成分，而"稗史演义"中亦可含有正史背景，因此绝对的"正史演义"或"稗史演义"并不存在，历史演义的正稗之别主要体现在二者不同的创作依据与创作原则上。正史演义以正史为主要依据，稗史为辅助凭证，常常利用稗史合情合理或以假乱真之内容，补充正史之不足或缺失之处，以求完美阐释或自圆其说，是谓"以稗补正"。因此，"正史演义"讲究依史而作，主要依据正史的同时扩大稗史的采纳范围，其行文过程侧重历史事实的逻辑论证而非历史文本的通俗阐释，这与学术研究有类似之处。此外，在创作原则上，"正史演义"乃为正史而作，它对正史的偏离是有限度的，堪称正史的通俗版本。

　　按照中国现代旧派历史演义的创作情况，可分为三大类：第一类以蔡东藩历史演义为代表，第二类以胡寄尘平话小说为代表，第三类则以黄士恒历史演义为代表。

第一节　蔡东藩的中国历代通俗演义

　　蔡东藩作《中国历代通俗演义》第一部《清史演义》时正值民国初期的1915年，当时中国现代文学正处于酝酿形成阶段，而传统历史演义则处于转型阶段，因而其历史演义观念与具体创作实践都呈现出明显的过渡特征。

一　对历史演义"小说"性质的肯定

　　历史演义是在宋元话本基础上形成的一种小说形式，但直到民国初期一般历史演义作家都不会将自己的历史演义与小说相提并论，他们认为历史演义乃为理解正史而作，是附属于正史的。蔡东藩则不同于以上作家，他曾慨言其历史演义是"小说"，"鄙人不敏，尝借说部体裁，演历史故事，由今追昔，溯而上之，以至秦汉"①。蔡东藩对历史演义"说部体裁"的肯定与当时小说地位的崛起密切相关。清朝末年，严复、夏曾佑等从西方文化中得到启发开始注意到小说的社会教化功能，他们还从政治角度出发企图借小说宣传变法维新思想，然而真正开始将上述想法付诸实践的是梁启超。梁启超流亡海外时发现"欧洲各国变革之始，其魁儒硕学，仁人志士，往往以其身之所经历，及胸中所怀政治之议论，一寄之于小说"，因此他出于一位政治家、文学家的双重敏感迅速意识到小说不只可以休闲娱乐，还能够配合政治宣传、教化民众，于是他创办《新小说》杂志，正式倡导"小说界革命"。1902年梁启超又发表《小说与群治之关系》一文，指出"小说为文学之最上乘"②，努力提高小说的文学地位，同时分析了小说"熏""浸""刺""提"的社会功能以及对民众的巨大影响，竭力夸大小说的政治作用，第一次将救国重任附加在小说身上，小说受到前所未有的重视。可见，随着小说地位的迅速提高，将"历史演义"归之为小说已不再被视为"污蔑"之事，因而蔡东藩承认其历史演义是"说部体裁"便在情理之中。

二 对传统历史演义社会功能的承袭及提升

虽然"小说界革命"之后小说的地位迅速提高，甚至上升至"文学之最上乘"，从而导致历史演义被作为一种小说文体予以肯定。但是在中国"文以载道"的传统观念影响下，文学总是背负着许多附加任务，历史演义尤其如此。

历史演义最初创作的主要目的乃是借助其通俗性教育文化水平较低的群众，使读者通过简易的形式学习到社会伦理道德观念以方便政治统治。如1903年《月月小说》创刊号发表由吴趼人执笔的《〈月月小说〉序》和《历史小说总序》，前者说明月月小说发行小说的目的"吾人丁此道德沦丧之时会，亦思所以挽此浇风耶？则当自小说始。是故吾发大誓愿，将遍撰译历史小说，以为教科之助。历史云者，非徒记其事实之谓也，旌善惩恶之意实寓焉。旧史之繁重，读之固不易矣；而新辑教科书，又适嫌其略。吾于是欲持此小说，窃分教员一席焉"③。后者则认为历史小说不仅可以"补足记忆力"，还"易输入知识"，所以他"发大誓愿，

① 蔡东藩:《前汉演义·自序》,上海,上海科学技术出版社,2005,第1页。
② 梁启超:《论小说与群治之关系》,载《梁启超全集》第二卷,北京,北京出版社,1999,第884页。
③ 吴趼人:《〈月月小说〉序》,《月月小说》1903年9月15日创刊号。

编撰历史小说，使今日读小说者，明日读正史如见故人；昨日读正史而不得入者，今日读小说而如身临其境"①。蔡东藩对以上观点深为赞同，并称其历史演义虽"非敢谓有当史学，但以浅近之词，演述故乘，期为通俗教育之助云尔"②。这体现出蔡东藩作品对传统历史演义"历史教学书"功能的承袭。

但是随着"小说界革命"的倡导，文学纷纷以救国为己任向政治靠拢，蔡东藩历史演义的功能也随之发生变化，主要体现在其作品对传统历史演义"历史教学书"功能的提升方面。所谓"提升"主要体现在蔡东藩的历史演义观念承袭过去以"历史教科书"为目的的功能之外又增加了救国重任。作为一个爱国者，蔡东藩为共和初建兴奋过，他在自己所编的《中等新论说文范》自序中曾对革命之后的"新国文"提出了一些有益的观点："窃谓为国民，当革奴隶性；为新国文，亦不可不革奴隶性"，"为新国文"当"能理正词纯，明白晓畅，以发挥新道德、新政治、新社会之精神，为新国民之先导"③。逢袁世凯窃国之后，蔡东藩幽愤时事，更坚定了以历史演义作"新国文"并以此实现救国之信念。

三 "官稗兼采，事皆有本"的创作原则

蔡东藩自称其历史演义"以正史为经，务求确凿：以逸闻为纬，不尚虚诬"④，"且官稗并采，务择其信而有征者，笔之于书；至若虚无惝恍之谈，则概不阑入"⑤。蔡东藩虽然承认其历史演义的"小说"文体性质，但他极其注重历史演义创作中"实事求是"的态度，他又称自己的历史演义"事皆有本，不敢造，语则从俗，不欲求深"⑥。由此可见，蔡东藩历史演义观念中的"事皆有本"与传统"依史而作"的原则不同，它不仅指历史演义参考史籍要以正史为主、稗史为辅，还指历史演义中所涉事件皆可考求，不论官稗；而"官稗并采"，则指在历史演义创作过程中不仅参考正史还大量参考稗史，如《元史通俗演义》中曾采用《元史》《通鉴》《纪事本末》《皇元圣武亲征录》《元史译文补正》《蒙元秘史》《丙子平宋录》《庚申外史》《元朝名臣事略》《元儒考略》《蒙挞备

---

① 吴趼人：《历史小说总序》，《月月小说》1903年9月15日创刊号。

② 蔡东藩：《前汉演义·自序》，上海，上海科学技术出版社，2005，第2页。

③ 蔡福源：《蔡东藩及其撰写的〈中国历代通俗演义〉》，《文史精华》1998年第95期。

④ 蔡东藩：《唐史演义·自序》，上海，上海科学技术出版社，2005，第2页。

⑤ 同上。

⑥ 同上。

录》《蒙古源流》等，他还从西洋史籍中搜集成吉思汗西征史事以补其阙，结合中西元史，补充新材料写成新篇，超越了以往元史演义；而传统"依史而作"中所依之史乃是所谓"正史"或"官史"，它们以权威及真实标榜自我，将稗史斥为"不经之谈"，导致二者的严重对立。

四 借"演义"而"求真"

蔡东藩历史演义创作注重"官稗兼采"，但他并不将正史作为绝对真实权威的根本依据，将稗史看作荒诞无稽的"虚妄之谈"。蔡东藩对正史和稗史持有独到见解，提出了一些值得思考的意见，认为正史之中由于各种原因存在诸多不实之处，如他曾研究前人所撰正史，指出其中所存不真及谬失之处："昔龙门司马氏作《史记》，蔚成一家之言，其目光之卓越，见解之高超，为班、范以下诸人所未及，而后世且以谤史讥之；乌有不问是非，不辨善恶，并置政教掌故于不谭，而徒采媒亵鄙俚诸琐词，屡杂成编，即诩诩然自称史笔乎？以此为史，微论其穿凿失真也，即果有文足征，有献可考，亦无当于大雅；劝善惩恶不足，鬻奸导淫有余也。"① 再如"沈约作《宋书》，萧子显作《齐书》，姚思廉作梁、陈二书，语多回护，讳莫如深，沈与萧为梁人，投鼠忌器，尚有可原；姚为唐臣，犹曲讳梁、陈逆迹，岂以唐之得国，亦仍篡窃之故智与？抑以乃父察之曾仕梁、陈乃不忍直书与？彼夫崔浩之监修魏史，直书无隐，事未藏而身死族夷。旋以谄谀狡佞之魏收继之，当时号为'秽史'，其不足征信也明甚"②。因此必须多方钩稽、详加考辨正史中的褒贬、毁誉、不实之处，务使"事皆有本"。蔡东藩同样以严谨态度考察稗史，间或佐以旁证，"务求确凿"，摒弃其中的"虚妄之谈"，如其作《宋史通俗演义》之时，便曾考察出宋代稗史中所传之"荒唐者"，如"龙虎争雄，并无其事；狸猫换主，尤属子虚。狄青本面涅之徒，貌何足羡？庞籍非怀奸之相，毁不出经。岳氏后人，不闻朝中选帅。金邦太子，曷尝胯下丧身？种种谬谈，不胜枚举。而后世则以讹传讹，将无作有，劝善不足，导欺有余。为问先民之辑书者，亦何苦为此凭虚捏造，以诬古而欺今乎？"③ 为了避免"诬古而欺今"，使这部《历代通俗演义》"求真务实"，蔡东藩"光看正史就达4052卷，还不包括其他众多的稗官野史"④，可谓"究天

① 蔡东藩:《清史演义·自序》,上海,上海科学技术出版社,2005,第1页。
② 同上书,第1-2页。
③ 同上书,第2页。
④ 顾关元:《蔡东藩与演义小说》,《新闻周报》1998年第41期。

人之际，通古今之变，成一家之言"①，其历史演义中对历史"求真"目的的追求令人惊异。

蔡东藩还对那些"虚妄之谈"介入过多的历史演义进行批评，甚至不满于《三国演义》"七实三虚"的创作原则。对于《三国演义》，蔡东藩认为罗贯中辑《三国演义》，"名仍三国，……若论他内容事迹，半涉子虚"②，"与陈寿《三国志》相勘证，则粉饰者十居五六。……罗氏第巧为烘染，悦人耳目，而不知以伪乱真，愈传愈讹，其误人亦不少也"③。蔡东藩认为《三国演义》中诸葛亮作法"借东风""巧布八阵图"与关羽"显圣玉泉山"等妖异情节太过夸张，因而其历史演义的创作不再以《三国演义》为范本。至于《三国演义》之后所出现的模仿三国演义的小说，蔡东藩批判尤甚，"如所谓《隋唐演义》《说唐全传》《薛家将》《征东》《征西》《罗通扫北》以及《西游记》《长生殿》《镜花缘》《绿牡丹》诸书，目为实迹，庸讵知其语出无稽，事多伪造，增人智识则不足，乱人心术且有余耶！"④

可见，蔡东藩历史演义不再以历史演义之"鼻祖"《三国演义》为范本。相比《三国演义》而言，蔡东藩更加看重历史的"求真性"，但他又认为历史"或详而彼略，此略而彼详，通儒尚有阙如之憾"⑤，历史记载之详略失当，缺憾甚多无法理解之处，鸿儒尚且却步，普通人更加难以清晰窥得其"史事之变迁"⑥，事件之发展。蔡东藩又发现"阅正史者常易生厌，而览小说者不厌求详"⑦，因而为了达到普遍宣传鼓舞人们爱国热情之目的，蔡东藩取正史之求真性、知识性、逻辑性，稗史之丰富性，小说之通俗性，"叙事则搜证各籍，持义则特仿庐陵，……将以借粗俗之芜词，显文忠之遗旨"⑧，从而形成了其独到的以历史"求真"为主要旨归，以文学"演义"为写作方式的小说创作模式。但是蔡东藩历史演义"求真"的态度在现代各类历史演义创作中几乎达到极致，正如其所言简直"嗜考成癖"，在蔡东藩《中国历史通俗演义》之中，每一部卷首皆有自序及帝王世系图，与史书图表记录的方式如出一辙，并且还在考证内

---

① 〔东汉〕班固：《汉书·司马迁传》，《汉书》卷六十二，北京，中华书局，1962，第2735页。

② 蔡东藩：《后汉演义·第一回》，上海，上海科学技术出版社，2005，第1页。

③ 同上书，第2页。

④ 同上书，第1页。

⑤ 同上。

⑥ 同上。

⑦ 蔡东藩：《两晋史演义·自序》，上海，上海科学技术出版社，2005，第2页。

⑧ 同上。

容事件之余借鉴经传注释方法对存有异议、歧义及模糊之处附入夹注及自评，使历史、史注（或史评）及章回体式在其历史演义之中三而合一，正如杨天石所说"他是在用研究历史的精神和方法在写'演义'"①，反过来讲，蔡东藩的历史演义又是在以演义体或章回体书写历史，无疑其创作模式是成功的。

总之，蔡东藩历史演义的求真性主要表现在三方面：第一，历史知识的丰富性，第二，演述"史事之变迁"的规律性，第三，探寻历史事件前因后果的逻辑性。因此，堪称小说版之中国通史，这在当年引起了毛泽东的注意。1937年1月毛泽东为满足延安干部学习中国历史的需要，曾致电李克农，请他代为购买两部"中国历史演义"，"中国历史演义"即指蔡东藩所著《中国历代通俗演义》，毛泽东中南海卧室床侧常放一套蔡氏《中国历代通俗演义》全本，足见对其青睐有加，蔡氏历史演义也因毛泽东的赏识而褒誉倍增。此外，从现代商业角度来看，其销量达十万余部，作为鸿篇巨制在现代的情况下，此销量实属惊人，足见其在当时的影响力，这种影响力也正是引起伟人注意的现实因素之一。

第二节　胡寄尘的平话小说

胡寄尘（1886～1938），弱冠居沪，祖籍安徽泾县溪头都村，本名胡有怀，字季尘（一说为季仁），后改名怀琛，改字寄尘，别署默僧，常用笔名有（胡）寄尘、（胡）怀琛、奇鹿、尘胡寄等。泾县胡氏耕读传家，代善诗文，"我开始写作，不是写散文，而是写诗"②，胡寄尘七岁能诗，足具天赋。1906年他随仲兄胡朴安到上海协助编辑报刊，此后一生与报刊为伍。1910年胡朴安加入南社，其时胡寄尘担任《神州日报》编辑，寄尘常随朴安参加南社雅集，翌年经柳亚子介绍正式加入该社。吴缄三曾言胡寄尘形如"侏儒"，③柳亚子则在《胡寄尘诗序》中赞其少年"英俊"，其诗"清新俊逸"，并昵称之"狷寄尘"，足见护持之意。1921年3月胡寄尘出版诗集《大江集》，"继胡适的《尝试集》后，他的《大江集》是个人独著的第二本新诗集"④，早于郭沫若诗集《女神》（1921年8月

---

① 杨天石：《中国历代通俗演义·总序》，北京，华夏出版社，2007，第3页。

② 胡寄尘：《我的写作经过》，《中国学生（上海1935）》1936年第3卷第6期。

③ 吴缄三：《胡寄尘先生》，《大风（香港）》1939年第25期。

④ 范伯群：《1921—1923：中国雅俗文坛的"分道扬镳"与"各得其所"》，《文学评论》2009年第5期。

初版）。1926年7月上海商务印书馆出版《胡怀琛诗歌丛稿》，收录《秋雪诗》《秋雪词》《新道情》《旅行杂诗》《四时杂诗》《天衣集》《神蛇集》《燕游诗草选译》《重编大江集》《春怨词》《诗意》《放歌》和《今乐府》十四部诗集。胡寄尘以诗蜚声文坛，成为南社诗史上一座不可逾越的诗歌高峰。

朱凤蔚言其乃"国学大师，词（辞）章宗匠。……词（辞）章外，好为小说家言"[1]。胡寄尘不仅是南社诗人，还是一位独特的南社小说家。1912年，胡寄尘初试小说，毫无经验，于是自创出一个"比较稳当的办法"："初次写文时，宁可写短些，写短的能够没有毛病了，然后放长，再放长。内容要简单些，写简单的能够没有毛病了，然后慢慢的（地）复杂起来。"[2]因此，胡寄尘早期小说皆为短篇，其中含有大量超短篇小说，超短篇小说按照阅读时间长短又可为"一分钟小说""三分钟小说""五分钟小说"，如《可怜的同胞》《爱克斯眼镜》《上帝的教训》《死后的奋斗》和《无国之民》等。据范烟桥称，胡寄尘"'最短之短篇小说'仿佛是《鲁克的短片》"[3]，是典型的"一分钟小说"。1923年上海商务印务馆创办《小说月报》姊妹刊——《小说世界》，胡寄尘任主编，这一时期成为其小说创作高峰期。"我从民国元年到现在共做过几百篇短篇小说"[4]，"只是零零碎碎的（地）在各处发表，东一篇，西一篇，弄到现在，一部分已经散失了。幸尚有一个目录，可以供我自己的稽查。昨天把目录翻了一番，共得五百三十篇"[5]。这一统计数目仅截至1925年11月。此后十三年间，胡寄尘为避战乱迁居二十六次，他究竟又作多少短篇小说，散失多少，已不可考。"现在小说界的趋势，渐渐注重短篇，做长篇的人少了"[6]，"最流行之长篇小说，可屈指而数焉"[7]。胡寄尘亦勤于短篇小说创作，只在晚年写有一部长篇小说《真西游记》，这部小说为其诗词光芒所遮蔽，知名度并不高，学界鲜有涉及。

《真西游记》是胡寄尘唯一一部长篇小说，其文体性质复杂，徘徊在"半佛半传、半文半史"之间，兼有佛学、史学、文学三重文化价值，同时它是中国现代唯一一部《西游记》反续书，为《西游记》的现代研究

---

① 朱凤蔚：《胡朴安胡寄尘》，载《南社人物小志》（二七），《社会日报》1931年8月3日。

② 胡寄尘：《我的写作经过》，《中国学生（上海1935）》1936年第3卷第6期。

③ 烟桥：《评胡寄尘最短之短篇小说》，《时报》1923年6月10日。

④ 胡寄尘：《小说拉杂谈》，《游戏世界》1922年第15期。

⑤ 胡寄尘：《我之短篇小说经验谈》，《民众文学》1925年第12卷第8期。

⑥ 胡寄尘：《长篇小说不能发展的原因》，《最小》1923年4月8日。

⑦ 胡寄尘：《小说管见》，《新声》1921年第1期。

提供了正向参照与逆向思考。

一 复杂的文体性质

《真西游记》的佛学性质非常明显。胡寄尘敬重苏曼殊,和李叔同、范古农等佛教人士往来频繁,他虔诚佛事,"一囊清风,治生克朴,布衣糙饭,出门恒安步当车;虽二三十里之遥,未尝稍辞困瘁。综其一生,仿佛一苦行头陀焉。其别署默僧,固有托也"①。晚年潜心研习佛经,致力佛学著述,不问世事,宛然苏曼殊式"行云流水一孤僧"(苏曼殊《过若松町有感示仲兄》)。对胡寄尘而言,诗文乃是其才华所在,兴趣所至,而佛学则是其灵魂所系,精神所依,因此他在作诗、办报、教书之余,将全部精力用于研习佛学和佛学著述上。1923年之前胡寄尘曾写过十余篇佛理小说,现多已散失。1923~1925年间他在《世界佛教居士林林刊》上发表《阿弥陀经演义》以及四期共三十篇《佛学寓言》②。《佛学寓言》第一期七篇,即《近视的医生》《不自知的狂人》《痴呆的王子》《农人自寻苦恼》《蛇之自杀》《猎人追鸟》和《药哭圣医》;第二期六篇,即《本来无身》《黄金与毒蛇》《不知艰难》《自古无不死之人》《相隔很远》和《黄金杀人》;第三期十三篇,即《歌女乞牛》《痴妇人》《痴人吃饼》《和尚遇鬼》《穷人对镜》《富人造楼》《缩地之方》《画波求钵》《少年妙语》《截树摘果》《痴人学鸭》《自杀导师》和《两鬼相遇》;第四期四篇,即《三个得道的人》《多言的鳖》《国王出家后的快乐》和《道人怕蛇》。这些小说以佛经寓言为主,间引周秦诸子寓言,以阐明佛理、辨明哲学。1936年胡寄尘又写成《上海佛教史话》③,这是中国现代较早的地方佛教简史。胡寄尘与佛学的深厚渊源为其创作《真西游记》提供了契机。1930年10月范古农、余了翁主编的佛学期刊《佛学半月刊》在上海创刊,后邀请胡寄尘等撰文,胡寄尘应约撰写佛学短文的同时开始创作长篇小说《真西游记》。1931~1932年《真西游记》最早在《佛学半月刊》连载,1932年7月《真西游记》成书后曾就正于太虚法师、范古农居士、李经纬居士,经上海国光印书局初版单行本,上海佛学书局

---

① 吴缄三:《胡寄尘先生》,《大风(香港)》1939年第25期。

② 《阿弥陀经演义》(《世界佛教居士林林刊》1923年第1期)、《佛学寓言》第一期(《世界佛教居士林林刊》1923年第2期)、《佛学寓言》第二期(《世界佛教居士林林刊》1923年第3期)、《佛学寓言》第三期(《世界佛教居士林林刊》1924年第4期)、《佛学寓言》第四期(《世界佛教居士林林刊》1925年第9期)。

③ 胡寄尘:《上海佛教史话》,《佛学半月刊》1936年第136期。

发行，由各埠佛学书局与佛经流通处分销传播，深受当年上海佛学界之推崇。

《真西游记》同时具有传记色彩。胡寄尘推崇司马迁，曾精研《史记·列传》，效仿而作传记体短篇历史小说《王女士小传》（1915 年）、《越南义士传》（1924 年）、《安重根小传》（1929 年）、《乔将军》（1937 年）和《瘦官人任环》（1937 年），①从《越南义士传》和《安重根小传》中还可以看到《史记·刺客列传》的影子。1929 年伊始，胡寄尘又陆续将《太平广记》《列仙传》《仙传拾遗》《搜神记》《列异传》等典籍中的一些神、仙、道文言故事以白话述之，分别为冷谦、苏仙公、陵阳子明、王十八、于梓人、介象、王婆、董奉、终南山翁、卢二舅、葛玄、水晶宫仙女、岳嵩、樊夫人、小犹道人、茅安道、孙博、桂林韩生、龙护、费长房、李阿、壶公、懒残、魏伯阳、翟乾祐、樊英、韩湘子等三十余位仙人立"传"，这些"仙传"故事相继刊载于 1929 年出版的上海儿童刊物《儿童世界》上，总题为"中国神仙故事"。胡寄尘的《真西游记》虽未以"玄奘传"命名，但其主体部分基本符合传记体例，如开首从玄奘的姓氏、籍贯、家世、生辰写起。现摘录如下：

> 玄奘，俗称唐僧，法号玄奘。本姓陈氏，原籍陈留，祖父因宦游迁徙，家于缑氏，故又为缑氏人。父名惠，为隋代名儒，有子四人，玄奘最幼。玄奘生于隋仁寿二年。②

其后再以玄奘经历尤其是西域取经过程为主线完成小说，这是人物传记的典型撰述范式。玄奘法师乃是中国历史上影响最大的佛学大师，为玄奘法师立传不仅是"默僧"胡寄尘的个人选择，同时也是当年上海佛学界之共识。可见，《真西游记》的佛学性质与传记色彩互相关联，因此从根本上来说，这是一部专门为玄奘法师立传的佛学人物传记。

此外，胡寄尘的《真西游记》采用平话体例、史学原则撰写"玄奘取经史"。平话乃话本之一种，话本是"说话"人讲故事用的文学底本，有"词话"（有词有话）、"诗话"（有诗有话）、"平话"之分。③ "'词

---

① 《王女士小传》（《香艳杂志》1915 年第 9 期）、《越南义士传》（《侦探世界》1924 年第 21 期）、《安重根小传》（《儿童世界》1929 年第 23 卷第 12 期）、《乔将军》（《创导》1937 年第 1 卷第 5 期）、《瘦官人任环》（《兴中月刊》1937 年第 1 卷第 2 期）。

② 胡寄尘：《真西游记》，范古农校，上海，佛学书局，1932，第 12 页。

③ 郑振铎：《郑振铎说俗文学》，上海，上海古籍出版社，2000，第 61 页。

话'者，盖即王国维氏所谓'有词有话者则谓之词话也'（王国维《跋唐三藏取经诗话》）……词话之外，其有诗有话者，则谓之'诗话'"。①平话主要以通俗语言、叙述方式讲故事，只说不唱，述中有评，亦称"评话"。宋元说话中有专门讲史一家，话本中亦有讲史话本一类，如《五代史平话》《宣和遗事》。在文学发展过程中讲史话本逐渐形成相对固定的创作模式，《真西游记》采用的平话体例基本沿袭了讲史话本的固定模式。

第一，长篇体式。《真西游记》不足四万字，但人物众多、情节曲折、文白间杂，极类民初典型的长篇小说。

第二，分卷立回。《真西游记》全书不设章，分上下卷，每卷十三回，共二十六回。按回叙事，实属章回体式。

第三，对句回目。《真西游记》各回回目字数不等，但每一回对句字数一致，基本承继了宋元平话的标题拟定特点。宋元时期平话的篇目标题字数不等，而后世则日趋整齐，终成对句。

第四，说书方式。《真西游记》《第一回 老先生善为村塾师　好学生新翻西游记》乃是导入或"入话"部分，开首有开场词与开场诗，开门见山言明《真西游记》的创作缘起。开卷"词曰：盲女说书短陌，村巫搬戏从祠。三分七国事诙奇，还有西游一记。猴子终非故实，豚儿亦是骈枝，奘师有传可凭依，今日从（重）新说起。右调西江月"。开卷"诗曰：西游一卷旧知名，语怪搜神太不经。赖有法师遗传在，而今重说与人听"。这与戏曲中的上场词或上场诗相似，即引用诗词，以"词曰""诗曰"入话，开宗明义。不过略微不同的是《真西游记》结尾之处并没有"散场诗"或下场诗，可谓大同小异。其他各回皆以说书人口吻讲述玄奘取经过程，常用"话说""书接上回"等套语承上启下，值精彩处，配合醒木，则出现"看官诸君""列位看官"等提示语，文尾常见"欲知后事如何，且听下回分解"等固定结语。

第五，时间叙事。《真西游记》从《第二回 发宏愿万里求经　排众议只身就道》起是"正文"部分，按照时间顺序进行事件叙述与故事编排，完整讲述玄奘取经的真实过程。中国小说的时间叙事最早源于史籍之编年体例，自然隐含着"求真"的史学诉求。

因此，从文学模式与史学原则来看，《真西游记》又是一部文史结合的章回体长篇历史小说。

---

① 郑振铎：《郑振铎说俗文学》，上海，上海古籍出版社，2000，第61页。

1932年《真西游记》最初在《佛学半月刊》连载时，该刊注意到其"半佛半传、半文半史"的复杂文体性质，经综合考量后称之为"佛化历史小说"。

二 《西游记》之反续书

中国四大名著续书绝大部分都是原著的正续，反续数量极少。"正续"又曰"顺续"，即"顺其意"，指该续作与原作主旨基本相符；"反续"，又曰"逆续"，即"逆其志"，指该续作与原作主旨大唱反调。在四大名著续书中《水浒传》的反续书最具典型性，如明代版本《宣和谱》（又名《翻水浒》）、清代版本《荡寇志》（又名《结水浒传》）和民国版本《残水浒》，此外民国时期还出现了《三国演义》之反续书《反三国演义》，《西游记》之反续书《真西游记》，而《红楼梦》虽然续书最多却罕见贯穿全文颠覆原作的反续书。这些反续的创作目的各不相同：《残水浒》作者基于个人立场，不满水浒人物忠义之美誉，故意写他们之间尔虞我诈、钩心斗角、分裂离析的内讧行为；《反三国演义》作者因痛悼诸葛孔明隆中对策之误，出师未捷之哀，致使江山失于曹魏、终归于晋，故而施展韬略于纸上，成就功业于笔端，不惜以文乱史，使英雄起死、大展抱负，最终颠覆《三国演义》结局，实现蜀汉之一统；《真西游记》作者对《西游记》中荒诞无稽过度神魔化的故事内容深以为憾，故而用以文写史的态度还原"玄奘取经"本事。可见，《宣和谱》《荡寇志》和《残水浒》基于政治立场，名为翻案之作，实则丑化梁山英雄，维护阶级统治，《反三国演义》因憾于蜀汉结局，乃抒一己之胸臆，旨在实现蜀汉一统，而《真西游记》则不满原作神魔叙事，旨在还原取经本事。总之，它们分别趋向"政治化""务虚"与"归真"的三个极端。

《真西游记》最初参诸《旧唐书》，《旧唐书·方伎传·僧玄奘传》所载玄奘取经译经本事，堪称佛学史上一大壮举。[①]自唐而后，这一历史事件经历了一个由真人真事演化为神魔故事的复杂过程。玄奘与门徒辩机合作完成的《大唐西域记》，是最早出现的关于玄奘取经的具有文学性质的纪事版本，该书本着"皆存实录，匪敢雕华"之原则用十万字记述玄奘所经西域一百一十余邦国的政治、经济、宗教概况，但受时人认知所限，作者将海市蜃楼等自然现象皆归"妖异"之事，[②]从而初露神魔叙事迹象；《大唐西域记》的创作乃是基于唐太宗李世民消灭西突厥的军事构

---

① 〔后晋〕刘昫，等：《旧唐书·方伎传·僧玄奘传》，北京，中华书局，1975，第5108页。

② 〔唐〕玄奘：《大唐西域记》，上海，上海商务印书馆，缩印江安傅氏双鉴楼藏宋刊藏经本。

想，为大唐了解西域提供战略参考，因此它不仅是一本历史典籍，一部文学古籍，还是一部西域地理志。至宋代，玄奘取经一事主要被演绎为《三藏取经诗话》（又名"大唐三藏取经记"），讲述唐僧和猴行者西天取经的故事，孙悟空之早期文学形象开始出现；郑振铎认为："此话本的时代不可知，但王国维氏据书末：'中瓦子张家印'数字，而断定其为宋椠，语颇可信。故此话本，亦必为宋代的产物。"《三藏取经诗话》乃是小说版《西游记》的雏形。至元代，吴昌龄作《西游记》杂剧，这是玄奘取经故事比较成功的戏曲版本。及至明代，吴承恩写成小说《西游记》后，玄奘取经故事开始广泛流传，家喻户晓。此后，《西游记》小说续书亦大量出现，如天花才子所评《后西游记》、真复居士所题《续西游记》、董说的《西游补》等，这些续书以神佛、妖魔、鬼怪为主要角色，以天马行空的想象驾驭笔墨，基本沿袭《西游记》的神魔小说路数，符合原作主旨，可谓《西游记》之正续。

　　胡寄尘曾释义"小说"两字，"'小'就是'大小'之'小'，'说'字和'悦'字相通。称为'小'，是看轻他的意思。'悦'，是有含供人娱乐的意思"[①]。胡寄尘乃诗人兼小说家，1914年曾辑录《近人游记丛钞》十七种，自然不会看轻小说、游记，但他认为"凡涉及神、鬼、妖怪的话，我们都叫神话"，而"玄奘大师"乃佛学至尊、青史名流，"唐僧取经"是历史事件，"人的故事"，"不是'神的故事'，不是'鬼的故事'，也不是'妖怪的故事'"[②]，因此坚决反对《西游记》将"玄奘大师"与"唐僧取经"小说化、娱乐化、神魔化的写法。胡寄尘认为"原有《西游记》及《三藏取经诗话》两书，流传甚广，几乎妇孺皆知，虽亦诙奇可喜，然多凭空结撰，绝非事实"[③]。又认为《三藏取经诗话》及其后改编本过于荒诞，"凭空造出孙悟空与猪八戒，及种种神怪妖魔之名"[④]，以至学界垂青"孙悟空"，民间乐谈"大闹天宫""高老庄"，而"玄奘取经真相埋没无闻"，"唐僧"形象相形见绌甚至出现"贬化"倾向。在胡寄尘看来这些"西游"版本都是"假西游记"，可它们仍"托名为玄奘之事，当为玄奘所不许也"[⑤]，故另作《真西游记》，重申"西游"核心乃

---

① 胡寄尘：《中国小说的起源及其演变》（四），《珊瑚》1933年第2卷第4期。

② 胡寄尘：《中国小说的起源及其演变》（二），《珊瑚》1933年第2卷第2期。

③ 胡寄尘：《真西游记·序例》，范古农校，上海，佛学书局，1932，第1页。

④ 胡寄尘：《真西游记·二十六　唐僧取经归长安　书生执笔记西游》，范古农校，上海，佛学书局，1932，第117页。

⑤ 同上。

是"唐僧"西游，彻底清除孙悟空、猪八戒、沙和尚以及各种神佛、妖魔、鬼怪形象，以"玄奘"为中心，按其取经的时间顺序重新整理事件、编排故事，重点彰显玄奘洛阳出家、随兄游蜀的出世精神，长安阅经、誓观原典的求真精神，遇阻不折、偷渡出境的执着精神以及自行西游、不畏艰险的牺牲精神。可见，《真西游记》摒弃神魔叙事，旨在以文写史、返璞归真，还原玄奘取经本事，以"表扬奘师，万里求经，不避艰险，努力奋斗，有志竟成"①之诚心、毅力与胆略。因此，从这一意义上讲，《真西游记》是《西游记》的一部反续书。

三 《真西游记》的变革尝试

《真西游记》外在形态上虽然采用讲史话本的固定模式，然并非单纯"复制"。"文学底（的）外形，是跟着时代而变迁的，这是很显明的事，不消多说"，"旧的形式，也明明在那时变迁的，是不能反抗时代的"②。胡寄尘不仅是一位小说作家，还是一位国学大师，曾任教于上海沪江大学、持志学院、中国公学等院校讲授国学，撰有论著《中国小说概论》《中国小说研究》《短篇小说概说》以及诸多小说评论，对小说创作颇有研究。特别是在1933年《珊瑚》半月刊第2卷第1～12期连载的长篇论文《中国小说的起源及其演变》一文中，胡寄尘曾辨别"说""游说""小说"等概念，区分《储说》《说山》《说林》《说郛》《说海》《说库》《说苑》《世说》等篇目中"说"字之内涵，还曾谈到神话、传说、传奇与"说话""口传"的关系问题以及宋代评话、讲史演义与"说话人"或"说书人"的设置问题，同时注意到《红楼梦》中"说话"方式的转变。根据相关研究，他在创作《真西游记》时自觉进行一些叙事尝试，从多层叙述人设置、"假托故事"与"故事套故事"的编排方法以及"真幻结合"的叙述方式三个方面对中国现代小说进行形式实验。这些理论和实验略显浅近，但在中国叙事学尚属空白的20世纪20年代，已算早开先例。

（一）多层叙述人设置

从叙事时间来看，《真西游记》属于"事后叙事"，③或历史叙事。

---

① 胡寄尘:《真西游记·序例》,范古农校,上海,佛学书局,1932,第2页。

② 刘大白:《与胡寄尘先生论文学书》,《文艺茶话》1934年第2卷第9期。

③ 〔法〕热拉尔·热奈特:《叙事话语 新叙事话语》,王文融译,北京,中国社会科学出版社,1990,第150页。

"简而言之，叙事就是'讲故事'"①，"历史叙事"即讲历史故事。《真西游记》通过设置多层叙述人来讲述玄奘取经这一历史故事。叙述人指故事的讲述主体，不同于作者，但在多重叙述层次中作者又可作为叙述人出现在文本中。从叙事层次理论来看，一部文学作品的第一叙述人乃是作者本人，作者一般潜隐文后，以潜在方式讲述故事，是谓"潜在叙述人"，容易为读者忽视；多重叙述层次中的其他叙述人，则是故事叙述人，由作者选择设置而成。在中国文学中，作者基本都以潜在叙述人而存在，直到20世纪80年代"先锋文学"倡导之时，一些作者的身影才偶尔以显在方式出现在小说文本中，将"元叙事"与"叙事"融为一体，如马原的《冈底斯的诱惑》《虚构》等小说。《真西游记》的作者胡寄尘即以潜在叙述人而存在，他还另外设置了三层故事叙述人，即第一层故事叙述人——虚拟说书人，第二层故事叙述人——撰述者"中年狄宝"与讲述者"虚拟说书人"，第三层故事叙述人——以老商人、屈支僧人为主的众多故事人物。如图：

潜在叙述人（胡寄尘）
第一层故事叙述人（虚拟说书人）——→超故事层
第二层故事叙述人（中年狄宝撰述、虚拟说书人讲述）——→故事层
第三层故事叙述人（老商人、屈支僧人等）——→亚故事层

图10-1　《真西游记》的叙述层与故事层

从"图10-1"可见，"虚拟说书人"是胡寄尘最早为《真西游记》设定的故事叙述人，同时也是所有故事的总叙述人。胡寄尘以虚拟说书人为代言人在超故事层讲述"少年狄宝"立志创作《真西游记》以及中年之后完成夙愿的故事，并将自己的思想、观念、心理等渗透于文本之内。这种叙述人设置方法脱胎于宋元话本。宋元话本常常虚拟一位说书人作为故事的总叙述人，再以说书人口吻讲述历史故事、虚构故事或亲历故事。胡寄尘曾研究"宋代话本"与"清人话本"的区别，"宋代的话本，不是直接给人家看的，是由说话人说给人家听的。不知到何时才变为直接给人家看，再后来又变为只宜看不宜说了。如《红楼梦》《儒林外史》都是只宜看不宜说的"②。《真西游记》虽然设有"说话人"，但总体而言也是一部宜看不宜说的小说。

"中年狄宝"是胡寄尘为《真西游记》设定的第二层故事叙述人，他是中年胡寄尘的化身，同时也是故事层的撰述者，自第二回《发宏愿万

---

① 〔美〕浦安迪：《中国叙事学》，北京，北京大学出版社，1996，第4页。

② 胡寄尘：《中国小说的起源及其演变》（五），《珊瑚》1933年第2卷第5期。

里求经 排众议只身就道》始皆为狄宝中年以后所撰之故事内容。不过狄宝虽为故事层的书面撰述者，却并非该层的口头讲述者，"狄宝"所撰之"玄奘取经"故事乃是通过"虚拟说书人"之口向大众言说。热奈特认为"叙事的第一层含义""指的是承担叙述一个或一系列事件的叙述陈述，口头或书面的话语"①，同理，叙述人也应同时包含讲述者和撰述者两类。由此可见，胡寄尘为《真西游记》故事层的故事总叙述人设定了双重虚拟身份——"中年狄宝"与"虚拟说书人"，二者皆为故事层故事的叙述主体，共同承担该层故事的叙述。

《真西游记》的第三层故事叙述人不止一个，乃由老商人、屈支僧人、缚喝罗僧、那揭罗喝国王、老翁、向导、舍卫国寺僧、那烂陀寺僧、同行商人等众多故事人物构成，这些人物是胡寄尘从玄奘取经途中所遇各色人物中精心筛选出来的，他们所讲的五花八门的故事并列形成《真西游记》的亚故事层。

这三层故事叙述人按照时间顺序分别出现在不同叙述层次中讲述故事，使得纷繁复杂的人物、事件、情节有条不紊地铺排开来，最终次第成篇。直到20世纪80年代改革开放之后，伴随着中国学术界对西方叙事学理论的大量译介，经"先锋文学"倡导实践，叙述层次理论、多层叙述方式才引发关注。因此，在二十世纪二三十年代中国现代小说创作中，多层叙述人设置、双重虚拟身份的设定与多层叙述方式的运用尚属罕见，其中双重虚拟身份的设定无疑是《真西游记》的一大创新。

（二）"假托故事"与"故事套故事"的编排方法

《真西游记》的故事情节主要采用"假托故事"和"故事套故事"两种方法编排而成。

"假托故事"，亦称"假借故事"，是指作者假借他人之口讲述自身经历的一种独特方法。这一编排方式出现在《真西游记》第一回《老先生善为村塾师 好学生新翻西游记》中，胡寄尘假借"虚拟说书人"之名讲述"少年狄宝"立志创作《真西游记》的缘起、契机、时间、目的和过程，从而使第一回形成一个独立的超故事层。

此外，《真西游记》在讲述"玄奘取经"故事的时候，还设置多个故事人物作为分叙述人，并使他们在玄奘取经故事中穿插讲述当地胜迹、奇闻、异事、名人、传说等，从而又在"玄奘取经"这一宏观故事层下分别形成诸多微观亚故事层，最终产生了由超故事层——故事层——亚

① 〔法〕热拉尔·热奈特：《叙事话语 新叙事话语》，王文融译，北京，中国社会科学出版社，1990，第6页。

故事层共同构成的"故事套故事"情节编排模式。胡寄尘自第五回《高昌国绝食感王心　阿父泉登崖寻古迹》起开始在"玄奘取经"故事中内置相关故事，主要置入老商人所讲"阿父师泉"故事、屈支僧人所讲"龙池龙马"故事、缚喝罗僧所讲"昆沙门天神像"故事、那揭罗喝国王所讲"释迦遗影"故事、老翁所讲"无忧王太子复明记"、向导所讲"曲女城"故事、舍卫国寺僧所讲"给孤独园"故事、那烂陀寺僧所讲"魔境"故事、同行商人所讲"狮子国"故事等，尤其在第二十一回《顶礼释迦寂灭像　访问国王施鹿林》中竟然连续置入救火塔、施鹿林、烈士池和三兽塔四个故事，这是全书内置故事最多的一回。

（三）"真幻"结合的叙述方式

《真西游记》根据《旧唐书》所载玄奘取经本事，参诸《大唐西域记》《三藏法师传》（《大唐大慈恩寺三藏法师传》）以及《南海寄归传》等演绎而成，事多有征，尽量清除《西游记》中凭空撰造的虚妄人物、无稽故事与荒诞言辞，"书中亦有以己意添造，以资点缀者，然必在情理之中"[①]。不过《真西游记》虽以"求真"为务，唯独不排斥佛家"玄幻"色彩，因此《真西游记》实际上采用的是"真幻"结合的艺术手法，最终形成以"求真"著实为主，以"奇幻"陷虚为辅的叙述方式。[②]

首先，《真西游记》的"真幻"结合手法乃是胡寄尘短篇小说两大创作向度融合的产物。

胡寄尘的短篇小说数量众多，按照时间顺序主要可分为哀情小说、奇情小说、滑稽小说、侦探小说、游侠小说、现实小说、神怪小说和历史小说八大文体形态。此外，他还作有少量"佛理小说"（或"佛学寓言"[③]）、翻译小说、社会小说、教育小说、科学小说等。胡寄尘常常在小说评论中探讨短篇小说文体问题，在创作实践上也不断变换花样，进行多种小说试验，"自信能独出心裁，不落常套"[④]。1921年他在上海《时事新报》刊登创作宣言："我做的小说无论登在甚（什）么杂志上，或日报上，都是本着我自己的宗旨做的，绝对不受他人的拘束，绝对不插入他人的风气。"[⑤]经过一系列文体尝试之后，胡寄尘的短篇小说创作逐渐呈现出两大方向：一曰"著实"，即以滑稽小说反讽现实，以现实小

①　胡寄尘：《真西游记·序例》，范古农校，上海，佛学书局，1932，第2页。

②　胡寄尘：《小说管见》，《新声》1921年第1期。

③　胡寄尘：《佛学寓言》，《世界佛教居士林林刊》1923年第2期。

④　胡寄尘：《小说拉杂谈》，《游戏世界》1922年第13期。

⑤　胡怀琛：《胡怀琛启事》，《时事新报》1921年8月5日。

说"白描"现实，以历史小说追求真实的写实方向；二曰"陷虚"，即以哀情小说、奇情小说、神怪小说为代表的虚构方向。他认为"小说著实者，其能引人人于现在之世界。陷虚者却能引人人于未来之世界"[①]。两者相得益彰，各有妙用。可见，《真西游记》以"求真"著实为主，以"奇幻"陷虚为辅的叙述方式的形成根源在于胡寄尘先前短篇小说的多方实践。

其次，《真西游记》"真幻"手法的运用与胡寄尘的佛教信仰直接相关。这主要体现在"陈母梦生""玄奘自梦"和"百僧之梦"等"奇梦"系列方面。"陈母梦生"一事中，"当初生时，陈太夫人曾梦见法师，身着白衣，向西方去。问道：'儿是我子，今欲何往？'答道：'我欲往西方求法去'。于此可见，玄奘西游，早有先兆。""玄奘自梦"一事，玄奘梦见自己脚踏石莲花，翻山过海；而"胡僧之梦"中，胡僧梦到一人"坐莲花上向西而去"；"百僧之梦"，护瑟迦罗寺数百僧众夜间同时受到"神人托梦"，言"摩诃支那（大中国）高僧万里求经，旷世难逢，将至护瑟迦罗寺，众僧惊起洒扫更衣，虔诚迎接、拜谒"。可见，诸梦皆见玄奘脚踏莲花，凌空西游，隐含佛之启示。特别在第十九回《渡克伽河感化杀人盗　谈提婆事折服小乘僧》中，玄奘遇盗受缚，被杀之际闭目静坐，诚念慈氏菩萨名号，顷刻之间"黑风四起，天地晦暝，拔树飞沙，山崩浪立"，强盗慑服，改邪归正。其他各回中的神魔因素多出自梦境、道听途说或不可解释之自然现象，而该回却直接描写玄奘佛法无边的教化场景，这与《西游记》写法如出一辙，显然亦为胡寄尘虔诚佛事的结果。

再者，《真西游记》"真幻"手法的运用无疑又是胡寄尘痴迷中国神话传说和古典志怪小说的一种折射。20世纪20年代中后期，胡寄尘开始痴迷中国神话传说与古典志怪小说，后仿作大量"神怪小说"。[②]1925年1月胡寄尘在上海广益书局出版《神怪小说集》，包括《恋爱之神》《嫦娥之怨》《四面人》《幸福之宫》《怪医生》《快乐之水》《水晶人》《不肖的子孙》《中国之阿丽思》（上、中、下）和《镜花缘补》共十二个短篇小说。1926年胡寄尘又辑录并在《儿童文学》上相继刊载一系列中国古代神话。1927年胡寄尘还模仿《镜花缘》对君子国、大人国、小人国、

---

① 胡寄尘：《小说管见》，《新声》1921年第1期。
② 胡寄尘：《新的神怪小说》，《游戏世界》1922年第19期。

女儿国、不死国等四十余国的奇幻描写①，另行虚构出十八国度，先后写成《今镜花缘》奇幻故事二十篇，即《多九公环游全世界》（《今镜花缘》之一）、《儿童国》（《今镜花缘》之二）、《无历国》（《今镜花缘》之三）、《四面国》（《今镜花缘》之四）、《戏装国》（《今镜花缘》之五）、《劣偶国》（《今镜花缘》之六）、《阶级国》（《今镜花缘》之七）、《伉俪国》（《今镜花缘》之八）、《大鼠国》（《今镜花缘》之九）、《玻璃国》（《今镜花缘》之十）、《蒲卢国》（《今镜花缘》之十一）、《螟蛉国》（《今镜花缘》之十二）、《长眠国》（《今镜花缘》之十三）、《讼师国》（《今镜花缘》之十四）、《唐风国》（《今镜花缘》之十五）、《美髯国》（《今镜花缘》之十六）、《诗人国》（《今镜花缘》之十七）、《聋公国》（《今镜花缘》之十八）、《数学国》（《今镜花缘》之十九）、《多九公回国》（《今镜花缘》之二十），这些故事相继刊载于《民众文学》第15卷第1期至第16卷第25期。1929年完成"仙传"故事集《中国神仙故事》，其间还撰有《读搜神记》《琉球神话》《世界寓言》等文章。《真西游记》写于《今镜花缘》《中国神话》和《中国神仙故事》之后，这三者对其影响主要体现在两个方面：一是对其浪漫幻想、神魔境域、诗性思维的影响，如上述"奇梦"故事与教化场景的形成；二是对其虚构国度或叙事空间的影响。《真西游记》根据《大唐西域记》筛选五十余小邦国作为玄奘必经之所②，其中虽不似《今镜花缘》直接虚构国度，但胡寄尘并非历史学家，辨别国度与域外史实时难免存有失误，如赭时国与唐言石国、睹货罗国与缚货罗国分别为一国的不同译称，胡寄尘却混淆为四国，从而阴差阳错地出现类似虚构国度现象，同时形成一种真假难辨的文学叙事空间。

---

① 据统计，《镜花缘》一书共虚构出君子国、大人国、靖人国（小人国）、长人国、两面国、无肠国、穿胸国、翼民国、结胸国、鬼国、犬封国、豕喙国、白民国、淑士国、毛人国、聂耳国、元股国、毛（劳）民国、毗骞国、无继国（无启国）、深目国、黑齿国、跂踵国、白民国、淑士国、两面国、厌火国、寿麻之国、长臂国、翼民国、结胸国、豕喙国、伯虑国、巫咸国、歧舌国、智佳国、女儿国、轩辕国、不死国等四十余国。

② 据统计，胡寄尘的《真西游记》共涉及玄奘所经之五十余小邦国，即伊吾国、高昌国、阿耆尼国、屈支国、跋禄迦国、突厥、笯赤建国、赭时国、唐言石国、窣堵利瑟汗国、飒秣建国（康国）、屈霜你迦国、喝捍国（东安国）、捕喝国（中安国）、伐地国（西安国）、货利习弥伽国、羯霜那国（史国）、睹货罗国、活国、缚货罗国、锐末脱胡健国、揭职国、梵衍那国、迦毕试国、那揭罗喝国、滥波国、键陀罗国、乌仗那国、呾叉始罗国、乌拉尸国、迦泾弥罗国、半笯嗟国、遏逻阇补罗磔迦国、那仆底国、阇烂达那国、屈露多国、设多图卢国、波里夜呾罗国、秣菟罗国、萨他泥泾伐罗国、禄勒罗国、秣底补罗国、阿踰陀国、阿耶穆佉国、钵罗耶加国、室罗伐悉底国（舍卫国）、憍赏弥国、劫比罗伐窣堵国、蓝摩国、拘尸那揭罗国、战主国、吠舍釐国、摩揭陀国等。

最后，《真西游记》"真幻"方式的运用还受作者认知水平的局限。玄奘一路所遇鹦鹉护宝、金蚁镂字、释迦遗影、海市蜃楼、沙漠磷火等自然现象，即使在二十世纪二三十年代非科学家仍难解释，这也是胡寄尘将它们演绎成神魔鬼怪、离奇传说的一大原因。

如上所述，《真西游记》的首要目的是"求真"归原，这一点毋庸置疑，但在实际写作的过程中，由于诸多原因导致这部小说不可避免地存在一些悖论性奇幻场景。在现代意义上，这种写法与魔幻现实主义、超现实主义具有异曲同工之妙。

总之，长篇佛化历史小说《真西游记》作为《西游记》的反续书，不仅能够拓展《西游记》的现代研究，还多方融合胡寄尘短篇小说文体试验与艺术成就，在沿袭传统叙事模式的同时试图进行变革创新，从而开启了中国小说从古典向现代过渡时期较早的一次自觉性叙事尝试，最终成为胡氏小说的集大成之作。

第三节　黄士恒的"秦汉"系列历史演义

在中国现代以"演义"求真的"历史演义"中，除蔡东藩的系列鸿篇巨制外尚存有黄士恒的"秦汉"系列历史演义。黄士恒可以说是中国现代文学史上的一位典型的"失踪"者，而今遍览史料方得其生平概要。黄士恒，字少希，教育家、文学家，祖籍福建永泰，其先祖自永泰移居福州鼓西路孙老营金墩巷后勤恳经营，遂成福州名门望族。黄士恒、黄士复（字幼希）兄弟乃"金墩黄氏"后人，新加坡前总统黄金辉与之属于同一支脉。黄氏兄弟皆为清末举人、留日学人，黄士恒毕业于日本法政学校，黄士复毕业于日本东京帝国大学。黄士恒在日本留学期间与福州学子林觉民等过从甚密，隶属林文领导的东京同盟会第十四支部，在东京郊外大久保住同一栋楼，黄兴常潜来小住共商革命大计，他们认为"立国之道，主要以移风易俗为急，谓欲发愤图强，拨乱反正，宜从教育入手，非恢复礼义廉耻故有之美德，与科学相配合，决莫能存于今日"[①]。黄士恒、黄士复兄弟归国后，早在清光绪三十年十二月（1904年1月）他们便开始在福州西门善化坊黄氏祠堂内（后迁西门街）自费筹建新式学堂——西城两等小学堂（后亦称西城学堂、西城小学堂或西城小学），致力于新式教育事业。最初黄士恒亲自担任堂长，主要教员有

---

① 福州海峡两岸和平统一促进会编《辛亥革命与福州》，福州，海峡书局，2011，第265页。

林万里（即新闻巨子林白水，执教国文，曾留学日本师范速成科）、黄士复（执教数学）、张海珊、郭秀如、刘以芬、薛凤彤、刘道铿、刘鸿藻、黄承潮（清秀才，曾留学日本师范速成科，任图书管理员）等，开设读经、读文、作文、历史、地理、自然科学等课程。这所学堂与黄展云、黄翼云兄弟所办侯官两等小学堂齐名，同为福州重点学堂。1907年5月经松寿、姚文倬联袂向学部奏准在福州开办福建法政学堂（1912年改名为福建公立法政专门学校），聘请日本早稻田大学政学士刘崇杰为监督（即校长），1907～1912年间相继聘请陈与年、马光桢、陈海瀛、梁继栋、何琇先、黄士恒等二十余人任教习，这所学堂与全闽高等学堂、全闽师范学堂三足鼎立，共同成为福建早期的高等学府。辛亥革命前后，黄士恒在该学堂积极开展现代教育事业①，大力演说、宣传革命，引进科学知识、欧美思想，光绪、宣统之交，西城学堂与法政学堂基本成为革命组织和宣传机关，黄士恒、林万里、张海珊等人在福建会城光复时也成为重要人物，报界先驱林万里任政务院法制局局长，张海珊光复时任厦门军都督。民国初期，黄士恒来到上海，1915年至1916年6月任职于上海商务印书馆编译所词典部，其间写出"秦汉系列历史演义"。当时上海商务印书馆正计划推出"通俗历史演义丛书"，孙毓修为之作《通俗历史演义丛书·序》，黄士恒历史演义隶属此书系。

黄士恒的"秦汉系列历史演义"共三部：第一部《秦汉演义》（1917年），第二部《前汉演义》（又名"西汉演义"，1920年），第三部《后汉演义》（不详）。

一 "秦汉"系列历史演义的主要内容

《秦汉演义》，原题为"永泰黄士恒、闽侯郭文华著、无锡孙毓修校订"，吴敬恒、孙毓修、郑孝胥分别为之作序各1篇，凡例1篇，共48回，13.3万字。因黄士恒在上海商务印书馆任职，该书完成后即交由上海商务印书馆在中华民国六年五月（1917年5月）出版第一版，分四册装订，同年十月再版，1921年12月出版第四版，可见十分畅销。孙毓修在所作序中提到了《秦汉演义》的写作原因与主要内容：

> 自司马迁创史记之体，后代作者，递相因袭，至于二十四部，为卷三千有奇。载之专车，读之损日，可谓繁矣。晋宋之人，因有节

---

① 陈遵统：《福建编年史》上册，福州，福建人民出版社，2010，第1577-1579页。

本，或名史钞，以便翻检，或题蒙求，以教后生，是皆节之而已。若取一代之史，删者删，增者增，不落史家之窠臼，自成一家之文章。则非有著作之才，如罗贯中者，殆不能也。明高儒百川书志，评《三国志》演义云："据正史，采小说，证文辞，通好尚，匪伪匪虚，易观易入，非史氏苍古之文，云瞀傅诙谐之气，陈叙百年，概括万事。"若以通俗而言，陈寿之志可废，而罗氏此书为不祧矣。三国之外，惟东周列国志为元人手笔，尚足与之相配，其他两汉隋唐两宋以及二十二史演义之类，等之自郐。杨升庵之弹词，亦太简略不耐观。窃与二三友人，纵论及此，欲取史汉诸书，断代成编，期与东周三国首尾联（连）贯，卒畏难而止。黄子少希闭户数月，出书一束，受而读之，则秦汉演义四十八回也。起自秦灭六国，迄于汉祖即位，以上承东周列国志，此后别编前汉后汉演义，以与三国志相衔接，其撰述之旨，具于凡例。吾有以识其用意之善，而钦其著作之才，罗氏后，惟黄子此书必传。倘更取六朝唐宋元明诸史，一一演之，蔚成大观。岂非龙门兰台以来，一大奇书也。黄子其有意乎？丁巳四月孙毓修书。①

吴敬恒（1865～1953），即吴稚晖，江苏武进人，清末举人，曾留学日本，《苏报》主笔，1905年参加同盟会，创办里昂中法大学并在上海南洋公学、唐山路矿学校等多所大学任教，1927年后任国民党中央监察委员等职。孙毓修（1871～1923），江苏无锡人，字星如、恂儒，又名学修，号小渌天主人，乃清末秀才，因屡试不第，绝意科举，改学英文与西学，1907年经同乡沈缦云推荐入上海商务印书馆编译所从事编辑、著译工作，深受张元济赏识，后被聘为国文部和英文部主任，为民国编辑出版家、图书学奠基人之一。黄士恒、孙毓修等非常推崇罗贯中所著《三国演义》与冯梦龙所著《东周列国志》，又深憾介于两者之间的秦汉历史少有演述，虽有元代话本《秦并六国平话》，但却没有出现能够与《三国演义》《东周列国志》具有"同等价值之著作"，以至于"秦汉两代之人物事业，颇若奇伟于先秦，轰烈于三国者，不能流连慨慕于全社会之间，尤足可惜"②。孙毓修、黄士恒等当时确有自著计划，但只有黄士恒"闭户数月"，"发愤搜讨群书，贯串（穿）《史记》、两汉书，著《秦汉演义》《前汉演义》《后汉演义》三种，以补两书之缺"③，其他人

① 孙毓修：《秦汉演义·序》，上海，商务印书馆，1917，第1-2页。
② 吴敬恒：《秦汉演义·序》，上海，商务印书馆，1917，第4页。
③ 同上。

"卒畏难而止"。黄士恒的《秦汉演义》成书之后，孙毓修"识其用意之善"，"钦其著作之才"，遂作序推荐出版。黄士恒在《自序》中称："本书叙述秦汉间事。上承东周列国志，起自秦灭六国，讫于汉祖即位。此后别编前汉后汉两种，以与《三国志》演义相衔接。"[①]1917年7月至10月间上海商务印书馆持续在《申报》登载广告为其进行售卖宣传，又因"内容丰富，趣味浓深，几乎有口皆碑"，"大为社会所欢迎"[②]。

《前汉演义》分上、中、下三编，共十六卷二百回，四十余万字，初版十六册，题为"编纂者永泰黄士恒，校订者无锡孙毓修"。上编五卷六十四回五册，自高祖即帝位至景帝崩御，1918年3月由上海商务印书馆初版，1920年8月再版，1923年2月第三版，1929年还在加版；中编五卷六十回五册，自武帝即位到武帝托孤，1918年7月初版，1923年11月第四版。下编六卷七十六回六册，自武帝驾崩到刘玄称帝、王莽伏诛，1920年初版，1923年11月再版。《前汉演义》上接《秦汉演义》，从刘邦建立汉朝起，中经王莽篡位，到刘秀复汉乃止。《前汉演义》英文译名为"POPULAR HISTORY OF THE HAN DYNASTY"，即"西汉通俗演义"之意，故当代有人称其为《西汉野史》。蔡东藩亦有同名小说《前汉演义》（或《前汉通俗演义》），但蔡东藩的这部历史演义在时间上相当于黄士恒的"《秦汉演义》+《前汉演义》"。

《后汉演义》基本出自班固《汉书》与范晔《后汉书》，兼采《东汉十二帝通俗演义》以及其他野史，上接《前汉演义》，下接《三国演义》，目前尚未发现存世版本。

总之，"秦汉系列历史演义"基本史实主要来自《史记》《汉书》，兼采各类野史轶闻，因此擅长叙述军国大事、朝野轶闻，人物刻画精彩，文字通俗，文笔流畅。这套历史演义出版后面向北京、天津、保定、奉天、吉林、长春、龙江、济南、东昌、太原、开封、洛阳、西安、南京、杭州、兰溪、吴兴、安庆、芜湖、南昌、九江、汉口、武昌、长沙、宝庆、常德、衢州、成都、重庆、达县、福州、厦门、广州、潮州、韶州、汕头、香港、桂林、梧州、云南、贵阳、石家庄、哈尔滨等地分售，几乎遍及全国，甚至远销到新加坡，在民国初中期影响极大。

二 "秦汉"系列历史演义的写作目的

黄士恒"秦汉"历史演义主要有两个写作目的：一是"补助识字"，

① 黄士恒：《秦汉演义·序》，上海，商务印书馆，1917，第1页。

② 《秦汉演义》，《申报》1917年7月29日。

"增进智识"，二是旨在"论世知人"，"且寓劝惩"。

（一）"补助识字"，"增进智识"

民国成立之后，仍国弱民贫，受制列强，黄士恒福州同乡林纾所译《牧羊者》曾言："今日黄人之势岌岌矣，告我同胞，当力趋于学，庶可化其奴质。不尔，皆奴而驴耳。"民国初年黄士恒更加积极地投身现代教育事业，1915年他在上海商务印书馆任职后曾编译出版多种社会科学与自然科学书籍，以推广新式知识，全面开启民智。如黄士恒1915年翻译的《法国鲁滂博士物质生灭论》（原载《东方杂志》1915年第12卷第4、5、106期），曾获得梁漱溟高度评价："鲁滂博士（LeBon Gr. G.）造《物质新论》（*Evolution of Matter*），余尚未备其书。阅《东方杂志》十二卷第四五号，黄士恒译篇，最具大意，其词简约，不过万言，而其精深宏博，已可想见。"[1]同年他还与朋友合译《发明与文明》（1915年，上海商务印书馆），隶属"新智识丛书"。1918年黄士恒又与中国同盟会福建分会会员萨君陆合译《能率增进法》（原载《东方杂志》1918年第15卷第11～12期，第16卷第1～2期，1926年上海商务印书馆出版《能率增进法》全本），1926年他在上海商务印书馆出版《运输与通信》，1929年又与顾实合作在该馆出版《人生二百年》。同样，"秦汉"系列历史演义亦是黄士恒当年推广知识的一种有效方式，只不过这些历史演义推广的不是新式自然科学知识，而是中国传统历史文化而已。

黄士恒"秦汉"系列历史演义的首要写作目的是效仿《三国演义》，提高人们自学识字的能力，增进国人智识，进而达到增强国力之目的。"我国教育不普及，多数之人，智识缺乏，失国民之资格，为当前唯一之大患"[2]。当时中国文盲非常多，多数人已过求学年纪，"求之于学校，非唯设备学校之难，其对于已过学龄者，仍无可用力。求之于通俗书报，非唯今日学界所注意之新形式书报，未能骤适于全社会之习惯，亦且阻于识字者之不多，编纂甚形困难"[3]。黄士恒后来发现一个特殊现象，"往往有已习职业之少年，与村氓之秀出者，忽用自力，颇能谈说古今，书写契帖，过渡而至于晚近，且能倚柜适市，聚看报章之广告商情，珍闻狱讼。此等本不识字之人，彼之自力，果用何种机关而发达，则人人能立起而对曰：'不识字人之独修教科书，最普通者，盖三国演义而已。'

---

① 梁漱溟：《究元决疑论》，载翟奎凤选编《梁漱溟文存》，南京，江苏人民出版社，2014，第86页。

② 黄士恒：《秦汉演义·序》，上海，商务印书馆，1917，第1页。

③ 同上。

其余如东周列国志说唐三传水浒岳传之类，亦为其流行之参考品"①。也就是说，一些本来不识字的年轻人借助《三国演义》等小说通过自学竟然获得了识字看报的能力。因此，黄士恒非常推崇《三国演义》，认为《东周列国志》亦可媲美，他认为当前的补救之法就是多写一些类似于《三国演义》的小说来提高国人的自学识字能力，最终达到提高国人智识的目的。

黄士恒"秦汉"系列历史演义发行后颇见成效，尤其是《秦汉演义》因教育贡献甚伟而受到民国教育部嘉奖。1917年12月21日民国教育部颁发第848号令，批准奖励《秦汉演义》等三种小说，颁奖评语曰：

> 是书佳处章文及凡例已历（列）举无遗，初非溢美。所引书籍，除《史》《汉》《通鉴》外，间采他书，皆说明出处，最于读者有益。书中插图或描自古书，或出自新意，皆择其雅者，足见编者之审慎。……吾国普通人民历史观念之薄弱，实由历史小说之不发达，……今日正当编纂此种历史小说，启发我国人之历史观念。作者贝兹宏愿，纂成此书，其价值诚不及《三国演义》，然比之《二十史演义》，当有过之，宜给奖以励来者。②

教育部对《秦汉演义》的批文曰：

> 是书以演义体裁，叙述秦汉事迹，用意正大，措施明显，俾一般不能读《史记》《汉书》之人，借此亦可略得历史之智识，其有裨于通俗教育，洵非浅鲜。③

吴敬恒亦曾评价曰："其文益信益达，其味益浓益深，后来居上，亦固其所，其足以张旧式小说之帜，而有补于通俗教育者，定不鲜矣。"④这与蔡东藩所谓的"以为教科之助"类似。

（二）"且寓劝惩""转移风俗"

刘知几曾言："史之为务，申以劝诫，树之风声。"⑤黄士恒历史演义

---

① 吴敬恒：《秦汉演义·序》，上海，商务印书馆，1917，第1-2页。
② 《教育部第848号令》，《教育公报》1918年1月30日第5第2期。
③ 同上。
④ 吴敬恒：《秦汉演义·序》，上海，商务印书馆，1917，第4页。
⑤ 〔唐〕刘知几：《史通通释》第七卷，浦起龙释，上海，上海古籍出版社，1978，第192页。

撰写的次要目的便是"且寓劝惩""转移风俗"①。清末民初中国社会发生巨变，社会思潮、文艺思潮状况复杂，文坛上旧文人积习浓郁，通俗小说中充斥着色情、黑幕、复古、愚民内容，从而引发一些社会不良风气。郑孝胥在为《秦汉演义》所作序中曾谈到那些小说对人们的精神毒害：

> 十余年来，小说盛行一时，争奇竞巧，惊心动魄。使览者狂惑失态，摧名教，败风化，诲淫诲盗，举世披靡。纵离经叛道之习，挟荡检逾闲之气，上无道揆，下无法守。君子犯义，小人犯刑。天下之乱，小说盖有力焉！
>
> 然则小说者，真亡国之妖也！国中之士女，略识字者，靡不竭日玩时，枕胙于斯，消耗其精神，颠倒其思想。毒中脏腑，莫可救药！今将何以救之？亦救之以小说而已矣！
>
> 黄君少希以所作《秦汉演义》示余，叙致雅洁，一本《史》《汉》。自学人观之，疑其过于平正。而入于未学者之目中，则离奇新颖，闻所未闻。于小说家强弩鲁缟之后，投以此书，或将鼓舞欢欣，不能释手。夫物极必反，安知餍刍豢者，不转觉白饭清茶之适口耶！黄君将续为《两汉演义》，吾故知其于彰学术、崇节义，必三致意焉。他日深入于人心，则转移风俗之机，其在此乎！丁巳（1917年）闰二月，孝胥书。②

因此，《秦汉演义》不涉"荒诞邪僻"之内容，希望通过惩恶劝善建构理想的小说伦理与写作导向，从而达到论世知人、移风易俗的目的。这一方面继承了中国史家自《春秋》"微言大义"以来形成的劝惩精神，另一方面自觉承担了中国儒家通过"文以载道"推行的义理教化功能。

三 "秦汉"系列历史演义的基本作法

（一）小说体裁、事事有据

黄士恒的历史演义首先具有"演史"特征，绝不向壁虚造，"事事皆有来历，更体察当日事势，实行摹写，力避虚造附会之弊"。③黄士恒承认，历史演义的小说性质以及其"官稗并采"的史料特点，"本书取材史

---

① 黄士恒：《前汉演义·凡例》，上海，商务印书馆，1917，第1页。
② 郑孝胥：《秦汉演义·序》，上海，商务印书馆，1917，第3页。
③ 黄士恒：《前汉演义·凡例》，上海，商务印书馆，1917，第1页。

汉，旁采他书，以小说体裁演历史故事"①，"小说叙述，但当据事直书，情节分明，善恶得失，言外自见"，"史汉纪事，间有矛盾讹舛之处，特广搜他书，或就己意加以订正"，"历史中事实人物，与时代有关系者，加意发挥，至风俗文化以及典制故事，亦加甄采"②。

《秦汉演义》主要出自《史记》中秦王嬴政统一六国后的"秦史"部分，再辅以其他史籍完善叙述，故而又称《秦史演义》。如第一至八回讲述秦始皇统一六国直到驾崩这一段历史，其中采用最多的是《秦始皇本纪》《李斯列传》和《留侯世家》，而《秦始皇本纪》涉及内容最多，如秦王嬴政统一中国，拟定皇帝、朕尊号，开筑驰道、巡游天下，销毁金器、迁徙富户，泰山封禅、出海寻仙等，此外在秦王南巡时，以《留侯世家》中的张良刺秦进行补充，在叙述焚书坑儒时则辅以《李斯列传》中相关内容，在叙述驱逐匈奴、修筑长城，徙民五岭、开拓南疆时又以《资治通鉴卷第七·秦纪一·秦始皇帝三十三年》中的相关内容予以翔实补充。第九至四十八回则讲述秦末群雄逐鹿直到汉高祖登基止，除了《秦始皇本纪》中关于二世残暴、赵高专权部分，采用最多的当数《陈涉世家》《项羽本纪》《高祖本纪》《萧相国世家》《李斯列传》《郦生陆贾列传》里的内容。总之在黄士恒"秦汉"系列历史演义中，《秦汉演义》对《史记》的依赖性最强，其中除了向外搜寻史料略加补充，少有跳出《史记》的内容。虽然他已经认识到了史籍对历史人物与历史事件评价中存在一些问题，"顾载籍流传，或拘于当代之忌讳，或囿于一时之见解，不免附会失实，任意抑扬"③，但在其历史演义书写中也同样犯有"任意抑扬"的错误，例如他对秦始皇的贬抑倾向，"秦王嬴政，为人生得蜂鼻长目，鸷胸豺声，生平作事眼光极大，手段也极辣。一从灭去六国，代了周家，身为天子，贪心不足"，并未对其"功过""善恶""得失"进行全面描写。

《前汉演义》主要出自《史记》"（西）汉史"部分，同时借鉴明代熊钟谷所编的《全汉志传》、明代黄化宇所校《两汉开国中兴传志》、明代钟山居士甄伟所作《西汉通俗演义》以及其他杂剧、野史、逸闻，由于篇幅甚巨，其整体作法上不如《秦汉演义》考订严谨。《前汉演义》对《史记》西汉史部分主体内容的演述变化不大，但注重事件的前后发展、因果联系，对人物的心理、行为描写得细致入微，对人物的作用、评价

---

① 黄士恒:《前汉演义·凡例》,上海,商务印书馆,1917,第1页。
② 同上书,第2页。
③ 同上。

则沿着司马迁点到为止之处大肆生发，主观褒贬倾向溢于言表。此外《前汉演义》在语体上比《秦汉演义》直白通俗，一些回目用语庶几接近白话体，如第八回《征匈奴娄敬料敌　困白登陈平献谋》中有这样的描写：

> 　　直到第六日，高祖心知救兵无望，又见诸将士受饿受冻，面无人色，要想拼命杀条血路逃走，也是不能。思来想去，并无方法，遂向陈平问计，陈平早探知匈奴阏氏，现在军中，于是心生一计，附着高祖耳边，说了数句。高祖依允，立命画工画一美女，务极美丽，画工奉命，费了一日功（工）夫，画完呈与高祖。①

（二）"引人兴趣""寓教于乐"

"《三国演义》与《东周列国志》之无择男女老幼，俱能笃嗜"②，甚至一些人还借助这些著作通过自学达到了识字的地步，他认为能达成这种目的最重要的原因是其内容阐释与叙述方式首先能"引人兴趣"③。因此黄士恒做历史演义，"引人兴趣"乃是使国民乐于自学、增进智识的必要途径。

首先，语体上采用浅近文言解释正史内容。"本书文字，以明白晓畅为主，浅而不率，质而不俚，庶几雅俗共赏"④。

其次，正解正史内容，不避"神怪儿女奸盗等事"。如作者给《秦汉演义》中卢生诳始皇"亡秦者胡也"一事和《前汉演义》中的"巫蛊之祸"添枝加叶，描述得绘声绘色，但是"措词（辞）特加注意，期使读者趣味环生，而又不诡于正"⑤。

第三，置入大量插图。清末民初绣像小说盛行，1903年5月27日《绣像小说》杂志由上海商务印书馆刊行，创刊号上发表署名"商务印书馆主人"的《本馆编印绣像小说缘起》，作为创刊宣言。黄士恒历史演义受绣像小说影响，在各回中也配有各种绣像插图，包括人物、场景、地图、货币等图像，力求美观、有趣。其中《秦汉演义》的插图最多，四十八回中插图九十六幅，"插画几及百幅，并附地图，以助兴趣而便参

---

① 黄士恒：《前汉演义》上编，上海，商务印书馆，1917，第78页。
② 吴敬恒：《秦汉演义·序》，上海，商务印书馆，1917，第3页。
③ 黄士恒：《前汉演义·凡例》，上海，商务印书馆，1917，第1页。
④ 同上书，第1-2页。
⑤ 同上书，第1页。

考"①。1928年2月25日上海商务印书馆将《绣像西游记》《绣像封神演义》和《秦汉演义》放在《申报》一个专栏内打销售广告，可见此时仍将其当作绣像小说看待。而《前汉演义》二百回共配插图一百三十五幅，上编六十四回七十幅，中编六十回三十幅，下编七十六回三十五幅，可见插图均值明显呈现递减趋势。

第四，注释人物、地名和事件。为达成"秦汉"系列历史演义"补助识字""增进智识"的教育目的，黄士恒操心尽力，对读者体贴入微，"凡正史所未载之事实，皆标明出处，间有不习见之字，亦附注解，以便阅者"②。

第五，其他叙事手法。"全书结构剪裁，先后穿插，埋伏救应，一以小说之法行之，而叙述每间，用笔轻重，渲染浓淡，布置疏密，处处加以斟酌，要在移步换形，一新耳目"③。

总之，蔡东藩、黄士恒、胡寄尘既是小说家，又是教育家，他们作正史演义的主要目的在于传播正确知识，启民于蒙昧，提高国民素质，因此他们的历史演义既是历史小说，又是辅助版历史教科书，对中国传统文化的宣传起到了积极作用。

---

① 黄士恒:《前汉演义·凡例》,上海,商务印书馆,1917,第2页。
② 同上书,第3页。
③ 同上书,第2页。

第十一章 中国现代旧派"稗史演义"

20世纪20年代末至20世纪40年代末的中国文坛上出现了一个以"鸳鸯蝴蝶派"作家为代表，以秘史、艳史为主要内容的"稗史演义"创作高峰，其中许啸天、王皓沅的"秘史"演义，费只园、陶寒翠的"艳史"演义，周大荒的"反史"演义具有典型意义与独特价值。

第一节 许啸天、王皓沅的"秘史"演义

"秘史"主要分为宫闱秘史和民间秘史。在中国现代文学史上，宫闱秘史演义的影响最大。宫闱秘史演义指专门以历朝宫廷秘闻、轶事为经，以巨政要闻、宏大事件为纬而写成的历史演义。"秘史"与"正史""稗史"不同，如果说"正史"是官修的历史，"稗史"是民修的历史，那么"秘史"则属于"被遮蔽、被删除的历史"，而"宫闱秘史"则又是秘史中最为隐晦的部分。中国现代最主要的"宫闱秘史"演义有许啸天的清、明、元、宋、唐、隋、汉、民国"八朝"秘史演义，许慕羲的《宋宫十八朝演义》《元宫十四朝演义》《周宫艳史演义》，王皓沅的《清宫繁华录》，张恂子的《隋宫两朝演义》，李逸侯、赵梦云所撰《宋宫十八朝演义》，苏海若所著《五千年皇宫秘史》，春茧生所著《隋宫两朝秘史》等。其中，许啸天、王皓沅的宫闱秘史当年极负盛名，其创作原则、主旨、目的较具典型性。

一 许啸天的"八宫"秘史演义

(一)话剧先驱、报刊名家

许啸天（1886~1948），名家恩，字泽斋，号啸天，"另有笔名则华、许则华、啸天生"[1]，清光绪十二年（1886年）出生在绍兴府上虞县。许氏十七岁时就读徐锡麟、秋瑾所办大通学堂，少有才名，"啸天幼即崭露头角，撰稿投寄章太炎邹蔚丹所编之苏报，太炎殊赏识之"[2]。十九岁时正式加入光复会，经章太炎引导读过三部翻译剧本——《黑暗时代之

---

[1] 何宝民：《许啸天与〈红叶〉周刊》，《文化学刊》2013年第6期。

[2] 郑逸梅：《许啸天提倡话剧》，《新闻报》1948年12月29日。

一线光明》《夜未央》和《鸣不平》，后于右任创办《民呼报》向许氏约稿，他开始创作第一个剧本《多情的皇帝》，"内容是描写拿破仑进攻俄国，在荒村中遇到一个美丽村女的故事；用意是在发扬民主精神"[①]。此后，许啸天跻身上海话剧界，在商务印书馆出版的《小说日报》《天铎报》《时事新报》上连载剧本并为南市新舞台撰写新剧和台词，还编演《拿破仑》《明末遗恨》《黑籍冤奴》《同命鸳鸯》等"文明新戏"，"那时的话剧技巧，当然是不够的；但里面包含有政治革命和社会革命的意思，所以有许多革命党人和社会的先觉，对它都产生了兴趣"[②]，演出时人山人海，轰动一时。许啸天艺能超群，他还与马湘伯、王钟声等效仿"春柳社"，在上海成都路成立新剧社——"春阳社"，同时组织"新剧公会"（与陆镜若、王汉强等）、"人本戏社"（与徐则骧合办）、"文艺动员剧社"等话剧社团。

1914年11月许啸天与夫人高剑华（俪华馆主）共创《眉语》月刊（1914年11月～1916年5月），该刊由高剑华主笔，是一份典型的女性文学期刊，后被列为鸳鸯蝴蝶派知名期刊之一。为纪念故友秋瑾，许啸天在自办刊物《红叶周刊》（1930年6月～1933年2月）上开设"秋瑾大通学堂"，亲自撰写、编演《秋瑾》一剧，并为秋瑾之女王仙芝所辑《秋瑾女侠遗集》作序，追怀英烈事迹，不胜悼念之情。"八一三"事变爆发后，许啸天组织的戏剧团体因战乱纷飞，其话剧活动基本终结，1948年12月他在《永安月刊》第115期上发表《我与话剧的关系：上海话剧运动的启蒙时期》一文，对以往话剧活动做出最后总结。

（二）国学大师、演义大家

自1919年"五四"时期始，许啸天即倡导新文化，主张兼顾中西优秀文化，倡导现代文化，推广科学知识。1929年他在《经传释词新序》中具体阐述了自己的文化主张：

> 一、我们要推开各家主观作用的传说，用客观锐明的眼光，去研究孔子思想的精神。——但是，孔子的思想，也只能代表真理的一部分。二、我们要用同样的眼光，去研究诸子百家思想的真精神，而得到他真理的总和。——但中国式的思想，也许不能完全适合于今日的世界潮流。三、我们要用同样的方式，去研究世界古今各思想家的思想，而求得他一个共通之点。——但，思想不是事实，各

① 许啸天：《我与话剧的关系：上海话剧运动的启蒙时期》，《永安月刊》1948年第115期。

② 同上。

思想家所处的环境不同，因而受环境驱迫产生出来的思想也许不能适合于现在的环境。四、我们一方面研究思想，一方面也要顾到事实。思想是帮助事实表现的，中外古今各思想家的思想，是帮助我求解决恶劣环境改进生活制度的思想使他完成的。——并不是别人的思想便是我的思想，过去时代所造成的思想便是适用于现在时代的思想。[1]

许啸天为达成上述目标，一方面整理国故，研究国学，另一方面倡导新文化，引进新知识，可谓脚踏中西、新旧两端，成绩斐然。

许啸天学富五车，精通古典文学。20世纪20年代初，他开始整理国故，1926年在上海群学社首先出版白话标注的清初五大师集——《黄梨洲集》《顾亭林集》《王船山集》《朱舜水集》《颜习斋集》；1926～1928年间又用白话标注了《王阳明集》《崔东璧集》和《谭嗣同集》，并辑录《国故学讨论集》《雪鸿轩尺牍》《古今名人尺牍》《梁任公语粹》，整理《名言大辞典》和《经传释词》；20世纪30年代他还以"言文对照、白话注释、新式标点"的方式注解《诗经》《老子》《古文观止》《战国策》《列国志》《史记》《隋书·经籍志》《经史百家杂钞》等文化典籍。1930年《申报》第20432号用一个版面介绍许啸天最新著作，认为它们"不但是上乘的文学作品，且是中国哲学史学一切根底学问的源泉"[2]。1926年出版阅读笔记《啸天读书记》（1931年群学社），1931年许啸天计划在红叶书店出版"中国文史哲讲座系列丛书"，共30册。1935年6月许啸天在上海新华书局再版《文学小史》，内含《中国文学发源史》和《文学介绍及批评》两种，是对其古典文学研究的总结。

1936年许啸天翻译并在上海商务馆出版英国堀经夫所著的《英国社会经济》，开始引进西方新文化。抗战爆发前他协助编审《防毒训练》《防空训练》《难民生养法》《都市避难法》《乡村避难法》等一系列"国防常识丛书"，1947年又与夫人高剑华合编《家庭医药卫生》一书推广现代医学知识，试图提升国民的战时生存能力。

在整理国故、倡导新文化的同时，许啸天开始小说创作，由此成为民国时期著名小说家。1916年他最初受"鸳鸯蝴蝶派"影响专写奇情小说，如长篇小说《梅雪争春记》（1916年上海新学会社），后转向历史演义。1926年写成《清宫十三朝演义》，这是许啸天第一部历史演义兼成

---

① 许啸天：《经传释词新序》，载《经传释词》，上海，群学社，1929，第19-20页。
② 《许啸天先生最近著作》，《申报》1930年2月15日。

名作，1928年再著《明宫十六朝演义》（又名《明朝宫廷秘史》，另有《细说明宫十三朝》图文本），还著有《元宫十四朝演义》《宋宫十八朝演义》《唐宫二十朝演义》（又名《唐朝宫廷演义》或《唐宫秘史》）、《隋宫两朝演义》《汉宫二十朝演义》以及民国春秋演义（或《民国春秋》）。20世纪30年代这些历史演义曾风靡上海，自"去年（按：指1927年）著成明、清两代的宫闱演义（均新华书局出版），已经流传在社会上，得一般读者极热烈的欢迎。在出版后的六个月中，经十余次的重版，销数达五六万；自名人雅士，以至商贾装船，莫不人手一篇，惊叹赞诵，奔走骇告，突破自来出版界的纪录"①。周瘦鹃为《唐宫二十朝演义》作序并赞之曰："凡隋唐五代之宫闱秘史，朝野遗迹，以及名士、美人、英雄、豪杰之遗闻轶事，无不笔之于书，栩栩欲语。"②许啸天还写过"水浒"再生小说《潘金莲爱的反动》以及《情潮》《天堂春梦》《春宵一刻》《一条腿》《满清（清代）奇侠大观》《上海风月》等通俗小说，这些小说巩固了他在上海通俗小说界的大家地位。此外许啸天曾著有《文学小史》《新文学指南》等文学论著，他还喜读聊斋，曾将《聊斋志异》中的天宫、胭脂、云萝公主、狐嫁女、金和尚、巧娘、仙翠云等名篇译为白话出版。

1931年"九一八"事变后，许啸天的国学研究与小说创作基本停止，他满怀爱国热情开始以《红叶周刊》为主要阵地专事抗日文章，并且组织红叶会、良心救国团反击日本侵略。1946年之后许啸天任上海诚明文学院教授，1948年12月13日下午4时50分在拜访其老友梁烈亚先生归途中，不幸在北京路外滩公园门前被两江运输公司汽车所撞，伤重不治，死于非命。当时女看护在许啸天贴身衣物内捡到遗稿两篇，乃是为《海晶小说周报》所撰之《清宫秘史》，这两篇稿件成为许氏的最后著作。"许氏生前以《清宫十三朝演义》一书蜚声文坛，而最后亦以清宫故事之小说为绝笔，实不谋而合，亦为文坛上之隽话"③。

（三）"新作家"的"旧小说"：对传统历史演义的反叛

历史演义以"宫闱"入题者并非自许啸天始。在元末明初历史演义初始形成阶段，中国文人所创作的历史演义大多为通俗版"正史教科书"，如《东周列国志》演义系列、隋唐演义系列等，但是随着资本主义萌芽尤其是明末逐渐形成的商品经济影响下，以稗官野史、虚构秘史特

---

① 包天笑：《唐宫二十朝演义·总评》下册，长春，吉林文史出版社，1985，第1008页。

② 同上书，第1005页。

③ 西西：《许啸天的绝笔》，《海晶小说周报》1948年第3卷第3期。

别是宫闱秘史为主要内容的历史演义开始出现，较为著名的有《隋炀帝艳史》等。许啸天"宫闱"演义与明末"秘史"演义相比，主要在时代背景、历史观念、创作目的等方面存在较大差异。

明末之后出现的"秘史"演义，其创作时代正值中国封建社会帝王将相"正统"统治时期，写文抨击帝王将相等同于犯上作乱，在当时"文字狱"极其严峻的情况下，小说家们根本不敢正面揭露或诽谤帝王的荒唐行为，因而他们所作秘史多以曲笔方式进行讽刺，或以规谏语气警诫后世帝王将相勿蹈覆辙，此外聊以自娱或表达艳羡之情也是创作目的之一。而许啸天所作"宫闱"秘史，其创作背景乃是民国初中期，此时封建帝制早已废除，宫闱密档多已解禁，时代变迁、语境宽容使文人的话语权力在一定程度上得以敞开，因此民国时期的历史观念与封建时代的历史观念便产生巨大差异，历史观念的差异又衍生出不同的写作内容与创作目的，因而这一时期的"秘史"演义出现了不同于元末明初秘史演义的一些时代特征。综合许啸天的历史观念与创作动机可以看出，他的"宫闱"秘史主要有两大写作内容与创作目的：

第一，许啸天"三宫"演义的首要内容乃是揭露宫廷黑幕、帝王罪恶与权谋变故，主旨在于揭露流氓皇帝、乞丐文人的邪恶本质，和正史中"帝王将相"的辉煌家谱史相对抗。

1931年许啸天在《红叶周刊》上开辟《常识辞典》专栏解释当时流行的文化名词，其中曾专门解释"二十四史"，云：

> 中国历书，称为正史的，共有二十四部。他是将每一个人的历史，写成一篇传；每一类事实制度，写成一篇纪的，称做（作）"纪传体"的。——合许多人事附属在一个年月下面，挨次记着的史书，称做（作）编年体——这正史的名称，是清朝乾隆皇帝时候定下的。第一部，是汉朝司马迁著的《史记》，共有一百三十卷；第二部，是东汉班固著的汉书，共有一百二十卷；第三部，是南朝宋范晔著的后汉书，共有一百二十卷；第四部，是晋朝陈寿著的《三国志》，共有六十五卷；第五部，是唐朝房玄龄著的《晋书》，共有一百三十卷；第六部，是梁朝沈约著的《宋书》，共有一百卷；第七部，是梁朝萧子显著的《南齐书》，共有五十九卷；第八部，是唐朝姚思廉著的《梁书》五十六卷和第九部《陈书》三十六卷；第十部，是北齐魏收著的《后魏书》，共有一百四十卷；第十一部，是唐朝李百药著的《北齐书》共有五十卷；第十二部，是令狐德棻著的《周书》，共

有五十卷；第十三部，是魏征著的《隋书》，共有八十五卷；第十四部，是李延寿著的《南史》，共有八十卷；第十五部，是《北史》一百卷；第十六部，是后晋刘昫著的《旧唐书》，共有二百卷；第十七部，是宋欧阳修著的《新唐书》，共有二百二十五卷；第十八部，是薛居正著的《旧五代史》，共有一百五十二卷；第十九部，是欧阳修著的《新五代史》，共有七十五卷；第二十部，是元朝托克托（脱脱）著的民《宋史》，共有四百九十六卷；第二十一部，是《辽史》，共有一百十六卷；第二十二部，是《金史》，共有一百三十五卷；第二十三部，是明朝宋濂著的《元史》，共有二百十卷；第二十四部，是清朝张廷玉著的《明史》，共有三百三十六卷——总称"二十四史"。①

许啸天推崇梁启超，1930年曾辑录《梁任公语粹》，深受其文学、哲学、史学的影响。梁启超认为"二十四史非史也，二十四姓之家谱而已"②，许啸天同样认为中国历史从来都是"只为帝皇一姓作家谱，不为社会群众文化制度作纪录"③，尤其质疑正史编纂者的"历史的人格"。所谓"历史的人格，第一，是要写实；第二，是要有剪裁；第三，是要写了纵断面，还要写横断面……"④。许啸天以现代意义上"雇佣"与"受佣"关系来比喻帝王将相与历史编纂者之间的关系，认为这二者"一面是装幌子（雇用方面），一面是骗饭吃（受雇方面）"⑤，帝王将相为了"装幌子"私自篡改自己的名号头衔与行为事迹，"明明是大盗朱温，偏偏说是太祖神武元圣孝皇帝，叫后来做帝王的，无从知道其所以兴，亦莫知其所以亡；也不知道做帝王的宫廷里有多少黑幕，帝王的自身有多少罪恶，帝王的嗣统有多少变故（如吕氏易嬴等例甚多），后之读者，如堕五里雾中，真相莫明，因果无从寻绎"⑥。而历史编纂者因为专注于"拍皇帝的马屁"，以至于对历史"随意毁灭"、删改、掩盖，所以他们所编纂的历史只写时间，不写空间，只重视历史的纵断面，故意忽视历史

① 许啸天：《常识辞典·二十四史》，载《红叶周刊》第二辑，上海，红叶书店，1931，第38页。
② 梁启超：《新史学》，载《饮冰室合集·文集》第四册，北京，中华书局，2015，第753页。
③ 许啸天：《唐宫二十朝演义·自序》，载《唐宫二十朝演义》，长春，吉林文史出版社，1985，第2页。
④ 许啸天：《明宫十六朝演义·自序》，载《明宫十六朝演义》，沈阳，春风文艺出版社，1987，第582页。
⑤ 同上书，第580页。
⑥ 同上书，第581页。

的横截面，这种历史是虚伪的、片面的。当然，许啸天对正史编纂的评价也有极端之处，在中国历史著述过程中，既存在以帝王将相为代表的统治者利用强权逼迫或诱使历史编撰者违背历史原则造假的情况，也存在历史编撰者不畏强权宁死维护历史真实的史官精神。但是无论如何，许啸天基于对正史随意篡改史实以及只写"纵断面"忽视"横截面"的不满，开始从正史缺失的历史"横截面"入手，创作出唐、明、清"三宫"演义，不仅致力于补正史所阙，又偏重揭露帝王将相与正史中冠冕堂皇的记载不符的隐藏部分，即"秘史"中最集中最隐秘的部分——"宫闱史"。可见，"倘然能把历来帝皇社会纵断面横截面的遗迹完全写出"，将帝王将相的荒淫、暴虐、虚伪、残忍、狡诈暴露于大庭广众之下，揭发出其与"小百姓"为敌的本质，并且令普通人明白"帝皇亦人也，且为人之最不肖者也"①，从而颠覆正史中冠冕堂皇美化帝王将相的行为，这就是许啸天做"历朝宫廷演义的本意"②，这与传统历史演义以正史依据的历史文学观念差别极大。

第二，许啸天历史演义的另一主要内容是以现代人文理念批判阶级压迫，其根本目的在于开阔读者眼界，启发读者智识，和正史中的奴化教育相对抗。

许啸天认为正史不仅是"帝王将相"的家谱，是帝王教科书，从反面来看，它们又是推广奴化教育的"奴才教科书"。因为这种教科书所遗传的奴化根性，导致普通百姓"心目中总拿这'皇帝'二字，看做（看作）是天神贵种，不可侵犯的特殊人物。——和我们小百姓天生成的贱胎贱种是不同的——所以，那贵种子孙，到了末代的时候，偶然受了一点同类人的欺侮；不但他帝皇自己觉得十二分的屈委，便是在几百千年以后的小百姓读了当时的记载，也觉得这样高贵的人，受了那样的痛苦，也替他抱着十二分的怨恨。——我当时也是其中的一员——这真是天字第一号的奴性！"③。

1931年许啸天《红叶周刊》中的《常识辞典》专栏中刊载最多的乃是与当时流行的与"人"相关的文化名词，如"人猿同源""人与超人""人道教""人格主义""人权宣言""人文主义"和"人道主义"，其次乃

---

① 许啸天：《唐宫二十朝演义·自序》，载《唐宫二十朝演义》，长春，吉林文史出版社，1985，第3页。

② 同上。

③ 许啸天：《唐宫二十朝演义·自序》，载《唐宫二十朝演义》，长春，吉林文史出版社，1985，第1页。

是与革命相关的名词，如"七月革命""二月革命""十二月党""九八运动"等。许啸天非常重视"人"的产生与发展，还从革命者的视角出发坚决反对神权、君权等特权，倡导平等、人权、人道，主张彻底抛弃反其道而行之的"奴化"历史。因此，许啸天在写历史演义之前专门从民间传说、稗官野史中寻找素材，通过挖掘被遮蔽的真相重新进行历史叙述，将"杀人不眨眼"，"造成我们小百姓万劫不复的压迫和痛苦"①的"强盗流氓变相的帝皇"②打回原形，然后借"说部"为武器利用历史演义通俗易懂、智识丰富的特性将这些新思想、新观念宣扬出去，通过影响广大读者群体破除"帝王将相"神圣不可侵犯的偶像地位，既防止"天子龙种"、达官显贵们妄自尊大，又防止普通百姓自轻自贱、甘居奴才地位的"根性"，"同时我们也要用种种艺术或别的方法去感化民众，使他得到最浅近的常识，而自动的觉幸（醒）"。此外他还提倡实践行动，"做文章做官，似乎不能接近小百姓，我们要想种种方法，到民间去，使他们智识上生活上得到切实的训练和真正的解放"③。因此，这与传统历史演义以儒家观念评判历史人物、事件的正统文史观大不相同。

可见，许啸天的历史演义与同属浙江籍作家的蔡东藩之作在文学观念、创作方式及创作目的上存在极大差异。蔡东藩曾为前清进士，因不满官场黑暗弃官从文，他本着中国文人"铁肩担道义"的社会责任，借历史演义"求真""载道"，试图使现代人明白古今道理并以史鉴之力达成救国理想。而许啸天幼年时代即深怀覆满反清之志，1903年（一说为1906年④）前后不顾社会压力和亲友阻挠剪去发辫投身民族革命，"许先生在国父孙中山先生领导之下，参加革命工作，垂数十年如一日，渠为辛亥革命同志会老革命同志"⑤。许啸天所著《越恨》一书中曾记载他吸收新文化参加辛亥革命的详细经历以及与徐锡麟、秋瑾等共事革命时建立起的深厚友谊，他为人慷慨仁侠，对社会不平之事绝不冷眼旁观。因为不同的身世经历，相比蔡东藩而言，许啸天对待中国传统文化的态度更加激进，这一点主要体现在其历史观中。许啸天认为"中国国势衰到如此地步，人民弱到如此地步，社会穷到如此地步，都是五千年历史酿

---

① 许啸天：《唐宫二十朝演义·自序》，载《唐宫二十朝演义》，长春，吉林文史出版社，1985，第1页。

② 同上书，第2页。

③ 许啸天：《许啸天致南社同人的公信》，《狮驼儿周刊》1928年第8期。

④ 裘士雄：《关于近代作家许啸天》，《绍兴文理学院学报》2005年第2期。

⑤ 胡绣枫：《悼许啸天先生》，《现代妇女》1949年第13卷第1期。

化而成的，绝非偶然；所以做有五千年历史人民，他脑筋上负着五千年历史的债累，身体里面酝酿着五千年遗传的根性”①，“在我的意见，人类的历史，便是人类脑筋上的债累，也是人类根性上的孽障；一国的历史愈久，这一国人民脑筋上的债累愈重，根性上的孽障愈深”②。因此，许啸天创作历史演义的真正目的乃是与正史相对抗，他并没有像蔡东藩历史演义那种构筑真实叙事的文学雄心，这也正是二者最大的不同之处。

（四）许氏宫闱演义的命运

五四以来许啸天一直以“崭新作家”自命，在文学创作上不断尝试革新、转变。从许啸天历史演义的主要内容与创作目的来看，它们本来与鸳鸯蝴蝶派一些作品中常常为人诟病的宣淫、媚俗、求利的创作动机大异其趣，甚至时刻透露出一种为国为民、改造社会的崇高革命精神。许啸天去世的时候，有评论者在悼文中对他做如此评价：“若干年来，他不断地研究，不断地体验，探索着真理，探索着中华民族应走的方向。他很恨黑暗，酷爱光明！然而正当他走向光明的时候，他却被这黑暗而残酷的社会吞噬了。”③

然而许啸天在历史演义实际创作的过程中，由于过度暴露帝王的人性丑陋面，终因“揭露过甚”导致小说内容常常陷入淫秽行为的描写，所以从文学接受角度来看，这种做法实质上变相满足了一般读者的偷窥心理，结果在有意无意间又与传统宫闱历史演义以及鸳鸯蝴蝶派的恶俗趣味殊途同归，故而许啸天虽有揭露历史“残酷的真实”的宏愿，拥有“劝善惩恶”的初衷，却实无“隐恶扬善”的教益，最后事与愿违、物极必反，导致其作品的接受效果与创作目的完全背道而驰，始终难逃“诲淫”“艳羡”等低级趣味或媚俗逐利之嫌。许啸天也因此一直陷在新旧阵营的夹缝之中，遭受两面攻击、“围剿”。旧文学家们称他为“骑墙派”“墙头草”，如何雄所作《从“自由谈”说到“许啸天” 许先生变了新作家》（《小日报》1933年7月12日）一文一直对许氏进行讥讽和批判，而最狠的言辞往往来自“道德家”们，如署名“新”的作者在《许啸天之恋爱讲话》（《摄影画报》1934年第10卷第14期）一文中对他的嘲笑与辱骂；新文学家们则称他为旧派中的“投机者”，如兼新文学家与道德家于一身的“定九”对许啸天及其作品的评价最有代表性，“中国的文

---

① 许啸天:《明宫十六朝演义·自序》,载《明宫十六朝演义》,沈阳,春风文艺出版社,1987,第579页。

② 同上。

③ 胡绣枫:《悼许啸天先生》,《现代妇女》1949年第13卷第1期。

坛，到了尖锐化的时期，被詈为鸳鸯蝴蝶派的人们，多摇身一变，向新文学方面树了降幡，以《清宫十三朝》一书，大买其野人头的许啸天，便是投机者之一。先自创《红叶》为地盘，最近笔风又向肉感方面转舵"①。许啸天恃才自傲、心高气盛，不堪其辱，因此经常在公开刊物上与各方人士"对骂"。1931年他在自创刊物《红叶周刊》上刊载署名"小农"的作者1931年8月31日所写的一首"骂人的诗"——《可恶的许啸天》，该诗大骂许啸天"得意""清高""幸运"，并将许啸天喻作"白色"，将其批评之人喻作"黑色"，"你试想想呦天下只有黑染白；哪有白的能去黑？""九一八"事变后，许啸天附文回击，"请看今日之域中，竟是日本人之天下"，"奉劝小农君，不要再自己人打自己人了！""请换一个方向，向东北去打罢（吧)!"②

二 王皓沅的清宫秘史

王皓沅的《清宫繁华录》，虽无演义之名，实存演义之体。这部历史演义以清朝十三位皇帝为主要线索，以大历史写作为主要方式，对自清始兴至末代皇帝溥仪"逊位"的历史进行全方位叙述，如清朝远祖英勇善战、开疆辟土的创始之功，英明之主的盛世伟绩、举贤任能，中兴之主的励精图治、艰辛守成以及末代帝王的懦弱无能、丧权辱国。

（一）版本变化与小说性质

《清宫繁华录》作于1927年，王皓沅在《清宫繁华录·自序》中曾谈到这部小说的创作缘由：

> 丁卯年的秋天，我从北平归来。那时因为连年奔走，无暇理及文事。后来东亚书局主人想要出版一部《清宫繁华录》，因为我曾游历北方，那北方的"干吗""咱们"的声调，皆听得懂，学得会，并那北方的风俗情形，也晓得一二，所以就请我做这部小说。③

《清宫繁华录》十卷，每卷十回，共一百回，1928年11月上海东亚书局初版。截至目前，1928初版的《清宫繁华录》几乎已成绝版。为吸引读者赚取商业利益，王皓沅按照东亚书局的要求，最初将其定名为《清宫繁华录》，并且在拟定回目时迎合出版商的意见，大量使用"秘闻"

---

① 定九:《许啸天动不得》,《社会日报》1932年11月13日。
② 小农:《可恶的许啸天》,《红叶（汇订本)》1931年第5期。
③ 王皓沅:《清宫繁华录·自序》,上海,东亚书局,1928,第1页。

"香艳""私情"等媚俗话语，使得一些回目乍看之下存在不少淫邪之处，如第一回《游蜂浪蝶山坳幽情　玉兔箭枝巧引璧合》，第二回《诡词吞果竟产馨　喜坐柳船得遇娇艳》，第三回《恋英雄朱唇接吻　窥榴树抱颈盟心》，第十八回《种情根巧救小玉　偿凤愿亲王大婚》，第十九回《槐树荫中窥嫂浴　荷花池上捺叔腮》，第七十二回《采汉女四春承爱　构凉床天妹逞淫》等等，据统计类似回目占据百回本近三分之一。不过必须注意的是，《清宫繁华录》回目中的"色情"噱头虽然非常明显，但实际叙述男女私情时却措辞简练，话语干净，基本点到为止，根本称不上"淫秽"描写。如第一回《游蜂浪蝶山坳幽情　玉兔箭枝巧引璧合》和第二回《诡词吞果竟产馨　喜坐柳船得遇娇艳》，这两回实际上写仇布尔胡里村主斡木儿和梨皮峪村主猛哥素有世仇，而猛哥独子乌拉特却偷偷爱着斡木儿的小女儿佛库伦，在一次大规模仇杀中乌拉特放过佛库伦，后来二人相遇长白山，乌拉特趁机向佛库伦表明心迹，最终求爱成功。王皓沅在"乌拉特求爱"一段中这样写道：

> 乌拉特又道："俺堂堂男子，弃冤仇不顾，皆为是爱惜姑娘，今姑娘默无一语，教俺死也不得瞑目。"说着双膝一屈，直挺挺的（地）朝着佛库伦跪下。[1]

佛库伦则回应道：

> "前次蒙你不杀，俺感激万分，常常的（地）思慕你，并且佩服你是个英雄。不过俺和你可恨是世代仇家，只段姻缘待诸来世罢。"说着转过背去叹了口气，哭泣起来，乌拉特一面替他拭泪，一面说了无数劝慰话，好不容易才把这位美人的眼泪止住了。那乌拉特细看了多时，情不自禁悄悄的（地）接上去和佛库伦偷亲了个吻。那佛库伦陷入了情网，如何能逃？又见乌拉特可爱可怜，不免心肠一软，乌拉特就拉着他（她）的手，带住了两匹马，走进山谷中去了。进了山谷，不言可知，自有一番恩爱非凡。[2]

　　1948年9月文业书局再版之时，王皓沅为驳斥"艳书"说，正其"史"名，将《清宫繁华录》改为《清宫十三朝》，然而出版之时因出版

---

①　王皓沅：《清宫繁华录》，上海，东亚书局，1928，第4页。

②　同上书，第8页。

商利益所致，在书名后括号内又专门注明"（又名《清宫秘史》）"，在内容提要中也极力宣传宫廷秘闻，"媚俗"之势虽有遮掩之意但仍隐约可见。这一版本去卷留回，完整印制一百回，成为后来文化市场上流传最多的一个版本，当时还出版有一种标题简化总目166回的《清宫十三朝》版本。当代也有一些出版社极力强调该小说香艳章节，直接将其改名为《清宫艳史》，如1993年中州古籍出版社本。

（二）有史可循：正史为主、稗史为辅

《清宫繁华录》作者王皓沅（1876～1948），乃民国著名学者，曾任教于北京大学、清华大学、燕京大学、辅仁大学等著名学府，为清史学科主要奠基人之一，撰有《满洲开国史》《清史讲义》《清史释疑》和《康熙东巡记》等多部清史著作。因而王皓沅作历史小说亦不喜凭空杜撰，不尚虚构、虚言，其《清宫繁华录》的创作原则是"有史可循"，即以正史为主、稗史为辅，各种故事情节皆有出处。

首先，《清宫繁华录》作为历史小说，在叙述清代大历史事件时基本依据正史而作。

王皓沅的清史研究使得其清史演义《清宫繁华录》的创作顺理成章，可谓驾轻就熟。"这一部《清宫繁华录》是将清朝的事情经了多次考证和实地考察，成了十卷百回，不敢说是历史小说，但是或可助国人革命思想一臂的力量呢"[①]。

王皓沅清史研究的学术严谨成分自然也贯穿在《清宫繁华录》的创作之中，这一点主要体现在对清朝历史的大量考证及正史内容的引用方面。《清宫繁华录》主要考证或引用过的官方史籍包括《清史稿》《东夷考略·建州》《明代辽东总图》《清太祖高皇帝实录·叶赫挑衅》《满洲实录》《全辽志》《清太宗文皇帝实录》《毛大将军海上情形》《史可法覆多尔衮书》《史忠正公集》《平定三藩方略》《中俄尼布楚条约》《平定伊犁回部战图》《乾隆帝南巡图卷》和《平定金川方略》等。

即使《清宫繁华录》中的一些传奇情节亦有正史记载。如第一、二回所讲述的满洲女祖佛库伦未婚受孕一事，本事见于所谓正史之一的《清史稿》，《清史稿·太祖本纪》载"始祖布库里雍顺，母曰佛库伦，相传感朱果而孕"，这一情节的传奇性质不彰自显。

其次，《清宫繁华录》的"求真"程度明显降低。

王皓沅的《清宫繁华录》中介入大量野史传奇和艳史轶闻，如总目

---

① 王皓沅:《清宫繁华录·自序》,上海,东亚书局,1928,第3页。

一百六十六节的《清宫十三朝》中大多节目均包括类似情节，有十五六节甚至达到了以轶闻统纳全篇的地步。第三十节《洪承畴降清》之中采用孝庄后色诱洪承畴的传闻组织情节，而第三十一、三十二节《多尔衮摄政》中则采用孝庄后下嫁、多尔衮称皇父的稗闻生发故事；第四十节《顺治帝出家》更是直接采用了顺治帝为情所困、不爱江山爱美人的轶事；第五十四节《隆科多篡改遗诏》及五十五节《雍正帝登基初政》中即采用雍正与隆科多串通，于康熙逝后私自篡改乾清宫"正大光明"所藏"遗诏"，将"传位十四子"改为"传位于四子"的雍正帝篡位说；尤其在第六十四节、六十五节《福康安身世之谜》以及第六十八、六十九节《乾隆帝南巡海宁》之中甚至以四节之篇幅烘染民间流传之"乾隆身世"，将乾隆为海宁阁老陈倌之子说，雍正调包换子说，乾隆获悉身世轶闻以及南巡探亲诸轶事缀连成章，甚至主宰小说进程。鲁迅曾对这些轶闻发表评论并深刻揭露传此轶闻之人的阿Q心态："中国人是尊家庭，尚血统的，但一面又喜欢和不相干的人们去攀亲，我真不知道是什么意思"[①]，"因为海宁，就又有人来讲'乾隆皇帝是海宁陈阁老的儿子'了。这一满洲'英明之主'，原来竟是中国人掉的包，好不阔气，而且福气。不折一兵，不费一矢，单靠生殖机关便革了命，真是绝顶便宜"[②]。

蔡东藩做历史演义倡导"官稗兼采"原则，王皓沅的《清宫繁华录》同样注重"官稗兼采"，但它们又"和而不同"，蔡东藩历史演义注重求真性，而王皓沅历史演义的"考证"实质上指"有据可考"，在实际操作中主观上明显缺乏辨伪求真的雄心。

总之，许啸天、王皓沅的历史演义过度吸纳稗史中的传奇情节、秩闻趣闻、艳史秘闻以增加趣味性、娱乐性，其求真性、严肃性、知识性稍为逊色。

第二节　费只园、陶寒翠的"艳史"演义

"艳史"演义主要指以女性群体为中心人物，兼采宫廷秘闻、民间生活，记述宫廷艳情、社会名流、美人英豪之奇闻逸事，一展上流众生"色相"，平添无限香艳风采。"艳史"自然有"秘史"之义，但相对于"秘史"演义而言，"艳史"演义的叙述面则更加广阔。在中国现代历史

---

① 鲁迅：《花边文学·中秋二愿》，载《鲁迅全集》第五卷，北京，人民文学出版社，1981，第565页。

② 同上。

演义中，现代作家所创作的"艳史"演义主要包括费只园的《清朝三百年艳史演义》，李伯通的《西太后艳史演义》与《清朝全史演义》，徐哲身的《汉宫二十八朝演义》（又名《汉代宫廷艳史》），陶寒翠的《民国艳史演义》，许指严的《三十二皇宫艳史》等等，其中费只园的《清朝三百年艳史演义》与陶寒翠的《民国艳史演义》最具代表性。

费只园的《清朝三百年艳史演义》作于1929年，又名《清代十三朝演义》或《清代三百年艳史》，共一百回。这部历史演义直接以"艳史"名之，乍看之下读者难免将其误解为才子佳人花前月下之旖旎情事或"烟柳繁花地，温柔富贵乡"中的淫秽丑闻。然而《清朝三百年艳史演义》之"艳"却远非此狭义之解，它是个多义词，可从多方面进行诠释。

《清朝三百年艳史演义》之"艳"首先表现在其"女色"之艳异于他作。

《清朝三百年艳史演义》从明末吴三桂降清写起，以有清一代女性为主角，上至宫中后妃，中至官宦小姐，下至红尘名流，其中知名者即将近百人，如顺治帝宠妃董小宛、吴三桂宠妾陈圆圆、侯朝宗情人李香君、钱谦益知己柳如是、杨龙友之妾李宛容、孙克咸之妾葛嫩娘等，再如乾隆之香妃、光绪之珍妃、名妓赛金花与小凤仙等，还有太平天国巾帼英雄如洪宣娇、傅善祥、朱九妹，甚至女杰秋瑾等人也得以入列，此外尚间以八大胡同南妓优伶、西洋仕女、俄国公使夫人等，百花争艳，多不胜数。女性，是一种"美"的象征，"美人，历史上之点缀品也，装饰品也，盐油酱醋也，胶水浆（糨）糊也。历史上无美人，犹服装之朴实无华，犹菜肴之淡泊无味，犹粘（黏）合物之无胶水浆（糨）糊而失其粘力也"[1]。历代史乘之中有迹可循的每一位女性背后都存在许多香艳故事和美人史事，人事相彰愈发增添美人之艳丽，史事之繁华。可见，《清朝三百年艳史演义》以三百年"女性"人物为主要线索，此乃其至艳之处也。

徐卓呆的"美人观"代表了中国历史尤其是"正史"对待女性的态度：一方面将女性视为男性历史的附属品以资"点缀"之用，使女性历史潜伏于男性历史之下，成为"第二性"的历史；另一方面又偏重女性的贤良淑德，忽视违背男性社会"伦理道德"的女性叙述，从而又使女性历史成为一部有意被掩盖、被删除的性别权力争夺史。因而在中国现代，费只园能将清朝三百年女性历史作为主要线索进行小说创作，一方

---

[1] 徐卓呆：《民国艳史演义·序》，杭州，浙江古籍出版社，1990，第12页。

面固然能够增加小说的趣味性和吸引力，另一方面亦兼补史之阙的重要作用，这部历史演义与专门史相比自然不尽如人意，然必须承认此谓其一大功绩也。

其次，《清朝三百年艳史演义》之"艳"主要表现在文中所引诗词歌赋之"艳"。

女性虽艳，却艳而不同。因而在创作这部历史演义时费只园非常注重诗词的引用，常以所搜集其人其时之诗词歌赋、名联艳曲附之论赞，以状文中人物各不相同之艳。《清朝三百年艳史演义》所录清代女性，有金枝玉叶的高贵之艳，有色艺双绝之艳，亦有巾帼英雄的飒爽之艳。

金枝玉叶高贵之艳，如第二回《圆破镜垂恩宠公主　弃故剑希旨禁王妃》中，作者写到故明坤兴公主时曾引用稗史所录诗词作其陈情表章，大略如下：

> 念可怜臣妾，痛双亲永别离，常则是高天踽踽，总无计可伸罔极。愿从今衣化缁，但长斋绣佛，但长斋绣佛！洗除了粉黛红妆，剪去那烦恼青丝，诵一回鹦鹉心经，权当做（作）潇湘灵瑟。伤往事，如流水；叹命苦，不堪提。把这没收管的人儿，葬向莲龛底。守定蒲团忏昔非，红尘早捐弃。惟望我天心鉴察，怜怜悯悯。成全苦志。①

色艺双绝之艳，主要体现在对秦淮歌伎的描写上，如陈圆圆、卞玉京等。如在第一回《吴三桂一怒裂家书，侯朝宗三生盟画扇》中写到吴三桂与李自成争夺陈圆圆一事时，费只园颇多感慨，收录吴梅村《圆圆曲》以咏之：

> 鼎湖当日弃人间，破敌收京下玉关。恸哭六军俱缟素，冲冠一怒为红颜。红颜流落非吾恋，逆贼天亡自荒宴。电扫黄巾定黑山，哭罢君亲再相见。相见初经田窦家，侯门歌舞出如花。许将戚里箜篌伎，等取将军油壁车。家本姑苏浣花里，圆圆小字娇罗绮。梦向夫差苑里游，宫娥拥入君王起。前身合是采莲人，门前一片横塘水。横塘双桨去如飞，何处豪家强载归？此际岂知非薄命，彼时只有泪沾衣。薰天意气连宫掖，明眸皓齿无人惜。夺归永巷闭良家，教就新声倾坐客。坐客飞觞红日暮，一曲哀弦向谁诉？白皙通侯最少年，

---

① 李伯通：《清朝三百年艳史演义》，北京，中国戏剧出版社，1993，第9页。

拣取花枝屡回顾。早携娇鸟出樊笼，待得银河几时渡？恨杀军书抵死催，苦留后约将人误。相约恩深相见难，一朝蚁贼满长安。可怜思妇楼头柳，认作天边粉絮看。遍索绿珠围内第，强呼绛树出雕栏。若非壮士全师胜，争得蛾眉匹马还。蛾眉马上传呼进，云鬟不整惊魂定。蜡炬迎来在战场，啼妆满面残红印。专征箫鼓向秦川，金牛道上车千乘。斜谷云深起画楼，散关月落开妆镜。传来消息满江乡，乌柏红经十度霜。教曲伎师怜尚在，浣纱女伴忆同行。旧巢共是衔泥燕，飞上枝头变凤凰。长向尊前悲老大，有人夫婿擅侯王。当时只受声名累，贵戚名豪竞延致。一斛明珠万斛愁，关山漂泊腰肢细。错怨狂风扬落花，无边春色来天地。常闻倾国与倾城，翻使周郎受重名。妻子岂应关大计，英雄无奈是多情。全家白骨成灰土，一代红妆照汗青。君不见，馆娃初起鸳鸯宿，越女如花看不足。香径尘生乌自啼，屧廊人去苔空绿。换羽移宫万里愁，珠歌翠舞古梁州。为君别唱吴宫曲，汉水东南日夜流。①

另外，有巾帼英雄、英姿飒爽，豪气不让须眉之艳，如洪宣娇、秋瑾等敢与男儿争风流；有红尘节烈忠贞之艳，如孙克感之妾葛嫩娘、杨龙友之妾马婉容，在明亡国破之时皆与夫同殉国难；有里巷娼妓的脂粉香黛之艳，如赛金花等名妓；有十三妹、吕四娘等侠骨柔肠之艳……可谓百花争艳，香艳至极。这些女性艳绝之处，费只园皆有诗词咏叹，不再一一详列。总之，费只园《清朝三百年演义》之中诗词歌赋的引用与保留，使其文章"知音识曲，妙合宫商"，除将女性千奇百异之艳尽情展露之外，又使山河破碎、名士风流皆入文章，令人读之顿觉活色生香，毫无枯燥之感。

其三，《清朝三百年艳史演义》之艳，在其评点题词之艳。

费只园《清朝三百年艳史演义》的另一艳，即他人所作评点及题词之艳。

《清朝三百年艳史演义》稿成之后，曾付其友陈棠以观，陈棠阅后赋四绝以评之，曰：

> 金粉南朝着艳声，胭脂北地擅芳名。
> 闲来阅遍官私史，点缀裙钗便有情。

① 李伯通：《清朝三百年艳史演义》，北京，中国戏剧出版社，1993，第5-6页。

长白山沉夕照红，秋槐叶落冷空宫。

孤雏寡鹄谁矜恤？三百年来此始终。

感逝潘郎鬓已星，著书长伴短檠青。

兰台秉笔归群彦，且筑元家野史亭。

粉黛阳秋寄慨深，胜朝逸事仗搜寻。

漫将南部烟花录，并入西园翰墨林①。

　　此诗在《清朝三百年艳史演义》出版之时曾作为题词之一附入。另有两首题词，一即海上漱石生所题，另一题词为许舜屏所作，同样极尽香艳之能事，对费只园"搜集国风三百色"的这一大作，加以妙语评点。

　　除以上"三艳"以外，《清朝三百年艳史演义》尚有一艳，即插图之艳。这部作品中的插图内容多为稗史所传风流艳绝之事，如第一幅题为"袅婷圆侍三桂"的插图，其所绘就是在周伯奎府年少封侯、少年得志的吴三桂初逢陈圆圆之情事；第二幅题为"香消玉碎乾隆哭香妃"的插图所描摹的则是香妃殉节，乾隆怜而哭之的哀艳场面。第四幅题为"醋海风波贝子恋凤英"，第五幅题为"毛西河夜拒当垆女"，这两幅图则直接针对男女私情而绘。

　　费只园为清末举人，其祖籍在浙江吴兴。吴兴本多才子，费氏擅长诗词歌赋、吟风弄月，因而在其《清朝三百年艳史演义》之中所写美人名士风流之状即全面体现出这种地方文化的神韵。

　　总之，费只园的《清朝三百年艳史演义》主要采用稗史轶闻，但并不向壁虚构或专写淫秽之事，其注重文学情趣与艺术内涵，一定程度上达到了"艳而不淫""出淤泥而不染"的脱俗之境，虽然其中一些思想观点带有明显的时代烙印，但它仍然代表了现代历史演义"艳史"系列创作的较高水平。

　　堪称现代"艳史"演义第二个代表的当数陶寒翠《民国艳史演义》（一百二十回）。

　　陶寒翠，江苏苏州人，"博览群书，工诗文，尤擅小说家言"②，于二十世纪二三十年代寓居上海。其《民国艳史演义》成书于1928年初夏，主要以民国十七年（1928年）这一时段之女性为主要人物，按人物线索将这一时段中"政海之秘幕"，"军阀官僚之艳闻趣史"③纳入其内，

　　①　林棠：《题词》，载《清朝三百年艳史演义》，北京，中国戏剧出版社，1993，第2页。

　　②　何赓声：《民国艳史演义·跋》下册，杭州，浙江古籍出版社，1990年。

　　③　同上。

并加以横向展开铺叙成篇。

《民国艳史演义》由于时段限制，其中所涉及的女性名流在数量上远逊于《清朝三百年艳史演义》，并且为了揭露当时军阀的"不成体统"，《民国艳史演义》所择取的女性人物基本上都是当时与"军阀官僚"互有私情且极具个性的底层风尘女子，如三庆园优伶绿云霞，"四大天王之首"的交际花界怪杰于曼艳等等。作者如此取材，实为突出民国十七年（1928年）政界之"糟"，"中国历史上尽有艳史，可是总没有像民国十七年来的不成体统。譬如说，唐朝的玄宗皇帝，可以算是一个风流天子了，他竟纵容杨贵妃和那个大块头安禄山不尴不尬，可是杨贵妃究竟还不是婊子出身。只有宋朝的道君皇帝，却和李师师有过这么一手。不过，也没有民国时代那些军阀娶起姨太太来，就是二十几位的闹得凶，这二十几位姨太太，又都窑子出身"①。窑子出身的风尘女子地位低下，但在民国却形成了一道奇观，"因为窑姐儿都给阔人讨去做了姨太太，所以窑姐儿在社会上居然也成了一种潜势力"②。因而一部《民国艳史演义》简直可称得上一部民国"窑史"演义。王西神曾比较《民国艳史演义》《金瓶梅》与《红楼梦》，并点评《民国艳史演义》，认为"一部《金瓶梅》，却只写了'冷、热'两字；一部《红楼梦》都只写了'盛、衰'两字；一部《民国艳史演义》，却只写了一个字，这个字是甚字？便是'糟'字"③。可谓一语中的。

在众多风尘女子之中，塑造得有血有肉比较成功的人物不多，于曼艳称得上其中之一。于曼艳有"女界怪杰"之绰号，沦落风尘而不失侠义，虽卖身爱钱但却并不吝惜钱财。第四十六回《驰快马罚银两万块倚高楼飞票一千金》最能体现于曼艳这一性格。于曼艳痛斥富商贾某道："你这个人富而又吝，几乎是人人皆知的。这样严寒的天气，饥馑满途，也不曾见你布施过一文半文。你昨天答应我三千金的，这一千五百金，我也不够花，倒不如布施给街头的丐儿罢，也为你造一些福"，"曼艳说到这里，遂走到沿街的窗前，拉开窗布，把这一千五百元钞票，乱纷纷的（地）从七层楼上，悉数向街上抛去"④。

---

① 张恂子：《〈民国艳史演义〉读法》，载《民国艳史演义》上册，杭州，浙江古籍出版社，1990，第23页。

② 同上书，第24页。

③ 张恂子：《〈民国艳史演义〉读法》，载《民国艳史演义》上册，杭州，浙江古籍出版社，1990，第25页。

④ 陶寒翠：《民国艳史演义》，杭州，浙江古籍出版社，1990，第278页。

《民国艳史演义》创作的本意在于"借香艳的传闻，来做史传的张本"①，但其主旨却锁定在讽刺现实之上，讽刺现实的执着与专门揭露、影射政客丑行的做法，使其在取材上不得不摒弃了文化选择的高雅性，因而陶寒翠虽然也写出了几个极具个性的人物，然而其中的文化底蕴仍远逊于《清朝三百年艳史演义》。

《民国艳史演义》与现代其他历史演义相比，存在两大独特之处：

其一，采用假名手法创作演义。这种手法深受《红楼梦》影响。《民国艳史演义》所写多为当时"军阀政要"之丑闻秘事，因而作者在小说中采用假名之法曲意出之，以达到借艳史论时事的目的。即使如此，读者细究之下仍然能够窥见其中人事影射何人何事，如赵昆即赵锟，赵昆贿选影射赵锟贿选，方世慰即袁世凯，方世慰复辟帝制影射袁世凯复辟帝制，冯毓祥即冯玉祥等。据传袁世凯二子袁寒云颇具文采，喜好作序、制联、赋诗馈赠时人。陶寒翠《民国艳史演义》书成之后托人请其书写封面，他欣然应之，一挥而就。《民国艳史演义》出版后袁寒云获赠一册，阅毕始知此书假名大骂其父复辟之蠢，如第四十六回，从此再不敢轻易卖弄文采。

其二，每章结尾附有评点。这种手法借鉴了金圣叹评点《水浒传》之方法。如第六十四回《驰快马罚银两万块　倚高楼飞票一千金》描述于曼艳豪掷千金之后，章末评点曰："于曼艳在亚洲饭店七层楼上，飞掷钞票一节，既以之惩创吝夫，又惠彼满街饥馑男女，岂徒豪举而已，正似以观音杨枝水洒遍大千世界也！杜十娘怒沉百宝箱，虽是快意，终觉尚逊于曼艳一等焉！"②这种点评之法，常起到画龙点睛的作用，使一些隐含事件能够叙述完整，使人物形象塑造更加饱满，同时亦使讽喻手法得到有力施展。

总之，费只园的《清朝三百年艳史演义》与陶寒翠的《民国艳史演义》是现代历史演义之中"艳史"系列创作较为成功的案例。其他几种"艳史"演义如李伯通所著《西太后艳史演义》，许指严所著《三十二皇宫艳史》，苏海若所著《五千年皇宫秘史》以及春茧生所著《隋宫两朝秘史》等作品，或雅不如《清朝三百年艳史演义》，或俗不如《民国艳史演义》，或艳不如《清朝三百年艳史演义》，或详不如《民国艳史演义》，艺术价值与文化品位皆差强人意。

---

① 王西神：《〈民国艳史演义〉总评》，载《民国艳史演义》上册，杭州，浙江古籍出版社，1990，第3页。

② 陶寒翠：《民国艳史演义》，杭州，浙江古籍出版社，1990，第279页。

第三节　周大荒的"反史"演义

《三国演义》《水浒传》《西游记》和《红楼梦》这"四大名著"因其高超的艺术造诣在成书之后皆被后人一续再续，各自续书众多。清代及此前的四大名著续书中，《红楼梦》续书为最多，《水浒传》续书居二，《西游记》和《三国演义》的续书相对较少。1917～1949年间也涌现出一批四大名著续书，不过这一时期却以"水浒"续书为最，"红楼"续书次之①，其他两部的续书则依然较少。"西游"续书主要有胡寄尘的《真西游记》，而"三国"续书则主要有周大荒的《反三国演义》等，它们都是原著的反续书。这两部小说将历史小说创作中"求真"与"务虚"的两大趋向发展到了极致，分别成为"正史演义"与"稗史演义"的典范之作。

《反三国演义》，又名"反《三国志》演义"（六十回）。作者周大荒（1886～1951），原名周天球，字大荒，大号书生，别号周子，湖南省衡阳市祁东县洪桥镇廖家岭村人。祁东，因在祁山之东，故而得名。该地春秋时属楚国，三国始置祁阳县，民国时期祁东隶属祁阳县，1952年方与祁阳分治。周大荒早年曾学于湖南衡阳船山书院，后考入湖南公立法政学堂。毕业后曾任法官，后弃职北上游历京津，任天津高等检察厅书记官，兼任天津《正义报》"文苑"专栏主笔，还做过甘肃督军黄幼蟾、湖南军阀谭浩明、河州镇守使裴建准等地方军阀幕僚等职。

一　《反三国演义》写作缘起

首先，《反三国演义》是周大荒军旅生涯的战略总结。1919年周大荒受河州镇守使裴建准千里相邀，遂至河州为其幕僚。《反三国演义》前三回即写于1919年初任裴建准幕僚之时，后因女弟夭亡，周母忧思成疾，大荒遂搁笔不续，乞假南归。直到1924年4月张尧卿创办《民德报》，邀周大荒担任《文苑》专栏主笔，他始出三回旧稿，续以付刊，边续边刊，日成一回，共续五十七回，三月而竟。正因如此，1924年周大荒的《反三国演义》最早得以在《民德报》连载，1929年9月由上海卿云图书公司出版单行本。此间周大荒先后出任湘军师长李右文秘书，湘军总务军法官、总务书记官，周大荒行伍多年，将近而立已具有过人的

---

① 参见本书第十三章《中国现代"再生历史小说"》第一节《"水浒"再生历史小说》。

军事眼光和军事谋略，对战局判断往往比较精准，他胸有大志，渴望平息战乱，实现国家一统，但因所效力之湖湘军阀各为私利，湘鄂、湘内混战不断且毫无义战，皆不足成事，最后失望辞职。"周子大荒，愤今人之空言战术而不明战道也，痛今时之贼人才而尽丧国魂也，悲今世之妄谈非战而莫知备战也，因取《三国演义》而尽反之，以明一代战术之盛，而见一国战术之风，将以今之战术求于古人，庶几可合于战道，而亦借古人之抱负以惜今人，即以自抒其抱负也"①。

其次，《反三国演义》与《三国演义》的深远影响密切相关。周大荒痴迷《三国演义》，可对其人物塑造、战略安排、蜀汉覆灭深以为憾，因此结合军旅实践与军事谋略，写成《反三国演义》。从表面来看，周大荒的《反三国演义》确实荒诞无稽，他为抒一己之胸臆，竟然起死诸葛亮、庞统、徐庶、关羽、马超等蜀国英雄，使他们大展抱负，终以刘蜀伐罪之师荡平曹魏、孙吴等不义军阀，实现天下一统。但若详查，又可惜周大荒一介武人，身处乱世却无法施展抱负，只能借小说实现梦想，着实令人悲叹。周大荒的《反三国演义》采用隐喻和讽刺手法，以三国乱世比拟20世纪20年代中国社会现实，揭露军阀混战、内讧不断、尔虞我诈、祸国殃民的真面目，并且采用"自我博弈"的手法，以兵家之谋略，借三国纸上谈兵，以施展军事才能，抒发内心之宏志，寄托国泰民安之夙愿，这也正是他写《反三国演义》的主要原因和真正目的。

二 《反三国演义》对《三国演义》的删写

《反三国演义》从《三国演义》第三十六回《玄德用计袭樊城 元直走马荐诸葛》中"徐庶进曹营"一节进行改写，删改内容主要集中在人伦、情理、恨事三方面。

（一）改写不合人伦之处

周大荒承袭儒家正统观念，将"忠、孝、仁、义、礼、智、信"作为行为标准，首重人伦孝义。《反三国演义》第一回开门见山点明主旨："人生在世，必重人伦"，凡事不能违背人伦孝义，这一根本道德准则的坚守与周大荒"幼年丧父，跟老母、小妹相依为命"②的经历有关，对老母之孝，对小妹之义，绝容不得半点马虎。因此他的《反三国演义》将自己判定的《三国演义》中不合基本道德观念或有违人伦大义之处全部改写。如《三国演义》第五十七回《柴桑口卧龙吊丧 耒阳县凤雏理

---

① 吴佩孚：《反三国演义·序》，北京，北京出版社，2012，第2页。
② 周大荒：《反三国演义》，北京，北京出版社，2012，第419页。

事》，曹操因"衣带诏"之事，忌惮马腾世居西凉拥兵自重，于是矫诏欲将其诱入京师谋杀。诏至，马腾在是否入京问题上犹豫不决，其子马超曰："乘其来召，径往京师，于中取事，昔日之志可展"，马超之言虽以"大志"为念，但毕竟未曾劝谏，反含劝行之意。周大荒认为马超作为人子，不劝其父谨慎，反劝其父履险，这种言行悖逆人伦，不合孝道，并且正是由于"马超劝行"，使马腾最终下定决心入京，结果导致马腾与马休、马铁（马超两弟）皆被曹操所杀，因此"马超劝行"又再添借刀杀人、弑父夺权的嫌疑，严重违背人伦大忌。故而周大荒在《反三国演义》第七回《数抗命矫诏召马腾　联新婚开阁延吕范》中将"马超劝行"一事删除，并将故事情节改为：马超当时身在西凉，不知曹操矫诏之事，诏至，诸将苦谏阻止马腾入京，但马腾刚果明决，不听劝阻，明知有诈，仍取义求仁。如此改写，当全马超英雄之美，不抱终天之恨矣。再如《三国演义》第六十一回《赵云截江夺阿斗　孙权遗书退老瞒》中吴蜀交恶，东吴欲诏孙尚香，使之归，又怕蜀国阻拦，于是令周善下书，言国太病重、思女心切，用"诬母病危"之计骗孙尚香携阿斗归吴。周大荒认为孙权"诬母病危则不孝，诳妹离夫则不义"，实在有损孝义，不成人子、不配人兄。故而周大荒在《反三国演义》第十二回《赋归宁孙夫人不归　下密诏汉献帝不密》中将孙权"诬母病危"一事改为："周瑜新丧，吴太后对其视如己出，悲痛不已，故而真病"，于是孙权光明正大接妹归吴以慰母怀，蜀国一方则由关公大义送嫂，双方姿态都非常恭敬诚恳。如此改写，顿将《三国演义》中吴蜀双方的各种阴谋诡计化为乌有，孙权、孙尚香、关羽三人之人伦大义皆得保全。

　　孝乃立家之本，义是立身之本，而忠则是立国之本。周大荒憎恶不忠之人，认为背叛国家的"卖国贼"，实属丧心病狂、大奸大恶之徒，百死莫能赎其罪，而《三国演义》中的大奸之首非曹操莫属，曹操不忠于汉室，实为窃国奸贼，并且在刺卓献刀、误杀伯奢、梦中杀人等一系列事件中都可窥见其假仁假义、无情无义与虚伪狡诈，再加上"宁可我负天下人，不可天下人负我"的极端自私利我的话语，其卑劣品行可见一斑。曹操以如此品行号令天下，岂不令天下忠义之士蒙羞！因此周大荒在《反三国演义》中将曹操相关事件进行改写：首先将曹操"挟天子以令诸侯"的虚伪方式改为"实篡"行为——"建魏称帝"，从而将向有篡汉之实却不担篡汉之名的曹操彻底坐实成篡汉奸贼，先令其尽失人心，再使他在战争中节节败退，最终病死，魏国亦为蜀国所灭。

　　周大荒对《三国演义》的另一人物——张松，亦颇有非议。张松原为益州牧刘璋麾下一名别驾，本欲献益州地图给曹操，无奈曹操以貌取人羞辱张松，他不得已反投刘备，受到厚待，于是转而将图献予刘备。刘备、诸葛亮得图后掌握了西川地理，制定出"立足荆州，谋取西川，北图汉中，直指许昌"的立国战略。可见张松献图乃是刘备立足西川、建立蜀国的关键环节，因此罗贯中对张松基本持赞赏态度，但周大荒认为张松献图并非义举，乃因一己之私背叛旧主刘璋，实为奸佞小人，所以给他安排了一个悲惨结局。

（二）重释不合情理之处

周大荒认为《三国演义》中关于"孙刘相忌而联姻"的解释极其不合情理，因此在《反三国演义》另行解释。罗贯中的《三国演义》中孙权一方并非真心与刘备联姻，孙刘联姻实乃孙权为了夺取荆州而与周瑜合设的一出"假招亲扣人质"的诡计，不料最终失策、弄巧成拙，"赔了夫人又折兵"，才不得不假戏真做促成了真正的"孙刘联姻"。周大荒在《反三国演义》第七回《数抗命矫诏召马腾　联新婚开阁延吕范》中认为孙刘联姻的真正原因是孙刘畏曹，"孙权结好刘备，欲求有事相救；刘备结好孙权，欲以专力取川"，因此，孙刘两家为了各自利益自愿进行政治联姻，共同抗曹。不得不说，周大荒这种解释显然更加合情合理。

关于《三国演义》中"周瑜之死"的原因，周大荒亦有新说。周大荒在《反三国演义》第十一回《伏皇后策授传国玺　乔国老痛哭小东床》中认为周瑜殒命并非因为气量狭小致使旧伤复发不治而亡，周瑜之死实因劳于军务、酬酢过多、沉湎酒色、精力耗尽而猝死。周瑜为东吴都督，国之重臣，颇富才智，长相俊美，通兵法，善音律，拥有绝世娇妻，可谓少年得志，春风得意。周大荒认为周郎如此人物，在发妻之外自然另有美姜，于是他根据唐代诗人李端之诗《听筝》，为周瑜一名外室——金粟柱。李端《听筝》云："鸣筝金粟柱，素手玉房前。欲得周郎顾，时时误拂弦。"周大荒将这首诗解释为：周瑜鄱阳水师行营附近有一"小家碧玉，名字叫金粟柱，生得丰姿绝世，潇洒出尘，琴棋书画无所不通，弹得一手好筝"，周瑜巡营还营之时常从她家门前经过，金粟柱钟情周瑜，以筝挑逗，后被周瑜收为外室。自此周瑜内有小乔，外有金粟柱，正合《三国演义》所言"朝朝寒食，月月元宵"之意，故而周瑜酒色耗神、军务劳形，英年殒命就合情合理了。据说周大荒年轻时，也曾沉迷风月，"民国四年首春，余新自日本还京师，识周君于衡阳刘未龙寓中，纵酒高谈，倾倒四座。时大荒方应知事试验来京，顾驰骋于声色，拳拳于女伶小月英"①。因此，周大荒对"周瑜之死"做出如上解释，岂知不是大荒以少年心性量己度人，将己之所好强加于人？

（三）逆写留有遗恨之处

周大荒对"三国遗恨"深以为憾，小恨尤可忍，而大恨锥心，孰难忍受，于是发誓逆写平生"三恨"。

一恨蜀汉覆灭。周大荒大作名为《反三国演义》，实际上深受《三国演义》之影响，它仍以刘室为正统，以蜀汉政权为正宗，不仅深合儒家正统观念，而且似乎比《三国演义》的正统观念更胜一筹。周大荒对《三国演义》中蜀汉覆灭、曹魏篡权，汉室正统不得为继的结局深以为恨，为使蜀汉一统天下，他大量逆写有碍蜀汉一统的故事情节。如关于"刘表献荆州，刘备义辞不纳"一事，周大荒认为刘备当初若未碍于虚名收取荆州，早已为蜀汉一统奠定根基，因此他在《反三国演义》中直接将"刘备义不纳荆州"改为"刘备义纳荆州"，使其实力地盘迅速扩张，逐渐与曹魏势均力敌，同时东吴力量也相对弱化，因此联孙抗曹这一战略成为多余，赤壁之战也不复存在；稍后，周大荒又将曹操"挟天子以令诸侯"改为实篡——"建魏称帝"，从而将一向有篡汉之实却不担篡汉之名的曹操坐实成汉之奸贼，致其人心尽失，众皆伐之，最终曹操病死，魏国被灭；此外，周大荒还深恨刘禅无能，不堪蜀汉一统之大任，因此设置东吴刺客刺死刘禅，让其子刘谌继位，自此明君兴焉，汉室中兴，最终一统。

二恨英雄轻死。《三国演义》中诸多英雄、大贤，才智不得尽舒而轻易殒命，着实令周大荒痛心疾首。

首先，"卧龙"之死。周大荒极端钦佩诸葛亮，隆中对、火烧新野、借东风、三气周瑜、骂死王朗、七擒孟获、六出祁山、空城计等智计百出，《出师表》《诫子书》等流芳千古，确实不虚"卧龙"之名。周大荒深恨诸葛亮受命数所限，大才未能施展，平生夙愿难圆，于是在《反三国演义》中逆写诸葛亮命运，让他在纳荆州、夺江夏、平陕陇、定山东、定淮南，基本奠定了一统格局后方才病死，彻底弥补了"出师未捷身先死"的憾事。

其次，"凤雏"之死。《三国演义》以宿命论处置庞统之死，庞统最终因中流矢而命丧凤坡。周大荒对此颇为不满，于是在《反三国演义》中使庞统逆天悖命，不仅在雒城之战中逃脱落凤坡之难，还在诸葛病逝

---

① 张尧卿：《反三国演义·序二》，北京，北京经济出版社，2012，第7页。

之后继任丞相之位，助蜀灭魏吴，成为蜀汉一统的功臣。

　　第三，"五虎上将"之死。在蜀国五虎上将中，关羽居首，曾温酒斩华雄、过五关斩六将、水淹七军、单刀赴会、义释曹操，威震华夏、忠义无双，但因孤高傲慢、刚愎自用，最终败走麦城，中伏被擒，临沮受害。张飞居次，刘备称帝后迁车骑将军，进封西乡侯，但勇武有余、智谋不足，后因脾气暴躁、虐待部下，最终为麾下将领张达、范疆谋杀。赵云居三，智勇双全，曾单骑救主，截江夺斗，被誉为常胜将军，是孔明之外获美誉之辞最多的人物。诸葛亮北伐之时，赵云已是五虎上将中仅存的老将了，因孤掌难鸣、势单力薄，难以成事，最终病逝成都。《三国演义》中赵云逝后其子向诸葛亮报丧，简单数语，一笔带过，宛如死了一个山野村夫。周大荒认为《三国演义》对赵云的描写并不出色，"救阿斗"似乎是其最大功劳，但阿斗却是个无才无德、乐不思蜀的废物，这不仅将赵云的英雄行为消解无形，他"救阿斗"一事不仅无功，实则有过，这种情节设置纯属破功之笔。马超居四，他出身陇西望族，乃东汉名将马援之后，征西将军马腾长子，"资兼文武，雄烈过人，一世之杰"，尤得羌胡之心。马超投奔刘备之时正值刘备围攻成都，超自请先锋率军攻城，迫使刘璋投降，成为刘备定蜀的关键人物。刘备建蜀称帝后封马超为骠骑将军，领凉州牧，进氂乡侯，但马超英年病逝，实属可惜。黄忠居五，他智勇双全，战功赫赫，刘备伐吴之时黄忠不顾年迈担任先锋，被吴将马忠偷袭，中箭身亡。

　　诸葛亮六出祁山北伐之时"蜀中已无大将"，这也成为蜀国不仅无法统一天下，最终反而覆灭的重要原因。为完成蜀汉统一大业，周大荒在《反三国演义》中将五虎上将的命运全部改写，使"英雄起死"并且全部成为汉室中兴的功臣元勋，蜀汉一统后大封功臣，关羽受封武安王，张飞受封武定王，赵云受封武成王，马超受封武威王，黄忠受封武平王。

　　三恨巾帼鲜有。《三国演义》中女性人物较少，巾帼不让须眉者更是寥寥无几。相对于貂蝉、小乔这些沉鱼落雁、姿容绝代、以色悦人的颜值美女，周大荒更加欣赏那些深明大义、才智过人、文武双全的巾帼英雄。

　　周大荒钦佩的第一位三国女性人物——徐庶之母。徐庶为母身陷曹营，徐母为儿最终自杀，徐庶忠孝双全，徐母舍生取义，可谓有其母必有其子，观其子而知其母。徐母死后，徐庶身陷曹营，心在蜀汉，然大志终不得施展，实在可惜可叹。周大荒认为若徐庶未陷曹营，徐母必不肯轻死，于是他在《反三国演义》中让诸葛亮识破曹操阴谋，智救徐母，使徐庶免遭困兽之难，并在诸葛亮病逝后出任元帅之职，助刘备灭魏吴，一统天下。

周大荒欣赏的第二位三国女性人物——诸葛亮夫人黄月英。黄夫人为荆州沔阳名士黄承彦之女，相貌奇丑（一说为易容之术），然其才可比夫，乃是最有才华的三国女性人物，但《三国演义》中黄夫人的才华只是用来衬托诸葛亮的，并未真正施展。故周大荒在《反三国演义》《第三十六回　大凉山孟获慑兵　三连海吕凯擒蛮帅》中不仅将黄夫人塑造成一位"蛾眉凤眼，皓齿朱唇"的绝世美人，还将诸葛亮七擒孟获改为黄夫人一擒孟获，经此一战，黄夫人上知天文，下知地理，中通谋略，外精奇门遁甲，能造木牛流马等，各种才干尽皆展现。

徐母深明大义，黄夫人才智过人，但周大荒认为二人文才有余，武功不足，深憾《三国演义》缺少文武双全的巾帼英雄，并且他极其推崇赵云这位德才兼备、忠义双全、俊美无双的孤胆战神，而《三国演义》中降将赵范竟以寡嫂许配赵云，实非良配。于是周大荒在《反三国演义》中专门创造出一位文武双全的巾帼英雄——马超之妹马云禄，此女出身名门、才貌过人，婚配赵云，堪称完美。周大荒家乡祁东县乃湖南"曲艺之乡"，说唱艺术发达，民国时期《杨家将演义》评书在该地流传甚广，穆桂英形象深入周氏之心，马云禄就是他以穆桂英为原型虚构而成的。

总之，通过《反三国演义》内容方面的改写可以看出周大荒的一些性格特征。周大荒过于看重一己之道德原则，性情存在偏执倾向，他对《三国演义》中不合己意之处耿耿于怀、郁结于内，必亲笔逆写方能一抒块垒，大快己心；周大荒过于矜守中庸之道，无论贤愚，皆要人尽其才、不屈一人、不屈半智，事无巨细，皆要是非分明、不偏不倚、美丑必分，但事无绝对，不可能做到恰如其分，因此周氏这种完美化的为人处世方式，招致嫉恨，终将自苦如是。这种以人品明赏罚、论成败、定生死的写作标准固然理想，但难免流于书生意气，不切实际。

三　《反三国演义》的艺术特征

周大荒的《反三国演义》以文乱史的作法，虽受史家诟病，但从艺术成就来看，确实存在可取之处。

（一）才情毕露、智识尽显

周大荒古典造诣深厚，好古敏求，行文畅达，思辨迅捷。1924年他撰写《反三国演义》时，日成一回，三月而讫，"余与共晨夕者数月，见其日事游衍，留恋歌场，率尔操觚，略不经意，而细绎之，则针线细密，结构谨严，回环照应，首尾完具。虽其才气纵横，学识英迈，亦其阅历宏富，经验良多，有以致之也"[1]。周大荒早年学在船山书院，船山多鸿学大儒，授经史诗赋，不重科举之学而重真才实用，他的学识和见识在这种求学环境中得以涵养。周大荒的《反三国演义》字里行间对三国正史稗史了如指掌，对三国各种人物、大小情节如数家珍，并且兼有独到分析与见解，实属难能可贵。如第一回写到诸葛亮展读曹操伪造之徐母家书时，周大荒将其中因果联系分析得头头是道，无懈可击，他还以诸葛亮名义制定应对之策，思维缜密，无可挑剔，这种察微知著的才能，宛如私家侦探，奇技可观。假若周氏生于当代，必将成为"三国"研究大家。

（二）妍媸必分、善恶必报

周大荒对《反三国演义》揭露假仁假义、虚伪至极之人，惩罚不忠不孝、不仁不义之徒，以求因果循环、善恶有报，极合"春秋笔法"，"是又能何异孔子《春秋》之作也？然《春秋》之作，仅能使乱臣贼子惧而已，未尝能使正人君子、贤才英杰色然以欢也。"[2]可见周大荒对此甚为自负，不仅认为其《反三国演义》合乎"春秋笔法"，还优胜于春秋笔法。

（三）夹叙夹议、古今杂糅

周大荒在《反三国演义》之《楔子　雨夜谈心伤今吊古　晴窗走笔遣将调兵》和第十三回《铜雀台大宴论当涂　金凤桥爱子陈天命》中都采用了古今杂糅、夹叙夹议的写作手法。他身处乱世，"感喟于古今战事之祸，厥意遥深。虽为论古之雄文，亦每见痛今之微笔，似有意似无意，竟不可知"[3]。通过古今杂糅的观照向度将20世纪20年代中国政治、军事、时事、伦理、文学皆摄入文中，以夹叙夹议的手法古今对照、以古喻今、论今及古，表达自己的思想、观点、主张和谋略。

（四）回尾评点、意犹未尽

小说评点是中国古代小说尤其是明清小说的常见现象，一般包括总序、读法、眉批、夹批、旁批、圈点、回评、末评等，可分为书商评点、文人评点等，著名的文人小说评点有脂斋评点红楼梦、金圣叹评点水浒传等。《反三国演义》中的评点属于回评，即在每一回的末尾对该回内容

---

① 张尧卿：《反三国演义·序二》，北京，北京经济出版社，2012，第7页。
② 周大荒：《反三国演义》，北京，北京经济出版社，2012，第9页。
③ 周大荒：《反三国演义》，北京，北京经济出版社，2012，第222页。

进行评点。这种回评首先模仿了《史记》评点方式，《史记》文尾皆以"太史公曰"作为开首语进行评点，周大荒《反三国演义》则以"异史氏曰"作为开首语进行评点；其次模仿了《聊斋志异》评点方法，《聊斋志异》所写所录多为狐仙妖鬼之事，这与记录真人实事为主的正史迥异，故称"异史"，蒲松龄则自称"异史氏"，周大荒在《反三国演义》中亦以"异史氏"自居，足见他对蒲松龄及其《聊斋志异》的赞赏。

不过，周大荒《反三国演义》中的回评在内容方面与一般小说评点存在较大差异。一般小说评点注重理论批评，如拟题立意、修辞造句、人物性格等，而周大荒《反三国演义》的回评则主要包括两类内容：一是详细解释每一回中逆写、翻案的缘由，以引发共鸣、消除误解；二是结合当下局势，谈古论今，为当下战事提供军事谋略和经验借鉴。湖湘大地，古有楚汉雄风，后有湘军悍勇，近有红色革命，因此湘人谈兵论武已是常态。周大荒行伍多年，痴迷此道，亦合常情。

总之，《反三国演义》中的一些独到见解与军事观念确有可取之处，艺术价值亦可圈可点。但一般而言，无论正史小说还是稗史小说，虽然流脉各异，创作方法、基本特征差别较大，但它们不是强调历史事实的承传价值，便是注重历史精神的当下意义，而《反三国演义》完全不理历史事实，不顾及历史精神，为抒一己之志，借三国纸上谈兵，竟不惜扭转历史进程，彻底颠覆史实以削足适履，将"历史"彻底躯壳化、工具化，故纵使周大荒其才可佩、其情可悯，但他游戏历史、误导后人的态度实不可取。因此，周大荒的《反三国演义》似乎更应该称为自我寄托小说，抑或反史小说。

第十二章　中国现代"神话"历史小说

中国现代"神话"历史小说，可以分为两大类别：一类是由中国现代作家主要取材于中国神话传说，兼采一些中国古典历史因素而创作的小说，本书将这类小说称为中国"本土'神话'历史小说"；另一类则是中国现代作家主要取材于域外神话传说，兼采一些域外古典历史因素而创作的小说，本书将这类小说称为"域外'神话'历史小说"。"神话"历史小说的存在，侧面说明神话与历史关系的复杂性，它们在文学创作中往往你中有我、我中有你，难以区分开来。因此在对中国现代历史小说进行历时性渊源梳理的时候，只能将两者兼有的这一类小说独立出来，作为最原始、最古老的一种历史小说形态加以研究。

第一节　本土"神话"历史小说

20世纪20年代，中国本土"神话"历史小说数量较少，主要包括鲁迅先生三篇——《补天》《铸剑》《奔月》以及张恨水的《新斩鬼传》。

自1922年冬开始，鲁迅在作《呐喊》《彷徨》等现实题材小说的同时开始转向"神话、传说及史实的演义"[1]，"那时的意见，是想从古代和现代都采取题材，来做短篇小说"。《补天》乃鲁迅的第一篇神话历史小说，也是《故事新编》的开篇之作，更是这种"意见"的最初实践。"《故事新编》的出现揭开了现代中国神话小说创作的新开端，标志着独具一格的无可企及的新神话小说从此在中国现代文学史上以至世界文学史上卓然独立"[2]。

《补天》（原题《不周山》），写于1922年11月，最初发表于1922年12月1日北京《晨报四周纪念增刊》，曾收入《呐喊》。《补天》"新"编之"古"事，主要涉及女娲造人、共工触山、女娲补天等古代神话。女娲乃人类始祖，关于女娲造人的故事流传有不同版本，一说女娲为伏羲

---

① 鲁迅：《南腔北调集·〈自选集〉自序》，载《鲁迅全集》第五卷，北京，人民文学出版社，1973，第51页。

② 方壿浩：《〈故事新编〉神话系统研究》，博士学位论文，中国社会科学院，2002，第ii页。

之妹，后与伏羲配为夫妻、繁衍人类，一说女娲"抟黄土做人"①，"炼五石以补苍天，断鳌足以立四极"②，从而创造宇宙与人类。女娲补天、共工颛顼之战本事主要见于《列子·汤问》和《淮南子·天文训》。据《列子·汤问》记载："故昔者女娲氏炼五色石以补其阙，断鳌之足，以立四极。其后，共工氏与颛顼争为帝，怒而触不周之山，折天柱、绝地维，故天倾西北，日月星辰就焉。地不满东南，故百川水潦归焉。"③《淮南子·天文训》又载"昔者共工与颛顼争为帝，怒而触不周之山，天柱折，地维绝。天倾西北，故日月星辰移焉。地不满东南，故水潦尘埃归焉"④。这些文字言简意赅，记载了女娲创造人类生存空间——宇宙的整个过程。

《补天》的创作，"首先，是很认真的，虽然也不过取了弗罗特说来解释创造——人和文学——的缘起"。可见，鲁迅以小说方式重释女娲神话的本义是运用当时新引进的弗洛伊德精神分析学说来解释"人和文学"的缘起。虽然鲁迅后来在1933年1月1日所写的《听说梦》一文中对该学说又持怀疑与批判态度⑤，但"《补天》确实受了这种学说的影响"⑥。《补天》从女娲的心理出发，重新解释女娲造人、补天的动机和目的，认为其创造是"潜意识""无意识"的自发行为。如小说开篇所写："女娲忽然醒来了。伊似乎是从梦中惊醒的，然而已记不清做了什么梦；只是很懊恼，觉得有什么不足，又觉得有什么太多了。"女娲一觉醒来，感觉"从来没有这样的无聊过"，在极端懊恼之下她偶然发现了一种自娱自乐的新游戏——"抟土造人"，她"抟土造人"的过程与孩童"捏泥人"的过程极其类似，"伊"先"诧异"后"喜欢"，以至"笑的（得）合不上嘴唇来"，她从中发现了快乐，摆脱了懊恼，并"以未曾有的勇往和愉快继续着伊的事业"。随着疲乏和厌倦，"喜欢"变成了"不耐烦"，"藤甩"取代了"手捏"，伊的造人逐渐演变成为"恶作剧"，她"近于失神"的"更其抡"，使"大半呆头呆脑，獐头鼠目""哇哇地啼哭的小东西""爬来爬去的撒得满地"，对他们也没有了先前爱怜的"抚弄"。总之，女娲

① 〔北宋〕李昉等：《太平御览·女娲氏》卷七十八，《四部丛刊》本，上海，商务印书馆。
② 同上。
③ 〔战国〕列御寇：《列子·汤问第五》，载《百子全书》第八卷，杭州，浙江人民出版社，1984年据扫叶山房1919年石印本影印。
④ 〔西汉〕刘安：《淮南子·天文训》，载《百子全书》第六卷，杭州，浙江人民出版社，1984年据扫叶山房1919年石印本影印。
⑤ 鲁迅：《听说梦》，《文学杂志》第一号，1933年4月15日。
⑥ 田仲济、孙昌熙主编《中国现代小说史》，济南，山东文艺出版社，1984，第457页。

造人、创世的丰功伟绩，几乎完全演变成她在一次无聊后的无心插柳之功。

《补天》表面受弗洛伊德学说影响，将"女娲造人"阐释为"潜意识"支配下完成的造人"游戏"，似乎是对女娲造人的嘲讽与解构，但在实际操作层面上，弗洛伊德学说的运用与女娲无私精神的塑造却相辅相成、相得益彰。《补天》将女娲造人这一伟业诠释为女娲无心之作，故而她不必自居其功，所谓无意争春，留香千古，而她的另一伟业——补天，则肇始于人类争战，女娲主动补天、无私奉献，对人类又极度宽容，不迁其怒、不示惩罚，及至女娲逝后化为山川，又被人类分割膏腴、划地而据，则愈加体现出"零落成泥碾作尘"，"化作春泥更护花"的崇高之美。总之，鲁迅《补天》重新诠释了中国"创世说"，重塑了"华夏始祖"、神话英雄女娲的形象，使她完全成为甘于奉献、毫无索取的"大善"化身，这一形象深层蕴含着人类的崇高品格与理性精神，已经远超弗洛伊德学说中在"潜意识"支配下采取的本能机械行为。

《奔月》，1926年12月作，本篇最初刊载于1927年1月25日北京《莽原》半月刊第2卷第2期。《奔月》是鲁迅的第二篇神话历史小说，出自《淮南子·本经训》之"后羿射日"与《淮南子·览冥训》之"嫦娥奔月"。据《淮南子·本经训》载："尧之时，十日并出，焦禾稼，杀草木，而民无所食。猰貐、凿齿、九婴、大风、封豨、脩蛇，皆为民害。尧乃使羿诛凿齿于畴华之野，杀九婴于凶水之上，缴大风于青丘之泽，上射十日而下杀猰貐，断脩蛇于洞庭，禽封豨于桑林。……万民皆喜，置尧以为天子。"[1]可见，射日时的后羿，功劳盖世，威风显赫，风光一时。"嫦娥奔月"乃"后羿射日"的姊妹篇，据《淮南子·览冥训》载："羿请不死之药于西王母，姮娥窃以奔月，怅然有丧，无以续之。"[2]高诱注曰：姮娥羿妻。羿请不死之药于西王母，未及服之。姮娥盗食之，得仙，奔入月中为月精。"姮娥"即嫦娥，因汉文帝名恒，故避讳改为"姮"。上古神话形成之后主要在民间流传，因而以民间叙述为主的神话不可避免地逐渐世俗化，"后羿射日"与"嫦娥奔月"两则神话也是如此，二者在流传过程中逐渐脱离原来神话中的神性，"为中枢者渐近于人性，凡所叙述，今谓之传说。传说之所道，或为神性之人，或为古英雄，

---

① 〔西汉〕刘安：《淮南子·本经训》，载《百子全书》第六卷，杭州，浙江人民出版社，1984年据扫叶山房1919年石印本影印。

② 〔西汉〕刘安：《淮南子·览冥训》，载《百子全书》第六卷，杭州，浙江人民出版社，1984年据扫叶山房1919年石印本影印。

其奇才异能神勇为凡人所不及"①。神话逐渐演进为传说,神性则慢慢趋向人性。如"后羿"这一形象,乃是当时人们根据自身所处恶劣环境以及改善生存环境的渴望而塑造出的拥有超自然能力的"人",也即"人的神话化"或者说"神话历史化",而"后羿射日"则体现出上古先民抗击自然灾害、射杀凶禽猛兽的世俗生活。"神话历史化"与"人的神话化"可以说是同一过程的两个方面。"嫦娥奔月"神话同样如此,它体现出人类对"死亡"的畏惧,对"长生不死"的渴望。

鲁迅《奔月》的过人之处正在于抓住了这两则神话"世俗化"的倾向,从而摒弃后羿形象中射日时光彩照人的一面,选取射日之后英雄无用武之地的一面,同时结合"嫦娥奔月"中"嫦娥盗药而食"事件,另行组合进行再创作,使后羿嫦娥的夫妻生活、言谈举止、心理行为都呈现出"人类"世俗生活的一般特征,从而消解半神英雄和天仙美女的神性,使他们更加接近人性。因而《奔月》比《补天》的世俗化倾向更加明显,对人性的思考也更为深刻。

鲁迅《铸剑》作于1926年10月,稍早于《奔月》,但最初发表时间却晚于《奔月》。《铸剑》原题《眉间尺》最初发表于1927年4月25日、5月10日《莽原》半月刊第2卷第8、9期上,1932年编入《自选集》时改为现名。《铸剑》故事主要见于魏时曹丕《列异传》、晋代干宝《搜神记》以及后汉范晔《楚王铸剑记》等"志怪小说"。"志怪之作,……探其本根,则亦犹他民族然,在于神话与传说"②。不过志怪小说中除了神话传说,还存在巫道、方术、鬼怪、灵异之事,因此其"怪异"色彩远超神话传说,所以《铸剑》不同于《补天》《奔月》中消解神性、渐趋人性的创作方法,它最突出的一面是特别关注《列异传》《搜神记》等古籍中所载"干将莫邪铸剑""眉间尺复仇"传说中被"怪异化"的部分,如雌雄双剑之神奇,"眉间广尺"之异相,眉间尺为"复仇"而存在的离奇身世,宴之敖者黑色冷峻的神秘形象,诡异的"人头歌"等,以"怪异"内容为中心完成小说创作体现出鲁迅之匠心。总之,鲁迅20世纪20年代所写的三篇"神话"历史小说中蕴藏着他对中国文化演变的深刻思考,具有开拓价值。

张恨水的《新斩鬼传》原载1926年2月19日至7月4日北京《世界日报》副刊《明珠》,1931年4月由上海新自由书局集结该刊所载内容出版单行本《斩鬼新传》(十四回本),全三册,约10万字。张友鸾在《章

---

① 鲁迅:《中国小说史略·第二编　神话与传说》,北京,人民文学出版社,1987,第18页。

② 同上书,第17页。

回小说大家张恨水》一文中提到，1925年2月曾创办《世界晚报》的《益世报》总编辑成舍我又创办《世界日报》，并邀请张恨水主编副刊《明珠》。1926年张恨水在该副刊发表作品，《新斩鬼传》则是他连载于《明珠》的第一部长篇章回体小说。谈到《新斩鬼传》的创作缘起，张恨水说："因为当时有一位姓张的朋友，他对于《斩鬼传》极力推崇，劝我作一篇《新斩鬼传》。我一时兴来，就这样作了。"①《新斩鬼传》所据原文本乃明末清初烟霞散人的《斩鬼传》（全称《第九才子书钟馗斩鬼传》，亦曰《平鬼传》），这篇小说摆脱言情窠臼，在神话志怪的基础上加强了谴责、讽刺的笔触，"针对当时社会不良现象，备极讽嘲"②。"这篇小说，虽根据老《斩鬼传》而作，但《斩鬼传》的讽刺笔法，却有些欠含蓄，我也是如此"③。因为讽刺意味太过露骨，并且"写的是抽象人物，尽管也很淋漓尽致，一般读者不能十分理解，'叫座'的能力不高"④，加上"沦陷期间，被上海文人删改过，更是有些走辙了"⑤。因此，《新斩鬼传》在商业销量与迎合观众方面显然是不成功的。《世界日报》及其副刊作为高度商业化的出版物异常看重销量，于是张恨水又继续创作并在该刊连载《春明外史》《金粉世家》等几部通俗小说，方使《世界日报》由衰转盛，销量斗转直上，迅速成为北京当时销量最大的报纸，这也巩固了张恨水通俗小说大家的文坛地位。

20世纪30年代，中国本土"神话"历史小说主要有鲁迅的《理水》，钟毓龙的"上古神话大全"——《上古神话演义》，庄适、郭德明的"西游"节编本等。1935年11月鲁迅取材中国古老传说"大禹治水"作《理水》，这是《故事新编》中与当时社会环境关联最紧密的一篇。

首先，《古史辨》论争是《理水》创作起因之一。五四之后顾颉刚发起并主持开展《古史辨》讨论。《古史辨》共七册（1920年出版第一册，1941年出版第七册），是以当时疑古思想为核心而编著的考辨古史真伪的论文总集。经常参加《古史辨》讨论的学者除顾颉刚外，还有钱玄同、童书业、罗根泽、杨向奎、杨宽等。《古史辨》第一册由顾颉刚与胡适、钱玄同、刘掞藜等讨论古史的信件、文章组成，其中曾以"禹"为中心

① 张恨水：《我的写作生涯回忆》，北京，人民文学出版社，1982，第27页。
② 张友鸾：《章回小说大家张恨水》，载张恨水：《我的写作生涯回忆》，北京，人民文学出版社，1982，第99页。
③ 张恨水：《我的写作生涯回忆》，北京，人民文学出版社，1982，第27页。
④ 张友鸾：《章回小说大家张恨水》，载张恨水：《我的写作生涯回忆》，北京，人民文学出版社，1982，第99页。
⑤ 张恨水：《我的写作生涯回忆》，北京，人民文学出版社，1982，第27页。

开展讨论并提出了一些独到见解。1923年顾颉刚在讨论古史的文章中又对"禹"字进行考证，他参考《说文解字》训诂之中"训'禹'为虫，训'内'为'兽足蹂地'"①句，又根据"鲧，鱼也"②和"鱼，水虫也"③两句中训"鲧"为"鱼"，训"鱼"为"虫"的解释，认为"在传说中，鲧是先禹治水的人，……禹既继鲧而兴，自与相类"④，提出禹是"蜥蜴之类"⑤的"虫"或"动物"的推断。对于这一推断，鲁迅感到非常荒谬，曾在多篇文章中引用顾颉刚此论断加以讽刺，如在《伪自由书·崇实》中故意加入"禹是一条虫，那时的话我们且不谈罢"一句⑥，在《准风月谈·我们怎样教育儿童的?》一文中再次提及，"倘有人作一部历史，将中国历来教育儿童的方法，用书，作一个明确的记录，给人明白我们的古人以至我们，是怎样的（地）被熏陶下来的，则其功德，当不在禹（虽然他也许不过是一条虫）下"等等。⑦针对鲁迅文章中屡屡出现的讽刺与影射成分，顾颉刚诉诸法律途径以求解决，该事件给鲁迅留下深刻记忆⑧。

其次，《理水》是1933年7月与1935年8月两次大洪水的直接镜像反映。1933年7月黄河决口，河北、河南、山东、陕西、安徽以及江苏北部水患严重，形成了民国时期罕见的洪灾。1933年8月31日鲁迅在《申报·自由谈》发表的《准风月谈·四库全书珍本》一文中提及这场洪水，"四省不见，九岛出脱，不说也罢，单是黄河的出轨举动，也就令人觉得岌岌乎不可终日，要做生意就得赶快"⑨。鲁迅将"黄河出轨"，"四省不见"（指"九一八"事变后日本先后侵占东北辽宁、吉林、黑龙江、热河四省），"九岛出脱"（指"九一八"事变后，法国趁机提出无理要求，1933年侵占中国南沙群岛九座岛屿事件）三大事件并列，可见当时洪灾影响之大。1935年8月15日鲁迅写《理水》前三个月又发生严重水灾，

---

① 顾颉刚：《顾颉刚古史论文集》第一册，北京，中华书局，1988，第143页。

② 〔东汉〕许慎：《说文解字》中册，长沙，岳麓书社，1996，第1630页。

③ 同上书，第1627页。

④ 顾颉刚：《顾颉刚古史论文集》第一册，北京，中华书局，1988，第145页。

⑤ 同上书，第143页。

⑥ 鲁迅：《伪自由书·崇实》，载《鲁迅全集》第五卷，北京，人民文学出版社，1981，第12页。

⑦ 鲁迅：《准风月谈·我们怎样教育儿童的?》，载《鲁迅全集》第五卷，北京，人民文学出版社，1981，第155-156页。

⑧ 参见顾颉刚《致鲁迅信》、鲁迅《辞顾颉刚教授令'候审'》等文，载《鲁迅全集》第四卷，北京，人民文学出版社，1973，第50-52页。

⑨ 鲁迅：《准风月谈·四库全书珍本》，载《鲁迅全集》第五卷，北京，人民文学出版社，1981，第266页。

据《申报月刊》记载："今年的水灾，南自广东，北迄河北，中至长江、黄河、珠江三大流域各省，几乎绝少幸免。……灾情统计，目下尚无确切数字可据，但仅观鄂鲁两省的灾民，鄂在七百万以上，鲁在五百万以上，灾情的严重，可以概见。"[1]仅鄂鲁两省受灾人口已如此之多，在当时只有四万万人口的中国，灾情对整个国家民族的影响不难预测。"两三年前，是有过非常的水灾的，这大水和日本的不同，几个月或半年都不退。但我又知道，中国有着叫做（作）'水利局'的机关，每年从人民收着税钱，在办事。但反而出了这样的大水了"[2]。"水利局""每年从人民收着税钱，在办事"，却出现"非常的水灾"，"水利局"的"办事"绩效可见一斑！在大灾当前的现实环境中，身受水患之苦的灾区民众迫切渴盼真正能够办实事的水利官员出现，赈济灾民、治理水道、杜绝水患。在中国治理水灾的历史中，"维禹之功，九州攸同，光唐、虞际，德流苗裔"[3]。太史公等对"大禹治水"的颂扬与顾颉刚等对大禹的诋毁态度（即训"禹"为"虫"的考证）之间，形成了尖锐矛盾。鲁迅《理水》对"大禹治水"这一传说重新阐释，刻画出"埋头苦干""脊梁"式的古帝王大禹形象。这种"埋头苦干"的古帝王，与后世帝王大相径庭，他们是躬行的表率，而不是作威作福的独夫，他们代表中国群体的"民魂"，而非一家天下的"英雄"。

相对于鲁迅同类小说表现得深刻，钟毓龙小说的过人之处则在于其内容包罗甚广。钟毓龙《上古神话演义》，1935年7月上海中华书局初版，共四册，一百六十章，可谓鸿篇巨制。他在《第一章　演古史之治乱　谋开篇说混沌》中开宗明义，"我这部书是叙述华夏开天辟地神话的"，"日间就是阳，夜间就是阴。和暖而带生气的就是阳，寒冷而带杀气的就是阴，所以天上的神祇，亦分两类：一派是阳神，一派是阴神。阳神的主张，是创造地球，滋生万物，而尤其注意的是人类的乐利安全；阴神的主张，是破坏地球，毁灭万物，而尤其痛恶的，是我们人类，定要使人类灭绝而后快"。《上古神话演义》主要写阳神一派与阴神一派的斗争，对上古神话中的人物身世、所作所为、子孙后裔等事无巨细详而演之，其中有人们熟悉的人物事件，如皇娥梦游、盘古开天、女娲补天、

---

① 《为水灾告当局三事》，《申报月刊》1935年第4卷第8号。

② 鲁迅：《且介亭杂文末编·我要骗人》，载《鲁迅全集》第六卷，北京，人民文学出版社，1973，第489页。

③ 〔西汉〕司马迁：《太史公自序》，载《史记》第四卷，上海，上海古籍出版社，2011，第2488页。

共工触山、后稷三弃、简狄吞卵、蚩尤败绩、黄帝成仙、精卫填海、后羿射日、嫦娥奔月、姚舜禅让、大禹治水、仓颉造字等，亦有人们相对陌生的人物事件，如颛顼时期的官职制度，女娲制定婚嫁媒妁之礼、废除苟合之乱，帝喾四妃的身世来历，还有现代人极少听闻的上古故事，如第27章《罐兜求封南方国　狐功设计害人民》、第20章《赤松子来访　凤凰鸟翔集》、第30章《羿杀九婴取雄黄　巴蛇被屠洞庭野》、第35章《巫咸鸿术为尧医　越裳氏来献神龟》、第37章《厌越述紫蒙风土　阏伯实沈共参商》。因此，《上古神话演义》的确称得上是一部名副其实、包罗万象的上古神话"百科全书"。

庄适节编写的《花果山》《安天会》《大闹天宫》与何德明节编的《流沙河》《高老庄》皆由上海商务印书馆1935年9月作为通俗读物初版，隶属民众基本丛书。庄适长兄庄百俞，1903年10月入上海商务印书馆任编译员、国文部长、总管理处秘书等职长达26年之久，是中国最早的编辑人之一，他亲自编写、竭力推行《最新初小国文教科书》《高等小学国文教科书》《简明国文教科书》等多种新式教科书与教学参考书，对当时的教育改革做出了极大贡献。庄适从日本早稻田师范部留学归来，从兄任职，曾参与编纂中国最早的国语教科书《新体国语教科书》。民国十三年（1924年）商务印书馆编辑出版众多教育工具书，民众基本丛书乃其中之一，这套丛书以提高民众文化修养为出版方针，因而改编并收入其中的《花果山》《安天会》《大闹天宫》《流沙河》《高老庄》等主要目的是普及教育、开发民智，并且在事实上它们也只是《西游记》的节编本，基本是白话复制，故事缺乏创新性，叙述方式平铺直叙，艺术价值不高。

20世纪40年代，在战争严酷的现实背景下，中国本土"神话"历史小说逐渐式微。这一时期主要有谭正璧的《奔月之后》《女国的毁灭》《华山畿》《舍身堂》《清溪小姑曲》，秦牧的《火种》，宋云彬的《禅让的一幕》，李俊民的《心与力》以及上海中央书店1942年10月出版的平襟亚短篇小说集《秋翁说集》中的《秦始皇入海求仙》《郭秀才诛妖》《孙悟空大战青狮怪》《新白蛇传》《皋陶的神兽豸》，这些基本是短篇小说，情节简单，如秦牧《火种》叙述燧人氏"钻木取火"，宋云彬《禅让的一幕》赞颂"尧舜禅让"，李俊民《心与力》稍微复杂，写大禹从"劳力者"上升至"劳心者"后重陷"劳心者治人，劳力者治于人"的窠臼，对人性进行解剖。相对而言，谭正璧的《奔月之后》艺术水平较高，成为这一时期该类小说的代表作。《奔月之后》从嫦娥偷吃不死药飞升月宫之后展开叙述，"以李商隐诗'嫦娥应悔偷灵药，碧海青天夜夜心'为中心"①，竭力营构嫦娥在满目荒芜的月宫中陷入寂寞、孤独、恐惧、悲哀、绝望的处境，以及"当她饥饿难忍而欲死不能的时候"对人间生活的怀念，对偷药飞升的懊悔。从内容衔接上看，谭正璧的《奔月之后》与鲁迅的《奔月》堪称姊妹篇，"每次写作的时候，我总会想起鲁迅先生的《故事新编》"②，谭正璧主要从现代人性观念出发推测嫦娥飞升之后的心理状态，试图对"熟悉的神话或故事另作合理的解释"③，这与鲁迅的文化思考是不同的。

总之，通过梳理每一阶段相关作品参差复杂的存在状态，可以看出中国本土"神话"历史小说在现代文学三十年间的创作轮廓，窥见其整体发展轨迹。

第二节 域外"神话"历史小说

在我们的认知中，中国国内存在的历史小说一般可区分为中国历史小说与翻译过来的外国历史小说两类，然而这并非周全。中国现代作家取材于域外"神话、传说及史实"④而写成的"创作小说"，便属于介于以上两者之间的第三类历史小说。自近代闭关锁国状态被打破后，中国现代作家的取材范围逐渐超出中国界域，他们除了描写域外现实生活，还从域外神话、历史中取材进行小说创作，从而形成了一种值得关注的中国现代历史小说类型——域外"神话"历史小说，其基本发展脉络见图7-5⑤，该类小说体现出现代作家开放的历史观、文化观与创作观。

1917年"文学革命"之后，一批中国现代作家开始向域外神话、历史取材创作小说，如郭沫若、巴金、郑振铎、茅盾、秦牧、施蛰存、谭正璧、曹聚仁等，其代表作有：郭沫若的《马克斯（思）进文庙》（1923年，又名《马氏进文庙》）、《Lobenicht 的塔》（1924年），巴金的《断头台上》（1927年）与"法国大革命三部曲"——《马拉的死》（1934年）、《丹东的悲哀》（1934年）与《罗伯斯庇尔的秘密》（1934年），施蛰存的

---

① 谭正璧：《长恨歌·自序》，载《中国现代历史小说大系》，石家庄，河北人民出版社，1998，第1页。

② 同上书，第2-3页。

③ 同上书，第2页。

④ 鲁迅：《南腔北调集·〈自选集〉自序》，载《鲁迅全集》第五卷，北京，人民文学出版社，1973，第51页。

⑤ 参见本书第七章《正格历史小说与非正格历史小说》第二节《稗史演义、"神话"历史小说与"再生"历史小说》。

《鸠摩罗什》（1929年），曹聚仁的《比特丽丝会见记》（1933年）、《耶稣与基督》（1934年），谭正璧的《摩登伽女》（1934年），郑振铎小说集《取火者的逮捕》的四个短篇，即《取火者的逮捕》（1933年）、《亚凯诺的诱惑》（1933年）、《埃娥》（1933年）与《神的灭亡》（1934年），茅盾的《神的灭亡》（1933年）、《耶稣之死》（1942年）和《参孙的复仇》（1942年），聂绀弩的《第一把火》（1941年），唐须的《化熊》（1943年），秦牧的《拿破仑的石像》（1945年）、《罗马的奴隶》（1946年），施瑛的《帝俄东进记》（1947年），钟离北的《玛丽·司徒亚特之死》（1947年）等。

中国现代域外"神话"历史小说创作比较偏僻冷门，容易被研究者遗漏，因而更应该受到关注。中国现代"域外"神话历史小说被理论遗忘的原因大致有三：首先，从接受角度来看，对于中国读者而言，中国作家取材于域外神话、历史创作的小说，既存在时间跨度而产生疏离现实的陌生感，又存在空间距离而形成严重的文化隔膜，因此接受起来颇为不易。第二，此类小说创作数量较少，如郁达夫所说，中国现代作家写过"自传式的小说，忏悔小说，心理小说，传奇小说"，然而历史小说，"在新小说里，在我的浅陋的认识范围以内，却是寥寥无几"①，中国本土历史小说尚且如此，中国作家向域外神话、历史取材创作的小说实属冷僻。第三，中国现代作家翻译、介绍的外国历史小说，远多于他们向域外神话、历史取材创作的小说，因此后者并非自觉地被遮蔽。

本书在此将这一被遗忘的文学现象重新提出，把中国现代作家创作的域外"神话"历史小说，看作中国现代文学叙述的一种特殊形态，并从阐释学与类型学角度对该类小说的具体成因、文化类型与基本特征进行综合评述。

一 中国现代域外"神话"历史小说的成因

首先，中国现代域外"神话"历史小说的形成是鸦片战争以来中国人"开眼看世界"的产物。

"中国古典文学中也有过关于域外的描写——如《西游记》《镜花缘》《三宝太监下西洋》以及《聊斋》中的一些故事里，已经多少写到一些域外的人情风土，但那时中国人的心目中，自己居住的是海内，为天下的中心，而四海之外皆认为蛮荒之地，想象的成分多于实地考察，所以出

---

① 郁达夫：《历史小说论》，《创造月刊》1926年第1卷第2期。

现在小说里的域外，要么神化，要么妖化，总是当作海外奇谈，并不认真地对待。严格些说，域外题材的文学创作，是在中国的大门被列强用枪炮打开以后，才渐渐出现的"①。可见，中国古代域外小说基本都是中国人通过想象和道听途说构建出来的奇幻而非真实的域外世界和域外生活，再如《山海经》《神异经》《十洲记》《穆天子传》《汉武内传》等，即使玄奘弟子辩机根据玄奘取经经历著成的《大唐西域记》中也有很多神魔因素。1840年鸦片战争以后，中国人开始真正开眼看世界，对域外生活、文化有了实实在在的了解，中国作家也开始采用真正域外神话、真实域外历史和真实域外生活为题材进行小说创作，如洗红庵的《泰西历史演义》、岭南羽衣女士的《东欧女豪杰》、独头山人的《波兰国的故事》、雨尘子的《洪水祸》、梁启超录（巢南子述）《越南覆灭记》等。当然，这一时期的域外题材小说仍然存有虚构传统，如《冷国复仇记》（《欧洲野冷国》）、《刺敌国》（《欧洲斯崖内国》）等，它们以弱国亡国为鉴，探寻救国强国之道。

清末民初，中国文坛上曾经出现过一个域外历史小说创作热潮。1903年鲁迅受刚刚接编《浙江潮》的同乡好友许寿裳之邀为该刊撰稿，他从古希腊历史取材，以中国现代文学发轫之初文学创作的常见方式——"半译半作"方式写成一篇文言短篇历史小说——《斯巴达之魂》，分两次发表在《浙江潮》1903年6月15日第5期和11月8日第9期上。这篇小说比鲁迅另一篇文言小说《怀旧》（1913年）早十年之久，因此它实际上是鲁迅第一篇小说，亦是其第一篇历史小说，同时也是中国现代作家最早向域外历史取材创作的历史小说，开创了中国现代域外历史小说之先河。时至今日，尽管评论者仍然对《斯巴达之魂》的写作方式与文体归属存有争议，但毋庸置疑这篇小说的试炼为鲁迅历史小说集《故事新编》中八篇历史小说的创作奠定了坚实基础。这一时期中国作家以半译半作方式写成的域外短篇历史小说还有朱树人的《土窟余生》（《小说月报》1910年），徐远的《加波拿里党》（《小说月报》1912年第3卷第1期），周瘦鹃的《磨坊主人》（《小说月报》1912年第3卷第9期），周槃的《约瑟芬》（《香艳杂志》1914年第1期），延陵的《武灵尘》（《中华小说界》1914年第6期），竞夫的《玛瑙英雄》（《礼拜六》1914年第21期），壮梅的《逋逃客》（《娱闲录：四川公报增刊》1915年第19期），梅郎的《红白约》（《礼拜六》1915年第42期），常觉、小蝶

———
① 陈思和:《巴金·域外小说〈序〉》,上海,上海文艺出版社,2012,第2页。

的《法兰西之花》(《中华小说界》1915年第2卷第5期)、半农的《英王查理一世喋血记》(《中华小说界》1915年第2卷第8期)、临光的《马拉桑战役与波斯》(《小主人》1939年第3卷第13～14期)、《潘列各尔与新兴的希腊》(《小主人》1939年第3卷第15～16期)、兆英的《死人的袭击》(《小主人》1940年第4卷第8期)、钱今昔的《圣女贞德》(《文苑》1941年第1卷第3期)、赵伯凡的《罗兰夫人》(《妇女世界》1941年第2卷第5期)、唐须的《化熊》(《北极》1943年第1卷第1期)等。相对而言,这一时期的域外长篇历史小说较少,如陈鸿璧、觉我的《苏格兰独立记》(《小说林》1907～1908年连载)、汉声、亚星的《回首百年》(《中华小说界》1915年第2卷第6期)、壮梅的《孔坡遗恨记》(《娱闲录:四川公报增刊》1915年第16期)。

其次,中国现代域外"神话"历史小说的形成还与晚清以来域外历史小说译述、域外历史小说理论译评密切相关。

晚清民国时期,翻译家对外国历史小说的翻译尚无定规,措辞亦不够严谨,常常以半译半述方式介绍进来。如云间陆龙翔所译《瑞西独立警史》(《游戏世界》杭州1900年第15期)、甘永龙、朱炳勋所译英国恩苏霍伯的《卢宫秘史》(《小说月报》1912年第3卷第5期)、李思纯、壮梅所译《白喀特传》(《娱闲录:四川公报增刊》1914年第10期)、天游译法国大仲马的《绛带记》(《东方杂志》1914年连载)、建生、迪士所译法国嘉佛礼的《拿破仑第二遗事》(《小说时报》1916年第28期)、天笑、听鹏译法国大仲马的《嫁衣记》,瘦鹃译大仲马的《玫瑰一枝》(《小说大观》1917年第10期)、建生、迪士译法国伯桑的《约瑟芬外传》(《小说时报》1917年第29期)、太空所译弗朗西斯·约翰逊(Francis Johnson)的《亚历山大第二》(《华工杂志》1919年第42期)、蒙生译台米道夫著的《狂飈(飙)》(《俄罗斯研究》1930年创刊号)、吴木寿译日本押川春浪的《拊髀记》,独鹤译英国泊脱能维尔原编《清宫窃宝记》等。

现代翻译家对外国历史小说理论的翻译亦不仅仅是语言转换,常常译介与评论同时进行。如顾凤孙的《德国之历史小说丛书》(《半月》1925年第4卷第3期)、汪倜然《德国历史小说家》(《前锋月刊》1930年第1卷第3期)、杨昌溪的《德国的历史小说热》(《青年界》1931年第1卷第2期)、张香山的《目前的日本历史小说》(《作家》1936年第1卷第4期)、A.柯恩著、章泯译《苏联的历史小说》(《时代文学》1941年第1卷第4期)、裴尔曹夫作、金人译《论A.托尔斯泰的历史小说》(《奔流文艺丛刊》1941年第6期)、许星甫的《十九世纪英国历史小说家司各德》(《新东方杂志》1941年第3卷第4期),孙晋三的《社会历史小说与〈福萨德家传〉》(《文讯》1947年新7第3期),炎木译、福特·米莱(Ford. B. Millett)作的《论美国现代的历史小说》(《狂飙月刊》1948年第2卷第2期)等。

二 主体经验:域外"神话"历史小说创作的关键因素

神话、历史之所以能够跨越时空隔膜被不同国界内"此在"的人们做出跨文化阐释并赋予特定意义,除了它们自身的阐释可能性、人类共同性之外,起关键作用的乃是阐释主体自身的现实经验。从内容看,中国现代域外"神话"历史小说基本取材自欧洲神话或历史,如郑振铎小说集《取火者的逮捕》四个短篇取材于古希腊神话,茅盾的《神的灭亡》《耶稣之死》和《参孙的复仇》取材于古希腊和北欧神话,巴金《断头台上》取材于俄罗斯革命者的英勇事迹,《马拉的死》《丹东的悲哀》和《罗伯斯庇尔的秘密》则取材于法国大革命,郭沫若《Lobenicht的塔》取材于德国哲学家康德之事迹等。中国现代域外"神话"历史小说作家青睐欧洲文化,这与"五四"先驱者对待西方文化的态度以及作家的海外经历、译述活动分不开。"欧洲近代文化,都从复兴时代演出;而这时代所复兴的,为希腊罗马的文化;是人人所公认的。……五四运动的新文学运动,就是复兴的开始"[1]。先驱们将五四新文化运动看作中国的一次文艺复兴运动,"正像欧洲的文艺复兴一样,是一切新的开始"[2]。"其间固有诸多不同处,然吾人所处之时世实与希腊古代最相近似。今世深厚之生活,盖皆本于希腊人所创造之理想也。古今固无出一辙者,然若遍观往古,以求与二十世纪精神最密迩之时期,则必于纪元前五世纪及三、四世纪得之矣。吾人一再研究希腊之思想文章,则见希腊人之真面,若隐若现,虽其时境远隔悬殊而实与今人面目酷肖。……且研究希腊人之理想与得失成败之迹。比附推求,借古镜今,亦可悟解吾人今日之时势而下确评矣"[3]。基于对欧洲文化的崇拜,他们大量译介欧洲的人文科学知识,作为输入新知的有效途径,力图创造欧式文艺复兴神话并以此带动国家复兴。中国现代域外"神话"历史小说作家基本都有海外经历和翻译实践,他们的文学创作多以译介作品为蓝本。1927年大革命失败

---

① 蔡元培:《建设理论集·总序》,载赵家璧主编《中国新文学大系》第一卷,上海,上海良友图书印刷公司,1935,第3页。

② 同上书,第1页。

③ 〔英〕穆莱:《希腊对于世界将来之价值·编者识》,吴宓译,《学衡》1921年第23期。

后，茅盾避居日本（1927～1930年），郑振铎避居法国（1927～1928年），他们亦是著名的翻译家，其译述中含有众多古希腊罗马神话。

早在1924年郑振铎就曾说过：

> 我近来对于神话，很感兴趣。他们不唯是研究初民的思想及其他所必须注意的，而在文学上也有极高的价值，尤其是希腊神话。
>
> 希腊神话具有永不磨灭的美丽与趣味。他们的故事，常常作为欧洲许多最好的诗人、画家、雕刻家、论文家、小说家等的最好的原料。他们的血液，已倾注入欧洲文学的脉管里。我们如非知道他们，则对欧洲诸诗人、诸画家、诸雕刻家等等的作品，必有难以理解之苦。[1]

1927年郑振铎在赴法油轮上曾修订高君箴所译北欧神话《莱因（茵）河黄金》，1928年初他又从英国学者弗雷泽注释的阿波罗多洛斯《神话集》中钩沉起对神话的兴趣，"偶然，心里感到单调与疲乏，便想换一方面，去看看别的书。手头恰有一部 J. G. Franzer（弗雷泽）译注的 Apollodorus（阿波罗多罗斯）的 *The Library*（《图书馆》），便常常翻翻"[2]，随后他从中国古代文学和戏曲研究转向古希腊罗马神话的译介。郑振铎原拟以《希腊罗马的神话与传说》为总题，分《神谱》（未完成）、《英雄传说》和《恋爱的故事》三部进行译述，但当时索居异国，时常想念祖国与亲人，译述之时打乱了既定顺序，最先译述出第三部《恋爱的故事》（全称《希腊罗马神话与传说中的恋爱故事》），包括《大熊小熊》《丽娃（达）与鹅》《欧绿巴与牛》《爱坡罗与娃芬（阿波罗与达芙妮）》《玉簪花》《向日葵》《"爱神"的爱》《巨人的爱》《史克拉与骚西》《骚西与辟考斯》《象牙女郎》《美女拉与其父》《亚杜尼斯之死》《歌者奥菲斯》《白比丽丝泉》《仙女波莫娜》《那克西斯》《柏绿克丽丝的标枪》《赛克斯与亚克安娜》《潜水鸟》《依菲斯》《奥依妮与巴里斯》《潘与西冷克思[3]》和《林达与希绿》。郑振铎将以上译述作品陆续寄给国内的《小说月报》，1928年相继发表。1929年1月15日郑振铎为《希腊罗马神话与传说中的恋爱故事》作《叙言》，1929年3月该书由商务印书馆出版，

---

[1]　郑振铎：《阿波罗与娃芬》，《晨报副刊·文学》1924年第113期。

[2]　郑振铎编译《希腊罗马神话与传说中的恋爱故事·叙言》，上海，商务印书馆，1929，第1页。

[3]　西冷克思：Syrinx，今译作西林克斯。

1930～1931年他又在《小说月报》连载了《希腊罗马神话与传说中的英雄传说》。

茅盾介入翻译工作为时更早，1916年开始翻译活动，其"北欧神话六篇，写于一九二五年春，最初分别发表于同年二月至四月间上海商务印书馆出版的《儿童世界》"[①]。茅盾在大革命失败后曾避居日本（1927～1930），回国后仍继续欧洲神话翻译事业，1933年他编译《希腊神话》十篇，同年12月由上海商务印书馆初版，署名沈德鸿；1934年9月始他又协助鲁迅创办《译文》杂志，进一步为中国现代翻译事业开拓新路。此外，茅盾还是中国早期研究欧洲神话的先驱者之一，先后出版《希腊神话ABC》《北欧神话ABC》等理论专著。

可见，郑振铎、茅盾取材于域外神话、历史的小说皆以其译述作品为底本。正如郑振铎小说集《取火者的逮捕》新序中所说："所有这部小说里提到希腊神话里的故事，其详细的叙述都可在我的《恋爱的故事》《希腊罗马的英雄传说》和其他讲述希腊罗马的神话与传说的书里找到。"[②]

郭沫若与巴金则是留学期间翻译激发创作的。郭沫若在日本留学十年（1914～1923年），避难十年（1927～1937年），其时日本的欧洲文学译本甚多，当时中国所能读到的欧洲文学作品多经日语转译而来。郭沫若曾广泛阅读西方文学并注重翻译工作，"我们通过文学翻译，既可以了解各国人民的生活习惯和他们的愿望；更可以促进本国的创作，促进作家的创作欲"[③]。因此，他的《Lobenicht的塔》与《马克斯（思）进文庙》就是由翻译激发出创作欲的结果。巴金留法期间（1927年1月～1928年12月），在人生地疏的忧郁、寂寞环境里，"想到过去的爱和恨，悲哀和欢乐，受苦和同情，斗争和希望，我的心就像被刀子割着一样，那股不能扑灭的火又在我的心里燃烧起来。在这种时候我好像常常听见从祖国传来的战斗的呐喊。我越来越为自己感到惭愧：对于在祖国进行的革命斗争，我始终袖手旁观；我空有一腔热情，却只能在书本上消耗自己年轻的生命"[④]。他开始痴迷地阅读有关法国大革命的作品，如拉马

---

① 茅盾：《茅盾全集·本卷说明》第十卷，北京，人民文学出版社，1985，第1页。

② 郑振铎：《取火者的逮捕·新序》，载《郑振铎文集》第一卷，北京，人民文学出版社，1959，第186页。

③ 郭沫若：《谈文学与翻译工作》，载《郭沫若论创作》，上海，上海文艺出版社，1983，第64页。

④ 巴金：《谈〈灭亡〉》，载《巴金选集》第十卷，成都，四川人民出版社，1958，第112页。

丁《吉隆特党史》、道布生《四个法国妇人》和历史学家马德楞的著作等，以排遣遥望祖国革命而不可及的激动情绪。1930年，巴金受时任开明书店总编辑的夏丏尊先生所邀写成《法国大革命的故事》，1931年他又翻译了A.托尔斯泰的戏剧《丹东之死》，并且介绍过罗曼·罗兰的三幕戏剧《丹东》。"我的译文是跟我的创作分不开的。我记得有一位外国记者问过我：'作家一般只搞创作，为什么我和我的一些前辈却花费不少时间做翻译工作？'我回答说：'我写作只是为了战斗，当初我向一切腐朽、落后的东西进攻，跟封建、专制、压迫、迷信战斗，我需要使用各式各样的武器，也可以向更多的武术教师学习。我用自己的武器，也用拣（捡）来的别人的武器战斗了一生。'"①因此为了战斗目的，巴金在译介之外拣来域外题材进行文学创作，其域外题材小说主要有取材于现实写成的《洛伯尔先生》《父与女》《爱的摧残》《好人》《鬼》《复仇》《狮子》《哑了的三角琴》《墓园》《亚丽安娜》《马赛的夜》等，以及取材于法国历史写成的"法国大革命"系列小说。可见，巴金的留法经历、文学译介等无疑都为其域外历史小说的写作奠定了基础。

综上所述，海外经历与译述活动等主体经验对现代域外"神话"历史小说创作起到了关键的催生作用。

三 域外"神话"历史小说的文体类型

文学上对神话、历史的阐释大多出于"现实"目的，只是不同文学作品对现实的关注维度存在差异。按照现实关注的差异性，中国现代域外"神话"历史小说可分为三类：一是神话隐喻叙述，这种小说选材隐晦，注重社会政治目的；二是个体讽喻叙述，这种小说表达委婉，注重个体生存状态；三是激情历史叙述，这种小说叙述直白，透过历史直观镜像窥见作者所爱所憎。

（一）神话隐喻叙述

郑振铎自20世纪30年代初期开始以"郭源新"为笔名写下《取火者的逮捕》《亚凯诺的诱惑》《埃娥》和《神的灭亡》四篇取材于古希腊神话的"神话"历史小说，这些小说选材隐晦，但社会性功利性突出，郑振铎运用历史唯物主义观点对古希腊神话进行现代阐释，再利用相关神话对现实政治的发展进行预言。如《取火者的逮捕》描写希腊神话中的普罗米修斯因不满恶神统治，毅然盗取天上火种帮助人类并因此被宙斯

---

① 巴金：《巴金译文集·序》，北京，生活·读书·新知三联书店，1991，第2页。

逮捕而受难，借此歌颂为人类解放而不怕牺牲、勇于献身的革命者。《亚凯诺的诱惑》续写普罗米修斯因盗火给人类而被宙斯钉于海边岩石之上，饱受折磨，但他仍坚决拒绝宙斯使者亚凯诺的诱降，坚信"神之国将灭，代之而兴的便将是他们（引者注：人类）！"歌颂了宁可"为'正义'而牺牲"绝不屈服的反抗精神；而《埃娥》一篇则写普罗米修斯不顾自身安危劝阻受尽宙斯和赫拉污辱、折磨即将投海自尽的埃娥，"你不要灰心。神之族是终于要没落的，代之而兴的是伟大和平的人类。你的仇将得到报复，不仅是你，凡一切受难受害者的仇，皆将得报复。天堂将粉碎的（地）倾覆了，宙士和其族将永远的（地）被扫出世界以外，被压迫者们将会大联合起来的！"①进一步宣布了神之族必将被人类所推翻。至于《神的灭亡》"那实在是一部'预言'，那'预言'是会最后实现的"②。按照希腊神话中先知者普罗米修斯"神之族必然灭亡"的预言，郑振铎笔下的人类经受住了神的各种诱惑，前仆后继，终于将神族推翻。郑振铎后来说："本来是不必再写第四篇的《神的灭亡》了；那必然的结局，已不止一次的（地）在前面的三篇里提到。但仿佛总象（像）有什么话倾吐未尽似的，遂竟不避蛇足，写下了这篇神的挽歌。"③

　　1934年9月郑振铎将这四篇取材于古希腊神话的短篇小说结集为《取火者的逮捕》，由生活书店出版，为"创作文库"之一。郑振铎在1956年为《取火者的逮捕》所作的新序中说："《取火者的逮捕》虽然是由四个短篇小说所集成，而其实却可以说是一个长篇；题材只是一个，那就是：描写'神'的统治的横暴与歌颂'人'的最后胜利。虽然写的是古代的希腊神话，说的却是当时当地的事。'借古人的酒杯，浇自己的块垒'，是有大不得已的苦衷的"④，"我写这部东西的当儿，是从肃杀的秋天，经过狂风虎虎的冬天，到繁花怒放的春天的"⑤，"满腔的悲愤，一肚子的牢骚"，只好借小说发泄出来。郑振铎在1934年3月26日为小说集《取火者的逮捕》所作序末引《红楼梦》诗曰："满纸荒唐言，一把辛酸泪。都云作者痴，谁解其中味？"暗示此书是在恶劣环境中而成就的孤愤之作，借助希腊神话来描写"当时当地的事"以达到隐喻现实的目

---

①　郑振铎：《埃娥》，载《郑振铎文集》第一卷，北京，人民文学出版社，1959，第260页。

②　郑振铎：《取火者的逮捕·新序》，载《郑振铎文集》第一卷，北京，人民文学出版社，1959，第186页。

③　同上书，第204页。

④　同上书，第185页。

⑤　同上书，第185页。

的，不失为一种文化斗争策略。

郑振铎域外"神话"历史小说集《取火者的逮捕》发表之后，赢得广泛好评。傅东林在评论中曾提及此集"读者佥称气魄雄壮，不可多得"[①]。苏雪林曾在《二三十年代作家与作品》综论郑振铎的神话历史小说，1958年郑振铎不幸坠机逝世之后她又作《最近坠机丧身的郑振铎》一文，在文章中她表示对郑振铎的作品"颇为欢喜，……文笔则优美可爱。去冬（按，即一九五七年）我在三民书局出版《天马集》，亦以希腊神话做题材，正针对郑氏此书而作"。1946年始，苏雪林专门针对郑振铎小说集《取火者的逮捕》，从希腊神话中取材写成《森林竞乐会》《月神庙之火》和《尼奥璧的悲哀》等十四篇小说，1957年11月结为《天马集》。

茅盾写有三篇域外"神话"历史小说——《耶稣之死》《参孙的复仇》与《神的灭亡》，前两篇取材自《旧约》，乃1942年茅盾小住桂林期间所作。《茅盾文集》第八卷后记中曾详载写作缘由：

> 我为什么要写这两篇呢？有小小的一段因缘。沦陷在香港时，为的（了）要瞒过敌人（日本的特务）的眼睛，身边不带其他的书，却带一部《圣经》。这部《圣经》后来一直带到桂林。因为，从老隆到桂林那一段路是蒋区，仍然用得到《圣经》来迷惑蒋家的特务。桂林小住之时，熊佛西弄到了办杂志的许可证，办一个叫做（作）《当代文学》的月刊，约我写稿。当时文网甚严，国民党的检查（察）官看见文稿中有'人民'、'解放'等字样就要大削大改，甚至低能到把'妇女解放'改为'妇女复兴'，贻笑中外。（因为，国民党中央宣传部通令，不许写'民族解放'、只许写'民族复兴'，那些低能的检查（察）官看见'解放'二字就不问青红皂白一律改为'复兴'，这才闹了个'妇女复兴'的大笑话）在这些检查（察）官的'笔则笔，削则削'的淫威之下，当时有许多文章被弄得似通非通，前后矛盾。《当代文学》创刊号总不能不给读者一个好印象，以便打开销路，因此就得设法迷惑检查（察）官的眼睛，使文中有刺而他们又无词可借以进行他们那'拿手戏'的削改。那时候，我接受了这样的任务，正想不出好办法，恰好看到那一本从香港带来的《圣经》，于是就想到借用《圣经》中的故事来一点指桑骂槐的小把

---

① 傅东林：《本刊下期创作专号内容一斑》，《文学》1934年第2卷第3期。

戏,《耶稣之死》是这样产生的。至于那时的读者看了这篇以后,是否也有个会心的微笑,那我就不知道了。《当代文学》的主编熊佛西是看了出来的,他还怕逃不过检查(察)官的眼睛,但结果是居然逃过了;于是在熊佛西的鼓励之下,我又写了《参孙的复仇》。①

《耶稣之死》写作之时正值国民党对外推行妥协投降的卖国政策,对内积极反共消灭异己,强化法西斯统治的时期。《耶稣之死》写出耶稣之死的前因后果,这篇小说愤怒指斥以色列官员在"城邑被火焚烧,田地为外邦人所侵吞"的时候,仍"居心悖逆,喜爱贿赂,追求赃私",他们鞭打、杀害"先知和智慧人并文士",将老百姓"从这城逼到那城",甚至连耶稣也遭到迫害,这些描述既影射国民政府的腐败,又控诉了当时的文化独裁政策。作为革命家的茅盾,为配合彼时现实政治斗争,在蒋介石这位基督徒的眼皮底下巧妙采用"擦边球"战术,借《圣经》教义议论、隐喻、"诅咒并预言"国民政府统治的没落,这种曲笔写法成为当时文化斗争的主要方式之一。

《神的灭亡》则根据北欧神话故事敷衍而成,描写北欧神中之王暴君奥定和他的"徒子徒孙""羽翼爪牙"灭亡的过程,这个故事带有浓厚异国情调,似在诉说他民族与己无关之事。奥定"高高在上,荒淫享乐","贪诈,淫邪,榨取,掠夺","觉得他的统治权安若磐石",全然不觉"下界的叛逆的怒潮却也天天声势扩大",丝毫不知其灭亡之期已迫在眉睫,此小说"是用北欧神话中神的劫难来象征蒋家王朝的荒淫堕落及其不可挽救的必然灭亡"②。

综上可见,郑振铎取材古希腊神话和茅盾取材古希腊、北欧神话创作的小说有一个共同点,即以唯物史观、阶级分析方法为理论依据对欧洲神话进行现代阐释,直接体现政治革命的功利目的。

(二)个体讽喻叙述

如果说郑振铎与茅盾的域外"神话"历史小说创作倾向于社会政治功利,那么郭沫若、聂绀弩与曹聚仁的此类小说则更注重个体历史叙述,即关注个体生命的具体存在状态。

《Lobenicht的塔》是一篇通过分析人物心理、生活琐事来描述作者现时生存状态并寄托现时情感的"寄托小说"(郑伯奇语)。郭沫若在《创

---

① 茅盾:《茅盾文集·后记》第八卷,载孙中田、查国华编《茅盾研究资料》中册,北京,中国社会科学出版社,1981,第73页。

② 茅盾:《茅盾短篇小说集·序》,北京,人民文学出版社,1980,第2页。

造十年续编》中说过："作这篇文章的用意，与其说为了纪念康德，倒是想借以讽喻哲学家"。借康德讽喻哲学家事出有因，"郁达夫在《艺文私见》（《创造》第一期）中，说了一句'文艺是天才的创作'，惹起'损'先生的一场热骂，和许多人的暗暗的冷嘲。其实这句话并不是达夫的创见，据我所知道的，德国大哲学家康德早已说过。或者在康德之前更早已有人说过也说不定，因为这句话本是浅显易明的真理。可惜达夫做文章的时候，不曾把'德国的大哲学家康德云'这个牌位写上去。假使是写上去了的时候，我想这句话的生祠，早已香火布遍了中华了"①。可见，郭沫若作此文的首要目的，意在反击嘲骂郁达夫的中国哲学家，替郁达夫鸣不平。同时康德又是当时郭沫若的自我写照，因此讽刺康德实为作者的自喻与自嘲。《塔》中的康德老教授智识过人，一生未婚，却至老不失对女性的崇拜；超人智识与单身生活使他既孤芳自赏又性格怪异，学者的孤高与怪僻、哲学思维的理性与女性崇拜的感性在他身上形成鲜明对照；郭沫若借康德为生活琐事而烦躁引出他对女性的爱慕史，从而剥落其学者的外衣，深入剖析其精神世界，进一步思考人生存在的普遍困境。《塔》的创作时间与《琬雏》相近，据郭沫若在《创造十年》作者自述中回忆，他自 1923 年 3 月 31 日从日本九州大学医学部毕业后，携家眷回沪，为实现创造社专职作家的创作梦想，婉拒了重庆红十字会医院诚聘、北大张凤举邀请及商务印书馆的译著合同，与成仿吾、郁达夫等居于上海哈同路民厚南里泰东图书局编辑所筹办《创造周报》，共甘"笼城生活"。自行办报不仅需要大量费用更需要大量稿件，为保障《创造周报》的用稿，三人基本断绝了卖文的经济来源，而《创造周报》收益不佳，导致他们的生活陷入极度困顿，以至"穷极无聊，寄住在上海滩上，度比乞儿还不如的生活"②。从心高气傲的留学生到自囚"笼城"亭子间的孤芳自赏，再坠跌到"度比乞儿还不如的生活"，文人的孤傲心情与环境压迫形成强烈反差，《塔》中康德性格上的孤高与感情上的贫穷所造成的烦躁与苦闷，正象征着郭沫若当时的精神状态。

聂绀弩的《第一把火》虽然也取材于古希腊神话，但与茅盾、郑振铎不同的是其叙述方式是个人式的，他笔下所展示的普罗米修斯的精神状态，反映出一个知识分子曲折的心路历程，折射出作者当时的心理情绪。至于曹聚仁的《比特丽斯会见记》写的是但丁会见少年时期爱慕对

---

① 郭沫若：《批评与梦》，载《郭沫若论创作》，上海，上海文艺出版社，1983，第537页。
② 郁达夫：《历史小说论》，《创造月刊》1926年第1卷第2期。

象比特丽斯的情形，正如作者自己所说"是一首情诗"①，是作者个人情感的流露，也体现着"五四"前后流行的恋爱写作方式。

（三）激情历史叙述

郑振铎、茅盾域外神话、历史叙述强调社会功利性，郭沫若、聂绀弩等作家的同类小说注重个人叙述，而巴金的域外历史小说则介于个体情感叙述与社会功利叙述之间。

早在1929年巴金即以笔名"王文慧"发表了描写俄罗斯革命者故事的《断头台上》，1934年后又连续发表巴金法国大革命三部曲《马拉的死》《丹东的悲哀》和《罗伯斯庇尔的秘密》，分别描写法国大革命时山岳党的三大领袖——马拉、丹东与罗伯斯庇尔，其主旨之一是宣扬革命精神。巴金留法期间，曾与意大利工人领袖巴尔托罗美·樊塞蒂多次通信神交，樊塞蒂被暗杀后巴金义愤填膺，他曾连续写下15篇以法国经历为原型的小说，结集为《复仇集》，控诉恐怖主义，宣扬复仇精神。巴金将这些情绪带入了"法国大革命三部曲"中，"在白色恐怖严重的日子里，写外国故事的戏跟写历史剧有同一战斗作用"②。巴金对法国大革命中三位领袖的悲惨结局寄予深切同情，同时让群众公开喊出"打倒暴君"的口号，旨在抵制20世纪30年代国民党的白色恐怖政策尤其是暗杀、迫害等恐怖行径。

巴金对丹东、马拉和罗伯斯庇尔的塑造受到A.托尔斯泰《丹东之死》的影响。1933年巴金曾译述A.托尔斯泰的剧本《丹东之死》，他认为，"这剧本有一个长处，是作者对于他的人物有深（入）的了解，他所写的人物都颇能代表本人的性格。作者并没有某一些历史家（如马德楞）所有的偏见。我们知道法国大革命的领导者中间大部分都是极勇敢，极高尚，极诚恳的人，他们之所以犯错误，都是出于诚意，就是说他们相信这种错误的行为是正当的，可以拯救祖国，所以大家都甘愿为自己的主张和行为登断头台而不悔，就在临死的一瞬间他们还相信'共和国万岁！'W.布洛斯说得好：'在这革命的可怕的斗争中表现着勇气，热忱，牺牲，崇高精神，无我之心，视死如归和人类爱等等美德，我们简直不能用言语形容我们的赞美之感情。然而此等美德是一切从事斗争的党派所共有的。'托尔斯泰也知道这一层，因此他能够把当时的斗争表现的

① 曹聚仁:《史事与历史小说》,载《中国文学概要 小说新语》,北京,生活·读书·新知三联书店,2007,第209页。

② 田汉:《复活·后记》,载《田汉论创作》,上海,上海文艺出版社,1982,第153页。

（得）适如其分"①。借鉴A.托尔斯泰《丹东之死》的人物处理方式，巴金将他笔下的三大人物也塑造成了有"勇气，热忱，牺牲，崇高精神，无我之心，视死如归和人类爱等等美德"，名副其实的人民革命领袖。虽然巴金一直强调除个别情节是虚构（如哥代刺杀马拉后的行为）外其余皆依史而作，但仍难掩盖其强烈的个人判断色彩，他毫不掩饰对笔下人物的热爱，绝不吝惜赞誉之辞。三大人物中，巴金最热情拥抱的是素有"人民之友"称号的马拉，"对于马拉的死，我很觉得遗憾。而且这个'热烈的，悲歌慷慨的，充满着爱护人民和正义的心的人'，常常被人误解，被人诬陷，被人侮辱的事使我非常愤激"②，他意犹未尽地断定"事实上马拉是民众之最忠实的友人。……在思想上除巴黎公社（埃伯尔派）之外马拉是最和民众接近的，他最能明白民众的要求。自然他也曾犯过错误，有一个时期他梦想过专政的权力，而且他从没有掌握过政权。他的力量完全在于民众的热烈的拥护"③，而刺死马拉的贵族女子夏洛蒂·哥代"不过是一个误入迷途的热心者。……她不过上了保皇党的当，杀了一个人民之友，一个真正革命分子，以保障有产阶级的权利而已"④。其次是丹东，"丹东的生活很浪漫，重视生活的享乐，对革命渐渐倦怠起来，不赞成恐怖制度，他这一派变成了一个温和的党"⑤。但"丹东死的（得）很勇敢，自然也死得很无辜。他是法国革命中的一个伟大的殉道者。他的最后的话是：'把我的头拿给人民看，它值得这样做。'他这人在各方面都是很可爱的，但不免好大喜功，而且过于自信"⑥。最后是罗伯斯庇尔，"罗伯斯庇尔讲道德、说仁义、严厉刻苦，以正人君子自命，深信恐怖制度，杀人不眨眼"⑦，不管人民疾苦，这就注定了罗伯斯庇尔的败亡。

巴金早期创作受无政府主义的影响，其域外历史小说的内在情怀展露得非常直接，既洋溢着个人热情，又注重阶级之情。他强调依史而作却并不注重历史事实的复述，而是擅长以个人判断剖析历史人物复杂的

---

① 巴金：《丹东之死·译序》，载《巴金全集》第十七卷，北京，人民文学出版社，1991，第143页。

② 巴金：《沉默·序》，载《巴金全集》第十卷，北京，人民文学出版社，1985，第168页。

③ 巴金：《法国大革命的故事》，载《巴金全集》第十卷，北京，人民文学出版社，1985，第291-292页。

④ 同上书，第292页。

⑤ 同上书，第293页。

⑥ 同上书，第295页。

⑦ 同上书，第293页。

性格、心理及行为背后的精神真实，将自己置入一个现实中无法获得的自在空间里以求得感情与生命上的自我满足，正如他所说："写三篇小说，将数百年前的旧事重提，既非'替古人担忧'，亦非'借酒浇愁'，一言以蔽之，不敢忘记历史的教训而已"①。巴金激情化、个人化的历史叙述，本质上也是一种隐性的政治功利叙述。

综上所述，域外"神话"历史小说虽然同样取材于神话、传说及历史，同样由中国现代作家创作，其创作目的也是为现实的，但它又具有一些不同于中国神话历史小说的独特特征：首先，这些小说取材于域外神话、传说与历史而非中国神话、传说与历史，因此不仅存在时间久远性问题，而且存在空间隔膜性问题；其次，这些小说是中国现代作家创作而非译述得来的。跨文化创作不是原文译介或通俗译述，不仅是语言的转变或对表层人物、事件、故事的比较，它是在原文本基础上融入了中国作家的历史观念、生命体验、价值判断、特殊方法，受中国当时现实文化体系的制约，主要通过"情节编排模式""形式论证""意识形态暗示"等三种方式对历史话语进行现实重建。在故事的表达层面，可以建构不同情节加以解释，但其深层意义的生成则由当时的文化环境所决定，是人为的和文化的。在不同时代选择不同的意识形态、不同的情节建构或不同的形式论证，产生的意义就不同。

因此，中国现代域外"神话"历史小说，是跨文化阐释的典型范本。域外神话、历史所形成的表层故事犹如一个外壳，而包含在内的受限于现实文化、意识形态、价值判断而形成的深层意义则是中国的，也就是说此类小说中跨文化阐释意义的生成主要依赖于中国作家赋予的新内涵，故研究此类小说可以清楚地辨析同一神话、历史在东西方文化中的不同文化内蕴、价值意义。但值得注意的是，神话、历史文本虽为现代阐释提供了广阔空间，但神话的既定文化含义与历史的求真性又对阐释活动进行了限制，因而不能随意虚构或编排情节，防止出现阐释过度或无限阐释的语言游戏。

---

① 巴金：《沉默·序》，载《巴金全集》第十卷，北京，人民文学出版社，1985，第170页。

第十三章 中国现代"再生"历史小说

中国现代（1917～1949年）"再生"历史小说所依附的文学文本基本为阐释价值极强的经典名著，主要集中在三大系列——"水浒"系列、"红楼"系列、戏曲改编方面。现代作家多在《水浒传》《红楼梦》《西厢记》的原名基础上添加"残""外""新""别""续"等字眼来命名其"再生"历史小说，其中"水浒""再生"历史小说数量最多。

第一节 "水浒""再生"历史小说

中国现代"水浒"小说是以《水浒传》为蓝本，由现代作家结合现实语境，通过续写、翻作、新编等方式"再生"而成的一种小说类型，故亦可称之为现代"水浒""再生"小说。20世纪20年代中国文苑中"水浒""再生"小说的创作迹象不甚明显，20世纪30年代始"水浒"系列小说逐渐呈现一派繁荣景象，至20世纪40年代引发了一场"水浒小说热"，形成一股不可忽视的小说潮流。二十世纪三四十年代"水浒""再生"小说的创作情况如下所述。

20世纪30年代"水浒""再生"小说，主要有茅盾（署名蒲牢）的短篇小说《豹子头林冲》（1930年8月《小说月报》）、《石碣》（1930年9月《小说月报》），施蛰存的短篇小说《石秀》、《李师师》（1931年《现代》杂志；1932年小说集《将军的头》，上海新中国书局），许啸天的长篇小说《潘金莲爱的反动》（1932年上海美美书屋），程善之的长篇小说《残水浒》（1932年镇江《新江苏日报》），张恨水的中篇小说《水浒别传》（1932年10月10日至1934年8月4日北平《新晨报》），梅寄鹤的长篇小说《古本水浒传》（1933年中西书局），张天翼的短篇小说《梦》（1933年《现代》月刊），程章垂1935年在上海商务印书馆刊行的短篇小说《快活林》《拔杨杀虎》《燕青救主》，李拓之的《文身》（1935年）等。

20世纪40年代"水浒""再生"小说，主要有张清山的长篇小说《水浒拾遗》（1939年长春新京印书馆），谷斯范的长篇小说《新水浒传》（1937年上海《每日译报》；1940年桂林文化供应社单行本），刘盛亚的长篇小说《水浒外传》（1947年上海怀正文化社），张恨水的长篇小说

《水浒新传》(1940年2月11日至1941年12月27日上海《新闻报》；1943年重庆建中出版社全本)，嘉鱼的《戏续水浒新传》①（1943年重庆建中出版社单行本），沙陆墟的长篇小说《水浒二妇人》（1945年上海光明出版公司）、《潘巧云》（1948年上海明天出版公司），林逸君的长篇小说《李师师别传》（1948年上海金粟书屋）等。值得一提的是褚同庆先生的长篇小说《水浒新传》，这篇小说动笔于1937年，然因时局不稳，时写时停，经抗战、内战、"文革"，历时四十三年始成，共一百七十回，一百七十二万字，1984年方得出版。此外，尚有秋翁（平襟亚）的《潘金莲的出走》（1942年《秋翁说集》，上海中央书店）、聂绀弩的《韩康的药店》（1941年）、孟超的《少年游》、靳以的《禁军教头王进》和巴雷的《石秀与潘巧云》等短篇小说。

综上可见，二十世纪三四十年代尤其是1931～1945年间中国文坛上出现了以《水浒传》为蓝本的"水浒""再生"历史小说创作热潮，这一创作热潮的出现绝非偶然，它是在《水浒传》自身魅力以及现代史观、文论倡导、左翼革命、作家选择等多种现实因素的综合作用之下形成的。

一 "水浒"影响之深广

《水浒传》对中外文坛和现代"水浒""再生"小说的影响主要体现在"水浒"续书与"水浒"传播两个方面。"水浒"续书以长篇为主，可分为两类：一类乃中国作家所作。"水浒"故事在中国广泛传播，妇孺皆知，早在明清时代中国作家所作之"水浒"续书已数量可观，其中影响最大的有四部——《水浒后传》（明，陈忱著）、《宣和谱》（明，介石逸叟著，又名《翻水浒》）、《后水浒传》（清，青莲室主人著）和《结水浒传》（清，俞万春著，又名《荡寇志》）。《水浒后传》《后水浒传》是《水浒传》的正续，又曰"顺续"，即"顺其意"，指该续作与原作主旨基本相符，而《宣和谱》《结水浒传》可谓《水浒传》的"反续"，又曰"逆续"，即"逆其志"，指该续作与原作主旨大唱反调。时至今日，关于中国作家的"水浒"续书尤其是以上四大续书版本的研究成果已颇为丰硕。

明代陈忱的《水浒后传》（四十回），是百回本《水浒传》的续书。《水浒后传》署名"古宋遗民著"，作者陈忱，浙江乌程（今吴兴县）人，生于明万历四十一年（1613年），约卒于清康熙初年间，历经清兵入侵，

---

① 1942年嘉鱼为张恨水《水浒新传》作续，1943年重庆建中出版社出版张恨水《水浒新传》全本四册六十八回，包括嘉鱼续作二十二回。

国破家亡之恨。明亡之后陈忱以亡明遗民自居，"亡国孤臣空遗恨，读残青史暗销魂"，"肝肠如雪，意气如云，秉志忠贞，不甘阿附"[1]，遂绝意仕途，尝与顾炎武、归庄等组织惊隐诗社，慨叹时事之余招魂水浒，内含反清复明之意旨，外抒穷愁牢骚之块垒，正如《水浒后传》第一回中序诗所云："千秋万世恨无极，白发孤灯续旧编。"陈忱曾在《水浒后传论略》中直言作《水浒后传》乃是"愤宋江之忠义，而见鸩于奸党，故复聚余人，而救驾立功，开基创业；愤六贼之误国，而加之流贬诛戮；愤诸贵幸之全身远害，而特表草野孤臣，重围冒险：愤官宦之嚼民饱壑，而故使其倾倒宦囊，倍偿民利；愤释道之淫奢迂诞，而有万庆寺之烧、还道村之斩也"，故而"假宋江之纵横，而成此书，盖多寓言也"。《水浒后传》从百回本《水浒传》梁山泊好汉征方腊之后续起，此时水浒英雄已死伤大半，宋江、吴用等人物死亡，幸存者仅留燕青、李俊等小兄弟三十余人，在奸臣斩尽杀绝的残酷迫害下他们连归隐的想法都无法实现，于是兵分三路再度聚义：阮小七占据登云山，李应聚兵饮马川，另一部分兄弟则追随混江龙李俊出海。及至徽、钦二帝被俘，北宋岌岌可危之时，梁山幸存者与其后裔的命运重新出现转机，他们三路合一，解救被金兵围困在牡蛎滩上的宋高宗赵构并且"护驾"杭州，外抗金兵，内惩国贼，大展宏图。陈忱还在《水浒后传》中为水浒英雄们虚构了一个海外立国的理想归宿，盖由郑成功割据台湾而引发灵感，胡适也曾指出"《水浒后传》写的暹罗，似暗指郑氏的台湾"[2]。总之，陈忱此作承继原《水浒传》中梁山好汉不畏强暴、敢于斗争、主持正义的英雄主义精神，其人物大都保有原作的"忠义"性格，并且在叙述语言与叙述语气上"傲慢寓谦和，隐讽兼规正，名言成串，触处为奇，又非漫然如许伯哭世、刘四骂人"[3]，通俗流畅、张弛有度，达到较高艺术水准，从而成为一部非常优秀的水浒续书。

清代介石逸叟的《宣和谱》，又称《翻水浒传》（二十回），是原《水浒传》的反续。"翻"即翻案、推翻之意，《翻水浒传》选择《水浒传》中曾经出现而未参加梁山聚义或者与梁山好汉作对之人如王进、栾廷玉、扈成等，他们响应朝廷号召，自愿组织地方武装围剿梁山泊，杀尽水浒

① 〔明〕陈忱：《水浒后传序》，载黄霖、韩同文编《中国历代小说论著选》上册，南昌，江西人民出版社，1985，第307页。
② 胡适：《中国章回小说考证·水浒传考证》，合肥，安徽教育出版社，2006，第107页。
③ 〔明〕陈忱：《水浒后传序》，载黄霖、韩同文编《中国历代小说论著选》上册，南昌，江西人民出版社，1985，第307页。

英雄。此书固守一己之偏见，力逞杀戮之快意。清代俞万春《结水浒传》，又称《荡寇志》，全书七十回附结子一回，是金圣叹七十回本《水浒》续书。"荡"乃"荡平、扫荡、清除"，寇即梁山贼寇，这部续书从宋江排座次后续起，写不畏权势的隐退提辖陈希真创立猿臂寨组织地方武装，配合朝廷大军将梁山贼寇"尽数擒拿，诛尽杀光"，一举荡平，可见《荡寇志》是在承续《宣和谱》主旨的基础上发展而来的。《荡寇志》与《水浒传》针锋相对，从主旨上把原作的"忠义"改为"叛逆"。俞万春早年曾随父镇压瑶民起义，后用二十年时间写成《结水浒传》，该书卷首云："既是忠义，必不做强盗；既是强盗，必不算忠义。"《荡寇志·结子》再申："续貂著集行于世，我道贤奸太不分！只有朝廷除巨寇，那堪盗贼统官军？翻将伪术为真迹，未察前因说后文。"在俞万春看来，让制造混乱的贼寇占据"忠义"二字不啻为对忠义的侮辱，因而他作《荡寇志》时附带将自己对梁山众人的憎恨厌恶之情写入其中。从人物塑造上看，《荡寇志》中的能人异士大有压倒梁山好汉的气势，如陈希真之女陈丽卿及其女军师的才貌胜过梁山女性，脚踏风火轮的康捷疾行速度远超神行太保戴宗，打死独角神兽的唐猛亦比景阳冈打虎的好汉武松英勇等。俞万春的《荡寇志》有其独特的写作背景："俞仲华生当嘉庆、道光的时代，洪秀全虽未起来，盗贼已遍地皆是，故他认定'既是忠义便不做强盗，既做强盗必不算忠义'的宗旨，做成了他的《结水浒传》——即《荡寇志》。"[1]胡适以"历史的文学观念"来考证《荡寇志》，认为"一时代有一时代之文学"[2]，因而"不懂得嘉庆、道光间的遍地匪乱，便不懂得俞仲华的《荡寇志》"[3]。俞万春逝世后两年太平天国运动爆发，清政府与上层士大夫阶层将其《荡寇志》作为劝诫、威吓以及杀鸡儆猴的政治宣传工具，由官方出面大量印刷、发行，为维护清朝统治发挥了极大作用，同时说明晚清以降小说与政治的关系日渐紧密。鲁迅先生曾评之曰："书中造事行文，有时几欲摩前传之垒，采录景象，亦颇有施罗所未试者，在纠缠旧作之同类小说中，盖差为佼佼者矣。"[4]就艺术水准来看，《荡寇志》乃是中国小说史上较为成功的翻案文学代表作。清代青莲室主人的《后水浒传》（四十五回），是百二十回本《水浒传》的续书，该书

---

① 胡适:《中国章回小说考证·水浒传考证》,合肥,安徽教育出版社,2006,第41页。

② 胡适:《胡适文存·历史的文学观念》,载《民国丛刊》第一卷,上海书店据上海商务印书馆1947年版影印本,第45页。

③ 胡适:《中国章回小说考证·水浒传考证》,合肥,安徽教育出版社,2006,第43页。

④ 鲁迅:《中国小说史略》,载《鲁迅全集》第九卷,北京,人民文学出版社,1981,第148页。

以佛教轮回说结构全文，假托宋江、卢俊义死后，在南宋初年分别托生为杨幺、王摩，他们后来在湖南洞庭湖仿效梁山好汉起义，其他天罡地煞亦分别转世参加各地起义，随后各路兵马逐渐会聚，多次惩处奸臣击败官兵，朝廷惧而倾力剿之，最终杨幺、王摩等重新转世的天罡地煞星战败，化为黑气凝团，重归龙虎山伏魔殿石窟之中不再复出。《后水浒传》整部小说以官逼民反的社会现实为主线，在一定程度上对当时农民起义的合理性做出探究，赞扬农民顽强抗暴的斗争精神，但其宿命论观念强烈，妖魔叙事极其浓重，结构组织异常松散，这些硬伤极大地损害了该小说的艺术魅力。

另一类"水浒"续书由域外作家所作，最具代表性的是日本作家山东京传以半译半作方式写成的"翻改小说"——《忠臣水浒传》，这不仅是《水浒传》的一种独特续书，同时还是"水浒"跨文化小说的典范之作。这种由域外作家创作的"水浒"跨文化小说实属凤毛麟角，目前学界研究颇少。《忠臣水浒传》作者山东京传（1761～1816年），乃日本江户时期作家。"山东先生姓岩濑，名田藏，字伯庆。一号醒世老人，家居东都洛阳桥南失提街。世人呼为京传子"①或称"山东子"，"举世唯知有京传之称，未谙先生名氏"②。《忠臣水浒传》参考日本俳戏《忠臣藏》，将《水浒传》中的中国北宋徽宗年间移植到日本北朝天子光明帝年间，承袭《水浒传》之"忠义"精神，将高师直之奸与盐治高贞、大星由良等四十七义士之忠进行对比，"深显积恶称至忠"③，旨在"劝善惩恶"④。

《忠臣藏》乃日本戏曲作家净琉璃所作假名手本，该本据日本历史物语《太平记》所载稗文演绎而成，主要记述"高执政淫视盐廷尉之嫡夫人，眷恋不已，寓嗜国风之情；托兼好书眷恋之意，以为赠，夫人不穿封缄而戾却。虽复赋《吾文》之篇以赠，夫人和之以《袭衣》之篇（注：以佛门十戒拒之）。师直怫然，怒施及高贞（注：即盐廷尉），高贞身死而国坏之事"⑤。山东京传感其"忠臣孝子、义夫节妇"，乃"检施耐庵《水浒传》，……遂翻思构意师直之乘权与高贞之获罪，比诸高俅及林冲，作《忠臣水浒传》"⑥。

---

① 〔日〕仙鹤堂主人：《忠臣水浒传·跋四》，载《日本读本小说名著选》，李树果译，天津，天津人民出版社，2005，第215页。

② 同上。

③ 同上。

④ 〔日〕醒世老人山东子：《忠臣水浒传·自序》，清代江陵书肆仙鹤堂影印本。

⑤ 同上。

⑥ 同上。

《忠臣水浒传》采用章回小说体式、"假名小说"作法，其外在形式、主体框架与基本内容皆由中国古典小说《水浒传》演化而成。《忠臣水浒传》第一回《梦窗国师祈禳天灾 高阶师直误走众星》效仿《水浒传》第一回《张天师祈禳瘟疫 洪太尉误走妖魔》的众星出世写法；第二回《妍娘子羞谜袭衣片 盐廷尉误入白虎堂》依据《水浒传》第七回《花和尚倒拔垂杨柳 豹子头误入白虎堂》中高衙内调戏林冲之妻，林冲误入白虎堂获罪等情节生发而成；第四回《贞九郎剪径得蒙汗药 贺古川监押金银担》由"智取生辰纲"一节衍变而来；第六回《勘平寓山崎售肉包 千崎过西冈杀野猪》的前半部分由《水浒传》中张青孙二娘卖人肉包子、潘金莲西门庆毒杀武大、武松杀奸夫淫妇复仇三事糅合而成，后半部分则几乎完全参照《水浒传》之"武松景阳冈打虎"一节。此外，将"野猪林"改成"卧猪林"，"景阳冈"改成"西冈山"，"东海道"改成"东京道"等也是如此。

《忠臣水浒传》的主要人物塑造方式基本有两种：一是直接借鉴、移植《水浒传》人物，如"误入白虎堂"之盐治高贞，"杀野猪"之千崎弥五郎，分别是林冲与武松的"假名"版，而盐廷尉之妻貌好夫人，"颇似那《水浒传》中的林冲之妻，在五岳庙饱受高衙内调戏之苦"。双刀女将户难濑，乃是扈三娘的化身，"户""扈"谐音，作者也曾注道："人们都称她是梁山女将扈三娘的再世"。二是将《水浒传》数个人物杂糅合一，如高师直、夜叉老婆、宗村等。高师直由高俅、高衙内两个人物混合而成，"师直为人奸佞，贪婪成性，做了执事，擅用权柄，妒强欺弱，沉溺女色，贪图贿赂，骄奢淫逸，常行不仁不义之事。他颇似宋朝的太尉高俅，那个是高太尉，这位是高执事，连姓也一样"，高师直还调戏盐廷尉之妻貌好夫人，遭拒后将盐廷尉迫害致死，而《水浒传》中高衙内调戏林冲之妻并多次设计谋害林冲而不得；勘平所杀之夜叉老婆，则由母夜叉孙二娘、"淫妇"潘金莲两个人物杂合而成，她"在十字坡卖肉包子"，"恰似个没长角的夜叉"，"颇像那《水浒》中的母夜叉孙二娘"，"嫁了个年老丑陋的男人"，后来"通奸杀人"；"怒杀屠户长"的宗村，既似拳打镇关西之鲁智深，又似醉打蒋门神之武松，他背刺云龙酷似"九纹龙"史进，勾栏看戏又颇肖"插翅虎"雷横。此外，《忠臣水浒传》还存在将一个人物或事迹拆化成几个的翻构方式，如将李逵遇假李逵改成貌好遇贼，将李逵接母改成乡右卫门护送貌好夫人等。《水浒传》主要人物有一百单八将，《忠臣水浒传》则缩减为四十七位，这为山东京传杂糅、拆分生成新的故事人物提供了广阔空间。

《忠臣水浒传》在故事叙述中穿插了大量诗词曲赋，这也是《水浒传》的典型写法。首先，人物描写方面，对貌好夫人的两阙赞词最佳。如第一回高师直鹤冈庙初见貌好，词曰：

斜插金钗映乌云，巧裁翠袖笼瑞雪。口喻樱桃，微红浅晕；手同春笋，嫩玉半舒。脸似三月娇花，暗藏风情月意；眉如初春嫩柳，常含雨恨云愁。玉貌妖娆，芳容窈窕。若非月宫嫦娥下界，定是贝阙龙女出游。

再如第四回贼妇所见貌好之美：

头上青丝垂如绿，玉面胜素雪，红唇赛朱漆。容貌艳丽，芳姿妖娆，犹如巫女庙花梦中留，好似昭君村柳雨外疏。汪汪泪眼珍珠落，细细香肌玉雪消。若非雨病云愁，定是忧怀积恨。

其次，在写景状物方面，鹤冈庙一段描写奇妙：

青松屈曲，翠柏阴森。门悬敕额金书，户列灵符玉篆。石阶下流水潺湲，墙院后好山环绕。鹤生丹顶，龟长绿毛。僧侣日夜打坐修行，毫不懈怠，诵经与金铎之声，响于庙廊内外。宝殿富丽，难以尽述。

第三，各回对偶句与诗赞也非常出色。对偶句如高师直赠貌好之歌，曰："屡遭拒绝仍想犯，情思难耐片牍传。"貌好所咏佛门十戒中"不邪淫戒"之歌，曰："睡衣不穿尚觉重，非己衣袖且莫袭。"诗赞则如"千崎过西冈杀野猪"一节赞论曰：

西阜野猪尤可怖，景阳猛虎复何凶？
请看烈汉能捉杀，威风不减好武松。

这些诗词的介入，不仅倍增文学情趣，还极富哲理意义，发人深省。

山东京传的《忠臣水浒传》分前后两编，每编五卷，共十卷十一回，前后编分别刊于宽政十一年（1799年）和享和元年（1801年）。此前其门人曲亭马琴已出版"水浒"读本小说《高尾船字文》（1796年），这说明早在18世纪中后期《水浒传》已在日本广泛传播。除了山东京传的

《忠臣水浒传》，1819年葛饰北斋所作《北斋水浒传》画本以及其后平冈龙诚所译的《标注训译水浒传》、本冈岛璞所编的《通俗忠义水浒传》等也极为流行。直到现在，日本的"水浒"传播在《水浒传》海外传播中也是最为广泛的。

如上所述，中国作家"水浒"续作的不断涌现反映出《水浒传》对国人影响之深，而《水浒传》的海外传播，尤其是日版"水浒"翻作《忠臣水浒传》的出现，则具体反映出《水浒传》影响之广，它是《水浒传》独特魅力的集中体现。因此，二十世纪三四十年代中国文坛上出现"水浒""再生"小说创作热潮，也便不足为奇。

二　史观转变与左翼崛起

《水浒传》是典型的古代农民起义小说。农民起义是个敏感问题，历来群众力量最集中、最突出的体现方式就是起义。二十世纪三四十年代以"水浒""再生"小说为主的农民起义小说的集中出现，是随着现代历史观、文学观的转变，尤其是适应左翼革命的现实需求而产生的。

近现代历史观念的转变，首先体现在"史学革命之父"梁启超的"国民史学观"中。梁启超将传统正史归为"帝王将相家谱"，他认为这种普通群众缺失的历史的形成，主因在于普通民众国民身份意识淡薄，只有当普通民众认识到自身乃是国民之一员，"人人皆以国民一分子之资格立于国中，又以人类一分子之资格立于世界"①之时，国民意识方能彻底转变。梁启超的"国民史学观"为现代国人重新认识群众身份起到了一定推动作用。不过，真正促使现代历史观念发生转变的当数李大钊对唯物史观尤其是群众史观的传播。

李大钊作为马克思主义在中国最早的传播者，从1918年7月伊始，陆续发表《法俄革命之比较观》《庶民的胜利》《布尔什维主义的胜利》等文章，五四运动前后先帮《晨报》改版，增设《自由论坛》《名著介绍》等唯物史观宣传专栏，1918年5月又在《新青年》增设"马克思主义研究专号"，发表一系列文章，扩大唯物史观宣传。李大钊较早关注农民及农民起义问题，认识到"民众势力的伟大"，将是否符合广大民众的利益作为衡量是否符合社会发展潮流的标准，认为一切反动势力"不遇民众的势力则已，遇则必降伏拜倒于其前；不犯则已，犯则必遭其殄

---

① 梁启超:《中国历史研究法·第一章　史之意义及其范围》,载《梁启超全集》第七卷,北京,北京出版社,1999,第4089页。

灭"①，他正面阐述关于农民革命的观点，从而为农民起义正名找到了坚实的理论基础。随着唯物史观尤其是群众史观的传播，肯定"群众"（主要是农民）成为推动社会发展的主要动力，使人民群众的地位得到前所未有的提高。

同时，现代历史观的转变也带动了现代文学观的转变。作为一种呼应，在文学理论方面，周作人吸收中国传统民本思想与西方人本观念，开始倡导以城市平民为主的"人的文学"和"平民文学"，尽管这些文论存在局限性，但也拓宽了文论家的认识视域。鲁迅则更加同情工人农民的处境，认为"必待工人农民得到真正的解放，然后才有真正的平民文学"②。现代文学观念的转变促使现代小说开始关注农民形象与农民命运，这种关注不仅促成了"水浒""再生"小说的繁荣，更重要的是它还促成了以鲁迅小说为代表的一大批乡土小说的诞生，从而使得普通农民形象彻底登上文学殿堂，真正成为现代文学的主角之一。

此外，现代"水浒""再生"小说创作热潮的出现还在于它适应了当时左翼革命的发展趋势，满足了工人阶级寻找同盟军的现实需求，产生了为"农民起义"正名的迫切愿望。这首先体现在毛泽东等革命领袖对农民起义的政治弘扬方面。毛泽东一向注重古代农民起义研究，以便吸取其经验教训运用到军队及国家建设之中。早在1929年12月在为红四军党的第九次代表大会书写决议第一部分《关于纠正党内的错误思想》时，毛泽东即提出肃清队伍中所存在的"黄巢、李闯式的流寇主义"③的思想理论。1939年12月，毛泽东曾在《中国革命和中国共产党》一文中对中国历史上著名的农民起义进行评述，认为"从秦朝的陈胜、吴广、项羽、刘邦起，中经汉朝的新市、平林、赤眉、铜马和黄巾，隋朝的李密、窦建德，唐朝的王仙芝、黄巢，宋朝的宋江、方腊，元朝的朱元璋，明朝的李自成，直至清朝的太平天国，总计大小数百次的农民起义，都是农民的反抗运动，都是农民的革命战争"④，同时他还指出了农民起义的正面作用，"中国历史上的农民起义和农民战争的规模之大，是世界历史上所仅见的。在中国封建社会里，只有这种农民的阶级斗争、农民的起义

---

① 李大钊：《李大钊选集》，北京，人民出版社，1959，第330页。
② 鲁迅：《革命时代的文学》，载《鲁迅著译编年全集》第八卷，北京，人民出版社，2009，第78页。
③ 毛泽东：《关于纠正党内的错误思想·关于流寇思想》，载《毛泽东文集》第一册，北京，人民出版社，1993，第87页。
④ 毛泽东：《中国革命和中国共产党》，载《毛泽东选集》第二册，北京，人民出版社，1991，第625页。

和农民的战争，才是历史发展的真正动力"①。1944年1月9日在给杨绍萱、齐燕铭的信中毛泽东又重申"历史是人民创造的"②这一观点。其次则体现在左翼革命家郭沫若等人的史论呼应方面。1944年3月19日至22日郭沫若在陪都重庆之《新华日报》连载史论文章《甲申三百年祭》，1944年9月《甲申三百年祭》作为专著由苏中出版社出版。公元1644年（甲申年），崇祯皇帝吊死煤山歪脖树，明亡。1944年3月19日，正值明亡三百周年，郭沫若作《甲申三百年祭》以示纪念。这篇文章发表在国际形势出现好转而国内形势备受关注的历史条件下，因其对李自成及其领导的明末农民起义的崭新认识直接触碰到敏感问题，所以一经发表立刻引发轩然大波，社会各界陷入激烈论争。民国党宣传部门率先发难封禁该文，而载有《甲申三百年祭》的《新华日报》送至延安后，立刻引起毛泽东的重视。毛泽东在1944年11月21日致郭沫若的信中说道："你的《甲申三百年祭》，我们把它当作整风文件来看待。"③20世纪40年代围绕《甲申三百年祭》产生的这场论争，不仅标志着当时国共两党的政治文化论战达到高峰，还标志着现代学界对古代农民起义的学术研讨达到高峰。这些论争一方面推动史学界深化了对历代农民起义的综合研究，另一方面也促使文学界加强了有关农民起义题材的文学创作。

总之，随着现代文史观念的转变与左翼革命的兴起，农民起义逐渐摆脱了暴动、暴乱、叛乱、造反等历史叙述话语的抑制，起义农民也从流寇、贼寇、土匪、强盗、暴徒、贱民等贬义词中解放出来，而为起义、义军甚至革命、革命者等关键词所替代。随着1928年无产阶级革命文学的倡导，中国现代文学中的农民起义题材作品开始大量涌现，"水浒"再生小说首先呈现繁荣景象，这不仅是当时左翼政治诉求的具体体现，在更广泛的意义上它们还体现着普通平民尤其是底层民众彻底寻求权利平等的时代诉求。

三 全民抗战与英雄情结

二十世纪三四十年代"水浒"再生小说的发表刊物、出版社主要集中在上海、北平、长春、桂林、重庆等当时中国最重要的五大都市，见

---

① 毛泽东:《中国革命和中国共产党》,载《毛泽东选集》第二册,北京,人民出版社,1991,第625页。

② 毛泽东:《给杨绍萱、齐燕铭的信》,载《毛泽东文集》第三册,北京,人民出版社,1993,第68页。

③ 毛泽东:《给郭沫若的信》,载《毛泽东文集》第三册,北京,人民出版社,1993,第227页。

表13-1：

表13-1　二十世纪三四十年代"水浒"再生小说出版区域统计表

城市	出版社
上海	《小说月报》、新中国书局、美美书屋、《现代》月刊、《文学》月刊、商务印书馆、怀正文化社、《新闻报》、中央书店、光明出版公司、金粟书屋、明天出版公司、中西书局
北平	《新晨报》
长春	长春新京印书馆
桂林	桂林文化供应社
重庆	重庆建中出版社
镇江	新江苏日报社

　　1931～1949年间（特别是在1937～1945年）以上大都市皆饱受日本侵华战争的蹂躏，乃是政治、军事、文化斗争最为激烈的所在。"九一八"事变爆发后日军仅用三个多月的时间即侵占东北全境，长春成为首批沦陷的大城市之一，并且在1932年成为伪满洲国的"首都"；抗日战争全面爆发后，仅在7月29日和7月30日，北平、天津便相继沦陷；此后战火由北至南，1937年11月12日上海沦陷，至1941年12月"珍珠港事变"日军侵入租界为止，这一时期曾发挥战斗作用的上海"孤岛文学"名垂青史。1937年11月20日国民政府放弃首都南京，西迁陪都重庆，12月13日南京沦陷，日寇制造"南京大屠杀"。国民政府西迁后，当时中国的政治和文化中心也随之转移到重庆。抗战时期文化界入蜀名人有郭沫若、田汉、阳翰笙、徐悲鸿、洪深、马彦祥、叶圣陶、老舍、夏衍、巴金、朱自清、于伶、袁水拍、陈白尘、徐昌霖、凤子、冯玉祥、黄炎培、章士钊、顾颉刚、孙伏园、陈寅恪、吴宓、陈迩冬、聂绀弩、朱伯商，崔敬伯、张恨水、吴祖光、张友鸾等。[①]抗战期间，素以"山水甲天下"闻名的桂林曾有"文化城"之美誉，其上限是"1938年10月广州、武汉失守前后，它的下限应是1944年11月桂林沦陷之前这一时期的历史"[②]。广州、武汉沦陷前后，大批文化人士和民主人士从上海、广州、武汉来到桂林，桂林"文化城"初始形成。1941年12月香港沦陷后又有

---

① 张明明：《回忆我的父亲张恨水》，香港，香港广角镜出版社，1979，第125页。
② 曹裕文：《再论桂林文化城之成因》，载魏华龄、丘振声主编《桂林抗战文化研究》第二卷，桂林，广西师范大学出版社，1994，第534-535页。

一批文化人士和民主人士来到桂林，壮大了桂林"文化城"的实力，使它成为抗战时期仅次于重庆的第二大文化名城。据初步统计，在桂林"文化城"战斗过的知名作家、艺术家和其他学者以及当时中国文化界的著名人物就有一千多名，如茅盾、巴金、邵荃麟、胡风、艾青、艾芜、王鲁彦、田汉、欧阳予倩、阳翰笙、熊佛西、瞿白音、杜宣、朱琳、石联星等等。先后在桂林创刊和复刊的报纸杂志近二百种，在桂林开设的书店、书局、出版社有二百余家，文化演出团体有六十余家，十多个剧种同时上演；①1945年桂林"文化城"举办了中国历史上最大的戏剧会演——"西南剧展"，即西南戏剧展览会的简称。当时重庆政治思想控制严重，文化环境的宽松度远逊桂林，因而在某种意义上桂林抗战文化所起的作用超过重庆。抗战时期长春、北平、上海、桂林等大都市的沦陷对现代作家影响巨大，内忧外患的现实感受尤其强烈，同仇敌忾、保家卫国自然成为作家创作的首要目标。因而这一时期对于不畏强暴、勇于反抗的"英雄"行为的崇敬之意与思慕之情，成为《水浒传》吸引作家再创作的主因。在现代"水浒"再生小说中，虽然也存在以《残水浒》为代表的诋毁之作，但绝大多数作品基本顺应原著主旨，将敢于抗争的"英雄"精神作为主流导向。如张恨水的《水浒新传》和谷斯范的《新水浒传》，就是借"水浒"抗争精神以古喻今的典范之作，二者都曾在上海"孤岛"发表在其他沦陷区传播并引起热烈反响，起到过鼓舞抗日斗志的积极作用，成为当时最受欢迎的"水浒"再生小说。

张恨水的《水浒新传》，可以说是为抗战殚精竭虑、量身定做的十分成功的现代"水浒"续作。张恨水认为"在抗战期间，一切是要求打败日本，文艺不应当离开抗战"②，因而"写作的意识，又转变了个方向，由于这个方向，我写任何小说，都想带点抗御外侮的意识进去"③。抗战期间张恨水写了二十多部长篇现实小说，如《冲突》（后改为《巷战之夜》）《桃花港》《潜山血》《前线的安徽 安徽的前线》《虎贲岁月》《大江东去》《疯狂》《蜀道难》《秦淮世家》《八十一梦》，《牛马走》（又名《魍魉世界》）、《第二条路》（出单行本时改名《傲霜花》）等，这些小说取材广泛而皆以抗战为主旨，其短篇小说集《弯弓集》亦以"弯弓射日"为题，意在宣传抗战。但是张恨水逐渐不满抗战时期现实主义文学

---

① 此数据来源于林焕平：《桂林文化城大全·总序》，载魏华龄、丘振声主编《桂林抗战文化研究》第二卷，桂林，广西师范大学出版社，1994，第12页。

② 张恨水：《写作生涯回忆》，北京，人民文学出版社，1982，第64页。

③ 同上书，第46页。

中存在的口号化、概念化问题，认为"抗战八股""老是那一个公式，就很难引起人民的共鸣"，"文艺不一定要喊着打败日本，那些间接有助于胜利的问题，那些直接间接有害于抗战的表现，我们都应当说出来"①，"我有一点偏见，以为任何文艺品，直率的（地）表现着教训意味，那收效一定很少。甚至人家认为是一种宣传品，根本就不向下看"，"文艺品与布告有别，与教科书也有别，我们除非在抗战时代，根本不要文艺，若是要的话，我们就得避免了直率的（地）教训读者之手腕"②。为避免"直率的（地）教训读者"，又将"抗御外侮的意思"渗入创作达到宣传抗战的效果，张恨水不断在选材上做文章，开始从现实题材转向历史题材。在选择历史题材时，他又下工夫仔细筛选，最后"觉得北宋末年的情形，最合乎选用。其初，我想选岳飞、韩世忠两个作为主角，作一长篇。却以手边缺乏参考书，而又以说岳一书在前，又重复而不易讨好，未敢下笔。后来将两本宋史胡乱翻了一翻，翻到张叔夜传，灵机一动，觉得大可利用此人作线索，将梁山一百八人参与勤王之战来作结束。宋江是张叔夜部下，随张抗战，在逻辑上也很讲得通。《水浒传》又是深入民间的文学作品，描写宋江抗战，既可引起读者的兴趣，而现成的故事，也不怕敌伪向报馆挑眼"（《水浒新传·新序》）。早在"一·二八"事变后，张恨水就曾创作《水浒别传》，该小说以阮小七"打渔杀家"为核心，描绘出"梁山招安以后，北宋沦亡"的历史③，北宋沦亡的历史正好隐喻"九一八"事变和"一·二八"事变后的亡国危机。《水浒别传》原是一篇试作，"文字也学《水浒》口气"，写得并不成功，连载完之后未出单行本，但这一试作奠定了扎实基础，最终引导张恨水"在抗战期间，写了一篇六七十万字的《水浒新传》"④，并获得极大成功。

《水浒新传》（四十回）乃1938年张恨水经武汉流转至重庆后写成，它以续书的形式，从《水浒传》第七十回梁山英雄受招安开始续写，先写梁山好汉被招安受降于张叔夜部的基本过程，后写宋江率领一百单八将随张叔夜北上抗金、东京勤王、阻击金兵的系列爱国事迹。《水浒新传》全面隐喻了20世纪40年代的中国现实。首先，它揭露大宋朝廷或当

---

① 张恨水：《写作生涯回忆》，北京，人民文学出版社，1982，第64页。
② 张恨水：《偶像·自序》，载张占国、魏守忠编《张恨水研究资料》，天津，天津人民出版社，1986，第79页。
③ 张恨水：《写作生涯回忆》，北京，人民文学出版社，1982，第46页。
④ 张恨水：《偶像·自序》，载张占国、魏守忠编《张恨水研究资料》，天津，天津人民出版社，1986，第43页。

局之腐败。强敌入侵，徽、钦二帝仍纸醉金迷、信任奸佞、和战不定、贻误战机，战时临阵脱逃、自挫士气，兼敌强我弱、敌众我寡，最终东京城破、抗金失败。其次，它又揭露了奸佞高俅、张邦昌的卖国行径。守边官吏中，多为高俅私党与亲信如高忠、奚轲等，他们不懂战事、克扣军饷，导致强敌当前兵力不足、守备空虚，他们长于内讧，排挤梁山英雄，迫害抗金将士，逼迫官拜沧州副统制的梁山好汉地杰星丑郡马宣赞触柱而死。这些都在直斥国民党制造"皖南事变"破坏团结抗日的分裂行径，对当时国内汉奸猖獗的现象给予无情鞭挞，"汪精卫和日本人对此书都非常不满，但说的是宋代故事，他们也无可奈何"①。第三，北宋亡而南宋迁都，影射国民党舍南京迁重庆的逃跑行为。

《水浒新传》最具价值的部分应是张恨水对"水浒"故事的改写。《水浒新传》主旨是借梁山好汉抗金事迹激发国人的抗日斗志，为此张恨水改写了一部分"水浒"英雄的结局：原作中梁山好汉受招安后征方腊，被宋廷利用造成义军内讧，张恨水删削了这一情节；原作中宋江被宋廷"兔死狗烹"而鸩杀，张恨水则改为宋江被金人挟持后誓死不屈、饮鸩自杀，将宋江从一个涉嫌愚忠的奸猾之徒、妥协之辈彻底提升到为民族大义勇于牺牲的真英雄、真豪杰的高度，从而把梁山众人的"英雄"豪气、爱国情操与文学叙述的趣味性、文学性结合起来，充分表现中国人的抗战意志，同时达到了摒弃抗战八股，曲线宣传抗战的目的，在当时造成极大影响，鼓舞了抗日士气。1944年6月《新民报》主笔赵超构（林放）随"重庆中外记者西北参观团"访问边区延安时受到毛主席的热情接见，毛主席特地询问了在该报担任主编的张恨水的近况，对他的《水浒新传》颇为嘉许："《水浒新传》这部小说写得好，梁山泊英雄抗金，我们八路军抗日。像张恨水这样的通俗小说配合我们的抗日战争，真是雪中送炭。"②1945年毛主席至重庆，其期间亲自接见张恨水，当面给予肯定和鼓励。张晓水、张二水、张伍三人所作《回忆父亲张恨水》一书中还提到20世纪40年代章士钊在重庆读完《水浒新传》后曾写过一首七律给张恨水，但此诗不幸遗失。著名历史学家陈寅恪读完《水浒新传》后亦曾写诗称赞道：

谁谛宣和海上盟，燕云得知涕纵横。

花门久已留胡马，柳寒翻教拔汉旌。

① 张恨水：《写作生涯回忆》，北京，人民文学出版社，1982，第62页。
② 符家钦：《张恨水的故事》，太原，山西教育出版社，1998，第51页。

妖乱豫么同有罪，战和飞桧两无成。

梦华一录难重读，莫遣遗民说汴京。[1]

　　除了张恨水的《水浒新传》，值得一提的还有谷斯范的《新水浒传》。抗战初期，谷斯范以历史精神介入现实意境，采用章回体式开始创作长篇抗战小说《新水浒》第一部《太湖游击队》，同时在他曾就职的上海《每日译报》副刊连载，后因离开上海改做战地记者而中断写作与连载，这部小说至1938年末方始完成，1940年《新水浒传》全本（本名《太湖游击队》）由桂林文化供应社出版。

　　该小说叙述了南京沦陷、国军南撤时，郑团长所率团部流落在浙西水网纵横的嘉兴、吴兴一带，嘉吴一带毗邻面积达三万六千顷的太湖，当时日军因战线过长兵力不足，除了重要据点其他区域已无力顾及，于是东自苏嘉铁路、西至京杭国道一带的"鱼米之乡"成为游击队活动的大好场所。但郑团长刚愎自用、孤军作战，其游击队员纪律松散，白吃白拿，坑害群众，酷似变相土匪，这支"游吃队"一年之内伤亡过半，最终郑某对这支军队弃之不顾，独自逃往重庆，其后黄团副收拾残局，借助太湖宽广水域团结群众，依靠北平抗日大学生徐明健等在敌后开展游击活动。黄团副为人处世酷似"及时雨"宋江，而徐明健机巧聪明又宛如"智多星"吴用，罗家庄罗庄主与李家庄李庄主仗义疏财极像"玉麒麟"卢俊义与"小旋风"柴进，木匠出身的胡林则兼有李逵之忠勇、愚直。"我们特别感到罗三爷、胡林两个人物太像了旧小说中的'员外'或'庄主'以及'七侠五义'流的人物"[2]。在各色人物的齐心协力下，终于在恶劣复杂的环境中建立起一支真正的抗日游击队——"太湖游击队"。可见，谷斯范的《新水浒》假水浒之名演抗战之实，但又不只是偷梁换柱、旧瓶装新酒那么简单，他将水浒故事中的"忠义精神""英雄意象""水泊游击战"进行了现代移植，不仅为现代人注入了粗犷勇武的原始力量，使其担负起保家卫国的重任，还对抗日战争中中国共产党的游击战进行了肯定。

　　张恨水《水浒新传》与谷斯范《新水浒传》的相同之处在于它们采用章回体式，以旧形式体现新内容，将梁山好汉忠义爱国的"水浒"精神与文学的趣味性、感染力完美结合，积极为"团结、抗日、救亡"大

---

① 张伍：《我的父亲张恨水》，沈阳，春风文艺出版社，2002，第194页。

② 茅盾：《关于〈新水浒〉——一部利用旧形式的长篇小说》，《中国文化》1940年6月25日第1卷第4期。

局提供正能量，在当时造成极大影响。不同之处在于张恨水的《水浒新传》量体裁衣，以历史题材暗含现实局势，而谷斯范的《新水浒传》则是移花接木，以现实题材介入历史意境；张恨水《水浒新传》中的人物都是历经百战的英雄，而谷斯范《新水浒传》中的人物则是起先稍显稚嫩、后来在历练中逐渐走向成熟的青年志士；张恨水《水浒新传》采用全方位视角叙述战争，展现出抗金过程中的复杂性，而谷斯范《新水浒传》则透过局部视角对一系列人物进行文学性叙述，以小见大，不仅展现出艰苦卓绝的抗日战争过程中的复杂性，达到了鼓舞战力的目的，还揭示出抗日战争的规律性，如肯定党在抗日战争中的领导地位，开展群众战争等。综合张恨水和谷斯范的两部"水浒"再生小说可以看出，抗日战争时期的国民英雄情结是水浒故事与现实需求产生联系的精神纽带。

总之，二十世纪三四十年代中国文坛上出现的"水浒"再生小说创作热潮，绝不是一个偶然现象。在国家遭遇浩大劫难的多事之秋，"水浒"再生小说的大量涌现，既体现出《水浒传》自身的独特魅力，又体现出现代史观转变、文论倡导、左翼革命的巨大影响，同时还体现出作家面对现实环境的主动选择，可以说"水浒热"是多重因素结合诞生的宁馨儿。

第二节　"红楼""再生"历史小说

关于《红楼梦》，刘铨福曾评价说："《红楼梦》虽小说，然曲而达，微而显，颇得史家法。"[①]蔡元培称其为"清康熙朝政治小说"[②]，王国维《红楼梦评论》认为"《红楼梦》，哲学的也，宇宙的也，文学的也"[③]，胡适则认为它是"曹雪芹的自叙传"[④]，还有一些研究者将其定性为"政治历史小说"。严格来讲，《红楼梦》应为具有鲜明的时代背景与人物原型，以历史精神真实影射历史事实真实的表意小说或象征小说，绝非纯粹虚构小说。

---

① 刘铨福：《乾隆甲戌脂砚斋重评石头记跋》，载丁锡根编《中国历代小说序跋集》，北京，人民文学出版社，1996，第1124页。

② 蔡元培：《石头记索隐》，载于润琪编《王国维、蔡元培、鲁迅点评红楼梦》，北京，团结出版社，2004，第50页。

③ 王国维：《红楼梦评论》，载于润琪编《王国维、蔡元培、鲁迅点评红楼梦》，北京，团结出版社，2004，第17页。

④ 胡适：《红楼梦考证》，载于润琪编《王国维、蔡元培、鲁迅点评红楼梦》，北京，团结出版社，2004，第34页。

鲁迅在《中国小说的历史的变迁·第六讲 清小说之四派及其末流》中说:"《红楼梦》也未得做完,只有八十回。后来程伟元所刻的,增至一百二十回,虽说是从各处搜集的,但实则其友高鹗所续成,并不是原本。"张爱玲尝言人生有三大恨事:一恨鲥鱼多刺,二恨海棠无香,三恨《红楼梦》未完[①],正因为《红楼梦》未完,余留诸多悬念和遗憾,故而文学想象空间最大,其续书在清代已蔚为大观,为四大名著"续书之最"。爱新觉罗·裕瑞曾言:"自《红楼梦》抄本此书起,至(程元伟、高鹗)刻续成部,前后三十年,恒纸贵京都,雅俗共赏,遂浸淫增为诸'续部'六种,及传奇、盲词等等杂作,莫不依傍此书。"清代"红楼"续书主要有嘉庆年间逍遥子所著《后红楼梦》,秦子忱所著《续红楼梦》,小和山樵的《红楼梦补》,咸丰同治年间顾太清所著《红楼梦影》,王兰芷所著《绮楼重梦》(亦称《红楼梦续》或《续红楼梦重编》),花月痴人的《红楼幻梦》,此外还有《红楼重梦》《红楼复梦》《红楼再梦》《红楼圆梦》以及光绪年间的《红楼翻梦》等,总数不下百余种。

"《红楼梦》方板行,续作及翻案者即奋起,各竭智巧,使之团圆,久之,乃渐兴尽,盖至道光末而始不甚作此等书。然其余波,则所被尚广远。"[②]及至民国初期,"红楼梦"续书比之清代势头大减而余势未绝,据朱南铣与周绍良合著的《红楼梦书录》统计"红楼梦"现代续书至少有七种,主要集中在1917~1949年间,如绮缘的《红楼余梦》(1917年)、陶明浚的《红楼梦别传》(1936年东北出版社),郭则沄的《红楼真梦》(1940年)。这些续书从内容上看主要不满于《红楼梦》的悲惨结局、宝钗形象的塑造以及宝黛情缘难续的遗憾,因而不惜"狗尾续貂",撰造"真""余""别"梦,大多本着弥补缺憾之初衷,不惜褒黛抑钗,虚构大团圆结局,以抒发胸中之郁积,转逞一己之快意。此外,以《红楼梦》为蓝本的再生小说还有喻血轮的《林黛玉日记》(1917年)(又名《黛玉日记》或《林黛玉笔记》),张天翼的《贾宝玉的出家》(1945年永安东南出版社)等,研究界认为这些续作基本上亦未能跳出以往"红楼"续书窠臼,无论内容还是艺术上都缺乏新意,价值不高,随着中国社会的巨大变化与审美观念的不断更新,人们对类似的"红楼"续书逐渐出现审美疲劳,读之令人生厌。相对而言,民国初期喻血轮所作《林黛玉日记》的叙事艺术别致新颖,成为中国现代为数不多的具有创新意

① 张爱玲:《红楼梦未完》,载《红楼梦魇》,北京,十月文艺出版社,2009,第6页。

② 鲁迅:《中国小说史略·清之狭邪小说》,载《鲁迅全集》第九卷,北京,人民文学出版社,1981,第263页。

识的"红楼"续作。

一　关于喻血轮

《林黛玉日记》作者喻血轮，1892年生于湖北黄梅县城东门喻府，字命三，号允锡，自号绮情楼主，别署皓首匹夫。[①]喻血轮是中国现代著名报人、文学家，曾先后编辑《国民新报》《汉口中西报》《四民报》《京报》《中山日报》等著名报刊，尤其擅长小说创作。和喻血轮同时代的作家，如徐枕亚、苏曼殊等在民国时期出版的文学作品与中华人民共和国成立后在中国大陆出版的文学作品署名基本一致，学界考证繁多，早已文史扬名。而喻血轮在当代中国大陆出版的文学作品则多引其号而隐其名，这种等同"无名"状态的署名导致其真实身份长期存疑，从而成为中国现代文学史上一位典型的"隐失者"或"失踪者"。2006年至今，经喻氏同乡眉睫多方考证黄梅喻氏家传、喻血轮谱系、喻血轮创作年表及《林黛玉日记》版本等问题，才开始为文学史上这一"谜题"拨开迷雾，释疑解惑。

喻血轮（1892～1967年）出生于文学仕宦世家。黄梅喻氏于清一朝，累代仕宦，有三人中进士（整个黄梅有清一朝也仅23个进士），四人中举（包括一名副榜），贡生秀才不计其数，更值得称颂的是形成了一个卓有影响的黄梅喻氏文人群，在荆楚一带产生过极大影响，他们与中国文学史上的桐城派、性灵派、鸳鸯蝴蝶派渊源甚深，其中不少早已写进《清史列传》《湖北通志》《近代文学史》《中国文化世家》等权威史学著作，如喻化鹄、喻文鏊、喻元鸿、喻元泽、喻同模、喻的痴、喻血轮等是其中的杰出代表，整个家族留下的著作达上百种之多。黄梅喻氏与汉阳叶名琛、蕲州陈诗、黄梅梅龚彬、邓瘦秋、石信嘉、吴仪等名人家庭均有姻亲渊源关系，是清朝至民国年间鄂皖赣一带声名显赫的大家族（详见拙作《黄梅喻氏家传》）。1904年，喻血轮入黄梅八角亭高等小学堂，约1909年入黄州官立府中，不久赴武昌读书，并于1911年投身学生军参加辛亥革命，随后考入北京法政学堂（与比他稍晚几年的黄梅籍作家废名有相似的读书经历）。1914年与广济（今武穴市）蓝玉莲结婚，并随从舅舅梅涤瑕（宝琳）、哥哥喻迪兹（喻的痴，1888～1951年）、喻

---

① 眉睫：《喻血轮和他的〈绮情楼杂记〉》，载《文学史的失踪者》，北京，金城出版社，2013，第114页。

血钟（1893～1954年）等主持《汉口中西晚报》。①

二 喻血轮文学的两大高峰

（一）黄金十年（1915～1925年）

1915～1925年，是喻血轮文学创作的黄金十年，亦是第一个高峰期。民国初期"哀情小说"风靡文坛，喻血轮自1915年左右开始小说创作，先后出版《悲红悼翠录》（1915年进步书局）、《情战》（1916年进步书局）、《名花劫》（1916年进步书局）、《菊儿惨史》（1916年进步书局）、《生死情魔》（1917年进步书局）、《双薄幸》（1917年文明书局）、《芸兰泪史》（1918年清华书局）等"哀情小说"。《芸兰泪史》是喻血轮的成名作，出版次数最多，这篇小说与徐枕亚的《玉梨魂》、吴双热的《孽冤镜》、李定夷的《霣玉怨》、苏曼殊的《断鸿零雁记》当年都曾轰动一时。徐枕亚、吴双热、李定夷乃鸳蝴派宿将，苏曼殊、喻血轮则与鸳蝴派人士过从甚密，又因其小说内容、叙事范式、语言风格酷肖鸳蝴特征，从而常常被误认为鸳蝴派成员。

1917年喻血轮开始向古典名著《西厢记》《红楼梦》取材进行小说创作，分别写成《西厢记演义》（1918年世界书局）和《红楼梦日记》（1918年广文书局）。《林黛玉日记》是喻血轮的第一部日记体小说，其畅销势头逐渐盖过《芸兰泪史》，成为喻血轮的又一典范之作。此后，他相继发表《蕙芳日记》（原名《蕙芳秘密日记》，1918年世界书局）、《女学生日记》（1919年广明书局）、《情海余波》（1924年文明书局）和《杏花春雨记》（1924年文明书局）等现代小说。

（二）白银时代（1951～1958年）

1951～1958年，是喻血轮文学创作的白银时代，即第二个高峰期。喻血轮是孙中山三民主义的忠实追随者，1926年他受国民革命军第三十七军政治部主任吴醒亚之邀任其秘书，自此投身宦海，1948年底经上海至台湾，1951年后写成台版回忆录《绮情楼杂记》一书以及《忆梅庵杂记》《军阀枪口下逃生》《清末民初汉口报坛史》等怀旧文章。

然而，喻血轮这一时期的文学成就远不如第一个高峰期，只能算是高峰过后的一场余波。自从去台之后，喻血轮其人其作逐渐淡出大陆文坛与学术视野。

---

① 眉睫：《喻血轮和他的〈林黛玉日记〉》，载《文学史的失踪者》，北京，金城出版社，2013，第109页。

三　《林黛玉日记》：最早的日记体"红楼"续书

喻血轮的《林黛玉日记》是中国最早的唯一一部日记体"红楼"续书，《红楼梦》之外它还曾受到林译小说、鸳蝴小说（简称，指鸳鸯蝴蝶派小说）尤其是徐枕亚《玉梨魂》等自创小说的影响。《林黛玉日记》中所叙内容皆可在《红楼梦》中找到出处，因此从内容上看确实没有值得惊叹之处，但相比以往"红楼"续书或相关小说，其叙事艺术存在三大创新之处：一是日记体式的使用，二是"林黛玉视角"的巧妙设置，三是男作家介入女性私密叙事。

（一）林译小说与鸳蝴小说之影响

清末民初"林译小说"风靡中国，许多文学大家包括鲁迅、胡适、郭沫若、周作人等都承认年轻时曾痴迷"林译小说"，深受其影响，喻血轮也不例外。喻血轮所著《绮情楼杂记》第一篇《林琴南避妓》和第二十五篇《林琴南与江春霖》中均有关于林纾译作、轶事的记载：

> 林琴南（纾）为近代文坛怪杰，自以冷红生笔名，译《茶花女遗事》风行全国后，遂潜心译著，孜孜不倦。民（国）六七年间，商务印书馆曾有"林译百种"出售，其作品丰富，可以想见。林于译述外，亦尝著中国小说，民（国）六年《中华》杂志曾载其《劫外桃花》，系述吴三桂与陈圆圆故事，不但可作小说观，且可作古文读也。林幼年家境寒苦，聪颖好学，貌寝而鼻生瘤，常有绿鼻涕流出，但下笔万言，见者倾（钦）服，因是文名噪甚，为士林所重。尝读书苍霞洲，洲多妓寮有妓女庄氏者，色技均佳，慕林名，屡夤缘求见，林辄踌躇走避。后庄氏伺林出，饭以珍饵，不意为同伴食殆尽。一日，二人相遇，庄甘言媚之，林复逡巡遁去，庄氏以其诡僻不可近，深恨之。后从旅居京师，尝有诗云："不留凤孽累儿孙，不向情田种爱恨。绮语早除名士习，画楼宁负美人恩。"或即指此事。①

林纾年轻时不受名妓甘言媚惑，一生与清末"铁面御史"江春霖意气相投、友谊笃厚，"物以类聚，人以群分"，这也从侧面反映出林纾的品行。1899年林纾所译法国小仲马的《巴黎茶花女遗事》（《茶花女》）与孟德斯鸠的《鱼雁抉微》（《波斯人信札》）乃是两部兼有书信体与日记

---

① 喻血轮：《林琴南避妓》，载《绮情楼杂记》，北京，中国长安出版社，2011，第3页。

体形式的独特翻译小说，随着这两部小说的广泛流传以及中国古典笔记体小说的影响，在当时文坛迅速引发了一个日记体小说、书信体小说杂合笔记体小说的含有"形式创新"目的的小说潮流。这些小说基本采用第一人称叙事，形式上更加符合日记写法，因而研究者多以"日记体"称之。

当时影响最大的日记体小说首推徐枕亚的《玉梨魂》。1912年徐枕亚作《玉梨魂》并在其担任编辑的上海《民权报》副刊连载，同年民权出版部发行单行本，被周作人称为"鸳鸯蝴蝶派小说的祖师"①。这部小说共三十章，本是一部以骈文写成的书信体小说，但因何梦霞、白梨影诗词传情，几乎日书一封或数封，书信日期的标注以及二人对相关事件频繁的日常记述等显然已经构成日记体式。该小说出版之后徐枕亚意犹未尽，另作《玉梨魂》姊妹篇——《雪鸿泪史》，直接以何梦霞日记形式续写前文，故时人又称之为《何梦霞日记》。《雪鸿泪史》是一部日记体言情小说，虽未按标准日期记事，然每月一章，分段叙事，共十四章，连缀成篇。这部小说1914年5月1日起冠名"别体小说"开始在《小说丛报》创刊号连载，至1916年1月10日第16期刊完，1915年12月由上海《小说丛报》社出版单行本。

其次当属李涵秋的《雪莲日记》。1912年李涵秋作日记体文言小说《雪莲日记》（又名《江东烽火实录》），署名"雪莲女士（史）原著　江都李涵秋润词"，通过辛亥革命中"被革命者"满族女子余雪莲的视角记录"武昌变乱"后雪莲、星莲姊妹从南京至扬州的逃难经历。1912年在汉口《大汉报》连载，1915年又在上海《妇女杂志》第1卷第7～12号、第2卷第6～7号转载，约四万字。

然后才是喻血轮1917年所作《林黛玉日记》和《蕙芳秘密日记》（又名《蕙芳日记》）。《林黛玉日记》采用日记体例，不设回目章节，亦无一般日记中的日期记录，盖因《红楼梦》原作并非纯粹历史，其中日期实难考证，因此不署日期当为喻血轮"巧妇难为无米之炊"的无奈之举。不过为了显示日记体式，喻血轮作《林黛玉日记》时常以空行方式表示一日所记，从上一空行至下一空行自成一节，如此节节延续构成一部完整日记。喻血轮醉心日记体小说，这也影响到其夫人蓝玉莲的小说创作。1918年喻血轮小说《芸兰泪史》出版之后，蓝玉莲（笔名喻玉铎）又专门为之续作一部《芸兰日记》，"内子玉铎，颇能读书，归余后，相随《汉口中西报》，尤喜小说家言。间有所作，亦有可观者。今岁就学

---

① 周作人：《中国小说里的男女问题》，载《周作人集外文》上册，海口，海南国际新闻出版中心，1995，第302页。

南昌，课暇之余，复撰就是书，悲欢离合，情节离奇"①。《芸兰泪史》与《芸兰日记》、《蕙芳日记》与《芸兰日记》都曾合刊出版，颇有伉俪情深、琴瑟和鸣、比翼双飞之意。1919年喻血轮还出版了一部《女学生日记》，这更加确证了其"日记癖"之偏好。

因此，当代一些研究者称喻血轮的《林黛玉日记》是"中国近代最早的日记体小说"或"开'日记体'写作之先河"，显然不符合事实。如眉睫《文学史上的失踪者》一书所言：

> 当然，在今人撰写的近代文学史上，喻血轮仍然占据着重要的位置，被誉为"中国最早的日记体小说家"（《林黛玉日记》《蕙芳秘密日记》均为近代最早的日记体小说）。②

再如羽戈在《绮情楼杂记》序言中的论断：

> 自1917年起，喻血轮所作《芸兰泪史》《蕙芳秘密日记》《林黛玉日记》等，不仅无比畅销（据喻氏追忆"一年中皆销至二十余版"），且开"日记体"写作之先河。③

这些论断因偏爱喻血轮作品而有失客观，无形中抬高了其小说的文学史地位。

总之，徐枕亚、李涵秋、喻血轮的所谓日记体小说皆以文言写成，竞文斗墨，晦涩难懂，本质上仍是日记体、书信体与笔记体的杂合形式。喻血轮曾在《林黛玉日记》中写道，"苟遇可记之事，余必记之。今后余之寿命有几何？余之笔记亦有几何？"④因此时人亦称该作为《林黛玉笔记》。1918年4月2日鲁迅写成第一篇真正的日记体白话小说《狂人日记》，1918年5月15日发表在《新青年》杂志第4卷第5号上，实开中国现代日记体白话小说之先河。

（二）"林黛玉"叙述视角设置

《林黛玉日记》通过第一人称"余"来展开整个故事叙述，而"余"

---

① 喻血轮：《芸兰日记·序》，北京，金城出版社，2014，第252页。
② 眉睫：《喻血轮和他的〈林黛玉日记〉》，载《文学史的失踪者》，北京，金城出版社，2013，第109页。
③ 羽戈：《绮情楼杂记·序》，北京，中国长安出版社，2011，第2页。
④ 喻血轮：《林黛玉日记》，北京，中国国际广播出版社，1988，第1页。

即是《红楼梦》主要人物之一——林黛玉。林黛玉叙述视角的设置巧妙地将《红楼梦》的叙述视角从"全知"视角缩小为"限知"视角，又称内视角或内聚焦，这种叙述视角优缺点非常明显。

第一，最大缺点是小说内容严重受限。《林黛玉日记》从林父携黛玉乘船去贾府写起，一直写到其香消玉殒之前。这部小说以林黛玉视角讲述"红楼"故事时，除"余"有生之年所见所感所想之外不可言及其他，因此《红楼梦》原有内容如社会背景、历史文化、人物形象、人情世故等遭到批量删减，从而将一本规模宏大的"政治历史小说"演变为一本小家碧玉式的女性悲情笔记。

第二，最大优点是人物心理开掘深刻。日记乃私密记录，日记体式的采用有利于心理描写的扩容，情感表达的细化，因此黛玉日记每写至情深处，愈加伤春悲秋、缠绵悱恻、哀感顽艳，令人不忍卒读。并且心理开掘得深刻与否又与限知视角的"流动"运用有关，《林黛玉日记》的限知视角不是固定不变的，而是非绝对的、流动的限知视角，故事情节随着林黛玉"所见所闻"逐步推进，不断变换，从而使得"限知"外又有超越性，最终汇聚成林黛玉的心理感想，倾诉出其"命运多舛"的悲惨身世与"爱怜成伤"的情感经历。如喻血轮在《林黛玉日记》开首置入一个故事导入部分，由林黛玉亲述日记之源起：因慈母见背，寄人篱下，疾病忧愁，"尝见古之闺阁名媛，于忧伤无告时，恒寄情纸笔，传之后世。虽其身已死，而其名长留，后人见其墨迹泪痕，莫不为之临风追吊。余不材（才），窃欲效之"①。再如《林黛玉日记》写到林父病逝、晴雯之死、尤二姐之死、迎春婚姻不幸、宝玉宝钗完婚等事件时，喻血轮对林黛玉的内心痛苦和真实想法做出非常细致、深入的描写。因此，《林黛玉日记》虽比《红楼梦》缺少一些大方之气，从心理描写角度来看，它将"宏大"叙事转变成"狭小"叙事又不失为一种主观解读《红楼梦》的可行方式。

（三）男作家介入女性私密叙事

作为男性作家的喻血轮擅长女性叙述，这在《林黛玉日记》《蕙芳秘密日记》《芸兰泪史》中显而易见。其中《林黛玉日记》的女性叙述相对复杂，它除了受到喻血轮个人性情以及《红楼梦》林黛玉形象的限制，还受到黄梅文化的潜在影响和鸳蝴小说的直接影响。

喻血轮的故乡湖北黄梅，该地南临长江，水性灵动，风景优美，亦

---

① 喻血轮：《林黛玉日记》，北京，中国国际广播出版社，1988，第1页。

为黄梅戏发源地。黄梅戏与越剧、昆曲表演中常以女子反串生角,妆容精致,扮相俊雅,满溢阴柔之气,相形之下旦角须愈加温和婉约,妩媚娇柔。喻血轮才华横溢,风流多情,颇有古典气质、黄梅遗风,其雅号绮情楼主,又唤绮情或绮情君,亦脂粉气十足。据喻血轮好友吴醒亚称:他"赋性多情,工愁善病。喜读《石头记》,每于无人处,辄自泪下。其一往情深,真欲为书中人担尽烦恼也"[①]。因此,喻血轮作"红楼"小说时未选贾宝玉视角写成《贾宝玉日记》,而是选择林黛玉视角写成《林黛玉日记》,这与他在黄梅文化潜移默化影响下形成的个体性情和文学风格是一致的。

喻血轮与鸳鸯蝴蝶派作家交厚,其小说深受鸳鸯蝴蝶派小说之影响,因此时人多将他归入鸳蝴一派。徐枕亚的《玉梨魂》对喻血轮的《林黛玉日记》影响最大,二者颇多相似之处。《玉梨魂》在角色塑造、情节发展和小说风格方面受到汤显祖剧作《牡丹亭》和曹雪芹《红楼梦》的双重影响。《牡丹亭》主人公是杜丽娘和柳梦梅,《玉梨魂》主人公则为白梨娘与何梦霞,《玉梨魂》第一章名曰"葬花",效仿《红楼梦》之黛玉葬花,白梨娘的"多情""自怜""善诗"非常符合杜丽娘、林黛玉之气质,何梦霞则与柳梦梅、贾宝玉神似,他们虽为男子,性情却极类女子,温柔多情、缠绵悱恻、动辄落泪,简直阴阳一体,雌雄莫辨,深合昆曲之神韵,而喻血轮《林黛玉日记》则直接以男性作家立场讲述黛玉故事,这在某种程度上似乎也可以看作一种潜在的角色反串方式。此外,《林黛玉日记》行文骈四俪六、刻翠雕红,亦符合"鸳蝴"小说的惯常手法。

当然,喻血轮不仅是一位言情小说家,还是一位革命志士兼进步报人,其真实性情并非小说中表现得孱弱不堪,当年他所办报刊被查封,为了对抗强权,几乎命丧军阀之手。

四 《林黛玉日记》的评价史

1918年《林黛玉日记》经上海广文书局出版后多受诟病,鲜有研究。

首先,这与"五四"前后文白之争的白热化有关。《林黛玉日记》乃是一部文言小说,从行文中可窥见喻血轮文言造诣之深,如他假借林黛玉口吻所写的卷首题词:

① 吴醒亚:《林黛玉日记·序》,北京,中国国际广播出版社,1988,第1页。

余生不辰，命运多舛。奇胎坠地，即带愁来。绣阁生涯，强半消磨于茶铛药灶中。迄慈母见背，家境凄凉，余之身世，益无聊赖。今忽忽十有一龄矣，疾病忧愁，咸逐年华而俱长。荏弱之身，那堪禁受，恐不久将与世长辞。夫红颜薄命，千古同然。余何人斯，能逃此劫？唯念一生所遭，恒多不幸，若就此愤恨永逝，不胜可悲。尝见古之闺阁名媛，于忧伤无告时，恒寄情纸笔，传之后世。虽其身已死，而其名长留，后人见其墨迹泪痕，莫不为之临风追吊。余不材（才），窃欲效之。然素性疏懒，旋作旋辍。今者遽与吾可爱家庭别矣，此后忧患烦恼之袭余也，必较前益甚，乃不得不奋余弱腕，以完余素志。苟遇可记之事，余必记之。今后余之寿命有几何？余之笔记亦有几何？惟余每一拈管，即觉愁丝一缕，紧绕余之笔端，恐所记亦只有一幅血泪图耳。后之读余文者，其亦为余临风追吊耶？余不知也！①

文言本身工整典雅、言简意赅、韵味深长，但在大力提倡通俗白话文的现代语境中这部文言小说便显得有点不合时宜，其用语固然华丽却难脱造作之嫌，自然受到新文化阵营的攻击。

其次，男性作家"自叙"黛玉故事之性别尴尬。《林黛玉日记》以"林黛玉"口吻叙述黛玉身世、内在隐秘和女儿情事时确实存在过度模仿和铺排现象，其措辞缠绵悱恻、婉转旖旎，其语气自伤自怜、悲惨凄切，多愁善感中流露出矫揉造作之态。男性作家进行女性叙述，由于性别障碍、生理限制和心理隔阂，一般只能写出女性形象的宏观状态，难以像女性作家一样准确体验女性的内心活动、情感需求和生理感受。1927年鲁迅阅过该书后曾在文章中写道："我宁看《红楼梦》，却不愿看新出的《林黛玉日记》，它一页能使我不舒服小半天。"②《林黛玉日记》作于1917年，时年"喻血轮仅26岁，正值才情喷薄的盛年。故此书哀感顽艳，缠绵悱恻，乃是当之无愧的才子书"③。鲁迅读《林黛玉日记》时年47岁，自然看不得这种肉麻的"小摆设"。"《红楼梦》是中国许多人所知道，至少，是知道这名目的书。谁是作者和续者姑且勿论，单是命意，就因读者的眼光而有种种：经学家看见《易》，道学家看见淫，才子看见

---

① 喻血轮：《林黛玉日记》，北京，中国国际广播出版社，1988，第1页。

② 鲁迅：《三闲集·怎么写》，载《鲁迅全集》第四卷，北京，人民文学出版社，1973，第37页。

③ 羽戈：《伤心最是中原事——序〈绮情楼杂记〉》，载喻血轮：《绮情楼杂记》，北京，中国长安出版社，2011，第2页。

缠绵，革命家看见排满，流言家看见宫闱秘事……"①才子喻血轮由《红楼梦》"看见缠绵"所作的《林黛玉日记》，使崇尚战斗、不尚风月的鲁迅极为反感，对其评价亦失中肯，以至后人在《鲁迅全集》中注释《林黛玉日记》时亦做类似评价："《林黛玉日记》：一部假托《红楼梦》中人物林黛玉口吻的日记体小说，喻血轮作，内容庸俗拙劣，一九一八年上海广文书局出版。"

第三，吴醒亚序与题词问题。《林黛玉日记》出版前，吴醒亚曾为其作序并题词，序中简短回忆喻血轮对《石头记》的痴迷以及作《林黛玉日记》时之情状，题词则秉承中国传统诗词的婉约流脉，以一笺之文写尽黛玉寄人篱下、葬花赛诗、病居潇湘等境况，吴醒亚题词才情风姿与《林黛玉日记》相得益彰，词曰：

> 篆烟微袅竹窗明，细数闲愁合泪倾。乍见穿帘双燕侣，遽怜孤客一身轻。离魂不断江南梦，密绪空求并蒂盟。听罢杜鹃声彻耳，携锄悄自葬残英。昼长无奈惹情长，憔悴形骸懒理妆。问病有时承软语，慰愁无计爇心香。恩深更妒他人宠，疑重翻憎姊妹行。倦听蝉鸣声断续，自拈裙带自商量。秋来何事最关情，残照西风落叶声。静对婵娟怜素影，借题芳菊托丹诚。孤鸿久渺乡关信，檐马无因向夜鸣。怅抱幽怀谁共诉，隔墙风送笛声清。风乱竹声雨洒蕉，潇湘馆内黯魂销。情丝紧缚如新茧，愁绪纷纭似怒潮。愿化轻烟同紫玉，难忘爱水渡蓝桥。此身泾渭凭谁定，一死方知柏后凋。②

吴醒亚早年追随孙中山革命，后改投蒋介石麾下，成为蒋氏亲信、政界要人，曾多次围剿红军，血腥镇压工农运动。1949年中华人民共和国成立之后，吴醒亚及其文学作品遭到大陆民众唾弃，作为其至交好友的喻血轮亦受波及，其文学作品也难逃被嫌弃的命运。

总之，喻血轮《林黛玉日记》自身写作中存在的问题，加上文豪鲁迅的否定评论以及政治因素的介入等原因，导致这部小说在过去的研究中一直处于消沉状态。

---

① 鲁迅：《集外集拾遗·〈绛洞花主〉小引》，载《集外集拾遗》，北京，人民文学出版社，1959，第205页。

② 吴醒亚：《林黛玉日记·序》，北京，中国国际广播出版社，1988。

第三节 "戏曲""再生"历史小说

中国现代"戏曲""再生"历史小说是将中国古典戏曲内容、人物或事件移植到小说创作之中,再经过改编、填充、加工、扩展等程序而形成的一种再生小说。1917～1949年间影响较大的"戏曲""再生"历史小说,主要有喻血轮、宋云彬分别根据王实甫元曲《西厢记》改编而成的《西厢记演义》(1918年)和同名小说《西厢记》(1933年),谭正璧根据无名氏所撰元杂剧《逞风流王焕百花亭》改写的同名小说《百花亭》(1941年),谷斯范根据清代孔尚仁戏曲《桃花扇》写成的《新桃花扇》(1947年)。喻血轮、宋云彬的小说基本是将《西厢记》《百花亭》《桃花扇》原作的戏曲说唱形式"翻译"成白话叙述形式,而谷斯范的《新桃花扇》"内容以孔尚仁的传奇《桃花扇》故事为线索,参考多种笔记"①,借鉴欧阳予倩京剧本和桂剧本《桃花扇》,同时认真查阅史料重塑主要人物形象,因而成就远胜其他戏曲改编小说,实属中国现代"戏曲""再生"历史小说的代表作。

谷斯范抗战时期开始小说创作,其现实小说如短篇小说《肥胖的人》(1938年)、《至尊》(1940年)和《山寨夜话》(1940年)以及长篇小说《新水浒》等皆为"抗战小说",而历史小说只有一部——长篇小说《新桃花扇》。谷斯范作《新桃花扇》时对欧阳予倩京剧本和桂剧本《桃花扇》多有借鉴。1934年欧阳予倩根据孔尚任《桃花扇》创作电影剧本《新桃花扇》,全面抗战爆发后他又改编成京剧本《桃花扇》,1938年因到广西桂林参加西南联合剧展,再将京剧本改编成桂剧本。1939年欧阳予倩的桂剧本《桃花扇》由广西桂剧实验学校、桂剧实验剧团、桂林文化界扩大动员抗战宣传团在桂林联合演出,谷斯范等到现场观看,"那时还没有读过孔尚任的原著",因此欧阳予倩的《桃花扇》率先给他"留下了很深刻的印象"②。相对于孔尚任的《桃花扇》,欧阳予倩京桂两种剧本变动最大的是侯朝宗的形象塑造与侯李二人的情感结局。欧阳予倩京桂两种剧本皆写侯朝宗在史可法殉国、明朝灭亡之后操守尽失,参加清廷考试中副榜,"身上穿的是满清制(清制)的行装,箭衣马褂,脑后拖着辫子",由"一个忠孝传家,讲道德,讲气节的人"变成"忘了国仇家

---

① 谷斯范:《新桃花扇·后记》,载〔中〕王富仁、〔韩〕柳凤九主编《中国现代历史小说大系》第五卷,石家庄,河北人民出版社,1998,第329页。

② 同上书,第332页。

仇""去求取功名"的无耻之徒,李香君因此气病而亡。谷斯范的《新桃花扇》学习欧阳予倩《桃花扇》的创新精神,在主题拓展、人物塑造与故事结局方面进一步做"现代化"改编,使其更加符合现代人的价值判断与审美心理,因此谷斯范的《新桃花扇》虽采用章回体式"旧瓶装新酒",但仍引发了轰动效应。

一　主题拓展:延续抗战、揭露黑暗

孔尚任自称其《桃花扇》为"传奇","传奇者,传其事之奇焉者也,事不奇则不传。桃花扇何奇乎?妓女之扇也,荡子之题也,游客之画也,……桃花扇何其也?其不奇而奇者,扇面之桃花也。桃花者,美人之血痕也;血痕者,守贞待字,碎首淋漓不肯辱于权奸者也;权奸者,魏阉之余孽也;余孽者,进声色,罗货利,结党复仇,隳三百年之帝基者也"①。因此,孔尚任《桃花扇》"制曲必有旨趣",聚忠奸大义于笔端,"南朝兴亡,遂系于桃花扇底"②。

谷斯范的《新桃花扇》既沿袭了孔尚任《桃花扇》中爱情、爱国、忠奸、兴亡等主题,同时也延续了欧阳予倩《桃花扇》(京剧和桂剧版本)借历史隐喻现实的"抗战"主题,"写这部作品的日子,正是蒋介石集团统治下最黑暗的年代,政治腐败,特务横行,那批祸国殃民的官僚、卖国贼,本质上与三百年前南明社会的腐败统治集团,极有相似之处;'借古讽今',通过人物的描绘,给以无情的鞭笞,为那令人诅咒的社会制度再击撞一次最后的丧钟。这是当时的写作动机"。现在看来,《新桃花扇》以明清朝代更替比喻日本侵华战争,显然存在不当之处。

谷斯范《新桃花扇》在小说情节上另辟蹊径:一方面写侯方域、李香君二人的爱情经历、悲欢离合,另一方面将写作重点转向南明社会上层知识分子阶层,通过吴次尾、黄太冲(即黄梨洲)两个人物的经历来"反映南明社会动乱面貌的一角,上层知识分子之间的尖锐的斗争",旨在揭露社会黑暗,影射反清斗争的重要性。

二　人物选择与性格塑造

在人物选择上,谷斯范《新桃花扇》沿用了孔尚任《桃花扇》的主要人物,如侯朝宗、李香君、侯龙友、史可法、吴次尾、黄太冲、马士英、阮大铖等,其中对侯方域和杨龙友两大人物的重新塑造令人耳目

---

① 〔清〕孔尚任:《桃花扇小识》,载《桃花扇》,北京,人民文学出版社,1959,第1页。
② 〔清〕孔尚任:《桃花扇凡例》,载《桃花扇》,北京,人民文学出版社,1959,第3页。

一新。

孔尚任《桃花扇》对侯方域青年时期作为复社中坚、大明志士反抗清廷的爱国行为极为肯定，而对其在清朝江山稳固大势所趋情况下参加清廷考试、失节事仇的行为则避而不谈。孔尚任这种将人物一生断为两截，只写其前半生的"半个人"的塑造方式，显然存在弊端，难掩失真之处，但就文学效应来看非常成功，"半个人"塑造方式使得《桃花扇》中的侯方域出身清白、名士风流、操守高洁，称得上完美无瑕，再配之以通晓大义的秦淮名妓李香君，可谓锦上添花、红袖增香，这种"名士佳人"组合令读者不仅感动于二人的坚贞爱情，亦为二人的崇高品格所折服，更对其反清复明之"大义"行为寄予深切同情。欧阳予倩写《桃花扇》正值抗战时期，他对汉奸们的失节、叛变、卖国行为深恶痛绝，因此在京桂两种剧本中重点写侯朝宗从抗清志士变成"拖着辫子"的清廷奴才，明末社会崇尚"身体发肤受之父母"，视发如命，而"剃发结辫"则意味着"数典忘祖""操守尽失"，所以欧阳予倩剧作突出侯朝宗的变节，其目的在于指桑骂槐、影射汉奸，痛斥汉奸们的无耻行径。谷斯范构思《新桃花扇》时也曾在以"《桃花扇》故事"为主要线索而又"不满意于侯朝宗的为人"之间产生矛盾，他既不满意孔尚任太过拘泥于"人物性格创造的需要"，将侯方域形象塑造得过分高大完美，又不赞同欧阳予倩剧本对侯朝宗"清奴"式的贬低矮化，因此一时犹豫不决，意兴阑珊，逡巡不前。经过慎重考虑，谷斯范选择突出《新桃花扇》的积极意义，他决心采用一个折中的方法：一方面效仿孔尚任《桃花扇》，坚决维护侯朝宗的家国大义和气节操守，从而隐去其参加清廷考试晚节不保之事，另一方面借鉴欧阳予倩《桃花扇》，深入探索侯朝宗这一人物的内在心理与复杂性格，如侯朝宗做梦时不由自主地流露出的功名贪念，清兵攻陷南京后他试图独善其身、隐遁苟安的心理与行为，细腻刻画出侯朝宗面对环境巨变、名利引诱而暴露出的复杂心态，这正是人性的真实表现。

谷斯范《新桃花扇》中另一位塑造非常成功的人物是杨龙友。杨龙友对朋友有义，如多次帮助李香君，当发现阮大铖设计陷害侯朝宗后他对自己无意间出卖朋友的行为感到异常羞愧；为国家尽忠，当清兵攻陷南京后杨龙友毅然与马、阮分道扬镳，参加抗清阵营，最终以身殉国；同时《新桃花扇》也写出了杨龙友人性的另一面，如留恋风月场所，八面玲珑，善恶不分等。

相比之下，李香君的形象塑造则差强人意。"桃花扇"，象征气节操守与男女爱情，谷斯范《新桃花扇》最初试图将李香君塑造成一位忠于爱情、坚守气节的奇女子，但因侯朝宗人格的前后不一，只能将李香君硬拗成"节操""大义"的化身，最终让她成全国家大义，抛却儿女私情。这种"硬拗"式形象塑造方式将李香君性格刻画得过分单一化、刻板化、简单化，致使部分故事情节略显突兀，不合情理。如李香君被人逼嫁、宁死不从，后趁乱逃出、流落尼庵，而侯朝宗又下落不明，在困苦、担忧的双重压力下她终于难忍悲伤、失声痛哭，但听到卞玉京一语激将"国家事大，私情事小"，她的哭声戛然而止；又如清兵占领南京颁布"留发不留头，留头不留发"的严酷剃发令后，侯朝宗为自身安全足不出户本在情理之中，可李香君只听柳敬亭半嘲讽半感慨地说了句"他们哥儿性命值钱，自然不能不加倍小心些"，立即认定侯朝宗"贪生怕死"，从而产生"分手"念头；再如，当侯朝宗表明"朝代换了"，他再无"光复河山"之雄心壮志，欲学陶渊明束装北归、与之偕隐时，李香君极端鄙夷其"偷生苟活"的想法，断然"焚扇绝情"，甩门而去。欧阳予倩桂剧本《桃花扇》亦有类似情节，当李香君得知侯方域归顺清廷之后大义凛然怒斥道："你以前对我说的什么话？你曾经拿什么来鼓励过你的朋友、你的学生，你还鼓励过我！你不是说，性命可以不要，仁义、道德、气节是永远要保住的吗？你为什么不跟着史可法阁部一同守城？回家去你至少可以隐姓埋名，你为什么不？为什么要在许多人起兵勤王的时候，去考这么一个不值钱的副榜？""你不是常骂人卖身无耻吗？你为什么国仇不报又去投降？在这国破家亡的时候，来找我干什么来了，干什么来了！走走走，我不要你！"[①]最后通过摔扇、绝情、气死等一系列剧情将故事推向高潮。这些言行固然痛快淋漓，但事实上并不符合一位阅历丰富的风尘女子的身份，为了将预设好的"崇高"形象生搬硬套在李香君身上，全然不顾其复杂的人生经历、处世能力、情感需求与心理活动，实有牵强之处。

谷斯范《新桃花扇》对侯朝宗、杨龙友形象的重新塑造，避开了当时小说中普遍存在的"好即是好，坏即是坏"的平面化、简单化的人物性格刻画现象，真正触及现实人性的复杂层面。谷斯范这种直面真实人性的"好坏不分"的写法，在政治约束比较严格的写作环境中实属不易，尤其是在"重气节，轻生死"的激情岁月中，写有缺点的英雄、"好坏不分"的人物和"中间人物"确实存在很大风险，容易授人以柄而被上纲

---

① 欧阳予倩：《桃花扇（桂剧本）》，载《欧阳予倩剧作选》，北京，人民文学出版社，1956，第402页。

上线到政治高度。1957年4月谷斯范作《新桃花扇·后记》时曾委婉"检讨"，自我批评，认为对侯朝宗的形象塑造极不成功，并且由于自己"不满意侯朝宗的为人，……而不愿为他多费笔墨，以致连香君也没有写好"，这主要是因为"政治水平低，对史料没有科学的分析能力，品评人物带着主观的见解，这不可避免要造成许多错误"。1947年年底《新桃花扇》初稿完成，1953年7月和1957年4月谷斯范又两易其稿，最终方得成书。谷斯范小心谨慎的创作态度，使其《新桃花扇》在"文化大革命"中逃过一劫，但也限制了他的创作活动，从此再没有成功作品出现。

三　小说结局：侯李分手

谷斯范《新桃花扇》继承了孔尚任《桃花扇》的主要故事情节，以侯朝宗、李香君的爱情为主线，歌颂了史可法、吴次尾、黄太冲等忠臣坚守民族大义的爱国行为，而对马士英、阮大铖等奸佞的误国行径极其痛恨，但在侯、李这两个主要人物的结局上，谷斯范《新桃花扇》与孔尚任的《桃花扇》、欧阳予倩的《桃花扇》都不相同。孔尚任《桃花扇》的结局是侯、李双双出家学道，王国维曾言："吾国文学之中，其具厌世解脱之精神者，仅有《桃花扇》与《红楼梦》耳。"[1]显然非常欣赏孔尚任《桃花扇》这一结局。欧阳予倩《桃花扇》以李香君气死结束，谷斯范《新桃花扇》则将二人结局改为：侯朝宗明白明朝大势已去、心灰意冷，欲携李香君归隐，但侯朝宗有归隐之意，李香君有家国之情，她不愿随侯朝宗隐遁"苟安"，最终二人因志向不合分手。从以上三种不同结局可以看出：谷斯范《新桃花扇》中矛盾冲突的激烈程度略强于孔尚任《桃花扇》，同时略逊于欧阳予倩《桃花扇》。中国古典戏剧崇尚"大团圆"结局，相对于谷斯范《新桃花扇》的分手结局和欧阳予倩《桃花扇》的死亡结局，孔尚任《桃花扇》的"归隐"结局显然属于"大团圆"结局；欧阳予倩的《桃花扇》本是戏剧，戏剧属于表演艺术，冲突激烈、情节紧凑乃其主要特征，兼之京剧、桂剧两种剧本皆作于抗战年代，属于典型的"抗战文艺"，剧作家非常注重剧情的宣传效果，因而其中流露出的家仇国恨异常强烈，加剧了矛盾冲突的升级；谷斯范的《新桃花扇》乃是小说，其叙事性、抒情性明显增强，兼之这部小说完成于1947年，其时日本已经投降，抗战宣传目的亦相对变弱。

---

① 王国维:《红楼梦评论》,载于润琪编《王国维　蔡元培　鲁迅点评红楼梦》,北京,团结出版社,2004,第16页。

综上所述，一部名著，总是留有悬疑与隐秘，令人读之意犹未尽，思之绵延不绝，这对后世试图理顺悬念、明晰因果的文人而言，可谓莫大诱惑，因而各种名著在不同时代多有续书或改作，不过整体来讲，续书多为狗尾续貂，改作也如昙花一现，成就远不及原作。

下编

中国现代历史小说的空间蔓延

中国现代历史小说
创作源流考论
1917～1949年

中国文学研究真正开始关注文学空间理论始于21世纪初，文学史家杨义先生受欧洲一些文学理论家尤其是意大利当代左翼文论家弗兰克·莫莱蒂的"文学地图"理论之启发，开始在一系列学术讲座中讲授关于"重绘中国文学地图"的前沿设想，并且提出了"文学图志""文学地理""地缘文学"等相关概念，而后又在"大文学观"视野下相继出版《重绘中国文学地图通释》（2007年当代中国出版社）、《文学地理学会通》（2013年中国社会科学出版社）、《文学地图与文化还原》（2011年北京师范大学出版社）等学术专著，从而建构起自己独特的"文学地图"理论。杨义在《重绘中国文学地图的方法论问题》一文中说："过去的文学研究基本上侧重时间维度，对空间维度重视不够。重绘中国文学地图的目的就是强化文学研究的空间维度"，"空间是时间展示的舞台，时间流动的渠道。没有空间，哪来的时间存在、流动和延伸？这一切都需要在各种各样、无边无际的空间里完成"①。以弗兰克·莫莱蒂为代表的欧洲文学地图观和以杨义为代表的中国文学地图观自然存在诸多理念差异，但至少有一点是一致的，那就是他们都致力于"在时间维度上强化空间意识"，将以往相对单一的纵向时间研究与横向空间研究相结合，从而建构起新的文学研究模型。

对中国现代历史小说进行空间拓展研究，首先需要统计相关作家作品的横向分布状况。本书按照作家籍系将中国现代历史小说作家作品归入相应的区域文化空间，重点考察相应区域中现实语境、区域文化对现代作家文史观的影响以及对中国现代历史小说的文体形态、历史选择、叙事手段、艺术方法、小说风格等微观问题的作用和意义。区域文化涉及人们赖以生存的外在空间与内在空间中的复杂因素，如自然环境、政治文化、经济文化、历史文化、民俗文化等宏观因素以及集体意识、家族文化、作家体验等微观因素，它们共同影响着作家的题材选择、情节编排、主旨表达和叙事方式。因此，必须在澄清区域、区域文化等相关概念的基础上具体分析宏观因素与微观因素对中国现代历史小说的复杂影响。

---

① 杨义：《重绘中国文学的历史地图》，《文史哲》2015年第3期（总第348期）。

第十四章　区域文化与
中国现代历史小说

　　中国古代文明主要发端于黄河流域，因此在中国文化研究领域一般倾向于将黄河流域文明作为研究中心，从而使得区域文化研究在较长一段时间内形成了以黄河流域文明为尊甚至一元独霸的研究格局。近年来，一些中国学者开始倡导多元区域文化研究，代表人物有中国社会科学院考古研究所的苏秉琦先生、浙江社会科学院越文化研究所的董楚平先生等，他们在前人黄河流域文化研究的基础上重点关注长江流域、松花江流域、珠江流域等区域文化，形成了一系列可喜的研究成果。

第一节　区域与区域文化

一　区域

　　区域，是一个相对概念，具有多重内涵。首先，它是一个地理概念，指占有一定面积的相互毗邻的疆土范围；其次，它又是一个社会空间，最初以族群活动（政治、经济、文化活动）为基础而形成；再次，某一特指区域内的地理环境与人类活动具有较大的相似性或共性特征。因此，区域划分受到地理环境和人文环境的双重影响。

　　（一）地理环境与区域划分

　　地理环境主要涉及位置、地形、山脉、水文、土壤、植被、气温、风向、雨量等。中国地域辽阔，由南至北，从东到西，地理环境复杂多样，一般而言毗邻区域因地理条件相似也会产生相似的自然活动和人类活动。在中国古代，人们早已开始根据地理环境划分中国疆域：一些学者主要以气候作为区域划分标准将中国疆域分为北方区域和南方区域；另外一些学者以水系作为区域划分的天然界标，由北至南依次将中国疆域划分为四大区域，即辽河流域、黄河流域、长江流域和珠江流域；还有一些学者将水系和山脉作为双重标尺来划分中国疆域，如美国学者施坚雅在其《十九世纪中国的地区城市化》一文中，曾将中国划分为九大区域：（1）长江下游区域，包括江、淮分水岭以南的江苏、安徽两省，钱塘江和杭州湾流域的浙江，以及入海口处的上海；（2）岭南区域，包括广东、广西两省；（3）东南区，包括福建、浙江、广东沿海地区；（4）西北区，包括陕、甘、宁地区；（5）长江中游区域，包括湖南、湖北、江西、黔东等；（6）华北区域，包括河北、河南、山西、山东等地；（7）长江上游区域，包括四川，甘南、黔北等地；（8）云贵区，包括云南、贵州大部分地区；（9）东北区，包括黑龙江、吉林、辽宁三省。①施坚雅的"九大巨区"理论符合中国古代的"九州"设想。

（二）人文环境与区域划分

人文环境主要涉及政治、经济、民族、语言、历史、宗教、风俗、建筑、舟车、器物、文学、艺术等。中国历朝历代为提高政治治理和经济管理的有效性，常常在以地理环境作为主要标尺进行自然区域划分的基础上，辅以行政手段，按照人文环境进行社会区域划分。

首先，民族对区域划分的影响较早。早在《尚书·大禹谟》中便有"无怠无荒，四夷来王"的记载，当时将华夏族与东夷、西戎、南蛮、北狄已区分开来，《礼记·王制》和《五帝本纪》则沿袭了这一划分方法。《礼记·王制》曰："中国戎夷，五方之民，皆有性也，不可推移。东方曰夷，被发文皮，有不火食者矣。南方曰蛮，雕题交趾，有不火食者矣。西方曰戎被发衣皮，有不粒食者矣。北方曰狄，衣羽毛穴居，有不粒食者矣。"《五帝本纪》曾记载舜向尧帝进言："流共工于幽陵，以变北狄，放驩兜于崇山，以变南蛮，迁三苗于三危，以变西戎，殛鲧于羽山，以变东夷。"

其次，行政手段对区域划分的影响最大。早在中国古代，政治家和学者们已经非常清楚行政区划的重要性。《孟子·滕文公上》曰："仁政必自经界始"，《周礼》又云："体国经野"②，《尚书·禹贡》则记载大禹治水后置冀州、兖州、青州、徐州、扬州、荆州、豫州、梁州、雍州共"九州"③，即禹域九州，《尚书·舜典》又称舜"肇十有二州"④，马融《注》曰："禹平水土，置九州；舜以冀州之北广大，分置并州；燕齐辽远，分燕置幽州，分齐为营州；于是为十二州。"《山海经》、班固《汉书·地理志》、郦道元《水经注》、欧阳忞《舆地广记》、徐霞客《徐霞客

---

① 〔美〕施坚雅：《中华帝国晚期的城市》，叶光庭等译，北京，中华书局，2000，第244-245页。

② 〔清〕孙诒让：《周礼正义·天官冢宰第一》，北京，中华书局，2013，第13页。

③ 《尚书·禹贡》，载陈戍国注《尚书校注》，长沙，岳麓书社，2004，第25-28页。

④ 同上书，第8页。

游记》等文献中亦有类似记载，而当代学者周振鹤曾将封建时代"体国经野"最重要的行政划分方法归纳为"分封"和"郡县"两制。中国现在除了沿袭以前的主要行政区划外还综合自然、政治、军事、经济等条件将大陆疆域划分为七大区域——东北区、华北区、华东区、华中区、华南区、西南区、西北区。

再者，方言对区域划分的影响巨大。"经过数千年演化的结果，现代汉语被认为可以分成七大方言，即北方方言、吴方言、湘方言、粤方言、闽方言、赣方言和客家方言"[①]。因此，按照不同的方言分布，又可相应地划分出七大文化区域。

此外，风俗对区域划分影响较大。按照风俗的相似性，中国疆域又可划分为塞外、中原和江南三大区域。

可见，学界向来对区域划分存在不同意见。地理学家常按照自然条件的相近性进行划分，而行政机构则按照省、市、县等行政单位进行划分，人文学者则喜欢按照人文条件进行划分。从不同的划分标准可以看到，中国文化产生的空间发源地不是一元的，而是多元的，不同地理条件形成多样自然区域，每个区域空间中都保留着文化起源的古老遗迹，从而形成多元特色区域文化，它们相互交织，共同成为中华民族的精神源泉。

二 区域文化

"文化"含义多样，"在中国古代本指'文治教化'，与武力征服相对举。《周易·贲卦》（《象传》）说：'观乎人文，以化成天下'。可以被看做是（看作）'文化'的原始提法。"[②]至西汉，"文"与"化"合而为一，始有"文化"一词，刘向《说苑·指武》言："凡武之兴，为不服也；文化不改，然后加诛。"因此文化原义乃是"以文化之"，旨在教化愚昧、野蛮之人，使其符合伦理道德、律法制度、政治统治等要求。就考古学来说，"'文化'一词有特定含义，指存在于一定时间，拥有特征相同或相似的一组遗存，并有相对稳定的分布地域的一个区域共同体"[③]。广义而言，文化是人类为了自身生存与发展需要所创造的一切物质与精神的总和，它与区域关系至密，不可分割。区域文化主要指受不同地理环境与人文环境影响形成的多元空间文化现象，不同区域文化呈现出鲜明的个性特征。

---

① 周振鹤等：《中国历史文化区域研究》，上海，复旦大学出版社，1997，第26页。

② 赵洪恩、李宝席：《中国传统文化通论》，北京，人民出版社，2003，第2页。

③ 杜金鹏、焦天龙：《文明起源史话》，北京，社会科学文献出版社，2011，第17页。

区域划分相对复杂，区域文化的划分则非常烦琐，它同样受地理环境与人文环境的双重制约。

（一）区域文化的具体划分

"在史前时代，以多种多样的自然环境为背景，中国各地曾经存在固有的区域文化。我们首先要解读这些区域文化的实态，更应注意的是，这些区域文化在历经古代国家的出现，各王朝的盛衰交替以及政治变幻之后，依然是留存至今的区域文化的重要组成部分"[①]。经过漫长的史前发展与夏商周三代的政治统合，春秋战国时期不同自然区域文化逐渐交融，最终形成了以诸侯国疆域为主要划分标准的具有区域性、系统性、稳定性、独特性特征的固有文化形态，这是各区域传统文化的最初母胎。时至今日，根据中国早期文化的最初格局与基本状况，按照从东北三省到南沙群岛，从东南沿海到青藏高原的顺序，可以宏观上将中国区域文化划分为松辽文化、青藏文化、秦陇文化、三晋文化、燕赵文化、齐鲁文化、中原文化、吴越文化、荆楚文化、巴蜀文化、滇黔文化、岭南文化、闽台文化等多种类型。如果继续细分，每一区域文化又可分出区域政治文化、区域经济文化、区域哲学文化、区域历史文化、区域民俗文化等微观类型，它们互相交织、互相影响，共同反映出该区域文化的整体面貌。其中最能体现区域文化特色的是区域历史文化与区域民俗文化，区域历史文化主要包括以实物存在的历史遗迹，形诸史册的地方史籍、私家谱牒，未形诸史册的民间轶事、口头传闻等；区域民俗文化则主要包括建筑、饮食、服装、方言、婚俗、寿诞、丧葬、节气、宗教、戏曲、歌谣、器具、舟车等。可见，不同区域文化的形成具有不同的源流脉络，空间源流不同的区域文化所包含的固有文化因素存在较大差异。因此，中国区域文化不是一元的，而是多元的。

（二）狭义区域文化与广义区域文化

春秋战国末期业已形成的各区域文化母胎的基本特征保持相对稳定性，但并不是绝对不变的。从秦大一统至今，各区域文化母胎经过漫长的时代变迁以及与其他文化复杂的交融演变，逐渐衍生出现代形态和现代意义上的多元区域文化，区域文化的现代形态与其最初形态之间还是存在一定区别的。此外，同一区域文化中不同地域文化之间虽然宏观上享有共性特征，但又因为自然环境和人文环境的微观差异而存在个性特征。

---

① 〔日〕宫本一夫：《从神话到历史》，吴菲译，桂林，广西师范大学出版社，2014，第10页。

基于上述事实，区域文化又存在狭义区域文化和广义区域文化之分。狭义而言，各区域文化专指春秋战国时期以及此前该区域的文化形态，对考古学和历史学影响深远。广义而言，各区域文化既指春秋战国时期以及此前该区域的文化形态，又指秦大一统后各区域历经时代变迁交融演变至今形成的极其复杂的现代文化形态，对现代文化生活影响深远。

（三）区域文化中心的迁移

中心区域文化与边缘区域文化的地位不是固定不变的，它们随着历史发展和政权更迭不断运动变化。中国古代文明发源于黄河流域，因此中国区域文化中心最早出现在北方。春秋战国时期区域文化中心在山东，齐鲁文化成为中心区域文化；秦汉唐时期区域文化中心在陕西，秦陇文化成为中心区域文化。西晋末年经历"永嘉之乱"，匈奴攻克洛阳掳走晋怀帝，晋室流亡南方，建都建业（今南京），士族显贵随之南迁，是谓"衣冠南渡"，中国传统文化重心开始由北向南大迁移。北宋末年又经历"靖康之变"，金兵攻破汴京（今开封），掳走徽钦二帝，宋都南迁临安（今杭州）。经过两次南迁，吴越文化逐渐成为中国区域文化重心。明清时代，政治、经济文化中心开始分化，政治文化中心在北京，经济文化中心在苏杭，由此出现南北对立、遥相呼应的文化格局，燕赵文化、吴越文化共同成为中国区域文化重心。近现代以来又增添了新的经济文化中心广州和上海，抗战时期陪都重庆和红色延安则成为新兴政治文化中心，因此又出现了吴越文化、三秦文化、巴蜀文化等多个区域文化重心并存的文化格局。

三　区域文化与主流文化

从整体文化环境来讲，区域文化自然受到主流文化或官方文化的影响与制约。在封建社会，秦代主流文化主要是法家文化，自汉武帝起用董仲舒"罢黜百家、独尊儒术"实现儒家文化大一统直到清末，儒家文化都是中国主流文化。1917～1949年尤其是1931～1945年间，由于政治环境的复杂性，中国疆域被划分为国统区、解放区和沦陷区三大政治区域，从而形成了国统区文化、解放区文化、沦陷区文化三大文化并存的局面，各区域文化都曾不同程度地受到三大文化的冲击。这种文化并置现象只是暂时的，1945年以后随着无产阶级革命的胜利以及文学一体化在全国的逐步推广，无产阶级文化逐渐成为中国主流文化。

不过，区域文化有各自不同的空间源头，从而形成独特的文化传统，这种独特性主要体现在区域历史文化与区域民俗文化方面，它们的相对稳定性能够保证区域文化在不同时期受到主流文化或其他文化的影响后，既能从中吸纳一些新的文化因素，又不至于过度偏离自身特有的文化轨迹，仍然可以保持最重要的传承基因和传播功能，使区域文化继续健康地向前发展。

第二节　中国现代历史小说的区域分布

中国现代历史小说作家作品数量庞大，若要微观剖析各区域历史小说的创作情况，首先须对这些作家作品进行区域划分。如果按照中国现代历史小说家的籍贯划分，则可将他们主要归入浙江、江苏、四川、上海等十八省市，不过由于一些作家的籍贯与实际生长地存在差异，如郑振铎祖籍福建长乐，生长于温州，张天翼祖籍湖南湘乡县，生于南京，长于杭州，李劼人祖籍湖北黄陂，生长于成都等，因此这种划分也只是一种相对划分。综合上述因素，本书将作家十八岁左右文化性格基本成形前后所在的出生地或生长地作为其真正籍系，以此对他们进行区域划分，从而进一步明确中国现代历史小说的区域分布状况。

一　中国现代历史小说家的籍系区分

本书所涉中国现代历史小说家一百八十二人，其中已知籍系者九十六人，籍系不详者八十六人。

表14-1　中国现代历史小说家籍系统计表

中国现代历史小说家(一百八十二人)		
已知籍系作家(九十六人)		
区　域	省　市	作家籍系
吴越区	浙江 (二十五人)	巴人(奉化)、巴雷(金华)、包文棣(鄞县)、蔡东藩(萧山)、曹聚仁(浦江)、谷斯范(上虞)、鲁迅(绍兴)、林汉达(慈溪)、陆冲岚(海宁)、茅盾(乌镇)、宋云彬(海宁)、施蛰存(杭州)、施瑛(德清)、唐弢(镇海)、魏金枝(嵊州)、吕伯攸(杭州)、许钦文(绍兴)、许啸天(上虞)、徐哲身(嵊州)、徐懋庸(上虞)、岳乐山(余杭)、郁达夫(富阳)、郑振铎(永嘉)、张天翼(杭州)、钟毓龙(杭州)

区　域	省　市	作家籍系
	江苏（二十二人）	程瞻庐（吴县/苏州）、费只园（吴兴/湖州）、范烟桥（吴江）、顾明道（苏州）、蒋星煜（溧阳）、李定夷（武进）、李伯通（扬州）、李俊民（南通）、刘圣旦（常州）、陆墟（无锡）、秋翁（即平襟亚，常熟）、沈祖棻（苏州）、沈圻（江阴）、谭正璧（嘉定）、陶寒翠（苏州）、王平陵（溧阳）、吴调公（镇江）、许慕羲（溧阳）、许指严（武进）、严敦易（镇江）、周木斋（常州）、庄适（武进）
	上海（七人）	罗洪、陆士谔、穆罗茶、张爱玲、张恂子、张恂九、朱雯
巴蜀区	四川（六人）	巴金（成都）、郭沫若（乐山）、何其芳（万县）、李劼人（成都）、刘盛亚（重庆）、萧蔓若（重庆）
闽南区	福建（五人）	黄士恒（永泰）、李拓之（福州）、王梦鸥（长乐）、徐君梅（福州）、陈慎言（福州）
岭南区	广东（三人）	冯乃超（南海）、凌叔华（番禺）、秦牧（澄海）
	广西（一人）	陈迩冬（桂林）
荆楚区	湖北（四人）	废名（黄梅）、聂绀弩（京山）、杨刚（沔阳）、喻血轮（黄梅）
	湖南（四人）	陈子展（长沙）、蔡仪（攸县）、廖沫沙（长沙）、周大荒（祁东）
	安徽（四人）	程善之（歙县）、胡寄尘（泾县）、苏雪林（太平）、张恨水（潜山）
燕赵区	河北（四人）	德龄（北平）、董濯缨（天津）、冯至（涿县/涿州）、靳以（即姚姒，天津）
秦陇区	陕西（三人）	李宝忠（米脂）、王独清（蒲城）、郑伯奇（长安）
齐鲁区	山东（三人）	孟超（诸城）、王统照（诸城）、非厂（蓬莱）
松辽区	辽宁（一人）	端木蕻良（昌图县）
	吉林（一人）	骆宾基（珲春）
中原区	河南（一人）	姚雪垠（邓县）
	江西（一人）	文公直（萍乡）
	云南（一人）	欧小牧（剑川）

未知籍系作家（八十六人）

阿勒依萨、白华、白玉山、刘碧菲、布衣、陈墨峰、陈铁光、陈小帆、陈澄之、陈莲痕（玉峰）、陈立业、曹二家、程章垂、常湘中、春茧生、沉沉、董铁保、伏子、芙子、甘时雨、公子囚、苟石、胡秀眉、何可人、何庆综、黄枫、击楫、加因、剑痕、卢嘉木、柳朱、李逸侯、李承皋、陆费逴、刘强、罗村、林汉标、林逸君、林慧、灵岩樵子、慕白、母取、曼倩、裘重、蔷薇园主、齐东野人、苏海若、苏子涵、沈耀东、沙雁、沙牳、司马訏、善祥、唐须、唐逸、土勺、王皓沅、王亚樵、王峒孤、王少庵、王沉、王风、吴复原、文起衰、位忒、许豪、徐震中、徐开墨、徐盈、萧潇、姚舜生、伊人、瑶君、雨辰、虞麓醉髯、朱彭城、朱桢、朱啸秋、赵梦云、祝实明、张扬、曾秀苍、夏静岩、钟离北、郑侃燃、仲玉

二　中国现代历史小说的区域划分

据表14-1与第六章《中国现代历史小说创作大观》，可以对中国现代历史小说进行相对科学的区域划分。

（一）吴越、荆楚、岭南、巴蜀、秦陇五大区域历史小说

综合历史小说作家作品的数量、地位、影响来看，中国现代历史小说主要分布在吴越、荆楚、岭南、巴蜀和秦陇等五大文化空间，它们对应五大文体形态——吴越区域历史小说、荆楚区域历史小说、岭南区域历史小说、巴蜀区域历史小说和秦陇区域历史小说。

第一，以浙江、江苏、上海这三地为中心的吴越文化区。该区域中国现代历史小说作家作品数量最多，已知籍系的历史小说家多达五十四位，其中鲁迅、蔡东藩、谭正璧、宋云彬、施蛰存、郁达夫等作家的历史小说成就最大。

第二，以湖北、湖南为主的荆楚文化区，廖沫沙、聂绀弩、杨刚和陈子展等作家的历史小说成就最大。

第三，以广东、广西为主的岭南文化区，秦牧、陈迩冬、冯乃超等作家的历史小说成就最大。

第四，以成都、重庆为中心的巴蜀文化区，郭沫若、李劼人、巴金等作家的历史小说成就最大。

第五，以西安、延安为中心的秦陇文化区，该区域中国现代历史小说作家作品较少，李宝忠作有一部历史演义，王独清、郑伯奇各有一个短篇历史小说。1942年之后延安红色文化的影响逐渐超越以西安为中心的秦陇传统文化，在延安红色文化的影响下左翼历史小说迅速壮大。

（二）南派历史小说与北派历史小说

若以长江为界，中国现代历史小说又可分为南派历史小说与北派历史小说。

南派作家基本集中在长江流域，主要包括长江上游的巴蜀文化区、长江中游的荆楚文化区、长江下游的吴越文化区，若继续向南延展，岭南文化区、闽台文化区也会被纳入其中，南派势力将更加强大。北派作家则基本集中在黄河流域，主要包括秦陇文化区、燕赵文化区、中原文化区、齐鲁文化区等。

可见，南派作家所处区域多属中心文化区域，北派作家所处区域则大部分已被边缘化，因此南北两派历史小说的区域分布极不均衡，作家作品数量也出现失衡现象，南派作家作品占总量的百分之八十以上，北

派作家作品实属凤毛麟角。

（三）正宗区域历史小说与非正宗区域历史小说

一般而言，若从中国现代历史小说的内容形式与区域文化的结合紧密度来区分，那么其创作实践中还存在两种文体类型：正宗区域历史小说与非正宗区域历史小说。

正宗区域历史小说作者普遍具有深厚的乡土文化情结，擅长采用祖地、故园或生长地的区域历史和民间文化创作历史小说，同时又通过小说形式回忆、描述、勾勒、记录、展现该区域的主体文化，从而达到传播、弘扬之目的，因而此类小说在区域空间、社会生活、民俗人情、历史选择、方言运用上全面呈现出独特的区域文化色彩，并且从内容到形式上都直接受到区域文化的影响和制约。

非正宗区域历史小说作者一般具有宏博的文化视野，他们不受区域文化限制，未采用或较少采用其祖地、故园或生长地的区域历史和民间文化，而是大量采用国史典籍与其他区域历史文化、民间文化作历史小说，试图通过小说形式剖析、思考中国古典文化，从而达到以古观今的创作目的。非正宗区域历史小说在区域空间、社会生活、民俗人情、历史选择、方言运用等方面受区域文化的影响比较隐晦或极不明显，它们与某一区域文化的内在联系主要体现在文化精神的传承上，在实际操作过程中这种内在精神又具体转化为作家的文化性格、思维方式、表达方式、创作方法、创作模式和艺术风格，因此为研究中国现代历史小说与区域文化的内在联系设置了距离障碍和辨识难度，甚或可能出现涉嫌牵强附会的尴尬境况，故而只能将一些难以置入区域文化研究视角的小说舍弃。

中国现代历史小说虽然有正宗区域历史小说与非正宗区域历史小说之分，但事实上存在着一个非常有趣的文学现象：绝大部分中国现代历史小说属于非正宗区域历史小说。这一现象反过来说明大多数现代作家已经逐渐跳出清末民初普遍存在的狭隘民族主义、地方主义的窠臼，开始主动站在"中国人"这一共同立场上深刻思考国家命运与文化前途。

因此，区域文化对区域作家和区域历史小说的影响可以分为三个层次：一是直接影响，如谭正璧、李劼人、李宝忠、秦牧等作家的历史小说主要受区域文化的直接影响，大多为正宗区域历史小说；二是间接影响，如郭沫若、巴金、茅盾、杨刚、陈迩冬等作家的历史小说主要受区域文化的间接影响，基本为非正宗区域历史小说；三是介于二者之间，如鲁迅、廖沫沙、聂绀弩等作家的历史小说以非正宗区域历史小说为主，大多受区域文化的间接影响，但同时兼有一部分正宗区域历史小说，受到区域文化的直接影响。

综上可见，中国现代历史小说作家作品的区域划分与区域类型是比较复杂的文学存在，应结合现实语境与区域文化进行综合论述。

第三节　区域文化对现代历史小说的宏观影响

不同区域的地理条件与人文环境，塑造出该区域人们独特的人文气质、心理结构、思维方式与行为模式，而区域文化对历史小说的内在影响，主要体现在它对历史小说创作主体历史观和文艺观的影响上。相对于历史学家而言，历史文学家的历史观相对独特，他们不仅会形成自己对历史的看法、观点，还要用文学形式将自己所关注的历史人物和历史事件表述出来，因此历史文学家在一定程度上既拥有类似史学家的历史观，即如何使用文字撰写历史的问题，同时又拥有文学家的文艺观，即选择兴味盎然的历史内容与得心应手的文艺方法来达成自己的创作目的。这种兼有史家历史观与作家文学观的历史文学观念，又可称为"文学历史观"。

一　区域文化对作家历史观的影响

区域文化对作家历史观的影响主要体现在区域历史文化对作家历史积淀和历史认知的制约两大方面。

（一）区域历史文化对作家历史积淀的影响

历史文学的最大特点就是历史的介入，历史文学的这一特性使它对作家自身的历史文化素养要求较高，他们首先必须拥有较为深厚的历史文化积淀。历史文化知识获得的途径除了国史典籍外，还来自各区域以实物方式保存的历史遗迹，形诸史册的地方史籍、私家谱牒以及未形诸史册的民间轶事、口头传闻等。这些历史文化只有存在于作家的知识积淀中，最终才有可能进入其创作视野，成为历史文学的备选素材。

中国人对自己的故乡皆有桑梓之情，一些文人不仅创造出故园乡愁、热土难离、落叶归根、莼鲈之思等相关词汇，还通过文学创作来回忆、怀念、赞美、批判故乡文化，表达复杂的内在情怀。这种桑梓之情自然也会影响到历史小说家的文学取材，一些作家会自觉加强对本区域神话、历史、民俗等文化现象的文学叙述、精神剖析和文化反思。在中国现代历史小说创作中，鲁迅的《铸剑》、李宝忠的《永昌演义》、秦牧的《洪秀全》等皆属此类小说。

（二）区域历史文化对作家历史认知的影响

区域历史文化的承载物中最重要的是当地的历史遗迹和地方史籍，其次则是私家历史、民间轶事、口头传闻等。如果人们能够以地方史籍记载为基准，以当地遗址为佐证，以民间传闻为辅助，再将耳濡目染、道听途说之史事相结合，那么这样获得的历史知识则更加贴近历史真实。所谓"一方水土养一方人"，对于生于斯长于斯的本区域作家来说，他们对本区域历史文化的认知和理解更加全面、真实、深刻、详尽，能够辨别区域历史与国史记载的微观差异，这是外来作家无法比拟的。

外来作家通过后天学习固然能够领会、掌握其他区域历史概况，但由于现实语境的阻碍始终存在"隔"的问题，总是犹如隔岸观火、雾里看花、浮于表象而无法直达主旨。如入川对巴蜀文化进行实际考察即可发现"成都"二字本是彝语之音译，原意为"产稻米的地方"，刘备入蜀之后驱逐彝人占据成都平原作为蜀国根基，出于历史恩怨彝人心目中的刘备、诸葛亮形象与汉人有天渊之别，在汉人眼中诸葛亮实乃"神人"也，而在彝人眼中诸葛亮却是一个典型的"坏人"。

二 区域文化对作家文艺观的影响

区域文化对作家文艺观的影响主要表现在区域民俗文化会潜移默化地作用于作家的文体选择和艺术方法的运用上。

（一）区域文化对历史小说文体的影响

1.休闲文化对历史小说文体的影响

说唱文化、茶酒文化、美食文化、山水文化、园林文化、风情文化等都是重要的传统休闲文化形态，其中对中国现代历史小说文体影响最大的乃是说唱文化。自宋都南迁后说唱艺术开始在吴越之地流行，"按南宋供奉局，有说话人，如今之说书之流，其文必通俗，其作者莫可考"①。孟元老的《东京梦华录》、吴自牧的《梦粱录》、耐得翁的《都城纪胜》、周密的《武林旧事》等书中都详细记载了两宋都城上自宫廷官邸下至瓦肆勾栏中的歌舞、说书、俗讲盛况。因此，在休闲文化发达的吴越文化区，为说唱提供文学脚本的讲史话本——历史演义随之兴盛，1917～1949年间90%以上历史演义的创作、出版、流传都来自这一文化区域。

---

① 〔明〕绿天馆主人（冯梦龙）:《古今小说序》，载黄霖、韩同文选注《中国历代小说论著选》，南昌，江西人民出版社，1985，第217页。

2.风情文化对历史小说文体的影响

吴越、荆楚、巴蜀文化区域分别拥有宋词传统、楚骚传统和汉赋传统，这些文学传统使得三大区域内士子文化、文人文化盛行，随之而来的是一种附属休闲文化——风情文化，风情文化的主角多是士子文人以及依附于这一阶层的仕女佳人、商贾名流。因此吴越、荆楚、巴蜀三大区域的中国现代历史小说中出现了大量以士子文人、仕女佳人作为主要人物的士子文人历史小说、仕女佳人历史小说和历史言情小说。

3.红色文化对历史小说文体的影响

1917～1949年间，古代农民革命早已远去，辛亥革命的影响业已式微，中国共产党领导的无产阶级革命运动正当其时，1942年毛泽东《在延安文艺座谈会上的讲话》发表以后，秦陇文化区域以延安文学为中心的无产阶级文学逐渐开始影响全国革命文学创作。中国现代历史小说中的左翼历史小说就是在无产阶级革命文学影响下迅速壮大的一种新型历史小说。

（二）区域文化对历史小说艺术方法的影响

1.区域文化对历史小说创作方法的影响

从全国范围来讲，如果以长江为界，可将中国疆域分为北方、南方两大区域。

北方地理环境相对恶劣，降水量少，夏天干旱，冬季干冷，以农业生产为主，经济水平比较落后，人民生活相对贫瘠，文化水平也相对较低，因此在需要大量历史文化积淀的历史小说创作领域，北方作家作品总体数量较少，主要有河北的冯至、靳以、董濯缨，陕西的李宝忠、王独清，河南的曹靖华，山东的孟超、王统照，辽宁的端木蕻良、杨晦，吉林的骆宾基等。北方作家的历史小说中除了冯至的《伍子胥》《伯牛有疾》抒情性较强，其他作家的历史小说则注重大历史事件的发展演变过程以及大历史人物的生平、经历和作用，重史实、轻虚构而抒情性较差，符合正格历史小说的基本特征。此外，1942年以后以延安文化为中心的红色文化氛围极大程度上推动了左翼历史小说的创作与繁荣。

南方自然环境相对优美，天然多水，冬季阴凉，夏季湿热，商业氛围浓郁，多种产业并重，经济水平比较发达，人民生活相对富裕，文化水平相对较高，人文环境比较优越，因此在需要大量历史文化积淀的历史小说创作领域，南方作家作品的总体数量远超北方，文体形态更加多样化，创作方法也极富创造性。如鲁迅历史小说擅长使用"油滑"手法、白描手法和反讽手法，施蛰存、张天翼的历史小说擅长使用心理分析手法，郁达夫、郭沫若的历史小说擅长使用自叙手法，茅盾的历史小说擅长使用阶级分析方法，郑振铎的历史小说擅长使用叙述、议论、考据结合手法等。此外，南方作家在叙述的基础上还常常采用联想、想象、抒情、议论等多种表达方式，不仅注重文化的反思、人性的拷问、心理的剖析，还将神话、传奇、志怪、稗史、小历史等融入创作，加重了历史小说的虚构成分，因而非正格历史小说创作特征相对明显。

总之，南北方地理条件差异较大，经济文化发展不平衡，民风民俗、思维方式等迥然不同，因此1917～1949年间中国现代历史小说创作呈现出"先质而后文"与"先文而后质"的两种文学特征。

2.区域文化对历史小说创作风格的影响

明代屠隆曾论及春秋战国时期的文学风格，"周风美盛，则《关雎》《大雅》；郑卫风淫，则《桑中》《溱洧》；秦风雄劲，则《车邻》《驷驖》；陈曹风奢，则《宛丘》《蜉蝣》；燕赵尚气，则荆高悲歌；楚人多怨，则屈《骚》凄愤，斯声以俗移者也"①。梁启超也曾论及南北文艺风格："燕赵多慷慨悲歌之士，吴楚多放诞纤丽之文，自古然矣，自唐以前，于诗于文于赋，皆南北各为家数。长城饮马，河梁携手，北人之气概也；江南草长，洞庭始波，南人之情怀也。"②这些论断都说明地理环境差异与文风多样性之间的密切联系。地理环境对人的饮食、语言、形体、衣着、性格、文风都有极大影响。北方以面食为主，北人形体相对高大，北方缺水、气候干燥，北人长相略显粗糙，北人以棉麻为主，衣着厚重，形象略显僵板，但北人性格直爽，行为旷达，语言粗犷，文风豪放。南方以米食为主，南人形体相对矮小，南方多水、气候湿润，南人长相相对细腻，南方以丝织为主，衣着轻薄，形象别有风情，南人性格灵动，吴侬软语，行为温糯，文风婉约。因此，北方文艺像山，威严、厚重，阳刚十足，而又流于刻板；南方文艺像水，温婉、细腻，阴柔灵动，而又略显油滑。

区域文化对中国现代历史小说创作风格的影响亦比较明显。北派女性历史小说家罕有，唯德龄一人，生于武昌，入于北京，浪迹海外，其"清宫回忆录"系列历史小说时常引发争议；南派女性历史小说家则有苏雪林、沈祖棻、罗洪、张爱玲、凌叔华、杨刚等，她们为南派历史小说

---

① 〔明〕屠隆：《鸿苞·诗文》，载《屠隆集》第八册，杭州，浙江古籍出版社，2012，第452-453页。

② 梁启超：《中国地理大势论》，载《饮冰室合集·文集》第四册，北京，中华书局，2015，第944页。

添加了温婉、多情、细腻的艺术气质。

三　区域文化对历史小说的其他影响

区域文化对历史小说的创作数量也会产生影响。区域文化有中心区域文化与边缘区域文化之分，一般而言，中心区域文化出现在政治、经济比较发达的地区或二者必备其一，而边缘区域文化则出现在政治、经济相对落后的地区，因此中心区域文化与边缘区域文化对历史小说创作数量会产生直接影响。

吴越、荆楚、巴蜀文化区域地处长江流域，历史小说创作数量众多，相对而言松辽文化区域则地处边缘地带，历史小说创作数量寥寥无几，东北"历来被称为'无文化'的蛮荒之地，人与生存环境的关系不存在江南那种'步步是典'而使人赏心悦目的浓厚的文化味。东北无霜期短，漫长的冬季，寒风凛冽，滴水成冰，人不是靠'文化'而是用自己顽强的'生命力'与大自然相抗争的"[①]，因此相较中心区域文化，边缘区域文化中存在的"野性""蛮性"，使中心区域文化出于本能地警惕、惧怕和排斥，这一点在居古典文化中心地位的历史文化中表现得尤为明显，所以边缘文化区域的历史小说创作数量较少也就不难理解了。

---

① 陈方竞:《陈方竞自选集》下册,汕头,汕头大学出版社,2005,第377页。

第十五章　吴越区域中国现代历史小说

中国现代吴越区域历史小说指1917～1949年间该区域现代作家创作的所有历史小说，包括"新"派历史小说、"旧"派历史演义以及"旧"派其他非演义体历史小说。根据第六章《中国现代历史小说创作大观》与第十四章《区域文化与中国现代历史小说》第二节《中国现代历史小说的区域分布》可以看出，在中国现代历史小说创作领域，吴越文化区域的历史小说作家最多，其历史小说创作数量居各大区域之首，因此吴越文化对中国现代历史小说的影响异常复杂，吴越区域历史小说的研究价值相对较高。

第一节　吴越文化与中国现代历史小说

一　广义吴越文化与狭义吴越文化

吴越文化是中国文化的重要组成部分，有广义与狭义之分。"狭义的吴越文化是指春秋战国时期吴国文化和越国文化的合称；广义的吴越文化是指从先秦至明清地处长江下游一带的吴越人民所创造的物质文化与精神文化的总称"[①]。现代意义上的吴越文化既指春秋战国时期以及此前吴越区域的文化形态，又指秦大一统后该区域历经不同时代演变至今逐渐形成的一切复杂文化形态。

"吴越文化作为长江下游统一的区域文化，是到春秋时期才形成的。在这以前，吴自吴，越自越，吴文化与越文化是两支不同的区域文化"[②]。吴，亦称句吴、勾吴，据传由"太伯奔吴"始建，《史记·吴太伯世家》开篇载："吴太伯，太伯弟仲雍，皆周太王之子，而王季历之兄也。季历贤，而有圣子昌，太王欲立季历以及昌，于是太伯、仲雍二人乃奔荆蛮，文身断发，示不可用，以避季历。季历果立，是为王季，而昌为文王。太伯之奔荆蛮，自号句吴。荆蛮义之，从而归之千余家，立

---

①　赵洪恩、李宝席：《中国传统文化通论》，北京，人民出版社，2003，第89页。

②　董楚平：《吴越文化志》，载《中国文化通志》，上海，上海人民出版社，1998，第11页。

为吴太伯。"①吴越之越，亦称内越、大越、于越、夷越，乃古越族"百越"的一支，《史记·越王勾践世家》开首道："越王勾践，其先禹之苗裔，而夏后帝少康之庶子也。封于会稽，以奉守禹之祀。"②《越绝书·外传记地传》又言："昔者，越之先君无余，乃禹之世，别封于越，以守禹冢。"③《吴越春秋·越王无余外传》也曾言："少康恐禹祭之绝祀，乃封其庶子于越，号曰无余，余始受封。"④吴、越最初乃两个不同国家，但它们同处长江下游，地缘毗邻，地理环境、气候条件、衣食住行、民风民俗基本相似。早期吴越习俗与中原习俗差异较大，"吴越同俗并土"，"水行而山处，以船为车，以楫为马"⑤，"饭稻羹鱼"⑥，"同音同律"，"断发文身，为夷狄之服"⑦，"文身断发，披草莱而邑焉"⑧。可见，自吴、越立国，吴文化、越文化发轫，二者便异中有同、同中存异，互有纠葛又同气连枝，后经吴越争霸、吴灭越、越灭吴等一系列残酷战争，吴越文化逐渐融为一体并走向系统化、整体化，再经过先秦至明清漫长的发展演变过程，才形成如今错综复杂的现代文化形态。

吴越文化区域主要包括浙江、江苏、上海以及皖南一带，其中以杭州、湖州、宁波、绍兴为主的越文化，以南京、苏州、扬州、镇江、无锡、常州为主的吴文化，处于吴越文化的中心地位。自宋南迁临安始，吴越文化逐渐跃居中国区域文化中心的位置。

二 吴越文化对中国现代历史小说的宏观影响

（一）现代历史小说名家众多

晋室南渡后魏晋玄学传入江南，江浙地区逐渐名士云集，江南文化始成气候。东晋永和九年（353年）王羲之与谢安、孙绰、支遁、孙统等四十二人雅集兰亭，文人骚客，曲水流觞，高谈阔论，遂成千古绝唱。

---

① 〔西汉〕司马迁：《史记·吴太伯世家》第三卷，上海，上海古籍出版社，2011，第1175页。
② 〔西汉〕司马迁：《史记·越王勾践世家》第三卷，上海，上海古籍出版社，2011，第1376页。
③ 〔东汉〕袁康、吴平：《越绝书·外传记地传第十》，载张仲清注《越绝书译注》，北京，人民出版社，2009，第159页。
④ 〔东汉〕赵晔：《吴越春秋·越王无余外传》，长沙，岳麓书社，2006，第172页。
⑤ 〔东汉〕袁康、吴平：《越绝书·外传记地传第十》，载张仲清注《越绝书译注》，北京，人民出版社，2009，第164页。
⑥ 〔西汉〕司马迁：《史记·货殖列传》第四卷，上海，上海古籍出版社，2011，第2467页。
⑦ 〔东汉〕赵晔：《吴越春秋·吴太伯传第一》，长沙，岳麓书社，2006，第8页。
⑧ 〔东汉〕袁康、吴平：《越绝书·外传记地传第十》，载张仲清注《越绝书译注》，北京，人民出版社，2009，第159页。

宋室南迁后，江南文化开始超越中原文化、三秦文化，吴越地区官学、私学兴盛，书院众多，教育水平相对较高。浙江仅杭州一地，清末共存书院约三十一所，其中敷文书院（今万松书院）、崇文书院、紫阳书院、诂经精舍四大书院名扬天下，而衢州的柯山书院，嵊州的鹿山书院，金华的丽泽书院、鹿田书院也极负盛名。江苏仅丹阳一地，宋理宗曾亲书"丹阳书院"匾额，此外濂溪书院、练湖书院、庄湖书院、曲阿书院、鸣凤书院和蒙城书院等六所书院也颇有声誉，但举世闻名的当数无锡的东林书院。

北宋时期江浙已经成为中国书籍刻印中心，南宋时期江南刻印愈加兴旺发达，天下书版之善，首推金陵苏杭，宋刻本为藏书珍品，故而吴越区域又以藏书名闻天下。明清时代是江浙藏书的鼎盛时期，宁波范钦的天一阁、绍兴祁承火业的澹生堂、嘉兴朱一尊的曝书亭、昆山徐传学的传是楼、瑞安孙衣言孙诒让父子的玉海楼等都是当时著名的藏书楼。清代四大藏书楼中江浙居其三，即常熟瞿氏铁琴铜剑楼、吴兴陆氏皕宋楼、杭州丁氏八千卷楼。在现代藏书家中，郑振铎一人藏书将近十万册，鲁迅藏书亦达一万四千多册。

南宋至明清时期吴越方志编纂非常发达，居地方志之首。乾隆年间浙江海宁人周广业最早编辑《两浙地方志录》，开创了区域性方志目录之先河。中国最早最著名的三部方志——东汉袁康、吴平的《越绝书》，东汉赵晔的《吴越春秋》和东晋常璩的《华阳国志》，吴越占其二。1958年洪焕椿出版《浙江地方志考录》，共录得1949年10月之前浙江旧志2104种，其中通志42种，府县志986种，乡镇志118种，专志958种，盛况空前。

优越的人文环境使得江南文人众多，科举兴盛，江南贡院产生的状元、进士不胜枚举，创下中国贡院之冠与科考之最。"生于苏杭、葬于北邙"，代表着古代文人仕宦的至高境界。

总之，吴越文化作为江南文化的主体部分，历来文风鼎盛，颇具名士风范。中国近现代以来吴越区域同样名士云集，如王国维、章太炎、蔡元培、沈钧儒、梁实秋、徐志摩、朱自清、周作人等，而鲁迅、蔡东藩、茅盾、郁达夫、郑振铎、谭正璧、施蛰存、宋云彬、曹聚仁、沈祖棻、谷斯范、许啸天、许钦文等不仅文名卓著，亦是历史小说创作的主力军。中国现代历史小说创作领域吴越作家人数最多，名气最大，成就最高，这是吴越文化名士风范的有力体现。

（二）域外神话历史小说繁荣

浙江文化学者佘德余将中国传统文化分成两大文化圈，一是海洋文化圈，二是大陆文化圈①，吴越文化属海洋文化圈。吴越地区位居长江下游，水网纵横、水运发达，优越的地理位置、便利的水运交通，使该区域天然具备开放性文化特征，对外商贸、文化交流异常频繁。"吴越之地是比陆上丝绸之路的持续时间更长、范围更广、影响更大的海上丝绸之路的起点"，人们通过经商、留学、译介，在中国传统文化基础上与其他东西方文化互通有无，因此吴越文化的中西文化底蕴深厚。

1917～1949年，吴越区域现代文学大家不约而同地向域外神话、历史取材创作小说，如鲁迅的《斯巴达之魂》，郑振铎的《取火者的逮捕》《亚凯诺的诱惑》《埃娥》与《神的灭亡》，茅盾的《神的灭亡》《耶稣之死》与《参孙的复仇》，谭正璧的《摩登伽女》，曹聚仁的《比特丽斯会见记》，施蛰存的《鸠摩罗什》等，这不仅彰显出吴越文化的开放特征，还反映出吴越作家吸收外来文化，反思传统文化，重构中国现代文化的雄心。

（三）历史演义兴盛

1917～1949年间吴越区域历史演义创作兴盛，这与发达的休闲文化直接相关。

首先，山水文化突出。吴越区域自然环境优美，游山玩水自然成为最佳休闲方式。就山文化而言，浙江温州雁荡山、舟山普陀山、德清莫干山、临安天目山、台州天台山，江苏南京紫金山、连云港花果山等名山虽没有北方山岳的高、峻、险特征，然其钟灵毓秀、茂林修竹、曲水流觞的意境则是北方山岳无法比拟的。江浙一带水文化异常发达，并衍生出稻文化、鱼文化、船文化、桥文化等，"临安三志"——周淙的《乾道临安志》、陈仁玉等的《淳祐临安志》和潜说友的《咸淳临安志》对杭州水文化记载完备，宋代范成大的《吴郡志》（苏州府志）共分三十九类，其中五类——"园亭""山""虎丘""桥梁""川"用来详细描述苏州园林与山川②。"上有天堂，下有苏杭"，杭州西湖文化、苏州园林文化是吴越山水文化的缩影，"仁者乐山，智者乐水"，山水辉映的自然风光亦成就了吴越人民智仁兼备、刚柔相济的文化性格，而吴越山水文化又与历史文化并存，其山水人文成为世所向往的文化根源。

其次，茶酒文化盛行。据《临海县志》引用抱朴子《园茗》记载：

---

① 佘德余：《浙江文化简史》，北京，人民出版社，2006，第10页。

② 〔宋〕范成大：《吴郡志》，南京，江苏古籍出版社，1999。

"盖竹山有仙翁茶园，旧传葛玄植茗于此"，足证浙江栽培茶树始于三国时期，《东阳市志》又载三国时吴国之东白山茶早在晋末已为人赏识。唐代湖州成为茶叶集散地，"茶圣"陆羽写成中国茶史上第一部专著《茶经》，对茶的起源、历史、种类、栽培、采制、茶具、用水、煮茶、品饮等做出系统论述，"工夫茶"由此肇始。唐宋以来，吴有碧螺春、云雾茶，越有西湖龙井、天目上茶、普陀佛茶、顾渚紫笋、绍兴日铸，茶会、茶宴、斗茶、品茗风行，"盖嘉庆以来，虽屡平内乱（白莲教、太平天国、捻、回），亦屡挫于外敌（英、法、日本），细民暗昧，尚啜茗听平逆武功"[①]。值国运衰微而茶道未衰，连酒文化都相形逊色。

第三，说唱艺术发达。吴越最著名的地方戏有越剧、昆曲和徽调，而评弹、变文、大鼓、鼓词、弹词、说书、评话、相声等亦十分兴盛。三五好友，才子佳人，游山、玩水、品茗、饮酒、吟诗、听曲、作文，宋室南迁后成为文人墨客的高雅风尚。中国近现代以来上海洋场娱乐文化极度繁荣，喝茶听曲也成为外国洋人与吴地富人的流行休闲方式。吴越区域说唱艺术的发达直接促成了历史演义的繁荣，1917~1949年，90%以上历史演义的创作、出版、流传都出自这一区域。

（四）文体形态、创作风格的多样性与写作方法的创造性

首先，文体形态的多样性。根据吴越文化的三大中心区域——浙江、江苏和上海，可将吴越区域现代历史小说分为三大派别——浙派历史小说、苏派历史小说和海派历史演义。其中每一派别又存在多种历史小说类型，如浙派历史小说中以鲁迅历史小说为主的文化型历史小说，以郁达夫历史小说为主的自叙式历史小说，以茅盾、郑振铎等作家的历史小说为主的揭秘型历史小说，以施蛰存历史小说为主的心理分析历史小说等，苏派历史小说则有谭正璧的历史言情小说，刘圣旦的小历史书写，沈祖棻的女性历史小说等，海派历史演义又可分为正史演义、稗史演义等。

其次，写作方法的创造性。如鲁迅历史小说的"油滑"手法、白描手法和反讽手法，施蛰存、张天翼历史小说的心理分析手法，郁达夫历史小说的自叙手法，茅盾历史小说的阶级分析方法，郑振铎历史小说叙述、议论、考据等多样手法的结合。

第三，创作风格的多样性。如鲁迅历史小说的深邃风格、郑振铎历史小说的严谨风格、郁达夫历史小说的清丽风格、茅盾历史小说的沉郁

---

① 鲁迅：《中国小说史略》，载《鲁迅全集》第九卷，北京，人民文学出版社，1981，第282页。

风格。

第二节　浙派历史小说

所谓浙派历史小说，特指1917～1949年期间浙江现代作家所作历史小说，包括"新"派历史小说、"旧"派历史演义以及"旧"派其他非演义体历史小说。在中国现代历史小说中，吴越区域历史小说成就最大，而在吴越区域历史小说中，浙派历史小说成就最大。

第一，浙派历史小说作家数量最多，其中不乏历史小说大家。具体而言，该派第一人非鲁迅莫属，鲁迅在水师、矿业、医学、教育方面颇有造诣，在学术、文学、历史、翻译领域全面开花，可谓旷世通才，其历史小说集《故事新编》中的八篇历史小说亦是现代历史小说之翘楚；第二人仅蔡东藩实至名归，蔡氏醉心中国历史文化并且专攻大历史，曾发宏愿悉数演义之，最后凭一己之力完成十一部巨著，洋洋数百万字，可谓世不多出之专才，他以历史演义传承历史文化的责任感、使命感令人折服；第三人以岳乐山当之无愧，他用十余年的时间记录毕生所见所闻所感，终成八百回《尘世奇谈》，从而开民国私人著述与笔记小说之大观，被老舍誉为"民国第一奇书"，可谓当世奇才。此外，茅盾、郑振铎的文学和学术贡献较大，然茅盾作品多顺应历史潮流，郑振铎作品多淹没学林，从而失之独特，稍逊稀奇。

第二，浙派历史小说数量最多，约占吴越区域历史小说总量的半数。

表15-1　浙派历史小说一览（1917～1949年）

作　家	篇　目	创作时间	历史时段	人　物
鲁　迅	《补天》（原名《不周山》）	1922年	上古时期	女娲
	《铸剑》（原题《眉间尺》）	1926年	春秋战国	莫邪、眉间尺、宴之敖
	《奔月》	1926年	上古时期	嫦娥
郁达夫	《采石矶》	1922年	清	黄仲则
蔡东藩	《慈禧太后演义》	1916年	清	慈禧
	《前汉演义》	1916～1926年	西汉	帝王将相
	《后汉演义》		东汉	
	《两晋演义》		两晋	
	《南北史演义》		南北朝	

作　家	篇　目	创作时间	历史时段	人　物
蔡东藩	《唐史演义》	1916～1926年	唐	帝王将相
	《五代史演义》		五代	
	《宋史演义》		宋	
	《元史演义》		元	
	《明史演义》		明	
	《清史演义》		清	
	《民国演义》		民初	
陆士谔	《女皇秘史》	1926年	唐	武则天
许啸天	《清宫十三朝演义》	1926年	清	帝王将相
	《明宫十六朝演义》	1927年	明	
	《唐宫二十朝演义》		唐	
	《元宫十四朝演义》	1928年	元	
	《宋宫十八朝演义》		宋	
	《唐宫二十朝演义》（又名《唐朝宫廷演义》或《唐宫秘史》）	20世纪30年代	唐	
	《隋宫两朝演义》		隋	
	《汉宫二十朝演义》		汉	
	民国春秋演义（或《民国春秋》）		民国	
许钦文	《牛头山》	1928年	南宋	岳飞、牛皋
徐哲身	《汉宫二十八朝演义》（又名《汉代宫廷艳史》）	1928年	汉	帝王将相
郑振铎	《汤祷》	1932年	商	商汤
	《桂公塘》	1934年	南宋	文天祥
	《毁灭》	1934年	明	阮大铖
	《黄公俊之最后》	1934年	清	黄公俊
	《王秀才的使命——"庚辛之际"之一》	1936年	清	王秀才

作　家	篇　目	创作时间	历史时段	人　物
魏金枝	《苏秦之死》	1934年	春秋战国	苏秦
鲁　迅	《非攻》	1934年	春秋战国	墨子
	《理水》	1935年	上古时期	大禹
	《采薇》	1935年	商周之交	伯夷、叔齐
	《出关》	1935年	春秋战国	老子
	《起死》	1935年	春秋战国	庄子
钟毓龙	《上古神话演义》	1935年	上古时期	盘古、女娲、夸父、共工等
曹聚仁	《亚父》	1931年	秦末	范增
	《苏小小与白娘娘》	30年代	南宋	苏小小
	《祢正平之死》	30年代	三国	祢正平
	《刘桢平视》	1935年	三国	刘桢
	《焚草之变》	1935年	隋	隋炀帝
	《叶名琛》	1935年	清	刘桢
	《孔林鸣鼓记》	1936年	春秋战国	孔子
	《孔老夫子》	1936年	春秋战国	孔子
许啸天	《潘金莲爱的反动》	1932年	北宋	潘金莲
施蛰存	《鸠摩罗什》	1929年	姚秦	鸠摩罗什
	《将军的头》	1930年	唐	花惊定
	《石秀》(又名《石秀之恋》)	1931年	北宋	石秀
	《李师师》	1931年	北宋	李师师
	《阿褴公主》(原名《孔雀胆》)	1932年	元末	阿褴
	《黄心大师》	1937年	南宋	恼娘
茅　盾	《豹子头林冲》	1930年	北宋	林冲
	《石碣》	1930年	北宋	吴用、萧让
	《大泽乡》	1930年	秦	陈胜、吴广
郁达夫	《碧浪湖的秋夜》	1932年	清	厉鹗
张天翼	《梦》	1932年	北宋	卢俊义

作　家	篇　目	创作时间	历史时段	人　物
唐弢	《晓风杨柳》	1936年	东晋	陶渊明
徐懋庸	《献策》	1936年	南宋	秦桧
	《申公豹》	1936年	春秋战国	申公豹
宋云彬	《禅让的一幕》	1936年	上古时期	尧、舜
	《大男》	1936年	春秋战国	范蠡
	《焚券》	1936年	春秋战国	孟尝君、冯驩
	《变法》	1936年	先秦	公孙鞅
	《荆轲》	1936年	秦	荆轲、秦舞阳
	《夥涉为王》	1936年	秦	陈涉
	《霸上》	1936年	秦末	刘邦、项羽
	《刘太公》	1936年	西汉	刘邦、刘太公
	《朝仪》	1936年	西汉	刘邦、叔孙通
	《侮辱》	1936年	西汉	吕雉、樊哙
	《巫蛊之惑》	1936年	西汉	汉武帝、江充
	《禅让的又一幕》	1936年	新	王莽
	《两同学》	1936年	东汉	刘秀、庄光
	《隋炀帝之死》	1936年	隋	隋炀帝、裴虔通
	《玄武门之变》	1936年	唐	李世民、房玄龄
	《国策》	1936年	南宋	宋高宗、秦桧
郑振铎	《风涛》	1939年	明末	魏忠贤
	《秦政焚书坑儒》	不详	秦	秦始皇
	《刘邦打陈豨》	不详	西汉	刘邦
	《捐谷得官》	不详		黄霸
	《囤积居奇》	不详	秦	吕不韦
	《钱币与粮食》	不详		王莽
	《萧何买田宅》	不详	西汉	萧何
	《陈平论刘邦》	不详		陈平

作　家	篇　目	创作时间	历史时段	人　物
郑振铎	《庄周辞聘》		春秋战国	庄子
	《公皙哀不仕》			公皙哀
	《鲁仲连义不帝秦》			鲁仲连
	《奇货可居》		秦	吕不韦
	《张耳陈余》		西汉	张耳
	《叔孙通诔秦二世》		秦	叔孙通
	《叔孙通订朝仪》			
	《张释之执法》		西汉	张释之
	《周仁的缄默》			周仁
	《公孙弘善做官》			公孙弘
	《主父偃倒行逆施》			主父偃
	《公仪休不受鱼》		春秋战国	庄子、公皙哀、公仪休
	《李离自杀》			李离
	《汲黯论张汤》		西汉	汲黯
	《辕固生论汤武》			辕固生
	《董仲舒论灾异》			董仲舒
	《张汤的阴谋》			张汤
施　瑛	《苏城喋血》	1943年	明末	
徐哲身	《唐宫历史演义》	1941年	唐	帝王将相
巴　人	《薛宝钗访问记》	1941年		薛宝钗
	《贾代儒访问记》	1941年		贾代儒
包文棣	《跳龙门的插曲》	孤岛时期	清	冯起炎
	《扇坟与劈棺》	孤岛时期	春秋战国	庄子
吕伯攸	《左慈变戏法》	1940年	三国	曹操、左慈
	《孟母六迁》	1942年	春秋战国	孟子、孟母
	《义姑姊片言退齐兵》			
	《举碗齐眉》		东汉	梁鸿、孟光
	《当垆艳》		西汉	司马相如、卓文君

作　家	篇　目	创作时间	历史时段	人　物
吕伯攸	《狮子吼》	1943年	北宋	陈季常、柳氏
	《女参军》			
	《棘门之变》		西汉	周亚夫
	《历史的怪杰——徐光启》		明	徐光启
	《破镜》		(南朝)陈	乐昌公主、徐德言
	《同窗之恋》			梁山伯、祝英台
岳乐山	《尘世奇谈》	民初至1943年	清末民初	邱山
张天翼	《贾宝玉的出家》	1945年		贾宝玉
陆冲岚	《放逐》	1947年	先秦	姬昌
谷斯范	新桃花扇	1947年	明清之交	侯方域、李香君
巴　雷	《石秀与潘巧云》		北宋	石秀、潘巧云
林汉达	《东周列国故事新编》		春秋战国	王侯将相

第三，浙派历史小说的文体形态复杂多样。

如果按照历史人物和创作数量，浙派历史小说依次主要可分为帝王将相、诸子文人和农民起义三类历史小说；如果按照历史时段和创作数量，又可主要分为先秦题材、秦汉题材、唐宋题材和明清题材四类历史小说；如果以创作方法和创作目的作为划分标准，则又可主要分为文化型、心理型、隐喻型和风雅型四类历史小说。当然，如果综合以上文体形态的文学价值与实际数量，则又可将它们归入五大类型：（1）浙派文化型历史小说，以鲁迅《故事新编》为主兼及其他同类小说；（2）浙派揭秘型历史小说，包含权谋揭秘和心理揭秘两类；（3）浙派自叙式历史小说，以郁达夫历史小说为主兼及其他同类小说；（4）浙派笔记体历史小说，以岳乐山的《尘世奇谈》为主兼及其他同类小说；（5）浙派历史演义，因该派作家多侨寓上海，其历史演义亦在上海出版，故将该派纳入海派历史小说进行研究。

一　鲁迅与浙派文化型历史小说

浙派文化型历史小说主要指浙派现代作家通过对中国传统文化与吴越区域文化的双重观照，在批判、反思其中野蛮、愚昧、丑陋的糟粕成分基础上，深刻剖析民族心理、集体意识和国民性格，发掘、提炼、整合优秀文化因素，从而写成的含有文化重构、精神重塑目的的历史小说。

鲁迅一生共出版三部自创小说集——《呐喊》《彷徨》和《故事新编》，前两部为鲁迅早年出版的现实主义小说集，后一部则是其晚年出版的历史小说合集。《故事新编》中的八篇历史小说属于典型文化型历史小说，它们体现出鲁迅面对世纪之交西方文化的冲击，中国传统文化呈现泰山崩摧之势时，为重建中国思想文化和国民精神所做出的巨大努力。

表15-2 《故事新编》八篇小说创作时间表

篇 目	创作时间	备 注
《补天》	1922年11月	原名《不周山》
《铸剑》	1926年10月	原题《眉间尺》
《奔月》	1926年12月	
《非攻》	1934年8月	
《理水》	1935年11月	
《采薇》	1935年12月	
《出关》	1935年12月	
《起死》	1935年12月	

在周氏从小康到没落至中兴的过程中，鲁迅深切感受到绍兴人情世态的炎凉，"有谁从小康人家而坠入困顿的么（吗），我以为在这途路中，大概可以看见世人的真面目"，他十分厌恶当地一副副落井下石、鄙夷嘲讽的丑恶嘴脸，内心阴影深重，从而"想走异路，逃异地，去寻求别样的人们"①。不过即使如此，鲁迅生长于越地，越文化对其影响根深蒂固，他初到北京时暂居"绍兴会馆"，后刻一章曰"会稽周氏"，还曾遍览越地古籍，辑录越地文献，回忆越地人文，并以"鲁镇""S城"为中心建构文学故乡，这些都体现出他"越人尚越"、不可磨灭的桑梓情怀。

（一）"会稽俗多淫祀"与《故事新编》的神鬼因素

吴越地区水域广博，气候阴湿，树木茂盛，自上古时代始，吴越之俗即崇尚祭祀，庙祠众多，而会稽之民尤好鬼神崇拜。《史记》曾载"禹封泰山，禅会稽"②，秦始皇"南至湘山，遂登会稽，并海上，冀遇海上

---

① 鲁迅：《呐喊·自序》，北京，人民出版社，1979，第1页。
② 〔西汉〕司马迁：《史记·封禅书》第二卷，上海，上海古籍出版社，2011，第1115页。

三神山之奇药"①，东汉末年应劭《风俗通义》直接描述会稽之民淫祀鬼神现象：

> 会稽俗多淫祀，好卜筮。民以牛祭，巫祝赋敛受谢，民畏其口，惧彼祟，不敢拒逆。是以财尽于鬼神，产匮于祭祀。贫家不能以时祀，至竟言不敢食牛害。或发病且死，先为牛鸣，其畏惧如此。

鉴于上述情况，唐代垂拱四年（688年）时任江南巡抚使的狄仁杰曾奏请拆毁吴越楚地之庙祠："凡毁千七百房，止留夏禹、吴太伯、季札、伍员四祠而已。"②南宋时期吴自牧《梦粱录》一书曾将杭州的民间庙祠划分为山川神庙、忠节祠、仕贤祠、古神祠、土俗祠、东都随朝祠和外郡行祠七大类③。后世按照祭祀对象又将吴越庙祠划分为四大类：（1）祭祀"人神"。如女娲庙、大禹庙、大禹陵、大禹祠、防风氏庙、昭济庙（吴王夫差庙）、越王庙、忠清庙（伍子胥庙）和岳王庙。（2）祭祀"山川神"。如土地庙、地藏王庙、城隍庙，"诸神咸执手板，谒城隍神"④，江浙渔民出于对水的敬畏尤其崇拜水神，"春祭三江，秋祭五湖"，仅钱塘一地便建有龙王庙、海神庙、河神庙、潮神庙、水仙王庙等，奉化渔民定下船样开始造船时要祭船神，竖桅之日还要祭风神。（3）祭祀"家神"。如灶神、财神、书神等。（4）祭祀"家鬼"。"吴俗事鬼""越人俗鬼"，除了祭祀各路神祇，吴越之民常修祖祠、祖庙、宗祠等，祭祀祖宗和家鬼。

鲁迅小说中多次提到绍兴人祭祀鬼神的现象，如《社戏》中唱戏祭祀社神（土地神），《祝福》中过年时鲁家祭神、祭祖、送灶、祝福，《长明灯》中"祖父带他进社庙去，教他拜社老爷，瘟将军，王灵官老爷"，《五猖会》中的"迎神赛会"，《阿Q正传》中阿Q住的土谷祠，实为社庙或土地庙。鲁迅曾亲自撰文祭祀书神，并且为避讳而改字"豫才"为"豫山"。而《故事新编》中《补天》《铸剑》《奔月》和《理水》四篇则直接采用"女娲补天""干将、莫邪铸剑""嫦娥奔月""大禹治水"以及一些相关上古神话传说如"女娲造人""眉间尺复仇""三王冢""后羿射日"写成小说，这些神话传说与越文化关系密切，甚至直接内化为越文化的一部分。

---

① 〔西汉〕司马迁：《史记·封禅书》第二卷，上海，上海古籍出版社，2011，第1121页。

② 〔宋〕欧阳修、宋祁：《新唐书·狄仁杰传》，北京，中华书局，1975，第3345页。

③ 〔宋〕吴自牧：《梦粱录》，西安，三秦出版社，2004，第204-218页。

④ 〔清〕袁景澜：《吴郡岁华纪丽》，南京，江苏古籍出版社，1998，第99页。

1. 女娲补天、嫦娥奔月：吴越区域流传最广

吴越地区是中国古代神话兴盛的文化区域。在起源于汉民族的上古神话中，盘古开天、女娲补天和嫦娥奔月三大神话在吴越地区的流传远超中国其他文化区域。

在夏朝建立之前出现的上古神话中，最早探索宇宙起源的神话是开辟神话——盘古开天，吕思勉《盘古考》首段有言："今世俗无不知有盘古氏者，叩以盘古事迹，则不能言，盖其说甚旧，故传之甚广，而又甚荒矣。"盘古神话荒诞无稽，流传虽广，但究竟始于何时何地，属于哪个民族，至今仍没有人能说清楚。《三五历记》（亡佚）一书最早记载盘古开天神话，《太平御览》卷二引《三五历记》云："天地混沌如鸡子，盘古生其中。万八千岁，天地开阔，阳清为天，阴浊为地，盘古在其中，一日九变。神于天，圣于地。天日高一丈，地日厚一丈，盘古日长一丈。如此万八千岁，天数极高，地数极深，盘古极长。故天去地九万里。"《三五历记》作者徐整，三国时期吴国人，当时吴国地望主要包括春秋战国时期的吴、越两国与楚国的一部分，从《三五历记》的记载中可以看出，至少三国时期盘古神话已经在吴越地区广为流传。

稍晚于盘古开天神话，女娲补天神话成为吴越地区流传最广的汉民族神话。女娲是华夏族始祖，女娲神话的发源地是黄河流域，但随着历史的发展逐渐形成黄河流域、长江流域南北两大传播带。长江流域的传播区域主要有长江上游的巴蜀文化区域、长江中游的荆楚文化区域与长江下游的吴越文化区域。据姚宝瑄《中国各民族神话》一书统计，女娲补天神话现在主要流传于江苏涟水县、盐城市大丰区、如皋市、新沂市、宿迁市，浙江兰溪市、庆元县、遂昌县、永嘉县、舟山市、青田县，以及大连沿海、淮河流域、重庆市巴南区等地[①]。

随后"嫦娥奔月"神话亦开始在吴越地区广泛流传。据姚宝瑄考证，目前这一神话主要流传于江苏南京市、淮阴市、淮安区、常州市，以及四川金堂县、福建寿宁县等地[②]。

总之，在汉民族上古神话中，"盘古开天"神话在吴越地区流传最早，"女娲补天""嫦娥奔月"神话在吴越地区流传最广，可以说吴越区域是三大神话在长江流域的传播中心。鲁迅自幼对三大神话耳濡目染，他在选择文学素材时自然首先考虑这三大神话，不过正如鲁迅所说"中国人重实际，不重玄想"，因此他放弃"盘古开天"神话，直接选择与人

---

① 姚宝瑄：《中国各民族神话》，太原，山西出版传媒集团，2014，第44-60页。

② 同上书，第138-145页。

事相关的"女娲补天""造人"和"嫦娥奔月"新编成《补天》《奔月》两篇小说。

2.大禹传说、铸剑传说：吴越本土传说

"大禹传说"在吴越地区流传深远，对会稽（绍兴）一带影响最大。《水经注》云："会稽之山，古防山也，亦谓之茅山，又曰栋山。"《吴越春秋》载："禹巡天下，登茅山，群臣乃大会计，更名茅山为会稽。"①《越绝书》又言："禹始也，忧民救水，到大越，上茅山，大会计，爵有德，封有功，更名茅山曰会稽。"②这些资料说明"会稽"本非地名，而是特指大禹与诸侯"茅山会盟"这一历史事件。所谓会稽者，会者，聚也，稽者，计也，诸侯会盟之意也。可见，"会稽"一地乃因事而得名。

会稽不仅是大禹会盟之地，而且是大禹归葬之所。《蜀王本纪》《蜀本纪》《三国志》等皆说夏禹生于汉代广柔县石纽乡，《括地志》《史记正义》说石纽属唐代汶川县，《唐书》则说石纽在唐代石泉县，以上三种说法略有差异，综而观之，夏禹出生地大致在今四川省汶川县与北川羌族自治县之间。不过《晋书地道记》《新语》《盐铁论》等却持不同说法，《晋书地道记》说夏禹并非生于巴蜀，而是生于大夏县，即今甘肃临夏回族自治州东南一带，《新语》《盐铁论》则说夏禹出自汉代西羌，大致在今兰州至青海湖之间。总之，关于禹的出生地至今说法不一，但关于禹的归葬地的说法却基本相同。《国语》《墨子》等书记载，夏禹曾在江南大会诸侯，死后葬于山阴县（今浙江绍兴）会稽山，《皇览》《汉书》亦说山阴县会稽山上有禹冢，司马迁《史记》中也有"上会稽，探禹穴"的记载。

《史记》又言："越王勾践，其先禹之苗裔，而夏后帝少康之庶子也。"贺循《会稽记》亦说："少康，其少子号于越，越国之称始此。"可见，"大禹传说"最初并非起源于吴越地区，但"大禹传说"乃越国立国、会稽建城的人文根基。如果没有大禹传说就没有会稽，没有越国。因此在越人心目中"大禹传说"理所应当成为吴越文化的重要组成部分，成为吴越本土传说。顾颉刚在《古史辨》中直言："禹是南方神话中的人物"，"这个神话故事的中心在越（会稽）"，并且引用《史记·封禅书》所记，认为"汉代人确以禹为社神"③，"越人把禹看作自己的祖先，并认为他的墓地就在会稽（绍兴），今天我们在绍兴、上虞、余姚三地调查

---

① 〔西汉〕司马迁：《史记·封禅书》第二卷，上海，上海古籍出版社，2011，第1116页。

② 〔东汉〕袁康、吴平：《越绝书·外传记地传第十》，载张仲清注《越绝书译注》，北京，人民文学出版社，2009，第159页。

③ 顾颉刚：《古史辨自序》上册，石家庄，河北教育出版社，1999，第79页。

出来的舜、禹故迹达十三处之多，足可见越人对大禹的崇拜、尊敬"①。

相对于大禹传说，铸剑传说绝对属于正宗的吴越本土传说。浙江省湖州市德清县境内有一山，名曰莫干山，据传此山乃春秋末年吴王阖闾命铸剑工匠干将、莫邪铸剑之处。古吴越之地以铸造青铜剑而闻名，《越绝书》卷第十一专门记述吴越地区著名铸剑工匠、传世宝剑，吴有干将，越有欧冶子，二人甲世而生，天下罕有，欧冶子所炼之湛卢、纯钩、胜邪、鱼肠、巨阙五剑，欧冶子、干将共铸之龙渊、泰阿、工布三剑②皆为绝世名剑。鲁迅故居绍兴距德清不过二百余里，铸剑传说对其影响仅次于绍兴当地的大禹传说。

总之，鲁迅所作《铸剑》《理水》乃是其《故事新编》中反映吴越文化尤其是越文化非常深刻的历史小说。

（二）《铸剑》：越文化精神的综合体现

1.《铸剑》与越文化典籍

鲁迅既是著名文学家，又是颇有权威的学者，他在文学创作之外还曾撰写多部学术著作，购买、收藏、阅览、辑录过诸多古代文化典籍，其中与越地文化直接相关的古籍有战国时代佚名撰、汉代袁康等增删的《越绝书》，左丘明的《国语》（《越语》），汉代赵晔的《吴越春秋》《楚王铸剑记》，西晋陈寿的《三国志》（《三国志·吴书·妃嫔传》注引虞预《会稽典录》），唐代陆广微的《吴地记》，宋代范炯的《吴越备史》、灌园耐得翁撰《都城纪胜》、孔延之的《会稽掇英总集》、张淏的《会稽续志》、施宿《嘉泰会稽志》、周密的《武林旧事》，元代吴自牧的《梦粱录》、（不著撰人）《东南纪闻》，明代徐象梅的《两浙名贤录》、田汝成的《西湖游览志》、周楫《西湖二集》，清代穆彰阿的《嘉庆重修一统志》、朱子素的《嘉定屠城纪略》、王龄的《於越先贤像传赞》、平恕的《绍兴志》、李慈铭的《越中先贤祠目序例》、阮元所辑《两浙輶轩录》、王继香的《会稽王氏银管录》《越中古刻九种》、杜春生的《越中金石记》、范寅的《越谚》、陆心源的《湖州丛书》、宋世荦的《台州丛书》、张元济所校《朱庆余诗集》、王继毂的《听桐庐残草》（又名《会稽王孝子遗诗》）、潘祖荫的《吴越三子集》、陈月泉的《越中三子诗》、陈遇乾的《义妖传》，以及古吴浪子撰《西湖佳话》、清末绍兴公报社所辑《越中文献辑存书》、章炳麟的《章氏丛书》等；鲁迅早期曾辑录越地逸书集《会稽郡

---

① 余德余：《浙江文化简史》，北京，人民出版社，2006，第12页。

② 〔东汉〕袁康、吴平：《越绝书·外传记宝剑第十三》，载张仲清注《越绝书译注》，北京，人民出版社，2009，第224-229页。

故书杂集》，以及三国时期吴人谢承的《会稽先贤传》、朱育的《会稽土地记》，晋代钟离岫的《会稽后贤传记》、虞预的《会稽典录》、贺循的《会稽记》、孔灵符的《会稽记》、贺氏的《会稽先贤像赞》、夏侯曾先的《会稽地志》共八种。

鲁迅《故事新编》八篇小说中受上述古籍影响最大的是《铸剑》（原名《眉间尺》），其故事原型主要来自"铸剑"传说与"三王冢"传说。1932年2月17日鲁迅在《致徐懋庸》一信中曾提到"《铸剑》的出典，现在完全忘记了，只记得原文大约二三百字，我是只给铺排，没有改动的。也许是见于唐宋类书或地理志上（那里的"三王冢"条下），不过简直没法查"①。1936年在《致增田涉》的信中又说："《故事新编》中的《铸剑》，确是写得较为认真。但是出处忘记了，因为是取材于幼时读过的书，我想也许是在《吴越春秋》或《越绝书》里面。"②

在鲁迅阅览、辑录的相关古籍中，赵晔的《吴越春秋》《楚王铸剑记》、袁康的《越绝书》、曹丕的《列异传》和干宝的《搜神记》都曾记载"铸剑"传说。《吴越春秋》卷四《阖闾内传》载：吴大城建成，吴王阖闾命伍子胥等习战骑射御之巧，未有所用，请干将铸作名剑二枚，"干将者，吴人也，与欧冶子同师，俱能为剑"。同时略写干将铸剑场景。《赵绝书》卷二《越绝外传记吴地传第三》则载："千里庐虚者，阖庐以铸干将剑。"总之，这两种典籍对"铸剑传说"的记载非常简单，尚未形成后世流传的完整故事。"铸剑传说"从简单记载形成完整故事是从曹丕的《列异传》（亡佚）开始的，1909年6月至1912年初鲁迅辑录《古小说钩沉》，其中录有《列异传》之"三王冢"故事：

> 干将莫邪为楚王作剑，三年而成。剑有雄雌，天下名器也，乃以雌剑献君，藏其雄者。谓其妻曰："吾藏剑在南山之阴，北山之阳；松生石上，剑在其中矣。君若觉，杀我；尔生男，以告之。"及至君觉，杀干将。妻后生男，名赤鼻，告之。赤鼻斫南山之松，不得剑；忽于屋柱中得之。楚王梦一人，眉广三寸，辞欲报仇，购求甚急，乃逃朱兴山中。遇客，欲为之报；乃刎首，将以奉楚王。客令镬煮之，头三日三夜跳不烂。王往观之，客以雄剑倚拟王，王头堕镬中；客又自镬。三头悉烂，不可分镬，分葬之，名曰三王冢。

---

① 鲁迅：《鲁迅书信集》下册，北京，人民文学出版社，1976，第949页。
② 鲁迅：《书信·360328·致增田涉〔日〕》，载《鲁迅全集》第十三卷，北京，人民文学出版社，1981，第659页。

晋人干宝所撰小说集《搜神记》卷十一亦有内容相似的一篇（语文版初中语文将其命名为《干将莫邪》），这一篇显然从《列异传》中的"三王冢"故事扩充而来，只是将该故事讲述得更加细致、完善：

> 楚干将、莫邪为楚王作剑，三年乃成。王怒，欲杀之。剑有雌雄。其妻重身当产，夫语妻曰："吾为王作剑，三年乃成。王怒，往必杀我。汝若生子是男，大，告之曰：'出户望南山，松生石上，剑在其背'"，于是即将雌剑，往见楚王。王大怒，使相之。剑有二，一雄一雌。雌来，雄不来。王怒，即杀之。莫邪子名赤比，后壮，乃问其母曰："吾父所在？"母曰："汝父为楚王作剑，三年乃成。王怒，杀之。去时嘱我：'语汝子，出户望南山，松生石上，剑在其背。'"于是子出户南望，不见有山，但视堂前松柱下，石砥之上，即以斧破其背，得剑。日夜思欲报楚王。王梦见一儿，眉间广尺，言："欲报仇。"王即购之千金。儿闻之，亡去。入山行歌。客有逢者，谓："子年少，何哭之甚悲耶？"曰："吾干将、莫邪子也。楚王杀我父，吾欲报之！"客曰："闻王购子头千金，将子头与剑来，为子报之。"儿曰："幸甚！"即自刎，两手捧头及剑奉之，立僵。客曰："不负子也。"于是尸乃仆。客持头往见楚王，王大喜。客曰："此乃勇士头也。当于汤镬煮之。"王如其言。煮头三日三夕，不烂。头踔出汤中，踬目大怒。客曰："此儿头不烂，愿王自往临视之，是必烂也。"王即临之。客以剑拟王，王头随坠汤中。客亦自拟己头，头复坠汤中。三首俱烂，不可识别。乃分其汤肉葬之，故通名"三王墓"。①

综上可见，《列异传》所载"铸剑"传说比《搜神记》简略得多，前者全文一百七十八字，后者全文四百一十一字，字数相差过半。显然《列异传》记载的"铸剑"传说更加符合鲁迅当年致徐懋庸信中所提到的《铸剑》出典"原文大约二三百字"的基本特征，而且《列异传》成书早于《搜神记》，鲁迅又在《古小说钩沉》中亲自辑录过《列异传》所载"铸剑"传说，所以这一篇对于鲁迅而言可谓"近水楼台"，撮于手边，记于心间，极为熟谙，非常方便参考、引用，因此鲁迅《铸剑》的直接参考文献和主要出典应为《列异传》，它率先决定了《铸剑》的宏观架构。

鲁迅《铸剑》原题《眉间尺》，其主要人物亦名"眉间尺"，显然出

---

① 〔东晋〕干宝：《搜神记》，载文渊阁《四库全书》本，上海，上海古籍出版社，2003。

自《搜神记》一篇中"眉间广尺"句，其中又言"莫邪子名赤比"，"赤比"谐音"赤鼻"，符合鲁迅小说中"红鼻子"老鼠的细节特点，因此鲁迅《铸剑》的另一参考文献和次要出典乃是《搜神记》，它起到了补充《铸剑》细节的作用。

2.《铸剑》与吴越制器传统

鲁迅《铸剑》不仅是吴越传说的演绎，吴越典籍的钩沉，它还反映着春秋战国时期吴越文化中高超的制器水平。古越族有"百越"之称，分支众多，春秋战国时期建国的有越国之于越，干（或邗）国之于越等。"干的地望有四说，蒙文通说在临淮，余静安说在扬州，陈梦家说在太湖平原，刘美崧说在赣东北余干一带"①。干越之地以铸青铜剑闻名，《子·劝学》云："使干越之工铸之以为剑"，"著名的铸剑名匠干将，应为干越族人，吴灭干后，干将入吴，为吴王铸剑"②，始有干将、莫邪铸剑传说。吴灭干，干越先进的青铜制器工艺加盟吴文化，越灭吴后吴国先进的青铜制器工艺又开始加盟越文化，因此春秋时期吴越地区的青铜制器技术已达鼎盛，"吴钩越剑"代表着当时高超的制器水平。《吴越春秋·阖闾内传》载："干将作剑，来五山之铁精，六合之金英。候天伺地，阴阳同光，百神临观。"③鲁迅《铸剑》中对干将、莫邪铸剑情景亦有神奇的描写："当最末次开炉的那一日，是怎样地骇人的景象呵！哗拉拉（啦啦）地腾上一道白气的时候，地面也觉得动摇。那白气到天半便变成白云，罩住了这住所，渐渐现出绯红颜色，映得一切都如桃花。我家的漆黑的炉子里，是躺着通红的两把剑。你的父亲用井华水慢慢地滴下去，那剑嘶嘶地吼着，慢慢转成青色了。这样地七日七夜，就看不见了剑，仔细看时，却还在炉底里，纯青的，透明的，正像两条冰。"鲁迅《铸剑》还将《搜神记》《列异传》等文献所载"铸剑"传说中的煮头之器"汤镬"改为"金鼎"，相对魏之曹丕、晋之干宝，鲁迅明确指出煮头之器的属性，这一细节变动不仅对春秋战国时期青铜制器做出高度肯定，还体现出鲁迅一丝不苟的严谨文风与学术精神。

3.《铸剑》对"复仇"精神的多层阐释

"复仇"精神是吴越文化中的一条重要精神脉络，其形成过程与吴、越、楚之间的历史渊源直接相关。春秋战国时期，吴、越立国伊始便与楚国争伐不断，三国数相兼并，历史关系错综复杂。公元前515年，吴王阖

---

① 董楚平：《吴越文化志》，载《中国文化通志》，上海，上海人民出版社，1998，第66页。

② 同上书，第67页。

③ 〔东汉〕赵晔：《吴越春秋·阖闾内传》，长沙，岳麓书社，2006，第57页。

间即位，启用伍子胥、孙武变法，国力逐渐强盛后联晋攻楚，大败楚国，后楚国联越抗吴，迫使吴越争霸；公元前494年吴大败越于夫椒，越王入吴为奴，勾践卧薪尝胆、励精图治，后吴楚爆发战争，为越复国、灭吴创造了有利条件。公元前473年，越灭吴，随后楚越战争爆发，越终为楚所灭。可见，无论是联越攻吴还是联吴攻越，无论是吴楚战争还是越楚战争，楚国都是吴越之宿敌、世仇，因此鲁迅《铸剑》将"干将、莫邪为吴王（阖闾）铸剑"改为"干将、莫邪为楚王铸剑"，其中楚王完全以反面形象出现，这与古吴越人的集体认知是一致的。总之，吴越文化的"复仇精神"最初确实体现的是向敌国、异族、仇人"报仇雪耻"的历史传统，而明末清军在扬州、嘉定的血腥屠戮（扬州十日、嘉定三屠），清末对徐锡林、秋瑾等革命志士的残酷虐杀，又相继强化了这种"复仇精神"。吴越方志中有关"复仇"的历史、风习俯拾皆是，如伍子胥、吴王夫差报弑父之仇，越王勾践卧薪尝胆报覆国之恨，干将之子报杀父之仇等，因此袁康自称："《越绝》，复仇之书也"①，鲁迅直言："吾越，复仇之乡也。"

鲁迅《铸剑》的核心价值亦是"复仇"，但其"复仇精神"是一个由浅入深的多层次文化系统，与吴越传统"复仇精神"不尽相同。《铸剑》塑造的两类"复仇之人"可以形象区分两种"复仇精神"：

第一类，以眉间尺、眉间尺之母为代表，他们所复之仇乃是私仇——杀父、杀夫之仇。吴越式复仇反对器量褊狭、睚眦必报式的复仇，但亡国、屠民、弑亲之大仇不能不报，眉间尺式复仇与吴越式复仇具有天然承续性，只是相对亡国、屠民之仇，眉间尺所复弑亲之仇乃是公义性较低的一种复仇。

第二类，以宴之敖为代表，他所复之仇乃是纯粹公仇。宴之敖说："仗义、同情，那些东西，先前曾经干净过，现在却成了放鬼债的资本。我的心里全没有你们所谓的那些，我只不过要给你复仇。"这是一种不问国籍、不问姓名、不问出处、不问得失、不计名利，路见不平、拔刀相助的"原侠"式复仇精神。

鲁迅年轻时比较欣赏"眉间尺"式复仇，但随着年龄增长，他逐渐意识到："眉间尺"式复仇固然是血性的自然呈现，值得同情、感佩，但并不一定是大义之举，因此开始慢慢转变复仇观念。在深一层次上，鲁迅更加崇尚"宴之敖"式极度理想、绝对奉献的复仇精神。因此，鲁迅后来将《眉间尺》改名《铸剑》，将"眉间尺"降级为复仇的辅助人物，

---

① 〔东汉〕袁康、吴平：《越绝书·序跋辑录》，载张仲清注《越绝书译注》，北京，人民出版社，2009，第321页。

将"宴之敖"提升为主要人物，同时突出"剑"的作用，"剑"本身就是武器，是武力的象征，也是抽象的"复仇"精神的外化之物。

4.《铸剑》的尚武精神与民魂重塑

鲁迅《铸剑》的终极创作目的在于重铸民族之魂。春秋战国时期吴越民风剽悍，《汉书·地理志》曰："吴、粤（越）之君皆好勇，故其民至今好用剑，轻死易发"[①]，《吴越春秋·吴太伯传》载："断发文身，为夷狄之服"[②]，吴越原初之民充满野性、蛮性和血性。随着西晋末年和北宋末年中原文化的两次南迁，吴越一带的丝织工业逐渐取代制器工业，其民亦开始由"尚武"转向"崇文"，明清时期吴越文化已彻底完成从"武"到"文"、由"剑"到"丝"的精神转变，从"好勇轻死"走向文采风流。1840年以来的外敌入侵史就是一部中国衰落史和屈辱史，事实证明，国家若要强盛，不仅需要文和丝，更需要武和剑，文化强大与武力强大缺一不可。因此，鲁迅越来越不满意吴越文化这种矫枉过正式的方向转变，他不断在古今中外文化中徘徊、求索、思考，试图寻找新的力量源泉，重铸国民精神。鲁迅在古希腊历史中找到了《斯巴达之魂》，在欧洲诗歌中发现了"摩罗诗力"（《摩罗诗力说》），他启用笔名"夏剑生"，写成历史小说《铸剑》（原名《眉间尺》），在吴越文化中钩沉起尚武好侠的原始性格，1929年他又与柔石合译短篇小说集《奇剑及其他》，介绍东欧、北欧文学十三篇，竭力为国民"血性"招魂。在这一意义上，鲁迅晚年写成的《铸剑》乃是其重铸民族灵魂的集成之作。

（三）吴越文化对鲁迅历史小说创作方法的影响

《非攻》《采薇》《出关》和《起死》这几篇历史小说基本关注中国传统文化而非吴越区域文化，但其艺术形式同《补天》《奔月》《铸剑》《理水》一样都受到吴越文化的影响。绍兴文化、上海文化对鲁迅历史小说的主要创作方法——"油滑"手法的影响非常明显。所谓"油滑"手法，指"在神话、传说与历史故事中穿插属于现代生活中的带有喜剧或幽默色彩的人物、情节、细节与语言"。

1.绍兴文化对鲁迅"油滑手法"的影响

第一，绍兴祭祀文化与巫祝文化。如前所述，会稽（绍兴）淫祀鬼神，逢年过节都有祭祀鬼神的习俗，其中祭祀社神和社戏的场面十分壮观，主持祭祀仪式的巫祝嘴里叽里咕噜，念念有词。因此，《铸剑》中的宴之敖之歌与三首人头怪歌，首先反映的是绍兴文化中的祭祀文化与巫

---

① 〔东汉〕班固:《汉书·地理志》,北京,中华书局,1975,第1328页。

② 〔东汉〕赵晔:《吴越春秋·吴太伯传第一》,长沙,岳麓书社,2006,第8页。

祝文化，其古怪语与巫祝祷词极其神似，宛如天书，其他人不可懂，不能懂，也不必懂。

第二，绍兴戏曲文化。绍兴有本地戏——绍兴戏，还有目连戏、目连变文、越剧等，逢年过节祭祀社神时，戏子们在戏台上用普通人几乎完全听不懂的古老腔调，咿呀呀唱个不停，吸引着看热闹的人群。

第三，绍兴师爷文化。师爷，俗称刀笔吏，绍兴师爷思维敏捷，处事圆滑，其文风犀利、辛辣，看问题一针见血、直达要害，鲁迅显然继承了绍兴师爷文化的精髓，其杂文如投枪，如匕首，批判现实时常有四两拨千斤的功力，因此他写历史小说，亦会穿插、反映现代生活，所谓立意在古代，旨归在当今，乃是"油滑"的目的。

2.上海文化对鲁迅"油滑手法"的影响

鲁迅《故事新编》共八篇历史小说，其中五篇——《非攻》《理水》《采薇》《出关》和《起死》写于上海时期，它们侧面体现出鲁迅文学与上海文化的联系。鲁迅当时隐身上海大都市，又处于生命的晚期，却连续写下五篇历史小说，《故事新编》成集后由上海文化生活出版社出版，这本身就是值得研究和思考的问题。

上海文化对鲁迅"油滑手法"的影响主要表现在三个方面：

第一，上海商业文化的影响。商业文化的发达，对上海民众群体性格的塑造影响深广，强化了他们精明灵动、八面玲珑的性格特征，这种性格亦透露着油滑、狡猾的味道。

第二，上海移民文化的影响。上海是个移民城市，1917～1949年间上海归江苏管辖，上海人群主要以江苏人为主，兼有一部分浙江人、洋人和其他外来人口。在移民带来的多元文化碰撞中，上海人又形成了缺乏棱角的"圆滑"性格特征。

第三，上海休闲文化的影响。上海休闲文化发达，京剧、昆曲、说书、相声与西洋戏，上海腔、吴侬软语、越语方言与洋泾浜话混杂，兼之戏腔、清口、耍嘴皮等油腔滑调，俨然一派中洋混杂、古今交融的滑稽景象。

1931年"九一八"事变，1932年"一·二八"事变，黑云压城城欲摧，当时定居上海的鲁迅切身感受到国家危亡的迫近，而官僚腐败、国民麻木，"盖嘉庆以来，虽屡平内乱（白莲教，太平天国，捻，回），亦屡挫于外敌（英，法，日本），细民暗昧，尚啜茗听平逆武功"[①]。因此，他只能将屈辱、愤怒、无奈、惆怅之情化作自嘲之语融入文章，把上海

---

① 鲁迅：《中国小说史略》，载《鲁迅全集》第九卷，北京，人民文学出版社，1981，第282页。

文化中的"油滑"发挥得淋漓尽致。

综上所述,鲁迅"油滑"手法的开创并非偶然为之,其中内藏着深厚的文化底蕴,同时也是鲁迅面对残酷现实和险恶斗争,明知不可为而为之的无奈之举,然嬉笑怒骂皆成文章,"油滑"手法的使用又是鲁迅文学臻于化境的一种外在体现。

二 浙派揭秘型历史小说

历史叙述的话语权历来由统治者掌握并为之服务,"二十四史"中除了《史记》,基本在粉饰历史或者总结统治经验。"中国的历史一向是蒙着一层厚幕或戴着一具假面具的。所谓文学侍从之臣,秉承着'今上皇帝'的意旨,任意的(地)删改着文献,颠倒了是非。不要说关于老百姓们的事他们是往往抹杀真相,就是关于他们王家贵族,以及士绅阶级的事也往往在粪墙乱涂白粉,只求表面好看。当异族的帝王们统治中国的时候,这一套的把戏便立刻也学会了。"[1]及至清代,不仅正史被粉饰,"倘有人"将"好像无人过问的"的《东华录》《御批通鉴辑览》《上谕八旗》《雍正朱批谕旨》等"加以收集,一一钩稽,将其中的关于驾御(驭)汉人,批评文化,利用文艺之处,分别排比,辑成一书","我们不但可以看见那策略的博大和恶辣,并且还能够明白我们怎样受异族主子的驯扰,以及遗留至今的奴性的由来的罢"[2]。"新的历史故事,我以为至少不是重述,而是'揭发'与解释"[3]。可见,揭发、揭露是历史改写的重要方式。

中国现代历史小说中存在一类揭秘型历史小说,它们用文学方式去除正史"粉饰",拆穿其"利用文艺之处",将历史事件背后的隐秘内容揭示出来,还历史以本来面目,可谓以其人之道还治其人之身,这无疑是一种启发性的历史改写方式。浙派现代历史小说中的揭秘历史小说数量最多,其中"权谋"揭秘和"心理"揭秘两大系列小说极具典型性。

(一)"权谋"揭秘系列小说

"帝王将相"历史小说的总体数量居中国现代历史小说之首,它在浙

---

① 郑振铎:《玄武门之变·序》,载〔中〕王富仁、〔韩〕柳凤九主编《中国现代历史小说大系》第一卷,石家庄,河北人民出版社,1998,第255页。

② 鲁迅:《且介亭杂文·买〈小学大全〉记》,载《鲁迅全集》第六卷,北京,人民文学出版社,1973,第57-58页。

③ 郑振铎:《玄武门之变·序》,载〔中〕王富仁、〔韩〕柳凤九主编《中国现代历史小说大系》第一卷,石家庄,河北人民出版社,1998,第256页。

派历史小说中的排名亦是如此。"权谋揭秘"系列小说主要针对帝王将相的权术、谋略、诡计、手法进行揭秘。权谋是帝王将相巩固政治统治的重要组成部分，揭穿其权谋之术意味着揭开他们的真正面目，因此中国现代历史小说中的揭秘小说即从揭秘帝王将相权谋开始。

20世纪20年代"京派"鼻祖、湖北黄梅作家废名以《石勒的杀人》一篇之微首开中国现代作家帝王将相揭秘小说之端。《石勒的杀人》出自《晋书》所载后赵王羯人石勒"排墙杀王衍"的历史事件，后赵王石勒率军击败以太尉王衍为主帅的东晋军队并悉数擒获其麾下文官武将，石勒集所俘将官"坐之于幕下，问以晋故。衍、济等惧死，多自陈说，惟范神色俨然，意气自若，顾呵之曰：'今日之事，何复纷纭！'勒甚奇之。勒于是引诸王公卿士于外害之，死者甚众。勒重衍清辨，奇范神气，不能加之兵刃，夜使人排墙填杀之"①。一些研究者认为，上述记载委婉地表现出石勒的爱才之心与仁慈之举，"重衍清辨"四字说明石勒对王衍惺惺相惜，不忍施加锋刃睹其身首异处，故用排墙之法保其全尸，留其尊严。废名在研究少数民族南下史后提出异议："现在史书上载石勒排墙杀王衍，是因为爱惜他，不忍加以锋刃，完全与石勒的为人不相称。"因此，他写下《石勒的杀人》这篇小说，运用古怪奇特的语言，以无时叙述方式，揭露石勒杀王衍的真相，"排墙杀王衍"非重王衍故，而是石勒野蛮凶残、"霹雳一叫"动辄杀人的"嗜杀"本性所致，"排墙杀"不过是他玩出的一种杀人新花样。可见，废名《石勒的杀人》是对《晋书》扭曲事实、美化帝王的虚伪记载的一种颠覆。

20世纪30年代，浙派权谋揭秘历史小说集中出现，宋云彬、茅盾、曹聚仁和郑振铎是创作此类小说的高手。

宋云彬历史小说集《玄武门之变》以帝王将相为对象，以重大历史事件为背景或极少正面叙述重大事件，而是从隐藏在重大事件背后的细小事件入手爬罗剔抉，显幽阐微，用非常简短的篇幅"揭发帝王们的丑相"②，"多方面剥落他们的假面具"③，"还古人古事一个本来面目"④。《夥涉为王》一篇出自《史记·陈涉世家》，这篇小说没有聚焦中国历史上第一次

① 〔唐〕房玄龄等：《晋书·载记第四·石勒上》卷一百四，北京，中华书局，1987，第2713页。
② 郑振铎：《玄武门之变·序》，载〔中〕王富仁、〔韩〕柳凤九主编《中国现代历史小说大系》第一卷，石家庄，河北人民出版社，1998，第256页。
③ 同上。
④ 郑振铎：《玄武门之变·序》，载〔中〕王富仁、〔韩〕柳凤九主编《中国现代历史小说大系》第一卷，石家庄，河北人民出版社，1998，第257页。

农民起义——大泽乡起义的前因、经过与结果，而是重点剖析陈胜由贱至贵后的心理、行为变化。据《史记》载："陈涉少时，尝与人佣耕，辍耕之垄上，怅恨久之，曰：'苟富贵，无相忘。'佣者笑而应曰：'若为佣耕，何富贵也？'陈涉太息曰：'嗟乎，燕雀安知鸿鹄之志哉！'"①大泽乡起义后陈胜从佣耕农奴成为陈王，"鸿鹄之志"得以实现，但他开始背弃当年"苟富贵，无相忘"的垄上之誓，残忍杀害口无遮拦、辱及其尊严的旧时伙伴。这一事件深刻反映出古代农民起义领袖崛起之后"心目中只有权位，没有劳苦大众"的本质变化。《灞上》《刘太公》《朝仪》三篇主要取材自《史记·高祖本纪》，乃是专门揭露汉高祖刘邦的系列历史小说。《灞上》兼采《史记·高祖本纪》与睢景臣《般涉调·哨遍·高祖还乡》，细腻描述刘邦驻军霸上受降过程中发生的一系列小事件，如刘邦始入咸阳贪图享乐，遭樊哙反对时破口大骂道："老子是主，你不该骂老子，滚出去"，嘲笑萧何"放着值钱的不拿"专捡"图籍文书"，接见咸阳诸县代表时又正气凛然宣读张良、萧何撰写而他"预先念熟了的""诛暴秦"檄文以及与关中百姓的"约法三章"，宋云彬通过对比刘邦在小事件中公开、私下的言谈举止，揭露其赫赫威仪之后本性难改的"流氓无赖"嘴脸。《刘太公》《朝仪》则写刘邦"杀项羽，定天下"后将其父刘太公接入皇宫奉养，因刘太公遭遇宫禁尴尬，不得不制定"朝仪"维护朝纲的一系列"幕后"事件。此外，《禅让的另一幕》《两同学》两篇直接揭露王莽篡位和刘秀开国时所玩的一套迷惑、愚弄善良百姓的"受命于天""把戏"，尖锐讽刺开国帝王们为正名而常用的虚伪权谋之术。总之，宋云彬历史小说擅长运用"见微知著"的手法巧妙揭露帝王将相的本来面目。

茅盾的《石碣》亦是揭秘历史小说的佼佼者。《石碣》取材的最初依据是《水浒传》第七十一回《忠义堂石碣受天文　梁山泊英雄排座次》，直接依据则是俞万春的《荡寇志》（又名《结水浒传》）第一百三十六回《宛子城副贼就擒　忠义堂经略勘盗》。"水浒"相关叙事中共出现过三块不同的"石碣"：开篇误走妖魔的"石碣"，阮氏三雄所居石碣村的"石碣"，书有天罡地煞名号的"石碣"。作为"水浒"主要叙事线索之一的"石碣"存在重大意义，如金圣叹所言："三个'石碣'字，是一部《水浒传》大段落。"②不过全本水浒传只是简单地将"石碣"神异出世作

---

① 〔西汉〕司马迁：《陈涉世家》，载《史记》第三卷，上海，上海古籍出版社，1959，第1523页。

② 〔清〕金圣叹：《读第五才子书法》，载《金圣叹评点才子全集》第三卷，北京，光明日报出版社，1997，第19页。

为整体叙事的基本依据，"天罡地煞星辰，都已分定次序"，此乃"天地之意，物理定数"，然后将各路英雄聚义梁山归于宿命与天机，至于"石碣天文，为是真有是事？为是宋江伪造？"完全没有说明。金圣叹认为"此固从来著书之家之所不计"，今之读者"唯此是求"，无异"痴人说梦"①，亦无必要，最后反而是丑化梁山好汉的俞万春在其《荡寇志》中率先揭穿"石碣出世"的秘密：

> 萧让熬刑不过，只得从实供道："这石碣上字是小人写的，因楷书恐人识得破绽，所以改写古篆。又特访得那道士何元通善识蝌蚪，所以特写蝌蚪古篆，又特邀他设醮，以便认识。至于那年天上认真开眼，认真有火光翻落，万目共睹，却不解其何故。"金大坚也将怎样密镌石碣的话说了，又道："这是宋江想与卢俊义争位，故与吴用、公孙胜议得此法，特将卢俊义名字镌在第二。此碣自卢俊义一到山泊之后，就已镌定。彼时张清、董平等尚还未到，原想就部下头目中选出几个，以满一百八人之数。后同张清等到来，却好天罡数内余第十五、十六两行未镌，因将张清、董平镌入。所以董平在五虎将之列，名次却在十五，顿与关胜、林冲、秦明、呼延灼离开，实为镌刻已定，难以改易故也。"贺太平又问道："那董平、张清本位，原拟镌刻那（哪）个？"萧让道："一个拟刻孙立，一个未定。至于地煞数内多有未定，所以龚旺、丁得孙尽有空缺可填。就是蔡福、蔡庆、郁保四、王定六等，也都是临时填上去的。此一事，唯有宋江、吴用、公孙胜及小人等知悉，余人都不晓得。"②

俞万春《荡寇志》续作初衷旨在丑化梁山好汉，突出梁山众人之间的内在矛盾，但上述关于"石碣出世"的解释也从侧面揭穿了历来争夺权位者尔虞我诈的常用诡计，因此不失为一种合情合理的解释。茅盾的《石碣》根据《荡寇志》揭示的"石碣的秘密"，主要通过身怀绝技、密镌石碣的两大人物——圣手书生萧让与玉臂匠金大坚的对话，详细解释了梁山鼎盛时期内部形势的复杂性、密镌石碣的重要性以及谋略实施的全过程。《水浒传》中一众好汉啸聚梁山，个个武艺高强、出生入死，功劳不相上下，才能不分彼此，但人数众多、次序难定，无法制定规矩，

---

① 〔清〕金圣叹：金圣叹删节本第七十回《忠义堂石碣受天文　梁山泊英雄惊噩梦》篇首评语，载《金圣叹评点才子全集》第四卷，北京，光明日报出版社，1997，第1240页。

② 〔清〕俞万春：《荡寇志》下册，戴鸿森校，北京，人民文学出版社，1985，第972页。

统一号令，而且一旦排位不当，则会徒生事端，引发内讧，因此宋江、吴用制定"石碣出世"之计，伪造神异，利用众人的迷信思想达到三赢目的：其一确保在排位过程中稳操胜券，其二控制言论、排除异议，其三顺利排定权力座次，稳定秩序。这一计策最终达到理想效果，"天地显罡煞之精，人境合杰灵之美"，上合天意，下安人心，争端既灭，各得其所，梁山聚义亦达到高峰。茅盾的《石碣》让读者看到纵使"石碣"之计取得三赢局面，仍然难掩计策制定者的机智与狡诈，这显然比《荡寇志》的纯粹丑化写法技高一筹。

曹聚仁的《祢正平之死》与郑振铎的《汤祷》亦是帝王将相揭秘小说的典范之作。《祢正平之死》写祢正平被曹操设计杀害，而曹操却不肯担杀祢正平之名，正如同他有篡汉之实而不担篡汉之名一样，揭示出其心机之深。《汤祷》则运用以今观古方式还原"汤祷于桑林"传说的原始场景，将《吕氏春秋》所载汤因贤德甘愿"以身祷雨"改为被迫以身祷雨，从而揭露出商汤祈天祷雨传说背后的秘密。商汤时五年大旱，罕见旱情让百姓怀疑"该不是那位汤有什么逆天的事吧？天帝所以降下了那么大的责罚"，于是他们逼迫汤以身祷雨，雨至，则君承天运，万民拥戴，雨不至，则君德逆天，立遭火焚。郑振铎的《汤祷》不仅批判上古迷信和"人祭"仪式等"蛮性的遗留"，而且从现代生死观角度细致描写汤在祈雨过程中的心理活动，对古籍记载中普遍存在的神化古帝王人性的现象进行批驳。

此外，浙派作家还写过一批叙述帝王将相政治斗争的历史小说，这些小说也不同程度地涉及帝王将相权谋之术，如魏金枝的《苏秦之死》、曹聚仁的《亚父》《焚草之变》、宋云彬《侮辱》《巫蛊之惑》《禅让的又一幕》《隋炀帝之死》《玄武门之变》、许钦文的《牛头山》、郑振铎的《风涛》等，它们深入剖析帝王将相的家庭关系、亲情人伦，从现代人性视角观照其普通人情世故与人性，既对其"天子龙孙"身份进行世俗解构，又在刀光剑影、骨肉相残的权力斗争中闪现出脉脉温情和人性光辉。

（二）"心理"揭秘系列小说

浙派现代历史小说家中擅长心理揭秘小说的是施蛰存、茅盾和张天翼。

施蛰存是中国现代小说界最负盛名的心理分析圣手，《梅雨之夕》《春阳》等乃其现实小说与心理分析结合的经典之作，而《李师师》《石秀》和《将军的头》等则是历史小说与心理分析结合的代表之作。

1931年11月施蛰存受赵家璧约稿为良友公司《一角丛书》作短篇历

史小说《李师师》，该小说主要依据《水浒》全本与宋代无名氏的《李师师外传》写成。《水浒传》第七十二回《柴进簪花入禁苑　李逵元夜闹东京》和第八十一回《燕青月夜遇道君　戴宗定计出乐和》对宋朝名妓李师师这一虚拟人物多有描摹，她美艳风流，多情多艺识大体，深受道君皇帝宋徽宗宠爱，李师师和宋徽宗的暧昧关系恰好为宋江谋求招安搭起一架云梯，这也正是她在《水浒传》中的最大价值。宋末元初童瓮天的《瓮天脞语》中记录了一条假托宋江而作的《念奴娇》词：

> 天南地北，问乾坤何处可容狂客？借得山东烟水寨，来买凤城春色。翠袖围香，绛绡笼雪，一笑千金值。神仙体态，薄幸如何消得？想芦叶滩头，蓼花汀畔，皓月空凝碧。六六雁行连八九，只待金鸡消息。义胆包天，忠肝盖地，四海无人识。离愁万种，醉乡一夜头白。

从"借得山东烟水寨，来买凤城春色"和"六六雁行连八九，只待金鸡消息"等诗句可知当时已经产生了宋江到李师师家谋求招安的故事情节。这阕词又见《水浒传》第七十二回《柴进簪花入禁苑　李逵元夜闹东京》，当时宋江刚到李师师家，恰逢皇帝前来寻欢，宋江等慌忙躲避，招安之事未及谈起。不过施蛰存的《李师师》并未写宋江谋求招安事，他采用心理对比手法结构小说，深入剖析李师师和宋徽宗、周邦彦之间的三角关系。

首先，施蛰存将李师师第一次和第二次接待宋徽宗赵佶时的心理活动进行对比。李师师第一次面对乔装打扮前来寻欢的赵佶，对方在她眼中只是一个重金点魁、不期而至的陌生人，甚至还是一个她所"嫌厌"的猥琐蠢俗、铜臭熏人的市侩；李师师第二次接待赵佶时已知对方真实身份，她在内心极力说服自己不去厌恶他的猥琐外貌与淫秽行径，"平常人那（哪）有他那样长大的耳朵，耳长过鼻，这是主九五之尊的，相书不是这样写着的吗？"但真实接触后她的幻想瞬间破灭，"这站在她面前的人，虽然是个皇帝，一定是一切市侩里的皇帝。但是他有权力，使她连憎厌都不敢"。

其次，李师师内心将赵佶与周邦彦进行对比。宋徽宗第一次驾幸，李师师正在思慕文雅高贵、解情识趣的才子周邦彦，兼之不识徽宗身份，因而愈发厌恶其"粗俗的举动，蠢陋的谈吐，卑劣的仪度"。第二次因为已知宋徽宗身份高贵、权擎天下，相形之下那位丰神清朗、谈吐文雅、多才多情的周邦彦瞬间变得畏首畏尾、奴相十足、退避三舍，刚才还百般留恋而今竟然畏惧到"不知躲到什么地方"（躲到床下）去了。这是她完全意想不到的惊天逆转。

总之，施蛰存的"《李师师》是以一个虚拟的历史人物为描写对象的，但他完全按照一个历史上实有的人物予以表现"①，将历史的精神真实展露无遗，这正体现出其可贵之处。

施蛰存的《石秀》依据《水浒传》第四十四回《锦豹子小径逢戴宗　病关索长街遇石秀》、第四十五回《杨雄醉骂潘巧云　石秀智杀裴如海》和第四十六回《病关索大闹翠屏山　拼命三火烧祝家店》写成。石秀号称"拼命三郎"，爱打抱不平，流落蓟州卖柴为生，偶助身兼蓟州城两院押狱、市曹行刑刽子手的杨雄打跑寻衅滋事的张保等人，杨雄感恩石秀义举与之结为异姓兄弟，同时资助石秀重操父业，联合杨雄岳父开起肉店。后石秀偶然发现杨雄之妻潘巧云与和尚裴如海通奸，他为杨雄深感不平，"哥哥如此豪杰，却恨讨了这个淫妇"，于是智杀裴如海，协助杨雄大闹翠屏山，诱杀潘巧云。总之，《水浒传》将石秀此举看作"义"举，将他写成一位以"义"为本的英雄。而施蛰存的《石秀》却大相径庭，这篇小说重点突出石秀作为血气方刚的年轻人的形象特点，从"年轻的石秀"面对义嫂潘巧云的诱惑产生"欲"和"义"的矛盾心理起，逐步揭露石秀"义杀"裴潘行为背后的阴暗想法，深入剖析人性的复杂层面。"《石秀》一篇，我是只用力在描写一种性欲心理"②，石秀第一夜留宿义兄杨雄家中便对初次见面、风骚妖娆的义嫂潘巧云生出许多非分之想，"隐伏着一种欲得之而甘心的渴望"，他按捺不住好色之心，又因"对于杨雄的怜悯和歉意，对于自己的思想的虚伪的呵责"，而不得不"怀着守礼谨饬的心"隐忍下去，直到发现裴潘奸情。"对于那个淫荡的潘巧云的轻蔑，对于这个奸夫裴如海的痛恨，对于杨雄的悲哀，还有对于自己的好像失恋而又受侮辱似的羞怍与懊丧，纷纷地在石秀的心中扰乱了"，于是"嫉妒带着正义的面具在石秀失望了的热情的心中起着作用"，为报复潘巧云，他先设计铲除裴如海，后撺掇杨雄将潘巧云剖心、挖肝、肢解，残忍杀害，这其实是一种"宁为玉碎，不为瓦全"，得不到必毁之而后快的病态心理。

① 王富仁:《中国现代历史小说的发展脉络（代序）》,载〔中〕王富仁、〔韩〕柳凤九主编《中国现代历史小说大系》第一卷,石家庄:河北人民出版社,1999,第6页。

② 施蛰存:《〈将军的头〉自序》,载《十年创作集·附录》,武汉,华中师范大学出版社,1996,第793页。

1930年茅盾先后写成三个短篇历史小说——《豹子头林冲》《石碣》和《大泽乡》，分别刊于同年8、9、10月份《小说月报》。《豹子头林冲》一篇，茅盾从林冲上梁山后与王伦关系不和这一情节入手，将阶级分析方法与现实观照融入其中，主要通过心理活动塑造出一个富有现代意义的林冲形象。《水浒传》中林冲出身官吏家庭，鲁达曾与其父"林提辖"共事，林冲岳父张教头亦非草根百姓。茅盾在《谈〈水浒〉的人物和结构》一文中亦曾提到："林冲出自枪棒教师的家庭，是属于小资产阶级的技术人员"[①]，但是为了突出梁山聚义的"农民"起义的性质，茅盾故意改变了林冲的阶级出身，将林冲从"小资产阶级的技术人员"[②]，降为"农家子"，原有故事情节也随之改变。"那时的我，思想上虽有变化，但是对于一个作家来说，进步的世界观虽然提供给他一个分析并提炼社会现实的基础，却还不能使他立即有比较成熟的题材以供形象描写。这便是当时我只能取材于历史或传说的缘故"[③]。"我从来不把一眼看见的题材'带热地'使用，我要多看些，多咀嚼一会儿，要等到消化了，这才算拿出来应用。"[④]因为茅盾当时在现实中尚未找到"比较成熟的题材以供形象描写"，为配合现实需要只好选择历史题材，再用"进步世界观"分析、改造历史人物，"历史学家未必有同样的看法，但亦只好不管了"[⑤]。阶级地位的降低，自然加重了林冲生活、心理上的苦难，"本是农家子的他，什么野心是素来没有的；像老牛一般辛苦了一世的父亲把浑身血汗都浇在了几亩稻田里，还不够供应官家的征发；道君皇帝建造什么万寿山的那一年，父亲是连一副老骨头都赔上；这样的庄稼人的生活在林冲是受得够了，这他才投拜了张教头学习武艺，'想在边庭上一刀一枪，也不枉父母生他一场'"[⑥]。因此，林冲成为八十万禁军教头后异常珍惜来之不易的功名、地位，他在面对高衙内的侮辱迫害时首先选择逆来顺受、息事宁人，被逼上梁山后又遭到王伦排挤倾轧，记忆中的痛苦与当下的难堪相互激荡，农民阶级的"忍耐安分"与"农民所有的原

---

① 茅盾：《谈〈水浒〉的人物和结构》，《文艺报》1950年4月10日第2卷第2期。

② 同上。

③ 茅盾：《茅盾文集·后记》第七卷，载孙中田、查国华编《茅盾研究资料》中册，北京，中国社会科学出版社，1981，第70页。

④ 茅盾：《我的回顾》，载孙中田、查国华编《茅盾研究资料》上册，北京，中国社会科学出版社，1981，第80页。

⑤ 茅盾：《茅盾文集·后记》第七卷，载孙中田、查国华编《茅盾研究资料》中册，北京，中国社会科学出版社，1981，第222页。

⑥ 茅盾：《豹子头林冲》，《小说月报》1930年8月。

始的反抗性"矛盾纠结，逐渐让他积压于心的抑郁、愤懑之情达到极点。茅盾抓住林冲梁山生活中的这一横断面精描细刻，采用"压缩了的中篇"①形式，充分发挥短篇体式情节紧凑的特性，将其做出重大抉择时细腻复杂的心理活动展现得淋漓尽致。

相对而言，施蛰存历史小说对主要人物的某一心态剖析得非常深刻，而茅盾历史小说则将主要人物千丝万缕的复杂心情描绘得细腻周全。

张天翼同样是擅长心理刻画的小说家，其历史小说《梦》采用梦幻手法，深入人物潜意识，将出身北京世家的玉麒麟卢俊义被逼上梁山后纠结的矛盾心理与激烈的思想斗争描写得精致入微。《梦》主要依据金圣叹《水浒传》七十回删改本写成。《水浒传》版本复杂多样，主要分为繁本（又称文繁事简本）和简本（又称文简事繁本）两大系统，它们除了内中评语与个别情节略有细微差异（如百二十回本在百回本的基础上增加征田虎、王庆的故事），其他内容基本相同。两大系统之外另存一种金圣叹删节本，金圣叹认为"天下之文章，无出《水浒》右者"②。施耐庵作《水浒传》，实因对"犯上作乱"，"恶之至，迸之至，不与同中国也"③，而后世所传之《忠义水浒传》，"不知何等好乱之徒，乃谬加以'忠义'之目"④，"无恶不归朝廷，无美不归绿林，已为盗者读之而自豪，未为盗者读之而为盗也"⑤，这与施耐庵原意完全相悖。金圣叹删节《水浒传》始于崇祯十四年（1641年），当时李自成农民起义声势浩大，明王朝朝不保夕，金圣叹非常反感招安之论，认为"盛夸招安"，必将"罪归朝廷而功归强盗"，"将为戒者而反将为劝"⑥，导致民心彻底涣散，加速"皇明"崩溃，于是他腰斩《水浒》，删改原著，伪造出"古本《水浒传》"七十回，并在第七十回《忠义堂石碣受天文　梁山泊英雄惊噩梦》末尾"忽然幻出卢俊义一梦，意盖引张叔夜收讨一案以为卒篇也"。据胡适考证"只有七十回本（引者注：指金圣叹删改本）是有这个梦的"⑦，"卢

---

①　茅盾：《茅盾文集·后记》第七卷，载孙中田、查国华编《茅盾研究资料》上册，北京，中国社会科学出版社，1981，第69页。

②　〔清〕金圣叹：《第五才子书施耐庵水浒传·序三》，载《金圣叹评点才子全集》第三卷，北京，《光明日报》出版社，1997，第11页。

③　同上书，第8页。

④　同上。

⑤　〔清〕金圣叹：《第五才子书施耐庵水浒传·序二》，载《金圣叹评点才子全集》第三卷，北京，《光明日报》出版社，1997，第9页。

⑥　同上。

⑦　胡适：《〈水浒传〉后考》，载《中国章回小说考证》，合肥，安徽教育出版社，2006，第53页。

俊义惊噩梦"一节中卢俊义梦见嵇康（影射张叔夜字）带兵剿灭梁山泊，梁山好汉一百单八人非擒即斩，嵇叔夜还怒骂宋江："万死恶贼，你等造下弥天大罪，朝廷屡次前来收捕，你等公然拒杀无数官军，今日却来摇尾乞怜，希图逃脱刀斧，我若今日赦免你们时，后日再以何法去治天下！"该节批注亦道："不朽之论，可破续传招安之谬。"总之，"梁山泊英雄惊噩梦"是金圣叹删节本与水浒其他繁简本最大的不同之处。

张天翼的《梦》还虚构出一个新人物——卢俊义之父"卢太公"，"太公"的训诫言犹在耳："叛臣贼子总无善果"，"你不可辱没了卢氏家声。我卢家——祖宗无犯法之男，亲族无再婚之女……"，"你前途未可限量"，北京城市民的议论滔滔不绝："卢员外当初还了得！""卢员外那么个家世，他却去做了强盗！"这些指责之声反复折磨卢俊义，恍惚间他竟强烈希望"没合梁山泊的强盗做一伙，他只是做了个梦"。"梦"是潜意识的重要组成部分，这些梦境揭示出生于京城清白世家曾直呼梁山众人"强盗""草贼"的卢俊义违背祖训，"犯着法，做着叛逆"时的不安心情，同时进一步揭露出他被吴用巧诱、李固卖主、梁中书迫害而"入伙"梁山后极端复杂又不可为人知晓的彷徨心境。《梦》中卢俊义流露的真实想法与宋江等竭力维护招安，希望回归"正途"，重新实现"在家做孝子，在国做忠臣"的夙愿不谋而合，当然"卢俊义之梦"又预示着以宋江、卢俊义为主的招安之策必将引狼入室，最终导致梁山众人被彻底剿灭的悲惨结局。可见，张天翼非常赞同金圣叹杜撰的"卢俊义惊噩梦"情节，这是他续写卢俊义之"梦"的一个重要原因。

张天翼的《梦》与金圣叹所撰之梦中梁山众人被剿灭的大结局基本一致，但结尾之处略有不同：金圣叹删改本所撰之梦的梁山结局是张叔夜剿灭梁山一干人众，张天翼的《梦》则将剿灭梁山英雄的人物改为卢俊义的仇家梁中书；金圣叹所撰之梦中宋江等为救卢俊义投降，后作为降将被杀，张天翼的《梦》则是卢俊义亲自引领官兵剿灭宋江一干人等，他本人亦咎由自取，反被不守信诺的官军所杀。

三 浙派自叙式历史小说

所谓自叙式历史小说，指历史小说创作过程中小说家在某一历史人物（一般指主要人物）身上投射自己的影子，并且通过人物经历、性格塑造、命运展示来书写作者自己的人生经历与现实境遇，抒发作者自己的主观感受与思想情绪等。自叙式历史小说带有明显的主观性和抒情性，展现出一种浪漫主义倾向。浙派自叙式历史小说以"文人"系列历史小说为主，代表作家有郁达夫、唐弢、曹聚仁和谷斯范等。

郁达夫乃创造社小说成就最大的作家，他的小说以现实小说为主，只写过两个短篇历史小说——《采石矶》和《碧浪湖的秋夜》。郁达夫信奉法国作家法朗士"文学作品，都是作家的自叙传"的论断，其小说大多关注自我，借主人公之口说自己的话，通过描述主人公的心理矛盾和情绪波动，大胆袒露内心秘密，投射自己的人身影像、生活经历和现实处境。郭沫若亦擅长此类小说，但其"自叙"有所节制，而郁达夫小说通篇堪称"夫子自道"，这不仅表现在其人物性格、思想观点与深层独白上，即使写作初衷、前因后果、人物经历、内容事件等都融入了他个人的影子。

郁达夫，一个典型的才子兼浪子。一方面他文采风流，极富东方文人特质，另一方面他又放荡不羁，狂热追求王映霞时仍宿妓眠娼（详见《郁达夫日记》）。才子的孤傲与浪子的癫狂造就了郁达夫愤世嫉俗与敏感脆弱的双重性格，放荡不羁的个性与大胆暴露的方式常令其人其作陷入争论与非议。1921年10月郁达夫出版短篇小说集《沉沦》，因自叙过程中大胆暴露的性描写和忧郁灰暗色彩，他很快成为文坛保守主义者文化批评与道德攻击的直接对象，而《采石矶》正是郁达夫陷入论争与非议后的产物。郭沫若曾谈到《采石矶》的创作缘由："去年（一九二二）八月郁达夫在《创造季刊》上有一篇《夕阳楼日记》指摘了余家菊由英文重译的《人生之意义与价值》一书的前五句的错误，另行改译了一遍。胡适在9月17日的《努力周报》上指摘了郁达夫的错误，又另行改译了一遍，但他自己也错了。"①郁达夫写于1921年5月4日的《夕阳楼日记》言辞激烈，"一般丑类，白昼横行，目空中外，欺人太甚"，"我们中国的新闻杂志界的人物，都同清水粪坑里的蛆虫一样，身体虽然肥胖得很，胸中却一点儿学问也没有"②。这些言辞明显超逸了学术讨论的范围，很快引来胡适、戈乐天、张东荪等文坛权威的辩护与攻击，胡适直斥郁达夫为"初出学堂的学生"③，"拿浅薄无聊的创作来出版"与错误译书一样"同是一种不自觉的误人子弟！"④胡适还在《编辑余谈》中表示"没

---

① 郭沫若：《讨论注译运动及其他》，载《郭沫若论创作》，上海，上海文艺出版社，1983，第639页。

② 郁达夫：《夕阳楼日记》，《创造季刊》1922年8月25日第1卷第2期。

③ 胡适：《骂人·"编后记"》，《努力周报》1922年9月20日第20期。

④ 同上。

有闲工夫来答辩这种强不知以为知的评论"①。胡适作为民国文坛大师,学贯中西,知名度高,影响力大,因此其回击与指责杀伤力相当强。郭沫若回忆当年的情形时说:"达夫在暴露自我这一方面虽然非常勇敢,但他在迎接外来的攻击上却非常脆弱。他的神经是太纤细了。在初期创造社他是受攻击的一个主要对象。他很感觉着孤独,有时甚至伤心"②,"胡适攻击达夫的一次,使达夫最感到沉痛"③。敏感脆弱的郁达夫深受刺激,但他又不便以"异军苍头突起"的后学身份与学界泰斗胡适继续唇枪舌剑,于是写出"一篇名贵一时的历史小说"④——《采石矶》,将现实论战引入历史小说领域。在《采石矶》中郁达夫以清代诗人黄仲则自喻,以"欺世盗名"的"大考据家"戴东原影射胡适(胡适在《水浒传考证》中自称有"历史癖和考据癖""两种老毛病",郁达夫作《采石矶》时胡适正大力提倡考据学),再借黄仲则、戴东原之冲突,用夫子自道的方式抒发被误解的委屈与愤懑之情。如黄仲则谈起戴东原的批评时愤愤说道:"即使我在妒忌人家的大名,我的心地,却比他们的大言欺世,排斥异己,光明得多哩!我究竟不在陷害人家,不在卑污苟贱的(地)迎合世人。"

有人称《采石矶》是"一个现代天才对一个古代天才的惺惺相惜"⑤。20世纪20年代,郁达夫的《采石矶》确实存在一定特殊意义:一方面,这篇小说塑造了一个兼有人文精神和气节操守的中国传统文人形象,这一形象彰显出中国现代知识分子群体的主体精神和高洁气质;另一方面,从黄仲则铮铮傲骨之外言语上的失意、态度上的愤激、行为上的不羁隐约可见其徘徊在追求与沉沦之间的矛盾心态,这是背负太多现实压迫与历史沉寞的中国文人身上常见的一种征候。

总之,《采石矶》是掩盖在历史外衣下的一部虚拟"自叙传",其首要目的是泄私愤,因此极尽影射之能事,"但由于人物形象塑造的高度典型化以及细节描写的成功,已不仅仅是'影射文学,而且有较高的审美价值,在当时声名大噪'"⑥。

① 胡适:《编辑余谈》,《努力周报》1923年4月1日。
② 郭沫若:《论郁达夫》,载《郭沫若论创作》,上海,上海文艺出版社,1983,第713页。
③ 郭沫若:《讨论注译运动及其他》,载《郭沫若论创作》,上海,上海文艺出版社,1983,第639页。
④ 郭沫若:《论郁达夫》,载《郭沫若论创作》,上海,上海文艺出版社,1983,第714页。
⑤ 林文光主编《鬼谷子——中国现代名家历史小说选萃·目录》,成都,四川文艺出版社,2007,第1页。
⑥ 李程骅:《中国现代历史小说的演进轨迹》,《黄淮学刊》1989年第4期。

1932年10月，郁达夫在杭州写成第二篇"文人"历史小说《碧浪湖的秋夜》，以抒情手法叙述清代文人、杭州名士厉鹗的三角恋爱。1927年早已是有妇之夫的郁达夫居沪期间在浙江同乡兼留日同学孙百刚家中结识了"五百年风流债主"王映霞，他多情的"心又为她搅乱了"。1928年2月初郁王二人在上海结婚时郁达夫与原配孙荃只是分居并未离婚，从此他们开始了一段三人行的婚姻关系。在《碧浪湖的秋夜》中郁达夫借厉鹗的三角恋情书写自己的情感故事与三角婚姻：厉鹗与寡母"守着清贫生活"，而郁达夫三岁丧父，亦与寡母过着清贫生活；厉鹗原配夫人蒋氏与郁达夫原配孙荃皆是奉父母之命、媒妁之言所娶，只不过厉鹗与原配本无情爱，而郁达夫与孙荃婚前却时有鱼雁往来、诗词唱和，1917年郁达夫寄诗两首给孙荃，一曰《赠名》："赠君名号报君知，两字兰荃出楚辞。别有伤心深意在，离人芳草最相思。"[①]一曰《秋闺》："风动珠帘月夜明，阶前衰可怜生。幽兰不共群芳去，识我深闺万里情？"[②]厉鹗原配夫人蛮横悍泼、性情暴戾，动辄对其怨嗟毒骂，还与年迈婆母大吵大闹后跑回娘家，厉鹗简直成为原配厌恶的弃夫，而郁达夫原配孙荃性情体贴，宽容隐忍，吃苦耐劳，其《日记九种》常有提及。郁达夫《碧浪湖的秋夜》将厉鹗原配夫人塑造得如此不堪，似有意量人度己，为历史人物厉鹗或现实中自己的见异思迁寻找依据。厉鹗后娶湖州满娘，"静默端庄，美貌，聪慧"，其身世与王映霞相似，如满娘伯父"虽则也娶过夫人，但一向却没有生育，所以就他兄弟的一个女儿满娘，抱了过来，抚为己女"，而王映霞"本姓金，名宝琴。其父金冰孙是杭州名士、诗人王二南之弟子、女婿。王二南只有一子，早夭。宝琴初小毕业前夕，入嗣王家，由外祖父王二南躬亲抚养，金宝琴改为王旭，字映霞，后以字行"[③]。《碧浪湖的秋夜》中厉鹗、满娘在湖州完婚后移居杭州，1933年4月郁达夫携王映霞及二人子女亦移居杭州。因此《碧浪湖的秋夜》是一篇典型的自叙式抒情小说。

浙派其他历史小说，如唐弢写陶渊明的《晓风杨柳》，曹聚仁的《祢正平之死》和《刘桢平视》，虽然偶尔会在历史人物身上投射自己的影子聊以自喻或自况，但并未像郁达夫小说那样使人物经历、性格、心理、命运甚至喜好、情绪、感受等都与本人保持一致，因此严格来说，浙派

---

① 郁黎民：《我的母亲——孙荃》，载《富春江上神仙侣——郁达夫〈日记九种〉》，成都，四川人民出版社，1996，第194页。

② 同上。

③ 郁达夫：《富春江上神仙侣：郁达夫〈日记九种〉》，成都，四川人民出版社，1996，第65页。

只有郁达夫的历史小说是纯粹"自叙式"历史小说。

第三节 苏派历史小说

所谓苏派历史小说亦是一个特指概念，指1917～1949年间江苏现代作家所作历史小说，包括"新"派历史小说、"旧"派历史演义以及"旧"派其他非演义体历史小说。

表15-3 苏派历史小说一览(1917～1949年)

作　　家	篇　　目	时　间	历史时段	人　物
沈祖棻	《苏丞相的悲哀》	1935年	春秋战国	苏秦
	《茂陵的雨夜》	1935年	西汉	卓文君
	《崖山的风浪》	1935年	南宋	陆秀夫
	《马嵬驿》	1935年	唐	杨贵妃
	《辩才禅师》	1935年	唐	辩才禅师
朱雯	《钮鹿》	1935年	春秋战国	钮鹿
李俊民	《心与力》	1936年除夕	先秦	大禹
	《鼠的审判》	1936年7月	西汉	张汤
周木斋	《墨翟出走了》	1936年	春秋战国	墨子
	《郑成功焚儒巾》	1936年	明	郑成功
王平陵	《阿房宫的夜宴》	1936年	秦	秦始皇、秦二世
沈圻	《长坂坡》	1935年	东汉	赵云
	《过五关》	1935年	东汉	关羽
	《三顾草庐》	1935年	东汉	诸葛亮
程瞻庐	《唐祝文周四杰传》	1932年	明	唐伯虎等
李定夷	《杨贵妃秘史》	1933年	唐	杨贵妃
严敦易	《马嵬》	1935年	唐	李隆基
	《东郭》	1935年	春秋战国	东郭先生
	《邯郸》	1936年		寿陵余子
刘圣旦	《新堰》	1933年	隋末	河工
	《北邙山》	1934年	北宋	陈致庸、龚慎仪
	《突围》	1934年	清末	贫民

作　家	篇　目	时　间	历史时段	人　物
刘圣旦	《诗狱》	1934年	明末清初	张敬卿、吕毅中
	《白杨堡》	1934年	明末	灾民
李伯通	《清朝全史演义》	1928年	清	帝王将相
	《西太后秘史演义》	1930年	清	慈禧太后
费只园	《清朝三百年艳史演义》（又名《清代十三朝演义》或《清代三百年艳史》）	1929年	清	帝王将相
许慕羲	《宋宫十八朝演义》，又名《宋代宫闱史》	1928年	宋	
	《崇祯惨史》	1930年	明	崇祯
	《元宫十四朝演义》，又名《元代宫廷演义》或《元史演义》	1930年	元	帝王将相
	《宋宫历史演义》	1933年	宋	
	《清宫历史演义》	1938年	清	
吴调公	《突围》	1941年	明末	李自成
范烟桥	《花蕊夫人》	1941年	五代十国（后蜀）	孟昶、费贵妃
秋翁（平襟亚）	《秋翁说集》	1942年		
顾明道	《她们的归宿》	1943年		
谭正璧	《长恨歌》集（15篇）	1944年		
	《百花亭》	1941年	宋	王焕、怜怜
	《采桑娘》	1942年	先秦	孔子、采桑娘
	《华山畿》	1942年	南朝(宋)	书生、卖茶女
	《金凤钿》	1942年	明	金凤钿、汤显祖
	《奔月之后》	1943年	先秦	嫦娥
	《女国的毁灭》	1943年	先秦	西王母、周穆王
	《沪渎垒》	1943年	东晋	袁嵩、孙恩、李祥
	《舍身堂》	1943年		程梦生、智云和尚

作 家	篇 目	时 间	历史时段	人 物
谭正璧	《楚矩》	1943年	秦汉	刘邦、项羽
	《坠楼》（又名《坠楼记》）	1943年	西晋	绿珠、石崇
	《长恨歌》	1943年	清	张坚
	《滕王阁》	1943年	唐	王勃、宇文钧
	《落叶哀蝉》	1944年	西汉	汉武帝、李夫人
	《清溪小姑曲》	1944年	东汉	赵文韶、王盈盈
	《流水落花》	1944年	南唐	李煜、大小周后
	《三都赋》集（一篇）	1944年		
	《三都赋》	1943年	西晋	左思
	《琵琶弦》集四篇	1945年		
	《琵琶弦》	1943年	南宋	秦努才
	《还乡记》	1945年	西汉	刘邦
	《摩登伽女》	1945年		阿难、摩登伽女
	《孟津渡》（原名《迎王师》）	1946年	西周	姬发、姜尚
	其他历史小说（六篇）			
	《杨妃怨》	1941年	唐	杨玉环
	《李师师的绮梦》	1943年	北宋	李师师
	《春光好》	1943年	南唐	
	《桃花源》	1944年	东晋	武陵人
	《妫夫人》	1945年	先秦	楚文王、息妫
	《安定人心》	1946年	西汉	刘邦、雍齿
王平陵	《新亭泪》	1944年	东晋	王导、周颛
	《月下追韩信》	1947年	西汉	萧何、韩信
	《李闯王》	1947年	明	李自成
	《深宫长恨》	1948年		
	《明末的周奎》	1948年	明	周奎

作　家	篇　目	时　间	历史时段	人　物
王平陵	《长孙无忌》	1948年	唐	长孙无忌
罗洪	《牺牲》	1945年	战国	樊于期
	《薄暮》		南宋	岳飞
	《笼着烟雾的临安》		南宋	文天祥
	《斗争》		南宋	夏存古
陆墟	《水浒二妇人》	1945年	北宋	潘金莲、潘巧云
	《潘巧云》	1948年	北宋	潘巧云
蒋星煜	《嵇康》	1947年	三国魏	嵇康

　　苏派历史小说与浙派历史小说同属吴越历史小说，但因地理环境、历史文化、民间文化、现代文化等综合因素存在差异，因此其文化性格亦有所不同。相较而言，浙派历史小说注重历史文化的反思、历史真相的揭露和人文精神的追寻，而苏派历史小说则注重民间文化的剖析、男女情感的描写与小历史的书写。因此，如果说浙派历史小说是中国现代历史小说领域的一湖荷花、一位大家闺秀，那么苏派历史小说则是中国现代历史小说领域的一池莲花、一位小家碧玉，无论是吴侬软语、昆曲评弹还是苏州园林，相较于古越方言、越剧评话和杭州西湖，都显得愈加温婉、细腻、娇媚、精致，这些不仅是苏派历史小说的一般特征，也是吴地文化的基本性格。

　　按照不同文体的创作数量，苏派历史小说主要可分为历史言情小说、历史隐喻小说、"农民起义"历史小说三大类别。

一　苏派历史言情小说

　　苏派历史言情小说指中国现代江苏作家采用文人仕女历史题材，重在言情的同时展示才情、叙述悲情，通过男女情感特别是女性情感揭示文人遭遇、仕女命运的历史小说。这一类小说基本是"情感悲剧"，代表作家主要有谭正璧、沈祖棻、严敦易、李定夷等。

　　（一）谭正璧的历史言情小说

　　谭正璧的历史小说创作基本集中在20世纪40年代，这一时期他相继出版三部短篇作品集——《长恨歌》《三都赋》和《琵琶弦》。《三都赋》乃历史小说、历史剧合集，收录同名历史小说《三都赋》一篇，历史话剧三篇——《浪淘沙》《诗人吴梅村》和《绝裾》；《长恨歌》收录《奔月之后》《女国的毁灭》《沪渎垒》《华山畿》《舍身堂》《采桑娘》《楚矩》《落叶哀蝉》《清溪小姑曲》《百花亭》《坠楼记》《滕王阁》《流水落花》《金凤钿》和《长恨歌》共十五篇历史小说；《琵琶弦》集则收录《孟津渡》（原名《迎王师》）和《还乡记》《琵琶弦》《摩登伽女》四篇历史小说。此外，谭正璧另有其他历史小说六篇。

王富仁认为："严格地说来，真正的历史爱情小说直到40年代才开始正式出现。历史爱情小说的代表作家理所当然的应该是40年代开始历史小说创作的谭正璧。"①实际上谭正璧的历史小说除了历史爱情小说，还存在多种文体形态：第一，历史言情小说，写文人仕女或才子佳人的情感故事，此类小说数量最多，其中男女情感不仅只有爱慕之情，还有知己之情、孽缘情仇等，因此不能简单地将这些小说归入历史爱情小说，应该称作历史言情小说更显妥当；第二，帝王将相历史小说，写帝王将相之间的政治斗争、军事战争等，如《孟津渡》《还乡记》《楚矩》和《沪渎垒》；第三，女性题材历史小说，如体现古代女子智慧的《采桑娘》，有关佛教"救赎"的《摩登伽女》，唯一破镜重圆的喜剧小说《百花亭》以及神话小说《女国的毁灭》等，此类小说常与历史言情小说混杂在一起。总体而言，谭正璧的历史言情小说成就最大。

谭正璧历史言情小说的最大特点是以文人生活为主线构架小说，如《滕王阁》之王勃、《琵琶弦》之秦努才、《金凤钿》之汤显祖、《采桑娘》之孔夫子、《清溪小姑曲》之赵文韶、《百花亭》之王焕、《舍身堂》之程梦生、《华山畿》之无名书生、《长恨歌》之张坚、《流水落花》之李煜（帝王、词人）等，这些文人在仕途不顺、人生失意、命运多舛或遭受压抑屈辱时仍能坚守气节，不甘堕落沉沦。男性作家以"文人"作为文学主角多有自况之意，谭正璧亦如此。谭正璧（1901年11月26日～1991年12月19日），生于上海南市大东门外里马路（今中山南路）生义码头的亮泰西芋号，其父程景濂本是谭正璧外祖父谭明钧水烟店的伙计，其母谭吟善则是外祖父的独生女。谭正璧出生仅八个月，其母不幸死于霍乱，其父再婚离家，他因此改随母姓，由外祖父母抚养成人。谭正璧六岁时外祖父患臂痛不治身亡，八岁时其父亦染疾病逝，只留他与外祖母相依为命，艰难度日。因年少家贫，谭正璧基本只能靠自学、借读和旁听方式刻苦学习，高小毕业后升入江浙龙门师范，他思想激进，参加反

---

① 〔中〕王富仁、〔韩〕柳凤九:《中国现代历史小说论》第五论,《鲁迅研究月刊》1998年第7期。

帝爱国运动，揭露校方无理开除学生事件，最终触怒校长而被开除，后经《民国日报》主编邵力子介绍进入上海大学中文系，一年后又因经济不支辍学，但他在半工半读条件下依然获得了私立正风学院文学学士学位。总之，谭正璧自幼命运多舛，学业坎坷，但他勤学不辍，自强不息，奋发有为，这与他历史小说中的文人形象多有契合之处。

　　谭正璧历史言情小说的另一个重要特点是擅长塑造女性人物形象，揭示女性的复杂情感、生存环境与悲剧命运。中国现代作家中有两位男性作家特别嗜好女性题材，一位是许地山，另一位则是谭正璧。许地山此类小说多为现实小说，如《缀网劳蛛》《商人妇》《命命鸟》《春桃》等，谭正璧此类小说则是历史小说，如《金凤钿》《采桑娘》《摩登伽女》《清溪小姑曲》《女国的毁灭》《坠楼记》《奔月之后》《华山畿》《舍身堂》《百花亭》《长恨歌》《落叶哀蝉》《流水落花》等，女性的感性多情与文人的敏感才情交织辉映，使这些小说愈发旖旎多姿。谭正璧小说擅长女性题材，首先与他的身世有关，谭正璧父母早丧，他长期与外祖母相依为命，外祖母的坚强、慈祥、伟大，在其记忆和情感中留下了不可磨灭的深刻印象。其次与他长期任教女校有关，1923年谭正璧因经济不支从上海大学中文系辍学，后经笔友朱锡昌介绍到上海神州女校任教。1933年他从正风文学院毕业后又受聘于民立女中，1937年日军入侵上海，谭正璧偕家人避居黄渡、无锡，后应聘到上海务本女子中学任教。长期在女校任教的特殊经历使谭正璧非常关心女性命运，1933年他与夫人蒋慧颖开始编纂《中国文学家大辞典》，共辑录历代文学家6851人，计140余万字，在此基础上他又相继写成《新编中国文学史》《中国小说发达史》《中国女性文学史》和《中国戏曲发达史》，其历史言情小说中的文人仕女全部取自两部专著——《中国女性文学史》和《中国戏曲发达史》。

　　谭正璧生于上海，长于黄渡，民国期间上海隶属江苏，其历史言情小说中的神话、传说、历史、故事多出自吴越地区，受吴越文化尤其是吴文化的影响极大。如《华山畿》出自地道的吴地传说《华山畿》，《清溪小姑曲》则写金陵爱情故事，《长恨歌》中的张坚亦是金陵才子，《流水落花》中的南唐后主李煜则生于彭城（今江苏徐州），帝于金陵。因此，与其说谭正璧历史小说隶属上海"孤岛文学"，倒不如说它们是对吴越文化的文学诠释。

　　《华山畿》和《长恨歌》奠定了谭正璧历史言情小说的悲剧主调，并且建构起这类小说的主体创作模式——"理想情感+主角死亡"的悲剧模式。《华山畿》乃是民间爱情故事，发生在当时南徐州治（今镇江）至云阳（今丹阳）的华山一带，南朝时期流传于江苏地区，后形成传统民歌，隶属《吴声歌曲》。《乐府诗集》中现存此类歌曲二十五首①，皆为情歌。《古今乐录》中曾记载《华山畿》由故事成歌曲的过程：

> 《华山畿》者，少帝时，南徐一士子，从华山畿往云阳，见客舍女子，悦之无因，遂感心疾而死。及葬，车载从华山度，比至女门，牛不肯前。女出而歌曰："华山畿，君既为侬死，独生为谁施？欢若见怜时，棺木为侬开。"棺应声开，女遂入棺，乃合葬焉，号"神女冢"。自此有《华山畿》之曲。

《诚斋杂记·华山畿》的记载则更加详细：

> 《华山畿》者，宋少帝时懊恼一曲，亦变曲也。少帝时，南徐一士子，从华山畿往云阳。见客舍有女子年十八九，悦之无因，遂感心疾。母问其故，具以启母。母为至华山寻访，见女具说闻感之因。脱蔽膝令母密置其席下卧之，当已。少日果差。忽举席见蔽膝而抱持，遂吞食而死。气欲绝，谓母曰："葬时车载，从华山度。"母从其意。比至女门，牛不肯前，打拍不动。女曰："且待须臾。"妆点沐浴，既而出。歌曰："华山畿，君既为侬死，独生为谁施？欢若见怜时，棺木为侬开。"棺应声开，女遂入棺，家人叩打，无如之何，乃合葬，呼曰"神女冢"。②

综上可见，《古今乐录》与《诚斋杂记》所述"华山畿"传说基本一致，但后者明显比前者多出一些情节，如"母问其故，具以启母。母为至华山寻访，见女具说闻感之因。脱蔽膝令母密置其席下卧之，当已。少日果差。忽举席见蔽膝而抱持，遂吞食而死。气欲绝，谓母曰：'葬时车载，从华山度。'母从其意"。蔽膝，古代下体之衣，遮盖大腿至膝部的服饰，即围于衣服前面的大襟，类似围裙。"蔽膝治病"乃南方巫术之一种，侧面反映了吴越区域古老的鬼、神、巫文化。谭正璧《华山畿》将《古今乐录》未载而《诚斋杂记》有录的情节作为主体内容铺陈开来，因此基本是对《诚斋杂记·华山畿》的演绎。据说《华山畿》故事本是

---

① 〔元〕脱因修、俞希鲁：《至顺镇江志》卷二十，南京，江苏古籍出版社，江苏古籍出版社排印点校本，1990。

② 〔元〕林坤：《诚斋杂记》，《四库全书》本。

《梁祝》故事的原型，二者存在诸多相似之处，如《华山畿》有"棺开，女入棺内"的情节，而《梁祝》则有"坟开，女入坟内"的类似情节，它们都有"男子相思殁，女子殉情死"，"生不同衾，死后同穴"的传统情感观念。不过《华山畿》故事的逻辑发展远不如《梁祝》：《华山畿》讲的是一对青年男女陌路相识、一见钟情的故事，该故事的玄虚之处在于男子偶见女子，"悦之无因"，相思致死，女子闻之毅然殉情，不太合乎常理，而《梁祝》则讲梁山伯、祝英台"生前共学""身后化蝶"的故事，二人先有同窗之谊，后方日久生情，情深谊厚、绵长真挚，故山伯病逝、英台殉情的结局合情合理，终成千古绝唱。

谭正璧的《长恨歌》《金凤钿》两篇颇为相似。谭氏《长恨歌》虽有"天长地久有时尽，此恨绵绵无绝期"之意，却并非出自白居易写李隆基、杨贵妃情事的《长恨歌》。这篇小说写清代戏曲家张坚一日游杭，偶得署名"江上女子"者为他的处女作《梦中缘传奇》所作之批本与附诗，字里行间文思才情超凡脱俗，张坚顿时将"江上女子"引为知己，遍寻芳踪，唯求一见，最后方知知音已逝，阴阳两隔，相见无期，此恨绵绵，为酬知己，张坚为此女守墓三月，服丧一年，封笔以谢。该故事情意崇高、哀婉凄绝，简直可与"俞伯牙摔琴谢知音"佳话相媲美。谭氏《金凤钿》则写女主角金凤钿因一部《牡丹亭》"情不知所起，一往而深"，对作者汤显祖"空恋虚爱"，汤显祖亦引为知己，千里赴会，到达后方知金凤钿已于两天前香消玉殒。总之，《长恨歌》与《金凤钿》存在三大相似之处：第一，人物设置和情节设置方面，皆写痴情女子与戏曲家情事；第二，男女情感方面，知音之情为主，男女之情为辅；第三，发展过程和最终结局皆为女方病逝，男方情深，止于神交。

谭正璧其他历史言情小说也延续了"理想情感+主角死亡"的悲剧模式，如《坠楼记》（姚崇与绿珠情仇）、《落叶哀蝉》（李后主与大小周后情事）和《流水落花》（汉武帝与李夫人情事），此外还有以主角消失来制造终极悲剧的小说，如《奔月之后》和《清溪小姑曲》。《坠楼记》一篇主要采用心理分析方法将石崇宠妾绿珠被迫事仇、报复无门后坠楼自尽时压抑、绝望的心理状态描摹得细致入微，抒情语言亦如影随形，令人动容。心理活动是人类精神状态的内隐方式，而抒情语言则是精神状态的外显方式，心理分析愈复杂细腻，抒情语言愈柔婉动人，这在中国现代历史小说中是不多见的。

（二）"杨贵妃"系列历史小说

在苏派历史小说中，沈祖棻的《马嵬驿》、严敦易的《马嵬》（又名

《杨贵妃》)、李定夷的《杨贵妃秘史》等"杨贵妃"系列历史小说比较引人注目。其中沈祖棻的《马嵬驿》和严敦易的《马嵬》是短篇小说,两位作家选取"杨贵妃缢死马嵬驿"这一历史"片断",从横截面入手剖析"马嵬事件"和杨贵妃死前的复杂心理,侧面揭示"杨贵妃缢死"真相以及唐玄宗、杨贵妃的情感真相;李定夷的《杨贵妃秘史》则是长篇小说,采用通史演义的方式深入杨贵妃的人生经历、个人情感和私人生活,同时钩沉稗史轶事、民间传闻,写成"秘史"博人眼球,这种以媚俗达成市场效益的做法是鸳鸯蝴蝶派的惯用方式。相形之下,沈祖棻《马嵬驿》与严敦易《马嵬》所用"横截面"的剖析方法更有创新价值,二者叙事视角亦大异其趣,显示出较高的艺术造诣。

沈祖棻(1909年1月29日~1977年6月27日),祖籍浙江海盐,世居江苏苏州,著名学者、教授、词人。沈祖棻历史小说皆作于抗战前夕,1935~1937年她先后写下《辩才禅师》《茂陵的雨夜》《崖山的风浪》《马嵬驿》《苏丞相的悲哀》等历史小说,署名"绛燕"发表在《文艺月刊》上。严敦易(1905~1962),江苏镇江人,1949年以前曾从事金融业兼戏剧教研工作,他只写过《马嵬》一篇历史小说。

沈祖棻《马嵬驿》和严敦易《马嵬》出自《旧唐书·列传第一·后妃上》,该传言简意赅地记载了"杨贵妃缢死马嵬驿"的经过:

> 天宝中,范阳节度使安禄山大立边功,上深宠之。禄山来朝,帝令贵妃姊妹与禄山结为兄弟。禄山母事贵妃,每宴赐,锡赉稠沓。及禄山叛,露檄数国忠之罪。河北盗起,玄宗以皇太子为天下兵马元帅,监抚军国事。国忠大惧,诸杨聚哭,贵妃衔土陈请,帝遂不行内禅。及潼关失守,从幸至马嵬,禁军大将陈玄礼密启太子,诛国忠父子。既而四军不散,玄宗遣力士宣问,对曰:"贼本尚在",盖指贵妃也。力士复奏,帝不获已,与妃诏,遂缢死于佛室。时年三十八,瘗于驿西道侧。①

据《旧唐书》所载,杨贵妃被赐死的主要原因是范阳节度使安禄山的反叛,安禄山因功得宠,后与贵妃姊妹过从甚密,安禄山反叛后三军迁怒贵妃,唐玄宗被迫赐死之。此外,唐代白居易的长诗《长恨歌》与清代洪昇的剧本《长生殿》两种文学版本进一步促成杨贵妃事迹的广泛

---

① 〔后晋〕刘昫等:《旧唐书·后妃上·玄宗杨贵妃》,载《旧唐书》卷五十一,北京,中华书局,1975,第2180页。

流传。《长恨歌》重点记述杨贵妃生长事迹、受宠程度、缢死经过、明皇思念贵妃等事，白居易将杨贵妃"回眸一笑百媚生，六宫粉黛无颜色"的倾国之色，"渔阳鼙鼓动地来，惊破《霓裳羽衣曲》"的安史之乱以及"君王掩面救不得""宛转蛾眉马前死"的赐死过程写得声情并茂。《长生殿》则重点讲述李隆基、杨贵妃之间真挚的爱情，刻意回避杨妃本寿王之妃，李隆基夺子之妇行乱伦之实的部分。

　　20世纪30年代，沈祖棻的《马嵬驿》与严敦易的《马嵬》以《旧唐书》所载杨贵妃本事作为基本框架，兼采《长恨歌》与《长生殿》的帝妃爱情主线，重点描写"赐死"前后的外在形势与帝妃的内心活动。严敦易《马嵬》坚守男性性别立场，从唐玄宗视角侧面塑造杨贵妃形象，这篇小说将唐玄宗置于千钧一发的兵变时刻，在经过复杂心理斗争后他决定舍弃杨贵妃，"我难道还丢不下这三十八岁的中年肥胖妇人么（吗）？难道预备拿此身和她同归于尽，被乱军所辱么（吗）？"这些内心活动直接揭露唐玄宗本性的"柔软，卑怯，自私"与"薄情"。沈祖棻《马嵬驿》则坚守女性性别立场，从杨贵妃视角细腻描写她被赐死前的恐惧、纠结、寒心、绝望的复杂心理状态，"既然叫我离开你去死，又叫我不要伤心，这是多么地矛盾啊！"赐死时刻，唐玄宗的言语安慰显得无力、多余和虚伪，杨贵妃的内心活动间接揭露了唐玄宗为保"尊"位背弃爱情的决绝与无情。因此，沈祖棻《马嵬驿》是典型的女性主义历史小说，"女性主义历史小说从本质上讲是一种意识形态创作。女作家们书写历史，但更强调借历史来抒发女性的思想意识……女性主义历史小说家们以扬厉的姿态显示她们对男性话语的挑战——让女性获得言说历史的权利，让历史通过女性的视野重新得以呈现"①。

　　如果综合观照作家性别与人物性别两大因素，我们必须承认男性作家与女性作家在心理和生理上天然存在无法超越的体验隔膜，因此男性作家创作女性题材小说（如施蛰存、许地山、谭正璧的小说）时，始终无法摆脱凭借观察、揣测或二手材料描摹女性人物生理、心理的"他者"视角，难以完全吻合女性生理和心理的实际状况，这种模仿书写一旦出现偏差还极易造成画虎不成反类狗的滑稽效果。反之亦如是。鉴于上述事实，严敦易在处理"杨贵妃"题材时放弃了其他男性作家惯用的"拟女化"思维和写作方式，他与沈祖棻各自坚守性别立场，借助作家性别与人物性别之间的契合，消除"他者"视角因性别错位产生的体验隔阂，

---

　　① 吴秀明：《长篇历史小说的文化阐释》，北京，文化艺术出版社，2007，第214页。

从而将小说中的男女人物心理剖析得非常精准，达到入木三分的境地，为小说增添无限魅力。

二 苏派历史隐喻小说

苏派历史隐喻小说指中国现代江苏作家采用历史题材所作的旨在隐喻、刺谏、映射现实的小说，如女作家罗洪的《笼着烟雾的临安》《斗争》《薄暮》、女作家沈祖棻的《崖山的风浪》、吴调公的《突围》、周木斋的《郑成功孔庙焚儒巾》等，这些小说皆写"宋末明季"历史事件，如涉及（南）宋末历史的《笼着烟雾的临安》《薄暮》《崖山的风浪》《突围》，涉及明末历史的《斗争》《郑成功孔庙焚儒巾》。北宋末年"靖康之变"后，宋都南迁临安（今杭州），南宋历史便与吴越历史交织在一起。因此苏派作家选择南宋历史创作历史小说，不仅在于南宋历史与当时现实的内在相似与精神契合，同时反映出他们对吴越历史的偏好之意和青睐之情。

罗洪，原名姚自珍，上海松江人，20世纪30年代尝试文学创作，最初目的乃是探索人生问题，因此其早期文学是20世纪20年代流行的"为人生"文学的延续。罗洪小说题材比较广泛，如现实主义小说集《腐鼠集》既有反映家庭问题的《妈妈》《母与女》，又有关乎农民生活的《稻穗还在田里的时候》，还有反映鸦片危害的《烟馆小景》，并且最值得一提的是反映1932年"一·二八"事变的《白的风景》，这是罗洪"抗战文学"的先声。1937年7月全面抗战爆发，罗洪为避战祸开始颠沛流离，在极端环境下其文学创作竟然达到高峰，"我用手里的笔，愤怒地鞭挞那些认贼为父、为虎作伥、出卖灵魂的民族败类，揭露那些乘人之危、欺人以诈、谋取私利的社会蟊贼，同时我也热情地歌颂那些义无反顾、奔赴前线的志士，赞美那些为了祖国献出自己一切的青年"[①]。1937~1945年间罗洪以笔为枪将抗敌爱国之情诉诸笔端，写下大量"抗战文学"，其中就包括《牺牲》《笼着烟雾的临安》《薄暮》和《斗争》等历史小说。《牺牲》写战国时期樊於期自斩首级托荆轲刺秦复仇一事；《笼着烟雾的临安》写襄阳守将吕文焕被围六年，屡次求援，而奸臣贾似道只顾争权，拒不增援；《薄暮》写岳飞抗金节节胜利之际，宋高宗受秦桧挑唆一日连发十二道金牌将岳飞从前线召回临安，绞死于风波亭上，使其"十年之功，废于一旦！所得诸郡，一朝全休！"；《斗争》则写明亡之后抗清小英

---

① 罗洪：《创作杂忆（一）》，《新文学史料》1988年第2期。

雄兼诗人夏存古与其老师陈子龙在太湖组织抗战义勇军坚持抗清斗争，斗争失败后吟诗咏志，"江南三月莺正娇，东河击缆在虹桥"，表现出视死如归的凛然豪情。可见，罗洪的历史小说是"抗战文学"的独特之作，其中毫无女性的柔弱恐惧，只有对贪婪残暴的侵略者的刻骨仇恨，对临危不惧的爱国志士的热情赞颂，对卖国误国奸臣的极端愤慨，每一篇都透露着坚决抗战、保家卫国的爱国主义精神。

沈祖棻《崖山的风浪》则以1279年南宋灭亡之战——崖山海战为背景揭露南宋国祚衰微、生死存亡关头群臣的忠奸之相。崖山之战最后一天，"卖国贼"张弘范倒戈相向，屠戮民众，行为猖狂，而元帅张世杰忠肝义胆、奋勇抗敌，最终殉国，丞相陆秀夫视死如归，背负8岁小皇帝赵昺跳海自尽，南宋海军全军覆没，可谓"感天地，泣鬼神"。这篇小说写于1935年，其时东北沦陷，日本觊觎华北，全面侵华野心日渐暴露，沈祖棻本着国家兴亡、匹夫有责的爱国情感和民族责任借此警示当局、警醒国人。南宋灭亡沉重打击了汉族统治和儒家文人，以唐诗宋词为圭臬的中国文学传统遭到空前冲击，作为优秀词人的沈祖棻反观这段历史时深受触动，因此其《崖山的风浪》还隐藏着对古典诗词没落的深切挽悼之情。

总之，沈祖棻、罗洪历史小说的爱国主义精神是一致的，只是罗洪文笔带有中性之美，极少阴柔之气，而沈氏文笔细腻，用语讲究，词人的诗性与女性的温婉两种气质融合得恰到好处。

吴调公（1914～2000年），原名吴鼎第，笔名丁谛，江苏镇江人，学者、教授、文论家。1935年毕业于大夏大学（华东师范大学前身）国文系，20世纪30年代著有小说、散文集《海市集》，曾任镇江师范学校教师，专注唐诗和李商隐研究。吴调公历史小说《突围》出自文天祥的《指南录后序》，写文天祥北上谈判被困，得杜浒、余元庆等人帮助突围逃脱一事，1941年发表于抗日进步刊物《中美周刊》。这篇小说亦属"抗战文学"，其内容、立意与郑振铎《桂公塘》基本相似，旨在用文天祥坚贞不屈、不惧生死的爱国精神激励国人和抗日志士。

周木斋（1910～1941年），又名周朴，号树榆，江苏武进人，20世纪30年代他曾先后在上海大东书局、上海《大晚报》、上海《大美晨报》任编辑，主创杂文，有《边鼓集》（合著）、《横眉集》（合著）、《消长集》等多种杂文集，兼有少许小说，历史小说《郑成功孔庙焚儒巾》即是其中之一。《郑成功孔庙焚儒巾》写1646年清兵入闽后郑成功之父郑芝龙为个人利益投降清廷，其母受辱自杀，二十二岁的郑成功愤而招纳四方英豪起兵抗清，为表达自己弃文从武、投笔从戎的决心，他在南安丰州孔庙将读书时所用青衣儒巾焚毁。周木斋借小说痛斥郑芝龙之流的投降行径，而将郑成功视为抗清英雄。周木斋的观点显然带有时代局限性，郑成功驱逐荷兰殖民者收复台湾，功在当代、利在千秋，但他以抗清之名割据台湾，对中国统一大业也造成了不良影响。抗战时期周木斋还写过一篇杂文——《凌迟》，以极端憎恶的言辞声讨头号汉奸汪精卫，可见他对卖国求荣者的深恶痛绝，恨不得将之凌迟处死而后快。

总之，1931年"九一八"事变后，在民族危机日益严重的形势下，苏派历史小说中出现了一个"宋末明季"小说创作热潮。宋末明季与中华民国两个历史时期确实存在众多相似之处，如官场腐败、汉奸卖国、派系林立、外敌入侵、内乱频繁等，因此历史小说家们"刺戟于当前的民族危机总容易写到宋末明末"[①]，常以亡国哀音隐喻当时现实，这是基于历史与现实的相似性而寻到的一条文学捷径。

三 苏派"农民斗争"历史小说

苏派"农民斗争"系列历史小说的主要代表作家是刘圣旦。刘圣旦，江苏常州人，生卒年不详，早逝，曾主持上海进步书店天马书店[②]，鲁迅、茅盾、周作人都在该书店刊印过自选集。1935年5月刘圣旦的历史小说集《发掘》亦由天马书店正式出版发行，该集内收《新堰》(1933)、《北邙山》(1934)、《白杨堡》(1934)、《诗狱》(1934) 和《突围》(1934) 五篇历史小说，皆写古代农民、河工的生活疾苦及其小规模起义事件，左翼倾向比较明显。鲁迅曾关注这本集子："小说《发掘》，见过批评，书未见，但这几天想去买来看一看。"[③]1935年1月29日杨霁云寄鲁迅信并附赠《发掘》集一套[④]，收入鲁迅藏书。1934年曹聚仁最早为《发掘》集作专论——《从"发掘"说到历史小说》，1935年又在《历史小品脞谈》一文中做出评价：

> 五四以来，传记文学衰歇下去，以历史故事为题材的章回小说也衰歇下去了。受欧美文艺影响的新小说，在技巧上意识都和章回小说截然不相同；也曾有人取历史的人物穿上新的外套，如郭沫若

---

① 田汉：《〈岳飞〉代序》，《田汉论创作》，上海，上海文艺出版社，1982，第182页。

② 曹聚仁：《上海丁记》，《我和我的世界》下册，太原，北岳文艺出版社，2000，第583-584页。

③ 鲁迅：《致杨霁云》，《鲁迅书信集》上册，北京，人民文学出版社，1976，第638页。

④ 同上书，第739页。

的《三个叛逆的女性》，王独清的《杨贵妃》，只能说是文艺狂潮中的小波澜，不为一般人所注意。茅盾于民国十六年（1927年）以后，也曾写过《大泽乡》《石碣》那几个短篇历史小说，影响并不大；直到现在，只有刘圣旦的《发掘》是纯粹历史小说集。①

曹聚仁关于"纯粹历史小说"的判定，乃是他基于个人文学历史观对刘圣旦历史小说的文体形态给予定性，而这种定性极为笼统，并不能全面说明其独特之处。

刘圣旦《发掘》集的独特之处主要体现在三大方面：借鉴论文写作经验，启用综论、分论结构模式；专写古代小人物、小事件，成为小历史书写的典范；以第一人称讲述历史故事，开创历史小说第一人称叙述视角之先例。

（一）综论、分论结构模式

《发掘》集可分为"前记"和"正文"两大部分。刘圣旦历史小说注重考证，他在"前记"中说："本书所收的五篇小说，全是取材于历史的。现在且把来历说明一下，等于自己替自己作考证。"②因此，刘圣旦在"前记"部分深刻分析了《发掘》集五篇历史小说所涉五起小规模起义事件发生时的政治、经济、军事、民族等问题，综合论证这些历史事件产生的社会根源。如作《新堰》时他曾考证《隋书》《资治通鉴》《文献通考》《杜氏通典》《通志》《关东风俗传》等历史文献，研究隋末商业资本和币制盐税，分析重修长城、开掘河道与征发役丁的利弊问题，论证这些问题与少数民族南下事件的因果关系等；作《白杨堡》时他考证了《明史》《清代通史》等历史文献，综合分析明末清初陕西、河南两省的官场腐败、地主剥削、旱灾苛税等；写《突围》时又考证了《清代通史》《清代外纪》《太平天国革命史》等历史文献。《发掘》集"正文"则采用侧面描写、微观分析等方式，深入考察社会综合问题对民众日常生活的影响，探讨这些小规模起义事件发生的直接原因。显然，《发掘》集中历史小说的基本内容已经超过一般历史小说的写作范围，从而成为刘圣旦学术研究的一种拓展研究，因此引得同样热衷考证的曹聚仁大加赞赏并且最早给刘圣旦《发掘》集写下专论，称其历史小说为"纯粹历史小说"。

---

① 曹聚仁：《历史小品脞谈》，《申报·自由谈》1935年2月21日。
② 刘圣旦：《发掘·前记》，载〔中〕王富仁、〔韩〕柳凤九编《中国现代历史小说大系》第四卷，石家庄，河北人民出版社，1999，第357页。

（二）小历史书写的典范

《发掘》集中的历史小说是典型的"小历史书写"。"小历史书写"的常用方式主要有：以历史上名不见经传的小人物、小事件为对象进行文学创作；不再强调依史而作或广泛表现历史的既然性、必然性、宏大性，而是更加注重历史的边缘性、偶然性、微观性，对历史的断面、片段、细节、零碎之处进行勾勒，对缺漏、删除、亡佚、失事之处进行填充、还原，对扭曲、偏见、作伪之处进行纠正，从而形成新的类历史文本以挑战历史学家的话语权威；在消解历史真实与人物神话之外，一些作家还注重历史虚构与想象，使用自叙、心理分析等现代手法进行历史小说创作。刘圣旦历史小说的"小历史书写"则主要体现在以下方面：

首先，小规模起义事件的选择。《发掘》集中《新堰》《白杨堡》和《突围》三篇历史小说描写的皆是古代农民起义，但刘圣旦并未选择具有全国性影响的古代大规模农民起义，而是挖掘大规模起义中的小规模、地域性、局部性的农民"暴动"作为创作素材，如《新堰》以隋朝开凿大运河、攻打琉球作为历史大背景，专门写隋末京杭大运河扬州至余杭段的河工之乱，当时扬州以沈觅敌为首的盐民暴动和吴郡朱燮、淮南张起绪领导的农民起义直接引发京口、丹阳、常州、余杭等河段的河工造反，附近扬州河段的河工、贫民也蠢蠢欲动，暴动一触即发。这场河工"暴动"中的历史人物没有青史留名，"暴动"持续时间短暂，仅仅一天即遭镇压。《白杨堡》写明末崇祯初年陕西大旱，饥民遍地，官府腐败，赈灾不力，白杨堡农民断粮后挖蓬草、剥树皮、采山石而食，最终官逼民反加入地方"匪帮"，成为明末大规模农民起义中的一股细小支流。《突围》写的则是清代嘉庆年间川楚白莲教起义过程中河南新野县一个村落的贫苦农民因无法忍受地主盘剥、高利贷商人压榨和官府欺压而参加白莲教起义的经过。

其次，小人物日常生活的描绘。刘圣旦《发掘》集以历史上名不见经传的小人物、小事件为对象进行小说创作，其中小人物可分为两类：（1）底层农民，如《新堰》中的贫苦农民福官妈、福官爷爷、丙生嫂、六叔公、李二姐等。除了农民外，这篇小说还首次写到河工、盐民、小贩等小人物，这在中国现代历史小说中实属罕见。《白杨堡》则以陕西小村庄白杨堡老郑一家为中心，塑造了陕西大旱时期一系列饥民形象，如老郑、老郑妻子迈姑、老郑儿子旺哥、旺哥媳妇、旺哥儿子小旺等。《突围》则塑造了"我"（老许）、"我"媳妇、陈二、陈二嫂、邵三叔、老周、老诸等底层草民形象。（2）小官吏、地主、商人、恶霸、流氓，如

《新堰》中的地主兼商人秦八、杨老爷、县差、管家矮胖子、甲长、奸细跷脚王四等。《突围》中的山西高利贷商人老亢、卜爷、县差、兵勇等。当地地主、商人鱼肉乡里，小官吏、恶霸、流氓为虎作伥、沆瀣一气，逼得农民生活困苦、朝不保夕。

刘圣旦历史小说中底层农民形象的塑造非常成功，底层农民日常生活的描写也异常细致。如《新堰》写运河扬州段一个小村落中以福官妈、福官爷爷为代表的底层农民贫苦的日常生活，各种苛捐杂税尤其是征集河工的徭役极度繁重，这加剧了他们生存环境的恶化，福官爹被抓去修筑河道，福官妈每天除了照顾尚在襁褓中的福官和卧病在床的福官爷爷，还要做饭、纺花、织布、干农活，同时忍受地主走狗矮胖子的骚扰，时刻生活在劳累、饥饿与恐惧中。《白杨堡》则详细描写了老郑一家的悲惨生活，大旱之年，河塘干涸、作物枯萎、饿殍遍野，老郑儿子旺哥走投无路加入"匪帮"，最终连累老郑被抓，老郑老婆迈姑、孙子小旺病饿而死，旺哥媳妇精神崩溃、疯癫。《突围》则通过"我"（老许）的视角讲述陈二一家的悲惨遭遇，"我"有妻有子，性格懦弱，略微迷信，陈二则是一个笃信勤劳立本、绝不信教的本分农民，然而河南大旱，陈二媳妇病入膏肓，高利贷商人联合官府逼租导致陈二媳妇病吓而死，陈二终在愤怒之下参加了白莲教起义。可见，刘圣旦历史小说试图通过考证底层农民日常生活的惨象来发掘"流寇"猖獗的根本原因，譬如他在考证隋末河工之乱后得出结论："隋朝的农民，在商业资本剥削，地主榨取，国税负担，以及劳役驱迫等等的环攻之下，简直只剩了一丝残喘！但那些农民，终于，在铁的樊笼之中怒吼起来，消灭了隋朝的统治。"[1]在考证明末社会状况后亦得出类似结论："自然不外政治的剥削，地主的侵蚀，以及灾荒的压迫，激怒了无可生存的农民。"[2]因此，刘圣旦历史小说带有明显的左翼倾向。

总之，小历史书写"与'大历史'中活动的那些王侯将相们不同，'小历史'的叙述对象大多是名不见经传的普通人或是大人物们的陪衬。他们或许有些本事，在某一领域学有所长，或许在个性上与众不同，在时代的大潮中沉沉浮浮身不由己。但作为个体，他们从来不张扬自我，也无意于影响和左右历史发展的进程。他们没有翻天覆地的渴望，没有

---

[1]　刘圣旦：《发掘·前记》，载〔中〕王富仁、〔韩〕柳凤九编《中国现代历史小说大系》第四卷，石家庄，河北人民出版社，1999，第359页。

[2]　同上。

踌躇满志的英雄气，而是随波逐流，安于庸常的生活"①。所以，刘圣旦的历史小说可谓小历史书写的典范。

（三）历史小说第一人称叙述视角的开创

在《发掘》集中，《新堰》《白杨堡》等历史小说皆以第三人称进行叙述，采用的都是全知视角，其叙述视角缺乏新意，而历史小说《突围》的叙述视角却非常独特，它设置了一个古代人物——"我"，即农民老许，然后以"我"（老许）的口吻，采用第一人称限知视角进行小说叙述。"我"（老许）并非由现代穿越到古代的先知型人物，而是一个地地道道的古代人物。"我"与乡邻好友陈二、邵三叔、老周、老诸等都是新野乡村的贫苦农民，"我们"正切身经受着高利贷商人、官差、兵勇的残酷剥削，"我"目睹了陈二媳妇的惨死以及官逼民反的整个过程。

《突围》中的"我"（老许）虽然被设定为一个古代小人物，但实质上是现代作家刘圣旦的代言人。尽管"我"（老许）"亲自"见证了一场古代小规模农民起义发生的过程，但刘圣旦将"我"（老许）设置成一个性格懦弱、胆小怕事、缺乏主见的古代小人物，因此"我"在小说中主要以"旁观者"视角观看整个事件的发生、发展、经过和结果，极少参与或发表意见。可见，《突围》中"我"这一人物的设置非常巧妙，其"旁观者"视角能够让刘圣旦在创作时尽量保持客观，避免像郁达夫一样通篇"夫子自道"。在中国现代历史小说创作中，刘圣旦的《突围》采用第一人称叙述视角讲述历史故事尚属首例，具有绝对创新意义和借鉴价值。正因如此，曹聚仁认为《突围》是刘圣旦写得最好的一篇历史小说。

综上所述，刘圣旦历史小说无论是在结构安排、内容选择还是叙述视角方面都颇具匠心，独一无二。因此，刘圣旦固然不能被称为中国现代历史小说创作中最为成功的作家，但他确实是一位非常独特的作家。

第四节　海派历史演义

海派历史小说是一个相对概念，只是相对于浙派历史小说和苏派历史小说而言，实际上其主体是1917～1949年间寓居上海的作家在上海创作、出版的历史演义以及其他非演义体历史小说，其中海派历史演义是海派历史小说乃至整个旧派历史小说的集大成者。

---

① 吴秀明、吴遐主编《文与历史》，杭州，浙江大学出版社，2006，第96页。

一 海派作家的构成：侨寓作家与沪上作家

海派历史演义作家并非全是沪籍，主要由三类作家构成：（1）江浙旅沪作家。一些浙籍作家成年之后因谋生而侨寓上海，如蔡东藩（萧山）、许啸天（上虞）、徐哲身（嵊州）、陆冲岚（海宁）、钟毓龙（杭州）、吕伯攸（杭州）等，民国时期上海隶属江苏辖地，因此一些生长于江苏其他区域的作家寓居或定居上海实属省内迁移，如程瞻庐（吴县，1995年撤销）、费只园（吴兴）、李定夷（武进）、李伯通（扬州）、陆墟（无锡）、陶寒翠（苏州）、许慕羲（溧阳）、许指严（武进）等。（2）其他旅沪作家。如黄士恒（福建永泰）、张爱玲（河北丰润）等。（3）沪上作家。如朱雯（松江）、罗洪（松江）、陆士谔（青浦）、穆罗茶、张恂子、张恂九等。王皓沅、李逸侯等作家籍贯不详，民国时期亦活跃在上海，其他不明籍系或寓地的作家，其1917～1949年间所作历史演义的出版传播地基本也都集中在上海。

海派历史演义的创作现状非常复杂，这与江浙沪文化你中有我、我中有你、彼此纠葛的存在状态不可分割。江浙沪文化最初皆可归入吴越文化，三者之间存在千丝万缕的联系。1842年《南京条约》签订之后位于长江入海口的上海开埠，大量洋人涌入上海。1851年太平天国运动爆发，后洪秀全建都南京（改为天京），南京、苏州等地商贾、巨富和一些平民为躲避战乱移居上海，为上海成为新型商业中心创造了有利条件。民国时期上海隶属江苏省，并且与毗邻的浙江嘉兴互有交叉，因此近现代上海文化主要是在江苏文化影响下，兼受浙江文化影响，进而结合西洋文化的影响所形成的一种新型交叉文化。总之，上海文化主要由吴文化发展而来，浙北文化与洋文化对其影响也比较大，而江浙作为中国通俗文学的主要发源地，对海派历史演义的影响亦不言而喻。

鉴于海派作家构成的复杂性，现将1917～1949年间沪上作家、寓沪作家、沪上出版的历史演义皆纳入海派历史演义进行综合研究。

表15-4 海派历史演义一览（1917～1949年）

作　　家	篇　目	出版情况
蔡东藩	《慈禧太后演义》	1916年3月上海会文堂新记书局出版
	《中国历代通俗演义》（11部）	1916～1926年上海会文堂书局出版
黄士恒	《秦汉演义》	1917年上海商务馆出版

作　家	篇　目	出版情况
江荫香	《桃花扇演义》	1919年上海广文书局出版
周大荒	《反三国演义》	1924年《民德报》连载 1929年9月上海卿云图书公司出版单行本
陆士谔	《女皇秘史》	1926年10月上海时还书局出版
许啸天	《清宫十三朝演义》	1926年上海新华书局
	《明宫十六朝演义》（又名"明朝宫廷秘史"）	1927年3月上海新华书局
	《唐宫二十朝演义》（又名"唐代宫廷演义"或"唐宫秘史"）	1927年上海新华书局
徐哲身	《汉宫二十八朝演义》（又名"汉代宫廷艳史"）	1928年2月上海五权书社出版
李逸侯 赵梦云	《宋宫十八朝演义》（又名"宋代十八朝艳史演义"）	1928年2月上海五权书社出版
许指严	《三十二朝皇宫艳史》	1928年6月上海新光书局出版
许慕羲	《宋宫十八朝演义》（又名"宋代宫闱史"、"话说宋朝三百年"）	1928年10月上海新华书局出版
陶寒翠	《民国艳史演义》	1928年11月上海时还书局出版
李伯通	《清朝全史演义》	1928年上海广益书局出版
许啸天	《元宫十四朝演义》	1928年
	《宋宫十八朝演义》	1928年
	《隋宫两朝演义》	不详
	《汉宫二十朝演义》	不详
	《民国春秋演义》（又名"民国春秋"）	不详
费只园	《清朝三百年艳史演义》（又名"清代十三朝演义"或"清代三百年艳史"）	1929年1月上海校经山房成记书局出版

作　家	篇　目	出版情况
许慕羲	《元宫十四朝演义》 （又名"元代宫廷演义" "元史演义"或 "话说元朝三百年"）	1930年6月海上新华书局出版
李伯通	《西太后秘史演义》	1930年9月国史小说出版社出版
张恂九	《最近百年上海历史演义》 （一名"神秘的上海"）	1931年8月上海南星书店出版
张恂子	《隋宫两朝演义》 （又名"话说隋朝三十七年"）	1933年上海民强书局出版
张恂子	《太平天国革命史演义》 （又名"红羊豪侠传"）	1933年上海民强书局出版
许慕羲	《清宫历史演义》	1931年11月上海广益书局出版
文公直	《宋宫历史演义》 （又名"宋宫十八朝演义" "宋史演义"）	1933年上海大达图书供应社出版
文公直	《碧血丹心于公传》	不详
文公直	《碧血丹心平藩传》	不详
文公直	《秦良玉演义》 （又名"女杰秦侯传"）	1934年8月上海马启新书局出版
甘时雨	《四大美人演义》	1934年10月上海新民书局出版
姚舜生	《中国历史妇女演义》	1935年1月上海女子书店出版
朱彭城	《吴三桂演义》	1935年年6月第一版
钟毓龙	《上古神话演义》	1935年7月上海中华书局出版
土　勺	《欧洲大战演义》	1940年5月上海新人出版社出版
齐东野人	《隋炀帝艳史》	1946年上海中央书局出版
李伯通	《唐宫历史演义》	上海大达图书供应社
白玉山	《汉流演义》	1948年1月民兴出版社出版
蔷薇园主	《五四历史演义》	40年代出版
王皓沅	《清宫十三朝》 （又名"清宫秘史"）	1948年9月上海文业书局出版
春茧生	《隋宫两朝秘史》	1949年1月上海大中华书局出版

二　长篇历史演义的繁荣

　　1917～1949年间海派历史演义数量颇丰，多达数十种，呈现出繁荣局面，而长篇历史演义几乎成为海派历史小说的标志性文体形态。据表15-4可见，这一时期上海出版的历史演义大多曾一版再版，销量不菲，如蔡东藩的《中国历代通俗演义》出版后风行一时，销量达十万册①，许啸天自"去年（按：指1927年）著成明、清两代的宫闱演义（均新华书局出版），已经流传在社会上，得一般读者极热烈的欢迎。在出版后六个月中，经十余次的重版，销数达五六万；自名人雅士，以至商贾装船，莫不人手一篇，惊叹赞诵，奔走骇告，突破自来出版界的纪录"②。尤其是许啸天的《清宫十三朝演义》，自1926年首次出版至1949年重版多达三十余次，可见历史演义当时在中国的流行状况。

　　长篇历史演义在现代上海大量出版、畅销并非偶然，而有其深层的历史原因与现实原因。

　　首先，长篇历史演义自身特点决定。中华文明上下五千年，即使从商朝甲骨文记事算起有文字记载的历史已有三千多年，中国历朝历代设置史官，记录国家大政、帝王言行与社会大事，因此成为世界上历史记载最完备周详的国家。历史演义以"史"为操作对象，最初写作目的乃是说唱，影视文化出现之前说书、评弹、戏剧等说唱艺术成为普通市民阶层休闲娱乐的最佳方式，而说唱艺术最主要的内容就是讲述历史，长期受说唱艺术的影响，一般百姓即使文盲之人对中国历史上的杰出人物与重大事件亦耳熟能详，因而"历史演义"容易契合大众趣味，明清以来很快成为备受大众欢迎的小说形态，拥有庞大的大众市场。新文化运动之后，通俗易懂的白话文逐渐代替半文半白的过渡语言，极大降低了文本阅读的语言障碍，普通市民阶层对通俗读物的需求迅速增加，从而构成了一个目标群体庞大并且相对稳定完备的潜在需求市场，市民市场的形成，为历史演义的大量流行提供了前提条件。

　　其次，知识分子生存环境发生巨变。从政治环境来看，1905年科举制度被废除，传统知识分子失去了"学而优则仕"的价值实现途径，这种变化迫使他们不得不改变谋生方式以适应新的生存环境。一部分传统知识分子另辟蹊径转向他业，而大部分则选择了本已驾轻就熟且与致仕途径相通的谋生方式——写文章。通过撰写稿件、出卖文稿，赚取稿费

---

① 陈志根：《蔡东藩〈中国历代通俗演义〉版本源流述论》，《史林》2005年第3期。

② 包天笑：《唐宫二十朝演义·总评》下册，长春，吉林文史出版社，1985，第1008页。

稿酬，自食其力，因此这部分转型成功的传统知识分子最早获得了"作家"的新头衔。这些"作家"群体情况复杂，一些作家是"业余"作家，其主业是教育、出版，他们本身是中学教师、大学讲师、学者、教授或报刊编辑，而撰稿卖文只是兼职，另一些作家是"职业"作家，他们或依附于报纸、杂志、印刷等行业，或自行撰稿卖文，依靠稿酬稿费安身立命。知识分子生存方式的转变，为历史演义的大量出现准备了历史积淀丰厚的创作主体。从经济环境来看，现代中国战乱频仍，经济状况整体低迷，但在二十世纪二三十年代却出现了一个令人瞠目的异常现象——上海经济的空前繁荣，外滩以及与之毗邻的九江路、宁波路一带成为中国当时最大的金融中心，加上租界商贸兴盛，市内工业众多，上海迅速成为中国当时人口最多的工业城市与商业都会，经济繁荣与高额薪酬又吸引来大批人才，他们在上海形成了一个新型职员阶层。职员阶层与工人阶层不同，"上海的工人是贫穷的，在工资水平相对较高的1921年，那些熟练工人就算星期天都工作，一个月的收入也不过12元。……但是职员的情况不同，1921年沈雁冰在商务印书馆工作仅仅4年，月薪已近百元。是年邹韬奋自圣约翰大学毕业，进纱布交易所任英文秘书，月薪为120元。复旦大学各科主任月薪100元，一般职员40～60元，1927年上海市小学教师月薪平均41.9元，邮务生28元，打字员的收入也不在技术工人之下，英文打字员月薪20～100元。20年代的上海，法律顾问、律师、会计师、经理、总办、办事员、秘书、译员、工程师、医师、药剂师、教师、编辑等，都是令人羡慕的体面职业"[1]。职员阶层、老板、富人与在校学生成为上海流行文化与历史文学的主要消费者，新兴市场的形成必然扩大历史演义的需求数量。

第三，上海报纸杂志与出版业的规模化。相对"新"派作家的历史小说而言，"旧"派作家的历史演义篇幅极长，仅蔡东藩一人所作十三部历史演义的总字数即达七百余万之巨，如果采用中国古代竹简木板、活字排版、明清版刻的印刷方式，实现批量生产、大量发行显然相当困难。现代报刊的出现与出版业的规模化，为长篇历史演义的大规模印刷、发行提供了传播媒介和硬件设备。从报业来看，当时"全国报纸以上海为最发达，故即在今日，亦以上海报纸为最有声光"[2]。20世纪30年代上海已经涌现出一大批著名出版机构，如商务印书馆、中华书局、开明书局、世界书局、文化生活出版社、亚东图书馆、北新书局、泰东书局等，

① 王文：《上海现代文学史》，上海，上海人民出版社，1999，第5-6页。

② 姚公鹤：《上海闲话》，上海，上海古籍出版社，1989，第128页。

其中商务印书馆与中华书局乃当时全国最大的出版机构。可见，上海现代报纸业和出版业的发达成为历史演义在上海盛行的重要原因。现代印刷技术的改进，又影响到文学创作与接受环节的改变，如作家趣味、写作技能、文体风格、传播方式、读者范围、接受心态等，这些改变同时带动了整个社会接受能力的改变，使历史演义能够"朝甫脱稿，夕即排印，十日之内，遍天下矣"。

第四，文化激励机制。海派历史演义的繁荣与当时民国教育部的文化激励机制存在一定关系。据1916和1917年通俗教育研究会《报告书》记载，两年中共计审核小说六百三十九种，小说杂志二十七种，其中获奖小说二十六种，黄士恒的《秦汉演义》即在受奖之列。教育部1917年12月21日颁发第848号指令，批准奖励《秦汉演义》等三种小说，颁奖评语曰："是书佳处章文及凡例已历（列）无遗，初非溢美。所引书籍，除《史》《汉》《通鉴》外，间采他书，皆说明出处，最于读者有益。书中插图或描自古书，或出自新意，皆择其雅者，足见编者之审慎。……吾国普通人民历史观念之薄弱，实由历史小说之不发达，……今日正当编纂此种历史小说，启发我国人之历史观念。作者贝兹宏愿，纂成此书，其价值诚不及《三国演义》，然比之《二十史演义》，当有过之，宜给奖以励来者。"①接受奖励之后，黄士恒再做《前汉演义》《后汉演义》，形成"秦汉"系列历史演义。可见，民国教育部鼓励历史演义创作的激励机制确实产生过一定效果。

通过对历史演义创作主体、文体特点、政治环境和经济环境的分析可以看出，历史演义在现代上海大量出现、畅销并非偶然现象，而是存在深层原因。通俗文化的过度流行难免充斥浮躁浅薄内容，上海历史演义的流行同样潜伏着文学低俗化的危机，这也是精英文化中心逐渐北移的一个重要原因。

三　从海派历史演义看新旧两派历史小说的差异

清末民初，中国结束了沿袭两千多年的封建帝制，国人处于千年变局之中，从晚清到民国人们的思想观念复杂多样。海派历史演义代表旧派历史小说的最高成就，它们与新派历史小说通过书写历史事件、历史人物传达思想观念，其篇幅、叙事、功能、出版存在明显差异：海派历史演义和新派历史小说在篇幅上呈现出长篇与短篇分化的两极取向；海

---

① 《教育部第848号令》，《教育公报》1918年1月30日第5卷第2期。

派历史演义采用章回体式，篇幅长，故事性强，而新派历史小说则采用现代自由体式，短篇占绝对优势，只有杨刚的《公孙鞅》、谷斯范的《新桃花扇》等寥寥几部中长篇历史小说；海派历史演义专注史诗性宏大叙事，常常纵贯一个朝代或跨越几个朝代的兴衰史，如蔡东藩的中国历代通俗演义，黄士恒的《秦汉演义》，而新派历史小说一般采用横断面微观叙事，专注一个或几个历史人物、历史事件，如廖沫沙的《东窗之下》、宋云彬的《夥涉为王》等；海派历史演义商业化、通俗性非常强，而新派历史小说政治化、现代性较为突出。海派历史演义和新派历史小说除常见差异之外，各自又在千年变局中显现出过渡时期的新型特征，在"文以载道""民族意识"等问题上产生的认知偏颇亦非常突出。

（一）"文以载道"："新""旧"两派的共识与歧见

自唐以来，儒家士人明确主张"文以载道"，所载之"道"有自然之道、圣贤之道，而圣贤之道能够较好地体现自然之道，故以圣贤之道尤其是孔孟之道为重。五四前后，新文化先驱者在质疑、否定传统的基础上，提出了新的"文以载道"观念，挣脱褊狭的"道统"束缚，将能够反映个体需求、时代需要、解决国家问题的传统哲学、外来思想、一家之言皆纳入"道"之范畴。

1."士志于道"：古代儒士的精神传统

海派历史演义作家的主要构成乃江浙旅沪的传统知识分子——末代儒"士"，他们在清末有过科考、入仕、参政的经历，如浙江历史演义大家蔡东藩，乃清末秀才、优贡一等，曾任福建候补知县，费只园是吴兴才子、清末举人，陶寒翠为苏州才子，"博览群书，工诗文"[①]，而黄士恒则出身福州望族。"士志于道"，"文以载道"是古代儒士的精神传统。沪上儒士深受儒家文化影响和民间说唱艺术熏陶，在经历千年变局的同时又在上海遭受洋场文化的冲击，因此他们既有维护儒家正统思想，迎合民间大众立场的需求，又有接受近代民主思想，批判封建统治的意识，他们的历史演义亦反映出新旧过渡时期传统知识分子的历史观念、伦理意识和价值取向以及内在精神上的矛盾与纠结。

西汉时期，董仲舒提出"罢黜百家、独尊儒术"，儒家思想成为封建统治的理论基础，"三纲"学说——"君为臣纲，父为子纲，夫为妻纲"成为维护伦理关系，巩固政治制度的正统观念，悖逆"三纲"，则被视为僭越。明清以降儒学渐衰，儒家文人"崇正""辟邪"兼顾，一方面努力

① 何赓声：《民国艳史演义·跋》下册, 杭州, 浙江古籍出版社, 1990。

维护儒家文化和封建统治的正统地位，另一方面谴责各种不正当的"僭越"行为。"崇正辟邪"是儒家文人维护儒家正统观念的基本原则，亦是海派历史演义的书写原则。海派历史演义作家蔡东藩、王皓沅、许慕羲、张恂子等基本坚持"崇正辟邪"的写作原则，维护"三纲"学说，严厉批判"政治僭越"，抨击农民起义，维护男尊女卑观念，反对女性干政。蔡东藩在《后汉通俗演义》中称绿林、赤眉军为"贼众"，《元史通俗演义》第五十四回称红巾军为"汝颖妖寇""红巾贼"，其《清史通俗演义》则称洪秀全太平军为"长毛""妖寇"，称东西捻为"捻匪"，第六十七回末评曰："洪氏为大盗，东西捻为流寇，大盗不可恕，流寇其可恕乎？"此外，海派历史演义作家又坚持"成王败寇"论，区别对待农民起义领袖，如蔡东藩的《后汉通俗演义》推崇刘邦、诟病项羽，《元史通俗演义》称方国珍、郭子兴、张士诚、陈友谅为"贼寇""作乱"，唯独称朱元璋为"濠梁真人"，称其领导的农民运动为"濠南起义"，第五十八回评陈友谅称帝时道："莫言天命本无常，盗贼终难作帝王。试看飙风江上卷，怒威我已仰穹苍"①，而最后一回评朱元璋称帝则是"群寇荡平"，一统天下。

孔子"女子难养论"是奠定儒家"男尊女卑"观念的根本论调，而董仲舒的"夫为妻纲"则是该观念的核心内容。海派历史演义作家仍将"男尊女卑"观念奉为正论，他们不仅从"政治僭越"视角严厉批评女性干政，还为满足儒士趣味从道德、性欲视角书写女性，他们既赞美历史上殉国殉夫的贞烈女子、相夫教子的贤德女性，又大写特写帝王将相、文人名士、仕女名媛的"秘史""艳史"和风流史。前者如蔡东藩的《前汉演义》称吕雉"淫悍之性"，吕氏干政，"乱家""乱国"，《唐史通俗演义》则大肆抨击武则天称帝，第二十九回引用骆宾王《讨武檄文》毁谤武则天："男子主刚女主柔，如何权力竟相侔？纲常倒置危机伏，祸始原来是聚麀。"②第三十一回又评："雌龙得势竟猖獗，衮服居然御庙堂。独怪男儿躯七尺，如何裙下效趋跄？"③《元史通俗演义》中元顺帝皇后病逝，继立系出高句丽的奇氏为后，蔡氏诗论曰："果然哲妇足倾城，外患都从内衅生。我读残元《奇氏传》，悍妃罪重悍臣轻。"④后者如陆士谔的《女皇秘史》、李伯通的《西太后秘史演义》、李定夷的《杨贵妃秘史》、

① 蔡东藩:《元史通俗演义》,杭州,浙江人民出版社,1996,第386页。
② 同上书,第224页。
③ 同上书,第241页。
④ 同上书,第393页。

陈莲痕的《清宫秘史》、春茧生的《隋宫两朝秘史》、许指严的《三十二朝皇宫艳史》、陶寒翠的《民国艳史演义》、徐哲身的《汉宫二十八朝演义》（又名《汉代宫廷艳史》）、费只园的《清朝三百年艳史演义》（又名《清代三百年艳史》）、齐东野人的《隋炀帝艳史》等"秘史""艳史"演义，从性欲角度审视、品味、鉴赏历史女性人物，以狎昵姿态将女性沦为男性的"玩物"和王朝覆亡的"祸水"。

董仲舒在孔子"天命论"基础上发展出"天人感应"理论，历代御用史家则鼓吹帝王神异的感生身世，强调皇帝是天子，君权神授，不可侵犯，同时反对佛教、道教、地方宗教和外来宗教等"异端"。海派历史演义作家受近代思想的影响，已经产生反对迷信还原本真历史的意识，如蔡东藩在《清史通俗演义》中称："成为帝王，败即寇贼，何神之有？我国史乘，于历代开国之初，必溯其如何祯祥，如何奇异，真是谬论。是回叙天女产子，朱果呈祥等事，皆隐隐指为荒诞，足以破除世人一般迷信，不得以稗官小说目之。"但在实际写作的过程中，海派历史演义作家又有意无意间维护儒家正统思想，支持君权神授的"天命"理论，延续帝王感生身世的荒诞书写，而并未重新做出解释，如蔡东藩的《元史通俗演义》采用蒙古族始母阿兰郭斡"感白光成孕"生铁木真远祖孛端察儿一说，最后一回写朱元璋称帝时，"但见天朗气清，风和景霁，居然出现一片升平气象"①，大好兆头足证太祖天命所归，气势非凡，其《清史通俗演义》采用清始母佛库伦"野外吞朱果而孕"生努尔哈赤远祖布库里雍顺一说，与《元史通俗演义》如出一辙。张恂子的《红羊豪侠传》中玄机道人神机妙算，有未卜先知之能，他告诉徒弟周武："四十年以后，中国必将大乱，两广一带，有王气，定然要出一个了不得的人物。"②赖道人、王叫化（花）、冯云山等则在洪秀全举事过程中不断称赞其"贵不可言"的"王者之相"，皆是宿命论观念作祟。

可见，儒家传统的"崇正""辟邪"本身存在悖论，海派历史演义作家受近现代民主思想影响，虽然揭露帝王将相的感生身世，批判其荒诞行为，但当初始形成的现代认知与根深蒂固的正统观念难以自洽时，他们最终选择退守，继续维护以"纲常论""天命论"等建构起来的传统"文以载道"观念。

2.五四先驱的转向：从反"文以载道"到新"文以载道"

1917年1月胡适在《新青年》发表《文学改良刍议》一文，提倡

---

① 蔡东藩：《元史通俗演义》，杭州，浙江人民出版社，1996，第396页。

② 张恂子：《红羊豪侠传》，合肥，黄山书社，1988，第29页。

"言之有物"，"吾所谓'物'，非古人所谓'文以载道'之说也"①。1917年2月陈独秀发表《文学革命论》，认为"自昌黎以讫曾国藩所谓载道之文，不过钞（抄）袭孔孟以来极肤浅极空泛之门面语而已"②，矛头直指董仲舒以降的"三纲五常说"。20世纪20年代初文研会和创造社分别提出"为人生而艺术""为艺术而艺术"的文学主张，继续"向'文以载道'说进攻"③。

1928年初太阳社联合创造社倡导"无产阶级革命文学"，要求文学成为革命宣传的工具，而对"文以载道"的批判亦随之发生转向。"古人说'文以载道'，在文学革命的当时虽曾尽力地加以抨击，其实这个公式倒是一点也不错的。这就是时代的社会意识。在封建社会里的意识是纲常伦理，所以那时的文所载的道便是忠孝节义的讴歌。近世资本制度时代的社会意识是尊重天赋人权，鼓励自由竞争，所以这时候的文便不能不来载这个自由平等的新道"。可见，他们所反对的并非"文以载道"，而是所载"何道"的问题。

"正统派的文学家之所谓'道'，意义极为褊狭"，成为"儒家学说的代名词"④，"文以载道"不能只承载孔孟之道，"五四"之后新百家争鸣中出现的"科学民主""自由平等"之道，"世道"⑤，"社会人生之道"，"革命之道"，"某种主义与纲领"，思想或观念，理论或学说，甚至一家之言，无论大道、小道，都可以通过文学来反映。

新派历史小说在抨击帝王将相、倡导女性解放、宣传无产阶级革命方面与旧派"文以载道"迥然不同。海派历史演义虽然谴责暴君昏君，但其忠君理念与爱国精神基本融为一体，而新派作家的"帝王将相"系列历史小说则以"反封建""反唯心主义"的姿态成为推翻帝王将相统治的重要文学力量，它们首先揭露帝王将相的权谋、荒淫、残暴、贪腐、谋私、害国，尤其是汉奸祸国殃民的罪恶行径，如宋云彬的《玄武门之变》中李世民对建成、元吉后人的过度杀戮，揭露帝王之家夺嫡斗争的残酷，廖沫沙《东窗之下》《南都之变》《碧血青麟》则细腻描述秦桧、王氏密谋陷害岳飞，马士英、阮大铖构陷左良玉、史可法，以及秦桧、马士英、阮大铖等投敌卖国的丑恶行为。郑振铎的《汤祷》重新解释

---

① 胡适：《文学改良刍议》，《新青年》1917年1月第2卷第5号。
② 陈独秀：《文学革命论》，《新青年》1917年2月第2卷第6号。
③ 鲁迅：《帮忙文学与帮闲文学》，《电影与文艺（天津）》1932年12月17日创刊号。
④ 苏雪林：《文以载道》，载《蠹鱼生活》，上海，上海真善美书店，1929。
⑤ 郑振铎：《新文学观的建设》，《文学旬刊》1922年第37期。

"商汤祈雨"的秘密，揭露帝王的权谋之术，宋云彬的《大男》《巫蛊之祸》则揭开了阴谋家利用天文、星象、巫术和迷信等手段参与政治斗争的内幕。新派作家的"女性"历史小说关注女性心理、命运，支持女性解放，如冯乃超的《傀儡美人》戳破"红颜祸水"论调为褒姒翻案，端木蕻良的《步飞烟》直斥武公业的凶残暴虐为步飞烟喊冤，秦牧的《美人和名马》强烈谴责苏东坡歧视女性、贵畜贱人，以侍妾春娘换马导致春娘愤而自尽的罪恶行径，而女作家沈祖棻的《马嵬驿》通过杨贵妃的心理活动流露出淡淡的女性意识。新派作家的左翼历史小说则将唯物史观和无产阶级革命思想运用到历史小说创作中，为古代农民革命和农民领袖正名，如"大泽乡"系列历史小说中孟超的《陈涉吴广》《戍卒之变》、茅盾的《大泽乡》、廖沫沙的《陈胜起义》等肯定了陈胜、吴广等"闾左贫民"的反抗精神，而宋云彬的《夥涉为王》则专注于陈胜称王后心理、言行上的巨大转变。

综上所述，新旧两种"文以载道"观念存在极大差异，但对立冲突之中又有融合交织，如两者的爱国精神、道德观念、民本思想等基本一致。

（二）民族意识：新旧两派的局限与差异

二十世纪三四十年代中国文坛上出现了大量"宋末明季"历史文学，如郭沫若的《南冠草》，于伶的《大明英烈传》，欧阳予倩的《桃花扇》，阿英的《碧血花》（又名"葛嫩娘""明末遗恨"）和《海国英雄》《杨娥传》等南明历史剧，历史小说中写"南宋末年衰亡史"的有郑振铎《桂公塘》，秦牧的《死海》，吴调公的《突围》和罗洪的《薄暮》《笼着烟雾的临安》，写"明末衰亡史"的则有郑振铎的《风涛》，廖沫沙的《南都之变》《碧血青麟》《江城的怒吼》，罗洪的《斗争》，孟超的《瞿式耜之死》以及苏雪林七篇南明历史小说——《黄石斋在金陵狱》《偷头》《蝉蜕》《回光》《秀峰夜话》《丁魁楚》和《王秃子》，此外蔡东藩的《元史通俗演义》《清史通俗演义》，王皓沅的《清宫十三朝》，张恂子的《红羊豪侠传》，秦牧的《洪秀全》等亦涉及"宋末明季"民族关系历史。这些历史文学以宋末抗元、明末抗清类比中国抗日，它们一方面歌颂岳飞、陆秀夫、文天祥、史可法、郑成功、夏存古等中华民族英雄，强化中华民族意识，弘扬中华民族气节，另一方面痛斥吕文焕、张弘范、阮大铖、马士英等卖国汉奸，作为"以古喻今"的"抗战文学"曾起到积极作用，但在民族意识方面又显现出认知的狭隘化与时代的局限性，长久来看并不利于民族团结和国家发展。

"宋末明季"历史文学的出现有其复杂的历史背景和现实原因。中国历史上长期存有华夷之辨，或称"夷夏之辨"。华，乃"华夏""中华"之简称，最初指以夏商周融为一体的华夏族兼及华夏文化，"中华者，中国也。亲被王教，自属中国，衣被威仪，习俗孝悌，居身礼义，故称之中华"①。夷，是"蛮夷""夷狄"的简称，特指古代对周边落后少数民族的歧视性称谓。华夷最初基本以种族为主、文化为辅之原则进行分辨，后来由于融合加速，"华夷之辨"的含义逐渐发生演变，人们开始削弱种族标准而将文化标准置于首位，"中国云者，以中外分地域之远近也；中华云者，以华夷别文化之高下也"②，"夷狄用诸夏礼则诸夏之"，夷狄只要合于华夏礼俗文明者皆可为华，如春秋时期齐、鲁、郑、陈等中原诸侯皆自称"中国""诸华""诸夏"或"华夏"，而秦楚等地则属"夷狄"，秦汉大一统后七雄咸属中华、同称"诸夏"，因此华夷之辨中"华夏"与"蛮夷"的区分只是相对而非绝对的。中国古代乱世时期多有少数民族政权的介入，如"五胡（引者注：匈奴、鲜卑、羯、氐、羌）之于东晋，辽金之于北宋，蒙古之于南宋，满清（后金）之于明朝，莫不如此；"③这些政权基本以武力方式逆袭，以本民族文化融入华夏文化，从而使融合过程与蹂躏过程合为一体。现在看来，无论是少数民族南下，还是蒙古族、满族等少数民族的融入，对中国大一统都曾起到过积极作用。清朝末年阶级矛盾激化，满汉矛盾随之爆发，这也是清王朝长期实行民族压迫政策的结果。光绪年间虽曾多次颁旨化除满汉畛域，但实际效果有限。1905年孙中山为推动政治革命，效仿《明实录》所载《朱元璋奉天讨元北伐檄文》中"驱除胡虏，恢复中华"一句，率先提出"驱除鞑虏，恢复中华"的口号，旨在推翻当时由满族所建之封建王朝大清帝国，恢复中国各民族本身的民族文化传统，建立由汉族掌权的新政府。中国古代文化中"贵中华，贱夷狄"④，以中华为正、诸夷为僭的正统观念再次被钩沉起来用作政治革命的武器，"宋末明季"历史文学的涌现就是对当时政治革命的响应。

　　1.海派历史演义：种族意识与排满情绪并存

　　在海派历史演义中张恂子的《红羊豪侠传》"种族""排满"意识强

---

① 〔唐〕长孙无忌等：《故唐律疏议》，清乾隆嘉庆间（1736～1820年）本。

② 章太炎：《中华民国解》，《民报》1907年第15期。

③ 易庸（廖沫沙）：《泛论历史》，《华商报（香港）》晚刊1941年9月12日。

④ 〔宋〕司马光等：《资治通鉴·唐纪十二》，载《资治通鉴》卷一九八，北京，中华书局，1956，第6247页。

烈，如第四十四回《移花接木驿路设疑兵　调虎离山轻舟出暗水》，天德王洪大全被俘后怒斥钦差大臣赛尚阿："你们异族，把我们中国窃据了三百年，还要老着脸，自居正统，真是不知人间有羞耻事"，"你们满洲，在我们中国人眼光中看来，便是蛮夷戎狄，哪有你们夷狄来做主人，我们炎黄华胄，却屈居于仆役地位的道理？我劝你若是见机的，便快快溜回北京去，和咸丰那小子率了你们一班丑类，回满洲的老家，把汉族的山河，依然还了我们汉族"①。相对而言，蔡东藩《清史演义》、王皓沅《清宫十三朝》的排满情绪则比较温和。如王皓沅的《清宫十三朝》对明朝英勇战死的广宁总兵张承荫、辽阳副将颇廷相、海州参将蒲世芳、辽阳总兵刘𬭚、山海关总兵杜松和副将刘遇节等描写细致，对范文程、李永芳、洪承畴、吴三桂等明朝降将的态度亦不同于新派历史小说家。王皓沅盛赞"太祖"努尔哈赤"志大心胸""英明神武""爱惜人才"，拜范文程为军师参赞军机，招抚顺关降将李永芳为驸马，"太祖称他（范文程）为'范先生'，各贝勒、大臣都称他先生，满朝文武对他十分敬重"，"事无巨细，俱听范先生的主张"②，而"李永芳感激涕零，死心塌地做了满洲的官员"③。"太宗"皇太极为降服洪承畴费尽心机，"洪承畴是朕所心爱的，他在明朝是个中原的才子，文武双全，朕想得明朝天下，非要他不可"，"拜他为内院大学士"，承畴"感激万分"④。

2.新派历史小说：从民族革命转向阶级革命

新派历史小说的民族主义立场非常明显，如廖沫沙的《南都之变》将清军称作"北虏"，"马士英在宁波降清，阮大铖在芜湖归顺，随清兵入浙，为'可以议款'的北虏作前驱向导"⑤。《江城的怒吼》中将满人称作"鞑子"，江阴平民许用称："我们是堂堂的大汉民族，为什么要做鞑子的牛马？他今天叫我们剃发，明天叫我们下跪，我们现在不起来反抗他，我们的子子孙孙，将遗羞万世，痛苦无穷。"⑥郑振铎《桂公塘》亦借北船头目吴渊的话发泄排满情绪："最难堪的是，得听鞑子们的呼叱……他们也是亡国奴，可是把受到的鞑子们的气都泄在我们的身

---

① 张恂子：《红羊豪侠传》，合肥，黄山书社，1988，第29页。

② 王皓沅：《清宫十三朝》上册，哈尔滨，黑龙江人民出版社，1983，第50-51页。

③ 同上书，第51页。

④ 同上书，第117-119页。

⑤ 〔中〕王富仁、〔韩〕柳凤九：《中国现代历史小说大系》第三卷，石家庄，河北人民出版社，1999，第275页。

⑥ 同上书，第292页。

上。"①苏雪林在《回光》《偷头》《秀峰夜话》中坚决拥护孙中山"驱除鞑虏"的"排满"革命，直斥"异族政府"的残暴，"汉奸走狗"的谄媚，"我的种族情感什么时候开始觉醒的呢？可以说在上海那几年里。那时不知从何处弄来了扬州三日，嘉定三屠一类的书来；又不知从谁借来了一部大义觉迷录，一些康雍乾三朝的文字狱记事"，"以后十余年，我又读了金元（史），蒙古侵略我们时所作种种罪行，每使我愤恨填膺，郁郁者数日。抗战中期，我受中央宣传部的请托，写了部《南明忠烈传》，又以明末抗清志士的故事为题材，写了若干篇短篇小说，编成了一部《蝉蜕集》，我民族思想的水银柱，那时可算已上涨到了最高峰"②。

1928年随着中国共产党领导的无产阶级革命运动的发展和无产阶级革命文学的倡导，新派历史小说发生分化，其中左翼历史小说绕开民族矛盾转向阶级矛盾，向历史中寻找农民革命运动的线索，书写阶级压迫与反抗精神，如孟超的《陈涉吴广》、茅盾的《豹子头林冲》、秦牧的《洪秀全》、刘圣旦的《新堰》等。

总之，海派历史小说与新派历史小说早期都存在狭隘民族主义倾向，但新派中的左翼历史小说很快发生明确转向，逐渐跨越国内狭隘的民族主义局限，带领各族民众走向阶级革命和抗日斗争。

---

① 〔中〕王富仁、〔韩〕柳凤九:《中国现代历史小说大系》第三卷,石家庄,河北人民出版社,1999,第328页。

② 苏雪林:《辛亥革命前后的我》,载《苏雪林文集》第二卷,合肥,安徽文艺出版社,1996,第76页。

第十六章　荆楚区域中国现代历史小说

第一节　荆楚文化与中国现代历史小说

"荆楚文化又称荆湘文化、两湖文化、湖湘文化、楚文化等"[1]，大致涉及"今湖北、湖南全部及河南、安徽、江西等省的部分地区"[2]。荆楚区域的中国现代历史小说指1917～1949年间该区域现代作家创作的所有历史小说，包括"新"派历史小说、"旧"派历史演义以及"旧"派其他非演义体历史小说。

一　荆楚文化及其多源性

（一）广义荆楚文化与狭义荆楚文化

狭义荆楚文化指春秋战国时期江汉流域文化的合称；广义荆楚文化指从先秦至明清时期地处长江中游一带的荆楚人民所创造的物质文化与精神文化的总称。现代意义上的荆楚文化则既指春秋战国时期以及此前荆楚区域的文化形态，又指秦大一统后该区域历经不同时代演变至今逐渐形成的一切复杂文化形态。

史学意义上的荆楚文化基本始于楚国立国。据《史记·楚世家》记载："楚之先祖出自帝颛顼高阳。高阳者，黄帝之孙，昌意之子也。"[3]楚之先祖与商之汤氏、周之姬姓皆出自黄帝一脉，黄帝六世孙陆终娶羌族女子为妻，陆终子季连随母姓为"芈"，《说文解字》释曰："羌，西戎，羊种也……西方羌从羊"[4]，又言"羊鸣也。从羊，象声气上出。与牟同意，绵婢切。"因此，"芈"古音读"miē"，后读"mǐ"，通"咩"声。屈原本姓"芈"，他在《离骚》中亦自称"帝高阳之苗裔"。商周时期中国尚未统一，黄河流域的华夏族占据统治地位，位于江汉流域尤其是大巴山、荆山一带的一些南方民族或部落群体则被蔑称为荆蛮、楚蛮、荆

---

① 赵洪恩、李宝席：《中国传统文化通论》，北京，人民出版社，2003，第280页。
② 同上书，第281页。
③ 〔西汉〕司马迁：《史记·楚世家》第三卷，上海，上海古籍出版社，2011，第1341页。
④ 〔东汉〕许慎：《说文解字》，北京，中国戏剧出版社，2010。

楚、荆（子）、楚（子）等，楚人、吴人、越人同属"南蛮"，与"东夷、西戎、北狄"皆受华夏族排斥，后芈姓季连部从中原地区南迁至江汉流域，成为荆楚区域的主要部落，"昔我先君熊绎辟在荆山，筚路蓝缕以处草莽，跋涉山林以事天子"①，周成王时，"举文、武勤劳之后嗣，而封熊绎于楚蛮，封以子男之田，姓芈氏，居丹阳"②，自熊绎立国，始有"楚"之国号，此后楚国逐渐向南开疆拓土，"蛮夷咸皆归顺"。可见楚文化不同于中原文化，具有多源性，"楚文化的干流是华夏文化，楚文化的支流是蛮夷文化"，它是中国早期最为典型的一种杂交文化。随着楚国的崛起，荆楚文化的影响遍及大半个中国南部。

（二）兼容精神与浪漫气质

春秋战国时期，楚国是七国之中比较独特的一个诸侯国。一方面，楚国位居中国中部区域，便于融合东南西北各种文化，从而形成了一种亦夏亦夷亦蛮、非夏非夷非蛮的"兼容并包"式文化特征；另一方面，七国争霸时期，楚国位居中部区域的地理位置又转而成为极大缺陷，容易陷入敌国环伺、无所依凭的困境。为摆脱不利地势、抗衡诸国，楚国也曾发愤图强南拓疆土，开拓进取意识充足，然最终仍难逃灭国之危，故"楚人多怨，屈《骚》凄愤"，而"楚虽三户，灭秦必楚"的复仇誓言亦传承着一种不甘力量和反抗精神。

从自然环境来看，楚地水泽丰饶，物质富庶，潇、湘、沅、芷流经山林、平原，草木茂密、水泽幽深，常云雾缭绕，风雷雨电，湖泊星罗棋布，亦多鱼鳖虫蛇猛兽，为该区域增添神秘色彩。《汉书·地理志》云："楚有江、汉川泽山林之饶：江南地广，或火耕水耨。民食鱼稻，以渔猎山伐为业，果蓏蠃蛤，食物常足。故呰窳偷生，而亡积聚，饮食还给，不忧冻饿，亦亡千金之家。信巫鬼，重淫祀。"远古时期，楚人相信林泽之间居住着各路神明，因人神无法直接交流，只能依靠通灵巫师协助完成，从而形成了神秘的尚巫信巫、敬神祭神的神巫文化，故而楚地素有"家为巫史"的说法。

荆楚神巫文化中存有大量浪漫因子。楚人远祖祝融司火，《康熙字典》云："凤为火精，生丹穴。非梧桐不栖，非竹实不食，非醴泉不饮。身备五色，鸣中五音，有道则见，飞则群鸟从之。"汉代《白虎通》又称祝融"其精为鸟，离为鸾"，《卜鸦·绛鸟》又注曰："凤凰属也。"因此楚人认为祝融既是火神，又是凤凰化身。楚文化遗址内曾出土大量人首

① 杨伯峻：《春秋左传注》，北京：中华书局，1981，第1339页。
② 〔西汉〕司马迁：《史记·楚世家》第三卷，上海，上海古籍出版社，2011，第1343页。

鸟身和人首蛇身图案，楚人对凤凰、蛇神的图腾崇拜开启了中国"龙凤呈祥"的文化先河。

诸子文化中以老庄学说为主体的道家文化对荆楚文化影响极大。按照传统说法，道家学说源于楚国开国之君鬻熊，而代表成熟道家思想的则是春秋晚期的老子。老子乃楚国苦县人，最早的《老子》版本——郭店楚简本就出自湖北地区。庄子本是宋国人，楚灭宋后将其纳入楚国版图，因此后人亦将庄子看作楚人。《老子》主张"道法自然""清静无为"，顺其自然，庄子主张"天人合一"，重视人之自然天性，后世魏晋玄学、晚明公安派和竟陵派继承老庄基本哲学思想，都追求返璞归真、潇洒不羁的人生境界。

当然最能体现荆楚文化浪漫气息的是辞骚文学传统。"辞""骚"指《楚辞》《离骚》，《楚辞》中存在大量的神奇意象，如香草、美人、虬龙、委蛇、鸾凤等，《离骚》中的神话人物多达十一种，其想象诡谲，辞藻华丽，充满浪漫主义色彩。

总之，荆楚文化与中原文化分别代表着浪漫主义文化与现实主义文化两大主流。

二 荆楚区域的中国现代历史小说创作

表16-1　荆楚区域中国现代历史小说一览（1917～1949年）

作　家	篇　目	写作时间	历史时段	人　物
喻血轮	《林黛玉日记》	1918年		林黛玉
废　名	《石勒的杀人》	1927年	后赵	石勒
周大荒	《反三国演义》	1929年	三国	
陈子展	《禽语》	1935年	先秦	公冶长
	《子见南子》	30年代	先秦	孔子
	《孔子三世出妻》	30年代	先秦	孔子
	《楚狂与孔子》	1936年	先秦	孔子
蔡　仪	《先知》	1931年	先秦	卞和
	《绿翘之死》	1933年	唐	鱼玄机、绿翘
	《旅人芭蕉》	1933年		
杨　刚	《公孙鞅》	1939年	先秦	公孙鞅

作　家	篇　目	写作时间	历史时段	人　物
廖沫沙	《东窗之下》	1941年	南宋	秦桧
	《南都之变》	1941年	南明	阮大铖、马士英
	《碧血青麟》	1941年	南明	史可法
	《江城的怒吼》	1941年	明	
	《信陵君之归》	1941年	先秦	信陵君、魏王
	短篇历史小说集《鹿马传》(七篇)	1949年		
	《厉王监谤记》	1941年	先秦	周厉王
	《咸阳游》	1943年	先秦	孟尝君
	《凤兮,凤兮!》(原名"接舆之歌")	1944年	先秦	孔子
	《离殷》	1947年	先秦	商纣、姬昌
	《鹿马传》	1947年	秦	赵高
	《陈胜起义》	1948年	秦	陈胜
	《曹操剖柑》	1948年	三国	曹操
聂绀弩	《韩康的药店》	1942年	宋	韩康、西门庆
	《毛遂》	1945年	先秦	毛遂
	《鬼谷子》	1946年	先秦	鬼谷子、要离
	《季氏将伐颛臾》	1946年	先秦	孔子、冉有、季路
	《一个残废人和他的梦——演庄子义赠所亚》	1947年	先秦	申徒嘉

据表16-1可见：从创作数量来看，荆楚区域廖沫沙、聂绀弩、陈子展等作家的历史小说数量较多；从小说体式来看，该区域的长篇历史小说有周大荒的《反三国演义》、喻血轮的《林黛玉日记》，中篇历史小说有杨刚的《公孙鞅》，其他作家的历史小说则皆为短篇历史小说。荆楚现代作家非常重视先秦历史尤其是春秋战国历史，但他们极少向本区域历史取材，只有廖沫沙的《凤兮,凤兮!》、陈子展的《楚狂与孔子》(接舆以歌规劝孔子事)、蔡仪的《先知》(卞和献璧事)直接写楚人楚事或涉及楚地历史，《凤兮,凤兮!》故事情节比较复杂，后两篇内容则相对简单，但仍可看出两位作家对荆楚文化的钟爱之情。总之，荆楚现代历史小说多属非正宗区域历史小说。

整体而言，荆楚现代历史小说家中创作成就较大的是周大荒、喻血轮、廖沫沙、聂绀弩和杨刚，其次是陈子展、蔡仪、废名等，而廖沫沙、聂绀弩、杨刚、陈子展是旧时相识，他们不约而同地创作历史小说体现出当时文学领域的一种时代默契。其中，喻血轮的历史小说最富才情，周大荒的历史小说最有个性，廖沫沙的历史小说现实针对性极强，聂绀弩的历史小说充满文化思辨倾向和主观战斗精神，杨刚的历史小说巾帼不让须眉，"阳刚之气"十足，而陈子展、蔡仪的历史小说数量少，篇幅短，影响小。因此，按照荆楚现代作家历史小说的数量、质量与价值，本章将重点论述周大荒、喻血轮、廖沫沙、聂绀弩和杨刚的历史小说。[①]

第二节　杂文特质与左翼倾向：
廖沫沙的历史小说

廖沫沙作为"三家村"冤案唯一幸存的杂文家，最初写的却并非杂文。廖沫沙本名廖家权，1922年秋，廖沫沙考入长沙师范学校，先后读预科、本科，与田汉之弟田沅同窗五年，交情莫逆。大学期间他开始尝试写作，因崇拜郭沫若而取其"沫"字，后冠长沙之"沙"字，改名沫沙，从此"廖沫沙"成为其主要笔名。1927年秋，田汉出任上海艺术大学文学科主任、校长，并主持当年的招生工作。1927年廖沫沙从长沙师范毕业，7月即到上海艺术大学文学系做旁听生，1930年7月他加入中国共产党，正式开始革命工作。1932年廖沫沙被调到《远东日报》任编辑，1933年再到华艺电影公司编辑部担任"左翼戏剧家联盟"党团书记田汉的秘书，同时为田汉主办的南国剧社机关刊物《南国月刊》撰稿，在田汉影响下写出大量戏剧评论和少量剧本。1934年，廖沫沙加入"左联"后开始写作战斗性质的政论、杂文，并且迅速以左翼作家身份在上海文坛崭露头角。1938年始廖沫沙先后编辑《云中日报》《抗战戏剧》《抗战日报》《救亡日报》《华商报》《新华日报》等报刊，这一时期他以政论、杂文为主，兼及军事论文、戏剧评论，同时写有小说、剧本和诗歌。截至目前，学界研究重点是廖沫沙的杂文，对其小说、剧本和诗歌的关注较少，因此这些领域仍存在极大研究空间。

廖沫沙的现实小说数量不多，成绩平平，主要有《褪了色的生命》

[①]　周大荒、喻血轮的历史小说，分别参见本书第十一章《中国现代旧派"稗史演义"》中的第三节《周大荒的"反史"演义》和第十三章《中国现代"再生"历史小说》中的第二节《"红楼"再生历史小说》。

《傻新郎》《根儿》《血债》《和泪的酒》和《夜祭》六个短篇，其中《夜祭》篇幅稍长，另外五篇字数皆在800～1400之间，堪称超短篇小说。而廖沫沙的历史小说成就可观，他是中国现代文学史上创作历史小说数量最多的湖南作家。1941～1948年廖沫沙共作短篇历史小说12篇，其中抗战时期八篇即《东窗之下》（1941）、《南都之变》（1941）、《碧血青麟》（1941）、《江城的怒吼》（1941）、《信陵君之归》（1941）、《厉王监谤记》（1941）、《咸阳游》（1943）、《凤兮，凤兮！》（1944），内战时期四篇即《鹿马传》（1947）、《离殷》（1947）、《陈胜起义》（1948，原名"陈涉起义"）和《曹操剖柑》（1948），这些历史小说的时代背景与历史意义非同寻常。

一 廖沫沙历史小说的创作背景

廖沫沙历史小说创作始于1941年6月，"我是一九四一年'皖南事变'后到香港编报时开始写这种历史小说的。我们的新四军被国民党诬陷围攻之后，我觉得非常气愤，但又由于政治环境的限制不能直抒愤慨，于是用写历史小说的曲笔来抒愤。我写的第一篇历史小说题名《东窗之下》，就是用秦桧陷害岳飞的故事来影射国民党诬陷新四军的"[①]。1941年1月6日"皖南事变"前廖沫沙在广西桂林编辑《救亡日报》，"皖南事变"后该报因拒绝登载国民党中央社污蔑新四军的文章被迫停刊，廖沫沙、夏衍、林林、张敏思等20多位左翼人士在南方局和周恩来的安排下辗转避居香港。1941年4月8日廖承志在香港创办中共喉舌报刊——《华商报》，廖沫沙担任该报晚刊编辑部主任兼《大众生活》"周末笔谈"专栏主笔。《大众生活》原是邹韬奋1935年在上海创办的一份周刊，后因"左倾"言论被查封。1941年5月17日《大众生活》在香港正式复刊，复刊词曰："我们相信，靠着全国人民的巨大力量也一定能扭转乾坤，而达到胜利与光荣的彼岸。……我们不愿意讳疾忌医，对于进步的，有利于民族前途的一切设施，固极愿尽其鼓吹宣传之力。但对于退步的，有害于民族前途的现象，我们也不能默默无言。"《华商报》与《大众生活》两份刊物紧密合作，既肩负着宣传抗战的共同使命，又担任着左翼文学的特殊任务，在抗战期间曾发挥过巨大作用。这一时期廖沫沙每天为《华商报》《群众》和其他刊物撰写政论、杂文，谴责日本侵略罪行，正面宣传抗战，"他除了杂文、政论之外，还写了几篇很出色的《故事新

---

① 廖沫沙：《我为什么写作》，载《廖沫沙全集》第四卷，广州，花城出版社，1997，第298页。

编》，如《陈胜起义》《鹿马传》《曹操剖柑》等"①。1941年6月廖沫沙根据当时搜集的一些先秦历史古籍和宋明史料笔记，开始"把笔锋插进这些史书，向历史上的古人和死人挥刀舞剑"，先后写出《东窗之下》《南都之变》《碧血青麟》《江城的怒吼》《信陵君之归》和《厉王监谤记》，其中前五篇最初署名"易庸"，发表在1941年7月至10月香港《大众生活》上，它们侧面回击了国民党排斥异己的悖逆行径。太平洋战争爆发当天上午《大众生活》（香港版）停刊，共出版三十期，由于战乱廖沫沙在该刊发表的历史小说多有散失，难以收集齐全。

1941年12月7日太平洋战争爆发后香港沦陷，1942年初廖沫沙从香港撤到重庆，任重庆《新华日报》编辑主任。重庆时期他写下《咸阳游》《凤兮，凤兮!》等历史小说，其中《咸阳游》直接发表在1943年11月份《新华日报》，而《凤兮，凤兮!》则登载在1944年《自学（桂林）》第2卷第1~2期。抗战胜利后，国共对抗由幕后转至台前，廖沫沙再次回到香港复刊《华商报》并担任副总编、主编，1947~1948年间他在香港又写成《离殷》《鹿马传》《陈胜起义》和《曹操剖柑》等四篇历史小说。

1949年底廖沫沙将当时所能收集到的七篇历史小说《离殷》《厉王监谤记》《咸阳游》《鹿马传》《陈胜起义》《曹操剖柑》和《凤兮，凤兮!》结为短篇历史小说集《鹿马传》，交付生活·读书·新知三联书店，1950年4月出版，共印五千册。《鹿马传》集名称与其中同名小说《鹿马传》皆出自《史记·秦始皇本纪》。据《秦始皇本纪》载："赵高欲为乱，恐群臣不听，乃先设验，持鹿献于二世，曰：'马也。'二世笑曰：'丞相误邪？谓鹿为马。'问左右，左右或默，或言马以阿顺赵高。或言鹿（者），高因阴中诸言鹿者以法。后群臣皆畏高。"②因此，《鹿马传》的主旨乃是借宦官赵高指鹿为马的故事影射国民党独裁统治。1980年11月广东人民出版社再版《鹿马传》集，重印三万零五百册，1980年底第三版的《鹿马传》则外加一篇《后记》，对其中历史小说产生的时代背景做出详细说明。

二 廖沫沙历史小说的文化性格

廖沫沙自称，"我从小就爱看小说（旧小说），我们中国的旧小说大抵有一个特点，就是叙述历史故事：《三国志》演义，《东周列国志》演

---

① 夏衍：《风雨故人情——〈廖沫沙的风雨岁月〉代序》，载陈海云、司徒伟智编《廖沫沙的风雨岁月》，北京，十月文艺出版社，1991，第3页。

② 司马迁：《史记·秦始皇本纪》，北京，中华书局，1959，第193页。

义，西汉、东汉演义，隋唐演义，杨家将等等都是历史故事"①。20世纪40年代廖沫沙兼作历史研究，曾先后发表《泛论历史》（《华商报》1941年第158号）、《古史家派别的利病》（1943年7月2日）、《从古代史到近代史》（《群众》1945年第10卷第11～12期）、《我为什么爱读历史》（《青年知识》1946年第14期）等文章，他当时搜集的史料集中在先秦、宋明时期，其历史小说取材亦如此，如《江城的怒吼》《南都之变》和《碧血青麟》涉及明末、南明史实，《离殷》《厉王监谤记》《凤兮凤兮》《咸阳游》和《信陵君之归》涉及先秦史实，《鹿马传》《陈胜起义》涉及秦代史实，《曹操剖柑》《东窗之下》则分别涉及三国魏与南宋史实。总之，在廖沫沙历史小说中除了《凤兮，凤兮!》中的"楚狂"接舆、《陈胜起义》中的"张楚"政权与"楚"相关，其他历史小说皆与楚人楚事无关。因此，如果从历史小说内容与区域文化结合的紧密度来看，廖沫沙的历史小说大体上属于非正宗区域历史小说。

春秋战国至秦汉时期荆楚文化重心是以湖北为中心的江汉文化或荆汉文化，唐宋时期以湖南为中心的湖湘文化逐渐兴起，此后江汉文化与湖湘文化交织辉映并列成为荆楚文化的两大文化流脉。廖沫沙生于荆楚大地，故居长沙，地处湖南东北部，虽然也受到江汉文化的影响，但从根本上来说他并非"荆山蛮子"而是"湘江汉子"，因此尽管其历史小说的文本内容（如自然环境、社会生活、民俗人情、历史选择、方言运用等）反映湖湘文化较少，但其内在精神与外在形式却受湖湘文化影响较大。

（一）湖湘文化性格与廖沫沙历史小说的爱国精神

1938年廖沫沙一直在家乡长沙主编《抗战日报》，1939年春夏之季日军兵锋初指长沙，时值31岁的廖沫沙被迫离开长沙迁往桂林，"在桂怀乡"遂启用笔名"怀湘"，后来他从桂林到香港、重庆、北京，长期漂泊在外，怀念故土、思念家乡的情感愈加强烈，因此一直将笔名"怀湘"沿用至中华人民共和国成立。1950年4月《鹿马传》集成书之后署名"怀湘"发行，1980年11月广东人民出版社再版时才弃用这一笔名，改用常见笔名廖沫沙。廖沫沙怀乡之情殷切，但他的小说、杂文、剧本中对湖湘历史和现实生活的直接描写非常少见，"怀湘而不言湘"似乎成为其文学作品的共同特点。实际上，中国当时正值危急存亡之秋，廖沫沙炙热的思乡之情早已升华为强烈的爱国主义精神贯穿文内，而爱国主义

---

① 廖沫沙:《我为什么爱读历史》,载《廖沫沙全集》第四卷,广州,花城出版社,1997,第199页。

精神亦是荆楚文化的核心价值之一，其初始形成无法绕开战国时期楚国的屈原。屈原对后世的最大影响当属楚骚传统的开创与汨罗自沉的悲壮，他用文学活动与自沉行动表达自己的爱国情怀。屈原生于秭归，殁于汨罗，秭归地属湖北，而汨罗江乃湘江在湖南东北部的最大支流，所以屈原自沉既是湘北汨罗文化中影响重大的历史事件，亦是中国"端阳"或"端午"节的缘起，因此，廖沫沙等湖湘文人受屈原文学及其爱国精神的影响异常深远。

（二）湖湘文化性格与廖沫沙历史小说的左翼倾向

湖南是中国红色革命的发源地之一，廖沫沙早年在湖南省立第一师范附小读书期间曾受到何叔衡、谢觉哉等教师革命思想的影响，他后来就读的长沙师范学校革命气氛更加浓郁，徐特立、李维汉、谢觉哉、萧三、陈昌等曾任教于此，任弼时、毛泽东、毛泽覃、陶峙岳等曾在此求学，廖沫沙则在该校正式接受无产阶级革命思想并投身学生运动。作为中国共产党党员与左联成员，廖沫沙曾任团沪中区书业支部书记、团沪中区委宣传部部长等职，坚持地下斗争，三次被捕入狱，其历史小说创作亦呈现出鲜明的无产阶级革命倾向。廖沫沙历史小说"借古喻今"，坚持对国民党顽固派进行政治批判，如写《咸阳游》时，"正当蒋介石发动第三次反共高潮，国民党胡宗南军包围陕甘宁边区，形势很紧张；在重庆的中共办事处和《新华日报》社都被国民党特务包围监视，人员出入都有特务跟踪，我曾亲身经历过这种跟踪。我在《咸阳游》中写了两个一肥一瘦的跟踪特务的形象，就是实有的模型。我写这篇历史故事，确实是以重庆的国民党的特务作背景，是想针对国民党的特务统治作斗争的，所以我特别写了一大段孟尝君出游咸阳大商场的情节，文中有不少地方可以看出我是用'秦王'影射蒋介石，也暗示当时国民党反动派对我解放区进攻的形势。说：'秦国要动兵''秦和齐之间发生了纠葛'，这都是在暗示蒋介石发动第三次反共高潮。"[1]廖沫沙历史小说的左翼倾向还体现在对待农民阶级的态度上，如《凤兮，凤兮！》，"我写的虽是孔子摄相三月、离开鲁国出走的历史故事，实际上我是在描写一个政治改良主义者的热心人士，遇到腐朽统治的阻力，由上层政治斗争转向下层劳动群众的思想转变过程。那时延安边区的大生产运动，经常在《新华日报》的报面上有所反映，我亲手发出这些报道，也就不免反映到我自己的写作中来。我认为要真正改变中国的面貌，只能依靠中国的工农劳动

---

① 廖沫沙：《关于历史故事的写作情况》，载《廖沫沙全集》第五卷，广州，花城出版社，1997，第106页。

人民，而不能寄希望于上层统治者。所以我在写孔子出走之后的第七、第八两节时，极力渲染他这种思想上的转化"①。而《陈胜起义》则直接写中国古代第一次农民起义，彰显农民革命精神，为当时中国共产党领导的农民革命斗争寻找历史依据。

三　廖沫沙历史小说的两大模式

廖沫沙历史小说奉行两大创作原则，一是博考文献、人物据实，二是日常书写、"失事"求似，在此基础上形成两大基本创作模式。

（一）"博考文献""人物据实"

所谓博考文献、人物据实，指在历史小说写作过程中，在查证史籍夯实基本史实的基础上可以虚构一些故事情节，但坚决反对虚构历史人物，即使小人物也要一再考证，务求实有。廖沫沙是"左联"后进成员，20世纪40年代他曾因不识鲁迅其他笔名而"误伤鲁迅"，但实际上他对鲁迅非常敬重，其杂文深受鲁迅杂文影响，其历史小说亦效仿鲁迅《故事新编》运用"博考文献"与"取一点因由，随意点染"两种方式进行创作。如《东窗之下》主要出自《宋史》，据《宋史·岳飞传》载："兀术遗桧书曰：'汝朝夕以和请，而岳飞方为河北图。必杀飞，始可和。'桧亦以飞不死，终梗和议，己必及祸，故力谋杀之。"廖沫沙翻阅《宋史》时对《岳飞传》中金兀术密令秦桧杀害岳飞一事极感兴趣，于是作历史小说《东窗之下》，由金兀术密令秦桧杀害岳飞一事引出东窗之下秦桧与妻王氏密谈三事：身陷金国、投敌叛国、谋害岳飞，为确保小说内容的严谨性，廖沫沙在《宋史·岳飞传》之外还查阅了《宋史·秦桧传》《宋史·韦贤妃传》《北盟汇编》等相关史料，努力夯实"三事"的真实性，他还在《东窗之下》完成后将《宋史》所载金兀术密令秦桧杀害岳飞事录为题引。而《南都之变》《碧血青麟》两篇历史小说所涉内容都是南明历史，前者写马士英、阮大铖构陷左良玉事，后者写马士英、阮大铖污蔑史可法事，谴责国难当头之际，南明奸臣只顾党争、私利，出卖国家、忠良的无耻行径。由于两篇小说的主要内容、人物、目的具有共同之处，因此参考史料基本相似，主要包括《明史》《清代通史》《东林始末》《宏光朝伪东宫伪后及党祸纪略》《甲申传信录》《宏光实录钞》《青磷屑》《过江七事》《三朝野记》《南明野史》等，不过在具体写作过程中两篇小说对上述史料的择取各有侧重，存在差异，《南都之变》侧重

---

① 廖沫沙：《鹿马传·后记》，载《廖沫沙全集》第四卷，广州，花城出版社，1997，第460页。

《明史·马士英传》《宏光实录钞》等史料，《碧血青麟》则侧重《明史·史可法传》《史可法文集》等史料。廖沫沙作《凤兮，凤兮！》时重点参考《论语·微子》《庄子·人间世》《史记·孔子世家》等古典文献，作《厉王监谤记》时主要参考《国语·召公谏厉王弭谤》《史记·周本纪》，其《信陵君之归》《咸阳游》《鹿马传》《离殷》和《陈胜起义》主要取材自《史记》，而《曹操剖柑》则集中取材自《三国演义》第六十八回《甘宁百骑劫魏营　左慈掷杯戏曹操》，参考史料略显单薄。

"人物考据"也是博考文献的目的之一。廖沫沙读历史小说时习惯"从历史书中去欣赏小说的味道"，"首先是从史书上找小说中有过的人物，看看他们是不是真的存在，其次是看这些人物在史书中的地位和对他的评断如何，再次是看他们的功业、能力、性格和小说所写的有什么差别"①。他将这一阅读习惯也带入历史小说创作中，在作历史小说前廖沫沙会先查证相关人物的真实性，继而根据需要塑造人物性格，再围绕人物编排故事，如《东窗之下》所涉大小人物十几人，其中秦桧、王氏、何铸、万俟禼、罗汝楫等正史皆有实录，而婢仆一类小人物除王氏婢女春花、秋月之外，其余仆从"兴儿、砚童、翁顺、高益恭"等皆有据可考，据《北盟汇编》四十二帙称，与秦桧偕归者，除其妻王氏之外，还有"兴儿、砚童、翁顺、高益恭者数人"。

（二）日常书写、"失事"求似

所谓日常书写、"失事"求似，即从历史人物的日常生活入手展开故事，在不违背历史大事件的前提下，注重小历史书写与情节虚构，务使相关事件或虚构故事的发展逻辑合情合理。这显然受到郭沫若"失事"求似原则的影响。

廖沫沙的《东窗之下》《南都之变》《碧血青麟》《凤兮，凤兮！》等历史小说擅长从人物的日常生活细节入手，将各种细节钩织得天衣无缝，侧面剖析历史大事件背后的因果联系，从而再现事件全貌，达到"失事"求似的效果。如写《东窗之下》时，廖沫沙亲自查阅史料，先将秦桧身陷金国、投敌叛国、谋害岳飞三件事定为主要写作背景，后从秦桧夫妇的日常生活、卧室密谈切入，以制订谋害岳飞的计划为中心，牵引出身陷金国之后秦桧受辱、王氏失身、金人挟制等一系列秘史丑闻，从而揭露他们谋害岳飞的目的不仅是卖国求荣，而是为封口遮丑。秦桧受辱、王氏失身、金人挟制这三个故事情节都是在史料基础上虚构、想象而成

① 廖沫沙：《我为什么爱读历史》，载《廖沫沙全集》第四卷，广州，花城出版社，1997，第199页。

的，这与秦桧身陷金国、投敌叛国、谋害岳飞等史实前后连贯，互为因果，合乎情理。

四 廖沫沙历史小说的杂文特质

廖沫沙的历史小说往往以古喻今，曲意讽之，战斗性极强，具有明显的杂文特质。廖沫沙历史小说的"杂文味"与其杂文创作、写作向度、左翼身份都密切相关。

（一）廖沫沙历史小说的"杂文味"与杂文创作

廖沫沙的杂文成就最大，"我写杂文的时间最早也最长，原因是我从小就爱读鲁迅先生的杂文，从爱读进到爱写，不知不觉就一辈子爱上写杂文了"①。当然，"不知不觉"间也将"杂文味"带入其他文体之中。如廖沫沙的第一篇历史小说《东窗之下》，从时间上来看它是军事论文——《中原锁匙的襄樊》一文的衍生之作。廖沫沙长于军人之家，"父志堂，早年务农，后出外当兵，累升哨官；母文氏，家权乃廖家独子，上有两姊，幼年随父驻防各地，曾居于江苏江阴、镇江、湖南江华、衡阳、湖北汉口等地。民国元年，六岁，随父还乡，入读私塾。五年移居湖南零陵"。②因此廖沫沙对军事论文青睐有加，1940年"他写的几篇军事论文忽然被黄琪翔将军看中了，一定要请他去当少校秘书，到前线去工作了半年多"③，从此其军事论文成为真正的战地论文。1941年3月所写《中原锁匙的襄樊》一文便是他面对湖北抗战局势，为督促国民政府坚守襄阳所写的一篇军事论文，这篇论文重点分析中国历史上最重要的三次襄阳大会战——前秦、东晋襄阳之战，南宋初年岳飞克复之战，南宋末年吕文焕围城之战。三次会战中有两次发生在南宋时期，廖沫沙因此深入研究《宋史·岳飞传》，为岳飞"襄阳等六郡为恢复中原基本"的论断所折服，"襄阳是南宋之时驱除异族恢复中原的基本，何尝不是我们今日歼灭倭寇，争取抗战胜利的基本呢？"④其《中原锁匙的襄樊》一文多次引用岳飞论断，强调"樊阳"的战略地位。该文发表于1941年3月14日至18日《救亡日报》的《前线通信》专栏，而《东窗之下》则写于一九四一年六七月间，发表于1941年7月19日《大众生活》香港版新19

---

① 廖沫沙：《我为什么写作》，载《廖沫沙全集》第四卷，广州，花城出版社，1997，第298页。

② 刘绍唐主编《民国人物小传》第十八册，上海，上海三联书店，2016，第253页。

③ 夏衍：《风雨故人情——〈廖沫沙的风雨岁月〉代序》，载陈海云、司徒伟智编《廖沫沙的风雨岁月》，北京，十月文艺出版社，1991，第2页。

④ 廖沫沙：《中原锁匙的襄樊》，载《廖沫沙全集》第四卷，广州，花城出版社，1997，第173页。

号，这两篇文章之间的前后关联显而易见。1941年4月初廖沫沙又作杂文《看个痛快》和《"光明正大"的无耻》，对汉奸报大肆庆贺汪伪傀儡政权"还都"一事进行揭露，大力抨击当时汉奸猖獗的丑恶现象，这两篇杂文署名"林默"，分别发表于1941年4月18日与4月24日香港《华商报》。此后，廖沫沙再作历史小说《南都之变》，讽刺、批判汉奸马士英、阮大铖等人的卖国行径，该小说发表于1941年8月9日《大众生活》香港版新13号。《凤兮，凤兮！》亦受到其杂文的影响，1941年5月底至6月初廖沫沙作杂文《"沙丘颂"》《"彼妇之口"》与《关于孔夫子的几个问题》，前者借当时正在热映的费穆导演的电影《孔夫子》引出民谣《沙丘颂》："秦始皇，何强梁，开吾户，据吾床，饮吾浆，唾吾堂，前至沙丘当灭亡"，揭示民间对秦始皇"焚书坑儒"行为的诅咒与痛恨，借以抨击国民政府的文化专制①，中者则以《史记·孔子世家》所载孔子《去鲁歌》"彼妇之口，可以出走。彼妇之谒，可以死败。盖优哉游哉，维以卒岁"，对挑唆是非、诽谤别人者进行反击②，后者同样借费穆电影《孔夫子》综合探讨孔子思想，这三篇杂文以"易庸"之名分别发表于1941年6月2日、6月3日和6月7日香港《华商报》晚刊。1943年冬廖沫沙在重庆写成历史小说《凤兮，凤兮！》，借孔子去鲁一事重点分析其思想观念转变的原因，次年2月发表于桂林青年学习期刊《自学》③。此外，在写《鹿马传》之前，廖沫沙先写出批判国民党独裁统治的《论民主与独裁》（《文萃》1945年第23期）。可见，廖沫沙的杂文创作与历史小说创作之间存在一种前后呼应关系，他对当时关注的问题基本上是先以杂文出之，再形诸历史小说进行延展、深化，因此在某种程度上廖沫沙1941～1948年间的杂文是其历史小说的先导。

（二）廖沫沙历史小说的"杂文味"与写作向度

廖沫沙历史小说擅长采用古为今用的写作向度，现实针对性极强。他认为，"文艺的内容便是现实生活，一切伟大的文艺作品，无不以现实生活为内容，达到改进生活的目的。一个文艺工作者，必须正确地了解并把握这个基本的原则。中国目前的现实，是遭受日本帝国主义的侵略和压迫最严重的时候，社会生活直接间接都受着战争的影响，譬如人民的流离颠沛和物质生活的变化，无一不是日本强盗侵略战争的结果。所以现在唯一的出路是抗战。文艺作者便应该配合着现实要求，从抗战的

① 廖沫沙：《"沙丘颂"》，载《廖沫沙全集》第一卷，广州，花城出版社，1997，第180-181页。
② 廖沫沙：《"彼妇之口"》，载《廖沫沙全集》第一卷，广州，花城出版社，1997，第182-183页。
③ 廖沫沙：《鹿马传·后记》，载《廖沫沙全集》第四卷，广州，花城出版社，1997，第459页。

现实中取得他的创作材料。"①因此，廖沫沙的所有历史小说都各有所指，如反映抗战时期政治内斗，批判汉奸卖国的《东窗之下》《南都之变》《碧血青麟》等，"我记得，我写的第一篇历史小说，题名是《东窗之下》，那是写南宋的秦桧诬陷岳飞的冤狱，'以古喻今'说明'皖南事变'中的新四军是同岳飞一样，蒙受了千古冤屈。这篇故事在《大众生活》发表之后，很能'叫座'；我自己也觉得颇为解气"②。"我们当前所遇到的严重问题，正是中国历史上重复过多少次的一个问题：团结还是分裂，抗战还是投降？"③廖沫沙认为中国"历史上灭亡得最惨的是宋明两代，宋明之亡是亡于外患，而外患之烈则由于当权的统治者至死不悟的（地）坚持内争"④。除了党争，"在中国的历史上重复的（得）最多的问题是两个：农民暴动与异族侵略"⑤。在廖沫沙看来，党争、分裂、投降、内乱是历朝历代亡国之前所面临的一系列内部危机，而外在危机如异族侵略不过是趁机起事，"明代之末，内争与外患发展到一个顶点，"⑥民国时期特别是抗战时期尤其如此，因此明季历史与民国乱世颇有相似之处，史鉴意义重大，所以廖沫沙写出《南都之变》《碧血青麟》两篇历史小说，叙述党争、内乱、投降等对南明覆灭造成的巨大影响，借以警示国民政府、军阀势力勿蹈前车之辙。再如廖沫沙旨在批判国民党独裁统治的历史小说《厉王监谤记》《信陵君之归》《鹿马传》《离殷》和《曹操剖柑》，"《厉王监谤记》，用周厉王'防民之口'的故事，来讽喻国民党统治贪污垄断，民不聊生，严禁人民言论自由的黑暗现实。这也抒发了我对当时国民党统治区许多报刊被迫停刊的愤慨，得到我的同行们的称赏"⑦。廖沫沙1941年7月至10月间还先后写成两篇旨在颂扬抗战忠烈的历史小说——《碧血青麟》和《江城的怒吼》，前者写明末史可法在汉奸当道、邦国危机之际，试图平息党争、团结御敌之事，后者写明末江阴领袖阎应元领导的江阴抗战，这两篇小说体现出在抗战相持阶段作者渴望再出民族脊梁，带领国民反对分裂、坚持抗战的迫切心情。

---

① 廖沫沙：《谈谈文艺与抗战》，载《廖沫沙全集》第一卷，广州，花城出版社，1997，第172页

② 廖沫沙：《鹿马传·后记》，载《廖沫沙全集》第四卷，广州，花城出版社，1997，第458页。

③ 廖沫沙：《泛论历史》，载《廖沫沙全集》第三卷，广州，花城出版社，1997，第24页。

④ 廖沫沙：《"点将录"式的战斗》，载《廖沫沙全集》第一卷，广州，花城出版社，1997，第249页。

⑤ 廖沫沙：《泛论历史》，载《廖沫沙全集》第三卷，广州，花城出版社，1997，第24页。

⑥ 同上书，第22页。

⑦ 廖沫沙：《鹿马传·后记》，载《廖沫沙全集》第四卷，广州，花城出版社，1997，第458页。

（三）廖沫沙历史小说的"杂文味"与左翼立场

作为中国共产党党员与左联成员，廖沫沙历史小说中自然渗透着鲜明的左翼倾向与战斗品质，政治批判立场坚定。如《厉王监谤记》以厉王好利、卫巫监谤、国人暴动和周召共和等典故，借周厉王派遣特务堵塞言路进行独裁统治的历史，影射国民党政府设置特务机构禁报禁言加强思想控制的独裁行为。

综上所述，廖沫沙历史小说因特殊的创作背景，独特的文化性格，个性化的创作模式，杂文味十足的战斗特性，成为中国现代左翼历史小说的中坚力量，在无产阶级革命过程中发挥过重要作用。

第三节　战斗精神与文化反思：
聂绀弩的历史小说

聂绀弩（1903年1月28日～1986年3月26日），出身于湖北京山诗书门第，本名聂国棪，绀弩乃其主要笔名。1921年聂绀弩经时在上海国民党总部任职的恩师孙铁人推荐来到上海并考入上海高等英文学校，从此开始了他的文学、从政与编辑之路。聂绀弩以杂文闻名于世，小说成就次之，此外，诗作、剧作、散文、论文亦成绩可观。1938～1949年聂绀弩出版《关于知识分子问题》（1938年）、《历史的奥秘》（1941年）、《蛇与塔》（1941年）、《早醒记》（1942年）、《二鸦杂文》（1949年）、《血书》（1949年）等杂文集，其中杂文主要分为两类：一类直接针对当下社会事件、社会现象、社会问题，采用逻辑、推理、假设、反证等手法正面立论，驳斥论敌，如《失掉南京，得到无穷》《阮玲玉的短见》《沈崇的婚姻问题》等，这一类杂文受鲁迅杂文影响极大。作为"鲁迅风"杂文主力作家，聂绀弩写有《鲁迅的与向培良的大度》（1940年）、《从沈从文笔下看鲁迅》（1940年）、《略谈鲁迅先生的野草》（1940年）、《鲁迅——思想革命与民族革命的倡导者》（1940年）、《读〈在酒楼上〉的时候》（1945年）等鲁迅专论以及悼念鲁迅的诗歌《一个高大的背影倒了》（1937年），可见受鲁迅影响之深。另一类则间接采用历史事件、古典小说、民间传说中的人物形象，以立象、曲笔、引证等方式侧面立论，讽喻现实，如《论通天教主》《论申公豹》《再论申公豹》《从〈击壤歌〉扯到〈封神演义〉》《蛇与塔》《从陶潜说到蔡邕》《小说人物杂忆》等文主要从《封神演义》《水浒传》《红楼梦》《白蛇传》和古代文人中选择契合意旨的人物形象，"言不尽意，立象以尽意"，达到批判现实的目的。

二十世纪三四十年代聂绀弩出版短篇小说集《邂逅》(1935年)、《夜戏》(1940年)、《风尘》(1940年)和《两条路》(1949年),各集以现实小说为主,历史小说较少。聂绀弩的历史小说主要有《韩康的药店》(1942年)、《毛遂》(1945年)、《季氏将伐颛臾》(1946年)、《鬼谷子》(1946年)、《一个残废人他的梦——演庄子义赠所亚》(1947年)以及域外神话历史小说《第一把火——为鲁迅先生五年祭作》(1941年),这些历史小说的创作目的、方法受聂绀弩杂文影响极大,准确地说,它们是其第二类杂文的一种延伸性文体。因此聂绀弩的历史小说既有杂文的独特性,又有小说的典型特征,其中最能体现其别具一格文学特质的是《韩康的药店》《鬼谷子》《一个残废人和他的梦——演庄子义赠所亚》。

一 《韩康的药店》:"近似小说"的"独特杂文"

《韩康的药店》是聂绀弩的第一篇历史小说,1942年2月末日作于桂林,发表在《野草》第2卷1、2期合刊上,1945年之后他才陆续写成其他历史小说。因此1942~1945这三年间,《韩康的药店》堪称聂绀弩历史小说之孤章,因为孤章难以成集,风格又类似杂文,故当时一些研究者将这篇小说看作"近似小说"的"独特杂文",直接归入聂绀弩杂文加以研究。

《韩康的药店》最为独特之处是聂绀弩采用移花接木式"混剪"手法将两个不同时代的故事——"东汉韩康卖药"与"北宋西门庆欺行霸市"置入同一时空之中重新剪辑组合,使两个人物之间互成对照关系,从而建构新的故事来达到抨击现实的目的。1942年宋云彬编《历史小说选》,筛选当时的历史小说名作,《韩康的药店》得以入围,宋云彬对其评价极高,"绀弩的一篇独具一格,他巧妙地把后汉时代卖药长安市上的韩康和小说中人物西门庆拉在一起,写成一篇'以讽喻为职志'的作品,不但表现了他的天才,同时更扩大了这一类作品的题材"[①]。"韩康卖药"本事出自东汉赵岐的《三辅决录》一书,书中记载:

> 韩康,字伯休,京兆霸陵人也。常游名山,采药卖于长安市中,口不二价者,三十余年。时有女子买药于康,怒康守价,乃曰:"公是韩伯休邪,乃不二价乎?"康叹曰:"我欲避名,今区区女子皆知有我,何用药为?"遂遁入霸陵山中,博士公车连征,不至。桓帝时

① 宋云彬:《历史小品选·序》,桂林,立体出版社,1942,第1-2页。

乃备元𬘓安车以聘之。使者奉诏造康，康不得已，乃佯许诺，辞安车，自乘柴车冒晨先发……康因中路逃遁，以寿终。①

范晔著《后汉书》，作《赵岐列传》，并将赵岐所录韩康之事收入《逸民传》，故其中"韩康传"亦有类似记载：

> 韩康，字伯休，一名恬休，京兆霸陵人。家世著姓。常采药名山，卖于长安市，口不二价，三十余年。时有女子从康买药，康守价不移，女子怒曰："公是韩伯休那？乃不二价乎？"康叹曰："我本欲避名，今小女子皆知有我，何用药焉？"乃遁入霸陵山中。博士公车连征，不至。桓帝乃备玄之礼，以安车聘之。使者奉诏造康，康不得已，乃许诺。辞安车，自乘柴车，冒晨先使者发。至亭，亭长以韩征君当过，方发人牛修道桥。及见康柴车幅巾，以为田叟也，使夺其牛。康即释驾与之。有顷，使者至，夺牛翁乃征君也。使者欲奏杀亭长。康曰："此自老子与之，亭长何罪！"乃止。康因中道逃遁，以寿终。②

据史书所载，韩康乃东汉京兆（今陕西西安）霸陵名士，出身豪族，然其淡泊名利，隐逸不仕，因深谙医道，常游名山采药，卖药于长安街市。可见，韩康身份首先是京都人士，其次是豪族名士，再次是隐逸高士，最后才是采药卖药者，而真正令其青史名留、誉满天下的却是采药卖药一事。韩康卖药货真价实、真不二价，三十年如一日，妇孺皆知，对后世影响极大。历代文人、隐士、药商对其褒誉有加，南朝诗人陈徐陵曾有诗言："清名满天下，无处匿韩康"，唐代诗人李颀诗云："韩康虽复在人间，王霸终思隐岩窦"，李嘉祐又言："韩康灵药不复求，扁鹊医方曾莫睹"，司空曙则说"韩康助采君臣药，支遁同看内外篇"，而药店则常悬挂匾书"真不二价"以标榜货真价实，清朝还出现画作《韩康卖药图》等。韩康本想避世，偏又因此得名，可谓贤士无双，不论身居庙堂抑或山林。正因如此，聂绀弩《韩康的药店》在塑造"韩康"形象时完全舍弃其名士和隐士身份，使之摇身一变成为清河县一介平民，他仍以卖药为生，以"货真价实、真不二价"为宗旨，因诚信不欺而门庭若市。

"西门庆故事"则主要出自《金瓶梅》第十九回《草里蛇逻打蒋竹

① 〔东汉〕赵岐：《三辅决录》，载挚虞注《丛书集成初编》，北京，中华书局，1991，第31页。

② 〔南朝·宋〕范晔：《后汉书》第八十三卷《逸民传》，北京，中华书局，2000，第2770-2771页。

山　李瓶儿情感西门庆》，而《金瓶梅》乃由《水浒传》演化而成。聂绀弩一生青睐《水浒传》，中华人民共和国成立后他曾主持《水浒》的整理出版工作，写有《〈水浒〉五论》等论文，他在谈到《水浒》对小说创作的影响时说："《水浒》是一部发生过重大的积极影响的小说。……越是有艺术价值的优秀小说，就是和《水浒》的距离越近，越能接受《水浒》的优良传统。此外，有从《水浒》的一个故事或整体演化出来的小说：一种是暴露豪绅、恶霸、市侩的荒淫无耻的私生活的《金瓶梅》，一种是《水浒后传》，另一种是反《水浒》的《荡寇志》。"①相较于《水浒传》，《金瓶梅》对西门庆恶行的描述更加详尽完整，西门庆与官府勾结，不仅欺男霸女霸占潘金莲、李瓶儿、王春梅等女子为妾，还欺行霸市、垄断商业，关键是这部小说中西门庆的结局与《水浒传》完全不同，《水浒传》中西门庆死于武松之手，而《金瓶梅》中西门庆则死于淫乱，如聂绀弩《韩康的药店》所言，"西门大官人，已经死在潘金莲的肚子上"。《金瓶梅》第十九回《草里蛇逻打蒋竹山　李瓶儿情感西门庆》讲述了一个西门庆挟私报复、垄断药业的实例：清河县本来只有西门庆一家药店，生意红火，后来太医院出身的蒋竹山在为李瓶儿医病时与之勾搭成奸、入赘为婿，李瓶儿资助他在县城开办两间生药铺。蒋竹山先抢西门庆姘头李瓶儿，后开药店抢其生意，最后遭到西门庆报复，他唆使草里蛇鲁华、过街鼠张胜等地痞流氓到蒋竹山药店寻衅滋事并伪造借据构陷他欠账不还，后蒋竹山被提刑院严刑拷打、皮开肉绽，结局是药铺被拆，李瓶儿将他扫地出门。蒋竹山虽出身太医院，但"轻浮狂诈"，猥琐无能，品行不佳，他被西门庆整治，并不值得同情。聂绀弩作《韩康的药店》时故意将蒋竹山与李瓶儿事剔除，再代以韩康之事，将"李瓶儿资助蒋竹山开生药铺"改为"韩康独自经营药店"。韩康为人诚信厚道、本分实在、洁身自好、童叟无欺，这与西门庆的以假乱真、以次充好、淫乱无状、欺行霸市形成鲜明对比。西门庆觊觎韩康药店生意兴隆，三番五次设计霸占，但他每占一处，韩康便在其他街道重开一家，因诚信不欺韩康药店始终人山人海，而西门药店却日益萧条，西门庆为了永远霸占药市，最终将韩康构陷入狱。西门庆暴毙后，韩康出狱重开药店，生意一如既往地火爆。

《韩康的药店》是聂绀弩历史小说中现实针对性、批判性最强的一篇，甚至可以说这是一篇专为批判现实量身定做的"遵命文学"。1940

———————
①　聂绀弩:《〈水浒〉五论》，载《聂绀弩全集》第七卷，武汉，武汉出版社，2004，第83-84页。

年4月聂绀弩应民营《力报》之聘由浙江金华来到桂林，主编该报副刊"新垦地"。1940年7月杂文家夏衍、宋云彬、聂绀弩、孟超和秦似等五人在桂林成立野草社，创办小型同人杂文刊物——《野草》，发行人是桂林科学书店的陆凤翔。"我们的宗旨是，专登短小的文章，亦即杂文，宣传抗日，反对腐败，针砭时弊，向往光明。想透过重重的钳制和严密的文网，发出几声呐喊和呼号，从各个侧面反映出大后方广大人民群众的痛苦、挣扎、斗争和希望"[①]。《野草》使鲁迅先生创造的杂文形式在抗战时期发挥出巨大力量，"郭沫若、茅盾、柳亚子、田汉、胡风、荃麟、何家槐等许多文坛前辈和知名作家，都给《野草》写过稿，有的人还给予过有力的支持"。"绀弩和孟超供稿最多，用了好些笔名，绀弩的《韩康的药店》等文章，引起读者很大的兴趣"。"皖南事变"之后国民政府为党派利益消极抗日，积极反共，从政治、军事、文化上破坏抗日民族的统一战线，镇压左翼文化运动。《野草》第五卷刚出完便被国民党政府查封，自1940年8月20日创刊至1943年6月1日停刊，共出版五卷二十九期。此前支持《野草》的桂林生活书店已先行被封，桂林当局在原址开设国际书店，刊发反共宣传文件，但生意冷落，无人问津。聂绀弩《韩康的药店》既是对国民政府查封书店一事的影射和讽刺，又彰显了左翼作家的反击与斗争，它形象地说明"阎王开饭店，鬼都不进门"的道理，成为轰动一时的名文。此外，《韩康的药店》还直接抨击西门庆等只有谋财之意、毫无济世之心的恶霸奸商，褒扬韩康济世惠民的诚信行为，对维护商业贸易的公序良俗起到了示范作用。即使在当今时代，《韩康的药店》仍具有现实意义。

二 《鬼谷子》：文化反思与哲学思辨

1946年3月8日聂绀弩在重庆写成历史小说《鬼谷子》，时值国共第二次全面内战前夕。这篇小说在立象、曲笔、引证、讽喻等方面享有聂氏历史小说的共性特征，但也拥有一个明显的创新之处——文化反思和哲学思辨倾向，对历史人物的主观战斗精神、个体生命的意义和个人价值的实现等问题思考最多。

《鬼谷子》的创作手法与《韩康的药店》类似，同样采用移花接木式的"混剪"手法，将两个不同时期的故事——"鬼谷子授徒"与"要离刺庆忌"置入同一时空重新剪辑组合，使二人组成师徒关系，建构新型

[①] 秦似：《〈野草〉两年小志》，载《秦似杂文集》，北京，生活·读书·新知三联书店，1981，第120页。

故事以达到文化反思、哲学思辨、抨击现实的目的。

据载，鬼谷子原名王诩，又名王禅，号玄微子，乃是春秋战国时期一位旷世奇人，曾隐居山西吕梁云梦山附近清溪之鬼谷，故称鬼谷先生。鬼谷子授徒因材施教，弟子众多，各有专长，后辈弟子据其言论整理成奇书《鬼谷子》。鬼谷子行踪神秘，正史记载不详，如司马迁《史记》、扬雄《法言》、王充《论衡》、梁元帝萧绎《金楼子》、王嘉《拾遗记》、刘勰《文心雕龙》、杜光庭《录异记》、洪迈《容斋随笔》、洪适《盘洲文集》、李畴《太平广记》、明嘉靖《淇县志》以及清代一些典籍均只有简略记载。冯梦龙《东周列国志》则将鬼谷子神话化，言其"通天彻地"，兼众家之长，"一曰数学：日星象纬，在其掌中，占往查来，言无不验；二曰兵学：六韬三略，变化无穷，布阵行兵，鬼神莫测；三曰游学：广记多闻，明理审势，出词吐辩，万口莫当；四曰出世学：修真养性，服食引导，祛病延年，冲突可俟"。春秋战国时期叱咤风云的历史人物似乎都与冯梦龙有千丝万缕的联系，如名垂青史的"鬼谷四友"——孙膑、庞涓、张仪、苏秦[①]，以及商鞅、毛遂、范雎、徐福、李牧等皆传为鬼谷弟子，实则无据可考。聂绀弩历史小说《鬼谷子》中关于"要离师从鬼谷子"一事亦不可考，概托伪而已。

"要离刺庆忌"本事主要见于《吴越春秋·阖闾内传》，其中一直惹人非议的是要离的刺杀谋略——"灭门苦肉计"。据载，春秋时期伍子胥为吴王阖闾推荐刺客要离，要离觐见吴王时二人曾对话如下：

> 王曰："子何为者？"要离曰："臣国东千里之人，臣细小无力，迎风则僵，负风则伏。大王有命，臣敢不尽力！"吴王心非子胥进此人，良久默然不言。要离即进曰："大王患庆忌乎？臣能杀之。"王曰："庆忌之勇，世所闻也。筋骨果劲，万人莫当。走追奔兽，手接飞鸟，骨腾肉飞，拊膝数百里。吾尝追之于江，驷马驰不及，射之暗接，矢不可中。今子之力不如也。"要离曰："王有意焉，臣能杀之。"王曰："庆忌明智之人，归穷于诸侯，不下诸侯之士。"要离曰："臣闻安其妻子之乐，不尽事君之义，非忠也；怀家室之爱，而

---

① 《史记·苏秦列传》："苏秦者，东周洛阳人也。东事师于齐，而习之于鬼谷先生。"中华书局，2014年版，2709页。《史记·张仪列传》："张仪者，魏人也。始尝与苏秦俱事鬼谷先生，学术，苏秦自以为不及张仪。"载司马迁：《史记》，上海，上海古籍出版社，2011，第1756页。冯梦龙《东周列国志》："弟子就学不知多少，先生来者不拒，去者不追。就中单说几个有名的弟子：齐人孙膑、魏人庞涓、张仪，洛阳人苏秦。"

不除君之患者，非义也。臣诈以负罪出奔，愿王戮臣妻子，断臣右手，庆忌必信臣矣。"王曰："诺"。

通过以上对话可知，要离称得上中国刺客史上最理性、冷血、疯狂的刺客，他因"细小无力，迎风则僵，负风则伏"，无法轻易刺杀勇武果劲、万夫莫敌的庆忌，为获取庆忌信任相机行刺，竟让吴王戮其妻子、断其右手，上演一出灭门自苦的"苦肉计"，此计悖逆人伦、骇人听闻，至今堪称孤例。要离凭借此计成功刺杀庆忌，位列著名刺客之一，但其行径已远超普通民众的接受界域，要离本人亦因此陷入矛盾，"杀吾妻子，以事吾君，非仁也；为新君而杀故君之子，非义也"。他贪图名誉，杀妻灭子，背弃旧主，不仁不义，只能自刎。正因如此，司马迁《史记·刺客列传》专门为曹沫、专诸、豫让、聂政、荆轲和高渐离六位刺客立传，唯独舍弃要离，只在《史记·鲁仲连邹阳列传》一章"邹阳狱中书"内提到"然则荆轲之湛七族，要离之烧妻子，岂足道哉！"历代史籍持肯定或中性态度评价要离者寥寥无几，除《吴越春秋·阖闾内传》外，还有刘向《战国策·魏策·唐雎不辱使命》中"要离之刺庆忌也，苍鹰击于殿上"一条。

聂绀弩《鬼谷子》的成功胜在内容新颖，注重文化反思和哲学思辨。《史记·刺客列传》不为要离立传，太史公所虑之处正是聂绀弩不解之处。聂绀弩作《鬼谷子》，运用弗洛伊德精神分析学说解析要离的想法和行为，力图释疑解惑。这篇小说写的是鬼谷子的一场"梦"，他在得意门生要离死去五年之后再次来到其位于忠烈墓园的衣冠冢前，因悲伤过度坐在草地上昏昏睡去，竟然梦到要离偕妻儿和一群忠烈亡魂向他索命，亡魂们的愤怒控诉意味着一种集体反思，同时迫使鬼谷子开始自我反思，其中要离的"控诉式"文化反思与鬼谷子的"自责式"文化反思构成核心部分，这体现出聂绀弩对中国文化中糟粕观念的现代反思。

要离反思的重点是教育思想问题。他对鬼谷子控诉道："你在我小的时候就告诉我，你说，孩子，将来要对主上忠心，为了主上的事，要献出生命，要成仁，要取义……写成许多激昂慷慨的书，装成种种崇拜那种人的样子。我被你欺骗了，麻醉了，只恨没有表现自己的忠烈的机会，一有机会，就争先恐后地抢到手了"，"把公家的事情当作自己一个人的事情，把自己的生命，妻子，儿女，却当作等闲"，"可是我们死了，这世界上，究竟有了些什么好处呢？有一个人可以免掉半天劳碌么（吗）？有三分之一的个人可以少完一文钱的租税么（吗）？不，一点也不，瞎子仍旧是瞎子，跛子仍旧是跛子，聋子哑巴也仍旧是聋子哑巴，谁也没有因为我们的死而变得好些。如果有，那就是我们的主上……他的江山稳固了，他跟他的后妃们，夫人们，御妻命妇们，无论怎样荒淫无耻，再也没有烽烟来扰乱他们了"。要离对鬼谷子灌输的忠君思想经历了一个"深信—质疑—逆反—批判—控诉—背离—敌对"的转变过程，这实质上是一种精神反抗的过程，这种反抗正是聂绀弩自己心路历程和行动过程的折射。聂绀弩1922年加入国民党，成为国民革命军军官，1924年考入黄埔军校第二期，曾参加第一次国共合作。1925年考入莫斯科中山大学，两年后回国，1928年起先后任国民党"中宣部"总干事、南京"中央通讯社"副主任。1931年"九一八"事变后他因反对内战，主张联共抗日，参加文艺青年反日会而受到当局通缉，被迫离职逃往日本，从此彻底脱离国民党。1934年4月聂绀弩任《中华日报》副刊《动向》编辑，同年加入中国共产党。可以说，聂绀弩是国民党的"叛逆"之徒，也是其恩师孙铁人的"不肖弟子"，他曾身居要职，忠于领袖、党国，却并不愚忠，不愿以一己之名利独善其身，在国家、民族、大义与人性面前他觉醒了，不肯再做独裁者的高级奴才与权力斗争的牺牲品。因此，聂绀弩作《鬼谷子》借古人自喻，要离就是聂绀弩本人的化身。

鬼谷子反思的重点则是个体生命的意义与个人价值的实现问题。"生命这东西多么奇怪，看不见，摸不着，什么也不是，可是人要有着它，才能够活在这世界上，才有意志，欲望，情感，能力，……才能够做出种种事业来。一旦没有它，人就变成一具尸首，被埋在地下，终于烂掉，作为虫蚁的食物，草木的肥料。在无穷的时间中间，能够有着它，又不过短短几十年。从宇宙之大看来，一个身第不满六尺的人的几十年生命，大概无足轻重；但从人自己看来，它却极为宝贵，极应宝贵，然而人又多么复杂呀，这么可宝贵，应宝贵的生命，却有人为了据说是比个人的生命更可宝贵，更应宝贵的什么而牺牲它！"鬼谷子的反思体现出个体精神的觉醒。在关注人类精神和文化反思方面，聂绀弩小说显然受到鲁迅小说的影响，但在强调个体精神和内在价值方面，则受胡风文论的影响更加明显。1932年初聂绀弩流亡日本期间结识了湖北老乡胡风，同年2月经胡风介绍加入中国左翼作家联盟东京分盟。1933年2月聂绀弩、胡风因参加日本左翼反战运动而被捕入狱，7月一起被遣送回国，在上海胡风又介绍他加入中国左翼作家联盟并成为理论研究委员会主要成员，此后聂绀弩与胡风关系愈加深厚。1935年胡风"加深了和鲁迅的友谊关系和工作关系，也和彼此信任的几个盟员保持着友谊关系，如周文、宋乐天（王尧山）、彭冰山（柏山）、欧阳山和草明、聂绀弩和吴奚如等"①。1936年2月聂绀弩、胡风、萧军和萧红等在鲁迅支持下创办文学杂志《海燕》，1937年9月聂绀弩和胡风等又共同到汉口创办《七月》杂志。胡风倡导文学的"主观战斗精神"，"所谓主观精神作用的燃烧，是作为对于现实生活的反映的主观精神作用底（的）燃烧"②。他认为"现实之所以成为现实，正是由于流贯着人民底（的）负担、觉醒、潜力、愿望和夺取生路的这个火热的，甚至痛苦的内容"③，主张表现人物"精神奴役的创伤"。聂绀弩小说受胡风文论影响，发扬"主现战斗精神"，重视个性主义、个体生命和个人价值的实现。

三　《一个残废人和他的梦——演庄子义赠所亚》：审丑理论与原型书写

《一个残废人和他的梦——演庄子义赠所亚》，原名"德充符——演庄子义赠所亚"，1947年4月2日写于重庆。这篇小说与《鬼谷子》一样，既在立象、曲笔、引证、讽喻等方面享有聂氏历史小说的共性特征，又拥有独特的创新之处，如审丑理论和主观精神、历史人物与现实原型、梦幻色彩和寓言倾向等都值得赞赏。

这篇小说出自《庄子·内篇·德充符》。《德充符》乃《庄子》内七篇之五，主要讲述王骀、申徒嘉、叔山无趾、哀骀它等兀者虽然形体残缺、相貌丑陋，但德行充实、内在圆满，因此他们同样能够成为美的符号或象征。可见，《庄子·德充符》蕴含着世界上最早的富有辩证色彩的美学理论——审丑理论，它专门探讨人的外在形体与内在精神之间的关系，对形体残缺者是一种精神激励，对以貌取人者是一种开悟启示。《一个残废人和他的梦——演庄子义赠所亚》并非通篇演绎《庄子·德充符》，而是截取"申徒嘉"一段阐发而成：

> 申徒嘉，兀者也，而与郑子产同师于伯昏无人。子产谓申徒嘉曰："我先出则子止，子先出则我止。"其明日，又与合堂同席而坐。子产谓申徒嘉曰："我先出则子止，子先出则我止。今我将出，子可以止乎？其未邪？且子见执政而不违，子齐执政乎？"申徒嘉曰："先生之门固有执政焉如此哉？子而说子之执政而后人者也。闻之

① 胡风：《胡风回忆录》，北京：人民文学出版社，1993，第32页。

② 胡风：《一个要点的备忘》，载《胡风评论集》中册，北京，人民文学出版社，1984，第134页。

③ 胡风：《论现实主义的路》，载《胡风评论集》中册，北京，人民文学出版社，1984，第113页。

曰：'鉴明则尘垢不止，止则不明也。久与贤人处则无过。'今子之所取大者，先生也，而犹出言若是，不亦过乎！"子产曰："子既若是矣，犹与尧争善。计子之德，不足以自反邪？"申徒嘉曰："自状其过以不当亡者众；不状其过以不当存者寡。知不可奈何而安之若命，唯有德者能之。游于羿之彀中，中央者，中地也；然而不中者，命也。人以其全足笑吾不全足者众矣，我怫然而怒，而适先生之所，则废然而反。不知先生之洗我以善邪？吾之自寐邪？吾与夫子游十九年，而未尝知吾兀者也。今子与我游于形骸之内，而子索我于形骸之外，不亦过乎！"子产蹴然改容更貌曰："子无乃称！"

　　人的外在形体即使不存在天生残疾或后天残缺，亦终因衰老而日渐丑陋，因此人的内在修养和精神之美才是一种根本性的美。聂绀弩欣赏德行充实者，反感以貌取人，因此对《庄子·德充符》深有共鸣。1935年聂绀弩在上海作首篇（现实）小说《邂逅》，写一个普通士兵王德胜，他"粗眉毛，细眼睛，塌鼻子，翻起的厚的上嘴唇，大，可有点歪的嘴，配上两个大颧骨，上尖下瘦，像橄榄什么的脸上，这是队伍里一个顶普通的面孔。面孔上还带着一点傻笑。……眼睛角上挂的纹道皱起来像一把扫帚什么的"[①]。王德胜其貌不扬，甚至偏于丑陋，但他朴实憨厚、热情真诚、乐于助人，品行可嘉，"我"仅与之邂逅一次便久久不能忘怀。1947年聂绀弩所作历史小说《一个残废人和他的梦——演庄子义赠所亚》则是其审丑理论的全面演示，这篇小说的主要人物申徒嘉腿残志坚，自学成才，他学富五车、画技惊人、品德完满，因为德充形胜而备受世人尊重，包括曾经鄙视他的同门师兄弟——位高权重的郑国相国子产。
　　《一个残废人和他的梦——演庄子义赠所亚》中"申徒嘉"形象的细节塑造得非常成功。《庄子》擅长讲故事说理，哲理意蕴深厚，却并不注重人物形象塑造，如《德充符》对申徒嘉的介绍异常简洁，"申徒嘉，兀者也，而与郑子产同师于伯昏无人"，至于其出身、经历、性格、嗜好则未著一言，聂绀弩正是从上述缺漏之处入手重塑"申徒嘉"形象，以弥补原典之不足。《一个残废人和他的梦——演庄子义赠所亚》最初乃聂绀弩为其好友——画家余所亚而作，余所亚亦是这篇小说中"申徒嘉"的现实原型。余所亚，广东台山人，生于香港，常用笔名"所亚""SOA"，是当时一位伟大的画家，他擅长漫画、油画、木刻、美术设计、木偶戏

　　① 聂绀弩：《邂逅》，载《聂绀弩全集》第六卷，武汉，武汉出版社，2004，第10页。

编导等。所亚自幼患小儿麻痹症下肢瘫痪，无法站立，只能依靠两只小板凳行走，他幼年自学画技，少年时期师从名家程子仪正式学画，后又受到吴根天、关良等名家指点。聂绀弩在致高戈的信中曾言道："此人毅力特坚强，为人正直诚恳，从不计较个人得失，这是老朋友们都知道的。……作风正派。"其字里行间透着对所亚的敬重。1935年所亚参加蔡廷锴组织的中华民族革命同盟，编辑机关报《大众报》，抗战期间又编辑香港《星岛日报》《珠江日报》《大众晚报》和《大公报》的漫画周刊，发表大量抗日漫画，还曾应邀到越南西贡任《南华日报》总编辑，后出版漫画集《投枪》。1940年8月所亚自香港抵达桂林与黄新波合办夜萤画展，参与编辑《救亡日报》，并为聂绀弩等创办的杂文刊物《野草》做漫画创作与美术设计，聂绀弩与所亚因此相识。所亚初到桂林时生活艰苦，蜗居草棚卖茶为生，兼之行动不便，境况凄楚。为从精神上激励所亚，聂绀弩专门作历史小说《一个残疾人和他的梦——演庄子义赠所亚》赠之，其中"申徒嘉"形象代入了所亚的身份、经历，形体、性格、职业特点，生活状况与精神活动，从而将这一形象塑造得十分丰满、清晰、立体。所亚的表现也极其顽强，未令好友失望，他与新波、陈烟桥、丁聪、特伟、郁风、周令钊等同行在恶劣环境下坚持美术创作，其抗战时期的漫画插图《前线马瘦，后方猪肥》（《野草》第2卷第3期）、《消夏图》（《野草》第2卷第4期）等多以夸张、幽默方式讽刺后方官僚和愚昧民众的消极态度，曾起到过较好的警示作用。1944年周恩来在重庆接见所亚，十分赏识他的品德与才华。

《一个残废人和他的梦——演庄子义赠所亚》的另一大突出特点是梦幻色彩和寓言倾向，如第八部分描写人物心理时聂绀弩采用了和《鬼谷子》一样的"梦幻"方式，申徒嘉梦中看见高耸的"天门""海天之间的太阳""五色云彩"等神奇景象，这种奇幻写法显然受到《庄子》一书的影响，在诸子文学中《庄子》是一部独特著作，它重说理而非直接说教，常借神话、传说、梦境、寓言、故事，运用象征、比喻、拟人等手法传达思想观念。此外，这种奇幻写法直接受到所亚画作的影响，聂绀弩直言那段文字是"根据所亚的《上天堂的路》而写成"[1]的。所亚画出天路，申徒嘉梦到天门，这不仅体现出人物的非凡想象力，还是内在德行完满的一种精神表现，同时梦幻亦是达成美好愿望的潜在寓言。

如上所述，聂绀弩历史小说既有"曲笔写作""立象尽意"等共性特

① 聂绀弩：《〈天亮了〉初版序》，载《聂绀弩全集》第九卷，武汉，武汉出版社，2004，第41页。

征，又各自呈现出鲜明的个性特征，其共性与个性、理性与感性契合度极佳，杂文特质比较突出，现实针对性非常强，每一篇皆有独到之处。《韩康的药店》采用"混剪"方式，构思奇特，叙述冷静，理性倾向鲜明，《鬼谷子》和《一个残废人和他的梦——演庄子义赠所亚》则重点强调人物的主观战斗精神，感性色彩浓郁，其审丑艺术、梦幻色彩与寓言倾向别具风采。总之，聂绀弩不仅是一位文笔犀利的"鲁迅风"杂文家，还是一位严谨深邃的历史小说家。

第四节　杨刚的中篇历史小说《公孙鞅》

杨刚（1905年1月30日～1957年10月7日），中国现代著名新闻记者、左翼作家、革命家、翻译家，原名杨季徽，后改名杨缤，笔名有贞白、杨刚、失名等，祖籍湖北沔阳县（今仙桃市），1905年生于一个官僚家庭。杨刚八九岁即能赋诗作文，人称"小才女"。1928年春，杨刚被北平燕京大学英国文学系免试录取，同年加入中国共产党，成为北平学生运动领袖人物之一。在校期间杨刚写下不少诗歌、散文、小说，并协助美国记者埃德加·斯诺编译中国左翼文学选集《活的中国》。1932年秋，杨刚从燕京大学毕业，不久与北大经济学系毕业生郑侃结婚，这段婚姻充满波折，最终以离婚收场。1932年底，因政治形势严峻杨刚南下上海，1933年通过"左联"负责人周扬、夏衍加入"左联"，后来她又介绍自己毕业于上海交大当时正在上海铁路局工作的四哥杨潮加入"左联"。1933年夏，杨刚赴香港接替萧乾任《大公报》文艺副刊主编，同时负责接待流亡香港的左翼文化人士，抗战时期杨刚与彭子冈、浦熙修、戈扬被誉为后方新闻界的"四大名旦"，共同宣传团结抗日，反对投降倒退。从早年参加学生运动起，杨刚做过编辑、驻外记者、翻译、作家、评论家、国际事务活动家、周恩来总理办公室主任秘书、《人民日报》副总编辑等，长期从事新闻宣传工作，还曾报道开国大典盛况，周恩来、邓颖超称赞她是"国家少有的女干部"。

作为翻译家，杨刚最大的成就是最早将毛泽东的《论持久战》译成英文版，在美国记者项美丽和邵洵美的帮助下，《论持久战》英文版1938年11月1日至1939年2月9日在《公正评论》上分4次连载，1939年1月20日毛泽东亲自为《论持久战》英译本作题为《抗战与外援的关系》的千字序言，经杨刚校对定稿，两个月后出版单行本。此外，杨刚最早将英国著名女作家简·奥斯汀（Jane Austen）的小说代表作《傲慢与偏见》译成中文版，并由吴宓作序，1935年经上海商务印书馆出版。这两部译作成为杨刚翻译事业的辉煌标志。

作为记者和作家，杨刚在新闻、通信、报告文学、散文、小说等方面皆成就斐然。她的新闻通信和报告文学主要结为两部集子：一是《东南行》（1943年桂林文苑出版社），二是《美国札记》（1951年世界知识出版社）；其诗歌有抒情长诗《我站在地球中央》，抒情短诗《灵魂的对话》《晦晨》《给卖报女孩》《我知道你没有死去，哥哥!》《辛苦呵，我的祖国》《献孙夫人》等；其小说分为两类：一是历史小说，只有一部中篇历史小说《公孙鞅》（1939年上海文化生活出版社），二是现实主义小说，如20世纪30年代写的《日记拾遗》（又名《肉刑》）和《殉》《爱香》《翁媳》《母难》《生长》《遗稿》等短篇小说，还有一部中篇小说集《桓秀外传》（1941年上海文化生活出版社），内含《桓秀外传》《黄霉村的故事》两部中篇小说。此外，她曾出版一部散文集《沸腾的梦》（1939年上海美商好华图书公司）。

学界以往对杨刚的研究主要以回忆录、传记方式呈现，如胡绳与袁水拍的《追忆杨刚》（1982年）、萧乾的《杨刚与包贵思》（1982年）、郑光迪的《回忆我的妈妈》（1982年）、胡寒生的《追忆杨刚》（1982年）、廖红英的《忆杨刚》（1982年）、卢豫东的《忆羊枣杨刚兄妹》（1984年）、蒋元椿的《忆杨刚同志》（1988年）、徐铸成的《回忆杨刚片断（段）》（1988年）、吴廷俊的《杨刚与大公报》（1995年）、吴德才的《金箭女社——杨刚传记》（1996年）、杨晶的《杨刚之死》（2009年）、苏振南与夏红明的《红色才女杨刚的一生》等，这些研究聚焦杨刚的《大公报》名记和红色才女身份，宏观叙述她对新闻事业、革命事业所做的杰出贡献，探讨其自杀之谜，而对杨刚文学的研究微乎其微，基本集中在其新闻采编思想上，如蒋新星的硕士论文《成名的想象——女记者杨刚研究》（2010），以杨刚的两本合集《东南行》《美国札记》为主综合研究其新闻通信、报告文学的特色以及采编思想的特点。可见，杨刚的新闻成就与革命成就极大地遮掩了其文学成就，学界对杨刚小说尤其缺乏关注。

杨刚唯一一部中篇历史小说《公孙鞅》写于抗战初期，其中凝结着杨刚炽烈的爱国激情、坚强的民族意志和顽强的革命精神，乃其"抗战小说"之一。由于杨刚的历史小说数量少，题材、体式又偏离主流方向，因此这部小说至今几乎完全被研究者忽视。中国现代女作家相对较少，写过历史小说的女作家屈指可数，苏雪林、凌叔华、沈祖棻、罗洪、张爱玲等女作家所作皆为短篇历史小说，只有杨刚一人写过中篇历史小说，故而《公孙鞅》受到忽视也在情理之中。同时正因杨刚历史小说仅有《公孙鞅》一部，又恰好反映出历史人物"公孙鞅"及其事迹对杨刚本人独一无二的影响力。

《公孙鞅》共八节，基本史实出自《史记·商君列传》，这篇小说在据史而作之外又结合抗战现实，撷取历史中能够映照现实之内容，以深化作者的创作主旨。《公孙鞅》与《商君列传》相比，特别注重人物塑造、心理描写，擅长古今交融、夹叙夹评，左翼倾向中透着浩烈之风，对历史事件与现实问题的见解亦有独到之处。

一　心理描写与人物塑造

《史记·商君列传》重在记述客观史实，极端缺乏有关人物心理活动的主观描写。《公孙鞅》则非常注重人物的心理描写，将公孙鞅、公叔痤、昭音等三位主要人物的心理活动描写得非常细腻、精彩。

杨刚《公孙鞅》对公孙鞅的心理描写尤其细腻。《商君列传》开篇介绍公孙鞅的出身："商君者，卫之诸庶孽公子也，名鞅，姓公孙氏，其祖本姬姓也。"[1]文字简约，毫无赘语。杨刚的《公孙鞅》则在第一节中用整节篇幅描写公孙鞅"庶孽公子""祖本姬姓"的身份特征，同时虚构出其"年少受辱"情节，加重其现实困境与内心冲突，如公孙鞅少有奇才、胸怀大志，却因"庶孽公子"出身遭受冷遇、不得其志，本是"姬姓"子孙、文王血脉却因家道中落、无端受辱，只能沦落到在诸侯国魏国担任"中庶子"一类任人驱使的末等小吏……总之，杨刚通过延展手法和虚构手法将公孙鞅在诸类境遇中抑郁愤懑的心理状态刻画得妥帖自然，惟妙惟肖。

杨刚的《公孙鞅》对公叔痤的心理刻画得十分精彩，这集中体现在他对公孙鞅的复杂态度上。公叔痤有伯乐之能，他对公孙鞅知其才、爱其才、惧其才，心理表现极其矛盾。因知其才，所以"不知不觉改变了怜悯救济他的眼光，渐渐尊重他的言语"。因爱其才，故而留用府中，藏其锋芒。公叔痤深知公孙鞅乃不世之才，远超自己，因此他既不肯轻易将之荐于魏王，又不肯在府中提拔重用，惧怕日后被取而代之或深受其害，"公孙鞅这孩子不好让他出头，不然，不知他会干些什么翻天覆地、欺上害祖的事故出来。咳，咳，孩子是好！太辣了！太辣了一点！"公叔

---

① 〔西汉〕司马迁：《史记·商君列传》第三卷，上海，上海古籍出版社，2011，第1720页。

痤临死之前对公孙鞅知、爱、惧的矛盾心理表现到了极致，"不能为魏所用，更不可为他国所用，必须除之"，他向魏王既荐之又欲杀之的矛盾行为反映出一种狭隘的爱国情怀。

杨刚《公孙鞅》中第三个心理刻画较好的人物是昭音。昭音乃公孙鞅家童，是一个虚构人物。昭音爱戴、尊重公孙鞅，即使公孙鞅心情不好对其斥骂仍不以为意，他常在心里为公孙鞅的贵族出身、怀才不遇而鸣不平，"多少事连公叔相公都要请教我主人的，我主人并且是姬姓天王的后人呵，却是冷在这小花园里，没有一个贵人来看他"，而这些话他既不能告诉公孙鞅，以免增其烦恼，又不能告诉其他人，以免遭人嘲笑妒害，因此只能在心里唠叨。可见，昭音的暗中观察与心理活动对公孙鞅形象的塑造起到了侧面烘托的作用。

杨刚《公孙鞅》在塑造公孙鞅形象时还采用了立体塑造、重点突出的塑造方法。这篇小说从公孙鞅的出身经历切入，逐步叙述他寄人篱下时的胸怀大志、抑郁愤懑、勤勉自律、隐忍睿智，变法时期的"残忍无情""自负狂傲""恃宠而骄"，变法成功后面对公子虔等权贵的威逼宁死不反、求仁取义的人生抉择。此外，杨刚还从公叔痤、公子虔、昭音、太子嬴驷等人物视角描写公孙鞅，使其形象更加立体化，同时她还结合抗日战争时期的中国现实，用以今观古的方式，阐明商鞅变法的伟大之处。司马迁在《史记·商君列传》中评价公孙鞅曰："商君，其天资刻薄人也。"[1]杨刚并不赞同这一评价，她在《公孙鞅》中坚决反驳司马迁上述观点。杨刚的《公孙鞅》写于抗战时期，战争考验人性，当时国内乱象不断，汉奸猖獗、盗匪横行、奸商祸国、法治缺失，军队中虚报战绩、克扣军饷等问题严重，"抗战的现实是光明与黑暗的交错，——一方面有血淋淋的英勇斗争，同时另一方面又有荒淫无耻，自私卑劣。……消灭这些荒淫无耻自私卑劣，便是'争取'最后胜利之首先第一的要件。目前的文艺工作者必须完成这一政治任务"[2]，为完成这一政治任务，杨刚在塑造公孙鞅的个性特征时异常看重其变革精神、法治观念和忠义品行，这既反映出她在中国孱弱、日寇入侵的现实环境下迫切希望国家变革、发愤图强、团结抗战的爱国情怀，又反映出她坚决反对人治、注重法治，尤其强调乱世重典、杜绝乱象的法治意识。因此，在某种意义上，公孙鞅是杨刚在国家危急关头寻找到的民族脊梁，杨刚在他身上看到了变法图强、弱秦崛起的美好希望。

---

① 〔西汉〕司马迁：《史记·商君列传》第三卷，上海，上海古籍出版社，2011，第1727页。

② 茅盾：《论加强批评工作》，《抗战文艺》1937年7月第2卷第1期。

二 古今交融的浩烈之风

杨刚的中篇历史小说《公孙鞅》在艺术上也存在一些独特特点。

第一，古今交融、夹叙夹评。在《公孙鞅》的写作过程中，杨刚本人经常不由自主地跳将出来直接评价小说中的历史人物与历史事件，这是典型的"元叙事"行为。《公孙鞅》中的"元叙事"行为主要出现在第一节和第五节：第一节后半部分杨刚采用唯物主义观点直接评价商鞅变法之前七国社会的封建状况，她认为农奴制土地制度"一面使社会上寄生虫增多，加紧腐朽溃烂；另一面将土地自然的生产力勒住了，使地不能尽利，人不能尽力，造成荒芜、天灾、饥馑、流亡。人民在精神上失了统驭的中心，统治者只以荒乱淫靡、滥虐权威，自欺自杀。……一种新的经济社会政策、新的统治方略，必须产生来适应时代的需要"。第五节前半部分杨刚为突出商鞅变法的意义和作用，直接将商鞅变法与英国亨利八世、法国路易十四时期的社会改革进行对比。发生在公元前356年的商鞅变法，使"贵族的权威，封建的人情，全被铲除，一切都要讲法！法！这是中国历史上第一次法治精神的呼声。……这一段相当于英国亨利第八（1503年即位）、法国路易十四（1643年即位）以及他们前后诸君主为了集权政治向贵族斗争的那个时期"。通过时间对比可以看出：商鞅变法比英国亨利八世、法国路易十四变革早一千八百年至二千年，由此我们能够深刻体会到杨刚写商鞅变法时的自豪之感与失落之情。

第二，阳刚之气、浩烈之风。杨刚，谐音即"阳刚"之意。杨刚欣赏阳刚之气，她关注国家大事、国际形势、政治革命、理想信念等，而非儿女情长、家长里短、闲言碎语、琐事杂事，这种个性的养成与其所受教育以及由此产生的思想观念密切相关。从家庭教育来看，杨刚所受家庭教育乃是典型的儒家实用教育。杨刚祖父早逝，祖母二十五岁守寡，家境清贫，后杨刚伯父杨介康与杨刚之父杨会康在科举考试中相继高中步入仕途，杨介康任广东省地方官，杨会康曾任武昌守备、江西道台、湖北省财政厅厅长、政务厅厅长、湖北省代省长等职，杨家遂成沔阳名门望族。杨刚在其父江西萍乡的道台任所内诞生，她五岁入私塾，学习四书五经、文史书籍。杨会康根据自己的成功经验，崇尚实用教育，反对儿女读《红楼梦》《西厢记》等"闲书"。杨刚深受"实用"家庭教育的熏陶，内心装满国家、政治、时事、革命、理想，缺少普通女性的阴柔之美。这种个性明显影响到她的文学创作，当代一些历史小说如孙皓晖的《大秦帝国》专门为商鞅虚构出一位红颜知己白雪，制造出一个生死相随的爱情故事，而杨刚的《公孙鞅》却未设置任何女性人物，丝毫不涉儿女情长。从学校教育来看，杨刚深受美式教育理念的熏陶，重视经济独立、精神自由、民主文明，而非锅碗瓢盆、夫唱妇随、相夫教子。1944年杨刚曾谈道："我的初期教育，除了经史古文外，全是在美国的教会学校完成的。"1922年杨刚进入美国基督教美以美会外洋布道使郭恺悌于光绪二十八年（1902年）在南昌开办的第一所女子教会学校——葆灵女中，这是一所"贵族学校"，就学者多为官家千金和富家小姐。该校除开设基础课程外，还必须学习《圣经》，参加基督教教会的相关活动。1928年春，杨刚被燕京大学英国文学系免试录取，这所大学亦是一所美式学校，1916年由美国美以美会、公理会、美北长老会、英国伦敦会将汇文大学、华北协和女子大学和通州协和大学三所教会学校合并而成，杨刚较早在美式学校中开拓视野、增长见识，其思想行为自然不同于当时的普通中式女生。

杨刚的"阳刚""刚烈"之处还体现在其死亡事件上。1957年10月7日正值反右高潮，时任《人民日报》副总编辑的杨刚突然自杀逝世，有研究者称这是她在理想幻灭后的决绝行为，笔者深以为然，这一点从其历史小说《公孙鞅》中公孙鞅的最后结局即可窥见端倪。杨刚在《公孙鞅》最后一节中以整节篇幅描写秦孝公薨后公孙鞅的心理和行为，自"立木为信"变法伊始公孙鞅即对太子仇视、王公厌恨的不利情形心知肚明，孝公薨后他因感念其知遇之恩、知己之情，"不肯逃走，也不肯越出法律之外，先勾结拉拢死党，妨碍太子登位"，最后被迫自卫而绝不反秦，沦落到被车裂的结局亦无怨无悔。杨刚赞赏公孙鞅的法治精神，颂扬其忠义行为，在她看来公孙鞅一生有幸得遇知己，个人理想能够实现，人生已经足够圆满，因此他被车裂的结局并不悲惨。我们由此可以感受到杨刚追求理想的执着态度，当理想与现实不可调和时，她宁可以身相殉，在所不惜。杨刚家族世居湖北，"楚人多怨，屈《骚》凄愤"，荆楚文化中屈原"投江自沉"、宁死不屈的爱国精神对杨刚影响极深，杨刚家乡沔阳古时隶属南郡，"夫自淮北沛、陈、汝南、南郡，此西楚也。其俗剽轻，易发怒"①。楚霸王暴烈刚勇的个性，乌江自刎的决绝一直流传在西楚大地上，即使沔阳女子也沾染着这种风习，杨刚在自传中提及其母秉性刚烈果敢，曾在沔阳战乱中亲自指挥家仆对抗土匪②，杨刚则完全继

---

① 〔西汉〕司马迁：《史记·货殖列传》第四卷，上海，上海古籍出版社，2011，第2011页。
② 杨刚：《一个年轻的中国共产党党员的自传》，载《杨刚文集》，北京，人民文学出版社，1984，第509-528页。

承了其母性格，"有位年岁比她大一些的老同志（指夏衍），也许由于他本业是电影、戏剧之故吧，习惯于观察人的性格，对杨刚起了一个'外号'——'浩烈之徒'"，"她疾恶如仇，浩气磅礴"[①]，这与屈原精神、霸王脾性如出一辙，当理想破灭、穷途末路时，宁可投江自沉、乌江自刎，绝不苟活，的确刚烈至极。

　　总体而言，在中国现代历史小说家中，女作家苏雪林、沈祖棻、张爱玲擅长描写历史人物特定时刻复杂而混乱的心理状态，如苏雪林的《回光》采用柏格森学说，通过梦幻、闪回、潜意识等方式表现张茂滋弥留时刻的心理状态；沈祖棻的《马嵬驿》揭示杨贵妃被赐死前后的心理活动；张爱玲的《霸王别姬》描写项羽乌江自刎前虞姬的心理活动等，而杨刚的《公孙鞅》对历史人物的心理描写却并不局限于某一特定时刻，如公孙鞅、公叔痤、公子虔的心理活动随着人生经历的发展而变化，形成一个连续性的动态心理过程。此外，沈祖棻的《马嵬驿》和张爱玲的《霸王别姬》以文学家的眼光从女性视角、女性立场出发描写人物心理活动，带有一定现代女性意识，而杨刚的《公孙鞅》则采用非女性或"中性"视角，以政治家的眼光从政治、改革、土地、法治、理想等角度描写人物的心理变化，气魄宏大、阳刚十足，当然相对缺乏女性意识和阴柔之美。

---

① 胡绳、袁水拍：《追忆杨刚》，载《杨刚文集》，北京，人民文学出版社，1984，第532页。

第十七章　岭南区域中国现代历史小说

第一节　岭南文化与中国现代历史小说

一　广义岭南文化与狭义岭南文化

"岭南文化，是指大庾岭、骑田岭、萌渚岭、都庞岭、越城岭等'五岭'以南，今广东、广西等地区的历代文化。'五岭'在中国南部，亦称'南岭'。'南岭'以南，称'岭南'，或'岭外'。范晔《后汉书》载：'秦并天下，始开岭外，置南海、桂林、象郡。'唐太宗贞观元年（627年），分全国为十五道，五岭以南地区设置'岭南道'，'岭南'从此成为官方确定的地名"[①]。岭南文化主要指先秦至明清时期岭南地区人民所创造的物质文化与精神文化的总称。现代意义上的岭南文化则指包括岭南区域演变至今逐渐形成的一切复杂文化形态。

岭南文化的根基乃是越族土著文化。越族即"百越"族，支脉繁多，分布范围极广，"包括今浙江一带的于越、今福建一带的瓯越和闽越、今江西一带的扬越、今中国广西和越南北部一带的骆越等"[②]。在中国文化发展史上，岭南文化受中原文化影响相对较小，吸收海外文化较早，民国之前基本被视为非主流文化、边缘文化，受到轻视和排斥。

二　岭南区域的中国现代历史小说创作

"岭南小说，从总体上看，起步较晚，而且数量并不多，特别是整个古代时期，小说的作者及作品非常零碎，从来没有构成一个群体"[③]。追溯岭南小说史，从古至今影响较大的主要有唐代韶州人刘轲的《牛羊日历》、清人黄岩的《岭南逸史》、庾岭劳人的《蜃楼志》，清末民初岭南羽衣女士的域外历史小说《东欧女豪杰》，吴趼人的《二十年目睹之怪现

---

① 赵洪恩、李宝席：《中国传统文化通论》，北京，人民出版社，2003，第346页。
② 同上书，第347页。
③ 张磊、黄明同等编《岭南文化》，《中国文化通志》第二卷，上海，上海人民出版社，1998，第127页。

状》、黄小配的《洪秀全演义》、苏曼殊的小说等，民国时期则有张资平、洪灵菲、冯铿、戴平万、丘东平等作家的小说。岭南小说的整体状况尚且如此，历史小说创作更是少之又少。

表17-1　岭南区域中国现代历史小说一览（1917～1949年）

作　家	篇　目	写作时间	历史时段	人　物
冯乃超	《傀儡美人》	1929年	先秦	褒姒、周幽王
凌叔华	《倪云林》	1931年3月	元	倪云林
陈迩冬	《南华拟梦》	1936年夏	先秦	庄子、惠施
	《枕中续记》	1936年冬	唐	卢生、吕翁
陈迩冬	《关于唐景崧的断片》	1940年	清	唐景崧
	《当炉外史》	1943年1月	西汉	卓文君、司马相如
	《浔阳小景》	1943年10月	东晋	陶渊明
秦牧	《伯乐与马》	1942	先秦	孙伯乐
	《火种》	1942	先秦	燧人氏
	《囚秦记》	1942	秦	李斯、韩非
	《拿破仑的石像》	1942年		拿破仑
	《诗圣的晚餐》	1943	唐	杜甫
	《死海》	1943年	南宋	陆秀夫
	《罗马的奴隶》	1943年		斯巴达克斯
	《美人和名马》	1947	北宋	苏东坡、春娘
	《帷车里的新娘》	1947	先秦	男人、女人
	《人肉店》	1948	北宋	武松、蒋门神
	《壁画》	1949		达·芬奇
	《洪秀全》	1949	清	洪秀全、杨秀清等

可见，岭南的现代历史小说家主要有秦牧、陈迩冬、冯乃超、凌叔华等，其中秦牧、陈迩冬的历史小说数量相对较多，极富代表性，岭南文化中长期形成的开放观念、拼搏精神、革新思想在他们的历史小说中均有明显的体现。

第二节　杂文化、传记体与人性论：
　　　　秦牧的"跨域"历史小说

　　20世纪30年代广东华侨作家秦牧在韶关《中山日报》担任副刊主编，1941年底在桂林"文化城"正式开始杂文创作，"虽然有人把我算作'老作家'，实际上我的写作资历是比较浅的。我不能归入三十年代作家的行列，严格地说，我是四十年代初才跨入文学领域的"①，"我真正比较严肃地跨上文学道路，是四十年代初的事，即在一九四一年太平洋战争爆发之后，那时我在桂林当中学教师"②。

　　秦牧文学成就最大的乃是抒情散文和哲理散文，"我以写作散文为主，先后写过八九百篇散文，辑为《花城》《长河浪花集》《长街灯语》《花蜜和蜂刺》《秋林红果》《华族与龙》《晴窗晨笔》《大洋两岸集》《访龙的故乡》《翡翠路》《哲人的爱》等十余本散文集。"③当代文坛将他与杨朔并称"南秦北杨"，再加上刘白羽，合称"散文三大家"。此外，秦牧还作有三十六篇小说和十一部话剧，其小说成就仅次于散文，话剧成就位居第三。"小说在我的全部作品中分量只占五分之一，即五十几万字……这些中短篇小说，细致一些，还可以分为小说（指现实小说）、儿童小说和历史小品。"④1942年秦牧初试历史小说，1947年出版杂文、历史小说合集《秦牧杂文》，之后则写有《签字》（1948年）、《情书》（1948年）、《野兽》（1948年）、《珍茜儿姑娘》等短篇现实小说与《"贱货"》等中篇现实小说。

　　20世纪40年代秦牧小说以历史小说见长。自1942年初至1949年末，秦牧共作《火种》（1942年）、《伯乐与马》（1942年）、《囚秦记》（1942年，又名《韩非与李斯》）、《拿破仑的石像》（1942年）、《诗圣的晚餐》（1943年）、《死海》（1943年）、《罗马的奴隶》（1943年）、《美人和名马》（1947年）、《帷车里的新娘》（1947年）、《人肉店》（1948年）、《壁画》（1949年）等11个短篇历史小说以及1部中篇历史传记小说《洪秀全》（1949年），这些历史小说为其散文光芒所遮蔽，如白昼黑子，黯淡无光。

---

① 秦牧：《我是怎样走上文学道路的》，载《秦牧全集》第三卷，广州，广东教育出版社，2007，第268-269页。

② 同上。

③ 秦牧：《秦牧自传》，载《秦牧全集》第十二卷，广州，广东教育出版社，2007，第443页。

④ 秦牧：《盛宴前的疯子演说·后记》，载《秦牧全集》第八卷，广州，广东教育出版社，2007，第335页。

一 中外文化渊源与两大文体形态

按照题材差异，秦牧20世纪40年代的历史小说可分为两大文体形态：第一，"本土"历史小说，即中国作家取材于中国历史创作的历史小说，如秦牧的《火种》《伯乐与马》《囚秦记》《诗圣的晚餐》《死海》《美人和名马》《帷车里的新娘》《人肉店》和《洪秀全》；第二，"域外"历史小说，即中国作家取材于域外历史或域外经历创作的历史小说，如秦牧的《拿破仑的石像》《罗马的奴隶》和《壁画》。中华人民共和国成立后，秦牧还写成一部以古巴为背景的长篇历史小说《愤怒的海》。

秦牧历史小说的两大文体形态首先与其生长的中西文化环境密不可分。苏联著名文论家巴赫金曾经指出："文学领域，更广一点说，文化组成了文学作品和作品中的作者立场的必然语境，离开了这个语境既不能理解作品，也不能理解作品中被反映的作者的内涵。"①这段文字强调了文学与文化的密切关系，认为作家所处的文化环境会直接或间接地影响其文学创作。

秦牧祖籍广东省汕头市澄海县东里镇樟林镇林厝巷，因此他深受岭南文化的综合影响。岭南地势偏僻，人口稀少，地处亚热带，多水泽瘴气，秦统一六国后在岭南设郡，流放中原数十万"罪人"到岭南，此后历朝皆有流人迁居此地。中国古代历史上的诸侯强国大多雄居北方，中原乃兵家必争之地，几乎每次大规模战争后都伴有难民南迁现象，因此岭南亦是难民迁移之所。异地求存本就不易，难民与流人的生存异常艰险，因此其拼搏、开拓、进取精神远超当地土著居民，例如明清时期两广、福建人形成的下南洋、出海外谋生的文化传统，生猛不忌的饮食文化，都是岭南人拼搏图存的外在体现。秦牧的原生家庭深受岭南"下南洋"文化传统的影响，其父早年在中国香港和新加坡大坡经商，1919年8月19日秦牧生于香港，三岁时随父母迁居新加坡大坡市，就读潮州会馆所办端蒙学校，其童年和少年时期基本在中国香港和新加坡大坡度过。秦牧十三岁时因其父破产回归樟林，后又转至香港读高中，1938年他重回广东宣传抗战并任战地记者，在采访东南亚战事时曾在马来西亚柔佛暂住，域外经历可谓丰富。秦牧的华侨生活与域外经历使他必然同时受到中国文化与南洋文化的双重影响，这是其历史小说创作中能够同时出现中国本土历史小说和域外历史小说两大文体形态的根本原因。英治时

---

① 吕六同:《20世纪世界小说理论经典》,北京,华夏出版社,1995,第190页。

期的香港与新加坡崇尚西方文化，因此秦牧从小深受西方文化尤其是欧洲文化的影响，20世纪40年代秦牧所作的域外历史小说《罗马的奴隶》《拿破仑的石像》和《壁画》全部取材自欧洲历史，他还非常关注欧洲时事、童话和寓言，曾写过《浮士德小插曲》《蛇与音乐》《豪猪的哲学》等相关的杂文。

其次，岭南区域北依五岭，面临南海，中有珠江流域，河汉纵横，显示出开放性的文化特征。早在汉唐时代，岭南一带便与东南亚、欧洲一些国家进行贸易往来、文化交流，一些外来宗教如佛教、基督教、伊斯兰教等相继传入岭南，其中基督教对岭南文化的影响尤为巨大，太平天国运动便是在基督教理念基础上组织发动的一次声势浩大的农民起义。岭南多水，水性喜流动，不保守，民性亦如此，从洪秀全、梁启超、孙中山到朱德、叶剑英，无不如是。广东成为中国革命最重要的策源地之一，在近现代中国历史进程中发挥过巨大作用。秦牧的历史小说《洪秀全》是中国现代较早反映以客家人为主的太平天国运动的一部中篇历史小说，同时也是较早针对岭南文化尤其是两广客家文化中的革新精神的一次重要研究。

二 "本土"历史小说

秦牧的"本土"历史小说按照文体特性又可分为杂文化历史小说与传记体历史小说两大类型。

（一）杂文化历史小说

"我开始跨入文学领域时，写的是杂文，当时也写点短篇小说和历史小品，但以写作杂文为主。所以如此，一来是受了鲁迅作品的影响，二是目击国民党统治区各种荒唐残暴，卑污龌龊的事，十分不满，想借此抨击时弊，一抒胸中积愤，三来自然也想取得点受之无愧的酬报，以减轻生活的困难"[①]。秦牧认为"鲁迅是一代的先知，中国荒原上的灯塔"[②]，其杂文"寓意深刻"，秦牧曾写下《思想和感情的火花》《探索和发展杂文艺术》《杂文艺术一得谈》《我们心目中的鲁迅》等有关鲁迅及其杂文的文章，还直接受到鲁迅《二十四孝图》《雷峰塔的倒掉》的影响创作的杂文《血绘的〈二十四孝图〉》与《塔的崩溃》，甚至效仿鲁迅的《狗·猫·鼠》作同名杂文《狗·猫·鼠》，并从鲁迅《狂人日记》所述"海乙那""吃人"细节中获得灵感写出杂文《鬣狗的风格》。秦牧这一时

① 秦牧：《我的第一本书》，载《秦牧全集》第三卷，广州，广东教育出版社，2007，第280页。

② 秦牧：《抚棺录》，《文艺知识连丛》1947年第1卷第2期。

期的杂文个性突出，不仅擅长采用中外对照的方法旁征博引，将古今中外相关知识连缀成篇，还有意继承鲁迅杂文传统，寓思想、哲理、观念为一体，融议论、批判、讽刺于一炉，其文风亦如投枪、如匕首，以达到批评时政、揭露时弊、探讨人性的战斗目的。秦牧同期"本土"短篇历史小说受其杂文影响巨大，思想深奥、观点犀利，以古喻今、以古讽今，杂文特质明显，战斗性极强，可以说是其杂文写作主旨的延伸。

秦牧的"本土"短篇历史小说主要收入叶圣陶审定的杂文小说合集《秦牧杂文》。"我的第一本书，名称叫做（作）《秦牧杂文》，里面收的是我二十四五岁时的作品，一九四四年在重庆交给开明书店，一九四七年（注：六月）由该店在上海出版"①，为"开明文学新刊"之一种。该集共分两辑，第一辑收录秦牧1942～1944年间所写杂文18篇，第二辑则收录同期所作七个短篇历史小说，依次为《囚秦记》《死海》《火种》《伯乐与马》《诗圣的晚餐》《罗马的奴隶》和《拿破仑的石像》。由于战乱等原因，秦牧第一本文集的出版并不顺利，1944年交审，中间数易书名，直到1947年正式出版时才最终定名为《秦牧杂文》。这部集子本为杂文、历史小说合集，但未以《秦牧作品集》《秦牧杂文小说集》或《秦牧杂文历史小说集》命名，而是称为《秦牧杂文》，其中小说的杂文倾向可见一斑，故本书称秦牧的"本土"短篇历史小说为"杂文化历史小说"。

秦牧20世纪40年代的杂文化历史小说采取"古为今用"的写作向度，呈现出两大鲜明写作倾向：

一方面，这些小说通过中国历史反映20世纪40年代的抗日战争与政治斗争，同时审视社会、批评时弊，达到借古喻今、借古讽今的写作目的。《囚秦记》《死海》和《火种》三篇历史小说直接反映20世纪40年代的抗日战争与政治斗争。秦牧小名林阿书，曾用学名有林派光（樟林乡间小学）、林顽石（汕头市立一中）、林觉夫（或林角夫，潮州话觉、角同音，香港华南中学和华侨中学），笔名则有吴瑜、史铁儿、但珂等，1939年夏他在广东韶关任《中山日报》副刊编辑，始用笔名"秦牧"，"寓结束秦苛、消除横暴后，在关中自由放牧、纵情驰骋之意"②。"当时我还写过一些历史小品，大抵是借古讽今的。例如写李斯陷害韩非的故事，以影射反动派制造摩擦暗害'同窗'朋友"③。这篇"历史小品"指《囚秦记》，出自《史记·李斯列传》与《史记·老子韩非列传》，它以韩

---

① 秦牧：《我的第一本书》，载《秦牧全集》第三卷，广州，广东教育出版社，2007，第280页。
② 《秦牧生平创作年表》，载《秦牧全集》第十二卷，广州，广东教育出版社，2007，第447页。
③ 秦牧：《我的第一本书》，载《秦牧全集》第三卷，广州，广东教育出版社，2007，第281页。

非、李斯的师门争斗影射40年代初抗战背景下的国共关系，又以"李斯陷害韩非的故事"直指"皖南事变"，而"兄弟阋于墙，外御其侮"则是这篇历史小说的创作主旨。《死海》出自《宋史》，它以南宋末年崖山之战直接隐喻日本侵华战争，重点描写丞相陆秀夫背少帝跳海等历史事件，歌颂陆秀夫之忠烈，鼓舞为国尽忠的抗日志士，同时借"南宋小朝廷灭亡的故事，以揭示荒淫逸乐，压制抗战派足以酿成亡国恶果的历史教训等等"①。《火种》则取材自古史，歌颂燧人氏不畏艰难、矢志不移，最终完成钻木取火这一伟大发明的历史功绩。在抗战最为残酷的40年代初，国家危急关头，民族存亡之际，秦牧历史小说重点描写中国历史上的民族脊梁人物——陆秀夫、燧人氏，体现出他对力挽狂澜、扭转乾坤的英雄人物和国家雄起的殷切期盼。

另一方面，这些小说通过中国历史人物反思人性问题，尤其对现代战争环境下的变态人性问题进行深入思考、揭露和批判。人性复杂，乃是永恒话题，秦牧一直非常关注人性问题。抗日战争时期，国内外形势复杂多变，秦牧作为编辑、作家，切身感受到生存环境的恶化与生存竞争的加剧，当同业危机出现时一些人为达目的不择手段，同事间嫉贤妒能、钩心斗角、尔虞我诈，无所不用其极，致使人性极度沦丧，出现了"贵仁者寡，能义者难"（《囚秦记》）的尴尬局面，因此秦牧首先作《囚秦记》《伯乐与马》和《诗圣的晚餐》，集中探讨嫉贤妒能这一普遍人性问题。中国人口众多，竞争压力巨大，嫉贤妒能、造谣诽谤、陷害打压贤者的事例不在少数。《囚秦记》中的李斯、韩非本为同门，但李斯贪恋权势，忌惮韩非之才，最终不顾师兄弟之情、同门之谊，将韩非毒死。"少年时代大家一起在荀卿老师那儿读书，不是曾经手牵着手谈论过拯救水深火热中的人民一类的理想吗？不是曾经亲爱的像兄弟般一同在庭园中捉蟋蟀和斗狗尾草吗？每想到这些往事，李斯有时感伤地叹了一口气：'谁叫他破坏我的利益！'有时又理直气壮地自解自慰道：'这是政治的斗争啊！'"这篇小说以心理描写为主、行为描写为辅，通过李斯的所思所想、所作所为来反思人性的劣根性。《伯乐与马》中的伯乐本是能人异士，但他生前受尽国人诽谤，死后却陡获哀荣，无比荒诞讽刺。《诗圣的晚餐》中杜甫在落魄潦倒之际受到耒阳县令的冷遇，终因遇水被困、救助不济，冻饿而死，无怪他逝世前会写出"文章憎命达，魑魅喜人过"一类诗句。

---

① 秦牧：《我的第一本书》，载《秦牧全集》第三卷，广州，广东教育出版社，2007，第281页。

1947秦牧曾先后写过两篇批判男性好色心性、惋惜女性命运的历史小说——《美人和名马》(《书报精华副刊》1947年第10期)和《帷车里的新娘》(1950年1月香港南方书店出版中短篇小说集《珍茜儿姑娘》)。《美人和名马》出自明代冯梦龙所编《情史类略》卷十三《情憾类·朝云附篇》：

　　　　坡公又有婢名春娘。公谪黄州,临行,有蒋运使者饯公。公命春娘劝酒,蒋问春娘去否? 公曰："欲还母家。"蒋曰："我以白马易春娘可乎?"公诺之。蒋为诗曰："不惜霜毛雨雪蹄,等闲分付赎蛾眉。虽无金勒嘶明月,却有佳人捧玉卮。"公答诗曰："春娘此去太匆匆,不敢啼叹懊恨中。只为山行多险阻,故将红粉换追风。"春娘敛衽而前曰："妾闻景公斩厩吏,而晏子谏之;夫子厩焚而不问马,皆贵人贱畜也。学士以人换马,则贵畜贱人矣!"遂口占一绝辞谢,曰："为人莫作妇人身,百般苦乐由他人。今日始知人贱畜,此生苟活怨谁嗔。"下阶触槐而死,公甚惜之。[①]

　　秦牧《美人和名马》的主要情节与冯梦龙《情史类略》基本内容一致,写苏东坡以侍妾春娘换马,贵畜贱人、始乱终弃,春娘不堪受辱、愤而自尽。《帷车里的新娘》则出自《诗经·卫风·氓》,写嫌贫爱富的"女人"被贫穷好色的"男人"骗婚、虐待,最后"决裂"(被弃)的故事。《美人和名马》中的苏东坡,《帷车里的新娘》中的"男人",皆是风流好色、侮辱女性的男性典型,只不过前一篇中的"春娘"是反抗侮辱的烈女,而后一篇中的"女人"则嫌贫爱富、咎由自取。秦牧非常反感玩弄、侮辱女性的男人,"在旧社会里,从皇帝到士大夫群,大抵是玩弄女人的能手","李白,杜牧这些人都嫖的(得)稀烂,白居易的诗讽妓女,苏东坡的爱妾换马,甚至都闹出了人命案子"[②]。当时秦牧还写出《〈游龙戏凤〉与〈三笑姻缘〉》一文,批判这两出戏中以封建观念美化正德皇帝戏李凤姐、唐伯虎戏秋香之类调戏女性的恶劣事件,并称之为"最巧妙地包藏毒素的东西"。

　　当然,最使秦牧感到震撼的乃是战争环境下的变态人性问题。秦牧认为"人性在压抑下的变态如此,在放纵下的变态又如彼,人性人性,

---

①　〔明〕冯梦龙:《情史类略》,长沙:岳麓书社,1983,第364页。
②　秦牧:《〈游龙戏凤〉与〈三笑姻缘〉》,载《秦牧全集》第一卷,广州,广东教育出版社,2007,第169页。

多少圣人贤哲为它的本质问题而苦恼，'人性问题'几乎是圣人贤哲的'八阵图'，一入它的圈套，便迷失了追求社会本质的方向（孟轲、荀卿、尼采、易卜生都是这八阵图里有名的闯将）"①。和平年代人性尚且复杂难懂，极端环境下人性的丑恶愈加暴露无遗，因此秦牧文学始终延续着"人性探讨"的主题。1942年秦牧作纪实散文《鬼魅一夕谈》，通过回忆"我"与汉奸李勉成的一夜谈话，揭露李勉成的飞黄腾达与走私钨米、贩卖妇幼、充当汉奸等罪恶勾当之间的联系，进而发掘出一个鬼魅横行、是非颠倒的魔域世界。1943年秦牧作历史小说《死海》进一步探讨汉奸问题，写崖山之战时汉奸张弘范媚主求荣，亲自率领蒙古军队追杀同胞，"张弘范，那个汉族的子孙，拿着蒙古人赏给他的尚方宝剑骄傲地站在船头，追逐着他的目的物"。在中国历史上，汉奸屠戮同胞时的凶残狠毒常常远胜侵略者，人性何以扭曲至此，确实值得深思。"一九四三年广东大旱，许多人靠'竹米'（竹子在大旱之年结的籽实，勉强可以充饥，但吃多了足以致死）为生，饿死乡人无数，广东、河南等省都发生过人吃人的惨剧"②。这一年秦牧连写《私刑·人市·血的赏玩》《人肉》两篇杂文，前者遍数1943年中国境内发生的各种重大虐杀惨案，后者则大谈古今中外"吃人"事件尤其是日本兵吃中国女人肉事件，两篇杂文皆认为战争、灾荒等极端环境更易引发人们精神、心理上的扭曲、混乱、压抑、恐惧等不良状态，进而产生私刑、贩人、淫邪、虐杀、吃人等变态行为。1948年秦牧在香港以"水浒故事新编"方式将《水浒传》第二十七回《母夜叉孟州道卖人肉　武都头十字坡遇张青》和第二十九回《施恩重霸孟州道　武松醉打蒋门神》糅合，写成新编历史小说《人肉店》，2007年7月收入广东教育出版社出版的《秦牧全集》第十卷《集外集》（一）。《水浒传》第二十七回写张青、孙二娘在十字坡开人肉黑店，屠杀无辜、丧尽天良，同时侧面反映出北宋末年兵荒马乱中的混乱状态与吃人现象。秦牧认为《水浒》原著将梁山英雄与开黑店、下蒙汗药、残杀无辜、卖人肉包子等罪恶行径联系起来极不妥当，因此他在《人肉店》这篇小说中将"张青孙二娘十字坡开人肉店"改成"蒋门神十字坡开人肉店"，"下蒙汗药，开剥人体，取人心，起人肉"，"每日买三两个羊头当陈列"，"挂羊头卖人肉"，坏事做绝，最终被武松识破，重拳打杀。显然，这种改写既合情合理，又不妨碍反映20世纪40年代战乱环境下的人性问题与"吃人"现象。

① 秦牧:《人肉》,载《秦牧杂文》,上海,开明书店,1947,第70页。
② 秦牧:《寻梦者的足迹》,载《秦牧全集》第五卷,广州,广东教育出版社,2007,第412页。

（二）传记体历史小说

秦牧一生共作两部传记体历史小说《洪秀全》和《李时珍》。《洪秀全》写于秦牧前半生之1949年，恰逢其而立之年，而《李时珍》则写于秦牧后半生之1991年，正值其逝世前一年。

1.《洪秀全》的创作缘由

《洪秀全》共六节，即《穷塾师的愤慨》《紫荆山的教主》《太平天国的义旗》《天京景象》《骨肉相残》和《金龙殿的幽魂》。面对浩如烟海的中国古代历史人物，秦牧首先选择为洪秀全立传，基于两大主因：

第一，"粤人写粤事"，得心应手。洪秀全祖籍广东花县（今广州市花都区），秦牧祖籍广东澄海县，距花县九百余里。严格来讲，秦牧与洪秀全并非乡贤之属，不过同属一省仍然占有地域优势，因此秦牧做实地考察、搜集材料相对便利，对洪秀全具体事迹的理解也比较深刻。广州基督教礼拜堂乃洪秀全当年学习教义之处，1938年春秦牧从香港回广州进行抗日救亡宣传活动，曾深入考察洪秀全在该礼拜堂的相关活动。广州沦陷前夕，秦牧随文化人士转战广西桂林，直到1944年湘桂大溃败撤往贵州为止在广西生活六年，在此期间他又对洪秀全在广西时期的活动进行全面了解。抗战胜利后，秦牧出于对故土的怀念之情，对历史名人的景仰之意，对家乡历史文化的自豪之感开始创作中篇历史小说《洪秀全》，他以丰富的材料、详细的叙述、严谨的分析，向读者展现了一幅波澜壮阔的历史画卷。

第二，左翼倾向，关注工农。1944年秦牧加入中国民主政团同盟，担任民盟机关刊物《再生》杂志编委，思想上亲近左翼革命，文学上倾向左翼文学。抗战胜利不久他又担任中国劳动协会秘书兼机关刊物《中国工人》周刊编辑，"揭发国统区的黑暗统治，宣传争民主、反内战"，[1]关心工农的现实生活，积极响应无产阶级革命。秦牧在《洪秀全》中写道："封建压迫下的农民在起来发动反抗时，没有先进阶级的领导，就不可能想出更好的办法来建设新社会，于是他们的反封建斗争，也终究不能得到彻底胜利。"因此，这部历史小说既是对太平天国农民起义失败原因的深刻反思，又是对中国共产党领导的无产阶级革命的积极响应。

总之，洪秀全作为广东首屈一指的历史文化名人，中国历史上杰出的农民起义领袖，秦牧对其青睐有加确属理所当然。

---

① 秦牧：《秦牧全集》第十二卷，广州，广东教育出版社，2007，第423页。

2.《洪秀全》的三大特质

第一，人物传记与历史小说的杂糅。

《洪秀全》，秦牧最初以"人物传记"称之，但后世多以小说名目出版。1949年7月香港新中国书局初版《洪秀全》，封面特别注明"秦牧小说"；《秦牧全集》亦将其归为"历史小说"①。

《洪秀全》采用典型的纪传体例，以主要人物洪秀全及其活动为中心，按照时间顺序从生到死、从头至尾详细描述其一生，述中有评、评述结合，对太平天国农民革命运动及其历史贡献进行客观评判。"在我国，传记文学原有深厚的传统，人物传记是史学的一个非常重要的支柱。试想离开那些'本纪''世家''列传'之类的人物的传记，《史记》还成其为《史记》吗？以后历代的史书的情形在这方面也大抵和《史记》类似。可以说，没有人物传记，就很难写历史"②。秦牧重视传记文学，认为优秀人物传记会为史学、电影、话剧奠定基础。"我们并不需要为大量的人物写文学传记，但的确需要为无产阶级革命的杰出领袖人物，有着传奇般经历的革命英雄，生平事迹生动地反映了现代历史发展的那些杰出人物，以至于在各条战线上做出了十分卓越贡献的标兵留下一些记载"③。"在近代史上，广东是革命的策源地。鸦片战争是从广东开始的。太平天国革命的首领洪秀全是花县人。甲午海战中的英雄邓世昌是番禺人。维新运动的发动者康有为、梁启超是南海、新会人。辛亥革命的先驱者孙中山是香山（今中山）人。到了新民主主义革命时代，世界上最长一次罢工是在广东发动的。东方第一个无产阶级政权'广州公社'是在广东诞生的"④。抗战胜利后秦牧投身无产阶级革命事业，他要为自己心目中的"无产阶级领袖""革命英雄"立传，自然首选洪秀全。

不过秦牧是小说作家，并非历史学家，其《洪秀全》初定体裁虽为人物传记，但基本体例和文体性质偏向历史小说，因此根本而言《洪秀全》是一部人物传记与历史小说的杂糅作品。

第二，文史价值与学术性质的统一。

《洪秀全》兼有传记性质又不同于一般传记，秦牧采用唯物史观，在

---

① 《秦牧生平创作年表》，载《秦牧全集》第十二卷，广州，广东教育出版社，2007，第451页。

② 秦牧：《我们需要传记文学》，载《秦牧全集》第二卷，广州，广东教育出版社，2007，第206页。

③ 同上书，第208页。

④ 秦牧：《熟识乡土　热爱国家——〈爱我中华青少年知识丛书〉序》，载《秦牧全集》第六卷，广州，广东教育出版社，2007，第592页。

事实分析、逻辑论证的基础上主要阐明三大问题：洪秀全走上"造反"之路的真实原因，洪秀全选择金田起事的具体原因，太平天国运动最终失败的根本原因。可以说，秦牧的《洪秀全》是中国现代较早全面研究、客观评价洪秀全领导的太平天国农民起义的文学作品，同时亦有历史意义和学术价值，基本达到了文史价值与学术性质的统一。

第三，鲜明的地域文化特色。

《洪秀全》前半部分将广东花县、广州和广西贵县、桂平县作为地域背景，详细介绍紫荆山区的地理风貌、经济状况与世态民情，"这紫荆山界于桂平、武宣、南平三县之间，纵横数十里，山峦重叠，林木蓊翳，北面连着瑶人所居的瑶山。这是个荒僻的山区，但是因为松杉一类树木生产很多，山里有不少烧炭工人。那个只有一二百人家的金田村，就在紫荆山的南麓，是入山的要道。冯云山选择这儿做他活动的根据地。从小环境来说，这儿形势险峻，适宜潜伏；山里的居民生活贫困，反抗心很强，而且客家人颇多，彼此一谈起来容易投契。从大环境来说，那几年，湖南、广东、广西民变纷起，广西的零星起义尤其多"。秦牧的《洪秀全》还经常使用比较典型的广东话，如"番鬼"指西洋人，"丢你妈"同"丢你老母"，属广东省骂人的书面化语言，再如"喝流水"，"流水"指黄酒，"喝流水"即喝黄酒或喝酒之意，地域色彩明显。

综上所述，秦牧20世纪40年代的杂文化历史小说呈现出两个鲜明写作倾向：既擅长"古为今用"审视中国社会现实，批评时弊，战斗力十足，又关注战争环境下的变态人性问题，视角独特，思想性极强；而他这一时期的传记体历史小说则基本以叙事为主，在结构方式、表达方法和创作模式上稍显逊色，但这类小说既有文学意义又有史学意义，同时兼有文化意义和现实意义，基本达到了文史价值与学术性质的统一。

三 "域外"历史小说

秦牧的《拿破仑的石像》《罗马的奴隶》《壁画》直接描写纯粹域外历史人物和历史事件，属于跨文化写作范畴。这些"域外"历史小说采用古为今用、洋为中用的写作原则，基本延续着杂文化历史小说的两大探讨方向：一方面发挥异质文化"他山之石，可以攻玉"的偏锋作用，反映抗日战争与政治斗争，另一方面则从异域历史人物视角继续探讨人性问题尤其是极端环境下的变态人性问题。

第一，通过异质文化反映抗日战争与政治斗争。1942年秦牧曾作《中苏历史新纪元》一文纪念苏联十月革命，庆祝中苏协定，响应社会主义革命，左倾政治倾向明显。同年稍晚秦牧作"域外"历史小说《拿破仑的石像》，这篇小说通过苏联卫国战争直接反映中国的抗日战争与国共政治斗争，他后来谈到这篇小说时说道："本文为纪念苏军守史城而作，材料来源，除《俄法战史》《拿破仑传》《库杜佐夫传》外，最重要者系V.伊凡诺顿夫的《鲍罗丁诺顿与一八一二年》"[1]，"写拿破仑攻进莫斯科，在库佐夫坚壁清野政策的抵抗下，遗留下石像狼狈溃逃的故事，以声讨侵略者和宣传抗战必胜的信念"[2]。这篇小说歌颂苏军卫国战争，同时影射法西斯侵略者必败的结局，"当纳粹的铁蹄踏进这块人类乐土的时候，尽管初期军事形势如何悬殊，环境如何糟糕，但人民的力量发挥出来，终于转败为胜，史城一战稳定了欧洲以至世界格局。"[3]因此，这篇小说当时具有一定预言价值和现实意义。

第二，通过异域历史人物探讨人性问题。《罗马的奴隶》《壁画》主要从异域历史人物角度继续探讨极端环境下的变态人性问题。《罗马的奴隶》写古罗马角斗场里斯巴达克斯被恶意安排与挚友鲁基决斗并在无意中杀死对方的故事，"当那圆形剧场的两端的小门启开，两个戴着面罩的斗士走出来时，全场里面的贵族、官吏、平民、奴隶都疯狂了"，"人们发觉他们原是好朋友时，男人们便哈哈哈的，女人们便格格格（咯咯咯）的都笑起来。花继续抛下，圆形剧场几乎喧闹的（得）要爆裂了"。这一虐杀事件发生后斯巴达克斯率众起义。1943年秦牧已在杂文《私刑·人市·血的赏玩》中谴责过罗马斗兽场内的杀人娱乐行为，而《罗马的奴隶》则是对统治阶层残酷统治的一种警示。《壁画》写十五世纪末达·芬奇应米兰大公之邀为米兰教堂绘制巨幅壁画《最后的晚餐》，当时壁画基本完成，只缺一张犹大脸孔，达·芬奇走遍"监狱、匪区、流氓窟和妓院"，终于在官署前找到了"最丑恶、最奸诈、最卑劣"的犹大脸谱蓝本。可见，《罗马的奴隶》《壁画》的写作主旨与《囚秦记》《死海》《人肉店》等基本相似，重在揭露、批判极端环境中人性的丑恶与扭曲。

此外，秦牧还写过域外杂文《柔佛苏丹》《浮士德小插曲》，旨在批判专制统治，而其域外历史小说《罗马的奴隶》和《拿破仑的石像》不仅批判专制统治而且重点谴责侵略、殖民和奴役，在抗战背景下这些小说的现实意义不言而喻。

---

① 秦牧：《拿破仑的石像》，载《秦牧杂文》，上海，开明书店，1947，第138页。

② 秦牧：《我的第一本书》，载《秦牧全集》第三卷，广州，广东教育出版社，2007，第281页。

③ 秦牧：《中苏历史新纪元——纪念苏联十月革命并庆中苏协定》，《中学生》1945年第93期。

第三节　道玄思辨与典故解构:陈迩冬的历史小说

在中国现代文坛上,岭南作家主要有张资平、洪灵菲、冯乃超、冯
铿、戴平万、丘东平、秦牧、陈迩冬等,其他作家早已进入中国现代文
学史,只有陈迩冬未见真容,在中国现代文学研究领域,陈迩冬的文学
创作成为一个备受忽视的岭南文学现象。

陈迩冬(1913年1月6日~1990年11月16日),中国现代古典诗词
评论家、作家、学者。原籍广西桂林,生于商贾之家,本名钟瑶,号蕴
庵,笔名有迩冬、沈东、冬郎、皇甫鼎等①。1949年10月之后,陈迩冬
初居太原,后居北京,成为一位长于南方居于北方的典型迁徙作家,因
其"博古通今,学贯中西,是一个古与今之间,新与旧之间,中与西之
间的人物,所以我们戏称他为'之间先生'"②。陈迩冬对中国古典文化
尤其是古典诗词情有独钟,在其现存著述中古典诗词注评成就最大。陈
尔冬曾先后选注《古诗十九首新译》《苏轼诗选》《苏轼词选》《苏东坡诗
词选》《韩愈诗选》,校点《谈龙录石洲诗话》《北江诗话》,出版《宋词
纵谈》《它山室诗话》等著作,堪称国学大师。陈迩冬还写下大量旧体诗
词,但终其一生除了选录部分诗词与聂绀弩、舒芜、吕剑、荒芜等九人
共同出版旧体诗词合集《倾盖集》外从未出版个人专集,以致其古体诗
词多有散佚。陈迩东的历史文学成就仅次于古典诗词注评,涉及历史叙
事诗、历史剧和历史小说三类,主要有短篇历史小说《南华拟梦》《枕中
续记》《当垆外史》《浔阳小景》和《关于唐景崧的断片》,历史剧《战台
湾》,历史叙事长诗《黑旗》以及历史传记小说《李秀成传》(又称《李
秀成之死》)等。此外,尚有小说《瘟牛》《贲阿勾》《九纹龙》,独幕剧
《鬼》与新诗集《最初的失败》等现实主义文学作品。1947年陈迩冬将
《贲阿勾》《九纹龙》《南华拟梦》《枕中续记》《当垆外史》和《浔阳小
景》这六篇小说结为短篇小说集——《九纹龙》,1947年11月由南京独
立出版社出版。陈迩冬的古典诗词注评与历史文学创作占其著述的十之
八九,真可谓"半塘词史在,遗韵记春秋"(陈迩冬《哀桂林》之四)。
相较之下,陈迩冬的古典诗词注评享誉学界,而其历史文学则成为现当
代文学研究中一个备受忽视的文学现象。

陈迩冬的文学创作集中在二十世纪三四十年代。在广西(今广西壮

---

① 《陈迩冬先生生平》,《新文学史料》1991年第1期。

② 包立民:《"之间先生"陈迩冬》,《新文学史料》1991年4期。

族自治区）省立师范专科学校中文系读书期间，陈迩冬曾受业于陈望道、夏征农、邓初民等名师，深受中国古典文化熏陶，痴迷古典小说、诗词，最初尝试诗歌、散文创作，堪称一位典型文艺青年。陈望道时任中文系主任，他在《桂林日报》副刊开辟《每周文学》专栏，后邀陈迩冬协助编辑，直接为其提供了创作动力。1936年初陈迩冬写出小说处女作——现实小说《瘟牛》，1936年2月发表于广西师专校刊《月牙》第5期。1936年夏陈迩冬写出第一个短篇历史小说《南华拟梦》，1936年冬又作第二篇短篇历史小说《枕中续记》，这两篇奇"梦"历史小说可以说是作家当年沉浸古典文学喜做好梦的青春时代的真实反映。

抗战伊始，陈迩冬响应"抗战文学"潮流写出两个旨在反映岭南文化与抗战生活的现实主义短篇小说《贲阿勾》和《九纹龙》。"岭南文化，是指大庾岭、骑田岭、萌渚岭、都庞岭、越城岭等'五岭'以南，今广东、广西等地区的历代文化"[1]。《贲阿勾》主要讲述抗战期间广西苗寨芙蓉寨人的生活现状与抗日态度，重点塑造了主张联合汉人抗日的苗族姑娘贲阿勾与保持观望态度的二师公两个人物形象，并且热情地描绘苗寨地理风物和民俗风情：芙蓉寨重峦叠嶂、峻岭逶迤，寨民"种山挖岭、养猪捕鱼"，苗族姑娘佩戴头饰、臂饰、脚饰等各种银饰，苗族青年能歌善舞，男女谈情常聚河边对歌，典型"对歌"如：

> 你会讲来你莫阔，路边有刺我有歌；
> 大路长长河水浅，割破脚来难过河。
> 妹呀妹，你莫狠，望见河里水茫茫，
> 河水茫茫过不得，杀死几多伶俐郎。
> 劝哥莫把妹来欺，妹是山中老画眉。
> 没本事的快躲起，有本事的拿国旗。

抗战时期，广西苗家"对歌"不仅是男女青年谈情说爱的常见方式，同时也唱出一种抗日态度，"没本事的快躲起，有本事的拿国旗"，"拿国旗，打日本"的苗家小伙乃是姑娘们的梦中情人。此外，苗地方言的运用也是一大特色，如"同年"一语的苗汉释义大异其趣，汉族指"同一年""年龄相同""同榜考中者"，苗族指两情相悦的男女拜为同年、永结同心的一种独特苗俗，而"赶墟"则是桂湘一带方言，南方赶墟，即北

---

① 赵洪恩、李宝席：《中国传统文化通论》，北京，人民出版社，2003，第346页。

方"赶集"之意,再有"放野"乃野合之意,"踩飞"乃家禽交尾等。另一篇小说《九纹龙》以纪实手法讲述"我"的小学同学"九纹龙"林金定从一个羞怯的文弱少年转变成抗日义勇军英雄的故事,这是一篇典型的抗战小说,其中广西青少年的高超泳技,订娃娃亲的古老风俗等与岭南自然环境、民俗文化直接相关。

20世纪30、40年代之交,陈迩冬参加在桂林、重庆召开的"民族形式"大讨论,先后写下《"旧瓶装新酒"的另一面》《关于"民族形式"云云》等评论文章。一方面,在理论上响应"民族形式"大讨论,赞成以"五古、七律、大鼓词、旧戏、小调之类来装新内容"[①],同时结合广西民歌共同反映抗战现实。不过从创作实践来看,陈迩冬抗战时期在桂林写的旧体诗词多为抒情诗、赠诗,只有小部分写实诗采用旧体诗容纳新内容反映抗战现实,如《为伍觉题〈倚枪人〉》一诗颇有"狐鸣篝火向扶桑"的豪气,《哀桂林》四首对桂林沦陷充满悲愤之情。陈迩冬青睐广西民歌,"广西是'歌之国',而刘三妹是'歌之王'","广西艺术应该是汉,傜(苗,侗,僮,伶等)民族文化的结合体,化合物,它应该有它的特殊内容,特殊技巧,特殊风格"[②]。1939年陈迩冬、李文钊合作广西山歌《桐花谣》,其主体内容、外在形式与《贲阿勾》中的"对歌"类似,如"(男)桐花黄呀!情哥明朝上战场,哥去当兵打日本,妹你不要嫁别郎。(女)桐花黄呀!哥今别妹莫心伤,妹在家中种田地,送到前线做军粮"[③],反映广西苗族儿女之情与抗日热情。1940年陈迩冬作新诗《抚河标语》,描写抚河风光及其所见证的广西斗争史,借以歌颂桂人的反抗精神。另一方面,陈迩冬又指出过度强调"民族形式"的偏颇之处,认为民族形式必须与民族内容"相互作用,相互推移,相互制约,相互生成"[④]。1949年之前陈迩冬基本生活在广西,他认为最值得挖掘的民族内容是自己熟知的岭南区域历史尤其是广西历史,"广西自从太平天国革命,到辛亥革命,民初护法护国诸役,十四年北伐,以迄于今天的抗战建国,莫不跕在最前线。旁及清季的安南抗战,台湾独立(指1945年8月台湾省回归祖国)亦莫不与广西有直接的关系。这些迭次的革命行动,应该在艺术上有特殊的表现"[⑤]。因此,陈迩冬撰制《太平

① 陈迩冬:《"旧瓶装新酒"的另一面》,《抗战时代》1941年第3卷第3期。
② 陈迩冬:《广西的民间艺术》,《抗战时代》1941年第3卷第4期。
③ 李文钊、陈迩冬:《桐花谣》,《战时艺术》1939年第3卷第2期。
④ 陈迩冬:《"旧瓶装新酒"的另一面》,《抗战时代》1941年第3卷第3期。
⑤ 陈迩冬:《广西的民间艺术》,《抗战时代》1941年第3卷第4期。

军革命过程中的政治工作》等论文①，写出广东英雄刘永福抗"番"三篇（历史小说《关于唐景崧的断片》、历史剧《战台湾》和历史叙事长诗《黑旗》）以及广西太平军将领李秀成抗清一篇（历史传记小说《李秀成传》），这些作品文字质朴，借古喻今，旨在"抗日"，舒芜曾盛赞陈迩冬历史文学"谈古而有现代感，能撄现代人之心"②。不过，"抗战文学"口号化、概念化的弊病，也损害到上述作品的艺术价值。同时陈迩冬非常重视岭南历史以外的其他中国历史，"中国历史上有无限的为民族尽忠为国家尽孝的光荣事实，可写可歌可演的真是取之不尽，用之不竭；在今天，我们这应该做些发掘的工作"，以"发扬民族精神，提高（增强）民族意识，恢复民族道德"③。于是他选注《史记》，专著《闲话三分》探讨三国历史与《三国演义》，还写出历史小说《南华拟梦》《枕中续记》《当垆外史》和《浔阳小景》，这四篇历史小说在实际操作上偏离当时的主流文学方向，它们既未发掘陈迩东理论上倡导的广西历史与"为民族尽忠为国家尽孝的光荣事实"，又未借古讽今、反映时局、批判时弊、批评时政，而是追随作者本心，舍弃历史大事件，重写著名历史典故，其主要价值取向是以喜剧手法揭示中国民间文化心理，对古典文化尤其是道家一脉进行哲学思辨与世俗批判，实乃典型的文化批判历史小说。

综而观之，《南华拟梦》《枕中续记》《当垆外史》和《浔阳小景》等文化批判历史小说是陈迩冬历史小说的创作重心，它们显示出三大共性特征：第一，关注道家、道教与玄学；第二，从世俗视角解构历史典故；第三，戏剧化的小说模式。

一　对道家、道教与玄学的关注

陈迩冬的文化批判历史小说旨在探讨老庄哲学、汉唐道教、魏晋玄学与世俗观念的矛盾冲突。

《南华拟梦》直接取自道家文化典籍《南华经》（《庄子》）。④"孔子、杨子、墨子各家的学说，从庄子看来，都可以谓之小说；反之，别

---

① 陈迩冬：《太平军革命过程中的政治工作》，《抗战时代》1941年第4卷第3期。

② 舒芜：《说历史要能撄现代人心——读陈迩冬〈闲话三分〉》，《读书》1987年第3期。

③ 陈迩冬：《"旧瓶装新酒"的另一面》，《抗战时代》1940年第3卷第3期。

④ 汉代道教出现以后，经过魏晋南北朝的演变，至唐代老庄逐渐被神化，李唐皇室因与老子同姓，历代皆尊老子为始祖，天宝元年（742年）李隆基又封庄子为"南华真人"，同时诏称《庄子》为"南华真经"，后世也称《南华经》。

家对庄子，也可称他的著作为小说"①。《南华拟梦》是一篇"再生历史小说"，它筛选《内篇·逍遥游》《内篇·齐物论》《外篇·秋水》和《外篇·山木》四篇中的五个著名片段，从小人物戏谑庄子的角度窥视世俗社会对庄子学说的偏见与嘲讽。五个片段如下：

《内篇·逍遥游》第一部分"北冥有鱼"和第五部分"小知大年"：

> 北冥有鱼，其名为鲲。鲲之大，不知其几千里也。化而为鸟，其名为鹏。鹏之背，不知其几千里也。怒而飞，其翼若垂天之云。是鸟也，海运则将徙于南冥。南冥者，天池也。②
>
> …………
>
> 小知不及大知，小年不及大年。奚以知其然也？朝菌不知晦朔，蟪蛄不知春秋，此小年也。楚之南有冥灵者，以五百岁为春，五百岁为秋；上古有大椿者，以八千岁为春，八千岁为秋。而彭祖乃今以久特闻，众人匹之，不亦悲乎！"③

《内篇·齐物论》最后一节"庄周梦蝶"：

> 昔者庄周梦为胡蝶，栩栩然胡蝶也。自喻适志与！不知周也。俄然觉，则蘧蘧然周也。不知周之梦为胡蝶与？胡蝶之梦为周与？周与胡蝶则必有分矣。此之谓物化。④

《外篇·秋水》最后一节"濠梁之辩"：

> 庄子与惠子游于濠梁之上。庄子曰："鲦鱼出游从容，是鱼之乐也。"惠子曰："子非鱼，安知鱼之乐？"庄子曰："子非我，安知我不知鱼之乐？"惠子曰"我非子，固不知子矣；子固非鱼也，子之不知鱼之乐，全矣！"庄子曰："请循其本。子曰'汝安知鱼乐'云者，既已知吾知之而问我。我知之濠上也。'"⑤

---

① 鲁迅：《中国小说的历史的变迁》，载《鲁迅全集》第九卷，北京，人民文学出版社，2005，第311-312页。
② 〔战国〕庄子：《庄子》，方勇译注，北京，中华书局，2015，第2页。
③ 同上书，第3页。
④ 〔战国〕庄子：《庄子》，方勇译注，北京，中华书局，2015，第42页。
⑤ 〔战国〕庄子：《庄子》，方勇译注，北京，中华书局，2015，第280页。

《外篇·山木》第一部分"材与不材":

> 庄子行于山中,见大木,枝叶盛茂。伐木者止其旁而不取也。问其故,曰:"无所可用。"庄子曰:"此木以不材得终其天年。"
>
> 夫子出于山,舍于故人之家。故人喜,命竖子杀雁而烹之。竖子请曰:"其一能鸣,其一不能鸣,请奚杀?"主人曰:"杀不能鸣者。"
>
> 明日,弟子问于庄子曰:"昨日山中之木,以不材得终其天年;今主人之雁,以不材死。先生将何处?"庄子笑曰:"周将处乎材与不材之间。材与不材之间,似之而非也,故未免乎累。若夫乘道德而浮游则不然,无誉无訾,一龙一蛇,与时俱化,而无肯专为;一上一下,以和为量,浮游乎万物之祖,物物而不物于物,则胡可得而累邪!此神农、黄帝之法则也。若夫万物之情,人伦之传则不然。合则离,成则毁,廉则挫,尊则议,有为则亏,贤则谋,不肖则欺。胡可得而必乎哉!悲夫!弟子志之,其唯道德之乡乎!"①

《枕中续记》,顾名思义,乃专为沈既济唐传奇《枕中记》所作之续篇,进一步关注"道"教文化。唐代道教因受李唐皇室扶植大行其道,道观遍布,崇尚修仙。《枕中记》中的"吕翁",即是唐代开元年间一位得道仙人,吕翁赐枕卢生,遂成就一场"黄粱梦"或"邯郸梦"。其后,《枕中记》的改编本与续作接踵出现,唐有《南柯记》,宋有《南柯太守》,元有马致远改编本《邯郸道省悟黄粱梦》,明有汤显祖改编本《南柯记》和《邯郸记》,清则有蒲松龄所作《续黄粱》等。陈迩冬的《枕中续记》并非改编本,乃是真正意义上的续作,它以卢生"黄粱梦"后又做一梦的方式进行续写,从而形成一篇故事、意旨崭新的小说。《枕中记》借"黄粱一梦"引导卢生开悟名利,《枕中续记》则以"卢生续梦"揭示封建历史本质——"食人",这与鲁迅《狂人日记》主题基本一致,同时探讨道教避世之弊端。因此,《枕中续记》借鉴的只是《枕中记》"借枕入梦"的形式,其具体内容与《枕中记》关系不大。这篇小说的知名度虽不如古典续作,但在现代文学领域堪称一篇构思新颖、结构别致、审美趣味和哲理深度兼备的文化反思小说。

《当垆外史》出自《史记·司马相如列传》,该篇亦非全文演述,而

---

① 〔战国〕庄子:《庄子》,方勇译注,北京,中华书局,2015,第285页。

是选择"司马琴心"和"文君当垆"两个片段进行重写，原文如下：

> 会梁孝王卒，相如归，而家贫，无以自业。素与临邛令王吉相善，吉曰："长卿久宦游不遂，而来过我。"于是相如往，舍都亭。临邛令缪为恭敬，日往朝相如。相如初尚见之，后称病，使从者谢吉，吉愈益谨肃。临邛中多富人，而卓王孙家僮八百人，程郑亦数百人，二人乃相谓曰："令有贵客，为具召之。"并召令。令既至，卓氏客以百数。至日中，谒司马长卿，长卿谢病不能往，临邛令不敢尝食，自往迎相如。相如不得已，强往，一坐尽倾。酒酣，临邛令前奏琴曰："窃闻长卿好之，愿以自娱。"相如辞谢，为鼓一再行。是时卓王孙有女文君新寡，好音，故相如缪与令相重，而以琴心挑之。相如之临邛，从车骑，雍容闲雅甚都；及饮卓氏，弄琴，文君窃从户窥之，心悦而好之，恐不得当也。既罢，相如乃使人重赐文君侍者通殷勤。文君夜亡奔相如，相如乃与驰归成都，家居徒四壁立。卓王孙大怒曰："女至不材，我不忍杀，不分一钱也。"人或谓王孙，王孙终不听。文君久之不乐，曰："长卿第俱如临邛，从昆弟假贷犹足为生，何至自苦如此。"相如与俱之临邛，尽卖其车骑，买一酒舍酤酒，而令文君当垆，相如身自著犊鼻裈，与保庸杂作，涤器于市中。卓王孙闻而耻之，为杜门不出。昆弟诸公更谓王孙曰："有一男两女，所不足者非财也。今文君已失身于司马长卿，长卿故倦游，虽贫，其人材足依也，且又令客，独奈何相辱如此！"卓王孙不得已，分予文君僮百人，钱百万，及其嫁时衣被财物。文君乃与相如归成都，买田宅，为富人。①

《当垆外史》重点突出卓文君不畏世俗、不慕名利，夜奔相如、当街卖酒的潇洒行径，虽饱受成都小市民耻笑，却颇有道家出世之意味。

《浔阳小景》则取材自《晋书》卷九十四《列传》第六十四《隐逸传》之《陶潜传》②前两段，重写"陶潜辞官"经过，原文如下：

> 陶潜，字元亮，大司马侃之曾孙也。祖茂，武昌太守。潜少怀高尚，博学善属文，颖脱不羁，任真自得，为乡邻之所贵。尝著《五柳先生传》以自况曰："先生不知何许人，不详姓字，宅边有五

---

① 〔西汉〕司马迁：《史记·司马相如列传》第四卷，上海，上海古籍出版社，2011，第2271页。
② 〔唐〕房玄龄等：《晋书》，北京，中华书局，1974，第2460-2461页。

柳树，因以为号焉。闲静少言，不慕荣利。好读书，不求甚解，每有会意，欣然忘食。性嗜酒，而家贫不能恒得。亲旧知其如此，或置酒招之，造饮必尽，期在必醉。既醉而退，曾不吝情。环堵萧然，不蔽风日，短褐穿结，箪瓢屡空，晏如也。常著文章自娱，颇示己志，忘怀得失，以此自终。"其自序如此，时人谓之实录。

　　以亲老家贫，起为州祭酒，不堪吏职，少日自解归。州召主簿，不就，躬耕自资，遂抱羸疾。复为镇军、建威参军，谓亲朋曰："聊欲弦歌，以为三径之资可乎？"执事者闻之，以为彭泽令。在县，公田悉令种秫谷，曰："令吾常醉于酒足矣。"妻子固请种粳。乃使一顷五十亩种秫，五十亩种粳。素简贵，不私事上官。郡遣督邮至县，吏白应束带见之，潜叹曰："吾不能为五斗米折腰，拳拳事乡里小人邪！"义熙二年，解印去县，乃赋《归去来兮辞》。①

　　魏晋"玄学"崇尚"三玄"学说②，代表人物有何晏、王弼、阮籍、嵇康、向秀、郭象等，《晋书》择三十五人立传③，形成隐逸一派，陶潜名列其中。该派崇尚自然、隐遁不仕、文思玄远、潇洒不羁，成员言行举止常偏离世俗价值观念，备受指摘。陈迩冬正是从这一点入手，以陶渊明为例直视魏晋玄学的世俗困境。

二　历史典故的世俗解构

　　陈迩冬的文化批判历史小说一般舍弃大历史事件，选取一个颇具兴味的历史故事或历史典故，以个人方式从世俗小人物视角和民间评判标准两方面进行解构。《南华拟梦》《枕中续记》《当垆外史》《浔阳小景》这四篇历史小说分别对应著名历史典故"庄周梦蝶""黄粱一梦""文君当垆"和"陶潜辞官"。陈迩冬将这些历史典故中的历史人物与历史事件置入酒肆饭馆、街谈巷议之中，通过民间小人物的闲言碎语侧面反映人物心理，以民间版本补正史之阙，探讨相关事件的多重可能性，这是典型的"小历史书写"。

① 〔唐〕房玄龄等:《晋书》,北京,中华书局,1974,第2460-2461页。
② "玄"这一概念最早出自《道德经》(《老子》)"玄之又玄,众妙之门"。"三玄",即《老子》《庄子》《周易》。
③ 三十五人,指孙登、董京、夏统、朱冲、范粲、鲁胜、董养、霍原、郭琦、伍朝、鲁褒、氾腾、任旭、郭文、孟陋、韩绩、谯秀、翟汤、郭翻、辛谧、刘驎之、索袭、杨轲、公孙凤、公孙永、张忠、石垣、宋纤、郭荷、郭瑀、瞿硎先生、谢敷、戴逵、龚玄之、陶淡、陶潜。

（一）世俗小人物设置

陈迩冬历史小说的世俗视角首先体现在对世俗小人物的设置上。

《南华拟梦》共分上、中、下三节。上节之中，作者从惠施视角反观庄子学说。惠施称庄子为"老庄"，这是一种典型的世俗称呼，但严格来说，惠施只是被世俗化而非世俗小人物。中节之中，作者以众客视角反观庄子学说。惠施邀庄子饮酒，同时请来几位酒客，这几位客人无名无姓，皆为无聊闲人，属于典型的世俗小人物，"吃喝""划拳""逗庄子"乃酒客们在酒桌上的三大乐事。这一节结构安排异常巧妙，作者按照酒客们行酒令的起止点又将中节分为三小部分：

　　酒一巡——
　　"来了呀！一品……二红……三星……四喜喜！"
　　…………
　　酒二巡——
　　"来了呀！四喜……五魁……禄位……七巧巧！"
　　…………
　　酒三巡——
　　"来了呀！七巧……八仙……九长……全福！"
　　…………

这种结构布局显然经过精心设计。酒客们每次划拳、行令、饮酒后便向庄子发问，他们并非真正关心庄子学说及其志向，目的只是逗弄庄子以做下酒小菜。下节之中，作者以庄子之梦反观其学说。庄子醉酒后在惠施书斋休息，酣然入梦，先梦见鲲鱼、鹏鸟、蝴蝶，后梦见大鱼、小鱼、小虾、大蚌、长鳝、蜘蛛、蛾儿、苍蝇、蜻蜓、蚊子，前者乃庄子的自我化身，后者则象征大千世界中的芸芸众生；"大鱼吃小鱼，小鱼吃虾子，虾子吃泥巴，珊瑚同海带纠缠，大蚌同长鳝争斗"，庄子化蝶后终为蜘蛛所获，如同蛾儿、苍蝇、蜻蜓、蚊子的命运一样。可见，下节中的小人物设置繁多并且极富象征色彩。庄子自命脱俗、不输老子，但从下节可以看出，其情绪明显受到惠施与众客的影响，他那种不为世人理解的苦恼、压抑、愤懑之情，通过"酒醉、做梦、弃书"三事即可察见一二。

《当垆外史》共分七节，每一节都通过蜀郡临邛"阳昌酒家"的常客"老赵""老钱""老孙""老李"以及其他食客"周、吴、郑、王"，"甲、乙、丙、丁"等小市民视角来看待相如卖酒、文君当垆之事。司马相如的临邛酒家开张后，立刻与阳昌酒家产生竞争，因此时刻关注临邛酒家动向的自然是阳昌酒家及其食客，阳昌酒家很快成为谣言散播之地，其常客"赵、钱、孙、李"也成为污名化司马相如、卓文君的主要力量。酒肆茶楼历来便是吃喝闲谈之所，阳昌酒家的常客本身又是市井街坊的代表人物，其闲言碎语较大程度上反映出世俗社会的想法，这种小人物设置可谓合情合理，恰到好处。

《浔阳小景》则以彭泽县一众小吏包括跛脚主簿、录事吏、功曹、庭掾、狱小史等人的视角来看待陶渊明辞官归隐这一事件。这篇小说的小人物设置与《南华拟梦》《当垆外史》略有差异，其中跛脚主簿、录事吏、功曹、庭掾、狱小史等与一般小人物不同，在古代他们属于小人物中的上层人物。

《枕中续记》的真实人物只有两个——卢生与吕翁，另有一条拟人化的小"蠹鱼"（蠹虫），其中主要人物自然是卢生，其次是蠹鱼，吕翁只是背景人物。

（二）民间评判标准

陈迤冬文化批判历史小说的世俗视角还体现在民间评判标准上。"天下熙熙皆为利来，天下攘攘皆为利往"，中国民间最看重"名""利"二字，特别是城市中的小市民阶层，其最大特点便是"势利""功利"。因此，陈迤冬历史小说的世俗视角基本皆以小市民作为评判主体，以"名利"作为评判标准，常常将历史人物置入酒肆饭馆、街谈巷议之中，通过小人物的庸常生活、闲言碎语侧面反映世俗心理，解读历史故事与历史典故，以民间版本补正史之阙，探讨相关事件的多重可能性。

《当垆外史》中"赵、钱、孙、李"等小市民们对"相如卖酒、文君当垆"的看法与《史记》评价差异较大。《史记·司马相如列传》第一段首先讲述相如卖酒、文君当垆的原因，文君夜奔相如，相如家徒四壁，若想改善生活状况，必须另作他计；其次，赞赏卓文君作为商人之女的商业天赋，司马相如对卓文君的信任等；第三，反映相如卖车骑、开酒舍的魄力以及二人亲自操持酒舍的勇气。而《当垆外史》中阳昌酒家的食客"赵、钱、孙、李"们却认为相如最初"勾引"文君私奔从而成为成都首富卓王孙的女婿，目的乃是图谋卓王孙钱财，岂料卓王孙盛怒"不分一钱"，相如一计不成又施一计，"开酒舍""不是文君的主意，是长卿的计策"，"谁个不知，哪个不晓，卓王孙有钱又有势，有钱有势能不要面子吗，要面子能让他女婿女儿这样干吗？不让他两这样干能不给他钱吗?"市井小民看重的是名利,精于算计,重男轻女,排斥外家,对通过"勾引"文君私奔而成为成都首富卓王孙女婿的司马相如自然存有偏见,因而百般揣测,将"相如卖酒、文君当垆"完全看作司马相如骗取卓王孙财物的一种"阴谋诡计"。

《浔阳小景》中彭泽小吏们对陶渊明辞官不做的态度亦与《晋书》大相径庭。《晋书》对陶渊明辞官归隐持赞赏态度,对其《归去来兮辞》《归园田居》评价极高。而《浔阳小景》中彭泽小吏们先艳羡县令陶渊明的出身和靠山,"大司马陶侃之曾孙""武昌太守陶茂之孙""妻家显赫""做过权倾朝野的镇军将军刘裕参军",认为其仕途坦荡,遂极力讨好于他。中国封建社会乃典型"官本位"社会,高官厚禄、光耀门楣是读书人的最高人生追求,督邮即将视察彭泽县,彭泽小吏们认为这是讨好上官、获得升迁的好机会,于是打扫庭院、整理账目、典肃刑狱,极尽阿谀奉承、溜须拍马之能事,他们非常关心陶渊明能否升迁,以便受到提携,水涨船高。然而县令陶渊明却对"督邮视察"一事漠不关心,令小吏们猜疑不定、各怀鬼胎,根本料想不到陶渊明竟会"辞官不做",解印归田。于是小吏们开始对陶渊明冷嘲热讽,嘲笑他家世败落、不识时务、舞文弄墨、徒有虚名,然而毕竟忌惮陶渊明的出身、靠山与文名,恐其故弄玄虚、欲进先退、另有高就,最终欲说无言。整篇小说陶渊明几乎不在场,仅一个"辞官"行为即将古代官场小吏们热衷揣测上官心思之癖好以及得势逢迎、失势嘲讽的功利心态揭露殆尽。

《南华拟梦》的重点是世俗化庄子学说,众客对庄子"辞官不仕"的世俗言论与《浔阳小景》中彭泽小吏们对陶渊明"辞官不做"的态度如出一辙。《枕中续记》虽然也以"名利"为评判标准,但与以上三篇有所不同,它通过探讨历史本质问题,重点强调历史著述维护统治阶层政治统治的功利目的。

三 戏剧化小说模式

陈迩东的文化批判历史小说擅长从世俗视角解构历史典故,矛盾冲突集中,讽刺意味浓郁。其矛盾冲突集中体现在历史人物的内在冲突(思想、观念、欲望等)而非有关家国、阶级、名利的外在冲突方面,同时借助大量对话、独白等戏剧方式呈现出来。陈迩东谈及广西戏剧时对"桂剧""平剧""调子""玩子""莲花落"等如数家珍,尤其青睐轻松愉悦的民间戏剧形式①，其文化批判历史小说矛盾冲突非常集中却并不剧烈，确实应该归功于以上民间"喜剧"手法的使用。

《南华拟梦》三节的矛盾冲突、对话模式、喜剧因素各不相同。上节之中，作者对庄子学说的反观通过庄子、惠施著名的"濠梁之辩"来完成，这场辩论体现出双方的矛盾冲突，同时自然形成典型的"一对一"对话模式。中节之中，"众客"在酒桌上故意设计关于"辞官不仕""恋与不恋""材与非材"的尴尬问题"请教"庄子，在"多对一"轮番问答之间达成取乐目的，其中矛盾冲突主要以车轮问答和戏谑剧情两种方式呈现出来。下节则通过庄子之梦特别是"梦蝶"一事，利用梦幻梦魇、内心独白等方式揭示庄子的真实心理。

《枕中续记》共四节，第一节卢生"黄粱梦"醒，百无聊赖，独自翻看《汉书》；第二节卢生再次睡去，又梦到与《汉书》中一只"蠹鱼"（蠹虫）争辩历史本质问题，展开"一对一"冗长对话，从而使该节成为最长的一节，占总篇幅的一半以上；第三节卢生惊醒，撕枕解梦，吕翁索枕不得大骂卢生，卢生理亏不敢回话，于是"吕翁之骂"演化成一连串"独白"；第四节写卢生心虚逃走，寥寥数语，短小精练，极富漫画色彩与喜剧效果。

《当垆外史》《浔阳小景》的戏剧化方式则比较复杂，它们并未采用《南华拟梦》《枕中续记》的"互辩""问答""独白"等简单方式，而是采用众声喧哗、"多对多"集体讨论方式，对"文君当垆""陶潜辞官"进行各方揣测、指责，而相如、文君与陶潜只是"被说"的对象，并不构成对话一方。

可见，陈迩冬历史小说是典型的戏剧化小说，其结构模式、戏剧方式虽因文而异，但皆能将一幕幕喜剧情节与幽默内容恰如其分、淋漓尽致地表现出来。整体而言，上述历史小说代表了陈迩冬文学的最高思想深度与艺术价值，具有特殊意义。

总之，在中国文学史上，岭南诗词发达，诗社林立，以粤剧为主的戏剧驰誉天下，唯独"岭南小说，从总体上看，起步较晚，而且数量也不多"②。因此，在中国现代文坛上，作为岭南小说家的陈迩冬确实不该被忽视。

① 陈迩冬：《广西的民间艺术》，《抗战时代》1941年第3卷第4期。

② 张磊、黄明同等编《岭南文化》，载《中国文化通志》第二卷，上海，上海人民出版社，1998，第127页。

第十八章　巴蜀区域中国
现代历史小说

第一节　巴蜀文化与中国现代历史小说

一　狭义巴蜀文化与广义巴蜀文化

狭义巴蜀文化指春秋战国时期巴国文化和蜀国文化的合称；广义巴蜀文化指从先秦至明清地处长江上游一带的巴蜀人民所创造的物质文化与精神文化的总称。现代意义上的巴蜀文化则既指春秋战国时期以及此前巴蜀区域的文化形态，又指秦大一统后该区域历经不同时代演变至今逐渐形成的一切复杂文化形态。

巴与蜀，"它们既是地域名，又是部族名，还是古国名。从地域上讲，巴蜀以今四川为中心，包括陕南、鄂西及云贵的部分地区。最初的巴与蜀，都不只是指一个部族或一个古国名，而是两个比较广大的地区或两大部族集团。川东一带的部族以巴为盟主，川西一带以蜀为盟主"①。可见，巴、蜀最早乃是古老民族，巴族、蜀族分支众多，其民众分称巴人和蜀人，其活动地域则被称为巴地和蜀地。巴族、蜀族皆曾臣服于商，后助武王伐纣，武王以其宗亲封于巴、蜀，始有巴国、蜀国。公元前316年，秦惠文王派张仪、司马错等率兵灭蜀、巴，分设蜀郡、巴郡，治成都和江州（今重庆）。可见，巴与蜀"其概念的内涵都有一个由族名——地域名——国名——行政区划名——地域名的变化过程"②。而今经过历史区域沿革"巴蜀"概念已不尽严格，但它仍被统一用作四川地区之代称。因此，巴蜀文化主要指的是四川文化，其中以成都为中心的蜀文化和以重庆为中心的巴文化占据重要位置。

---

① 赵洪恩、李宝席：《中国传统文化通论》，北京，人民出版社，2003，第335页。
② 袁庭栋：《巴蜀文化志》，载《中华文化通志》，上海，上海人民出版社，1998，第4页。

二 巴蜀区域的中国现代历史小说创作

表18-1 巴蜀区域中国现代历史小说一览(1917～1949年)

作　家	篇　目	写作时间	历史时段	人　物
郭沫若	《漆园吏游梁》 (又名"庄周去宋")	1923年	先秦	庄子
	《马克斯(思)进文庙》	1923年	先秦	孔子
	《柱下史入关》	1923年	先秦	老子
	《Lobenicht 的塔》	1924年		康德
巴金	《马拉的死》	1934年		马拉
	《丹东的悲哀》	1934年		丹东
	《罗伯斯庇尔的秘密》	1934年		罗伯斯庇尔
郭沫若	《孔夫子吃饭》	1935年	先秦	孔子
	《孟夫子出妻》	1935年	先秦	孟子
	《秦始皇将死》	1935年	秦	嬴政
	《楚霸王自杀》	1936年	秦汉	项羽
	《齐勇士比武》 (又名"中国的勇士")	1936年	先秦	东郭勇士 西郭勇士
	《司马迁发愤》	1936年	汉	司马迁
	《贾长沙痛哭》	1936年	汉	贾谊
萧蔓若	《吃不消又一章》	1936年	先秦	孔子
	《"大燧"之歌》	1938年	先秦	郑庄公
何其芳	《王子猷》	1932年	东晋	王子猷
刘盛亚	《安禄山》	20世纪 30年代	唐	安禄山
李劼人	第一部《死水微澜》	1936年	清末 民初	蔡大嫂、罗歪嘴
	第二部《暴风雨前》	1936年		郝达三
	第三部《大波》(上、中、下)	1937年		楚用、郝又三

在巴蜀现代历史小说家中,巴金、李劼人、郭沫若是蜀地作家,何其芳、刘盛亚、萧蔓若是巴地作家,两地作家在数量上旗鼓相当,但蜀地作家在小说创作总量和实际影响方面占压倒性优势,其中郭沫若的"诸子文人"与"帝王将相"两大系列历史小说、李劼人的"大河"系列

历史小说和巴金的"法国大革命"域外系列历史小说成就最大。

三　巴蜀文化对中国现代历史小说的宏观影响

（一）巴蜀历史小说的开拓精神

巴蜀区域西接康藏高原，北邻秦岭百川，南连云贵高原，东接三峡山地，形成北高南低、西高东低、四周环山、底部平缓的不规则盆地地貌，其地理环境主要由高原、环山、盆地、河流构成，对外交通不便，《隋书·地理志》曾言"其地四塞，山川重阻"，李白亦云"蜀道难，难于上青天"，因此极易形成封闭、保守、内敛、狭隘的精神气质。然"蜀地沃野千里，土壤膏腴，果实所生，无谷而饱，女工之业，覆衣天下，名材竹干，器械之饶，不可胜用"，"得蜀则得楚，楚亡而天下并矣"[①]，巴蜀的物质丰富与战略地位又促使人们不断逆向开拓，凿通栈道运粮出川、移民入川，从而又变相打破了该区域安于现状的闭锁状态，激发出一种顽强不屈的开辟精神。中国历史上共出现四次大规模移民入川的政治行动，其中最早一批为秦初移民，"秦惠文、始皇克定六国，辄徙其豪侠于蜀，资我丰土。家有盐铜之利，户专山川之材，居给人足，以富相尚"[②]。秦人入川，巴蜀之人始与秦通，染秦俗，懂秦语；第二批为汉末移民，前有刘焉、刘璋率荆州人士入蜀，中有刘备、诸葛亮率中原人士入蜀，后有西北略阳、天水六郡10万流民入蜀；第三批为明末清初移民，张献忠率军屠川后巴蜀人数骤减，清初乃有湖广填四川的移民行动；第四次则是抗战时期民国政府出于战略考量率军民迁都重庆。

巴蜀文化的内敛气质与开辟精神在该区域现代历史小说中皆有表现，如巴金的《断头台上》、"法国大革命三部曲"（《马拉的死》《丹东的悲哀》《罗伯斯庇尔的秘密》），郭沫若的《Lobenicht的塔》《马克斯进文庙》等域外历史小说。相较而言，吴越域外历史小说主要彰显吴越文化的开放性，重在文化交流，既引进、汲取外来文化，又反思本土文化，而巴蜀域外历史小说则更加看重巴蜀文化的开辟精神，旨在打碎、突破既有文化束缚，显示出一种"隐爆"式的革命气概。

（二）巴蜀历史小说重视儒道文化

中国传统文化以儒家文化为主，佛道两翼为辅，形成三位一体的文化架构。巴蜀文化与中国传统文化之间存在明显悖论关系：一方面，巴蜀区域远离中原地带，巴蜀盆地内敛的地势地貌对发源齐鲁区域的儒家

---

① 〔西晋〕常璩：《华阳国志·蜀志》，唐春生、何利华等译，重庆，重庆出版社，2008，第312页。

② 同上书，第315页。

文化形成天然拒斥之势，儒家文化对巴蜀民众的思想观念影响相对薄弱，这是造就巴蜀人民强悍、野蛮、反叛等文化性格的根本原因。另一方面，巴蜀多山，"山不在高，有仙则名"，自东汉顺帝年间张道陵到蜀地传道之后四川逐渐成为道教文化圣地，鹤鸣山、青城山、峨眉山等道教名山驰誉天下，道教文化对巴蜀之民影响深远，但由于道教文化对道家文化的偏离，理论体系不够完善，峨眉山后来逐渐从道教圣地转为佛教圣地。本质而言，儒道文化是中国本土文化，而佛家文化则是一种外来文化，整体来看，巴蜀文化对儒道文化的吸收胜过佛家文化，不过与中原地区不同，巴蜀文化首重道家文化，其次才是儒家文化，它内化、糅合道家、儒家文化因素后形成了自己独特的文化性格。巴蜀现代历史小说承袭了这种文化性格，如郭沫若早期历史小说《柱下史入关》《漆园吏游梁》等重视道家文化，稍后所写的《孔夫子吃饭》《孟夫子出妻》《司马迁发愤》《贾长沙痛哭》则注重儒家文化，李劼人"大河小说"中也有道家文化的呈现，何其芳的《王子猷》出自《晋书·王徽之传》，所涉魏晋玄学与道家文化一脉相承。

（三）巴蜀历史小说兼备名士风范

常璩《华阳国志》曾采用阴阳八卦学说将蜀地文化特征分为五类："其卦值坤，故多斑采文章；其辰值未，故尚滋味；德在少昊，故好辛香；星应舆鬼，故君子精敏，小人鬼黠；与秦同分，故多悍勇。"[1]"多斑采文章"特征是在巴蜀本土文化与唐宋主流文化的双重作用下形成的，巴蜀自然环境优美，文化名人众多，本土文化名人有严遵、张充、杨统、李弘、林闾、何武、杨终、陈立、司马相如等，"司马相如游宦京师诸侯，以文辞显于世，乡党慕循其迹，后有王褒、严遵、扬雄之徒，文章冠天下"[2]，他们开创了独步一时的汉赋文学传统，侨寓巴蜀的文化名人则有李白、杜甫、高适、岑参、白居易、刘禹锡、元稹、贾岛、黄庭坚、陆游、范成大等，他们曾对巴蜀文化繁荣起到促进作用。"尚滋味""好辛香"特征最初源于巴蜀之民在阴湿多雨自然环境下养成的饮食习惯，"香辣"逐渐成为川菜的精髓，川系饮食文化则是巴蜀闲适文化的重要组成部分。"闲适"，四川话即巴适、安逸，表悠闲、舒适之意，蜀文化的闲适情调异常突出，"蜀自秦以来，更千余年无大兵革"（《文山先生全

---

① 〔西晋〕常璩：《华阳国志·蜀志》，唐春生、何利华等译，重庆，重庆出版社，2008，第311页。

② 参见〔西晋〕常璩：《华阳国志》第十卷《先贤士女总赞》、第十一卷《后贤志》，唐春生、何利华等译，重庆，重庆出版社，2008，第375-403页。

集》卷九《衡州上元记》），"盖亦地沃土丰，奢侈不期而至也"①，兵革不兴，物产富饶，道教兴盛，造就"天府之国"，巴蜀闲适文化既有益于修身养性，又极容易消磨青年斗志，故"老不出川，少不入蜀"成为普遍认知。此外，"君子精敏，小人鬼黠"特征的形成比较复杂，乃环境、饮食、体魄等诸多因素的综合产物，而"多悍勇"则直接体现出巴蜀区域汉族与彝族、藏族、土家族、羌族等少数民族杂居的生活状况。《华阳国志》对巴人文化性格亦有评价："质直好义，土风敦厚"②，"天性劲勇""锐气喜舞"③。巴蜀现代历史小说家郭沫若、巴金、李劼人、何其芳等都是现当代文学大家，其人其作集中体现巴蜀文化的名士风范以及"多斑采文章"的文化特征。

（四）巴蜀历史小说形态多样

李劼人"大河小说"乃正宗区域历史小说，它们以成都平原为中心，通过小说形式记录、描述、展现巴蜀空间、社会生活、民俗人情、历史事件、四川方言等，区域色彩非常明显。相对而言，郭沫若、巴金、何其芳、萧曼若、刘盛亚等人的历史小说则属于非正宗区域历史小说。这些小说并未向巴蜀历史人物、历史事件或民间生活取材，它们与巴蜀文化的关系主要体现在内在精神的传承上，在实际创作过程中巴蜀文化的内在精神又具体转化为作家的思维方式、创作模式和表达方法，如郭沫若历史小说的"自叙+考据"创作模式体现出巴蜀文化内敛、开拓兼而有之的文化特征，巴金域外历史小说多以"法国大革命"历史写成，既体现出巴蜀文化开拓进取的文化特征，又体现出作者本人的个性化写作特征。

第二节　自叙、考据的联动：
郭沫若历史小说的创作模式

郭沫若作为留日派作家和新文学著名社团创造社的发起人，他在学习新文化创作新文学的同时亦关注中国传统文化，其历史研究和诸子研究成就斐然，随后还创作出一系列延续"子""史"研究的短篇历史小说。郭沫若的历史小说全部作于二十世纪二三十年代，1923年他在上海写出《函谷关》《鹓雏》两篇历史小说，最早分别发表于1923年8月19

---

① 〔西晋〕常璩：《华阳国志·巴志》，唐春生、何利华等译，重庆，重庆出版社，2008，第315页。

② 同上书，第296页。

③ 同上书，第298页。

日上海《创造周刊》第15号和1923年7月7日上海《创造周刊》第9号，1926年1月他将《函谷关》《鹓雏》分别改名为《柱下史入关》和《漆园吏游园》，同月收入上海商务印书馆出版的小说戏剧集《塔》。1935～1936年是郭沫若历史小说的丰产期，这一时期他在日本作《孔夫子吃饭》（1935年）、《孟夫子出妻》（1935年）、《秦始皇将死》（1935年）、《司马迁发愤》（1936年）、《贾长沙痛哭》（1936年）、《齐勇士比武》（1936年，又名《中国的勇士》）、《楚霸王自杀》（1936年）等七篇历史小说，1936年9月他将前六篇与《老聃入关》（原名《柱下史入关》）、《庄周去宋》（原名《漆园吏游梁》）一起收入创造书社初版的短篇小说集《历史小品》，1943年田鸣岐在伪满洲国奉天麦迪吉书局再版该集；1936年10月他又将前六篇收入上海不二书店初版的历史、现实小说合集《豕蹄》。此外，1936年上海艺峰丛书社初版的《历史小品集》（1946年上海晨钟书店再版）曾单独收入《齐勇士比武》一篇。1982年人民文学出版社出版《郭沫若全集》，其中《文学编》第十卷收录的《豕蹄》集共有十篇历史小说，即前六篇与《柱下史入关》《漆园吏游梁》《马克斯（思）进文庙》《齐勇士比武》四篇。

一 郭沫若三类历史小说

郭沫若历史小说按照题材可分为三类：（1）"诸子"系列历史小说，如《柱下史入关》《漆园吏游梁》《孔夫子吃饭》和《孟夫子出妻》；（2）"文人"系列历史小说，如《司马迁发愤》和《贾长沙痛哭》；（3）"帝王将相"系列历史小说，如《秦始皇将死》《楚霸王自杀》和《齐勇士比武》。从显在内容看，郭沫若历史小说注重诸子文化与秦汉历史，并未直接涉及巴蜀自然风物、区域历史、民俗人情和方言土语，它们与巴蜀文化的关系间接体现在巴蜀文人独有的性格、精神、思维、心理、言谈等方面，属于非正宗区域历史小说。

（一）"诸子"系列历史小说

巴蜀遍布名山胜景，乃道家修行的天选之地，故有"巴蜀半道，尤重老子之术"一说。郭沫若生长于"绥山毓秀，沫水钟灵"的峨眉山下、大渡河畔，读中学时酷好"游山玩水"，多次游历道教名山青城山，"林纾译的小说，梁任公的论说文字，接触的（得）比较多。章太炎的学术著作当时也看看，但不十分看的（得）懂。我自己是喜欢读《庄子》的人，曾经看过章太炎著的《齐物论释》，他用佛学来解《庄子》，觉得比

《庄子》的原文还要莫名其妙"①。可见，在诸子学说中道家文化对郭沫若的影响最大，其次才是儒家文化。

1923年郭沫若写出《柱下史入关》《漆园吏游梁》，十二年后又写出《孔夫子吃饭》《孟夫子出妻》，这些历史小说以人性论对抗儒道文化，进行现代反思。这种"对抗"主要体现在对老庄、孔孟"圣贤"地位的颠覆以及对其日常生活的"俗化"上。《孟子·告子上》曰："食色，性也"，马斯洛需求层次理论将人的需求由低到高分为生理需求、安全需求、社交需求、尊重需求和自我实现的需求五大层次，而"食""色"属于五类需求中最低层次的生理需求。郭沫若历史小说擅长为儒道人物设置现实困境，特别是因"食色"等基本需求未能满足所造成的生理困境，从而通过以子之矛攻子之盾的方式批驳其思想观点与现实困境的悖谬之处。

《柱下史入关》《漆园吏游梁》两篇小说皆以"食"作为切入点，将老子、庄子分别置入连吃饭都得不到满足的现实困境中，再以现代人性论审视他们在非常态境遇中的言行，暴露其掩盖在常态下的复杂本性，最终揭示老庄学说的不合时宜。郭沫若认为先秦之前的春秋战国尤其是战国时代，"是人的牛马时代的结束。大家要求着人的生存权"②，而人生存的首要条件是吃饭，因此"食"成为他考验先秦圣贤的一大利器。"老子出关"本事见《史记·老子伯夷列传》，据载："老子修道德，其学以自隐无名为务。居周久之，见周之衰，乃遂去。至关，关令尹喜曰：'子将隐矣，强为我著书。'于是老子乃著书上下篇，言道德之意五千余言而去，莫知其所终。"③老子出关西游，"莫知其所终"，而后是否返回、入关，皆未足征。郭沫若根据"失事"求似的历史文学原则，以"托古代言""借古讽世""先欲制今而后借鉴于古"④和"据今推古""借古鉴今"⑤等思考方式反其道而行之，他在《柱下史入关》中将老子置于关外

---

① 郭沫若：《学生时代》，载《郭沫若全集·文学编》第十二卷，北京，人民文学出版社，1992，第11-12页

② 郭沫若：《献给现实的蟠桃——为〈虎符〉演出而写》，载《郭沫若论创作》，上海，上海文艺出版社，1983，第421-422页。

③ 〔西汉〕司马迁：《史记·老子伯夷列传》，载《史记》第三卷，上海，上海古籍出版社，2011，第1652页。

④ 郭沫若：《从典型说起——〈豕蹄〉的序文》，载《郭沫若全集》第十六卷，北京，人民文学出版社，1982，第198页。

⑤ 郭沫若：《我怎样写〈棠棣之花〉》，载彭放编《郭沫若谈创作》，哈尔滨，黑龙江人民出版社，1982，第108页。

"黄砂（沙）茫茫，草没有一株，水没有一滴"，青牛累死、缺少饮食、四处无人的极端环境中，为其构建出一种"非入即死"的现实困境，逼迫老子在"理想"和"生死"之间做出抉择。小说末尾，郭沫若借函谷关令尹视角夸大老子入关后的言行，如吃几张素饼饮一囊水"如享太牢，如登春台"，"可感谢的还是饮和食"等，他将老子上述言行与《道德经》中"五色令人目盲；五音令人耳聋；五味令人口爽"，"吾所以有大患者，为吾有身，及吾无身，吾有何患"等言论进行对比，批判《道德经》中形而上言辞的虚妄，揭露老子借隐逸之名以退为进、标新立异，"独异于人"的虚伪行径，迫使其亲口承认《道德经》是一部"伪善的经典"。《漆园吏游梁》则根据《史记·老子伯夷列传》所载"庄周辞聘"一节衍发而来。据记载，楚威王遣使欲以厚币聘庄周为相，为庄周所拒："我宁游戏污渎之中自快，无为有国者所羁，终身不仕，以快吾志焉。"①《漆园吏游梁》重点写庄子"辞官不仕"，靠打草鞋为生，在三餐难继极度饥饿的情况下不得已向河堤监督贷粟，遭拒后竟"饿的（得）连动也不能动弹"，庄子在困顿交加、孤独寂寞之际终于悟出"独与天地精神往来"的不合时宜，而后跑到梁国向引为知己的惠施诉说困境，未曾想惠施却以小人之心度君子之腹，猜忌庄子前来夺其相位大加提防。《漆园吏游梁》中庄子先遭受贫困之苦，又尝尽世态炎凉，"庄子困境"既反映出其清静无为思想在名利争斗中四处碰壁的尴尬境遇，同时反映出郭沫若当年亡日期间在日本右翼氛围中进退失据的两难处境。

《孔夫子吃饭》《孟夫子出妻》两篇小说分别从"食"和"色"角度审视生理需求对孔子、孟子本性的影响。《孔夫子吃饭》最初发表于1935年7月15日东京《杂文》杂志第2期，这篇小说出自《吕氏春秋·审分览·君守》（注：郭沫若误记为《任数》篇），据载：

> 孔子穷乎陈蔡之间，黎羹不斟，七日不尝粒。昼寝，颜回索米，得而爨之。几熟，孔子望见颜回，攫其甑中而食之。选间，食熟，谒孔子而进食。孔子佯为不见之。孔子起曰："今者梦见先君，食洁而后馈。"颜回对曰："不可，向者煤炱入甑中，弃食不祥。回攫而饭之。"孔子叹曰："所信者目也，而目犹不可信。所恃者心也，而

---

① 〔西汉〕司马迁：《史记·老子伯夷列传》，载《史记》第三卷，上海，上海古籍出版社，2011，第1654页。

心犹不足恃。弟子记之，知人固不易矣。"①

　　《孔夫子吃饭》从人的基本生理需求——"食"出发，继续20世纪20年代《柱下史入关》《漆园吏游梁》等诸子题材富于人性内涵的主题探讨。这篇小说为孔子添加了三处心理活动：颜回索米归来，孔子承认颜回之贤在己之上，但内心不由自主生出嫉妒之意；孔子看到颜回"偷"食米饭，不尊师敬长，顿觉权威受到冒犯；孔子明白误会颜回后，公然借此事教育弟子知人不易，以掩盖自己的小人之心。郭沫若正是透过孔子一餐饭前的三处心理活动集中揭示这位"至圣先贤"的"一般人性"。《孟夫子出妻》最初发表于1935年9月20日东京《杂文》杂志第三期，出自《荀子·解蔽篇第二十一》，据"孟子恶败而出妻，可谓能自强矣"②一条及其注释"孟子恶其败德而出其妻，可谓能自强于修身也"而写成。这篇小说发表时曾附"作者白"："孟子是一位禁欲主义者是值得注意的一件事情：因为这件事情一向为后世的儒者所淹没了。而被孟子所出了的'妻'觉得是尤可同情的。"郭沫若同情孟子所出之妻，于是站在其妻立场上续写孟子"出妻之后"的生活情形，这篇小说以"色"作为切入点，将孟子置入性需求不能得到满足的生理困境中，揭示孔孟学说与现实困境的悖论，尤其是其禁欲思想的虚伪性。

　　总之，郭沫若的"诸子"系列历史小说从现代人性视角，透视老庄、孔孟作为"人"与"圣人"的双重身份，揭示至圣先贤的一般人性中的欲望、庸俗、虚荣与崇高人性中的禁欲、贤德、高尚共存的二律悖反文化现象。应该注意的是，郭沫若在二十世纪二三十年代结合自身实际境遇反思诸子学说，对孔、孟、老、庄的生活态度以及一些思想学说进行批驳，但他批驳的并非泛诸子思想，而是特指诸子思想中与自身实际处境无法适应的部分，因此批驳绝非贬抑，郭沫若对孔、孟、老、庄的思想基本持肯定态度。郭沫若选择历史人物"主要是凭自己的好恶，更简单地说，主要是凭自己的好。因为出于恶，而加以研究的人物，在我的工作里面究竟比较少。我的好恶标准是什么呢？一句话归宗：人民本位"③。1947年前郭沫若曾在大小十四篇文章中阐述"人民本位"的思

　　① 〔秦〕吕不韦：《吕氏春秋·审分览·任数》，载《百子全书》第五卷，杭州，浙江人民出版社，1984年据扫叶山房1919年石印本影印。

　　② 〔战国〕荀子：《荀子·解蔽篇第二十一》，载《四部丛刊初编子部》，上海，商务印书馆，缩印古逸丛书本，第158页。

　　③ 郭沫若：《历史人物·序》，载《郭沫若论创作》，上海：上海文艺出版社，1983，第180页。

想，他认为"从大体上来说，孔、孟之徒是以人民为本位的，墨子之徒是以帝王为本位的，老、庄是以个人为本位的"①。儒与道又有贯通之处："我国的儒家思想是以个性为中心，而发展自我之全圆于国于世界，所谓'修身、齐家、治国、平天下'，这不待言是动的，是进取的。"②

1917～1949年间中国现代作家所作"诸子"系列历史小说还有鲁迅的《出关》《起死》和《非攻》，对道儒墨三家文化进行剖析，而冯至的《仲尼之将丧》《伯牛有疾》、王独清的《子畏于匡》、曹聚仁的《孔老夫子》、周木斋的《墨翟出走了》、萧蔓若的《吃不消又一章》等则无情嘲弄孔孟之道中的虚伪、迂腐思想，狠狠鞭挞隐匿在道貌岸然外表下的肮脏人性。鲁迅、郭沫若都擅长通过历史小说反思以儒家、道家文化为主的中国传统文化，但鲁迅反思的重点是传统文化的糟粕或"吃人"之处以及浸染过多文化糟粕所形成的复杂民族性格，而郭沫若的反思则更加激进、广泛，他常以嘲讽式、颠覆式、翻案式书写对待古人古事，这在其历史剧中亦有体现，如"翻案剧"《蔡文姬》《武则天》尤为典型。

综上所述，郭沫若"诸子"系列历史小说显性存在一种悖论式文化性格：一方面极其重视儒道文化，另一方面又充斥着对儒道文化的反叛，直接反映着巴蜀文化与中国传统文化之间的矛盾关系。

（二）"文人"系列历史小说

郭沫若的"文人"系列历史小说在"诸子"系列历史小说剖析诸子现实困境的基础上，加强了对文人"生存危机"的思考。

《司马迁发愤》最初发表于1936年6月5日上海《文学界》杂志创刊号。司马迁在《报任少卿书》与《史记·太史公自序》中记载了自己遭受宫刑后含愤忍辱、著书立说的事迹，郭沫若根据司马迁自述构筑情节，重点描写司马迁遭受宫刑后被尊重的需求无法实现，从而产生强烈的羞愤情绪，以及将这种情绪转化成著书立说远大志向的心路历程，同时通过对比司马迁、任少卿两位历史人物，赞颂司马迁刚正不阿的高尚品格与在极端困境中实现自我价值的坚忍精神。

《贾长沙痛哭》最初发表于1936年7月10日东京《东流》杂志第3卷第1期。据《史记·屈原贾生列传》载：贾谊贤而见妒，被贬为长沙王太傅，"居数年，怀王骑，堕马而死，无后。贾生自伤为傅无状，哭泣余

---

① 郭沫若：《青铜时代·后记》，载《郭沫若全集·历史编》第一卷，北京，人民文学出版社，1982，第615页。

① 郭沫若：《青铜时代·后记》，载《郭沫若全集·历史编》第一卷，北京，人民文学出版社，1982，第615页。

② 郭沫若：《论中德文化书》，载《郭沫若全集·文学编》第十五卷，北京，人民文学出版社，1982，第149-150页。

岁，亦死"①。该传完整记载贾谊被贬后仍直谏不辍，然忠而见疑被汉文帝弃置不用，最终抑郁而死的故事，郭沫若则重点突出贾谊被贬后至死不渝的爱国精神，并从"痛哭"情节反映其报国无门、自我价值无法实现时的压抑情绪。

可见，郭沫若的"文人"系列历史小说中加强了对古代文人生活状态的关注，实际反映出民国中期中国知识分子的现实与精神处境。

（三）"帝王将相"系列历史小说

人有生老病死，无论贫富贵贱。郭沫若"帝王将相"系列历史小说重点通过帝王将相的疾病、死亡解构其"神圣"光环，揭示其一般人性。20世纪20年代冯至的《孔子之将丧》首开中国历史小说"死亡"命题的文学探讨，30年代郭沫若则以帝王将相等所谓"英雄""枭雄"或"人杰"作为试验对象，考察"死亡"对其精神和心理造成的影响，从而深化这一命题。"我在十七岁的时候，那时还在嘉定中学读书，在中秋前后患过一次极严重的热症。后来回想起来，很明显的是重症伤寒。病了一个多月，接着耳朵便受了波及，脊椎也受了波及。两耳因中耳加达尔（catarrh，黏膜炎或中耳炎）而重听，脊柱因腰椎加列司（caries，指结核性骨质损坏，或骨疡）而弯曲不灵。这两项缺陷苦了我很久，一直到现在都没有可能恢复。我的一生便受了这一次重症的极大的影响，我的学医竟终没有学成，就因为有了这生理上的限制"②。少年病痛促使郭沫若成年后到日本东京帝国大学系统学习现代医学知识，亦曾深入研究弗洛伊德精神分析学说，非常重视"疾病"对人类心理的影响。严重的疾病是死亡的预兆，相比那种不期而至的突然死亡，预兆明显的"前死亡"状态会使人的恐惧心理一直持续到死亡发生为止，不间断的死亡暗示必将在人的心理和精神上埋下黑暗阴影，甚至导致人性变态、人格扭曲。

《秦始皇将死》是郭沫若第一篇探究"疾病"与"心理"关系的小说，据《史记·秦始皇本纪》载："秦王为人，蜂准，长目，鸷鸟膺，豺声。"③郭沫若认为《史记》中提到的"鸷鸟膺"乃是现代医学上所讲的"鸡胸，是软骨症（rachitis）的特征"，他的《秦始皇将死》正是根据留

① 〔西汉〕司马迁：《史记·屈原贾生列传》，载《史记》第四卷，上海，上海古籍出版社，2011，第1914页。

② 郭沫若：《学生时代》，载《郭沫若全集·文学编》第十二卷，北京，人民文学出版社，1992，第16-17页。

③ 〔西汉〕司马迁：《史记·秦始皇本纪》，载《史记》第一卷，上海，上海古籍出版社，2011，第157页。

日时期所学医学知识，从秦始皇的身体痼疾入手分析疾病对其精神、心理和性格造成的影响："他幼时是一位软骨症的孩子，时常患有支气管炎，所以他长大了来别人说他胸部和鸷鸟一样，声音和豺狼一样。仅仅这样的一点残疾，倒还没有什么，但他还有一种残疾在他的脑膜里面，自壮年以来便时时有羊儿疯（羊角疯，即癫痫）的发作，近来是发作的（得）愈发厉害了"，"有了这些残疾，虽然做着元首也没可奈何，其结果是诱导出了两种反常的行为：一种是仇视别人的健康，养成了嗜杀的暴虐性；另一种是迷信神仙，甘心受方士们的欺骗"。《齐勇士比武》和《楚霸王自杀》对死亡命题的探讨则从被动死亡（如因病死亡、意外死亡、被害死亡、自然死亡）转到主动死亡（如慷慨赴死、各种自杀等）方面，加缪说："真正严肃的哲学问题只有一个：自杀。判断生活是否值得经历，这本身就是在回答哲学的根本问题。"①

　　总之，郭沫若的"帝王将相"系列历史小说在探讨帝王将相"病亡"和"自杀"过程中完成了对人性主题的深入开掘，他以带有现代色彩的生死观念分析历史人物，本质上并未背离历史精神。

二　郭沫若历史小说的创作模式

　　"自叙"＋"考据"，乃郭沫若历史小说常用的创作模式。"自叙"手法本是创造社作家惯用的创作方法，最早由郁达夫正式从东瀛引进，他在创作中结合自身实际情况形成独特的小说创作模式——"自叙传"模式，因此中国现代文坛上最擅长使用"自叙"手法的作家自然首推郁达夫，而第二位则当属郭沫若，他们的现实、历史小说都将"自叙"手法贯穿始终，并且郭沫若作为历史学家，他又将历史著述方法——"考据"法——沿用到了历史小说创作当中。

　　（一）"自叙"方式的运用

　　在郭沫若的历史小说中，"诸子""文人"两大系列历史小说的"自叙"方式表现非常明显。诸子和文人，二者既有区别又有联系。历史小说创作始于创作主体对历史文本的阅读，这是前提条件。文学中的历史叙述需要丰厚的历史知识积淀，其创作主体一般是具有较深文化素养的人文知识分子。诸子百家作为中国文化的精华，成为知识分子知识积累与文化思考的重要源泉，而诸子中的儒、道两家对中国人文知识分子的影响尤其深远，它们一正一辅共同构成中国传统文化的主脉，成为知识

<hr>

① 〔法〕加缪：《西西弗的神话》，杜小真译，北京，生活·读书·新知三联书店，1987，第3页。

分子尤其是人文知识分子的两大精神源头，中国传统文人大都深受儒家、道家思想的影响，同时面临入世与出世两种人生选择，因而从一定程度上来说人文知识分子乃是诸子衣钵的继承者，而文人文化可谓诸子文化的衍生品。中国现代作家选择诸子、文人进行历史小说创作，其中融合了对诸子学说的文化思考与对文人处境的历史思考，对诸子形象的刻画与对文人形象的描摹相互交织，既将诸子与文人之间千丝万缕的文化纠葛表现得淋漓尽致，又以曲笔方式将现代知识分子自身的现实境遇和心理状态委婉地表达出来。

《柱下史入关》《漆园吏游梁》皆写于1923年，其中较多摄入郭沫若的个人影像，隐约可见他当时的生存困境。1923年郭沫若刚从日本归国，他与郁达夫一起租住在上海一间破旧的筒子楼里撰文卖文，共同为实现职业文学家的梦想而努力。当时新文学并不受国人赏识，二人一度连温饱都无法解决，因此郭沫若作《漆园吏游园》时便将当时的生活窘境、复杂情绪与压抑心理渗入其中。郁达夫曾在《历史小说论》中提及："当时我和他（注：指郭沫若）穷极无聊，寄住在上海滩上，度比乞儿还不如的生活。忽然有一个人，因为疑沫若去夺他的编辑饭碗，就唆使了许多人出来，在他的机关月报和一个官僚新闻上，大放攻击之辞，沫若把这时的感情，不好全部发泄出来，所以只好到历史上去找了一个庄子和惠施来代他说话。"[1]郭沫若在《豕蹄》序文中说："本书所收的东西都是取材于史事，而形式有点象（像）法国的'空托（conte）'，我起初便想命名为'史题空托'。"[2]可见他当时受法国"空托"创作方式影响，现代意识与社会意识强烈，擅长从人生现实困境出发，以自我现实处境作为反思重点，揭示人类的理想主义与现实存在之间的悖论，因而这一时期郭沫若的历史小说、历史剧中或多或少都有"自叙"方式的介入，无论是历史小说中的老庄还是历史剧中的卓文君、蔡文姬都是郭沫若的自我化身，他在历史人物身上投射自己的影子，通过历史人物"愤怒地诉说"[3]，以古人古事为自己代言，表达自己的内在想法，痛快淋漓地宣泄自己对现实处境的不满，构建出史诗与激情相结合的现代历史小说叙述模式。"自叙"内容大量介入小说创作，导致郭沫若历史小说中选择批

---

① 郁达夫:《历史小说论》,《创造月刊》1926年4月16日第1卷2期。

② 郭沫若:《从典型说起——〈豕蹄〉的序文》,载《郭沫若论创作》,上海,上海文艺出版社,1983,第542页。

③ 成仿吾:《学者的态度——胡适之先生的〈骂人〉的批评》,《创造季刊》1922年11月第1卷3期。

驳、攻伐的老庄言论主要是针对当时与其生活困境相抵牾的部分，这种针对性使郭沫若对老庄思想文化的思考过多受制于自身现实状况，从而脱离了老庄思想学说的本体，不可避免地存在一定片面性。

　　郭沫若20、30年代历史小说的写作背景不尽相同。20年代作《柱下史入关》《漆园吏游梁》时郭沫若正在遭遇经济困境，同时受人挤对留下心理阴影，1935～1936年间郭沫若写其他历史小说时不仅陷入经济困境还遭遇言论困境、人身威胁。1927年蒋介石叛变革命，郭沫若发表《请看今日之蒋介石》一文后遭到通缉流亡日本，避居千叶县市川市，直到1937年与蒋介石和解回国，他一直生活在日本警方监视之下，失去工作、言论、出版等自由，又面临难以养家糊口的经济窘境，各种困顿交叠让他一度对自身价值与生命存在产生深刻怀疑。最严重的是1931年"九一八"事变后中日矛盾加剧，1935～1936年，日本反华言论甚嚣尘上，全面侵华野心路人皆知，作为中国文化名人的郭沫若时常遭受日本右翼激进分子的敌视、骚扰与威胁，生存空间变得非常狭窄，他整日胆战心惊、恐惧不安、内心忧郁乃至身染疾恙，在高压之下时常联想到生死、自杀等问题，其间郭沫若连续写下《孔夫子吃饭》《孟夫子出妻》《秦始皇将死》《齐勇士比武》和《楚霸王自杀》，自然而然将自身生活状况与精神状态隐喻其中，自叙色彩异常鲜明。《司马迁发愤》的写作背景相对独特，一次偶然机会，郭沫若在东洋文库中发现大量甲骨文、金文拓片以及王国维的《殷墟书契考释》，这些发现让他静下心来，开始潜心研究甲骨文、金文、铭文并著成《甲骨文研究》一书，甲骨文等古文字研究不仅帮他转移了不良情绪，在日本右翼势力猖獗的危险环境中坚持下来，同时为其古代历史研究奠定了学术根基。这一时期郭沫若还运用历史唯物主义方法研究中国古代社会，完成《卜辞中之古代社会》《中国古代社会研究》等历史著作，为史学研究开辟了新方向。古有司马迁发愤，始有《史记》，后有郭沫若发愤，终成《中国古代社会研究》，可见《司马迁发愤》是郭沫若对自己流亡日本生涯中著书立说经历的一个完美总结。郭沫若写《贾长沙痛哭》时中日矛盾升级，战争一触即发，他身处日本，进退不得，因此借贾谊自况，用"痛哭"表达归国无望、报国无门的凄凉心境，"他（按，指贾谊）的悲剧最和我们现今的情形相近"[1]，这不仅指贾谊作为文人志士报国无门的悲剧命运与郭沫若当时经历非常相似，还指贾谊所处时代背景与20世纪30年代中国社会的现实环

---

　　① 郭沫若：《从典型说起——〈豕蹄〉的序言》，载《郭沫若论创作》，上海，上海文艺出版社，1983，第540页。

境极其相似，都面临外侮内患，民不聊生。"我自己恨我没有相当的物质的余裕，就是没有从事创作的闲静时间，我假如有充分的时间，单是'贾长沙'那个典型，我觉得是可以写成所谓'雄篇大作'的。他的悲剧是和我们现今的情形相近。但在目前我只能以这些'速写'而满足了"①。

总之，郭沫若历史小说中"自叙"方式的运用非常普遍，但在不同历史小说中又存在明显差异。郭沫若的"诸子""文人"系列历史小说较为全面地反映出他在二十世纪二三十年代的现实处境，而"帝王将相"系列历史小说尤其是《秦始皇将死》《楚霸王自杀》则主要体现出他当时的心理状态与精神状况。

(二)"考据"方式的运用

郭沫若历史小说大量使用自叙方式但又表现出明显的节制，这与其历史观以及注重"考据"的癖好不无关系。郭沫若文史兼修，拥有历史学家、文学家双重身份，其历史研究注重考据，历史小说创作亦如此，这一点与郑振铎、曹聚仁、苏雪林等历史小说家颇有相似之处。郭沫若曾经说过"我是有点历史癖的人，但关于历史的研究，秦以前的一段我比较用过一些苦功"②，在史学研究中"处理过孔丘、孟轲、老聃、庄周、秦始皇、楚霸王、贾谊、司马迁"③等历史人物，"在事实上有好些研究是作为创作的准备而出发的"④。郭沫若在《从典型说起——〈豕蹄〉的序文》中重申："我自己本来是有点历史癖和考证癖的人，在这个集子之前我也做过一些以史事为题材的东西，……我是利用我的一点科学知识对于历史的故事作了新的解释或翻案。我应该说是写实主义者。我所描画的一些古人的面貌，在事前也尽了相当的检查和推理的能事以力求其真容。"⑤郭沫若的历史文学大多附有考证附白或作者附记，如1920年所作诗剧兼历史剧《棠棣之花》"附白"对聂政姐弟年龄以及聂嫈是否"妾已嫁夫"的考证，《女神之再生》"附白"对所取材史料的"历史诠索"，再如对《孤竹君之二》《屈原》，尤其是《孔雀胆》的考证等。郭沫若作《漆园吏游梁》《孔夫子吃饭》《孟夫子出妻》《秦始皇将死》和《楚霸王自杀》等历史小说之前同样详查各种史料寻找历史依据，

---

① 郭沫若：《从典型说起——〈豕蹄〉的序言》，载《郭沫若论创作》，上海，上海文艺出版社，1983，第543页。

② 郭沫若：《历史人物·序》，载《郭沫若论创作》，上海，上海文艺出版社，1983，第180页。

③ 同上。

④ 同上。

⑤ 郭沫若：《从典型说起——〈豕蹄〉的序文》，载《郭沫若论创作》，上海，上海文艺出版社，1983，第541-542页。

缜密考证相关条款，并且一直保有开篇注释所据之史的写作习惯，力求无懈可击。如 1935 年 7 月 15 日东京《杂文》杂志第 2 期发表的《孔夫子吃饭》即附有作者原注："此故事出处，见《吕氏春秋·审分览·任数》篇。"1935 年 9 月 20 日东京《杂文》杂志第三期发表的《孟夫子出妻》，篇首同样附有"作者白"：

> 这篇东西是从《荀子·解蔽篇》的"孟子恶败而出妻"的一句话敷衍出来的。败是败坏身体的败，不是妻有败德之意，读《荀子》原文自可明瞭（了）。孟子是一位禁欲主义者是值得注意的一件事情：因为这件事情一向为后世的儒者所淹没了。而被孟子所出了的"妻"觉得是尤可同情的。这样无名无姓的（地）做了牺牲的一个女性，我觉得不亚于孟子的母亲，且不亚于孟子自己。

郭沫若与郑振铎、曹聚仁、苏雪林等历史小说家都注重"历史"考证，但郭沫若的历史小说组织方式与后三位大异其趣。相对于后三位历史考据与创作原则的"严谨拘泥"，郭沫若历史小说的创作原则与创作方式则异常"巧妙灵动"，郑振铎们讲究"信而有征""旁征博引"，注重逻辑推理，郭沫若则擅于从"史之佚文"入手，注重对史书阙失、亡佚或未载之处"求真填空"。"我是研究历史的人，我也喜欢用历史的题材来写剧本或者小说。……历史研究是'实事求是'，史剧创作是'失事求似'"[①]，"失事"指史书遗失未载之事或史书亡佚之事，"史有佚文，史学家只能找，找不到也就只好存疑"。史有佚文，而文学家"却须要造，造不好那就等于多事"。在郭沫若看来，史书阙失、亡佚或未载之处主要体现在历史人物的语言，行为，"性格，心理，习惯，时代的风俗，制度，精神"等方面，尤其是"古人的心理，史书多缺而不传"，因此在史家搁笔之处发挥想象，自圆其说，在古人心理活动、精神状态等不能绝对客观记录的地方大下功夫，既能避开与历史考据家的口舌之争，又能创作出别出心裁的历史文学作品。除此之外，文学家在处理以上问题时应尽量契合历史文化语境，对历史场景、器皿用具、人物服饰的描述一定要合乎历史现场，务必"求似"，尤其在历史的"大关节目上"，绝不因今乱古，"不能完全违背历史的事实"，"总要尽可能的（地）收集材料，务求其无瑕（懈）可击"，"非有绝对的研究，不能把既成的史案推

---

① 郭沫若：《历史·史剧·现实》，载《郭沫若全集·文学编》第十九卷，北京，人民文学出版社，1992，第 296 页。

翻"①，并且语言的时代性一定要有辨识度，不能胡乱混淆，"现代的新名词和语汇，则绝对不能使用"。可见，郭沫若的"考据"手法与"失事求似"原则非常注重历史事件的文献考证，强调故事情节与历史语境的契合，文献考证与历史语境又反过来制约其自叙方式的介入程度，这使他的历史叙述不至于过度自我化、虚构化，从而在历史真实、精神真实与文学虚构之间达成相对完美的动态平衡。

综上所述，郭沫若历史小说文体形态具有多样化的特征，其"自叙"+"考据"的独特创作模式不仅受到"自叙传"创作方法与历史研究方法的影响，还抽象地诠释着四川盆地特殊地理环境所形成的内敛保守与拒斥反叛兼有的双重文化性格。

第三节　巴蜀"政经"生态与近代小历史：
李劼人的"大河小说"

研究中国现代巴蜀文学，李劼人"大河小说"是不可忽视的文学存在。1935年7月李劼人用二十多天写成长篇小说《死水微澜》②，1935年8月至1936年初又写成长篇小说《暴风雨前》③，1936年1月至7月再写成长篇小说《大波》上、中、下三部④。李劼人"大河小说"执着地表现巴蜀社会生活，疏离当时以左翼文学为主的主流文坛，因此在20世纪80年代之前饱受左翼批评界之冷落。1980年《李劼人选集》出版，郭沫若为之作序《中国左拉之待望》，1983年3月11日至15日四川省社科院文学研究所等单位在成都组织召开首次"李劼人创作学术讨论会"，自此学术界对李劼人"大河小说"的研究日益增多。根据研究内容和具体方法，以2015年为界可将李劼人"大河小说"研究分为"1980～2009年""2010年至今"两个阶段。

① 郭沫若：《历史·史剧·现实》，载《郭沫若论创作》，上海，上海文艺出版社，1983，第502页。

② 李劼人：《死水微澜》，1936年7月上海中华书局初版，1955年略作修改，1956年作家出版社出版新版。

③ 李劼人：《暴风雨前》，1936年12月上海中华书局初版，1955年修改，1956年作家出版社出版新版。

④ 李劼人：《大波》，1937年1月至7月初版，1957年重写第一部，1958年作家出版社出版新版；1959年重写第二部，1960年作家出版社出版新版；1960年10月改写第三部，1961年12月完成。

一 区域研究外的李劼人"大河小说"

截至目前，在区域研究之外，李劼人"大河小说"的研究重点主要集中在它与中国文学、外国文学的关系以及女性视角、欲望书写、日常书写、历史意识等方面。

（一）李劼人"大河小说"与中国文学的关系

这一研究主要针对两大关系：首先，李劼人"大河小说"与中国古典文学尤其是历史小说的关系，该研究起步较早，始于20世纪80年代。如杨继兴的《长篇历史小说传统形式的突破——论李劼人历史小说的独创性及其在文学史上的地位》[1]、杨联花的《从曾朴到李劼人：中国长篇历史小说现代模式的形成》[2]，认为李劼人的《死水微澜》《暴风雨前》和《大波》是五四之后最早出现的新长篇历史小说，它们突破了传统历史小说中以《三国演义》为主的历史演义和以《水浒传》为主的英雄传奇两大长篇小说创作模式，在融合西方小说手法基础上形成了新的现代模式；谢武军的《李劼人的创作在我国长篇历史小说中的地位》[3]、李杰的《论李劼人长篇历史小说的内在矛盾》则从小说史、文学史和内在建构角度评价李劼人"大河小说"与中国文学的关系。其次，李劼人"大河小说"与中国现代文学的关系，如2020年四川学者李怡连续发表《"地方路径"如何通达"现代中国"》[4]和《成都与中国现代文学发生的地方路径问题》[5]两篇文章，从发生学视角对中国现代文学是由北京、上海等中心城市发生，然后逐步传播、扩散到其他区域和偏远地方的长期"共识"质疑，他认为在中国现代文学发生过程中不仅存在由大城市"自上而下"通向中国地方的中心路径，还存在由地方"自下而上"通达"现代中国"的地方路径，"所谓的文学的中国道路，其实就是不同层面、不同空间、不同族群、不同地方的'路径'"，"中国现代小说的发展和新文学的发展一样，原本就是'多重路径'"[6]。"地方路径"譬如"成

---

① 杨继兴：《长篇历史小说传统形式的突破——论李劼人历史小说的独创性及其在文学史上的地位》，《四川师范大学学报(社会科学版)》1987年第3期。

② 杨联花：《从曾朴到李劼人：中国长篇历史小说现代模式的形成》，《四川师范大学学报(社会科学版)》2003年第6期。

③ 谢武军：《李劼人的创作在我国长篇历史小说中的地位》，《四川师范大学学报(社会科学版)》1983年第2期。

④ 李怡：《"地方路径"如何通达"现代中国"》，《当代文坛》2020年第1期。

⑤ 李怡：《成都与中国现代文学发生的地方路径问题》，《文学评论》2020年第4期。

⑥ 李怡：《"首创之争"与新文学生成的"多重路径"》，《小说评论》2021年第1期。

都路径"与"上海路径""北平路径"一起，绘制出中国文学走向现代的蓝图。当然李劼人"大河小说"作为成都路径的一个典型案例，成为论证中国现代文学发生的地方路径的重要依据。

（二）李劼人"大河小说"与外国文学的关系

这一研究主要集中在李劼人"大河小说"与法国文学的关系上。1919年8月至1924年8月李劼人赴法勤工俭学，1921～1949年他曾翻译外国文学20余种，兼及长篇小说、短篇小说和剧本，如莫泊桑的《人心》、都德的《小东西》、福楼拜的《马丹波娃利》（《包法利夫人》）和《萨朗波》，罗曼·罗兰的《彼得与露西》、左拉的《梦》（合译）等，因此一些论者从影响研究视角探讨左拉、福楼拜、瓦尔特、司各特、巴尔扎克、托尔斯泰等外国作家的文学作品对李劼人"大河小说"的影响，譬如郭沫若的《中国左拉之待望》①、钱林森《"东方的福楼拜"与"中国的左拉"——李劼人与法国现实主义文学》②、李嘉懿的《从〈包法利夫人〉看李劼人的文学接受观》③等。

（三）李劼人"大河小说"的女性视角、欲望叙事与日常书写

如李士文的《李劼人的生平与创作》④、张金明的《以历史为背景言说日常生活中的世俗人生——论李劼人"三部曲"的日常生活叙事》⑤、王姝雯的《一种日常生活史的视野——李劼人大河小说历史意识研究》⑥从历史和日常生活视角进行研究，蓝棣之的《从女人的品行，写历史的转捩——长篇小说〈死水微澜〉的深度模式》⑦、向菊的《李劼人〈大波〉三部曲中的主要女性形象》⑧、胡玉伟《李劼人：重建女性神

---

① 郭沫若:《中国左拉之待望》,载《李劼人选集》第一卷,成都,四川人民出版社,1980。

② 钱林森:《"东方的福楼拜"与"中国的左拉"——李劼人与法国现实主义文学》,《南京师范大学文学院学报》2011年6月第2期。

③ 李嘉懿:《从〈包法利夫人〉看李劼人的文学接受观》,《贵州大学学报(社会科学版)》2013年第3期。

④ 李士文:《李劼人的生平与创作》,成都,四川省社会科学院出版社,1986。

⑤ 张金明:《以历史为背景言说日常生活中的世俗人生——论李劼人"三部曲"的日常生活叙事》,硕士学位论文,北京语言大学,2007。

⑥ 王姝雯:《一种日常生活史的视野——李劼人大河小说历史意识研究》,硕士学位论文,西北交通大学,2009。

⑦ 蓝棣之:《从女人的品行,写历史的转捩——长篇小说〈死水微澜〉的深度模式》,《文艺研究》1993年第01期。

⑧ 向菊:《李劼人〈大波〉三部曲中的主要女性形象》,硕士学位论文,西南师范大学,2001。

话——"大河小说情爱叙事"的文本阐释》^①则从女性视角进行研究。

二 区域研究中的李劼人"大河小说"

（一）从"乡土文学"定位到"巴蜀文化"视野

区域研究重点强调李劼人"大河小说"与巴蜀文化的关系，这一研究是20世纪80年代末从"乡土文学"研究开始的。如1989年李士文发表的《李劼人小说的乡土文学特色》^②一文，较早从"乡土文学"视角研究李劼人"大河小说"；20世纪90年代初一些研究者开始将李劼人"大河小说"纳入巴蜀文化研究视野，如1992年成都市文联编辑出版《李劼人小说的史诗追求》^③一书，其中收录周华的《论巴蜀文化与李劼人小说》和刘宁的《李劼人笔下的成都茶馆》两篇文章，正式探讨李劼人大河小说与巴蜀文化的关系；随后邓经武的《论李劼人创作的巴蜀文化因子》^④，严晓琴的《李劼人与菱窠》^⑤，秦弓的《李劼人历史小说与川味叙事的独创性》^⑥，曾绍义、邓伟的《李劼人历史小说与巴蜀文化新说》^⑦进一步针对其中所涉巴蜀历史、人文风俗、方言俗语、饮食器具以及四川独特的"摆龙门阵"民间叙事模式和"地皮风"等民间舆论传播方式展开研究；索晓海的《浅析蔡大嫂的"川辣子"气质》^⑧、田松林的《"近代华阳国志"里的"新女性"——地域文化和地方历史视野下李劼人"大河小说"中的女性形象》^⑨、韩晶的《新文学的现实主义"川味"群雕——论李劼人"大河小说"的人物塑造》^⑩和李晓丽的《巴蜀文

---

① 胡玉伟：《李劼人：重建女性神话——"大河小说情爱叙事"的文本阐释》，《辽宁师范大学学报(社会科学版)》2002年第5期。

② 李士文：《李劼人小说的乡土文学特色》，载《李劼人作品的思想与艺术》，北京，中国文联出版公司，1989。

③ 成都市文联：《李劼人小说的史诗追求》，成都，成都出版社，1992。

④ 邓经武：《论李劼人创作的巴蜀文化因子》，《四川师范学院学报(社会科学版)》1994年第10期。

⑤ 严晓琴：《李劼人与菱窠》，成都，四川文艺出版社，1999。

⑥ 秦弓：《李劼人历史小说与川味叙事的独创性》，《西南师范大学学报(社会科学版)》2002年第1期。

⑦ 曾绍义、邓伟：《李劼人历史小说与巴蜀文化新说》，《海南师范学院学报(社会科学版)》2004年第5期。

⑧ 索晓海：《浅析蔡大嫂的"川辣子"气质》，《江汉大学学报》2000年第2期。

⑨ 田松林：《"近代华阳国志"里的"新女性"——地域文化和地方历史视野下李劼人"大河小说"中的女性形象》，《海南师范大学学报(社会科学版)》2019年第2期。

⑩ 韩晶：《新文学的现实主义"川味"群雕——论李劼人"大河小说"的人物塑造》，硕士学位论文，内蒙古师范大学，2004。

化视野中的李劼人小说创作》①等论文则重点分析李劼人"大河小说"中以蔡大嫂、黄太太等"川辣子",罗歪嘴、顾天成等"川蛮子"为代表的"川味"人物群像。

1949年之前,李劼人曾随父在江西生活五年,留法五年,其余时间皆在成都生活。"我是成都土著,游踪不广,见闻有限,故每每举例,总不能出其乡里,至多也在四川省的大范围内,这得预先声明的"。李劼人根深蒂固的巴蜀情结养成了他蜀人爱蜀、由乡及国的乡土情怀,以成都为中心,辐射全川的巴蜀区域以及巴蜀文化则构成其整个文学空间和文学内容。李劼人不仅是作家、教授,还是实业家、美食家、报刊编辑和民俗家,1925年他曾在乐山筹4万元创建嘉乐纸厂,该厂后因复杂原因面临倒闭,1930年他迫于生计又转到成都市指挥街118号经营一家川菜馆,吴虞为其取名曰"小雅轩",1943年9月他还曾创办民俗刊物《风土什志》,主要介绍四川的衣食住行、风土人情,该刊共出三卷14期,1949年11月停刊,因此李劼人大河小说的"川味儿"主要体现在它对四川地区的饮食文化、风土人情和巴蜀方言的书写上。譬如《死水微澜》中写成都会场上的各式四川美食:麻婆豆腐、抄手、马蹄糕、牛肺片、猪肉片生焖豆腐等,美食刺激着读者的感官,字里行间都流露出川人有滋有味的生活风情。"它的肉,比任何地方的猪肉都要来得嫩些,香些,脆些,假如你将它白煮到刚好,片成薄片,少蘸一点白酱油,放入口中细嚼,你就察得出它带有一种胡桃仁的滋味,因此,你才懂得成都的白片肉何以是独步"②。李劼人"大河小说"对婚俗仪式亦描写得淋漓尽致,《死水微澜》中蔡傻子和邓幺姑受父母之命、媒妁之言结为夫妻,后邓幺姑改嫁顾天成,定要三礼六聘,将仪式办得体面又热闹。《暴风雨前》中浓墨重彩描写郝又三和叶文婉的婚礼,从定下婚约开始,男方邀媒、算八字、送聘礼,腾出新房用来迎娶新娘,而女方置办嫁妆、新木器运到男方家,木匠安置新床时须说一段四言八句的喜庆话表示祝福,男方回谢一个大喜封。婚礼当天,女方下花轿进入男方家前,要先等厨子杀一只公鸡,将热血撒在花轿周围,寓意退散(驱散)恶煞,这种习俗称作"回马车"。迎女方进门后,需要完成拜天地、拜父母、拜祖宗、夫妻对拜、吃交杯茶、入洞房等一整套程序,整个过程有条不紊,气氛融洽,热闹非凡。李劼人作为川籍作家,其"大河小说"还运用大量四川方言,如"伸抖"形容人"长得标致出众","苏气"形容人"大方、

① 李晓丽:《巴蜀文化视野中的李劼人小说创作》,硕士学位论文,郑州大学,2008。
② 李劼人:《死水微澜》,成都,四川人民出版社,2017,第64页。

漂亮","对识"指"介绍","乘住"指"负责任","乘火"指"有担当"等。《通典》载：巴蜀之人少愁苦，而轻易荡佚。巴蜀地区物产富饶，百姓生活轻松、怡然自得，这使他们性格中多了一份诙谐、幽默、风趣的味道，给平淡的生活增添不少趣味。此外，为了还原更质朴、真实、大众化的语言环境，李劼人还十分注重方言俗语和语言风格与事件场景、人物形象和人物身份的契合。譬如描写罗歪嘴这一人物时，李劼人在四川方言之外选用袍哥群体的一些行话："搭手"表示"帮忙"，"肥猪"表示"被绑架的人"，"开红山"表示"胡乱杀人"等，将江湖气息蕴含在方言文化中，真实地再现了豪放不羁的川蜀世界。总之，1980～2009年之间李劼人"大河小说"研究中基于文学史、风俗史、历史学、女性视角的研究成果数量最多，研究方法相对平面化，学界对其文体性质和文学史定位尚不够全面、准确。

（二）从空间研究向文学地理学的转变

2010年之后研究者从追寻李劼人"大河小说"的历史价值与文化意义，转向对其巴蜀区域空间的展示与归纳，文学地理学与文学思想的建构，成都区域文化与民族国家想象之间关系的探讨。如2013年王学东的《"文学地理学"视野下的李劼人文学思想》[①]一文从文学地理学视角研究李劼人的文学创作与文学思想，认为李劼人历史小说以"蜀语""蜀地""蜀物""蜀事""蜀人"，共同构筑出一个"蜀空间场景"，在对真实"蜀空间场景"的还原过程中，形成了他文学观念的"真实旨趣"。2016年吴雪丽的《"空间"视域下的晚清成都想象——以李劼人"大河"三部曲为考察对象》[②]则从空间角度重点研究李劼人"大河小说"中成都地理、文学文本、阶层权力、身份认同和晚清境遇、区域政治、民族国家想象之间所构成的复杂关系，从而使相关研究从平面化走向立体化。

李劼人"大河小说"以成都及其附近乡镇为中心，真实记录并绘制出一幅蜀地城镇景观图。《死水微澜》"在天回镇"一章开篇即描述了一条川北大道：位于成都与其府属的新都县之间，向北可直达四川广元，沿着大道走下去则进入陕西省，西北各省的货物运输途经这里，它是连接周边地区的交通要道，过去通向北京的驿道，就走这条路线。在成都与新都之间坐落着一个小镇，这便是天回镇，小镇上民宅林立、密密麻

---

①　王学东：《"文学地理学"视野下的李劼人文学思想》，《成都大学学报（社会科学版）》2013年第3期。

②　吴雪丽：《"空间"视域下的晚清成都想象——以李劼人"大河"三部曲为考察对象》，《社会科学研究》2016年第6期。

麻；路面由石板铺成，已被碾出很多车痕，足见交通频繁，路边有摆摊铺做生意的百姓；火神庙侧旁的云集栈气派非凡、空间开阔，毫不亚于官家府邸；这篇故事发生的主要场所之一——兴顺号，在火神庙之南，是一家历史悠久的店铺，在镇上有着很好的名声。李劼人还引用典故讲述天回镇的来历："志书上，说它得名由来，远在中唐。因为唐玄宗避免安禄山之乱，由长安来南京，——成都在唐时号称南京，以其在长安之南也。——刚到这里，便'天旋地转回龙驭'了。皇帝在昔自以为是天之子，天之子由此回銮，所以得了这个带点历史臭味的名字。"①在成都，青羊宫——这座历史悠久的道观，相传在唐代已是著名道观，后大部分毁于兵患，清朝康熙年间重建，至今仍留存于世。青羊宫"摸神羊"乃当地驱灾避邪的风俗，邻近的街道亦因此得名青羊场。李劼人随着青羊宫的空间延伸由外到内逐步展示其内部结构，庭院内的植物景观、雕刻的人物塑像、建造精致的亭台楼阁，立体感十足，引人入胜。此外李劼人"大河小说"中还出现了文殊院、灵官庙、江南馆、东大街、湖广馆、总府街、淡香斋、卓家大酱园、桂林轩、便宜坊、青羊宫、杜甫草堂、望江楼、皇城、满城、川西坝、天回镇北川大道、东大街、商铺、教堂、学校、茶馆、烟馆、赌场以及城镇的分布、城乡的交通、街道的布局、建筑物的内部结构都有详细描述。这些公共空间中承载着蜀地历史、蜀人生活、蜀地人文，李劼人充分调动各种历史、文化资源，真实再现成都空间风貌和蜀地民间百态。

三　巴蜀"政经"生态："大河小说"的核心内容

1917～1949年，在巴蜀历史小说家中，郭沫若（乐山）、巴金（成都）、李劼人（成都）是蜀地作家，而何其芳（万县）、刘盛亚（重庆）、萧蔓若（重庆）则是巴地作家。蜀地三大家中，郭沫若曾留学日本，巴金、李劼人留学法国，归国后郭沫若、巴金曾在上海工作，后郭沫若、何其芳去北京，巴金仍留上海。总体来看，郭沫若、何其芳、刘盛亚、萧蔓若、巴金的历史小说是非典型区域历史小说，只有李劼人"大河小说"向巴蜀取材，乃是典型区域历史小说。因区域特征鲜明，学界对李劼人"大河小说"的区域研究数量繁多，但这些研究基本是针对巴蜀地理、历史、人事、民俗、建筑、空间或日常生活等诸因素所做的单项研究，缺乏综合性系统性研究。

----

①　李劼人：《死水微澜》，成都，四川人民出版社，2017，第21页。

李劼人的"大河小说"作于1935年7月至1936年7月，时值日本全面侵华前夕，战争阴霾笼罩全中国。李劼人创作小说之前曾查阅大量巴蜀方志，如西汉扬雄的《蜀王本纪》，东汉来敏的《本蜀论》，蜀汉谯周的《蜀本纪》《益州纪》，西晋常璩的《华阳国志》，清代黄慎祥的《蜀事碎语》、彭遵泗的《蜀碧》和传崇矩的《成都通览》，民国时期辑录的《蜀辛》等，通过深入研究巴蜀区域政治、经济、历史，他发现成都历史上四次大衰退（三次属毁灭性衰败）皆缘于战乱，而《蜀碧》等各种史料所载惨象触目惊心。因此从内外因素来看，"政治"书写自然成为李劼人"大河小说"的核心内容，它们以甲午战争、义和团运动、辛亥革命等中国的宏大政治事件为背景，真实再现以成都为中心的巴蜀政治生态以及决定政治生态的经济问题，将巴蜀作为中国之缩影，思考中国的出路。

　　李劼人父亲曾在江西南昌、抚州等地做过县衙案牍，而舅父则任泸县县知事，李劼人成年后亦随舅父在泸县任县府第三科科长、知事秘书，虽然后来他拒绝做军阀幕僚，但作为民国"官二代"和成都士绅，仍时常游走于政商两界，因此非常熟悉基层的官场生态和百姓生活。辛亥革命前，蜀地政治阶层以传统势力"一绅二粮三袍哥"为主，即官绅阶级、粮农百姓和民间帮会组织——"袍哥"，而外国宗教势力的入侵及其控制下的"教民"群体则成为第四种政治势力。巴蜀官府、四川谘议局与粮户百姓的三方博弈，"袍哥"与"教民""两种恶势力"[①]之间的较量形成了两大政治权力争夺场域，社会阶层以洋人、官僚、帮会、商人、工农的顺序重新排列，中国传统中"士农工商"的四民制度被彻底颠覆。邓幺姑由父母包办嫁给兴顺号老板蔡兴顺，是谓蔡大嫂，她又与袍哥头目罗歪嘴姘居，后改嫁给"教民"顾天成，成为顾三奶奶，蔡大嫂的婚恋史折射出洋人、帮会、商人三种势力的地位变迁史。1911年6月在四川保路运动中巴蜀区域原有政治势力开始重新分化组合，蒲殿俊、罗纶等谘议局要人联合张澜、邓孝可等知识分子牵头成立保路同志会，组建以袍哥、学生和伐木工人为主的同志军，他们成为代表川人希望的一股新兴势力。随着保路运动的兴起，"无论在何处，无论会见何人，开口闭口老是铁路事情"[②]，蜀地民众在"摆龙门阵"时会谈论政治、保路、革命和变法，在民族国家想象中逐渐形成自觉的反洋教、反殖民意识。在中国历史上，因八百里秦川造就的地理封闭特点，巴蜀区域历次兴衰都与

---

　　①　李劼人:《李劼人选集·前记》，成都，四川人民出版社，1980，第5页。

　　②　李劼人:《大波》上部，载《李劼人选集》第二卷，成都，四川人民出版社，1980，第105页。

入川势力有关,因此川人对外来势力有着天然的警惕性和敏锐的分辨力。巴蜀之民首重道家文化,同时兼有大一统观念下的爱国精神,天下无事则安逸生活,国有大事则奋起有为,川人这种集内敛、外放于一体的"隐爆"式区域性格,在1937年之后的全面抗日战争中表现到了极致。纵观李劼人"大河"小说,可以看出其中存在着一条象征性政治书写线索:"死水微澜"暗示在山性闭塞、安于现状的巴蜀"慢节奏"日常生活表象下潜流涌动、波澜微起,"暴风雨前"预示着有识阶层的觉醒和反抗斗争的酝酿,"大波"则象征轰轰烈烈的保路运动如同波澜壮阔的浩浩"大波",最终成为辛亥革命的导火索。

经济基础决定上层建筑,四川保路运动被引爆的主因最初亦是各方复杂的经济利益。李劼人留法归蜀后曾倡导"实业救国",办报、办厂、开饭馆,深谙经济发展的重要性,其大河小说中频繁出现兴顺号杂货铺、云集栈饭馆、天回镇赶场等传统商业经营模式,而在青羊宫开设劝业会,"修路""搭棚""搬铺",兴建商业街、劝业场,成立劝业社、劝工局等则是带有"殖民"色彩的新兴商业经营模式,省府动员全省一百四十多个州县到劝业场互动贸易,初步显现出现代百货大楼或综合商业街的运作雏形。蜀道难,难于上青天,铁路是川人突破闭塞空间限制,实现内外沟通、经济发展的重要保障,因此对于川人而言,川汉、粤汉铁路不仅是政治问题,更是涉及要害的经济问题,如果清政府以收归"国有"名义向美、英、法、德四国银行出卖铁路修筑权,最终将失去"川汉铁路的路权和沿线两畔一百里以内的矿藏开垦权",因此"争路是全四川的事情","四川七千万同胞都懂得路存省存、路亡省亡的道理"[1],必须争取路权自主,真正造福巴蜀之民。

总体而言,李劼人"大河"小说聚焦政治经济生态是以为巴蜀民众寻找出路为圭臬的,但出身官绅阶层的保路同志会领袖蒲殿俊、罗纶等显然缺乏政治格局和掌控军队的能力,学生军则暴露出政治稚嫩,缺乏斗争经验的弱点,而袍哥成员鱼龙混杂,游民习气、江湖义气深重,因此以袍哥、学生群体作为"革命"主力,最终只会沦为官绅阶层操控的工具,不可能找到正确出路。李劼人当时没有机会接触无产阶级革命运动,因此他对国家民族的想象,对政治经济的关切,只能止步于保路运动,而他笔下的"政治"生态,自然疏离左翼文学的政治书写。

在中国"宏大历史"叙事之外,不同区域的人民生活是"微观历史"

---

① 李劼人:《大波》上部,载《李劼人选集》第二卷,成都,四川人民出版社,1980,第37页。

的组成部分，李劼人"大河小说"正是围绕清末民初成都的政治生态和经济问题展开对巴蜀风物、日常生活、风俗民情和生活场景等小历史的细节描写。"你写政治上的变革，你能不写生活上、思想上的变革么（吗）？你写生活上、思想上的脉动，你又能不写当时政治、经济的脉动么（吗）？必须尽力写出时代的全貌，别人也才能由你的笔，了解到当时历史的真实"①。为恰如其分地书写蜀地"小历史"，李劼人查阅明代杨慎的《全蜀艺文志》和曹学佺的《蜀中名胜记》《蜀中方物记》《蜀中风土记》，主编《蜀风》和《四川时报》副刊《华阳国志》《风土什志》，研究四川地区的自然风貌、人文习俗、奇闻逸事、方言土语等，他坚持方志编撰与史传传统中真实性、客观性、准确性的要求，遵循客观事实，采取写实主义的创作方法，"尽力搜集档案、公牍、报章杂志、府州县志、笔记小说、墓志碑刻和私人诗文。并曾访问过许多人，请客送礼，不吝金钱"②。他甚至力图最大限度地还原历史生活场景，如《死水微澜》描写罗歪嘴栈房中的饮食、器物："有蓝花瓷茶食缸，有红花大瓷盘，随时盛着芙蓉糕锅巴糖等类的点心，有砚台，有笔，有白纸，有梅红名片，有白铜水烟袋，有白铜漱口盂，有鳅鱼骨嘴子的叶子烟竿，有茶碗，有茶缸"③，"所写的生活距现在已经50年了，要写得使自己的心神完全走进那50年前的古人社会才行，决不能让当时的人讲现代的语言，穿现在的服装，用现在的器物。这类细节必须认真，不能潦草"④。对室内物件的陈列，饮食、喝茶与洗漱等器物的描述都符合当时人物所处的历史场景。因此，郭沫若在《中国左拉之待望》一文中称李劼人"大河小说"为"小说的近代《华阳国志》"。"李君确有大家风度，文笔自由自在，时代及环境的刻画均逼真"⑤，"写人恰如其分。写景恰如其景，不矜持，不炫异，不惜力，不偷巧，以正确的事实为骨干……把过去了的时代，活鲜鲜地形象化了出来"⑥。巴金也曾提到："只有他才是成都的历史家，过去的成都都活在他的笔下"⑦，杨义的《中国现代小说

---

① 李劼人：《〈大波〉第二部书后》，载《李劼人选集》第二卷，成都，四川人民出版社，1980，第953页。

② 李劼人：《李劼人选集》第一卷，成都，四川人民出版社，1980。

③ 李劼人：《死水微澜》，成都，四川人民出版社，2017，第56页。

④ 韦君宜：《最后访问——悼念作家李劼人》，《光明日报》1963年1月12日。

⑤ 李劼人：《李劼人选集》第一卷，成都，四川人民出版社，1980，第4页。

⑥ 同上书，第5页。

⑦ 谢扬青：《巴金同志的一封信》，《成都晚报》1985年5月23日。

史》认为他是"新旧文学嬗变期中"的"早行者"①,这都是对李劼人"大河小说"历史意义与文化价值的肯定。

综上所述,中国疆域广大,国土辽阔,国民或长年在各种以"地方"标注的村庄、城镇定居,或从各种"地方"迁徙到中心城市学习、工作、生活,但是"地方"的生活经验与故乡情结总在促使作家们通过描写"地方""故乡"来完成个体的乡土想象,个体的乡土想象逐渐汇聚成区域乡土想象,再由不同区域的乡土想象上升到国家民族想象,共同为中国的现代建构和文化发展做出贡献。纵观中国现代文学史,无论是鲁迅笔下的"鲁镇""S城",老舍笔下的北京,沈从文笔下的湘西"边城",张爱玲笔下的上海,还是李劼人、巴金笔下的成都,都体现出中国现代文学区域创作的重要实绩。

---

① 杨义:《中国现代小说史》第二卷,北京,人民文学出版社,1986,第426页。

第十九章　秦陇区域中国
现代历史小说

第一节　秦岭文化与中国现代历史小说

一　狭义秦陇文化与广义秦陇文化

秦陇文化作为中国文化的重要组成部分，亦有狭义和广义之分。秦陇，本指秦岭和陇山，秦陇区域主要指陕西、甘肃一带，春秋战国时期陕西大部和甘肃东南部基本属于秦国疆域。狭义秦陇文化指春秋战国时期之秦国文化；广义秦陇文化指从先秦至明清时期地处黄河上游一带的秦陇地区人民所创造的物质文化与精神文化的总称。现代意义上的秦陇文化则既指春秋战国时期以及此前秦陇区域的文化形态，又指秦大一统后该区域历经不同时代演变至今逐渐形成的一切复杂文化形态。

"秦者，陇西古名"①。秦人发迹于西部边陲，最早活动在秦州（今甘肃天水）和秦亭一带。嬴氏一族相传为颛顼之孙女修之后，女修之子大业，大业之子大费，大费助禹治水，佐舜"调训鸟兽"，因功赐姓嬴氏。费昌之时，秦人助商汤伐桀有功，遂为商之诸侯国。西周时期，秦人为周戍卫西陲，后秦襄公因护卫周平王驱逐西戎有功，受封岐西之地，列为周之诸侯，正式建立秦国。秦陇区域自然条件恶劣，古秦人求存立命、开疆拓土异常艰难，无论耕战皆须一寸寸开疆拓土，容不得半点虚假。耕战传统造就了秦陇文化重利务实、穷则思变的价值观念，秦孝公时期在贫穷落后、被动挨打、毫无出路的情况下起用商鞅变法，以"强""胜"为要，焚书坑儒、奖励耕织、奖励军功、不讲虚辞、不拘虚礼，终成千古霸业。秦陇区域少数民族众多，周朝秦陇北部有猃狁、犬戎，春秋战国时期有义渠、大荔等，秦汉时期有匈奴、羌族、氏族等，魏晋时期有鲜卑、柔然、稽胡、羯族等，隋唐时期则有突厥、回纥、吐谷浑、党项、吐蕃等，"史书记载的北狄入塞部落有二十多种，关中、陇东、陇

---

① 〔东汉〕郑玄笺、〔唐〕孔颖达疏：《秦风》，载《毛诗注疏》上册，上海，上海古籍出版社，2005，第577页。

西、河西的少数民族几乎占人口的一半"①。汉族与少数民族混居，农业与游牧结合，形成了秦人以粗犷剽悍、勇武善战、憨厚热情、质朴坚强著称的"虎狼之性"，秦人诗歌、秦腔、民乐中无不透露出粗犷豪放的西北民风——"秦时雄风"，如"岂曰无衣，与子同袍；王于兴师，修我戈矛，与子同仇"②。李斯《谏逐客疏》称赞道："夫击瓮扣缶，弹筝搏髀，而歌呼呜呜快耳（目）者，真秦之声也"③。

二 秦陇文化影响下的中国现代历史小说创作

早期秦陇文化是以秦国文化为主在姬周文化影响下不断融合周边民族文化发展起来的。秦陇文化发展过程中，其文化重心不断变化。殷商末期，西岐小邦崛起关中，以汉中为中心奠定了秦陇文化的根基；春秋战国时期，秦陇文化中心从雍都（今陕西凤翔）转到咸阳，逐渐走向辉煌；汉隋唐时期，秦陇文化中心迁至西安，帝都文化达到鼎盛，秦陇文化跃居中国文化中心地位；宋元明清时期，随着中国政治文化重心的南迁，秦陇文化开始衰落。时至现代，由于特殊政治因素的介入，秦陇文化再次出现两大文化中心，一是以传统文化为主的西安，一是以左翼文化为主的延安。1937年1月至1948年3月，延安成为中共中央所在地与红色革命中心，延安文化极大地影响着陕北和其他解放区的文学创作，此后随着无产阶级革命的胜利和全国性政权的建立以及文学一体化的推行，以延安文化为主的左翼文化开始影响、制约全国的文学创作。

秦陇区域自然条件相对恶劣，但位居边陲、西通北达的地理位置提供了"进可攻、退可守"的战略优势，打破了内陆地区相似条件下极易形成的狭隘保守的文化劣势，从而创造出对外交流、开拓进取的便利局面，成为丝绸之路必经之地。秦汉唐的兴盛、李自成的发迹、延安中央革命根据地的建立皆与这一战略优势直接相关。

秦陇现代作家的历史小说数量不多，值得一提的有20世纪30年代初期王独清的短篇历史小说《子畏于匡》、郑伯奇的短篇历史小说《辛亥之秋》以及30年代中后期李宝忠所著历史演义《永昌演义》。1921年6月郑伯奇与郭沫若、郁达夫等留日学生在东京组织创造社，后经郑伯奇介绍，王独清加入创造社，成为该社继郭沫若、郁达夫之后擅长历史文学

① 《中华文化通志》编委会编《秦陇文化志》，载《中华文化通志》，上海，上海人民出版社，1998，第3页。

② 陈成国：《〈诗经〉校注》，长沙，岳麓书社，2005，第159页。

③ 〔东汉〕司马迁：《史记·李斯列传》第四卷，上海：上海古籍出版社，2011，第1944页。

的作家，除了短篇历史小说《子畏于匡》，他还作有两个历史剧本——《杨贵妃之死》（1927年）和《貂蝉》（1940年），而郑伯奇并不热衷此道，其历史小说可谓偶一为之，几乎完全被文坛忽视。李宝忠的历史演义只有《永昌演义》一种，但从文本篇幅、文学价值与史学价值来看，其创作成就远大于王独清和郑伯奇。

秦陇文化是典型的北方文化，在其影响下秦陇区域历史小说重史实、轻虚构，注重宏大历史事件的发展演变过程以及伟大历史人物的生平、经历、作用，政治性、革命性较强，文学性、抒情性相对较弱，符合正格历史小说创作的基本特征。

第二节 李宝忠的《永昌演义》

中国现代文学史上曾有两位作家的历史演义引起毛泽东的关注，一种是蔡东藩的《中国历代通俗演义》，另一种为李宝忠的《永昌演义》。李宝忠（1894～1952年），原名健侯，别名宝忠，陕西米脂人，无社团民主人士，《永昌演义》（四十回）写明末李自成起义，"永昌"即李自成1644年在西安正式称王建国之年号。万历三十四年（1606年）李自成生于陕西米脂县河西二百里处的李继迁村，相传乃西夏国君李继迁后人，米脂既是李自成的出生地，亦是首义之地，而李宝忠与李自成同乡同姓，《永昌演义》显然有"矜其乡贤，美其邦族"①的写作动机，这部历史演义以李自成生平事迹和起义过程为经，以明朝内政边乱等复杂事件为纬，辅以清军入关后的抗清斗争，明烘暗托对明末历史进行全景式描摹，演绎出一部明末农民起义的英雄传奇。

一 《永昌演义》："农民起义"历史演义之掘深

李宝忠乃清末进士李少川三子，其父尝赴任四川忠州、陕西绥德为官，宝忠随父入仕、在衙侍读，父殁后他独自游历河北、山西等省，后在米脂县县志局与文献委员会任职。《永昌演义》的写作初衷乃因李宝忠钦佩同乡李自成之人品，"不贪财，不好色，光明磊落，有古豪杰风"②，而"《明史》固掩其长"③，致使"此不世出之伟人，而竟听其事迹湮

---

① 〔唐〕刘知几：《史通·杂述》，载黄霖、韩同文选注《中国历代小说论著选》，南昌，江西人民出版社，1982，第34页。

② 李宝忠：《永昌演义·自序》，载《永昌演义》，北京，新华出版社，1985，第1页。

③ 同上书，第2页。

没，莫得搜考而表彰之，时时引以为憾"①，于是搜集各种正史、野史、方志、民间传闻，钩稽其他史料，立志为李自成著书立传，勿令湮没不闻。

《永昌演义》考证颇丰，李宝忠随父入仕川蜀，继而任职陕西米脂县县志局与文献委员会的工作经历使其"近水楼台先得月"，能够收集到有关李自成农民起义的大量罕见文献资料。"迨民国改元，先朝禁书一时并出，其中关于自成之事迹者，益复不少"②，民国改元，封建制度崩溃，以推翻明王朝为目的的李自成起义成为可谈之事，关于李自成起义的材料、书籍已不再因"海盗"受到压制、封禁。李宝忠广为搜求，博采众记，从《明史》《虞初新志》《四川太平县志》《御批通鉴》《广阳杂记》《寄园寄所寄》《池北偶谈》《鹿樵纪闻》《霜红龛集》《研堂见闻杂录》《大梁城守记》《思文大纪》《陕西通志》《启祯纪闻录》《榆林城守记》《崇祯长编》《榆林府志》《蜀碧》《北使纪略》《方舆纪要》《延绥镇志》《表忠录》《海上见闻录》《米脂县志》《台湾外纪》《虎口余生记》《大清帝国全图》《庸闲笔记》《怀远旧志》《福王登极实录》《东华录》《啸亭杂录》《四川大宁县志》《三藩纪事》《王鸿绪明史稿》《阅微草堂笔记》《明季遗闻》《宋史》《右台仙馆笔记》《隆武遗事》《涌幢小品》《双雪堂记》《庐州失陷记》《虞初广志》《荟蕞编》《绥德州志》《南征记》《边大绥塘报稿》《清涧县志》《平寇志》《风倒梧桐记》《四川忠州志》《绥寇纪略》《续表忠记》《守郧纪略》《甲申朝事小记》《溪上遗闻》《伪顺佚闻》《清朝先王事略》《西夏记》《国变难臣钞》《五代史》等六十二部史籍中推考"永昌"前后之史事③，兼采当地传闻逸事，去伪存真，去粗取精，终于得遂著书之志。李宝忠自1926年开始创作《永昌演义》，同年夏完成初稿，随后六易其稿，1930年12月第六次缮竣，1932年冬作者亲自作序，至此《永昌演义》全部完工。

《永昌演义》两大特征在当时显得非常突出：第一，"演义体"与"农民起义"相结合；第二，正面塑造农民领袖李自成形象。不过最早兼有以上两大特征的历史演义并非李宝忠的《永昌演义》，而是黄小配1906年所撰之《洪秀全演义》，这部历史演义是随着中国现代革命的发展产生的。黄小配，名世仲，字小配，号岭山世次郎或岭山次郎，其《洪秀全演义》自1905年起在《有所谓报》和《少年报》连载，凡五十

---

① 李宝忠：《永昌演义·自序》，载《永昌演义》，北京，新华出版社，1985，第2页。

② 同上书，第1页。

③ 《永昌演义考证书目》，载《永昌演义》，重庆，重庆新华出版社，1984，第577-578页。

四回止，1906年香港中国日报社初版六十四回单行本，章炳麟为之作序。中国国家图书馆存本称之为《洪杨豪侠全集》，内书"民族小说 红羊豪侠历史小说 嵋山次郎 撰"，共一百四十回，后七十六回当为续作。"洪杨"指洪秀全和杨秀清，主要演述太平天国起义与清廷时事。在中国封建社会，正统统治与僭越政权之间界限分明，历史上除了刘邦的大汉政权与朱元璋的大明政权取得合法地位从而拥有自我正名的权利外，其他起义失败者一律被视为"暴民""乱民""贼寇""流寇""盗贼"等祸乱之徒。1906年黄小配所撰《洪秀全演义》大胆逸出贬抑之词，将"洪杨"称为"豪侠"并且不吝赞颂，表明作者当时思想观念与创作态度的转变。据冯自由《革命逸史》载，黄小配"少颖悟好学，读书过目成诵，弱冠后，以乡居不得志，偕乃兄伯耀先后渡南洋谋生"①，南洋谋生经历开阔了黄小配的视野，他对清朝统治日益不满，质疑清廷所撰太平天国遗事，"虏廷（按：指清廷）官书虽载，既非翔实，盗憎主人，又时以恶言相抵"②，所载太平天国战史虽"文辞骏骤，庶足以发潜德之幽光，然非里巷细人所识"③。故作《洪秀全演义》，"是书全从种族着想"（《〈洪秀全演义〉例言》），借"演义""昭宣令闻"，尽补清史之短，令太平天国"遗事既得之故老，文亦适俗"，使"国家种族之事，闻者愈多，则兴起者愈广"④，"盖比物斯志者也"⑤。黄小配归国后参加辛亥革命，其《洪秀全演义》无疑对以"驱除鞑虏，恢复中华"为口号的辛亥革命的到来在宣传方面起到了推动作用。

李宝忠之《永昌演义》虽非"农民起义"历史演义之肇始，却是此类小说之掘深。李宝忠一直生长在国内，中国正统文人立场对其历史观念、文学观念产生一定束缚作用，但从参考资料、历史书写和人物塑造上看，李宝忠的《永昌演义》远胜黄小配之《洪秀全演义》。黄小配游历南洋时即言行激进，敢为革命军中马前卒，其《洪秀全演义》以"国家种族"革命为要，出于政治目的为辛亥革命传声，但并不重视历史事件和人物真实，参考资料较少，虚构人物、情节较多，有时为符合政治表达不惜"削足适履"，将虚构人物、事件作为史实书写，如主导人物"钱江"本是与太平天国无关的民间传说人物，黄小配却将他置于领袖地位，

---

① 冯自由：《革命逸史》第二集，北京，中华书局，1981，第41页。
② 章炳麟：《洪秀全演义·序》，载《章太炎政论选集》上册，北京，中华书局，1977，308页。
③ 同上。
④ 同上。
⑤ 同上书，第307页。

使李自成起义中一系列重大事件都围绕此人展开，又极力歌颂其反抗清朝的英勇行为，这些虚构人物、情节强化了"民族革命"的正义性质，成功引起国民党元老章炳麟的兴趣并为之作序。相对而言，李宝忠的《永昌演义》参考资料翔实，追求历史考证、历史真实，人物形象更加丰满。《永昌演义》写作初期，中国军阀混战、外侮频仍，李宝忠作序时正值"九一八""一·二八"事变，亡国危机深重，因此作者钩沉大明王朝与李自成大顺国灭亡旧事，又有"借古喻今"之意，尖锐批判军阀内讧以及他们"宁与外敌不与流寇"的卖国行径。

二　《永昌演义》之流传

1932年底《永昌演义》成书之后，在尚未正式刊行之前已为多人手本抄存。1941年夏，李宝忠的叔父陕北开明士绅李鼎铭先生以无党派人士身份先后当选米脂县参议会议长、陕甘宁边区参议会副议长以及边区政府副主席，他因职务之便结识毛泽东并向其推荐李宝忠的《永昌演义》。毛泽东非常关注李自成起义，早在1929年12月他就在《关于纠正党内的错误思想》一文中提出过肃清革命队伍中存在的"黄巢、李闯式的流寇主义"[1]的建议，1939年12月又写下《中国革命与中国共产党》一文，再次对李自成起义以及历代其他农民起义加以评述。1947年3月胡宗南率军二十余万围攻延安，中共中央进行战略转移，11月22日毛泽东到达陕北米脂县，暂居城南20公里处的马氏庄园（直到1948年3月21日），而李自成行宫则建在米脂城北盘龙山上，此时毛泽东愈加留意米脂"伟人"李自成的事迹，借机实地调查李自成起义始末，他对李自成起义军纪律严明，"不杀人，不爱财，不奸淫，不抢掠。平买平卖，蠲免钱粮，且将富家银钱分赈穷人"[2]等做法极为赞赏，对李自成在河南提出的"均田免赋""三年免征"等一系列革命纲领和思想政策饶有兴趣，他还用唯物史观对李自成起义失败的根本原因、经验教训等做出分析总结。1949年3月23日中央领导人离开西柏坡前往北平时，毛泽东曾说："今天是进京'赶考'。"周恩来说："我们应当都能考试及格，不要退回来。"

① 毛泽东:《关于纠正党内的错误思想·关于流寇思想》,载《毛泽东文集》第一册,北京,人民出版社,1993,第87页。
② 〔清〕计六奇:《明季北略》第二十卷,北京,中华书局,1984,第490页。

毛泽东当即说："退回来就失败了。我们决不当李自成。"①这些对话皆反映出毛泽东对李自成起义的重视。

毛泽东得到《永昌演义》手稿后十分珍惜，让秘书笔录抄存，《永昌演义》开始以手抄本方式在陕北边区流传。1944年4月29日他又写信回复李鼎铭先生，从唯物史观和政治立场出发肯定李自成起义，"实则吾国自秦以来二（两）千余年推动社会向前进步者主要的是农民战争，大顺帝李自成将军所领导的伟大的农民战争，就是二（两）千年来几十次这类战争中的极著名的一次。这个运动起自陕北，实为陕人的光荣，尤为先生及作者健侯先生们的光荣"②。毛主席还指出《永昌演义》的欠缺之处，作者仅"赞美李自成个人品德，但贬抑其整个运动"，同时提出修改建议，"现在如按上述新历史观点加以改造，极有教育人民的作用"③。"上述新历史观点"指唯物史观，这是当时历史著作与历史文学的主要评价标准。1947年李鼎铭先生突患急病，医治无效去世。中华人民共和国成立后，毛泽东提议李宝忠任陕西省文史馆研究员，建议他继续修改《永昌演义》，遗憾的是1950年李宝忠亦不幸离世，可谓修书未成身先死。"一九五一年在西安发现了《永昌演义》稿本，常黎夫、李力果（李鼎铭之子）等同志特意约请郑伯奇按毛主席的意见修改此书，无成果。一九五四年常黎夫同志调到北京工作，再没有管此事"④。因此这部历史演义的修改事宜被彻底搁置下来，以至从1932年《永昌演义》写成直到20世纪70年代末"文革"结束，该书始终没有得到修改，同时受当时政治历史条件的限制，该书也一直未能正式出版。直到20世纪80年代中期，中国现当代文学研究界对它的主流评价多为："作品赞扬了李自成的个人品质，却贬低了李自成领导的整个革命运动，未能用历史唯物主义观点正确处理这一题材，更谈不上将李自成起义反映得深刻了。"⑤

20世纪50年代姚雪垠为创作长篇巨著《李自成》，广泛收集正史、野史、方志、文集等各种文献资料，首次将手抄本《永昌演义》列入主

① 《遍数风流还看今朝（百年大党面对面12）》，据《人民网》（2022年6月8日）：https://baike.baidu.com/reference/61368512/533aYdO6cr3_z3kATKLdzPnzNCfCYN2lvrXRVLJzzqIP0XOpWIHpU5w748Rx7vJoBAfO_pttbZgWmKekC1RH7vUSbu0zQr09znf_UzLfyrzi-9k3ktRa-84eBA。
② 毛泽东：《给李鼎铭的信》，载《毛泽东全集》第三册，北京，人民出版社，1993，第128页。
③ 同上书，第128页。
④ 刘澜涛：《关于〈永昌演义〉的一封信（代前言）》，载《永昌演义》，重庆，重庆新华出版社，1984，第2页。
⑤ 严家炎：《〈李自成〉初探》上篇，《北京大学学报（社会科学版）》1978年第3期。

要参考资料之一。①姚雪垠以《永昌演义》为基础，结合早年（二十三岁）所阅李光璧的《守汴日志》、周在浚的《大梁守城记》，抗战期间所集白愚的《汴围湿襟录》《延绥镇志》《剿闯小史》、吴伟业的《绥寇纪略》、冯苏的《见闻随笔》、戴笠的《怀陵流寇始终录》、郑廉的《豫变纪略》、卢象升的《卢忠肃公集》、陈鹤的《明纪》、夏燮的《明通鉴》、徐鼒的《小腆纪年附考》、计六奇的《明季北略》、毛奇龄的《后鉴录》、郭沫若的《甲申三百年祭》、谷应泰的《明史纪事本末》、彭孙贻的《平寇志》等文献资料，写成五卷本长篇历史小说《李自成》第一部，直到此时毛泽东建议按照唯物史观修改《永昌演义》的宏愿才算曲线完成。毛泽东阅览姚雪垠所著《李自成》第一部后赞许有嘉，这激发了他继续完成第二至五部的创作动力。姚雪垠的长篇巨著《李自成》因其自身高超的艺术造诣以及当时特殊的社会背景，最终在文学史上超越《永昌演义》，被确立为中国现当代历史文学经典，而李宝忠的《永昌演义》原稿亦由于上述原因一直未被修改、删减，最终得以原貌保留下来，1984年5月重庆新华出版社用李健侯之别名"李宝忠"作为作者署名第一次正式出版发行，从此广传于世。

三 《永昌演义》的文本线索

《永昌演义》因历史取材、文学观点、写作年代、领袖关注等综合因素成为现代文学中与政治关系最为密切的历史演义，其中存在两大贯穿整部小说的文本线索——"宿命论"观念和"英雄主义"思想。

（一）"宿命论"：《永昌演义》行文的主要线索

《永昌演义》的"宿命论"观念主要体现在两个方面：

首先，李宝忠以"天数命理"解释李自成起义的兴起、失败以及明朝的覆灭。如第一回《陈祖师偈语征先兆 李守忠善念获佳城》开首道："话说天下大势，治久则乱，乱久复治。方其治也，则有圣明君相，应景运而生；及其乱也，则有草泽英雄，应劫运而出——此皆天地气数之所推移。"然后以唐代中期开始流传的米脂龙脉传说和陈抟祖师预言，说明米脂将出帝王乃"天地气数"所定；第二回《祷嗣息河岳钟灵异 送文书走马伏凶星》则依"天地气数"，结合《明史》所载"李父异梦"一事（据《明史》载，李自成"父守忠，无子，祷于华山，梦神告曰：'以破

① 姚雪垠：《给江晓天同志》，载《关于长篇历史小说〈李自成〉》，上海，上海文艺出版社，1979，第98页。

军星为若子。'已,生自成"①。),以"破军星"投胎、自成"应劫而生"作为小说开端,继写青年李自成掷骰子"六骰全红",西北"妖鼓"震动崇祯太和宝殿,狱卒亲见李自成身盘大蟒等情节皆按"宿命论"观念构造;第六回《左良玉援师溃修武 李自成乘冰渡黄河》,当李自成军队在"前阻黄河,后有大兵,胜则或可幸免,败则同归于尽",而"船只尚未造就"的紧急形势下,"天气忽然陡变,一夜北风怒号,竟把黄河水面结了一层三尺多厚的坚冰",河流适时结冰,李自成军队全部脱险,这种绝境逃生、化险为夷的巧合事件也被作者归结为"自成不当绝"的天理定数;第三十回《陷京师文武死忠烈 殉社稷庄烈上煤山》中崇祯打开锦匣揭露天机,认定"自成亡明"乃天意所归;第三十八回《九宫山清兵剿余烬 玄帝庙自成悟宿因》则与第一回首尾呼应,以李自成兵败九宫山,"劫去运终"作为结局。

其次,李宝忠以"因果报应说"解释历史人物命运。如第十三回《脱重围神签占胜兆 窃侍婢高杰投官军》中李自成麾下猛将高杰先与其侧室邢秀娘通奸,后叛变投降明军。在儒家道德观念中,"通奸""叛变"乃大奸大恶之徒所为,高杰最终在扬州军中被副将许定国刺杀身亡,李宝忠认为"冥冥中若或使之然者",高杰的结局正应了"善有善报,恶有恶报"的因果报应说;第三十八回《九宫山清兵剿余烬 玄帝庙自成悟宿因》中牛金星作恶多端,杀害李岩,后被李岩之妻红娘所杀,李宝忠用"天谴"一词评价牛金星被杀之事,认为"那奸险横逆之徒,平时虽然霸道,到了罪恶贯盈之时,终究也是逃不了天诛的,不过落得个遗臭万年罢了!"。

(二)英雄主义:基于个体道德品格

李宝忠《永昌演义》以李自成起义为经,正面描写李自成形象,赞扬起义将领的英雄行为,同时注重历史人物的道德品格,对行为高尚的英雄人物,无论敌我,各有论赞。

《明史·流贼》言:"盗贼之祸,历代恒有,至明末李自成、张献忠极矣。"②又说"自成为人高颧深,鸱目曷鼻,声如豺。性猜忍,日杀人斫足剖心为戏"③,破城后对守城军民"迎降者不杀,守一日杀十之三,

---

① 〔清〕张廷玉等:《明史·流贼传》,载《明史》第三百九十卷,北京,中华书局,1974,第7948-7949页。

② 同上书,第7947页。

③ 同上书,第7956页。

二日杀十之七，三日屠之"①，几乎将李自成塑造成一个嗜血狂魔。李宝忠认为"《明史》固掩其长，而野乘多存其实"②，于是在正史之外广罗各种稗官笔记、私家抄本，旁采乡里间巷杂记、遗事佚闻，"存其可证之事，弃其不经之谈"③，挖掘历史真相，立志为李自成"翻案"。李宝忠经过多方考证、辨伪，认定李自成非但没有稗史所传初入京师强虏陈圆圆的轻浮好色，又无《明史》所载的残酷无情、嗜血成性，反而人品高尚、胆识出众、才智超群，虽本草泽走卒，然其"雄才大略"，"战必胜，攻必克，十余年间覆明社稷，南面而王天下"④，"足证《明史》之记载，舛谬实多，未足全信"⑤。总之，《永昌演义》将李自成塑造成一位心存大志、打抱不平、不爱女色、善待将士、任贤唯能（如任用李岩，宋献策）、大义抗清的智勇之士。

《永昌演义》亦大力赞扬明朝抵抗李自成大军死节的忠烈之士，如第五回《李自成兵入山西境　曹文诏大战寿阳城》盛赞明军将领曹文诏、曹变蛟叔侄"当世的名将，非等闲可比"；第七回《陈奇瑜师援南阳郡　李自成中计陷车厢》中称赞明陕西、山西总督陈奇瑜的谋略，褒扬河南巡按张任学"忠勇奋发""弃文改武，亲赴前敌督战"的行为；第九回《守固原梦龙死国难　会献忠自成陷凤阳》中明固原道金事陆梦龙兵败自刎，该回以"守固原梦龙死国难"作为回目，表彰陆梦龙之忠，言下有惋惜之意。李宝忠还对河南总兵贺人龙、项城县部院傅宗龙、汝宁总督杨文岳、湖广巡抚宋一鹤、山西巡抚蔡懋德、宁武总兵左都督周遇吉、四川女杰秦良玉等的"忠魂毅魄"万分钦佩；第三十回《陷京师文武死忠烈　殉社稷庄烈上煤山》还专门为北京城破时"慷慨捐躯"的大明忠烈之士开列名录⑥，并且对清军将领多尔衮、豪格、阿济格等亦有好评。为表敬意，李宝忠考证时人赞扬忠烈之诗词，引以称颂，如第十回《恣淫虐张李绝友谊　战襄乐曹艾两捐躯》一节写总兵曹文诏、副将柳国镇尸横沙场，溘然长逝，其时悲风四起，草木皆带着一种凄凉之色，后人有诗叹曰：

① 〔清〕张廷玉等：《明史·流贼传》，载《明史》第三百九十卷，北京，中华书局，1974，第7960页。
② 李宝忠：《永昌演义·自序》，载《永昌演义》，重庆，重庆新华出版社，1984，第2页。
③ 同上。
④ 李宝忠：《永昌演义·自序》，载《永昌演义》，重庆，重庆新华出版社，1984，第2页。
⑤ 同上。
⑥ 李宝忠：《永昌演义》，重庆，新华出版社，1984，第430-431页。

赵国多良将，英才出晋阳。
将军能继武，社稷赖金汤。
威望关西著，声名冀北彰。
钟山王气敛，大宿殒光芒。

又如第十六回《傅宗龙战殁项城县》一节中傅宗龙兵败势穷，为免受辱，抹颈自刎。李宝忠感其誓死守节之气魄，引诗叹曰：

貔貅十万逐疆场，誓扫谗枪死慷慨。
未见红旗飞露布，先流碧血化光芒。
封侯自昔多奇数，报国而今见烈肠。
飒飒英姿千古在，永垂大节振纲常。

《永昌演义》中引诗赞颂明军死节之士的篇目多达二十多回，四十回本的占半数以上。《永昌演义》中诗词的保留与引用，不仅恰如其分地评价了人物的功过是非，还增添了这部作品的文学底蕴，淡化了战争的血腥之气。

综上所述，《永昌演义》重点叙述李自成起义的同时全方位观照明末局势，既肯定了农民起义领袖李自成的个人功业，将他从"流贼"提高到"汉武秦皇与共尊"的地位，又跳出个人英雄主义窠臼，细腻描写各路"英雄"人物及其事迹，努力还原明末复杂的社会状态。当然《永昌演义》亦存在时代局限性，带有鲜明的唯心主义色彩与民族主义倾向，李宝忠深恨吴三桂等明朝军阀勾结清廷打败李自成，既感叹李自成生不逢时，又遗憾其"圣明"而败的结局，"汉族不知助自成以拒清，而返从清廷以寇自成"，"故自成之败，非特自成之不幸，抑亦吾汉族之大不幸也"，实值"千古英雄所为同声一哭者也"[1]。

---

① 李宝忠：《永昌演义·自序》，重庆，重庆新华出版社，1984，第3页。

结　语

　　《中国现代历史小说创作源流考论》是在以中国文论为主、西方文论为辅重新进行学理建构的基础上，启用新型"时空"立体化研究模型，同时不断吸收相关成果，充实资料而形成的一部综合性理论研究专著。这部专著将1917～1949年间的中国现代历史小说看作一个相对独立的整体，以断代史方式展开系统研究，因此又是一部特色鲜明的小说史。

　　该专著由绪论、正文和结语三大部分组成。绪论《中国现代历史小说固有论争与时空源流考论的必要性》从中国现代历史小说的三大固有论争切入，在综合评述研究现状的基础上阐明中国现代历史小说的构成机制和文体形态的复杂性以及时空源流考论的必要性。正文十九章，分为上、中、下三编，形成基础问题研究、纵向演变研究、空间文化研究三大板块。上编与中、下两编之间采用递进结构方式，中、下两编之间则采用并列结构方式。三大研究板块结合紧密，体现出开阔的文学史研究视野，使得中国现代历史小说的研究更加全面、系统、完整。

　　本专著主要提出四大重要观点，在实现学术创新与研究价值之余，某些方面仍存在疑难与不足之处。

一　四大观点

（一）概念论争是中国现代历史小说研究面临的首要问题

　　本专著认为中国现代历史小说研究领域一直存在三大论争——概念之争、辨体之争和时限之争，而概念论争是中国现代历史小说研究面临的首要问题。因此本专著在梳理"历史小说"概念变迁的基础上，首先对"中国现代历史小说"进行严格界定，不仅指出它是中国作家取材于"历史"创作于"现代"这一具体时段的所有历史小说的总和，还指明其基本内涵包括四个方面：首先，它指1917～1949年间中国现代作家创作的历史小说；其次，它的创作区域限制在中国大陆范围之内；第三，其中所涉"历史"为古典历史，包括古代历史和近代历史、兼容正史和稗史；第四，中国现代历史小说的根本属性是文学作品，文学虚构的尺度是决定历史小说文体形态的重要因素，而非决定某类小说是否成为历史小说的关键因素，只要历史事件、历史人物或日常生活具有"信史"背景，兼有"历史真实"与"文学虚构"的小说，皆可纳入研究；第五，它既包括"新文学家"创作的历史小说，又包括"旧文学家"创作的历史演义及其他非演义体历史小说。

（二）源流考论是中国现代历史小说辨体研究的根本途径

中国现代历史小说的文体形态异常多样、复杂，历来是相关研究领域争论最多的问题。传统研究一直陷在真实性、虚构性论争中，未能在学理论证基础上开展有效的辨体研究。

本专著针对传统研究中理论方法滞后的研究状况，突破陈旧的历时研究模式，将神话、历史、文化考察与文学考察相结合，时代、社会、区域考察与文学考察相结合，宏观论述与微观解析相结合，在全面整合中西神话学、历史学、文学等相关理论的基础上进行学理重构，在研究方法上，广泛采纳传统与现代研究手段，追求研究方法的创造性与多元化，确立以"时空"研究为主，学理建构法、历史考辨法、历史叙事法、资料建档法、统计分析法、区域考察法、文体辨析法等多种研究方法相结合的"立体化"研究模型。

（三）中国现代历史小说研究领域缺乏综合性区域研究

通过广泛搜集资料，本专著采用两种方法建立中国现代历史小说档案资料库：第一，纵向建档法。第六章《中国现代历史小说创作大观》按照创作时间顺序将中国现代历史小说分别归入三个十年的研究框架，建立起一套相对系统、完备的作家作品档案资料库，具有重要的文献价值和文学史意义；第二，横向建档法。第十四章《区域文化与中国现代历史小说》按照作家籍系将182位中国现代作家的历史小说归入不同文化空间，以作家作品分布最广的吴越、荆楚、岭南、巴蜀和秦陇这五大文化区域历史小说作为研究重心，微观考察现代语境、区域文化与中国现代历史小说创作的内在联系，其中吴越文化区域的作家作品数量最多，占总量的60%以上，同时以浙江、江苏、上海为中心又可分为浙派历史小说、苏派历史小说和海派历史小说三大派别，最具研究价值。

（四）中国现代文学研究界受传统文学观念制约，不够重视中国现代历史小说研究

历史文学最大的特点是历史的介入，并且常常与神话纠葛，因此它既是神话、历史、文学的杂交文类，又是综合考察神话、历史、文学进行人文精神建构的最佳途径。中国现代历史小说作为历史文学最主要的现代形态，体现着现代语境、集体情绪、民族情感等现实因素对历史文化的合力选择。在当今时代，这种选择结果对凝聚民族精神、实现国家

复兴、构建人类命运共同体都有重要的人文参考价值与社会借鉴意义。

二 学术创新与学术价值

（一）学术创新

首先，针对中国现代历史小说研究领域不注重全面性、系统性、整体性研究的问题，本书在重新界定中国现代历史小说的基础上，突破了传统的专题研究与单篇研究状态，大规模对篇目众多、内容繁杂、文体多样的中国现代历史小说进行综合研究。

其次，建构"时空"立体化研究模型。"时空"立体化研究模型根植于中国文论之中，适度运用西方文论，形成更加严谨合理的理论研究框架，从而突破了传统研究以作家立场、历史观念、文学观念、意识形态、文本内容为主的研究模式，将研究重点置于不同文体形态的脉络流变、叙事方法、创作模式与艺术风格上，这不仅可以从根本上解决文体论争，还有助于提升该研究的学术价值。

第三，在历时考论基础上将中国现代历史小说的文体形态分为两大门类六大文体，首次命名、具体界定、综合论述"正格历史小说""非正格历史小说""正史演义""教授小说""左翼历史小说""稗史演义""本土神话历史小说""域外神话历史小说"和"再生历史小说"，提升了中国现代历史小说辨体研究的高度，同时突破了传统研究对中国现代历史小说作家立场、历史观念、文学观念与写作理念的强调，将研究重心转换到时间源流、文体形态、演变脉络与创作模式上来。

第四，明确中国现代历史小说的空间分布状况，以吴越、巴蜀、荆楚、岭南和秦陇等五大区域历史小说为研究重心，弥补了本研究领域综合性区域研究缺失的研究现状。

（二）学术价值

首先，为现代文学研究补充档案资料。本书通过广泛搜集作家作品，建立了一套相对系统、完备的中国现代历史小说资料档案库，具有重要的文献价值和文学史意义。

其次，为小说文体研究提供参考。详彻的辨体研究与文体分类，有利于研究者重新认识中国现代历史小说文体形态的多样性、复杂性，进一步发掘它们在当代的文学价值与社会价值。

第三，弥补区域研究缺失的研究现状。对吴越、秦陇、巴蜀、荆楚和岭南等五大区域中国现代历史小说做重点研究，弥补了本领域区域研究之不足。

三　疑难与不足之处

（一）交叉研究问题

如鲁迅、茅盾、郑振铎、巴金既可归入中编的"'域外'神话历史小说"研究，又可分别归入下编中的吴越、巴蜀区域历史小说研究，蔡东藩、黄士恒、许啸天的历史演义既可归入上编的"正史演义"，又可归入下编的"海派历史演义"，而"周大荒的'反史小说'"既可归入中编的"稗史演义"，又可归入下编的"荆楚区域历史小说"，为避免研究的重复性，基于不同研究视角可能呈现出来的某些独特的特征难以发掘周全。

（二）区域研究问题

如非正宗区域历史小说，此类小说极少或并未向相关区域中的历史人物、历史事件或民间生活取材，因此它们与某一区域文化的内在联系比较隐晦，主要体现在文化精神的传承上，在实际操作过程中这种内在精神又具体转化为作家的文化性格、思维方式、表达方式、创作方法、创作模式和艺术风格，这为研究中国现代历史小说与区域文化的内在联系设置了距离障碍和辨识难度。再如吴越区域历史小说，海派与浙派、苏派因地域交叉而产生复杂纠葛，海派主要作家多非沪籍，如蔡东藩（萧山）、许啸天（上虞）、徐哲身（嵊州）、陆冲岚（海宁）、钟毓龙（杭州）、程瞻庐（吴县，现已撤销区划）、费只园（吴兴）、李定夷（武进）、李伯通（扬州）、陆墟（无锡）、陶寒翠（苏州）、许慕羲（溧阳）、许指严（武进）基本都是江浙移民，并且一些在中国现代文学史上"失踪"的海派作家如王皓沅、李逸侯等的籍贯和具体行踪难以考究，因此海派历史演义概念、内涵芜杂，增加了研究难度。

此外，在资料建档方面或有遗漏、缺失情况，正稗史考辨难度较大，亦存在浅薄之处，同时中国现代历史小说后续研究中仍存在拓展研究空间的问题，譬如补充清末民初历史小说创作，综合考察古典历史小说向现代历史小说过渡、转型过程中历史文学家的历史观念、文学观念、写作理念以及他们的历史小说在内容选择、外在形式方面所产生的具体变化，使本研究更加系统化、完整化。

参考文献

［1］艾科.诠释与过度诠释［M］.王宇根,译.北京:生活·读书·新知三联书店,1997.

［2］阿克顿.自由与权力——阿克顿勋爵论说文集［M］.侯健,范亚峰,译.北京:商务印书馆,2001.

［3］班固.汉书［M］.颜师古,注.北京:中华书局,2011.

［4］巴金.巴金选集［M］.成都:四川人民出版社,1958.

［5］巴金.巴金译文集［M］.北京:三联书店,1991.

［6］巴金.巴金全集［M］.北京:人民文学出版社,1991.

［7］白寿彝.中国通史［M］.上海:上海人民出版社,1999.

［8］彼得·伯克.历史学与社会理论［M］.姚明,周玉鹏,等译.上海:上海人民出版社,2000.

［9］贝奈戴托·克罗齐.历史学的理论和实际［M］.傅任敢,译.北京:商务印书馆,1986.

［10］柄谷行人.日本现代文学的起源［M］.赵京华,译.北京:三联书店,2003.

［11］保罗·利科.虚构叙事中时间的塑形:时间与叙事:卷二［M］.王文融,译.北京:三联书店,2003.

［12］常璩.华阳国志［M］.济南:齐鲁书社,2010.

［13］陈子展.中国近代文学之变迁　最近三十年中国文学史［M］.上海:上海古籍出版社,2000.

［14］程毅中.宋元小说研究［M］.南京:江苏古籍出版社,1998.

［15］曹聚仁.国故学大纲［M］.上海:梁溪图书馆,1925.

［16］曹聚仁.中国史学ABC［M］.上海:世界书局,1930.

［17］曹聚仁.笔端［M］.上海:天马书店,1935.

［18］曹聚仁.文笔散策［M］.上海:商务印书馆,1936.

［19］曹聚仁.文思［M］.上海:北新书局,1937.

［20］曹聚仁.我和我的世界［M］.太原:北岳文艺出版社,2000.

［21］曹聚仁.中国文学概要　小说新语［M］.北京:生活·读书·新知三联书店,2007.

[22]陈思和.中国新文学整体观[M].上海:上海文艺出版社,1987.

[23]陈思和.巴金·域外小说[M].上海:上海文艺出版社,2012.

[24]陈海云,司徒伟智.廖沫沙的风雨岁月[M].北京:十月文艺出版社,1991.

[25]陈平原,夏晓虹.二十世纪中国小说理论资料[M].北京:北京大学出版社,1989.

[26]陈平原.二十世纪中国小说史[M].北京:北京大学出版社,1997.

[27]陈平原.中国小说叙事模式的转变[M].北京:北京大学出版社,2003.

[28]陈金川.地缘中国:区域文化精神与国民地域性格[M].北京:中国档案出版社,1998.

[29]陈方竞.鲁迅与浙东文化[M].长春:吉林大学出版社,1999.

[30]陈方竞.陈方竞自选集[M].汕头:汕头大学出版社,2005.

[31]陈戍国.《尚书》校注[M].长沙:岳麓书社,2004.

[32]陈戍国.《诗经》校注[M].长沙:岳麓书社,2005.

[33]崔志远.乡土文学与地缘文化[M].北京:中国书籍出版社,1998.

[34]蔡铁鹰.中国古代小说的演变与形态[M].北京:中国文史出版社,2003.

[35]蔡东藩.中国历代通俗演义[M].上海:上海科学技术出版社,2005.

[36]陈文新.传统小说与小说传统[M].武汉:武汉大学出版社,2005.

[37]陈新.西方历史叙述学[M].北京:社会科学文献出版社,2005.

[38]陈遵统.福建编年史[M].福州:福建人民出版社,2010.

[39]陈倩.区域中国与文化中国 文明对话中的施坚雅模式[M].北京:人民出版社,2013.

[40]卡尔·雅斯贝斯.历史的起源与目标[M].魏楚雄,俞新天,译.北京:华夏出版社,1989.

[41]德龄.慈禧恋爱纪实[M].李葆真,译.北京:作家出版社,1989.

[42]董楚平.吴越文化志[M].上海:上海人民出版社,1998.

[43]董楚平.吴越文化新探[M].杭州:浙江人民出版社,1999.

[44]董楚平.广义吴越文化通论[M].北京:中国社会科学出版社,2012.

[45]董乃斌.中国古典小说的文体独立[M].北京:中国社会科学出版社,1994.

[46] 丁锡根.中国历代小说序跋集[M].北京:人民文学出版社,1996.

[47] 杜金鹏,焦天龙.文明起源史话[M].北京:社会科学文献出版社,2011.

[48] 戴青.历史与叙事[M].北京:学苑出版社,2002.

[49] 戴健.明代后期吴越城市娱乐文化与市民文学[M].北京:社会科学文献出版社,2012.

[50] 范晔.后汉书[M].北京:中华书局,1973.

[51] 范成大.吴郡志[M].南京:江苏古籍出版社,1999.

[52] 范伯群.中国近现代通俗文学史[M].苏州:江苏教育出版社,2000.

[53] 范伯群,汤哲声,孔庆东.20世纪中国通俗文学史[M].北京:高等教育出版社,2006.

[54] 房玄龄,等.晋书[M].北京:中华书局,1987.

[55] 冯自由.革命逸史[M].北京:中华书局,1981.

[56] 冯友兰.中国哲学史新编[M].北京:人民出版社,1982.

[57] 付建舟.小说界革命的兴起与发展[M].北京:中国社会科学出版社,2008.

[58] 费振钟.江南士风与江苏文学[M].长沙:湖南教育出版社,1995.

[59] 樊星.当代文学与地域文化[M].武汉:华中师大出版社,1997.

[60] F. R. 安克施密特.历史与转义:隐喻的兴衰[M].韩震,译.北京:北京出版社,2005.

[61] 房龙.人类的故事[M].沈性仁,译.郑州:中州古籍出版社,2017.

[62] 郭沫若.沫若文集[M].北京:人民文学出版社,1957.

[63] 郭沫若.郭沫若全集[M].北京:人民文学出版社,1982.

[64] 郭沫若.郭沫若论创作[M].上海:上海文艺出版社,1983.

[65] 郭丹.史传文学[M].桂林:广西师范大学出版社,1999.

[66] 冯友兰.中国哲学史新编[M].北京:人民出版社,1982.

[67] 顾颉刚.顾颉刚古史论文集[M].北京:中华书局,1988.

[68] 顾颉刚.古史辨[M].石家庄:河北教育出版社,1999.

[69] 高长虹.高长虹文集[M].北京:中国社会科学出版社,1989.

[70] 高慧勤,魏大海.芥川龙之介全集[M].济南:山东文艺出版社,2005.

[71] 葛承雍.秦陇文化志[M].上海:上海人民出版社,1998.

[72] 耿占春.叙事美学:探索一种百科全书式的小说[M] // 历史:对

叙事的模仿.郑州:郑州大学出版社,2002.

[73] 宫本一夫.从神话到历史[M].吴菲,译.桂林,广西师范大学出版社,2014.

[74] 胡适.胡适文存[M].上海:上海书店,据商务印书馆1947年《民国丛刊》影印本.

[75] 胡适.中国章回小说考证[M].合肥:安徽教育出版社,2006.

[76] 胡寄尘.真西游记[M].上海:佛学书局,1932.

[77] 胡怀琛.中国小说的起源及其演变[M].南京:中正书局,1934.

[78] 胡风.胡风评论集[M].北京:人民文学出版社,1984.

[79] 胡风.胡风回忆录[M].北京:人民文学出版社,1993年。

[80] 胡林阁,朱邦兴,徐声.民国丛书:上海产业与上海职工[M].上海:上海书店,1992.

[81] 胡兆量,等.中国文化地理概述[M].北京:北京大学出版社,2001.

[82] 胡昭曦.巴蜀历史考察研究[M].成都:巴蜀书社,2007.

[83] 黑格尔.历史哲学[M].王造时,译.上海:上海书店,1999.

[84] 海德格尔.时间与存在[M].陈嘉映,王庆节,译.北京:三联书店,1999.

[85] 海登·怀特.后现代历史叙事学[M].陈永国,张万娟,译.北京:中国社会科学出版社,2003.

[86] 海登·怀特.形式的内容:叙事话语与历史再现[M].董立河,译.北京:北京出版社,2005.

[87] 华莱士·马丁.当代叙事学[M].伍晓明,译.北京:北京大学出版社,2005.

[88] 黄士恒:秦汉演义[M].上海:商务印书馆,1917.

[89] 黄霖,韩同文.中国历代小说论著选[M].南昌:江西人民出版社,1985.

[90] 黄石.神话研究[M].上海:上海文艺出版社,1988.

[91] 黄新亚.三秦文化[M].沈阳:辽宁教育出版社,1998.

[92] 黄子平."灰阑"中的叙述[M].上海:上海文艺出版社,2001.

[93] 黄易宇,于志平.区域文化与中华文化[M].北京:知识产权出版社,2010.

[94] 洪涛.三秦史[M].上海:复旦大学出版社,1992.

[95] 洪子诚.问题与方法[M].北京:三联书店,2002.

[96]洪子诚.中国当代文学史[M].北京:北京大学出版社,2010.

[97]杭州市地方志编纂委员会.杭州市志[M].北京:中华书局,1997.

[98]韩震,孟鸣岐.历史·理解·意义——历史诠释学[M].上海:上海译文出版社,2002.

[99]加缪·阿尔贝.西西弗的神话[M].杜小真,译.北京:三联书店,1987.

[100]姜义华.港台及海外学者论中国文化[M].上海:上海人民出版社,1988.

[101]金圣叹.金圣叹评点才子全集[M].北京:光明日报出版社,1997.

[102]纪德君.中国历史小说的艺术流变[M].北京:中国社会科学出版社,2002.

[103]康德.历史理性批判文集[M].何兆武,译.北京:商务印书馆,1990.

[104]柯林武德.历史的观念[M].何兆武,张文杰,译.北京:商务印书馆,2003.

[105]孔延之.会稽掇英总集[M].邹志方,校.北京:人民出版社,2006.

[106]吕不韦.吕氏春秋[M].杭州:浙江人民出版社,1984.

[107]吕六同.20世纪世界小说理论经典[M].北京:华夏出版社,1995.

[108]列御寇.列子[M].杭州:浙江人民出版社,1984.

[109]刘安,等.淮南子[M].杭州:浙江人民出版社,1984.

[110]刘知几.史通[M].浦起龙,释.上海:上海古籍出版社,2008.

[111]刘昫,等.旧唐书[M].北京:中华书局,1975.

[112]刘勰.文心雕龙[M].王志彬,译.北京:中华书局,2014.

[113]李昉,等.太平御览[M].上海:上海商务印书馆,《四部丛刊》本.

[114]李昉,等.太平广记[M].北京:中华书局,1981.

[115]刘士圣.中国古代妇女史[M].青岛:青岛出版社,1991.

[116]刘绍瑾.复古与复元古[M].北京:中国社会科学出版社,2001.

[117]刘锡诚.20世纪中国民间学术史[M].开封:河南大学出版社,2006.

[118]刘绍唐.民国人物小传[M].上海:上海三联书店,2014.

[119]厉鹗.樊榭山房文集[M].上海:上海商务印书馆,1936年《四部

丛刊》初编缩本.

[120]梁启超.饮冰室合集[M].北京:中华书局,1989.

[121]梁启超.中国历史研究法[M].上海:华东师范大学出版社,1995.

[122]梁启超.梁启超全集[M].北京:北京出版社,1999.

[123]鲁迅.鲁迅自选集[M].上海:天马书店,1933.

[124]鲁迅.鲁迅书信集[M].北京:人民文学出版社,1976.

[125]鲁迅.鲁迅全集[M].北京:人民文学出版社,1981.

[126]鲁迅.中国小说史略[M].上海:上海古籍出版社,1998.

[127]鲁迅.鲁迅著译编年全集[M].北京:人民出版社,2009.

[128]鲁迅,等.北人与南人[M].北京:中国人事出版社,1997.

[129]李光璧.明朝史略[M].武汉:湖北人民出版社,1957.

[130]李大钊.李大钊选集[M].北京:人民出版社,1959.

[131]李劼人.李劼人选集[M].成都:四川人民出版社,1980.

[132]李新.中华民国史[M].北京:中华书局,1981.

[133]李宝忠.永昌演义[M].北京:新华出版社,1985.

[134]李勤德.中国区域文化[M].太原:山西高校联合出版社,1995.

[135]李程骅.传统向现代的嬗变——中国现代历史小说与中外文化[M].南宁:广西教育出版社,1996.

[136]李继凯.秦地小说与三秦文化[M].长沙:湖南教育出版社,1997.

[137]李幼蒸.历史符号学[M].桂林:广西师范大学出版社,2003.

[138]李纪祥.时间·历史·叙事[M].兰州:兰州大学出版社,2004.

[139]李辉.巴金:在历史叙述中[M].武汉:湖北人民出版社,2006.

[140]廖沫沙.廖沫沙全集[M].广州:花城出版社,1997.

[141]罗钢.叙事学导论[M].昆明:云南人民出版社,1994.

[142]罗兰·巴特.神话——大众文化诠释[M].许蔷蔷,许绮玲,译.上海:上海人民出版社,1999.

[143]罗文兴.被误读的中国历史[M].北京:中国档案出版社,2007.

[144]罗运环.荆楚建制沿革[M].武汉:武汉出版社,2013.

[145]雷戈.第三种历史:一个历史新闻学的文本[M].北京:人民出版社,2007.

[146]楼含松.从讲史到演义:中国古代通俗小说的历史叙事[M].北京:商务印书馆,2008.

［147］陆永峰,车锡伦.吴方言区宝卷研究［M］.北京:社会科学文献出版社,2012.

［148］陆文夫,易中天.各色国人:文化名家笔下的国人区域性格［M］.北京:文津出版社,2013.

［149］孟元老.东京梦华录［M］.上海:上海古典文学出版社,1956.

［150］茅盾.中国神话研究［M］.天津:百花文艺出版社,1981.

［151］茅盾.神话研究［M］.天津:百花文艺出版社,1981.

［152］茅盾.茅盾文艺评论集［M］.北京:文化艺术出版社,1981.

［153］茅盾.茅盾全集［M］.北京:人民文学出版社,1985.

［154］毛泽东.毛泽东选集［M］.北京:人民出版社,1991.

［155］毛泽东.毛泽东文集［M］.北京:人民出版社,1993.

［156］米克·巴尔.叙述学:叙事理论导论［M］.谭君强,译.北京:中国社会科学出版社,1997.

［157］马俊山.走出现代文学的神话［M］.北京:中国社会科学出版社,2002.

［158］马振方.在历史与虚构之间［M］.北京:北京大学出版社,2006.

［159］眉睫.文学史的失踪者［M］.北京:金城出版社,2013.

［160］南帆.文学的维度［M］.上海:三联书店,1998.

［161］聂绀弩.聂绀弩全集［M］.武汉:武汉出版社,2003.

［162］欧阳修,宋祁.新唐书［M］.北京:中华书局,1975.

［163］欧阳健.中国神怪小说通史［M］.南京:江苏教育出版社,1997.

［164］欧阳健.历史小说史［M］.杭州:浙江古籍出版社,2003.

［165］蒲安迪.中国叙事学［M］.北京:北京大学出版社,1996.

［166］秦牧.秦牧杂文［M］.上海:开明书店,1947.

［167］秦牧.秦牧全集［M］.广州:广东教育出版社,2007.

［168］钱钟书.管锥编［M］.北京:中华书局,1986.

［169］钱振纲.清末民国小说史论［M］.石家庄:河北人民出版社,2008.

［170］齐裕焜.中国古代小说演变史［M］.兰州:敦煌文艺出版社,1990.

［171］齐裕焜.中国历史小说通史［M］.南京:江苏教育出版社,2000.

［172］热拉尔·热奈特.叙事话语 新叙事话语［M］.王文融,译.北京:中国社会科学出版社,1990.

［173］司马光,等.资治通鉴［M］.北京:中华书局,1956.

[174] 司马光.传家集[M].上海:上海古籍出版社,2003年文渊阁《四库全书》本.

[175] 司马迁.史记[M].北京:中华书局,2014.

[176] 司徒尚纪.广东文化地理[M].广州:广东人民出版社,2013.

[177] 山海经.杭州:浙江人民出版社,1984.

[178] 苏雪林.屠龙集[M].重庆:商务印书馆,1941.

[179] 苏雪林.南明忠烈传[M].重庆:国民图书出版社,1941.

[180] 苏雪林.蝉蜕集[M].重庆:商务印书馆,1945.

[181] 苏雪林.棘心[M].北京:燕山出版社,1998.

[182] 苏雪林.苏雪林自传[M].南京:江苏文艺出版社,1996.

[183] 孙中田,查国华.茅盾研究资料[M].北京:中国社会科学出版社,1981.

[184] 石昌渝.中国小说源流[M].北京:生活·读书·新知三联书店,1994.

[185] 绍兴县地方志编纂委员会.乾隆绍兴府志[M].1992年重印本。

[186] 绍兴市地方志编纂委员会.绍兴市志[M].杭州:浙江人民出版社,1996.

[187] 施蛰存.十年创作集[M].上海:华中师范大学出版社,1996.

[188] 施坚雅.中华帝国晚期的城市[M].叶光庭,等译.北京:中华书局,2000.

[189] 申丹.叙述学与小说文体学研究[M].北京:北京大学出版社,2004.

[190] 申丹,等.英美小说叙事理论研究[M].北京:北京大学出版社,2005.

[191] 佘德余.浙江文化简史[M].北京:人民出版社,2006.

[192] 谭正璧.中国小说发展史[M].上海:光明书局,1935.

[193] 脱脱,等.宋史[M].北京:中华书局,1977.

[194] 脱因修,俞希鲁.至顺镇江志[M].南京:江苏古籍出版社,1990年排印点校本.

[195] 田汉.田汉论创作[M].上海:上海文艺出版社,1982.

[196] 田仲济,孙昌熙.中国现代小说史[M].济南:山东文艺出版社,1984.

[197] 唐弢.唐弢杂文集[M].北京:三联书店,1984.

[198] 汤因比.历史研究[M].曹未风,译.上海:上海人民出版社,

1986.

[199]特伦斯·霍克斯.结构主义与符号学[M].瞿铁鹏,译.上海:上海译文出版社,1987.

[200]滕复,叶建华,等.浙江文化史[M].杭州:浙江人民出版社,1992.

[201]童庆炳.在历史与人文之间徘徊[M].北京:北京师范大学出版社,2007.

[202]王皓沅.清宫繁华录[M].上海:东亚书局,1928.

[203]王瑶.中国新文学史稿[M].上海:上海新文艺出版社,1982.

[204]王存,等.元丰九域志[M].北京:中华书局,1984.

[205]王溥.唐会要[M].上海:上海古籍出版社,1991.

[206]王会昌.中国文化地理[M].武汉:华中师范大学出版社,1992.

[207]王锦厚.郭沫若学术论辩[M].成都:四川文艺出版社,1996.

[208]王锦厚.五四新文学与外国文学[M].成都:四川大学出版社,1996.

[209]王建辉.荆楚文化[M].沈阳:辽宁教育出版社,1998.

[210]王恒展.中国小说发展史概论[M].济南:山东教育出版社,1999.

[211]王文.上海现代文学史[M].上海:上海人民出版社,1999.

[212]王富仁,柳凤九.中国现代历史小说大系[M].石家庄:河北人民出版社,1998.

[213]王富仁.中国文化的守夜人——鲁迅[M].北京:人民文学出版社,2002.

[214]王德威.想象中国的方法:历史 小说 叙事[M].北京:三联书店,2003.

[215]王旭川.中国小说续书研究[M].上海:学林出版社,2004.

[216]王晓初.鲁迅:从越文化视野透视[M].北京:北京大学出版社,2012.

[217]王晓清.中国地域学派叙论[M].武汉:湖北人民出版社,2013.

[218]吴志达.唐人传奇[M].上海:上海古籍出版社,1981.

[219]吴树平,等.十三经[M].北京:北京燕山出版社,1991.

[220]吴松弟.北方移民与南宋社会变迁[M].台北:台湾文津出版社,1993.

[221]吴福辉.二十世纪中国小说理论资料[M].北京:北京大学出版社,1997.

[222] 吴秀明.文学中的历史世界——历史文学论[M].长春:吉林教育出版社,1994.

[223] 吴秀明.历史的诗学[M].杭州:浙江人民出版社,1994.

[224] 吴秀明.真实的构造——历史文学真实论[M].沈阳:春风文艺出版社,1995.

[225] 吴秀明,吴遐.文与历史[M].杭州:浙江大学出版社,2006.

[226] 丸尾常喜."人"与"鬼"的纠葛——鲁迅小说论析[M].秦弓,译.北京:人民文学出版社,1995.

[227] 吴自牧.梦粱录[M].西安:三秦出版社,2004.

[228] 吴云.20世纪中古文学研究[M].天津:天津古籍出版社,2004.

[229] 吴玉杰.新历史主义与历史剧的艺术建构[M].北京:中国社会科学院出版社,2005.

[230] 魏徵,令狐德棻.隋书[M].北京:中华书局,1982.

[231] 魏华龄,丘振声.桂林抗战文化研究[M].桂林:广西师范大学出版社,1994.

[232] 万晴川,等.中国古代小说与吴越文化[M].北京:光明日报出版社,2010.

[233] 荀况.荀子[M].上海:上海商务印书馆,《四部丛刊初编》本.

[234] 玄奘.大唐西域记[M].上海:上海商务印书馆,缩印江安傅氏双鑑楼藏宋刊藏经本.

[235] 薛居正,等.旧五代史[M].北京:中华书局,1976.

[236] 醒世老人山东子.忠臣水浒传[M].清代江陵书肆仙鹤堂影印本.

[237] 许啸天.经传释词[M].上海:群学社,1929.

[238] 小横香室主人.清朝野史大观[M].上海:上海书店,1981.

[239] 萧功秦.儒家文化的困境[M].成都:四川人民出版社,1986.

[240] 徐岱.小说形态学[M].杭州:杭州大学出版社,1992.

[241] 徐耿华.陕西历史名人传[M].西安:陕西人民出版社,1998.

[242] 徐长安.中国传统文化与现代化[M].北京:海潮出版社,1997.

[243] 熊月之.上海通史[M].上海:上海人民出版社,1999.

[244] 夏志清.中国现代小说史[M].上海:复旦大学出版社,2005.

[245] 谢昭新.中国现代小说理论史[M].合肥:安徽大学出版社,2003.

[246] 谢昭新,张器友.地域文化与文学艺术创新[M].合肥:合肥工业大学出版社,2013.

[247] 袁康,吴平.越绝书[M].上海:上海古籍出版社,1985.

[248] 袁景澜.吴郡岁华纪丽[M].南京:江苏古籍出版社,1998.

[249] 袁进.中国小说的近代变革[M].北京:中国社会科学出版社,1992.

[250] 袁庭栋.巴蜀文化[M].沈阳:辽宁教育出版社,1998.

[251] 袁仲仁.岭南文化[M].沈阳:辽宁教育出版社,1998.

[252] 袁珂.山海经全译[M].贵阳:贵州人民出版社,1991.

[253] 袁珂.中国神话传说[M].北京:人民大学出版社,1998.

[254] 袁珂.中国神话史[M].重庆:重庆出版社,2007.

[255] 袁珂.中国古代神话[M].北京:华夏出版社,2013.

[256] 袁吉富.历史认识的客观性问题研究[M].北京:北京大学出版社,2000.

[257] 袁行霈.中国文学史[M].北京:高等教育出版社,2005.

[258] 杨刚.杨刚文集[M].北京:人民文学出版社,1984.

[259] 杨义.中国现代小说史[M].北京:人民文学出版社,1988.

[260] 杨义.二十世纪中国小说与文化[M].台北:台湾业强出版社,1993.

[261] 杨义.中国叙事学[M].北京:人民出版社,1997.

[262] 杨义.杨义文存[M].北京:人民出版社,1998.

[263] 杨敏,王克奇.中国传统文化通览[M].北京:中国海洋大学出版社,2002.

[264] 杨树增.中国历史文学[M].呼和浩特:远方出版社,2004.

[265] 喻血轮.林黛玉日记[M].北京:中国国际广播出版社,1988.

[266] 喻血轮.绮情楼杂记[M].北京:中国长安出版社,2011.

[267] 喻血轮.芸兰日记[M].北京:金城出版社,2014.

[268] 卡尔·雅斯贝斯.历史的起源与目标[M].魏楚雄,俞新天,译.北京:华夏出版社,1989.

[269] 伊藤虎丸.鲁迅、创造社与日本文学——中日近现代比较文学初探[M].孙猛,徐江,李冬禾,译.北京:北京大学出版社,1995.

[270] 伊夫·瓦岱.文学与现代性[M].田庆生,译.北京:北京大学出版社,2001.

[271] 约翰·托什.史学导论:现代历史学的目标、方法和新方向[M].吴英,译.北京:北京大学出版社,2007.

[272] 严家炎.二十世纪中国文学与区域文化丛书[M].长沙:湖南教

育出版社,1995.

[273]郁达夫.富春江上神仙侣——郁达夫日记九种[M].成都:四川人民出版社,1996.

[274]于忠善.历代文人论文学[M].北京:文化艺术出版社,1985.

[275]于润琪.王国维、蔡元培、鲁迅点评红楼梦[M].北京:团结出版社,2004.

[276]叶渭渠,唐月梅.日本文学史[M].北京:昆仑出版社,2004.

[277]叶舒宪.结构主义神话学[M].西安:陕西师范大学出版社,2014.

[278]姚雪垠.关于长篇历史小说《李自成》[M].上海:上海文艺出版社,1979.

[279]姚公鹤.上海闲话[M].上海:上海古籍出版社,1989.

[280]姚宝瑄.中国各民族神话[M].太原:山西出版传媒集团,2014.

[281]岳乐山.尘世奇谈[M].济南:山东文艺出版社,2003.

[282]余时英.文史传统与文化重建[M].北京:三联书店,2004.

[283]长孙无忌,等.故唐律疏议[M].清乾隆嘉庆间(1736~1820)本.

[284]赵晔.吴越春秋[M].苗麓,点校.南京:江苏古籍出版社,1992.

[285]赵晔.吴越春秋[M].长沙:岳麓书社,2006.

[286]赵岐.丛书集成初编:三辅决录[M].挚虞,注.北京:中华书局,1991.

[287]章学诚.文史通义[M].上海:上海古籍出版社,1956.

[288]章炳麟.章太炎政论选集[M].北京:中华书局,1977.

[289]赵毅衡.苦恼的叙述者[M].北京:十月文艺出版社,1994.

[290]赵毅衡.当说者被说的时候:比较叙述学导论[M].北京:中国人民大学出版社,1998.

[291]赵洪恩,李宝席.中国传统文化通论[M].北京:人民文学出版社,2003.

[292]郑玄,笺.毛诗注疏[M].孔颖达,疏.上海:上海古籍出版社,2005.

[293]郑振铎.希腊罗马神话与传说中的恋爱故事[M].上海:商务印书馆,1929.

[294]郑振铎.郑振铎文集[M].北京:人民文学出版社,1985.

[295]郑振铎.郑振铎说俗文学[M].上海:上海古籍出版社,2000.

[296]郑振铎.中国俗文学史[M].北京:商务印书馆,2005.

[297] 郑择魁.吴越文化与中国现代文学[M].上海:上海书店出版社,1995.

[298] 郑振伟.意识·神话·诗学[M].北京:中国社会科学出版社,2005.

[399] 浙江民俗学会.浙江风俗简志[M].杭州:浙江人民出版社,1986.

[300] 丁世良,赵放.中国地方志民俗资料汇编[M].北京:书目文献出版社,1989.

[301] 《中华文化通志》编委会.中华文化通志[M].上海:上海人民出版社,2010.

[302] 周振鹤.中国历史文化区域研究[M].上海:复旦大学出版社,1997.

[303] 周密.武林旧事[M].北京:中华书局,2007.

[304] 周建漳.历史及其理解和解释[M].北京:社会科学文献出版社,2005.

[305] 周大荒.反三国演义[M].北京:北京出版社,2012年。

[306] 詹姆逊.詹姆逊文集批评理论和叙事阐释[M].王逢振.北京:中国人民大学出版社,2004.

[307] 张淏撰.嘉泰会稽志[M].上海:上海古籍出版社,1987.

[308] 张淏撰.宝庆续会稽志[M].上海:上海古籍出版社,1987.

[309] 张邦基.墨庄漫录[M].北京:中华书局,2004.

[310] 张廷玉,等.明史[M].北京:中华书局,1974.

[311] 张恨水.我的写作生涯回忆[M].北京:人民文学出版社,1982.

[312] 张占国,魏守忠.张恨水研究资料[M].天津:天津人民出版社,1986.

[313] 张岱年.中国文化与文化战争[M].北京:中国人民大学出版社,1990.

[314] 张京媛.新历史主义与文学批评[M].北京:北京大学出版社,1993.

[315] 张磊,黄明同.中国文化通志[M].上海:上海人民出版社,1998.

[316] 张荷.吴越文化[M].沈阳:辽宁教育出版社,1998.

[317] 张伍.我的父亲张恨水[M].沈阳:春风文艺出版社,2002.

[318] 张宪文,等.中华民国史[M].南京:南京大学出版社,2006.

[319] 张爱玲.红楼梦魇[M].北京:十月文艺出版社,2009.